Ernest Renan

# Vie de Jésus

*Édition établie,
présentée et annotée
par Jean Gaulmier*

Gallimard

# PRÉFACE

> « *Je suis né romantique... Il me faut
> l'âme, quelque chose qui me mette au
> bord de l'abîme.* »
>
> Renan, *Cahiers de jeunesse.*

I

*On a souvent noté le fait singulier que l'opinion fran-
çaise s'est trouvée profondément émue au* XIX<sup>e</sup> *siècle, de
trente ans en trente ans, par un écrivain breton.* Le Génie
du Christianisme *en 1802, les* Paroles d'un Croyant *en
1834, la* Vie de Jésus *en 1863, marquent trois étapes dans
l'histoire de la sensibilité religieuse, trois étapes que relie
une intime logique ; si différents l'un de l'autre qu'aient
été Chateaubriand, Lamennais et Renan, chacun d'eux
répond selon son tempérament propre à l'anxiété que
Joseph de Maistre, dès 1796, dans les* Considérations sur
la France, *résumait ainsi : « Tout vrai philosophe doit
opter entre deux hypothèses, ou qu'il va se former une religion nouvelle, ou que le christianisme sera rajeuni de
quelque manière extraordinaire* [1]. »*

1. Voir l'étude dont Frank Bowmann a commencé la publication
avec *Le Christ romantique*, Droz, 1973, ainsi que l'article rapide mais
suggestif de Pierre Moreau, *Romantisme français et syncrétisme religieux*
dans *Ames et thèmes romantiques*, Paris, Corti, 1965.

*L'orthodoxie en effet, après 1800, se remet difficilement des coups que lui ont portés la critique des Philosophes, puis les persécutions révolutionnaires. L'apologétique de Chateaubriand, si sincère qu'elle soit, s'inspire d'intentions sentimentales et politiques plutôt que religieuses et, mettant l'accent sur les richesses poétiques du christianisme, paraît subordonner le dogme à une esthétique. Joubert exprime bien l'opinion générale lorsqu'il invite Pauline de Beaumont à retenir Chateaubriand dans l'érudition doctrinale où il risque de s'égarer : « C'est de la beauté et non de la vérité qu'on cherchera dans son ouvrage... Qu'il fasse son métier, qu'il nous enchante. » L'Église sous la Restauration, trop compromise par l'appui du Pouvoir, règne officiellement sur une France déchristianisée [2] où l'aristocrate, comme Charles de Rémusat, catholique de surface, avoue qu'il ne croit guère à la divinité du Christ, où le bourgeois est voltairien, où le peuple gronde contre les Missions qui prétendent l'empêcher de danser : à un siècle épris de mouvement, l'Église semble une force de résistance, et le hasard voudra que les longs pontificats intransigeants de Grégoire XVI et de Pie IX, entre 1830 et 1878, opposeront leur immobilisme à toute réconciliation entre elle et le monde moderne.*

*Ce monde moderne, travaillé d'inquiétude, comme il nous paraît cependant affamé de croyance! La maladie dont se plaint* La Confession d'un enfant du siècle *résulte d'un vide spirituel. Laissons de côté les innombrables utopies auxquelles songeait Victor Hugo dans la préface des* Feuilles d'automne *: « Au dehors comme au dedans, les croyances en lutte, les consciences en travail ; de nouvelles religions, chose sérieuse! qui bégayent des formules, mauvaises d'un côté, bonnes de l'autre ; les vieilles religions qui font peau neuve; ... les imaginations et les systèmes aux prises de toutes parts avec le vrai... »*

2. Entre autres témoignages, le pamphlet de Louis Veuillot, *Les Libres Penseurs*, 1848, dresse un curieux bilan de la déchristianisation au XIXe siècle.

Laissons de côté saint-simoniens et fouriéristes, les swedenborgiens de Le Boys des Guays, le culte de l'Humanité d'Auguste Comte, l'Église catholique française de l'abbé Châtel, la mystique de Pierre Leroux, les tentatives aussi d'ériger le Christ en précurseur du socialisme, celle de Buchez et de ses disciples de L'Atelier pour qui l'Évangile est le Code de la fraternité, celle d'Esquiros avec son Évangile du Peuple de 1840, celle de Cabet dans Le Vrai Christianisme, celle de Proudhon, — tant d'autres qui font du XIXᵉ le siècle le plus tourmenté d'infini que la France ait vécu. A se borner aux cas d'angoisse religieuse que Renan a connus directement, la liste serait longue des âmes de bonne volonté s'acharnant à accorder avec la tradition chrétienne leur désir de renouveau. C'esl Jouffroy, déchiré entre « le fanatisme renaissant » et « l'égoïsme incroyant de lu Société », qui a douloureusement appris Comment les dogmes finissent. C'est Lamartine que Renan tient pour la personnification de son idéal, dont l'ode célèbre de 1831 assimile les révolutions humaines à des révélations divines, Lamartine qui voit dans l'Évangile un point de départ :

Vos enfants plus hardis y liront plus avant.

Son voyage en Orient lui permettra, comme plus tard à Renan, de rencontrer Jésus, « l'Homme modèle », « l'Homme parfait », et Lamartine revient de Jérusalem imbu de ce qu'il appelle le « christianisme rationnel ». C'est Lamennais : surmontant la déception des Affaires de Rome, il place tout son espoir dans la religion de l'avenir qui ne sera pas le christianisme, « à moins que se dépouillant du caractère surnaturel, il ne rentre dans l'enceinte de lois naturelles de l'homme ». Le Breton de la Chênaie, avec autant de fermeté que celui de Tréguier, se réclame de l'axiome de Malebranche que Dieu n'agit pas par des volontés particulières : « Il y a des miracles quand on y croit ; ils disparaissent quand on n'y croit plus », dit-il dans les Discussions critiques de 1841, et son commentaire des Évangiles (1846) découvre en Jésus le « *philosophe inspiré* », « *un divin mélange de symbole et de réalité* ». C'est même, si l'on veut, Victor Cousin en qui Renan aimait « *un esprit d'une admirable finesse* » doué d'une « *incomparable vivacité d'imagination* », dont l'éclectisme a fait passer dans la philosophie universitaire un goût affadi de spiritualisme chrétien. C'est Quinet surtout, adversaire irréconciliable des Jésuites, dont Le Génie des Religions *atteste la foi dans* « *une succession indéfinie de formes qui se continuent, s'engendrent, s'annoncent les unes les autres* » *et annonce ainsi le Dieu* « *catégorie de l'idéal* » *de la vision renanienne. Et dans son compte rendu de Strauss* (La Revue des Deux Mondes, *1*er *décembre 1838*) — *que Renan a lu et relu à l'époque où il collabore à* La Liberté de penser —, *Quinet reproche précisément au savant de Tübingen d'avoir ignoré les réalités orientales qui lui eussent fait comprendre la grande figure humaine de Jésus. C'est Michelet qui exonère la mémoire du* « *grand prophète Jésus* » *de ce christianisme théologien fondé sur la Grâce et non sur la Justice qu'on a construit sous son nom* [3], *Michelet qui désacralise l'Histoire Sainte pour sacraliser l'Histoire de l'Humanité. C'est Victor Hugo selon qui* « *Jésus a été une incarnation sanglante du progrès* » *et qui, après* Les Contemplations *où Michelet a cru trouver une inspiration catholique, affirme :* « *Jésus pour nous n'est point le Dieu ; c'est plus, c'est l'Homme.* » *C'est George Sand, qui dans* Spiridion — « Spiridion, *un de mes livres les plus chers* » *dit un jour Renan à sa sœur Henriette,* « *une image essentielle de mes rêves religieux* » *dit-il à George Sand — montre en Jésus l'homme divin :* « *O Christ, un temps viendra où l'on t'élèvera de nouveaux autels plus dignes de toi, en te restituant ta véritable grandeur, celle d'avoir été vraiment le fils de la femme et le Sauveur, c'est-à-dire l'ami de l'Humanité.* »

---

3. M^me L. Rétat, au colloque organisé le 19 janvier 1974 par la *Société des Études renaniennes*, a mis en parallèle avec pénétration *Jésus selon Renan et selon Michelet*.

*Ainsi s'accordent les Mages du siècle à la recherche d'une croyance qui puisse rassembler l'humanité entière dans l'admiration pour « l'Icare oublié », pour l'Orphée sublime, pour le Prométhée galiléen vainqueur de la Mort, et en 1863 — l'année même de la Vie de Jésus — Vigny, que Strauss avait conduit à nier la divinité de Jésus, résume leurs voix dans une strophe fervente de son dernier poème :*

Ton règne est arrivé, PUR ESPRIT, roi du Monde.

*Là réside, croyons-nous, l'explication de l'extraordinaire retentissement de la pensée renanienne. Cet ouvrage où, dit-il, « j'ai tout raconté sans miracles » reprend avec éclat les solutions que l'époque avait confusément tenté d'apporter au problème religieux, et la colline de Nazareth, « cette terre où dorment le charpentier Joseph et des milliers de Nazaréens oubliés », où il propose de bâtir la grande église où tous les hommes s'uniraient dans une même méditation, la colline de Nazareth ainsi évoquée est le haut lieu dont toutes les consciences religieuses rêvaient depuis un siècle. « Un livre n'a de succès que quand il répond à la pensée secrète de tous » : cette notation de L'Avenir de la Science prend toute sa signification en 1863. La Vie de Jésus, c'est le testament romantique.*

II

*Renan toutefois, passionné d'histoire et de philologie, présente son livre avec un indiscutable souci d'érudition : il nous invite ainsi à le mettre en parallèle avec la science de Tübingen et de Heidelberg qu'il n'a cessé d'admirer. Il ne saurait être question ici de décrire en détail l'évolution de l'exégèse allemande : Renan lui-même l'a fait dans son étude sur les Historiens critiques de Jésus [4]. Deux cou-*

---

4. Article paru d'abord dans *La Liberté de penser* en 1849 et repris avec modifications dans les *Études d'histoire religieuse* en 1857. O. C., t. VII, 116-167.

*rants principaux se manifestèrent : des rationalistes comme
Eichhorn et Paulus réduisirent les miracles à des explications naturelles, distinguant « ce qui dans une narration
est fait (élément objectif) et jugement du narrateur (élément
subjectif) » ; puis le développement de la mythologie comparée qui renouvela avec Creuzer la connaissance des antiquités grecque et romaine, incita les exégètes à interpréter
le Nouveau Testament lui-même à la lumière des mythes.
En France déjà, Volney dans Les Ruines (1791), Dupuis
dans l'Origine de tous les cultes (1794), avaient nié l'existence historique de Jésus. Le plus célèbre des mythologues
du* xixe *siècle fut David-Frédéric Strauss dont la Vie de
Jésus traduite par Littré en 1838 provoqua un tel scandale
qu'elle fut quatre fois rééditée entre 1835 et 1840. Strauss,
d'ailleurs, contrairement à l'opinion reçue, n'était pas un
mythiste absolu, mais un philosophe hégélien qui cherchait
à discerner dans les Évangiles l'historique du fabuleux.*

*Rationalistes ou mythologues allemands, Renan l'a fort
bien montré, étaient des théologiens, opposant l'un à l'autre des systèmes d'herméneutique. Renan, lui, veut faire
œuvre de critique vraiment indépendant, sans autre a
priori que la négation de tout fait qui dérange l'ordre
naturel des choses.*

*Si l'on veut comprendre la complexité de sa position, il
faut partir de la constatation que nous permettent ses* Cahiers
de jeunesse *de 1844-1845 : il y a eu toujours chez lui, très
vive, une présence de Jésus. De nombreuses notations le
prouvent, d'une signifiante sincérité. Par exemple, il
s'étonne que les professeurs de philosophie accordent tant
de place à Platon, à Socrate : « O Jésus, tu les dépasses
tous et je le montrerai... Je serai philosophe, mais Jésus-
Christ néanmoins sera à moi, j'en userai et j'en parlerai... »
Un peu plus tard : « Jésus de l'Évangile... C'est le seul
homme devant lequel je me ploie. Je le lui ai dit et je pense
que cela lui aura plu... Qu'es-tu donc ? Tant mieux si tu
es Dieu, mais alors fais-le moi connaître... Je te jure que
pour t'aimer, je t'aime. » Et cette page curieuse où il ra-*

conte un rêve qui l'a bouleversé ; Jésus lui est apparu sous
les traits d'un condamné à mort qui va être exécuté : « *Tous
se taisaient ; je m'élance ; je parle pour lui ; les uns riaient,
les autres étaient sérieux. Je me rappelle quelques phrases
de mon discours. Je parlai de sa jeunesse, de son air pur
et doux... Je souhaitais qu'il m'aimât... O Jésus, aurais-je
pu te renier ? Oh! mon cœur en est navré. Il me faut que
tu aies vécu, et vécu dans l'idéal qu'on nous a laissé de
toi... Il me faut pour t'aimer que tu aies été mon semblable,
ayant comme moi un cœur de chair* [5]. »

Ces effusions n'empêchent nullement le jeune Sulpicien
de se montrer sévère pour le clergé, de ranger les théologiens
orthodoxes en deux classes qu'il méprise également : les
acritiques comme Dupanloup pour qui le christianisme
n'est qu'un moyen de se pousser dans le monde, et les
esprits simples chez qui les bonnes intentions s'accom-
pagnent d'une totale nullité scientifique. Mais la présence
de Jésus est si intense en lui que, même après la crise qui
l'a fait sortir du séminaire, qui lui a inspiré l'émouvant
adieu à la religion de son enfance que traduit la conclusion
de L'Avenir de la Science, il ne cessera de l'éprouver :
« *Pour faire l'histoire d'une religion, il est nécessaire,
premièrement, d'y avoir cru (sans cela on ne saurait
comprendre par quoi elle a charmé et satisfait la conscience
humaine) ; en second lieu, de n'y plus croire d'une manière absolue, car la foi absolue est incompatible avec
l'histoire sincère. Mais l'amour va sans la foi.* » Tout le
long de sa vie, il conservera le même attachement à la
personne de Jésus, symbole de l'humaine perfection. On
lui a reproché la phrase de sa leçon au Collège de France
en 1862 : « *Un homme incomparable, si grand que je ne
voudrais pas contredire ceux qui, frappés du caractère
exceptionnel de son œuvre, l'appellent Dieu.* » Mais cette
phrase, elle figurait déjà à peu près dans Les Historiens
critiques de Jésus où il montre que si les critiques se pla-

5. *Cahiers de jeunesse, O. O.*, t. IX, 189-190 ; 216 ; 242-245.

*cent au point de vue de l'histoire philosophique, Jésus leur apparaîtra comme le personnage le plus extraordinaire « et ceux-là leur sembleront excusables qui, frappés de tant de mystère, l'ont appelé Dieu ».* Et enfin en 1891, il intitulera, un an avant sa mort, le dernier chapitre de son Histoire du peuple d'Israël : Finito libro, sit laus et gloria Christi.

*On pourrait même soutenir, sans céder au paradoxe, que la conception renanienne de Jésus en lui faisant assumer uniquement, mais dans une exemplaire plénitude, la condition humaine, loin de le rabaisser le propose au contraire comme un modèle accessible. Renan n'a peut-être pas tort d'écrire dans la préface du* Prêtre de Nemi *(1885) :*

*« J'ai tout critiqué et, quoi qu'on en dise, j'ai tout maintenu. Notre critique a plus fait pour la conservation de la religion que toutes les apologies. »*

*Car Renan au fond s'attache à sauver le plus possible de la tradition. Dans ses* Souvenirs d'enfance et de jeunesse, *il se félicite de ses réserves en face de « l'école exagérée » de Tübingen, et Réville l'avait bien vu : « On croirait que M. Renan éprouve un vif déplaisir toutes les fois qu'il se voit forcé de se rendre aux arguments de la critique ; en éliminant tel livre ou tel fait traditionnel qui pourrait servir à sa manière d'écrire l'histoire, il semble qu'on lui enlève des fils nécessaires à sa trame. »*

*Le sentiment intime de Jésus, homme par excellence, retient donc Renan de céder à l'interprétation mythique comme à un rationalisme dénigrant. Selon lui, toute grande création plonge ses racines dans la légende. Son héros n'est pas le Christ du mystère médiéval qui dit naïvement :* Accomplir fault les Écritures, *ni un charlatan abusant les foules par de vains prestiges, ni, à la façon de Jules Soury dans* Jésus et les Évangiles *(1878), un « psychopathe atteint de méningo-encéphalite », c'est un être réel et pur, dont les démarches obéissent aux lois de la psychologie humaine, et qu'un historien positif devrait pouvoir ressusciter dans sa vérité. C'est là que les difficultés commencent.*

Dans une lettre à Sainte-Beuve (*10 septembre 1863*), Renan se vante de suivre la même méthode que le critique des Lundis : mais ne voit-il pas la différence capitale qui les sépare ? Pour appuyer ses analyses, Sainte-Beuve possède des documents sûrs, Renan pour les siennes ne dispose que de textes incertains, parfois contradictoires, qui se réduisent à peu près à l'historien Josèphe et aux Évangiles. Il ironise dans sa préface sur les « harmonistes » qui prétendent retracer l'histoire de Jésus en mettant bout à bout des morceaux qu'ils ont découpés dans les quatre évangiles : n'est-ce pas pourtant ce qu'il fait lui-même dans une large mesure ? Ses références renvoient 483 fois à Matthieu, 416 fois à Luc, 306 fois à Marc — qu'il juge cependant le plus véridique — et presque aussi souvent (297 fois) à Jean dont l'historicité est, de l'aveu de tous les exégètes, la plus discutable ; son plaidoyer en faveur de l'historicité de saint Jean est d'ailleurs fort peu convaincant, comme le lui dirent tout de suite Réville ou Scholten. Il se range donc parmi « les critiques modérés » ; il admet « les quatre évangiles canoniques comme des documents sérieux » où cependant le légendaire est mêlé au réel : mais alors, dira-t-on, quel critère va-t-il adopter pour distinguer le réel du légendaire avec certitude ? De quel droit retenir certains versets et en écarter d'autres, sinon d'après des impressions ? On ne peut qu'être surpris de remarques comme celle-ci que je trouve dans ses notes préparatoires (B. N., Carnet, N. a. f. 11484, f⁰ 174) : « [Matthieu] XXIII, s'arrêter à v. 37 : « et tu n'as pas voulu ». Voilà, je n'en doute pas, une vraie prédication de Jésus, une vraie surate. Cette belle surate a tous les caractères de l'authenticité. » Quel subjectivisme ! Ailleurs, expliquant pourquoi il utilise le témoignage de saint Luc malgré les réserves que le texte lui suggère, il invoque cet argument peu scientifique : « Son Évangile est celui dont la lecture a le plus de charme... »

La probité de Renan n'est certes pas en cause : il a réuni la documentation la plus scrupuleuse et, d'une édi-

*tion à l'autre, il l'a tenue à jour. Mais Edward Robinson,
Winer, Saulcy, Vogüé, Maury, Waddington, épigra-
phistes, voyageurs, numismates ne peuvent suppléer à
l'absence de sources contemporaines de l'événement raconté. De sorte que Renan se trouve dans la situation
idéale de l'historien romantique, du* Vates de Michelet *qui
donne une voix aux silences de l'histoire : il est contraint
de recourir à tout moment à l'induction. L'histoire selon
lui réclame une interprétation continuelle, ne se contente
pas d'enregistrer des faits bruts : « Les détails ne sont pas
vrais à la lettre ; mais ils sont vrais d'une vérité supérieure,
ils sont plus vrais que la vérité, en ce sens qu'ils sont la
vérité rendue expressive, élevée à la hauteur d'une idée. »
La baguette de coudrier devient l'attribut le plus efficace
du chercheur convaincu qu'il doit* deviner ce que les textes
contiennent *de vérité implicite : « Le talent de l'historien
consiste à faire un ensemble vrai avec des traits qui ne
sont vrais qu'à demi. » Méthode parfois dangereuse! Par
exemple, après avoir dit que « faute de documents », le
rôle de Jean-Baptiste demeure pour nous « énigmatique »,
Renan affirme cependant qu'il eut « certainement » des
relations avec Jésus. Méthode qui vaut ce que vaut le tact
subtil de l'esprit qui l'utilise. Méthode qui étonnait Taine,
positiviste étroit : « Renan est parfaitement incapable de
formules précises, il ne va pas d'une vérité précisée à une
autre. Il tâte, palpe. Il a des* impressions, ce mot dit tout.
La philosophie, les généralisations ne sont pour lui que
l'écho des choses en lui. Il n'a pas de système, mais des
aperçus, des sensations. » *Méthode qui inquiétait Alfred
Mézières : « On se demande dans quels documents connus
de vous seul, disait-il à Renan, vous découvrez tant de
détails inconnus ailleurs... » Méthode qui conduit son
adepte à multiplier les signes de doute, à envisager tour à
tour, sans se fixer sur aucune, toutes les hypothèses, à
doser en chaque occasion le certain, le probable et l'infinité
des possibles. La* Vie de Jésus, *d'avance, justifie la défi-
nition que les* Souvenirs d'enfance (La Revue des Deux

Mondes, *15 décembre 1881*) donneront de *l'Histoire*,
« *petite science conjecturale* ».

Lorsque les documents sont muets ou inertes, Renan les
anime par la force des analogies qu'ils suggèrent. L'histoire de Jésus s'éclairera ainsi par cent références, parfois
inattendues, à l'histoire universelle. Un essentialisme
ingénu occupe la pensée renanienne et appelle à chaque
instant la sensibilité du lecteur à combler les lacunes des
textes, à engendrer, en partant d'un détail de la vie galiléenne, une courbe infinie à travers l'espace et les siècles.
Les évangélistes deviennent comparables aux vieux soldats
de Napoléon, les rues à colonnes de Tibériade et de Sébaste font penser aux arcades d'une « insipide rue de
Rivoli », Jean-Baptiste à un « Lamennais irrité », les fils
d'Hérode aux rajahs indous sous la domination anglaise.
Les rapports de Pierre et de Jésus sont ceux de Joinville
avec saint Louis. Pilate considère les Juifs comme un préfet libéral les Bas Bretons. Le Carnet (*B. N.*, *N. a. f. 11485*,
*f° 86*) mieux que Vie de Jésus, p. *420*, nous fait comprendre le rôle d'Élie le Thesbite : « *Choses d'un caractère original devenues impossibles. Supposons qu'un homme
demeurant en carrière des buttes de Montmartre, sortant
de là de temps en temps pour se présenter aux Tuileries
dénoncer aux rois qu'ils vont tomber. De nos jours arrêté
à la grille des Tuileries. Élie finirait là.* »

L'utilisation constante de l'anachronisme évocateur
peut à bon droit éveiller la méfiance du strict historien pour
qui les faits ne se répètent jamais identiques à eux-mêmes.
Mais quel lecteur un peu imaginatif ne préférera ces
intuitions, qui rendent immédiatement sensible au cœur
la cohésion universelle, à la sécheresse du pur savant ?
Quoique Renan appartienne par son culte de la référence
à la volée positiviste, quoiqu'il ait été l'ami de Berthelot
et de Taine, on le rapprocherait plus volontiers, ne serait-
ce que pour son attachement aux légendes, profondes créations du sentiment populaire, des historiens de la génération antérieure, d'Augustin Thierry par exemple : avec

2

*le mimétisme qui lui est coutumier, Renan justement a analysé* (Journal des Débats, *5 et 7 janvier 1857*) *le génie de son vieux maître en termes qu'on pourrait appliquer au sien. Thierry, dit-il, avait le secret de « décrire la nature humaine se déployant avec largeur quelque éloignés de nos mœurs que soient les faits racontés » ; il savait que « l'imagination que les historiens seulement érudits proscrivent avec tant d'anathèmes a souvent plus de chances de trouver le vrai qu'une fidélité servile ». Et pour Renan, comme pour Thierry, « l'histoire n'est pas une de ces études que l'antiquité nommait* umbratiles, *pour lesquelles il suffit d'un esprit calme et d'habitudes laborieuses ; elle touche aux problèmes les plus profonds de la vie humaine ; il y faut l'homme complet avec toutes ses passions. L'âme y est aussi nécessaire que dans un poème ou une œuvre d'art, et l'individualité de l'écrivain doit s'y refléter ».*

### III

*Il est possible que, comme on le dit souvent, la* Vie de Jésus *soit la partie la moins solide historiquement des* Origines du Christianisme. *Mais comment méconnaître la séduction de ce poème inspiré à Renan par l'harmonie de l'idéal évangélique avec le paysage qui lui servit de cadre : « J'eus devant les yeux, déclare-t-il, un cinquième* Évangile, *lacéré mais lisible encore. » La mission de Phénicie* (1860-1861) *lui donna l'occasion de vérifier le principe posé jadis par Victor Cousin : « Donnez-moi la carte d'un pays, sa configuration, son climat, ses eaux, et je me charge de vous dire a priori quel sera l'homme de ce pays et quel rôle il jouera dans l'histoire. » Jean Pommier, à tort selon nous, minimise la portée sur Renan du voyage en Orient ; il rappelle qu'avant de partir pour Beyrouth, Renan s'était épris du* Cantique des Cantiques, *qu'il n'avait visité la Palestine qu'en avril-mai, à une saison où le pays est déjà desséché, et conclut que chez Renan, la* *vision a précédé la vue : mais c'est oublier que le Liban offre des paysages identiques à ceux de la Galilée toute proche. Les lettres de Renan, pendant l'hiver 1860-1861, où il partage ses journées entre Amschit et Saïda, attestent l'enchantement qu'il y a connu. Un exemple entre dix autres, sa lettre à Berthelot du 30 janvier 1861 : il vient de lire avec admiration un fragment de* La Mer *de Michelet :* « Quelle vérité profonde dans ses fantaisies naturelles ! Dites-lui que quand il fera la fleur, il faudra qu'il vienne en Syrie. La splendeur de la fleur ne se comprend qu'ici. Le cyclamen surtout, feuille et fleur, sont des chefs-d'œuvre à vous faire tomber en extase. Figurez-vous la dentelle noire la plus exquise sur un velours d'un vert charmant, voilà la feuille. La fleur est d'une naïveté, d'un port adorable. Les orangers et les citronniers en boutons sont aussi quelque chose de ravissant. Les oiseaux sont aussi très beaux ici... » Renan au Liban, c'est Rousseau herborisant dans la forêt de Montmorency, Bernardin suivant Paul et Virginie à l'île de France. Ce paradis primitif où* « il n'y a pas un seul gendarme », *où règne* « une sécurité complète », *le prépare à la pastorale galiléenne, comme la simplicité accueillante des Maronites, aux vertus naïves des pêcheurs de Tibériade. Merveilleuse correspondance entre les récits qu'il connaît depuis son enfance et les contrées où il médite. Plutôt que le texte, trop élaboré peut-être, de la* Vie de Jésus, *voici quelques impressions notées à vif dans ses* Carnets [6] *dont la spontanéité permet de saisir le ravissement idyllique à sa naissance :*

« *Apparition de Dieu sur montagne. Sannin, sommet lumineux, transparent. Là j'ai vu l'Olympe. Ida en Crète. Plus de contours, masse lumineuse, sorte de verre doré. Dieu habite là...* »

« *Les fleurs de Galilée ont beauté sans égale, ravissante et le mois d'avril est dans ce pays enivrant et charmant de beauté. Jésus aimait les fleurs...* »

6. *Carnets,* B. N., N. a. f. 11485, 11484. Je reproduis les lectures d'Alfaric.

« *Il aimait les divertissements des noces et il y allait volontiers. Noces en Orient fort agréables. Elles ont lieu le
soir. Lampes des jeunes filles font charmant effet. Lampes
qui vont et qui viennent...* »

« *Galilée pays charmant. Nul pays au monde où montagnes se déploient mieux. Ne s'étouffent pas. Vue d'Oum
el-Fahm délicieuse. Merveilleux panorama. Carmel à
gauche, en face montagne de Nazareth, Thabor, le petit
Hermon. Sentiment des montagnes. Il fut mené sur une
montagne, lui montra les royaumes du monde et toute leur
gloire. Sermon sur la montagne. Transfiguration que
tradition, par raison non historique, mais bien mythologique, a placée sur Thabor. Cela résulte merveilleusement
de l'aspect du pays...* »

« *L'autorité du jeune maître allait grandissant. On
l'admirait, on le choyait. Ces bons Galiléens n'avaient
jamais entendu parole si charmante, si accommodée à leur
imagination idyllique. Plus on croyait en lui, plus croyait
en lui-même...* »

« *Charmante imagination naïve de Jésus. N'avait aucune
idée de son temps. Il n'avait vu que son village. Jésus
vivait dans un monde Mille et une Nuits, où rois appelaient « mon ami » et coupaient le cou...* »

« *Nature comme la vit Poussin.* »

Cette note suggère que peut-être Renan se rappelle
Lamartine : celui-ci également, lorsqu'il met le pied sur le
sol palestinien, s'écrie : « C'est le Poussin ou Claude
Lorrain. » Car il est évident que, si directe que soit l'émotion de Renan, elle n'est pas indemne de souvenirs littéraires. Les « bosquets de Tibériade », les « enivrants parterres » de Génézareth, « l'aimable communisme galiléen »,
les « joyeux enfants » qui accompagnaient Jésus dans une
fête perpétuelle, tout cela relève d'un art qui cherche à
rendre un rêve de morale plus que des couleurs et des formes. Renan déclare lui-même qu'il s'inquiète peu du
« badigeon local, couvrant tout, défigurant tout » ; ce qui
compte à ses yeux, c'est « retrouver l'homme, le cœur,

*l'âme. Mais costume n'importe* [7] ». *Évocation d'un monde
quasi immatériel, où le romantisme du fond se dissimule
sous une forme classique. Sa documentation d'archéo-
logue lui permettrait de l'emporter facilement sur le Flaubert de* Salammbô, *mais il ne le veut pas :* « Le moral seul
produit le sentiment esthétique », *dit une de ses notes. La*
Vie de Jésus *confirme la boutade des* Souvenirs d'enfance
et de jeunesse *où il nous dit que l'expression fénelonienne :*
Chio fortunée patrie d'Homère *lui paraissait un modèle
de poésie descriptive. Les adjectifs qu'il emploie avec
prédilection sont ceux qui suggèrent une beauté idéale
quelque peu indéfinie,* exquis, charmant, incomparable,
délicieux. *Cela d'ailleurs ne l'empêche pas d'observer les
scènes de la vie en Orient, d'en découvrir la grandeur patriarcale :*

« *La plus noble image qui reste encore des jours antiques,
c'est la tente de l'Arabe. La vis pour la première fois dans
un vallon perdu de la Syrie. Pure, simple, noble. Beauté
incomparable du troupeau, bon air des chameaux. Poésie
de la tente. Le soir bêlement des troupeaux, petits agneaux
à l'intérieur, petits cris.* »

« *Ni riche ni pauvre. L'Orient ne connaît pas distinction absolue du riche et du pauvre. Parents de Jésus de
cette condition moyenne qui est loi commune de l'Orient :
pauvre demeure, absence totale d'objets d'art et de confortable, une seule pièce, boutique, établi, maison vide* [8]. »

*Avec la même précision il note l'atmosphère des petites
écoles, la bonhomie des prisons, la crédulité des Orientaux,
leur attitude à l'égard des fous, leur sens du clan familial,
les vertus d'une société qui a conservé ses mœurs ances-
trales dans un climat heureux. Mais en artiste conscient
qui n'oublie jamais son intention d'écriture, on trouve
souvent des notes comme celle-ci :*

« *Béthanie, castellum, grosse ferme, 2 sœurs, Marthe et
Marie...* Faire un tableau de tout cela. »

7. B. N., N. a. f. 11481, f° 368-369.
8. B. N., N. a. f. 11485, f° 43, 11483, f° 164.

*Ou celle-ci :*

« *La Samaritaine en esprit et en vérité. Le jour où Jésus prononça ce mot, il fonda sa divinité. Voilà sa parole divine.* Un paragraphe là-dessus et finir le chapitre [9]. »

*L'impression de douceur caressante que laisse la pastorale renanienne s'accroît par la fluidité d'une prose agréable à l'oreille, moins naturelle qu'acquise par un travail assidu qui se reconnaît à la fréquence dans le texte de rythmes d'alexandrins et d'octosyllabes. A-t-on remarqué par exemple, que la dédicace à sa sœur Henriette s'ouvre et se ferme par deux beaux vers :*

« Te souviens-tu, du sein de Dieu où tu reposes... »

*et*

« *ces vérités qui dominent la mort*
Empêchent de la craindre et la font presque aimer. »

*On se tromperait cependant, et l'erreur a été souvent commise, à ne considérer la* Vie de Jésus *que comme une pastorale où régneraient, selon le reproche de Proudhon dans* Jésus et les origines du Christianisme, « *la détestable inspiration du siècle* », « *de la fantaisie à la Rousseau et à la Sand* ». *L'un des buts de Renan, en insistant sur l'idylle évangélique, est de mieux faire ressortir le tragique de l'histoire qu'il raconte.* « Ne riez pas de nous autres Celtes, *dit-il dans les* Souvenirs d'enfance et de jeunesse, nous ne ferons pas de Parthénon, le marbre nous manque ; mais nous savons prendre à poignée le cœur et l'âme. » *Jésus n'est pas seulement le plus charmant des rabbis, il est le héros d'un drame immense qui symbolise la condition humaine. Tout le livre est construit sur l'opposition de la Galilée et de la Judée. La Palestine offre selon Renan deux aspects contrastés, le Nord où la campagne est souriante, la terre ombragée et généreuse, la population amicale ; le Sud présente au contraire* « quelque chose de sec, d'étroit, de farouche ». *C'est le Nord qui a donné au monde* « la

9. B. N., N. a. f. 11483, f⁰ 158, 11484, f⁰ 170. C'est moi qui souligne.

*naïve Sulamite, l'humble Chananéenne, la passionnée
Madeleine, le bon nourricier Joseph, la vierge Marie* » ;
*le Sud, Jérusalem, c'est la patrie intolérante et bigote des
pharisiens dont une page de Renan, d'un comique amer,
décrit les variétés en songeant aux dévots de la France du
second Empire, la patrie des puritains et des pédants,
attachés à la lettre de la loi, incapables de ressentir la
religion du cœur, acrimonieux, arrogants, disputeurs et
fanatiques. D'une part le lac de Tibériade avec ses bords
souriants, de l'autre la mer Morte au milieu d'une cuvette
de roches arides, le pays des visions sataniques, le désert.
« Judaïsme toujours divisé en deux, note-t-il, Nord et
Jérusalem. Jérusalem en apparence bien plus brillante ;
c'est souche de ce qui est resté juif. Air pédant, immoral.
Le Talmud, avec sa folie, sorti de là. Esprit étroit, docteurs
solennels. Le Nord vraiment fécond, prophètes, bien plus
naturaliste, plus vivant* [10]. » *Jésus et ses Galiléens se sentent étrangers dans l'atmosphère de Jérusalem où ils ne
rencontrent que froideur ou dédain. Leur esprit fraternel se
heurte à la sécheresse abstraite d'un clergé. Le drame du
Calvaire, selon Renan, résulte de cet affrontement entre le
généreux porteur de la bonne nouvelle et les sectaires de
l'ancienne loi. Qu'il y ait dans cette géographie passion-
nelle une part de subjectivisme, nul ne le contestera. Mais
les vues renaniennes, comme celle de Michelet dans l'Introduction à l'Histoire universelle et dans la Bible de
l'Humanité décrivant le progrès de la liberté dans le
monde, font de l'histoire de Jésus le résumé de l'histoire
humaine. La pastorale s'élargit alors aux dimensions de
l'épopée, la distance est courte de Nazareth à Jérusalem,
mais l'inspiré qui l'a franchie, allant « à la gloire par une
sorte d'entraînement invincible et d'ordre fatal », plus que
l'incarnation de Dieu est l'incarnation du genre humain
en marche vers les temps futurs.*

*Car idylle et épopée rayonnent autour du même centre.*

[10]. B. N., N. a. f. 11484, f° 171.

*Renan pourrait faire sienne la remarque du théologien
Reuss :* « *Le pivot de l'Évangile n'est pas une formule,
c'est la personne de Jésus.* » *Il est d'ailleurs trop prudent
pour laisser aller son imagination à peindre un portrait
de son héros, il n'en parle que comme d'une* « *ravissante
figure* ». *Ce qui l'intéresse, c'est l'analyse psychologique où
il tente d'atteindre* « *la justesse du sentiment général* ».
*Essentiellement, Jésus lui apparaît comme un* « *charmeur* ».
*Ce mot, qu'on lui reproche si souvent parce qu'on le ra-
mène au sens banal de séduction plus ou moins illusoire,
doit être pris dans son sens premier, le plus fort, de puissance surnaturelle. Il ne faut pas oublier que Renan a été
plus que quiconque marqué par la magie de la poésie celtique où, comme il l'a souligné, l'amour occupe une place
primordiale : de là la représentation que Renan se fait de
la Cène, métaphore d'un amour mystique ; de là, le rôle
qu'il attribue à Madeleine, à Pierre, à Jean qui créeront
par la force de leur amour la personne de leur maître.*

*Cela dit, on admettra volontiers que les nuances que
Renan multiplie dans son analyse du caractère de Jésus ne
manquent pas d'équivoque. Devant cet être dont l'essence
est divine, dont les paroles à la Samaritaine fondent la
divinité, devant* « *cette sublime personne* » *qu'il est permis
d'appeler divine, qui cependant n'est pas Dieu mais* « *l'individu qui a fait faire à son espèce le plus grand pas vers
le divin* », *on conçoit que les esprits positifs aient pu s'éton-
ner, comme Réville, de l'habileté qu'a Renan pour* « *glisser
dans les sentiers épineux sans même frôler les branches* ».
*Il faudrait ajouter au verbe français un mode supplémen-
taire, une sorte d'indicatif hypothétique, pour exprimer
les suppositions simultanées auxquelles se livre l'imagination renanienne.*

*Jésus selon Renan, c'est d'abord l'idéal du Sage, l'homme
qui a eu entre tous* « *le sentiment religieux le plus délicat* »,
*le créateur du culte le plus pur, c'est-à-dire le plus dépouillé
de toute survivance de superstition : ce n'est que pour
complaire à ses disciples crédules qu'il a condescendu à se*

*faire thaumaturge et exorciste, mais sa vraie grandeur ne
tient pas à de tels prestiges :* « *Nous autres bourgeois ne
concevons rien que petit programme de bonheur et moralité
individuelle, petit esprit protestant anglais, ou Voltaire.
Jésus bien plus profond. Renouvellement de tout* [11]. » *Jésus
est l'homme qui au sens propre a voulu changer la vie, sur
le plan individuel comme sur le plan social, par l'amour,
marque véritable des enfants de Dieu, par la revanche des
humiliés et des offensés, car démocrate comme on pouvait
l'être en 1848, il aimait le peuple en* « *révolutionnaire au
plus haut degré* », *et son socialisme audacieux inquiète
parfois Renan :* « *Vrai anarchiste, dit une de ses notes.
Nulle idée de gouvernement. Tout magistrat lui paraît
comme un gendarme, le gendarme Barbe Bleue des légendes italiennes* [12]. »

*Ce héros extraordinaire, Renan le présente à la façon
d'un romancier qui de ses personnages connaît les ressorts
les plus cachés. Innombrables, les formules telles que :
Jésus sentait déjà que... Il sentait probablement... Il partageait le goût... Il crut pouvoir faire... Il se laissait donner
le titre de fils de David avec quelque plaisir... On se demande souvent par quel prodige il a pu pénétrer de tels
secrets et on est tenté de dire avec Taine :* « *Il met un roman
à la place de la légende.* »

*L'analyse renanienne paraît surtout vivante lorsque,
pour peindre son personnage, il s'identifie à lui. Si, parlant de Jésus, il dit :* « *son cher village de Béthanie* », *c'est
qu'il est devenu lui-même le héros de l'idylle ; s'il montre
comment Jésus a perdu sa foi juive, c'est qu'il se souvient
de sa propre crise à Saint-Sulpice ; si, parlant de la Judée
sous les Romains, il avance que* « *l'opposition fait toujours
la gloire d'un pays* », *c'est que depuis l'affaire du Collège de
France, il garde rancune au pouvoir et estime que* « *le
parti de l'ordre a toujours été le même* » ; *s'il loue Jésus*

11. B.N., N.a.f. 11484, f⁰ 156.
12. B.N., N.a.f. 11485, f⁰ 158.

*d'avoir su pratiquer le « dédain transcendant », c'est qu'il
a lui-même adopté cette attitude, plus efficace que la colère,
contre des adversaires de mauvaise foi. De même que, plus
tard, chaque fois qu'il aura à peindre un personnage historique, Turgot ou Marc-Aurèle, il leur prêtera des traits
qu'il puise en lui-même, de même Jésus, par un transfert
inconscient, devient l'interprète de Renan.*

*

*Dans le tome V des* Origines du Christianisme en *1877,
Renan écrit : « La vie de Jésus obtiendra toujours un grand
succès quand un écrivain aura le degré d'habileté, de hardiesse et de naïveté nécessaire pour faire une traduction de
l'Évangile en style de son temps. » C'est exactement ce qu'il
a réussi en 1863. Son Jésus construit avec un mélange
d'idéal positiviste et de rêves humanitaires, qui tantôt
semble sortir d'une pastorale de George Sand, tantôt d'un
roman d'Octave Feuillet, mais qui, aussi, atteint la sta-
ture du héros de l'épopée romantique, s'il ne répond à
aucune vérité d'ordre scientifique, restera une des plus
grandes créations du* XIX<sup>e</sup> *siècle français. Nous ne parta-
geons nullement le regret de Barrès au tome III de ses*
Cahiers *: il est dommage, pense-t-il, que Renan ait perdu
sa chaire du Collège de France où il eût pu se livrer à l'érudition pure : « En le privant du moyen de faire des ouvrages qui n'auraient été lus que par trois cents personnes,
on le contraignit à se souvenir qu'il avait du talent. Mais
son Jésus et autres, c'est du roman... Il suivait ses rêveries
comme on suit les nuages. »*

*Non. Renan a eu raison de suivre ses rêveries. Car on
peut se demander si, dépassant son temps, son livre n'est pas
susceptible d'émouvoir le nôtre. Combien de catholiques
de nos jours, peu enclins à formuler un credo théologique,
sont obscurément attirés par la personne du Galiléen qui,
au nom de l'esprit, a démoli la lettre de la religion et rendu
le divin sensible à la conscience ? Récemment un article*

*d'Henri Fesquet* (Le Monde, *29 décembre 1973*) remarquait la tendance actuelle de l'opinion chrétienne à privilégier l'exemple de Jésus au détriment des abstractions de la théologie traditionnelle. C'est aussi la thèse que soutient le livre de Marc Oraison, Jésus-Christ ce mort vivant. Dans une époque où d'aussi étranges manifestations que Jésus Super Star ont trouvé un public, où des prêtres, par la fraternité du travail quotidien, tentent de rejoindre dans leurs ghettos les exclus de la société de consommation, le Fils de l'Homme ressuscité par Renan avec autant de respect que d'émotion saura sans doute conquérir les cœurs avec une autre efficacité que les fulminations du Syllabus.

Jean Gaulmier.

*Vie de Jésus*

A L'AME PURE

# DE MA SŒUR HENRIETTE[a]

MORTE A BYBLOS, LE 24 SEPTEMBRE 1861.

Te souviens-tu, du sein de Dieu où tu reposes, de ces longues
journées de Ghazir, où, seul avec toi, j'écrivais ces pages inspirées
par les lieux que nous avions visités ensemble ? Silencieuse à
côté de moi, tu relisais chaque feuille et la recopiais sitôt écrite,
pendant que la mer, les villages, les ravins, les montagnes se
déroulaient à nos pieds. Quand l'accablante lumière avait fait
place à l'innombrable armée des étoiles, tes questions fines et
délicates, tes doutes discrets, me ramenaient à l'objet sublime
de nos communes pensées. Tu me dis un jour que, ce livre-ci,
tu l'aimerais, d'abord parce qu'il avait été fait avec toi, et aussi
parce qu'il était selon ton cœur. Si parfois tu craignais pour
lui les étroits jugements de l'homme frivole, toujours tu fus persuadée que les âmes vraiment religieuses finiraient par s'y
plaire. Au milieu de ces douces méditations, la mort nous
frappa tous les deux de son aile ; le sommeil de la fièvre nous
prit à la même heure ; je me réveillai seul ! Tu dors maintenant
dans la terre d'Adonis, près de la sainte Byblos et des eaux
sacrées où les femmes des mystères antiques venaient mêler leurs
larmes. Révèle-moi, ô bon génie, à moi que tu aimais, ces vérités
qui dominent la mort, empêchent de la craindre et la font presque
aimer.

# PRÉFACE

DE LA TREIZIÈME ÉDITION

Les douze premières éditions de cet ouvrage ne diffèrent les unes des autres que par de très petits changements [a]. La présente édition, au contraire, a été revue et corrigée avec le plus grand soin. Depuis quatre ans que le livre a paru, j'ai travaillé sans cesse à l'améliorer. Les nombreuses critiques auxquelles il a donné lieu m'ont rendu à certains égards la tâche facile. J'ai lu toutes celles qui avaient quelque chose de sérieux. Je crois pouvoir affirmer en conscience que pas une fois l'outrage et la calomnie qu'on y a mêlés ne m'ont empêché de faire mon profit des bonnes observations que ces critiques pouvaient contenir. J'ai tout pesé, tout vérifié. Si, dans certains cas, l'on s'étonne que je n'aie pas fait droit à des reproches qui ont été présentés avec une assurance extrême et comme s'il s'agissait de fautes avérées, ce n'est pas que j'aie ignoré ces reproches, c'est qu'il m'a été impossible de les accepter. Le plus souvent, dans ce cas, j'ai ajouté en note les textes ou les considérations qui m'ont empêché de changer d'avis, ou bien, par quelque léger changement de rédaction, j'ai tâché de montrer où était la méprise de mes contradicteurs. Quoique très concises et ne renfermant guère que l'indication des sources de première main [b], mes notes suffisent toujours pour montrer au lecteur instruit les raisonnements qui m'ont guidé dans la composition de mon texte.

Pour me disculper en détail de toutes les accusations dont j'ai été l'objet, il m'eût fallu tripler ou quadrupler mon volume ; il m'eût fallu répéter des choses qui ont déjà été bien dites, même en français ; il eût fallu faire de la polémique religieuse, ce que je m'interdis absolument ; il eût fallu parler de moi, ce que je ne fais jamais. J'écris pour proposer mes idées à ceux qui cherchent la vérité. Quant aux personnes qui ont besoin, dans l'intérêt de leur croyance, que je sois un ignorant, un esprit faux ou un homme de mauvaise foi, je n'ai pas la prétention de modifier leur avis. Si cette opinion est nécessaire au repos de quelques personnes pieuses, je me ferais un véritable scrupule de les désabuser.

La controverse, d'ailleurs, si je l'avais entamée, aurait dû porter le plus souvent sur des points étrangers à la critique historique. Les objections qu'on m'a adressées sont venues de deux partis opposés. Les unes m'ont été adressées par des libres penseurs ne croyant pas au surnaturel [1] ni par conséquent à l'inspiration des livres saints, ou par des théologiens de l'école protestante libérale *a* arrivés à une notion si large du dogme, que le rationaliste peut très bien s'entendre avec eux. Ces adversaires et moi, nous nous trouvons sur le même terrain, nous partons des mêmes principes, nous pouvons discuter selon les règles suivies dans toutes les questions d'histoire, de philologie, d'archéologie. Quant aux réfutations de mon livre (et ce sont de beaucoup les plus nombreuses) qui ont été faites par des théologiens orthodoxes, soit catholiques, soit protestants, croyant au surnaturel et au caractère sacré des livres de l'Ancien et du Nouveau Testament, elles impliquent toutes un

---

1. J'entends toujours par ce mot « le surnaturel particulier », l'intervention de la Divinité en vue d'un but spécial, le miracle, et non « le surnaturel général », l'âme cachée de l'univers, l'idéal, source et cause finale de tous les mouvements du monde.

malentendu fondamental. Si le miracle a quelque réalité, mon livre n'est qu'un tissu d'erreurs. Si les Évangiles sont des livres inspirés, vrais par conséquent à la lettre depuis le commencement jusqu'à la fin, j'ai eu grand tort de ne pas me contenter de mettre bout à bout les morceaux découpés des quatre textes, comme font les harmonistes, sauf à construire ainsi l'ensemble le plus redondant, le plus contradictoire. — Que si, au contraire, le miracle est une chose inadmissible, j'ai eu raison d'envisager les livres qui contiennent des récits miraculeux comme des histoires mêlées de fictions, comme des légendes pleines d'inexactitudes, d'erreurs, de partis systématiques. Si les Évangiles sont des livres comme d'autres, j'ai eu raison de les traiter de la même manière que l'helléniste, l'arabisant et l'indianiste traitent les documents légendaires qu'ils étudient. La critique ne connaît pas de textes infaillibles ; son premier principe est d'admettre dans le texte qu'elle étudie la possibilité d'une erreur. Loin d'être accusé de scepticisme, je dois être rangé parmi les critiques modérés, puisque, au lieu de rejeter en bloc des documents affaiblis par tant d'alliage, j'essaye d'en tirer quelque chose d'historique par de délicates approximations.

Et qu'on ne dise pas qu'une telle manière de poser la question implique une pétition de principe, que nous supposons *a priori* ce qui est à prouver par le détail, savoir que les miracles racontés par les Évangiles n'ont pas eu de réalité, que les Évangiles ne sont pas des livres écrits avec la participation de la Divinité. Ces deux négations-là ne sont pas chez nous le résultat de l'exégèse ; elles sont antérieures à l'exégèse. Elles sont le fruit d'une expérience qui n'a point été démentie. Les miracles sont de ces choses qui n'arrivent jamais ; les gens crédules seuls croient en voir ; on n'en peut citer un seul qui se soit passé devant des témoins capables de le constater ; aucune intervention particulière de la Divinité ni dans la confection d'un livre, ni dans

quelque événement que ce soit, n'a été prouvée. Par
cela seul qu'on admet le surnaturel, on est en dehors
de la science, on admet une explication qui n'a rien de
scientifique, une explication dont se passent l'astronome,
le physicien, le chimiste, le géologue, le physiologiste,
dont l'historien doit aussi se passer. Nous repoussons
le surnaturel par la même raison qui nous fait repousser
l'existence des centaures et des hippogriffes : cette
raison, c'est qu'on n'en a jamais vu. Ce n'est pas parce
qu'il m'a été préalablement démontré que les évangélistes ne méritent pas une créance absolue que je rejette
les miracles qu'ils racontent. C'est parce qu'ils racontent
des miracles que je dis : « Les Évangiles sont des légendes ; ils peuvent contenir de l'histoire, mais certainement
tout n'y est pas historique. »

Il est donc impossible que l'orthodoxe et le rationaliste qui nie le surnaturel puissent se prêter un grand
secours en de pareilles questions. Aux yeux des théologiens, les Évangiles et les livres bibliques en général
sont des livres comme il n'y en a pas d'autres, des livres
plus historiques que les meilleures histoires, puisqu'ils
ne renferment aucune erreur. Pour le rationaliste, au
contraire, les Évangiles sont des textes auxquels il
s'agit d'appliquer les règles communes de la critique ;
nous sommes, à leur égard, comme sont les arabisants
en présence du Coran et des *hadith* [a], comme sont les
indianistes en présence des védas et des livres bouddhiques. Est-ce que les arabisants regardent le Coran comme
infaillible ? Est-ce qu'on les accuse de falsifier l'histoire
quand ils racontent les origines de l'islamisme autrement que les théologiens musulmans ? Est-ce que les
indianistes prennent le *Lalitavistara* [2] pour une biographie ?

Comment s'éclairer réciproquement en partant de
principes opposés ? Toutes les règles de la critique sup-

2. Vie légendaire de Bouddha.

posent que le document soumis à l'examen n'a qu'une valeur relative, que ce document peut se tromper, qu'il peut être réformé par un document meilleur. Persuadé que tous les livres que le passé nous a légués sont l'œuvre des hommes, le savant profane n'hésite pas à donner tort aux textes, quand les textes se contredisent, quand ils énoncent des choses absurdes ou formellement réfutées par des témoignages plus autorisés. L'orthodoxe, au contraire, sûr d'avance qu'il n'y a pas une erreur ni une contradiction dans ses livres sacrés, se prête aux moyens les plus violents, aux expédients les plus désespérés pour sortir des difficultés. L'exégèse orthodoxe est de la sorte un tissu de subtilités ; une subtilité peut être vraie isolément ; mais mille subtilités ne peuvent être vraies à la fois. S'il y avait dans Tacite ou dans Polybe des erreurs aussi caractérisées que celles que Luc commet à propos de Quirinius et de Theudas, on dirait que Tacite et Polybe se sont trompés. Des raisonnements qu'on ne ferait pas quand il s'agit de littérature grecque ou latine, des hypothèses auxquelles un Boissonade [a] ou même un Rollin ne songeraient jamais, on les trouve plausibles quand il s'agit de disculper un auteur sacré.

C'est donc l'orthodoxe qui commet une pétition de principe quand il reproche au rationaliste de changer l'histoire parce que celui-ci ne suit pas mot à mot les documents que l'orthodoxe tient pour sacrés. De ce qu'une chose est écrite, il ne suit pas qu'elle soit vraie. Les miracles de Mahomet sont écrits aussi bien que les miracles de Jésus, et certes les biographies arabes de Mahomet, celle d'Ibn-Hischam [b] par exemple, ont un caractère bien plus historique que les Évangiles. Est-ce que nous admettons pour cela les miracles de Mahomet ? Nous suivons Ibn-Hischam avec plus ou moins de confiance, quand nous n'avons pas de raisons de nous écarter de lui. Mais, quand il nous raconte des choses tout à fait incroyables, nous ne faisons nulle difficulté de l'abandonner. Certainement, si nous avions quatre Vies de Bouddha, en partie fabuleuses, et aussi inconciliables entre elles que les quatre Évangiles le sont entre eux, et qu'un savant essayât de débarrasser les quatre récits bouddhiques de leurs contradictions, on ne reprocherait pas à ce savant de faire mentir les textes. On trouverait bon qu'il invitât les passages discordants à se rejoindre, qu'il cherchât un compromis, une sorte de récit moyen, ne renfermant rien d'impossible, où les témoignages opposés fussent balancés entre eux et violentés le moins possible. Si, après cela, les bouddhistes criaient au mensonge, à la falsification de l'histoire, on serait en droit de leur répondre : « Il ne s'agit pas d'histoire ici, et, si l'on s'est écarté parfois de vos textes, c'est la faute de ces textes, lesquels renferment des choses impossibles à croire, et d'ailleurs se contredisent entre eux. »

A la base de toute discussion sur de pareilles matières est la question du surnaturel. Si le miracle et l'inspiration de certains livres sont choses réelles, notre méthode est détestable. Si le miracle et l'inspiration des livres sont des croyances sans réalité, notre méthode est la bonne. Or, la question du surnaturel est pour nous tranchée avec une entière certitude, par cette seule raison qu'il n'y a pas lieu de croire à une chose dont le monde n'offre aucune trace expérimentale. Nous ne croyons pas au miracle comme nous ne croyons pas aux revenants, au diable, à la sorcellerie, à l'astrologie. Avons-nous besoin de réfuter pas à pas les longs raisonnements de l'astrologue pour nier que les astres influent sur les événements humains? Non. Il suffit de cette expérience toute négative, mais aussi démonstrative que la meilleure preuve directe, qu'on n'a jamais constaté une telle influence.

A Dieu ne plaise que nous méconnaissions les services que les théologiens ont rendus à la science! La recherche et la constitution des textes qui servent de documents à cette histoire ont été l'œuvre de théologiens souvent orthodoxes. Le travail de critique a été l'œuvre des théologiens libéraux. Mais il est une chose qu'un théologien ne saurait jamais être, je veux dire historien. L'histoire est essentiellement désintéressée. L'historien n'a qu'un souci, l'art et la vérité (deux choses inséparables, l'art gardant le secret des lois les plus intimes du vrai). Le théologien a un intérêt, c'est son dogme. Réduisez ce dogme autant que vous voudrez ; il est encore pour l'artiste et le critique d'un poids insupportable. Le théologien orthodoxe peut être comparé à un oiseau en cage ; tout mouvement propre lui est interdit. Le théologien libéral est un oiseau à qui l'on a coupé quelques plumes de l'aile. Vous le croyez maître de lui-même, et il l'est en effet jusqu'au moment où il s'agit de prendre son vol. Alors, vous voyez qu'il n'est pas complètement le fils de l'air. Proclamons-le hardiment : Les études critiques relatives aux origines du christianisme ne diront leur dernier mot que quand elles seront cultivées dans un esprit purement laïque et profane, selon la méthode des hellénistes, des arabisants, des sanscritistes, gens étrangers à toute théologie, qui ne songent ni à édifier ni à scandaliser, ni à défendre les dogmes ni à les renverser.

Jour et nuit, j'ose le dire, j'ai réfléchi à ces questions, qui doivent être agitées sans autres préjugés que ceux qui constituent l'essence même de la raison. La plus grave de toutes, sans contredit, est celle de la valeur historique du quatrième Évangile. Ceux qui n'ont pas varié sur de tels problèmes donnent lieu de croire qu'ils n'en ont pas compris toute la difficulté. On peut ranger les opinions sur cet Évangile en quatre classes, dont voici quelle serait l'expression abrégée :

Première opinion : « Le quatrième Évangile a été écrit par l'apôtre Jean, fils de Zébédée. Les faits contenus dans cet Évangile sont tous vrais ; les discours que l'auteur met dans la bouche de Jésus ont été réellement tenus par Jésus. » C'est l'opinion orthodoxe. Au point de vue de la critique rationnelle, elle est tout à fait insoutenable.

Deuxième opinion : « Le quatrième Évangile est en somme de l'apôtre Jean, bien qu'il ait pu être rédigé et retouché par ses disciples. Les faits racontés dans cet Évangile sont des traditions directes sur Jésus. Les discours sont souvent des compositions libres, n'exprimant que la façon dont l'auteur concevait l'esprit de Jésus. » C'est l'opinion d'Ewald et à quelques égards celle de Lücke, de Weisse, de Reuss. C'est l'opinion que j'avais adoptée dans la première édition de cet ouvrage [a].

Troisième opinion : « Le quatrième Évangile n'est pas l'ouvrage de l'apôtre Jean. Il lui a été attribué par quelqu'un de ses disciples vers l'an 100. Les discours sont presque entièrement fictifs ; mais les parties narratives renferment de précieuses traditions, remontant en partie à l'apôtre Jean. » C'est l'opinion de Weizsæcker, de Michel Nicolas. C'est celle à laquelle je me rattache maintenant [b].

Quatrième opinion : « Le quatrième Évangile n'est en aucun sens de l'apôtre Jean. Ni par les faits ni par les discours qui y sont rapportés, ce n'est un livre historique. C'est une œuvre d'imagination, et en partie allégorique, éclose vers l'an 150, où l'auteur s'est proposé, non de raconter effectivement la vie de Jésus, mais de faire prévaloir l'idée qu'il se formait de Jésus. » Telle est, avec quelques variétés, l'opinion de Baur, Schwegler, Strauss, Zeller, Volkmar, Hilgenfeld, Schenkel, Scholten, Réville [c].

Je ne puis me rallier entièrement à ce parti radical. Je crois toujours que le quatrième Évangile a un lien réel avec l'apôtre Jean, et qu'il fut écrit vers la fin du Ier siècle. J'avoue pourtant que, dans certains passages de ma première rédaction, j'avais trop penché vers l'authenticité. La force probante de quelques arguments sur lesquels j'insistais me paraît moindre. Je ne crois plus que saint Justin ait mis le quatrième Évangile sur le même pied que les synoptiques parmi les « Mémoires des apôtres ». L'existence de *Presbyteros Joannes*, comme personnage distinct de l'apôtre Jean, me paraît maintenant fort problématique. L'opinion d'après laquelle Jean, fils de Zébédée, aurait écrit l'ouvrage, hypothèse que je n'ai jamais complètement admise, mais pour laquelle, par moments, je montrais quelque faiblesse, est ici écartée comme improbable. Enfin, je reconnais que j'avais tort de répugner à l'hypothèse d'un faux écrit attribué à un apôtre au sortir de l'âge apostolique. La deuxième épître de Pierre, dont personne ne peut raisonnablement soutenir l'authenticité, est un exemple d'un ouvrage, bien moins important, il est vrai, que le quatrième Évangile, supposé dans de telles conditions. Du reste, là n'est pas pour le moment la question capitale. L'essentiel est de savoir quel usage il convient de faire du quatrième Évangile quand on essaye d'écrire la vie de Jésus. Je persiste à penser que cet Évangile possède une valeur de fonds parallèle à celle des synoptiques, et même quelquefois supérieure. Le développement de ce point avait tant d'importance, que j'en ai fait l'objet d'un appendice à la fin du volume. La partie de l'introduction relative à la critique du quatrième Évangile a été retouchée et complétée.

Dans le corps du récit, plusieurs passages ont été aussi modifiés en conséquence de ce qui vient d'être dit. Tous les membres de phrase qui impliquaient plus ou moins que le quatrième Évangile fût de l'apôtre Jean ou d'un témoin oculaire des faits évangéliques, ont été retranchés. Pour tracer le caractère personnel de Jean, fils de Zébédée, j'ai songé au rude *Boanerge* [a] de Marc, au visionnaire terrible de l'Apocalypse, et non plus au mystique plein de tendresse qui a écrit l'Évangile de l'amour. J'insiste avec moins de confiance sur certains petits détails qui nous sont fournis par le quatrième Évangile. Les emprunts si restreints que j'avais faits aux discours de cet Évangile ont été réduits encore. Je m'étais trop laissé entraîner à la suite du prétendu apôtre en ce qui touche la promesse du *Paraclet*. De même, je ne suis plus aussi sûr que le quatrième Évangile ait raison, dans sa discordance avec les synoptiques sur le jour de la mort de Jésus. A l'endroit de la Cène, au contraire, je persiste dans mon opinion. Le récit synoptique qui rapporte l'institution eucharistique à la dernière soirée de Jésus me paraît renfermer une invraisemblance équivalant à un quasi-miracle. C'est là, selon moi, une version convenue et qui reposait sur un certain mirage de souvenirs.

L'examen critique des synoptiques n'a pas été modifié pour le fond. On l'a complété et précisé sur quelques points, notamment en ce qui concerne Luc. Sur Lysanias [a], une étude de l'inscription de Zénodore à Baalbek, que j'ai faite pour la *Mission de Phénicie*, m'a mené à croire que l'évangéliste pouvait n'avoir pas aussi gravement tort que d'habiles critiques le pensent. Sur Quirinius, au contraire, le dernier mémoire de M. Mommsen [b] a tranché la question contre le troisième Évangile. Marc me semble de plus en plus le type primitif de la narration synoptique et le texte le plus autorisé.

Le paragraphe relatif aux Apocryphes a été développé. Les textes importants publiés par M. Ceriani [c] ont été mis à profit. J'ai beaucoup hésité sur le livre d'Hénoch. Je repousse l'opinion de Weisse, de Volkmar, de Grœtz, qui croient le livre entier postérieur à Jésus. Quant à la partie la plus importante du livre, celle qui s'étend du chapitre xxxvii au chapitre lxxi, je n'ose me décider entre les arguments de Hilgenfeld, Colani, qui regardent cette partie comme postérieure à Jésus, et l'opinion de Hoffmann, Dillmann, Kœstlin [d], Ewald, Lücke, Weizsæcker, qui la tiennent pour antérieure. Combien il serait à désirer que l'on trouvât le texte grec de cet écrit capital! Je ne sais pourquoi je m'obstine à croire que cette espérance n'est pas vaine. J'ai, en tout cas, frappé d'un signe de doute les inductions tirées des chapitres précités. J'ai montré, au contraire, les relations singulières des discours de Jésus contenus dans les derniers chapitres des Évangiles synoptiques avec les apocalypses attribuées à Hénoch, relations que la découverte du texte grec complet de l'épître attribuée à saint Barnabé a mises en lumière, et que M. Weizsæcker a bien relevées. Les résultats certains obtenus par M. Volkmar sur le quatrième livre d'Esdras, et qui concordent, à très peu de chose près, avec ceux de M. Ewald, ont été également pris en considération. Plusieurs nouvelles citations talmudiques ont été introduites. La place accordée à l'essénisme a été un peu élargie.

Le parti que j'avais adopté d'écarter la bibliographie a été souvent mal interprété. Je crois avoir assez hautement proclamé ce que je dois aux maîtres de la science allemande en général, et à chacun d'eux en particulier, pour qu'un tel silence ne puisse être taxé d'ingratitude. La bibliographie n'est utile que quand elle est complète. Or, le génie allemand a déployé sur le terrain de la critique évangélique une telle activité, que, si j'avais dû citer tous les travaux relatifs aux questions traitées en ce livre, j'aurais triplé l'étendue des notes et changé le caractère de mon écrit. On ne peut tout faire à la fois. Je m'en suis donc tenu à la règle de n'admettre que des citations de première main. Le nombre en a été fort multiplié. En outre, pour la commodité des lecteurs français qui ne sont pas au courant de ces études, j'ai continué de dresser la liste sommaire des écrits, composés en notre langue, où l'on peut trouver des détails que j'ai dû omettre. Plusieurs de ces ouvrages s'écartent de mes idées ; mais tous sont de nature à faire réfléchir un homme instruit et à le mettre au courant de nos discussions.

La trame du récit a été peu changée. Certaines expressions trop fortes sur l'esprit communiste [a], qui fut de

l'essence du christianisme naissant, ont été adoucies.
Parmi les personnes en relation avec Jésus, j'ai admis
quelques personnes dont les noms ne figurent pas dans
les Évangiles, mais qui nous sont connues par des
témoignages dignes de foi. Ce qui concerne le nom de
Pierre a été modifié ; j'ai aussi adopté une autre hypothèse sur Lévi, fils d'Alphée, et sur ses rapports avec
l'apôtre Matthieu. Quant à Lazare, je me range maintenant, sans hésiter, au système ingénieux de Strauss,
Baur, Zeller, Scholten, d'après lequel le bon pauvre de
la parabole de Luc et le ressuscité de Jean sont un seul
personnage. On verra comment je lui conserve néanmoins quelque réalité en le combinant avec Simon le
Lépreux [a]. J'adopte aussi l'hypothèse de M. Strauss sur
divers discours prêtés à Jésus en ses derniers jours, et
qui paraissent des citations d'écrits répandus au
Ier siècle. La discussion des textes sur la durée de la vie
publique de Jésus a été ramenée à plus de précision. La
topographie de Bethphagé et de Dalmanutha a été
modifiée [b]. La question du Golgotha a été reprise
d'après les travaux de M. de Vogüé. Une personne très
versée dans l'histoire botanique m'a appris à distinguer,
dans les vergers de Galilée, les arbres qui s'y trouvaient
il y a dix-huit cents ans et ceux qui n'y ont été transplantés que depuis. On m'a aussi communiqué sur le
breuvage des crucifiés quelques observations auxquelles
j'ai donné place. En général, dans le récit des dernières
heures de Jésus, j'ai atténué les tours de phrase qui
pouvaient paraître trop historiques. C'est là que les
explications favorites de M. Strauss trouvent le mieux
à s'appliquer, les intentions dogmatiques et symboliques s'y laissant voir à chaque pas.

Je l'ai dit et je le répète : si l'on s'astreignait, en
écrivant la vie de Jésus, à n'avancer que des choses
certaines, il faudrait se borner à quelques lignes. Il
a existé. Il était de Nazareth en Galilée. Il prêcha avec
charme et laissa dans la mémoire de ses disciples des

aphorismes qui s'y gravèrent profondément. Les deux principaux de ses disciples furent Céphas et Jean, fils de Zébédée. Il excita la haine des juifs orthodoxes, qui parvinrent à le faire mettre à mort par Pontius Pilatus, alors procurateur de Judée. Il fut crucifié hors de la porte de la ville. On crut peu après qu'il était ressuscité. Voilà ce que nous saurions avec certitude, quand même les Évangiles n'existeraient pas ou seraient mensongers, par des textes d'une authenticité et d'une date incontestables, tels que les épîtres évidemment authentiques de saint Paul, l'épître aux Hébreux, l'Apocalypse et d'autres textes admis de tous. En dehors de cela, le doute est permis. Que fut sa famille ? Quelle fut en particulier sa relation avec ce Jacques, « frère du Seigneur », qui joue, après sa mort, un rôle capital ? Eut-il réellement des rapports avec Jean-Baptiste, et ses disciples les plus célèbres furent-ils de l'école du baptiste avant d'être de la sienne ? Quelles furent ses idées messianiques ? Se regarda-t-il comme le Messie ? Quelles furent ses idées apocalyptiques ? Crut-il qu'il apparaîtrait en Fils de l'homme dans les nues ? S'imagina-t-il faire des miracles ? Lui en prêta-t-on de son vivant ? Sa légende commença-t-elle autour de lui, et en eut-il connaissance ? Quel fut son caractère moral ? Quelles furent ses idées sur l'admission des gentils dans le royaume de Dieu ? Fut-il un juif pur comme Jacques, ou rompit-il avec le judaïsme, comme le fit plus tard la partie la plus vivace de son Église ? Quel fut l'ordre du développement de sa pensée ? Ceux qui ne veulent en histoire que de l'indubitable doivent se taire sur tout cela. Les Évangiles, pour ces questions, sont des témoins peu sûrs, puisqu'ils fournissent souvent des arguments aux deux thèses opposées, et que la figure de Jésus y est modifiée selon les vues dogmatiques des rédacteurs. Pour moi, je pense qu'en de telles occasions, il est permis de faire des conjectures, à condition de les proposer pour ce qu'elles sont. Les textes, n'étant pas historiques, ne donnent

pas la certitude ; mais ils donnent quelque chose. Il ne
faut pas les suivre avec une confiance aveugle ; il ne faut
pas se priver de leur témoignage avec un injuste dédain.
Il faut tâcher de deviner ce qu'ils cachent, sans jamais
être absolument sûr de l'avoir trouvé.

Chose singulière! Sur presque tous ces points, c'est
l'école de théologie libérale qui propose les solutions
les plus sceptiques. L'apologie sensée du christianisme
en est venue à trouver avantageux de faire le vide dans
les circonstances historiques de la naissance du christianisme. Les miracles, les prophéties messianiques, bases
autrefois de l'apologie chrétienne, en sont devenus
l'embarras ; on cherche à les écarter. A entendre les
partisans de cette théologie, entre lesquels je pourrais
citer tant d'éminents critiques et de nobles penseurs,
Jésus n'a prétendu faire aucun miracle ; il ne s'est pas
cru le Messie ; il n'a pas pensé aux discours apocalyptiques qu'on lui prête sur les catastrophes finales. Que
Papias *a*, si bon traditionniste, si zélé à recueillir les
paroles de Jésus, soit millénaire *b* exalté ; que Marc,
le plus ancien et le plus autorisé des narrateurs évangéliques *c*, soit presque exclusivement préoccupé de
miracles, peu importe. On réduit tellement le rôle de
Jésus, qu'on aurait beaucoup de peine à dire ce qu'il a
été. Sa condamnation à mort n'a pas plus de raison
d'être en une telle hypothèse que la fortune qui a fait
de lui le chef d'un mouvement messianique et apocalyptique. Est-ce pour ses préceptes moraux, pour le Discours sur la montagne que Jésus a été crucifié ? Non
certes. Ces maximes étaient depuis longtemps la monnaie courante des synagogues. On n'avait jamais tué
personne pour les avoir répétées. Si Jésus a été mis à
mort, c'est qu'il disait quelque chose de plus. Un homme
savant, qui a été mêlé à ces débats, m'écrivait derniè-
rement : « Comme, autrefois, il fallait prouver à tout prix
que Jésus était Dieu, il s'agit, pour l'école théologique
protestante de nos jours, de prouver, non seulement

qu'il n'est qu'homme, mais encore qu'il s'est toujours lui-même regardé comme tel. On tient à le présenter comme l'homme de bon sens, l'homme pratique par excellence ; on le transforme à l'image et selon le cœur de la théologie moderne. Je crois avec vous que ce n'est plus là faire justice à la vérité historique, que c'est en négliger un côté essentiel. »

Cette tendance s'est déjà plus d'une fois logiquement produite dans le sein du christianisme. Que voulait Marcion [a] ? Que voulaient les gnostiques du IIe siècle ? Écarter les circonstances matérielles d'une biographie, dont les détails humains les choquaient. Baur et Strauss obéissent à des nécessités philosophiques analogues. L'éon divin [b] qui se développe par l'humanité n'a rien à faire avec des incidents anecdotiques, avec la vie particulière d'un individu. Scholten et Schenkel tiennent certes pour un Jésus historique et réel ; mais leur Jésus historique n'est ni un Messie, ni un prophète, ni un juif. On ne sait ce qu'il a voulu ; on ne comprend ni sa vie ni sa mort. Leur Jésus est un éon à sa manière, un être impalpable, intangible. L'histoire pure ne connaît pas de tels êtres. L'histoire pure doit construire son édifice avec deux sortes de données, et, si j'ose le dire, deux facteurs : d'abord, l'état général de l'âme humaine en un siècle et dans un pays donnés ; en second lieu, les incidents particuliers qui, se combinant avec les causes générales, ont déterminé le cours des événements. Expliquer l'histoire par des incidents est aussi faux que de l'expliquer par des principes purement philosophiques. Les deux explications doivent se soutenir et se compléter l'une l'autre. L'histoire de Jésus et des apôtres doit être avant tout l'histoire d'une vaste mêlée d'idées et de sentiments ; cela pourtant ne saurait suffire. Mille hasards, mille bizarreries, mille petitesses se mêlèrent aux idées et aux sentiments. Tracer aujourd'hui le récit exact de ces hasards, de ces bizarreries, de ces petitesses, est impossible ; ce que la légende nous

apprend à cet égard peut être vrai, mais peut bien aussi
ne l'être pas. Le mieux, selon moi, est de se tenir aussi
près que possible des récits originaux, en écartant les
impossibilités, en semant partout les signes de doute,
et en présentant comme des conjectures les diverses
façons dont la chose a pu arriver. Je ne suis pas bien sûr
que la conversion de saint Paul se soit passée comme la
racontent les *Actes;* mais elle s'est passée d'une façon
qui n'a pas été fort éloignée de cela, puisque saint
Paul nous apprend lui-même qu'il eut une vision de
Jésus ressuscité, laquelle donna une direction entièrement nouvelle à sa vie. Je ne suis pas sûr que le récit
des *Actes* sur la descente du Saint-Esprit le jour de la
Pentecôte soit très historique ; mais les idées qui se
répandirent sur le baptême du feu me portent à croire
qu'il y eut dans le cercle apostolique une scène d'illusion où la foudre joua un rôle, comme au Sinaï. Les
visions de Jésus ressuscité eurent de même pour cause
occasionnelle des circonstances fortuites, interprétées
par des imaginations vives et déjà préoccupées.

Si les théologiens libéraux répugnent aux explications
de ce genre, c'est qu'ils ne veulent pas assujettir le
christianisme aux lois communes des autres mouvements religieux ; c'est qu'aussi, peut-être, ils ne connaissent pas suffisamment la théorie de la vie spirituelle.
Il n'y a pas de mouvement religieux où de telles
déceptions ne jouent un grand rôle. On peut même dire
qu'elles sont à l'état permanent dans certaines commu-
nautés, telles que les piétistes protestants, les mormons,
les couvents catholiques. Dans ces petits mondes exaltés,
il n'est pas rare que les conversions s'opèrent à la suite
de quelque incident, où l'âme frappée voit le doigt de
Dieu. Ces incidents ayant toujours quelque chose de
puéril, les croyants les cachent ; c'est un secret entre
le ciel et eux. Un hasard n'est rien pour une âme froide
ou distraite ; il est un signe divin pour une âme obsédée.
Dire que c'est un incident matériel qui a changé de fond

en comble saint Paul, saint Ignace de Loyola, ou plutôt qui a donné une nouvelle application à leur activité, est certes inexact. C'est le mouvement intérieur de ces fortes natures qui a préparé le coup de tonnerre ; mais le coup de tonnerre a été déterminé par une cause extérieure. Tous ces phénomènes se rapportent, du reste, à un état moral qui n'est plus le nôtre. Dans une grande partie de leurs actes, les anciens se gouvernaient par les songes qu'ils avaient eus la nuit précédente, par des inductions tirées de l'objet fortuit qui frappait le premier leur vue, par des sons qu'ils croyaient entendre. Il y a eu des vols d'oiseau, des courants d'air, des migraines qui ont décidé du sort du monde. Pour être sincère et complet, il faut dire cela, et, quand des documents médiocrement certains nous racontent des incidents de ce genre, il faut se garder de les passer sous silence. Il n'y a guère de détails certains en histoire ; les détails cependant ont toujours quelque signification. Le talent de l'historien consiste à faire un ensemble vrai avec des traits qui ne sont vrais qu'à demi.

On peut donc accorder une place dans l'histoire aux incidents particuliers sans être pour cela un rationaliste de la vieille école, un disciple de Paulus *a*. Paulus était un théologien qui, voulant le moins possible de miracles et n'osant pas traiter les récits bibliques de légendes, les torturait pour les expliquer tous d'une façon naturelle. Paulus prétendait avec cela maintenir à la Bible toute son autorité et entrer dans la vraie pensée des auteurs sacrés [3]. Moi, je suis un critique profane ; je crois qu'aucun

---

3. Là était le ridicule de Paulus. S'il se fût contenté de dire que beaucoup de récits de miracles ont pour base des faits naturels mal compris, il aurait eu raison. Mais il tombait dans la puérilité en soutenant que le narrateur sacré n'avait voulu raconter que des choses toutes simples et qu'on rendait service au texte biblique en le débarrassant de ses miracles. La critique profane peut et doit faire ces sortes d'hypothèses, dites « rationalistes » ; le théologien n'en a pas le droit ; car la condition préalable de telles hypothèses est de supposer que le texte n'est pas révélé.

récit surnaturel n'est vrai à la lettre ; je pense que, sur cent récits surnaturels, il y en a quatre-vingts qui sont nés de toutes pièces de l'imagination populaire ; j'admets cependant que, dans certains cas plus rares, la légende vient d'un fait réel transformé par l'imagination. Sur la masse de faits surnaturels racontés par les Évangiles et les *Actes*, j'essaye pour cinq ou six de montrer comment l'illusion a pu naître. Le théologien, toujours systématique, veut qu'une seule explication s'applique d'un bout à l'autre de la Bible ; le critique croit que toutes les explications doivent être essayées, ou plutôt qu'on doit montrer successivement la possibilité de chacune d'elles. Ce qu'une explication a de répugnant selon notre goût n'est nullement une raison pour la repousser. Le monde est une comédie à la fois infernale et divine, une ronde étrange menée par un chorège de génie, où le bien, le mal, le laid, le beau défilent au rang qui leur est assigné, en vue de l'accomplissement d'une fin mystérieuse. L'histoire n'est pas l'histoire, si l'on n'est tour à tour, en la lisant, charmé et révolté, attristé et consolé.

La première tâche de l'historien est de bien dessiner le milieu où se passe le fait qu'il raconte. Or, l'histoire des origines religieuses nous transporte dans un monde de femmes, d'enfants, de têtes ardentes ou égarées. Placez ces faits dans un milieu d'esprits positifs, ils sont absurdes, inintelligibles, et voilà pourquoi les pays lourdement raisonnables comme l'Angleterre sont dans l'impossibilité d'y rien comprendre. Ce qui pèche dans les argumentations, autrefois si célèbres, de Sherlock ou de Gilbert West sur la résurrection, de Lyttelton sur la conversion de saint Paul, ce n'est pas le raisonnement : il est triomphant de solidité ; c'est la juste appréciation de la diversité des milieux. Toutes les tentatives religieuses que nous connaissons clairement présentent un mélange inouï de sublime et de bizarre. Lisez ces procès-verbaux du saint-simonisme

primitif *a*, publiés avec une admirable candeur par
les adeptes survivants [4]. A côté de rôles repoussants, de
déclamations insipides, quel charme, quelle sincérité,
dès que l'homme ou la femme du peuple entre en scène,
apportant la naïve confession d'une âme qui s'ouvre
sous le premier doux rayon qui l'a frappée! Il y a plus
d'un exemple de belles choses durables qui se sont
fondées sur de singuliers enfantillages. Il ne faut chercher nulle proportion entre l'incendie et la cause qui
l'allume. La dévotion de la Salette *b* est un des grands
événements religieux de notre siècle [5]. Ces basiliques, si
respectables, de Chartres, de Laon, s'élevèrent sur des
illusions du même genre. La Fête-Dieu eut pour cause
les visions d'une religieuse de Liège, qui croyait toujours,
dans ses oraisons, voir la pleine lune avec une petite
brèche. On citerait des mouvements pleins de sincérité
qui se sont produits autour d'imposteurs. La découverte
de la sainte lance à Antioche, où la fourberie fut si
évidente, décida de la fortune des croisades. Le mormo-
nisme, dont les origines sont si honteuses, a inspiré du
courage et du dévouement. La religion des druzes *c*
repose sur un tissu d'absurdités qui confond l'imagination, et elle a ses dévots. L'islamisme, qui est le
second événement de l'histoire du monde, n'existerait
pas si le fils d'Amina *d* n'avait été épileptique. Le doux
et immaculé François d'Assise *e* n'eût pas réussi sans
frère Élie. L'humanité est si faible d'esprit, que la plus
pure chose a besoin de la coopération de quelque agent
impur.

Gardons-nous d'appliquer nos distinctions conscien-
cieuses, nos raisonnements de têtes froides et claires à
l'appréciation de ces événements extraordinaires, qui
sont à la fois si fort au-dessus et si fort au-dessous de
nous. Tel voudrait faire de Jésus un sage, tel un philo-

---

4. *Œuvres de Saint-Simon et d'Enfantin*. Paris, Dentu, 1865-1866.
5. La dévotion de Lourdes semble prendre les mêmes proportions.

sophe, tel un patriote, tel un homme de bien, tel un
moraliste, tel un saint. Il ne fut rien de tout cela. Ce fut
un charmeur. Ne faisons pas le passé à notre image. Ne
croyons pas que l'Asie est l'Europe. Chez nous, par
exemple, le fou est un être hors la règle ; on le torture
pour l'y faire rentrer ; les horribles traitements des
anciennes maisons de fous étaient conséquents à la
logique scolastique et cartésienne. En Orient, le fou est
un être privilégié ; il entre dans les plus hauts conseils,
sans que personne ose l'arrêter ; on l'écoute, on le
consulte. C'est un être qu'on croit plus près de Dieu,
parce que, sa raison individuelle étant éteinte, on suppose qu'il participe à la raison divine. L'esprit, qui
relève par une fine raillerie tout défaut de raisonnement,
n'existe pas en Asie. Un personnage élevé de l'islamisme
me racontait qu'une réparation étant devenue urgente,
il y a quelques années, au tombeau de Mahomet à Médine,
on fit un appel aux maçons, en annonçant que celui
qui descendrait dans ce lieu redoutable aurait la tête
tranchée en remontant. Quelqu'un se présenta, descendit, fit la réparation, puis se laissa décapiter. « C'était
nécessaire, me dit mon interlocuteur ; on se figure ces
lieux d'une certaine manière ; il ne faut pas qu'il y ait
personne pour dire qu'ils sont autrement. »

Les consciences troubles ne sauraient avoir la netteté
du bon sens. Or, il n'y a que les consciences troubles
qui fondent puissamment. J'ai voulu faire un tableau
où les couleurs fussent fondues comme elles le sont
dans la nature, qui fût ressemblant à l'humanité, c'est-à-
dire à la fois grand et puéril, où l'on vît l'instinct divin
se frayer sa route avec sûreté à travers mille singularités.
Si le tableau avait été sans ombre, c'eût été la preuve
qu'il était faux. L'état des documents ne permet pas
de dire en quel cas l'illusion a été consciente d'elle-
même. Tout ce qu'on peut dire, c'est qu'elle l'a été quelquefois. On ne peut mener durant des années la vie de
thaumaturge, sans être dix fois acculé, sans avoir la

main forcée par le public. L'homme qui a une légende de son vivant est conduit tyranniquement par sa légende. On commence par la naïveté, la crédulité, l'innocence absolue : on finit par des embarras de toute sorte, et, pour soutenir la puissance divine en défaut, on sort de ces embarras par des expédients désespérés. On est mis en demeure : faut-il laisser périr l'œuvre de Dieu, parce que Dieu tarde à se révéler ? Jeanne d'Arc n'a-t-elle pas plus d'une fois fait parler ses voix selon le besoin du moment ? Si le récit de la révélation secrète qu'elle fit au roi Charles VII a quelque réalité, ce qu'il est difficile de nier, il faut que cette innocente fille ait présenté comme l'effet d'une intuition surnaturelle ce qu'elle avait appris par confidence. Un exposé d'histoire religieuse n'ouvrant pas quelque jour oblique sur des suppositions de ce genre est par cela même argué de n'être pas complet.

Toute circonstance vraie ou probable ou possible devait donc avoir sa place dans ma narration, avec sa nuance de probabilité. Dans une telle histoire, il fallait dire non seulement ce qui a eu lieu, mais encore ce qui a pu vraisemblablement avoir lieu. L'impartialité avec laquelle je traitais mon sujet m'interdisait de me refuser une conjecture, même choquante ; car sans doute il y a eu beaucoup de choquant dans la façon dont les choses se sont passées. J'ai appliqué d'un bout à l'autre le même procédé d'une manière inflexible. J'ai dit les bonnes impressions que les textes me suggéraient ; je ne devais pas taire les mauvaises. J'ai voulu que mon livre gardât sa valeur, même le jour où l'on arriverait à regarder un certain degré de fraude comme un élément inséparable de l'histoire religieuse. Il fallait faire mon héros beau et charmant (car sans contredit il le fut) ; et cela, malgré des actes qui, de nos jours, seraient qualifiés d'une manière défavorable. On m'a loué d'avoir cherché à construire un récit vivant, humain, possible. Mon récit aurait-il mérité ces éloges, s'il avait présenté les origines du christianisme comme absolument imma-

culées ? C'eût été admettre le plus grand des miracles.
Ce qui fût résulté de là eût été un tableau de la dernière
froideur. Je ne dis pas qu'à défaut de taches, j'eusse dû
en inventer. Au moins, devais-je laisser chaque texte
produire sa note suave ou discordante. Si Gœthe vivait,
il m'approuverait de ce scrupule. Ce grand homme ne
m'eût pas pardonné un portrait tout céleste : il y eût
voulu des traits répulsifs ; car sûrement, dans la réalité,
il se passa des choses qui nous blesseraient s'il nous était
donné de les voir [6].

La même difficulté se présente, du reste, pour l'histoire des apôtres. Cette histoire est admirable à sa
manière. Mais quoi de plus blessant que la glossolalie,
laquelle est attestée par des textes irrécusables de saint
Paul ? Les théologiens libéraux admettent que la dispa-
rition du corps de Jésus fut une des bases de la croyance
à la résurrection. Que signifie cela, sinon que la conscience chrétienne à ce moment fut double, qu'une moitié
de cette conscience créa l'illusion de l'autre moitié ?
Si les mêmes disciples eussent enlevé le corps et se
fussent répandus dans la ville en criant : « Il est ressuscité ! » l'imposture eût été caractérisée. Mais sans doute
ce ne furent pas les mêmes qui firent ces deux choses.
Pour que la croyance à un miracle s'accrédite, il faut
bien que quelqu'un soit responsable de la première
rumeur qui se répand ; mais, d'ordinaire, ce n'est pas
l'acteur principal. Le rôle de celui-ci se borne à ne pas
réclamer contre la réputation qu'on lui fait. Lors même
qu'il réclamerait, du reste, ce serait en pure perte ;

6. Toutefois, comme en de tels sujets l'édification coule à pleins
bords, j'ai cru devoir extraire de la *Vie de Jésus* un petit volume où rien
ne pût arrêter les âmes pieuses qui ne se soucient pas de critique. Je
l'ai intitulé *Jésus*, pour le distinguer du présent ouvrage, lequel seul
fait partie de la série intitulée : *Histoire des origines du christianisme.*
Aucune des modifications introduites dans l'édition que j'offre aujour-
d'hui au public n'atteint ce petit volume ; je n'y ferai jamais de changements.

l'opinion populaire serait plus forte que lui [7]. Dans le miracle de la Salette, on eut l'idée claire de l'artifice ; mais la conviction que cela faisait du bien à la religion l'emporta sur tout [8]. La fraude se partageant entre plusieurs devient inconsciente, ou plutôt elle cesse d'être fraude et devient malentendu. Personne, en ce cas, ne trompe délibérément ; tout le monde trompe innocemment. Autrefois, on supposait en chaque légende des trompés et des trompeurs ; selon nous, tous les collaborateurs d'une légende sont à la fois trompés et trompeurs. Un miracle, en d'autres termes, suppose trois conditions : 1° la crédulité de tous ; 2° un peu de complaisance de la part de quelques-uns ; 3° l'acquies-cement tacite de l'auteur principal. Par réaction contre les explications brutales du xviiie siècle, ne tombons pas dans des hypothèses qui impliqueraient des effets sans cause. La légende ne naît pas toute seule ; on l'aide à naître. Ces points d'appui d'une légende sont souvent d'une rare ténuité. C'est l'imagination popu-laire qui fait la boule de neige ; il y a eu cependant un noyau primitif. Les deux personnes qui composèrent les deux généalogies de Jésus savaient fort bien que ces listes n'étaient pas d'une grande authenticité. Les livres apocryphes, ces prétendues apocalypses de Daniel, d'Hénoch, d'Esdras, viennent de personnes fort con-vaincues : or, les auteurs de ces ouvrages savaient bien qu'ils n'étaient ni Daniel, ni Hénoch, ni Esdras. Le prêtre d'Asie qui composa le roman de Thécla déclara qu'il l'avait fait pour l'amour de Paul [9]. Il en faut dire autant de l'auteur du quatrième Évangile, personnage assurément de premier ordre. Chassez l'illusion de

7. C'est ainsi que le fondateur du bâbisme ne chercha pas à faire un seul miracle, et passa néanmoins de son vivant pour un thaumaturge de premier ordre [a].

8. *Affaire de la Salette*, pièces du procès, recueillies par J. Sabbatier, p. 214, 252, 254 (Grenoble, Vellot, 1856).

9. *Confessum id se amore Pauli fecisse* [b]. Tertullien, *De baptismo*, 17.

l'histoire religieuse par une porte, elle rentre par une autre. En somme, on citerait à peine dans le passé une grande chose qui se soit faite d'une façon entièrement avouable. Cesserons-nous d'être Français, parce que la France a été fondée par des siècles de perfidies ? Refuserons-nous de profiter des bienfaits de la Révolution, parce que la Révolution a commis des crimes sans nombre ? Si la maison capétienne eût réussi à nous créer une bonne assise constitutionnelle, analogue à celle de l'Angleterre, la chicanerions-nous sur la guérison des écrouelles ?

La science seule est pure ; car la science n'a rien de pratique ; elle ne touche pas les hommes ; la propagande ne la regarde pas. Son devoir est de prouver, non de persuader ni de convertir. Celui qui a trouvé un théorème publie sa démonstration pour ceux qui peuvent la comprendre. Il ne monte pas en chaire, il ne gesticule pas, il n'a pas recours à des artifices oratoires pour le faire adopter aux gens qui n'en voient pas la vérité. Certes, l'enthousiasme a sa bonne foi, mais c'est une bonne foi naïve ; ce n'est pas la bonne foi profonde, réfléchie, du savant. L'ignorant ne cède qu'à de mauvaises raisons. Si Laplace avait dû gagner la foule à son système du monde, il n'aurait pu se borner aux démonstrations mathématiques. M. Littré, écrivant la vie d'un homme qu'il regarde comme son maître [a], a pu pousser la sincérité jusqu'à ne rien taire de ce qui rendit cet homme peu aimable. Cela est sans exemple dans l'histoire religieuse. Seule, la science cherche la vérité pure. Seule, elle donne les bonnes raisons de la vérité, et porte une critique sévère dans l'emploi des moyens de conviction. Voilà sans doute pourquoi jusqu'ici elle a été sans influence sur le peuple. Peut-être, dans l'avenir, quand le peuple sera instruit, ainsi qu'on nous le fait espérer, ne cédera-t-il qu'à de bonnes preuves, bien déduites. Mais il serait peu équitable de juger d'après ces principes les grands hommes du passé. Il y a des

natures qui ne se résignent pas à être impuissantes, qui
acceptent l'humanité telle qu'elle est, avec ses faiblesses. Bien des grandes choses n'ont pu se faire sans
mensonges et sans violences. Si demain l'idéal incarné
venait s'offrir aux hommes pour les gouverner, il se
trouverait en face de la sottise, qui veut être trompée, de
la méchanceté, qui veut être domptée. Le seul irrépro-
chable est le contemplateur, qui ne vise qu'à trouver le
vrai, sans souci de le faire triompher ni de l'appliquer.

La morale n'est pas l'histoire. Peindre et raconter
n'est pas approuver. Le naturaliste qui décrit les transformations de la chrysalide ne la blâme ni ne la loue. Il
ne la taxe pas d'ingratitude parce qu'elle abandonne
son linceul ; il ne la trouve pas téméraire parce
qu'elle se crée des ailes ; il ne l'accuse pas de folie parce
qu'elle aspire à se lancer dans l'espace. On peut être
l'ami passionné du vrai et du beau, et pourtant se
montrer indulgent pour les naïvetés du peuple. L'idéal
seul est sans tache. Notre bonheur a coûté à nos pères
des torrents de larmes et des flots de sang. Pour que des
âmes pieuses goûtent au pied de l'autel l'intime consolation qui les fait vivre, il a fallu des siècles de hautaine
contrainte, les mystères d'une politique sacerdotale, une
verge de fer, des bûchers. Le respect que l'on doit à
toute grande institution ne demande aucun sacrifice
à la sincérité de l'histoire. Autrefois, pour être bon Français, il fallait croire à la colombe de Clovis, aux antiquités
nationales du Trésor de Saint-Denis, aux vertus de
l'oriflamme, à la mission surnaturelle de Jeanne d'Arc ;
il fallait croire que la France était la première des
nations, que la royauté française avait une supériorité
sur toutes les autres royautés, que Dieu avait pour cette
couronne une prédilection toute particulière et était
toujours occupé à la protéger. Aujourd'hui, nous savons
que Dieu protège également tous les royaumes, tous les
empires, toutes les républiques ; nous avouons que plusieurs rois de France ont été des hommes méprisables ;

nous reconnaissons que le caractère français a ses défauts ; nous admirons hautement une foule de choses venant de l'étranger. Sommes-nous pour cela moins bons Français ? On peut dire, au contraire, que nous sommes meilleurs patriotes, puisque, au lieu de nous aveugler sur nos défauts, nous cherchons à les corriger, et qu'au lieu de dénigrer l'étranger, nous cherchons à imiter ce qu'il a de bon. Nous sommes chrétiens de la même manière. Celui qui parle avec irrévérence de la royauté du moyen âge, de Louis XIV, de la Révolution, de l'Empire, commet un acte de mauvais goût. Celui qui ne parle pas avec douceur du christianisme et de l'Église dont il fait partie se rend coupable d'ingratitude. Mais la reconnaissance filiale ne doit point aller jusqu'à fermer les yeux à la vérité. On ne manque pas de respect envers un gouvernement, en faisant remarquer qu'il n'a pas pu satisfaire les besoins contradictoires qui sont dans l'homme, ni envers une religion, en disant qu'elle n'échappe pas aux formidables objections que la science élève contre toute croyance surnaturelle. Répondant à certaines exigences sociales et non à certaines autres, les gouvernements tombent par les causes mêmes qui les ont fondés et qui ont fait leur force. Répondant aux aspirations du cœur aux dépens des réclamations de la raison, les religions croulent tour à tour, parce qu'aucune force jusqu'ici n'a réussi à étouffer la raison.

Malheur aussi à la raison, le jour où elle étoufferait la religion ! Notre planète, croyez-moi, travaille à quelque œuvre profonde. Ne vous prononcez pas témérairement sur l'inutilité de telle ou telle de ses parties ; ne dites pas qu'il faut supprimer ce rouage qui ne fait en apparence que contrarier le jeu des autres. La nature, qui a doué l'animal d'un instinct infaillible, n'a mis dans l'humanité rien de trompeur. De ses organes vous pouvez hardiment conclure sa destinée. *Est Deus in nobis.* Fausses quand elles essayent de prouver l'infini, de le déterminer, de l'incarner, si j'ose le dire, les religions sont vraies quand elles l'affirment. Les plus graves erreurs qu'elles mêlent à cette affirmation ne sont rien comparées au prix de la vérité qu'elles proclament. Le dernier des simples, pourvu qu'il pratique le culte du cœur, est plus éclairé sur la réalité des choses que le matérialiste qui croit tout expliquer par le hasard et le fini.

# INTRODUCTION <sup>a</sup>

## OU L'ON TRAITE PRINCIPALEMENT DES DOCUMENTS ORIGINAUX DE CETTE HISTOIRE <sup>b</sup>

Une histoire des « Origines du Christianisme » devrait embrasser toute la période obscure et, si j'ose le dire, souterraine, qui s'étend depuis les premiers commencements de cette religion jusqu'au moment où son existence devient un fait public, notoire, évident aux yeux de tous. Une telle histoire se composerait de quatre parties. La première, que je présente aujourd'hui au public, traite du fait même qui a servi de point de départ au culte nouveau ; elle est remplie tout entière par la personne sublime du fondateur. La seconde traiterait des apôtres et de leurs disciples immédiats, ou, pour mieux dire, des révolutions que subit la pensée religieuse dans les deux premières générations chrétiennes. Je l'arrêterais vers l'an 100, au moment où les derniers amis de Jésus sont morts, et où tous les livres du Nouveau Testament sont à peu près fixés dans la forme où nous les lisons. La troisième exposerait l'état du christianisme sous les Antonins. On l'y verrait se développer lentement et soutenir une guerre presque permanente contre l'empire, lequel, arrivé à ce moment au plus haut degré de la perfection administrative et gouverné par des philosophes, combat dans la secte naissante une société secrète et théocratique, qui le nie obstinément et le mine sans cesse. Ce livre contiendrait toute l'étendue du $II^e$ siècle. La quatrième partie, enfin, montrerait les progrès décisifs que fait le christianisme à partir des empereurs syriens. On y verrait la savante construction des Antonins crouler, la décadence de la civilisation antique devenir irrévocable, le christianisme profiter de sa ruine, la Syrie conquérir tout l'Occident, et Jésus, en compagnie des dieux et des sages divinisés de l'Asie, prendre possession d'une société à laquelle la philosophie et l'État purement civil ne suffisent plus. C'est alors que les idées religieuses des races établies sur les bords de la Méditerranée se modifient profondément ; que les cultes orientaux prennent partout le dessus ; que le christianisme, devenu une Église très nombreuse, oublie totalement ses rêves millénaires, brise ses dernières attaches avec le judaïsme et passe tout entier dans le monde grec et latin. Les luttes et le travail littéraire du $III^e$ siècle, lesquels se passent déjà au grand jour, ne seraient exposés qu'en traits généraux. Je raconterais encore plus sommairement les persécutions du commencement du $IV^e$ siècle, dernier effort de l'empire pour revenir à ses vieux principes, lesquels déniaient à l'association religieuse toute place dans l'État. Enfin je me bornerais à pressentir le changement de politique qui, sous Constantin, intervertit les rôles, et fait, du mouvement religieux le plus libre et le plus spontané, un culte officiel, assujetti à l'État et persécuteur à son tour.

Je ne sais si j'aurai assez de vie et de force pour remplir un plan aussi vaste [a]. Je serai satisfait si, après avoir écrit la vie de Jésus, il m'est donné de raconter comme je l'entends l'histoire des apôtres, l'état de la conscience chrétienne durant les semaines qui suivirent la mort de Jésus, la formation du cycle légendaire de la résurrection, les premiers actes de l'Église de Jérusalem, la vie de saint Paul, la crise du temps de Néron, l'apparition de l'Apocalypse, la ruine de Jérusalem, la fondation des chrétientés hébraïques de la Batanée [b], la rédaction des Évangiles, l'origine des grandes écoles de l'Asie Mineure. Tout pâlit à côté de ce merveilleux premier siècle. Par une singularité rare en histoire, nous voyons bien mieux ce qui s'est passé dans le monde chrétien de l'an 50 à l'an 75, que de l'an 80 à l'an 150 *a*.

Le plan suivi pour cet ouvrage a empêché d'introduire dans le texte de longues dissertations critiques sur les points controversés. Un système continu de notes met le lecteur à même de vérifier d'après les sources toutes les propositions du texte. Dans ces notes, on s'est borné strictement aux citations de première main, je veux dire à l'indication des passages originaux sur lesquels chaque assertion ou chaque conjecture s'appuie. Je sais que, pour les personnes peu initiées à ces sortes d'études, bien d'autres développements eussent été nécessaires. Mais je n'ai pas l'habitude de refaire ce qui est fait et bien fait. Pour ne citer que des livres écrits en français, les personnes qui voudront bien se procurer les ouvrages suivants :

*Études critiques sur l'Évangile de saint Matthieu*, par M. Albert Réville, pasteur de l'Église wallonne de Rotterdam [1].

*Histoire de la théologie chrétienne au siècle apostolique*, par M. Reuss, professeur à la faculté de théologie et au séminaire protestant de Strasbourg [2].

*Histoire du canon des Écritures saintes dans l'Église chrétienne*, par le même [3].

*Des doctrines religieuses des Juifs pendant les deux siècles antérieurs à l'ère chrétienne*, par M. Michel Nicolas, professeur à la faculté de théologie protestante de Montauban [4].

---

1. Leyde, Noothoven van Goor, 1862. Paris, Cherbuliez. Ouvrage couronné par la société de la Haye, pour la défense de la religion chrétienne.
2. Strasbourg, Treuttel et Wurtz, 2ᵉ édition, 1860. Paris, Cherbuliez.
3. Strasbourg, Treuttel et Wurtz, 1863.
4. Paris, Michel Lévy frères, 1860.

*Études critiques sur la Bible* (Nouveau Testament), par le même [5].

*Vie de Jésus*, par le Dr Strauss, traduite par M. Littré, membre de l'Institut [6].

*Nouvelle Vie de Jésus*, par le même, traduite par MM. Nefftzer et Dollfus [7].

*Les Évangiles*, par M. Gustave d'Eichtal. Première partie : *Examen critique et comparatif des trois premiers Évangiles* [8].

*Jésus-Christ et les Croyances messianiques de son temps*, par T. Colani, professeur à la faculté de théologie et au séminaire protestant de Strasbourg [9].

*Études historiques et critiques sur les origines du christianisme*, par A. Stap [10].

*Études sur la biographie évangélique*, par Rinter de Liessol [11].

*Revue de théologie et de philosophie chrétienne*, publiée sous la direction de M. Colani, de 1850 à 1857. — *Nouvelle Revue de théologie*, faisant suite à la précédente, de 1858 à 1862. — *Revue de théologie*, troisième série, depuis 1863 [12] [a].

les personnes, dis-je, qui voudront bien consulter ces écrits, pour la plupart excellents, y trouveront expliqués une foule de points sur lesquels j'ai dû être très succinct. La critique de détail des textes évangéliques, en particulier, a été faite par M. Strauss d'une manière qui laisse peu à désirer. Bien que M. Strauss se soit trompé d'abord dans sa théorie sur la rédaction des

5. Paris, Michel Lévy frères, 1864.
6. Paris, Ladrange, 2e édition, 1856.
7. Paris, Hetzel et Lacroix, 1864.
8. Paris, Hachette, 1863.
9. Strasbourg, Treuttel et Wurtz, 2e édition, 1864. Paris, Cherbuliez.
10. Paris, Lacroix, 2e édition, 1866.
11. Londres, 1854.
12. Strasbourg, Treuttel et Wurtz, Paris, Cherbuliez.

Évangiles [13], et que son livre ait, selon moi, le tort de se tenir beaucoup trop sur le terrain théologique et trop peu sur le terrain historique [14] [a], il est indispensable, pour se rendre compte des motifs qui m'ont guidé dans une foule de minuties, de suivre la discussion toujours judicieuse, quoique parfois un peu subtile, du livre si bien traduit par mon savant confrère M. Littré.

Je crois n'avoir négligé, en fait de témoignages anciens, aucune source d'informations. Cinq grandes collections d'écrits, sans parler d'une foule d'autres données éparses, nous restent sur Jésus et sur le temps où il vécut, ce sont : 1º les Évangiles et en général les écrits du Nouveau Testament ; 2º les compositions dites « Apocryphes de l'Ancien Testament » ; 3º les ouvrages de Philon [b] ; 4º ceux de Josèphe [c] ; 5º le Talmud. Les écrits de Philon ont l'inappréciable avantage de nous montrer les pensées qui fermentaient au temps de Jésus dans les âmes occupées des grandes questions religieuses. Philon vivait, il est vrai, dans une tout autre province du judaïsme que Jésus ; mais, comme lui, il était très dégagé de l'esprit pharisaïque, qui régnait à Jérusalem ; Philon est vraiment le frère aîné de Jésus. Il avait soixante-deux ans quand le prophète de Nazareth était au plus haut degré de son activité, et il lui survécut au moins dix années. Quel dommage que les hasards de la vie ne l'aient pas conduit en Galilée ! Que ne nous eût-il pas appris !

13. Les grands résultats obtenus sur ce point n'ont été acquis que depuis la première édition de l'ouvrage de M. Strauss. Le savant critique y a, du reste, fait droit dans ses éditions successives avec beaucoup de bonne foi.

14. Il est à peine besoin de rappeler que pas un mot, dans le livre de M. Strauss, ne justifie l'étrange et absurde calomnie par laquelle on a tenté de décréditer auprès des personnes superficielles un livre commode, exact, spirituel et consciencieux, quoique gâté dans ses parties générales par un système exclusif. Non seulement M. Strauss n'a jamais nié l'existence de Jésus, mais chaque page de son livre implique cette existence. Ce qui est vrai, c'est que M. Strauss suppose le caractère individuel de Jésus plus effacé pour nous qu'il ne l'est peut-être en réalité.

Josèphe, écrivant surtout pour les païens, n'a pas dans son style la même sincérité. Ses courtes notices sur Jésus, sur Jean-Baptiste, sur Juda le Gaulonite [a], sont sèches et sans couleur. On sent qu'il cherche à présenter ces mouvements, si profondément juifs de caractère et d'esprit, sous une forme qui soit intelligible aux Grecs et aux Romains. Je crois le passage sur Jésus [15] authentique dans son ensemble [b]. Il est parfaitement dans le goût de Josèphe, et, si cet historien a fait mention de Jésus, c'est bien comme cela qu'il a dû en parler. On sent seulement qu'une main chrétienne a retouché le morceau, en y ajoutant quelques mots sans lesquels il eût été presque blasphématoire [16], peut-être aussi en retranchant ou modifiant quelques expressions [17]. Il faut se rappeler que la fortune littéraire de Josèphe se fit par les chrétiens, lesquels adoptèrent ses écrits comme des documents essentiels de leur histoire sacrée. Il s'en répandit, probablement au IIe siècle, une édition corrigée selon les idées chrétiennes [18]. En tout cas, ce qui constitue l'immense intérêt des livres de Josèphe pour le sujet qui nous occupe, ce sont les vives lumières qu'ils jettent sur le temps. Grâce à l'historien juif, Hérode, Hérodiade, Antipas, Philippe, Anne, Caïphe, Pilate, sont des personnages que nous touchons pour ainsi dire, et que nous voyons vivre devant nous avec une frappante réalité.

Les Apocryphes de l'Ancien Testament, surtout la

15. *Ant.*, XVIII, III, 3.
16. « S'il est permis de l'appeler homme. »
17. Au lieu de ὁ Χριστὸς οὗτος ἦν, il y avait probablement Χριστὸς οὗτος ἐλέγετο[c]. Cf. *Ant.*, XX, IX, 1 ; Origène, *In Matth.*, X, 17 ; *Contre Celse*, I, 47 ; II, 13.
18. Eusèbe (*Hist. eccl.*, I, 11, et *Démonstr. évang.*, III, 5) cite le passage sur Jésus comme nous le lisons maintenant dans Josèphe. Origène (*Contre Celse*, I, 47 ; II, 13), Eusèbe (*Hist. eccl.*, II, 23), saint Jérôme (*De viris ill.*, 2, 13), Suidas (au mot Ἰώσηπος) citent une autre interpolation chrétienne, laquelle ne se trouve dans aucun des manuscrits de Josèphe qui sont parvenus jusqu'à nous.

partie juive des vers sibyllins [a], le livre d'Hénoch,
l'Assomption de Moïse, le quatrième livre d'Esdras,
l'Apocalypse de Baruch, joints au livre de Daniel, qui
est, lui aussi, un véritable apocryphe, ont une importance capitale pour l'histoire du développement des
théories messianiques et pour l'intelligence des conceptions de Jésus sur le royaume de Dieu [19]. Le livre
d'Hénoch, en particulier [20], et l'Assomption de Moïse [21],
étaient fort lus dans l'entourage de Jésus. Quelques
paroles prêtées à Jésus par les synoptiques sont présen-
tées dans l'Épître attribuée à saint Barnabé comme étant
d'Hénoch : ὡς Ενώχ λέγει [22 b]. Il est très difficile de déterminer la date des différentes sections qui composent le
livre prêté à ce patriarche. Aucune d'elles n'est certainement antérieure à l'an 150 avant J.-C. ; quelques-
unes peuvent avoir été écrites par une main chrétienne.
La section contenant les discours intitulés « Similitu-
des » et s'étendant du chapitre xxxvii au chapitre lxxi
est soupçonnée d'être un ouvrage chrétien. Mais cela
n'est pas démontré [23]. Peut-être cette partie a-t-elle

19. Les lecteurs français peuvent consulter sur ces sujets : Alexandre,
*Carmina sibyllina*, Paris, 1851-56 ; Reuss, *les Sibylles chrétiennes*,
dans la *Revue de théologie*, avril et mai 1861 ; Colani, *Jésus-Christ et
les croyances messianiques*, p. 16 et suiv., sans préjudice des travaux
d'Ewald, Dillmann, Volkmar, Hilgenfeld.
20. Judæ Epist., 6, 14 ; II^a Petri, ii, 4 ; *Testament des douze patriarches*, Sim., 5 ; Lévi, 10, 14, 16 ; Juda, 18 ; Dan., 5 ; Nepht., 4 ;
Benj., 9 ; Zab., 3.
21. Judæ Epist., 9 (voir Origène, *De principiis*, III, ii, 1 ; Didyme
d'Alex., *Max. Bibl. Vet. Patr.*, IV, p. 336). Comparez Matth., xxiv,
21 et suiv. à l'*Ass. de Moïse*, c. 8 et 10 (p. 104, 105, édit. Hilgenfeld) ;
Rom., ii, 15 à l'*Ass.*, p. 99-100.
22. Épître de Barnabé, ch. iv, xvi (d'après le *Codex sinaïticus*,
édit. Hilgenfeld, p. 8, 52), en comparant *Hénoch*, lxxxix, 56 et suiv. ;
Matth., xxiv, 22 ; Marc, xiii, 20. Voir d'autres coïncidences du même
genre, ci-dessous, p. 75, note 38 ; p. 135, note 20 ; p. 353, note 49. Comparez aussi les paroles de Jésus rapportées par Papias (dans Irénée,
*Adv. hær.*, V, xxxiii, 3-4) à *Hénoch*, x, 19 et à l'*Apocalypse de Baruch*
§ 29 (Ceriani, *Monum. sacra et profana*, t. I, fasc. i, p. 80).
23. Je suis assez porté à croire qu'il y a dans les Évangiles des
allusions à cette partie du livre d'Hénoch, ou du moins à des parties
toutes semblables. Voir ci-dessous, p. 353, note 49.

seulement éprouvé des altérations [24]. D'autres additions ou retouches chrétiennes se reconnaissent çà et là.

Le recueil des vers sibyllins exige des distinctions analogues ; mais celles-ci sont plus faciles à établir. La partie la plus ancienne est le poème contenu dans le livre III, v. 97-817 ; elle paraît de l'an 140 environ avant J.-C. En ce qui concerne la date du quatrième livre d'Esdras, tout le monde est à peu près d'accord aujourd'hui pour rapporter cette apocalypse à l'an 97 après J.-C. Elle a été altérée par les chrétiens. L'Apocalypse de Baruch [25] a beaucoup de ressemblance avec celle d'Esdras ; on y retrouve, comme dans le livre d'Hénoch, quelques-unes des paroles prêtées à Jésus [26]. Quant au livre de Daniel, le caractère des deux langues dans lesquelles il est écrit ; l'usage de mots grecs ; l'annonce claire, déterminée, datée, d'événements qui vont jusqu'au temps d'Antiochus Épiphane ; les fausses images qui y sont tracées de la vieille Babylonie ; la couleur générale du livre, qui ne rappelle en rien les écrits de la captivité, qui répond, au contraire, par une foule d'analogies aux croyances, aux mœurs, au tour d'imagination de l'époque des Séleucides ; la forme apocalyptique des visions ; la place du livre dans le canon hébreu hors de la série des prophètes ; l'omission de Daniel dans les panégyriques du chapitre XLIX de l'*Ecclésiastique*, où son rang était comme indiqué ; bien d'autres preuves qui ont été cent fois déduites, ne permettent pas de douter que ce livre ne soit le fruit de la grande exaltation produite chez les Juifs par la per-

---

24. Le passage ch. LXVII, 4 et suiv., où les phénomènes volcaniques des environs de Pouzzoles sont décrits, ne prouve pas que toute la section dont il fait partie soit postérieure à l'an 79, date de l'éruption du Vésuve. Il semble qu'il y a des allusions à des phénomènes du même genre dans l'*Apocalypse* (ch. IX), laquelle est de l'an 68.

25. Elle vient d'être publiée en traduction latine d'après un original syriaque par M. Ceriani, *Anecdota sacra et profana*, t. I, fasc. II (Milan, 1866).

26. Voir ci-dessus, p. 67, notes 21 et 22.

sécution d'Antiochus. Ce n'est pas dans la vieille littérature prophétique qu'il faut le classer ; sa place est en tête de la littérature apocalyptique, comme premier modèle d'un genre de composition où devaient prendre place après lui les divers poèmes sibyllins, le livre d'Hénoch, l'Assomption de Moïse, l'Apocalypse de Jean, l'Ascension d'Isaïe, le quatrième livre d'Esdras.

Dans l'histoire des origines chrétiennes, on a jusqu'ici beaucoup trop négligé le Talmud. Je pense, avec M. Geiger, que la vraie notion des circonstances où se produisit Jésus doit être cherchée dans cette compilation bizarre, où tant de précieux renseignements sont mêlés à la plus insignifiante scolastique. La théologie chrétienne et la théologie juive ayant suivi au fond deux marches parallèles, l'histoire de l'une ne peut être bien comprise sans l'histoire de l'autre. D'innombrables détails matériels des Évangiles trouvent, d'ailleurs, leur commentaire dans le Talmud. Les vastes recueils latins de Lightfoot, de Schœttgen, de Buxtorf, d'Otho, contenaient déjà à cet égard une foule de renseignements. Je me suis imposé de vérifier dans l'original toutes les citations que j'ai admises, sans en excepter une seule. La collaboration que m'a prêtée pour cette partie de mon travail un savant israélite, M. Neubauer [a], très versé dans la littérature talmudique, m'a permis d'aller plus loin et d'éclairer certaines parties de mon sujet par quelques nouveaux rapprochements. La distinction des époques est ici fort importante, la rédaction du Talmud s'étendant de l'an 200 à l'an 500, à peu près. Nous y avons porté autant de discernement qu'il est possible dans l'état actuel de ces études. Des dates si récentes exciteront quelques craintes chez les personnes habituées à n'accorder de valeur à un document que pour l'époque même où il a été écrit. Mais de tels scrupules seraient ici déplacés. L'enseignement des juifs depuis l'époque asmonéenne [b] jusqu'au IIᵉ siècle fut principalement oral. Il ne faut pas juger de ces sortes d'états intellectuels d'après les habitudes d'un temps où l'on écrit beaucoup. Les védas, les poèmes homériques, les anciennes poésies arabes ont été conservés de mémoire pendant des siècles, et pourtant ces compositions présentent une forme très arrêtée, très délicate. Dans le Talmud, au contraire, la forme n'a aucun prix. Ajoutons qu'avant la *Mischna* de Juda le Saint, qui a fait oublier toutes les autres, il y eut des essais de rédaction, dont les commencements remontent peut-être plus haut qu'on ne le suppose communément. Le style du Talmud est celui de notes de cours ; les rédacteurs ne firent probablement que classer sous certains titres l'énorme fatras d'écritures qui s'était accumulé dans les différentes écoles durant des générations.

Il nous reste à parler des documents qui, se présentant comme des biographies du fondateur du christianisme, doivent naturellement tenir la première place dans une vie de Jésus. Un traité complet sur la rédaction des Évangiles serait un ouvrage à lui seul. Grâce aux beaux travaux dont cette question a été l'objet depuis trente ans, un problème qu'on eût jugé autrefois inabordable est arrivé à une solution qui assurément laisse place encore à bien des incertitudes, mais qui suffit pleinement aux besoins de l'histoire. Nous aurons plus tard occasion d'y revenir, la composition des Évangiles ayant été un des faits les plus importants pour l'avenir du christianisme qui se soient passés dans la seconde moitié du 1er siècle. Nous ne toucherons ici qu'une seule face du sujet, celle qui est indispensable à la solidité de notre récit. Laissant de côté tout ce qui appartient au tableau des temps apostoliques, nous rechercherons seulement dans quelle mesure des données fournies par les Évangiles peuvent être employées dans une histoire dressée selon des principes rationnels [27].

27. Les lecteurs français qui souhaiteraient de plus amples développements peuvent lire, outre les ouvrages de M. Réville, de M. Nicolas et de M. Stap précités, les travaux de MM. Reuss, Scherer, Schwalb,

Que les Évangiles soient en partie légendaires, c'est ce qui est évident, puisqu'ils sont pleins de miracles et de surnaturel ; mais il y a légende et légende. Personne ne doute des principaux traits de la vie de François d'Assise, quoique le surnaturel s'y rencontre à chaque pas. Personne, au contraire, n'accorde de créance à la « Vie d'Apollonius de Tyane », parce qu'elle a été écrite longtemps après le héros et dans les conditions d'un pur roman. A quelle époque, par quelles mains, dans quelles conditions les Évangiles ont-ils été rédigés ? Voilà donc la question capitale d'où dépend l'opinion qu'il faut se former de leur crédibilité.

On sait que chacun des quatre Évangiles porte en tête le nom d'un personnage connu soit dans l'histoire apostolique, soit dans l'histoire évangélique elle-même. Il est clair que, si ces titres sont exacts, les Évangiles, sans cesser d'être en partie légendaires, prennent une haute valeur, puisqu'ils nous font remonter au demi-siècle qui suivit la mort de Jésus, et même, dans deux cas, aux témoins oculaires de ses actions [a].

Pour Luc, le doute n'est guère possible. L'Évangile de Luc est une composition régulière, fondée sur des documents antérieurs [28]. C'est l'œuvre d'un homme qui choisit, élague, combine. L'auteur de cet Évangile est certainement le même que celui des Actes des apôtres [29]. Or, l'auteur des Actes semble un compagnon de saint Paul [30], titre qui convient parfaitement à Luc [31]. Je sais que plus d'une objection peut être opposée à ce

Scholten (traduit par Réville), dans la *Revue de théologie*, t. X, XI, XV ; deuxième série, II, III, IV ; troisième série, 1, II, III, IV, — et celui de M. Réville, dans *La Revue des Deux Mondes*, 1er mai et 1er juin 1866.
28. Luc, ɪ, 1-4.
29. *Act.*, ɪ, 1. Comp. Luc, ɪ, 1-4.
30. A partir de xvɪ, 10, l'auteur se donne pour témoin oculaire.
31. Col., ɪv, 14 ; Philem., 24 ; II Tim., ɪv, 11. Le nom de *Lucas* (contraction de *Lucanus*) étant fort rare, on n'a pas à craindre ici une de ces homonymies qui jettent tant de perplexité dans les questions de critique relatives au Nouveau Testament.

raisonnement ; mais une chose au moins est hors de doute, c'est que l'auteur du troisième Évangile et des Actes est un homme de la seconde génération apostolique, et cela suffit à notre objet. La date de cet Évangile peut, d'ailleurs, être déterminée avec assez de précision par des considérations tirées du livre même. Le chapitre xxi de Luc, inséparable du reste de l'ouvrage, a été écrit certainement après le siège de Jérusalem, mais pas très longtemps après [32]. Nous sommes donc ici sur un terrain solide ; car il s'agit d'un ouvrage tout entier de la même main et de la plus parfaite unité.

Les Évangiles de Matthieu et de Marc n'ont pas, à beaucoup près, le même cachet individuel. Ce sont des compositions impersonnelles, où l'auteur disparaît totalement. Un nom propre écrit en tête de ces sortes d'ouvrages ne dit pas grand-chose. On ne peut, d'ailleurs, raisonner ici comme pour Luc. La date qui résulte de tel chapitre (par exemple Matth., xxiv ; Marc, xiii) ne peut rigoureusement s'appliquer à l'ensemble des ouvrages, ceux-ci étant composés de morceaux d'époques et de provenances fort différentes. En général, le troisième Évangile paraît postérieur aux deux premiers, et offre le caractère d'une rédaction bien plus avancée. On ne saurait néanmoins conclure de là que les deux Évangiles de Marc et de Matthieu fussent dans l'état où nous les avons, quand Luc écrivit. Ces deux ouvrages dits de Marc et de Matthieu, en effet, restèrent longtemps à l'état d'une certaine mollesse, si j'ose le dire, et susceptibles d'additions. Nous avons, à cet égard, un témoignage capital de la première moitié du iie siècle. Il est de Papias, évêque d'Hiérapolis, homme grave, homme de tradition, qui fut attentif toute sa vie

---

32. Versets 9, 20, 24, 28, 29-32. Comp. xxii, 36. Ces passages sont d'autant plus frappants que l'auteur sent l'objection qui peut résulter de prédictions à si courte échéance, et y pare, — soit en adoucissant des passages comme Marc, xiii, 14 et suiv., 24, 29 ; Matth., xxiv, 15 et suiv., 29, 33, — soit par des réponses comme Luc, xvii, 20, 21.

à recueillir ce qu'on pouvait savoir de la personne de Jésus [33]. Après avoir déclaré qu'en pareille matière il donne la préférence à la tradition orale sur les livres, Papias mentionne deux écrits sur les actes et les paroles du Christ : 1° un écrit de Marc, interprète de l'apôtre Pierre, écrit court, incomplet, non rangé par ordre chronologique, comprenant des récits et des discours (λεχθέντα ἢ πραχθέντα), composé d'après les renseignements et les souvenirs de l'apôtre Pierre [34] ; 2° un recueil de sentences (λόγια) écrit en hébreu [35] par Matthieu, « et que chacun a traduit [36] comme il a pu ». Il est certain que ces deux descriptions répondent assez bien à la physionomie générale des deux livres appelés maintenant « Évangile selon Matthieu », « Évangile selon Marc », le premier caractérisé par ses longs discours, le second surtout anecdotique, beaucoup plus exact que le premier sur les petits faits, bref jusqu'à la sécheresse, pauvre en discours, assez mal composé. Cependant, que ces deux ouvrages tels que nous les lisons soient absolument semblables à ceux que lisait Papias, cela n'est pas soutenable : d'abord, parce que l'écrit de Matthieu selon Papias se composait uniquement de discours en hébreu, dont il circulait des traductions assez diverses, et, en second lieu, parce que l'écrit de Marc et celui de Matthieu étaient pour lui profondément distincts, rédigés sans aucune entente, et, ce semble, en des langues différentes. Or, dans

---

33. Dans Eusèbe, *Hist. eccl.*, III, 39. On ne saurait élever un doute quelconque sur l'authenticité de ce passage. Eusèbe, en effet, loin d'exagérer l'autorité de Papias, est embarrassé de sa naïveté, de son millénarisme grossier, et se tire d'affaire en le traitant de petit esprit. Comp. Irénée, *Adv. hær.*, III, 1, 1 ; V, xxxiii, 3-4.

34. Papias, sur ce point, s'en référait à une autorité plus ancienne encore, à celle de *Presbyteros Joannes*. (Sur ce personnage, voir ci-dessous, p. 86-87, note 89.)

35. C'est-à-dire en dialecte sémitique.

36. Ἡρμήνευσε. Rapproché comme il est de ἑβραΐδι διαλέκτῳ [a], ce mot ne peut signifier ici que « traduire ». Quelques lignes plus haut, ἑρμηνευτής est pris dans le sens de drogman.

l'état actuel des textes, l'Évangile selon Matthieu et l'Évangile selon Marc offrent des parties parallèles si longues et si parfaitement identiques, qu'il faut supposer, ou que le rédacteur définitif du premier avait le second sous les yeux, ou que le rédacteur définitif du second avait le premier sous les yeux, ou que tous deux ont copié le même prototype. Ce qui paraît le plus vraisemblable, c'est que, ni pour Matthieu, ni pour Marc, nous n'avons les rédactions originales ; que nos deux premiers Évangiles sont des arrangements, où l'on a cherché à remplir les lacunes d'un texte par un autre. Chacun voulait, en effet, posséder un exemplaire complet. Celui qui n'avait dans son exemplaire que des discours voulait avoir des récits, et réciproquement. C'est ainsi que « l'Évangile selon Matthieu » se trouve avoir englobé presque toutes les anecdotes de Marc, et que « l'Évangile selon Marc » contient aujourd'hui bien des traits qui viennent des *Logia* de Matthieu. Chacun, d'ailleurs, puisait largement dans la tradition orale se continuant autour de lui. Cette tradition est si loin d'avoir été épuisée par les Évangiles, que les Actes des apôtres et les Pères les plus anciens citent plusieurs paroles de Jésus qui paraissent authentiques et qui ne se trouvent pas dans les Évangiles que nous possédons.

Il importe peu à notre objet actuel de pousser plus loin cette analyse, d'essayer de reconstruire en quelque sorte, d'une part, les *Logia* originaux de Matthieu ; de l'autre, le récit primitif tel qu'il sortit de la plume de Marc. Les *Logia* nous sont sans doute représentés par les grands discours de Jésus qui remplissent une partie considérable du premier Évangile. Ces discours forment, en effet, quand on les détache du reste, un tout assez complet. Quant aux récits primitifs de Marc, il semble que le texte s'en retrouve tantôt dans le premier, tantôt dans le deuxième Évangile, mais le plus souvent dans le deuxième. En d'autres termes, le système de la vie de Jésus chez les synoptiques repose sur deux documents originaux : 1° les discours de Jésus recueillis par l'apôtre Matthieu ; 2° le recueil d'anecdotes et de renseignements personnels que Marc écrivit d'après les souvenirs de Pierre. On peut dire que nous avons encore ces deux documents, mêlés à des renseignements d'autre provenance, dans les deux premiers Évangiles, qui portent, non sans raison, le titre d' « Évangile selon Matthieu » et d' « Évangile selon Marc ».

Ce qui est indubitable, en tout cas, c'est que, de très bonne heure, on mit par écrit les discours de Jésus en langue araméenne, que de bonne heure aussi on écrivit ses actions remarquables. Ce n'étaient pas là des textes arrêtés et fixés dogmatiquement. Outre les Évangiles qui nous sont parvenus, il y en eut d'autres, prétendant également représenter la tradition des témoins oculaires [37]. On attachait peu d'importance à ces écrits, et les conservateurs, tels que Papias, y préféraient encore, dans la première moitié du ii⁰ siècle, la tradition orale [38]. Comme on croyait le monde près de finir, on se souciait peu de composer des livres pour l'avenir ; il s'agissait seulement de garder en son cœur l'image vive de celui qu'on espérait bientôt revoir dans les nues. De là le

37. Luc, i, 1-2 ; Origène, *Hom. in Luc.*, i, init. ; saint Jérôme, *Comment. in Matth.*, prol.

38. Papias, dans Eusèbe, *H. E.*, III, 39. Comparez Irénée, *Adv. hær.*, III, ii et iii. Voir aussi ce qui concerne Polycarpe dans le fragment de la lettre d'Irénée à Florinus, conservé par Eusèbe, *H. E.*, V, 20. Ὡς γέγραπται " dans l'épître de saint Barnabé (ch. iv, p. 12, édit. Hilgenfeld) s'applique à des mots qui se trouvent dans saint Matthieu, xxii, 14. Mais ces mots, qui flottent à deux endroits de saint Matthieu (xxii, 16 ; xx, 14), peuvent provenir dans Matthieu d'un livre apocryphe, ainsi que cela a lieu pour les passages Matth., xxiii, 34 et suiv., xxiv, 22 et environs. Comp. IV Esdr., viii, 3. Notez au même chapitre de l'épître de Barnabé (p. 8, édit. Hilg.) la singulière coïncidence d'un passage que l'auteur attribue à Hénoch, en se servant de la formule γέγραπται, avec Matth., xxiv, 22. Comp. aussi la γραφή citée dans l'épître de Barnabé, c. xvi (p. 52, Hilg.), à *Hénoch*, lxxxix, 56 et suiv. Voir ci-dessous, p. 353, note 49. Dans la 2ᵉ épître de saint Clément, (ch. ii), et dans saint Justin, *Apol. I*, 67, les synoptiques sont décidément cités comme des écritures sacrées. I Tim., v, 18 offre aussi comme γραφή un proverbe qui se trouve dans Luc (x, 7). Cette épître n'est pas de saint Paul.

peu d'autorité dont jouirent durant près de cent ans les textes évangéliques. On ne se faisait nul scrupule d'y insérer des paragraphes, de combiner diversement les récits, de les compléter les uns par les autres. Le pauvre homme qui n'a qu'un livre veut qu'il contienne tout ce qui lui va au cœur. On se prêtait ces petits livrets ; chacun transcrivait à la marge de son exemplaire les mots, les paraboles qu'il trouvait ailleurs et qui le touchaient [39]. La plus belle chose du monde est ainsi sortie d'une élaboration obscure et complètement populaire. Aucune rédaction n'avait de valeur absolue. Les deux épîtres attribuées à Clément Romain citent les paroles de Jésus avec des variantes notables [40]. Justin, qui fait souvent appel à ce qu'il nomme « les Mémoires des apôtres », avait sous les yeux un état des documents évangéliques un peu différent de celui que nous avons ; en tout cas, il ne se donne aucun souci de les alléguer textuellement [41]. Les citations évangéliques, dans les homélies pseudo-clémentines, d'origine ébionite [b], présentent le même caractère. L'esprit était tout ; la lettre n'était rien. C'est quand la tradition s'affaiblit dans la seconde moitié du IIe siècle que les textes portant des noms d'apôtres ou d'hommes apostoliques prennent une autorité décisive et obtiennent force de loi. Même alors, on ne s'interdit pas absolument les compositions libres ; à l'exemple de Luc, on continua de se faire des Évangiles particuliers en fondant diversement ensemble les textes plus anciens [42].

39. C'est ainsi que le beau récit *Jean*, VIII, 1-11 a toujours flotté sans trouver sa place fixe dans le cadre des Évangiles reçus.

40. Clem. Epist., I, 13 ; II, 12.

41. Τὰ ἀπομνημονεύματα τῶν ἀποστόλων, ἃ καλεῖται εὐαγγέλια [a]. (Ces derniers mots sont suspects d'interpolation.) Justin, *Apol. I*, 16, 17, 33, 34, 38, 45, 66, 67, 77, 78 ; *Dial. cum Tryph.*, 10, 17, 41, 43, 51, 53, 69, 70, 76, 77, 78, 88, 100, 101, 102, 103, 104, 105, 106, 107, 108, 111, 120, 125, 132.

42. Voir, par exemple, ce qui concerne l'Évangile de Tatien, dans Théodoret, *Hæret. fab.*, I, 20.

Qui ne voit le prix de documents ainsi composés des souvenirs attendris, des récits naïfs des deux premières générations chrétiennes, pleines encore de la forte impression que l'illustre fondateur avait produite, et qui semble lui avoir longtemps survécu ? Ajoutons que les Évangiles dont il s'agit semblent provenir de celle des branches de la famille chrétienne qui touchait le plus près à Jésus. Le dernier travail de rédaction du texte qui porte le nom de Matthieu paraît avoir été fait dans l'un des pays situés au nord-est de la Palestine, tels que la Gaulonitide, le Hauran, la Batanée, où beaucoup de chrétiens se réfugièrent à l'époque de la guerre des Romains, où l'on trouvait encore au IIe siècle des parents de Jésus [43], et où la première direction galiléenne se conserva plus longtemps qu'ailleurs.

Jusqu'à présent, nous n'avons parlé que des trois Évangiles dits synoptiques. Il nous reste à parler du quatrième, de celui qui porte le nom de Jean [a]. Ici la question est bien plus difficile. Le disciple le plus intime de Jean, Polycarpe, qui cite souvent les synoptiques, dans son épître aux Philippiens, ne fait pas d'allusion au quatrième Évangile. Papias, qui se rattachait également à l'école de Jean, et qui, s'il n'avait pas été son auditeur, comme le veut Irénée, avait beaucoup fréquenté ses disciples immédiats, Papias, qui avait recueilli avec passion tous les récits oraux relatifs à Jésus, ne dit pas un mot d'une « Vie de Jésus » écrite par l'apôtre Jean [44]. Si une telle mention se fût trouvée dans son ouvrage, Eusèbe, qui relève chez lui tout ce qui sert

---

43. Jules Africain, dans Eusèbe, *Hist. eccl.*, I, 7.
44. *H. E.*, III, 39. On pourrait être tenté de voir le quatrième Évangile dans les « récits » d'Aristion ou dans les « traditions » de celui que Papias appelle *Presbyteros Joannes*. Mais Papias semble présenter ces récits et ces traditions comme non écrits. Si les extraits qu'il donnait de ces récits et de ces traditions eussent appartenu au quatrième Évangile, Eusèbe l'eût dit. En outre, ce que l'on sait des idées de Papias est d'un millénaire, disciple de l'Apocalypse, et nullement d'un disciple de la théologie du quatrième Évangile.

à l'histoire littéraire du siècle apostolique, en eût sans aucun doute fait la remarque [45]. Justin a connu peut-être le quatrième Évangile [46] ; mais certainement il ne le regardait pas comme l'ouvrage de l'apôtre Jean, puisque lui qui désigne expressément cet apôtre comme auteur de l'Apocalypse ne tient pas le moindre compte du quatrième Évangile dans les nombreuses données sur la vie de Jésus qu'il extrait des « Mémoires des apô-tres » ; bien plus, sur tous les points où les synoptiques et le quatrième Évangile diffèrent, il adopte des opi-nions complètement opposées à ce dernier [47]. Cela est d'autant plus surprenant que les tendances dogmatiques du quatrième Évangile devaient merveilleusement convenir à Justin.

Il en faut dire autant des homélies pseudo-clémentines. Les paroles de Jésus citées par ce livre sont du type synop-tique. En deux ou trois endroits [48], il y a, ce semble, des emprunts faits au quatrième Évangile. Mais certai-

45. Qu'on ne dise pas : Papias ne parle ni de Luc ni de Paul, et cependant les écrits de Luc et de Paul existaient de son temps. Papias a dû être un adversaire de Paul, et il a pu ne pas connaître l'ouvrage de Luc, composé à Rome pour une tout autre famille chrétienne. Mais comment, à Hiérapolis, vivant au cœur même de l'école de Jean, eût-il négligé l'Évangile écrit par un tel maître ? Qu'on ne dise pas non plus qu'à propos de Polycarpe (IV, 14) et de Théophile (IV, 24), Eusèbe ne relève pas toutes les citations que font ces Pères des écrits du Nou-veau Testament. Le tour particulier du chapitre III, 39, rendait une mention du quatrième Évangile presque immanquable, si Eusèbe l'eût trouvée en Papias.

46. Quelques passages, *Apol. I*, 32, 61 ; *Dial. cum Tryph.*, 88, portent à le croire. La théorie du *Logos*, dans Justin, n'est pas telle qu'on soit obligé de supposer qu'il l'a prise dans le quatrième Évangile.

47. Endroits cités, p. 76, note 41. Remarquez surtout *Apol. I*, 14 et suiv., supposant notoirement que Justin, ou ne connaissait pas les discours de Jean, ou ne les regardait pas comme représentant l'enseignement de Jésus.

48. *Hom.* III, 52 ; XI, 26 ; XIX, 22. Il est remarquable que les citations que Justin et l'auteur des *Homélies* paraissent faire du quatrième Évan-gile coïncident en partie entre elles et présentent les mêmes écarts du texte canonique. (Comp. aux passages précités Justin, *Apol. I*, 22, 61 ; *Dial. cum Tryph.*, 69.) On pourrait être tenté de conclure de là que Jus-tin et l'auteur des *Homélies* consultèrent non le quatrième Évangile, mais une source à laquelle l'auteur du quatrième Évangile aurait puisé.

nement l'auteur des Homélies n'accorde pas à cet Évangile une autorité apostolique, puisqu'il se met sur plusieurs points en flagrante contradiction avec lui. Il paraît que Marcion (vers 140) ne connaissait pas non plus ledit Évangile ou ne lui attribuait aucune valeur comme livre révélé [49] ; cet Évangile répondait si bien à ses idées que sans doute, s'il l'avait connu, il l'eût adopté avec empressement, et ne se fût pas cru obligé, pour avoir un Évangile idéal, de se faire une édition corrigée de l'Évangile de Luc. Enfin les Évangiles apocryphes qu'on peut rapporter au IIe siècle, comme le Protévangile de Jacques, l'Évangile de Thomas l'Israélite [50], brodent sur le canevas synoptique et ne tiennent pas compte de l'Évangile de Jean.

Les difficultés intrinsèques tirées de la lecture du quatrième Évangile lui-même ne sont pas moins fortes. Comment, à côté de renseignements précis et qui sentent par moments le témoin oculaire, trouve-t-on ces discours totalement différents de ceux de Matthieu ? Comment l'Évangile en question n'offre-t-il pas une parabole, pas un exorcisme ? Comment s'expliquer, à côté d'un plan général de la vie de Jésus, qui paraît à quelques égards plus satisfaisant et plus exact que celui des synoptiques, ces passages singuliers où l'on sent un intérêt dogmatique propre au rédacteur, des idées fort étrangères à Jésus, et parfois des indices qui mettent en garde contre la bonne foi du narrateur ? Comment enfin, à côté des vues les plus pures, les plus justes, les plus vraiment évangéliques, ces taches où l'on aime à voir des interpolations d'un ardent sectaire ? Est-ce bien Jean, fils de Zébédée, le frère de Jacques (dont il

49. Les passages de Tertullien, *De carne Christi*, 3 ; *Adv. Marc.*, IV, 3, 5, ne prouvent pas contre ce que nous disons.
50. Les « Actes de Pilate » apocryphes que nous possédons, et qui supposent le quatrième Évangile, ne sont nullement ceux dont parlent Justin (*Apol. I*, 35, 48) et Tertullien (*Apol.*, 21). Il est même probable que les deux Pères ne parlent de tels Actes que sur un ouï-dire légendaire et non pour les avoir lus.

n'est pas question une seule fois dans le quatrième
Évangile), qui a pu écrire en grec ces leçons de métaphysique abstraite, dont les synoptiques ne présentent
pas l'analogue? Est-ce l'auteur, essentiellement judaï-
sant, de l'Apocalypse [51], qui, en très peu d'années [52],
se serait dépouillé à ce point de son style et de ses
idées? Est-ce un « apôtre de la circoncision [53] » qui a
pu composer un écrit plus hostile au judaïsme que tous
ceux de Paul, un écrit où le mot de « juif » équivaut
presque à « ennemi de Jésus » [54]? Est-ce bien celui
dont les partisans de la célébration de la Pâque juive
invoquent l'exemple en faveur de leur opinion [55], qui
a pu parler avec une sorte de dédain des « fêtes des
Juifs », de la « Pâque des Juifs » [56]? Tout cela est grave,
et, pour moi, je repousse l'idée que le quatrième Évangile ait été écrit de la plume d'un ancien pêcheur galiléen. Mais qu'en somme cet Évangile soit sorti, vers la
fin du Ier siècle ou le commencement du IIe, de l'une
des écoles d'Asie Mineure qui se rattachaient à Jean,
qu'il nous présente une version de la vie du maître,
digne d'être prise en considération et souvent d'être
préférée, c'est ce qui est rendu probable, et par des
témoignages extérieurs, et par l'examen du document
dont il s'agit.

Et, d'abord, personne ne doute que, vers l'an 170,
le quatrième Évangile n'existât. A cette date, éclate à
Laodicée sur le Lycus une controverse relative à la
Pâque, où notre Évangile joue un rôle décisif [57]. Apol-

---

51. Cf. Justin, *Dial. cum Tryph.*, 81.
52. L'Apocalypse est de l'an 68. En supposant que Jean eût une
dizaine d'années de moins que Jésus, il devait avoir environ soixante
ans quand il la composa.
53. Gal., II, 9. Le passage *Apoc.*, II, 2, 14, semble renfermer une
allusion haineuse contre Paul.
54. Voir presque tous les passages où se trouve le mot Ἰουδαῖοι.
55. Polycrate, dans Eusèbe, *H. E.*, V, 24.
56. Jean, II, 6, 13 ; V, 1 ; VI, 4 ; XI, 55 ; XIX, 42.
57. Eusèbe, *Hist. eccl.*, IV, 26 ; V, 23-25 ; *Chronique pascale*, p. 6
et suiv., édit. Du Cange.

linaris [58], Athénagore [59], Polycrate [60], l'auteur de l'épître des Églises de Vienne et de Lyon [61], professent déjà sur l'écrit supposé de Jean l'opinion qui va bientôt devenir orthodoxe. Théophile d'Antioche (vers 180) dit positivement que l'apôtre Jean en est l'auteur [62]. Irénée [63] et le canon de Muratori [64] constatent le triomphe complet de notre Évangile, triomphe au-delà duquel le doute ne se produira plus.

Mais, si vers l'an 170 le quatrième Évangile apparaît comme un écrit de l'apôtre Jean et revêtu d'une pleine autorité, n'est-il pas évident qu'à cette date-là, il n'était pas né de la veille ? Tatien [65], l'auteur de l'épître à Diognète [66], semblent bien en faire usage. Le rôle de notre Évangile dans le gnosticisme [a], et en particulier dans le système de Valentin [67], dans le montanisme [68] [b], dans la controverse des aloges [69] [c], n'est pas moins remarquable, et montre dès la seconde moitié du ii[e] siècle cet Évangile mêlé à toutes les controverses et servant de pierre angulaire au développement du dogme. L'école de Jean est celle dont on aperçoit le mieux la suite durant le ii[e] siècle [70] ; Irénée sortait de l'école de Jean,

58. *Ibid.*
59. *Legatio pro christ.*, 10.
60. Dans Eusèbe, *H. E.*, V, 42.
61. *Ibid.*, V, 1.
62. *Ad Autolycum*, II, 22.
63. *Adv. hær.*, II, xxii, 5 ; III, i. Cf. Eusèbe, *H. E.*, V, 8.
64. Ligne 9 et suiv.
65. *Adv. Græc.*, 5, 7. Il est douteux pourtant que l'*Harmonie des Évangiles*, composée par Tatien, embrassât le quatrième Évangile ; le titre *Diatessaron* ne venait probablement pas de Tatien lui-même. Cf. Eusèbe, *H. E.*, IV, 29 ; Théodoret, *Hæretic. fabul.*, I, 20 ; Epiph., *Adv. hær.*, xlvi, 1 ; Fabricius, *Cod. apocr.*, I, 378.
66. Ch. 6, 7, 8, 9, 11. Les passages des épîtres attribuées à saint Ignace où l'on croit trouver des allusions au quatrième Évangile sont d'une authenticité douteuse. L'autorité de Celse, qu'on allègue quelquefois, est nulle, puisque Celse était contemporain d'Origène.
67. Irénée, *Adv. hær.*, I, iii, 6 ; III, xi, 7 ; saint Hippolyte (?), *Philosophumena*, VI, ii, 29 et suiv. Cf. *Ibid.*, VII, i, 22, 27.
68. Irénée, *Adv. hær.*, III, xi, 9.
69. Épiph., *Adv. hær.*, li, 3, 4, 28 ; liv, 1.
70. Lettres d'Irénée à Florinus, dans Eusèbe, *H. E.*, V, 20. Comp. *ibid.*, III, 39.

et, entre lui et l'apôtre, il n'y avait que Polycarpe. Or, Irénée n'a pas un doute sur l'authenticité du quatrième Évangile. Ajoutons que la première épître attribuée à saint Jean est, selon toutes les apparences, du même auteur que le quatrième Évangile [71] ; or, l'épître semble avoir été connue de Polycarpe [72] ; elle était, dit-on, citée par Papias [73] ; Irénée la reconnaît comme de Jean [74].

Que si maintenant nous demandons des lumières à la lecture de l'ouvrage lui-même, nous remarquerons d'abord que l'auteur y parle toujours comme témoin oculaire. Il veut se faire passer pour l'apôtre Jean ; on voit clairement qu'il écrit dans l'intérêt de cet apôtre. A chaque page se trahit l'intention de fortifier l'autorité du fils de Zébédée, de montrer qu'il a été le préféré de Jésus et le plus clairvoyant des disciples [75] ; que, dans toutes les circonstances solennelles (à la Cène, au Calvaire, au tombeau), il a tenu la première place. Les relations, en somme fraternelles, quoique n'excluant pas une certaine rivalité, de Jean avec Pierre [76], la haine de Jean au contraire contre Judas [77], haine antérieure peut-être à la trahison, semblent percer çà et là. On est parfois tenté de croire que Jean, dans sa vieillesse, ayant lu les récits évangéliques qui circulaient, d'une part, y

---

71. I Joann., I, 3, 5. Les deux écrits offrent une grande identité de style, les mêmes tours, les mêmes expressions favorites.

72. *Epist. ad Philipp.*, 7. Comp. I Joann., IV, 2 et suiv. Mais ce pourrait être là une simple rencontre, venant de ce que les deux écrits sont de la même école et du même temps. L'authenticité de l'épître de Polycarpe est contestée.

73. Eusèbe, *Hist. eccl.*, III, 39. Il serait bien étrange que Papias, qui ne connaissait pas l'Évangile, connût l'épître. Eusèbe dit seulement que Papias se sert de témoignages tirés de cette épître. Cela n'implique pas une citation expresse. Tout se bornait peut-être à quelques mots qu'Eusèbe, mauvais juge en une question de critique, aura crus empruntés à l'épître.

74. *Adv. hær.*, III, XVI, 5, 8. Cf. Eusèbe, *Hist. eccl.*, V, 8.

75. Jean, XIII, 23 et suiv. ; XVIII, 15-16 ; XIX, 26 ; XX, 2 et suiv. ; XXI, 7, 20 et suiv.

76. Jean, XVIII, 15-16 ; XX, 2-6 ; XXI, 15-19. Comp. I, 35, 40, 41.

77. Jean VI, 65 ; XII, 6 ; XIII, 21 et suiv.

nota diverses inexactitudes [78], de l'autre, fut froissé
de voir qu'on ne lui accordait pas dans l'histoire du
Christ une assez grande place ; qu'alors il commença à
raconter une foule de choses qu'il savait mieux que les
autres, avec l'intention de montrer que, dans beaucoup
de cas où l'on ne parlait que de Pierre, il avait figuré avec
et avant lui [79]. Déjà, du vivant de Jésus, ces légers
sentiments de jalousie s'étaient trahis entre les fils de
Zébédée et les autres disciples [80]. Depuis la mort de
Jacques, son frère, Jean restait seul héritier des souvenirs intimes dont les deux apôtres, de l'aveu de tous,
étaient dépositaires. Ces souvenirs purent se conserver dans l'entourage de Jean, et, comme les idées du
temps en fait de bonne foi littéraire différaient beaucoup
des nôtres, un disciple, ou, pour mieux dire, un de ces
nombreux sectaires déjà à demi gnostiques qui, dès la
fin du $1^{er}$ siècle, en Asie Mineure, commençaient à modifier profondément l'idée du Christ [81], put être tenté de
prendre la plume pour l'apôtre et de se faire le libre
rédacteur de son Évangile. Il ne dut pas plus lui en coû-
ter de parler au nom de Jean qu'il n'en coûta au pieux
auteur de la deuxième épître de Pierre d'écrire une lettre
au nom de ce dernier. S'identifiant avec l'apôtre aimé
de Jésus, il épousa tous ses sentiments, jusqu'à ses
petitesses. De là cette perpétuelle attention de l'auteur
supposé à rappeler qu'il est le dernier survivant des
témoins oculaires [82], et le plaisir qu'il prend à raconter

---

78. La manière dont *Presbyteros Joannes* s'exprimait sur l'Évangile
de Marc (Papias, dans Eusèbe, *H. E.*, III, 39) implique, en effet, une
critique bienveillante, ou plutôt, une sorte d'excuse, qui semble supposer que les disciples de Jean concevaient sur le même sujet quelque
chose de mieux.

79. Comp. Jean, XVIII, 15 et suiv., à Matth., XXVI, 58 ; Jean, XX,
2-6, à Marc, XVI, 7. Voir aussi Jean, I, 35 et suiv., XIII, 24-25 ; XXI, 7,
20 et suiv.

80. Voir ci-dessous, p. 217-218.

81. Voir l'épître aux Colossiens, surtout II, 8, 18 ; I Tim., I, 4 ; VI, 20 ;
II Tim., II, 18.

82. Jean, I, 14 ; XIX, 35 ; XXI, 24 et suiv. Comp. la première épître
de Jean, I, 3, 5.

des circonstances que lui seul pouvait connaître. De là tant de petits traits de précision qui voudraient se faire passer pour les scolies d'un annotateur : « Il était six heures ; » « il était nuit ; » « cet homme s'appelait Malchus ; » « ils avaient allumé un réchaud, car il faisait froid ; » « cette tunique était sans couture [83]. » De là, enfin, le désordre de la composition, l'irrégularité de la marche, le décousu des premiers chapitres, autant de traits inexplicables dans la supposition où notre Évangile ne serait qu'une thèse de théologie sans valeur historique, et qui se comprennent, si l'on y voit des souvenirs de vieillard, rédigés en dehors de la personne dont ils émanent, souvenirs tantôt d'une prodigieuse fraîcheur, tantôt ayant subi d'étranges altérations.

Une distinction capitale, en effet, doit être faite dans l'Évangile de Jean. D'une part, cet Évangile nous présente un canevas de la vie de Jésus qui diffère considérablement de celui des synoptiques. De l'autre, il met dans la bouche de Jésus des discours dont le ton, le style, les allures, les doctrines n'ont rien de commun avec les *Logia* rapportés par les synoptiques. Sous ce second rapport, la différence est telle, qu'il faut faire son choix d'une manière tranchée. Si Jésus parlait comme le veut Matthieu, il n'a pu parler comme le veut Jean. Entre les deux autorités, aucun critique n'a hésité, ni n'hésitera. A mille lieues du ton simple, désintéressé, impersonnel des synoptiques, l'Évangile de Jean montre sans cesse les préoccupations de l'apologiste, les arrière-pensées du sectaire [a] ; l'intention de prouver une thèse et de convaincre des adversaires [84]. Ce n'est pas par des tirades prétentieuses, lourdes, mal écrites, disant peu

83. Quelques-uns de ces traits ne peuvent avoir une valeur sérieuse : i, 40 ; ii, 6 ; iv, 52 ; v, 5, 19 ; vi, 9, 19 ; xxi, 11.

84. Voir, par exemple, chap. ix et xi. Remarquer surtout l'effet étrange que font des passages comme *Jean*, xix, 35 ; xx, 31 ; xxi, 20-23, 24-25, quand on se rappelle l'absence de toute réflexion qui distingue les synoptiques.

de chose au sens moral, que Jésus a fondé son œuvre divine. Quand même Papias ne nous apprendrait pas que Matthieu écrivit les sentences de Jésus dans leur langue originale, le naturel, l'ineffable vérité, le charme sans pareil des discours contenus dans les Évangiles synoptiques, le tour profondément hébraïque de ces discours, les analogies qu'ils présentent avec les sentences des docteurs juifs du même temps, leur parfaite harmonie avec la nature de la Galilée, tous ces caractères, si on les rapproche de la gnose obscure, de la métaphysique contournée qui remplit les discours de Jean, parleraient assez haut. Cela ne veut pas dire qu'il n'y ait dans les discours de Jean d'admirables éclairs, des traits qui viennent vraiment de Jésus [85]. Mais le ton mystique de ces discours ne répond en rien au caractère de l'éloquence de Jésus telle qu'on se la figure d'après les synoptiques. Un nouvel esprit a soufflé ; la gnose est déjà commencée ; l'ère galiléenne du royaume de Dieu est finie ; l'espérance de la prochaine venue du Christ s'éloigne ; on entre dans les aridités de la métaphysique, dans les ténèbres du dogme abstrait. L'esprit de Jésus n'est pas là, et si le fils de Zébédée avait vraiment tracé ces pages, il faudrait supposer qu'il avait bien oublié en les écrivant le lac de Génésareth et les charmants entretiens qu'il avait entendus sur ses bords.

Une circonstance, d'ailleurs, qui prouve bien que les discours rapportés par le quatrième Évangile ne sont pas des pièces historiques, mais qu'elles doivent être envisagées comme des compositions destinées à couvrir de l'autorité de Jésus certaines doctrines chères au rédacteur, c'est leur parfaite harmonie avec l'état intellectuel de l'Asie Mineure au moment où elles furent écrites. L'Asie Mineure était alors le théâtre d'un

85. Par exemple, iv, 1 et suiv. ; xv, 12 et suiv. Plusieurs mots rappelés par le quatrième Évangile se retrouvent dans les synoptiques (xii, 16 ; xv ,20).

étrange mouvement de philosophie syncrétique ; tous
les germes du gnosticisme y existaient déjà. Cérinthe,
contemporain de Jean, disait qu'un éon ª nommé
Christus s'était uni par le baptême à l'homme nommé
Jésus, et l'avait quitté sur la croix [86]. Quelques-uns des
disciples de Jean paraissent avoir bu à ces sources
étrangères. Peut-on affirmer que l'apôtre lui-même ne
subit pas de semblables influences [87], qu'il ne se passa
pas chez lui quelque chose d'analogue au changement
qui se fit dans saint Paul et dont l'épître aux Colossiens
est le principal témoignage [88] ? Non, sans doute. Il se
peut qu'après les crises de l'an 68 (date de l'Apocalypse)
et de l'an 70 (ruine de Jérusalem), le vieil apôtre, à
l'âme ardente et mobile, désabusé de la croyance
à une prochaine apparition du Fils de l'homme dans
les nues, ait penché vers les idées qu'il trouvait autour
de lui, et dont plusieurs s'amalgamaient assez bien avec
certaines doctrines chrétiennes. En prêtant ces nouvelles
idées à Jésus, il n'aurait fait que suivre un penchant bien
naturel. Nos souvenirs se transforment avec tout le
reste ; l'idéal d'une personne que nous avons connue
change avec nous. Considérant Jésus comme l'incarnation de la vérité, Jean a bien pu lui attribuer ce qu'il
était arrivé à prendre pour la vérité.

Il est cependant beaucoup plus probable que Jean
lui-même n'eut en cela aucune part, que le changement
se fit autour de lui, et sans doute après sa mort, plutôt
que par lui. La longue vieillesse de l'apôtre put se
terminer par un état de faiblesse où il fut en quelque
sorte à la merci de son entourage [89]. Un secrétaire put

---

86. Irénée, *Adv. hær.*, I, xxvi, 1.

87. L'expression de *Logos* (Apoc., xix, 13), et surtout celle d'Agneau
de Dieu, communes au quatrième Évangile et à l'Apocalypse, en
seraient des indices.

88. Comparez Col., i, 13 et suiv., aux épîtres aux Thessaloniciens,
les plus anciennes que nous ayons de Paul.

89. A côté de lui, certaines traditions (Eusèbe, *H. E.*, III, 39)
placent dans ses derniers temps un homonyme, *Presbyteros Joannes*,

profiter de cet état pour faire parler selon son style celui que tout le monde appelait par excellence « le Vieux », ὁ πρεσβύτερος. Certaines parties du quatrième Évangile ont été ajoutées après coup ; tel est le xxie chapitre tout entier [90], où l'auteur semble s'être proposé de rendre hommage à l'apôtre Pierre après sa mort et de répondre aux objections qu'on allait tirer ou qu'on tirait déjà de la mort de Jean lui-même (v. 21-23). Plusieurs autres endroits portent la trace de ratures et de corrections [91]. N'étant pas tenu de tous pour l'œuvre de Jean, le livre put bien demeurer cinquante ans obscur. Peu à peu on s'habitua à lui et on finit par l'accepter. Même avant qu'il fût devenu canonique, plusieurs purent s'en servir comme d'un livre médiocrement autorisé, mais très édifiant [92]. D'un autre côté, les contradictions qu'il offrait avec les Évangiles synoptiques, lesquels étaient bien plus répandus, empêchèrent longtemps de le faire entrer en ligne de compte

qui semblerait quelquefois avoir tenu la plume pour lui et s'être substitué à lui. A cet égard, la suscription ὁ πρεσβύτερος des épîtres II et III de Jean, qui nous paraissent de la même main que l'Évangile et la première épître, donne bien à réfléchir. Cependant l'existence de ce *Presbyteros Joannes* n'est pas suffisamment établie. Elle semble avoir été imaginée pour la commodité de ceux qui, par des scrupules d'orthodoxie, ne voulaient pas attribuer l'Apocalypse à l'apôtre (voir ci-dessous, p. 307-308, note 53). L'argument qu'Eusèbe tire en faveur de cette hypothèse d'un passage de Papias n'est pas décisif. Les mots ἢ τί Ἰωάννης [a] dans ce passage ont pu être interpolés. Dans ce cas, les mots πρεσβύτερος Ἰωάννης, sous la plume de Papias, désigneraient l'apôtre Jean lui-même (Papias applique expressément le mot πρεσβύτερος aux apôtres ; cf. I Petri, v, 1), et Irénée aurait raison contre Eusèbe en appelant Papias un disciple de Jean. Ce qui confirme cette supposition, c'est que Papias donne *Presbyteros Joannes* pour un disciple immédiat de Jésus.

90. Les versets xx, 30-31, forment évidemment l'ancienne conclusion.

91. iv, 2 (comp. iii, 22) ; vii, 22. xii, 33 paraît de la même main que xxi, 19.

92. Ainsi, les valentiniens [b], qui l'acceptaient, et l'auteur des Homélies pseudo-clémentines s'écartent complètement de lui dans l'évaluation de la durée de la vie publique de Jésus. (Irénée, *Adv. hær.*, I, iii, 3 ; 11, xxii, 1 et suiv. ; Homél. pseudo-clem., xvii, 19.)

dans la contexture de la vie de Jésus, telle qu'on se l'imaginait.

On s'explique ainsi la bizarre contradiction que présentent les écrits de Justin et les Homélies pseudo-clémentines, où l'on trouve des traces de notre Évangile, mais où certainement il n'est pas mis sur le même pied que les synoptiques. De là aussi ces espèces d'allusions, qui ne sont pas des citations franches, qu'on y fait jusque vers l'an 180. De là enfin cette particularité que le quatrième Évangile paraît émerger lentement des mouvements de l'Église d'Asie au IIe siècle, d'abord adopté par les gnostiques [93] et n'obtenant dans l'Église orthodoxe qu'une créance très partielle, comme on le voit par la controverse de la Pâque, puis universellement reconnu. Je suis quelquefois porté à croire que c'est au quatrième Évangile que pensait Papias, quand il oppose aux renseignements exacts sur la vie de Jésus les longs discours et les préceptes étranges que d'autres lui prêtent [94]. Papias et le vieux parti judéo-chrétien devaient tenir de telles nouveautés pour très condamnables. Ce ne serait pas la seule fois qu'un livre d'abord hérétique aurait forcé les portes de l'Église orthodoxe et y serait devenu règle de foi.

Une chose au moins que je regarde comme très probable, c'est que le livre fut écrit avant l'an 100, c'est-à-dire à une époque où les synoptiques n'avaient pas encore une pleine canonicité. Passé cette date, on ne concevrait plus que l'auteur se fût affranchi à ce point du cadre des « Mémoires apostoliques ». Pour Justin et, ce semble, pour Papias, le cadre synoptique constitue

93. Valentin, Ptolémée, Héracléon, Basilide, Apelle, les naasséniens, les pérates. (Irénée, *Adv. hær.*, I, VIII, 5 ; III, XI, 7 ; Origène, *In Joann.*, VI, 8, etc. ; Epiph., *Adv. hær.*, XXXIII, 3 ; voir surtout les *Philosophumena*, livres VI et VIII.) Il reste douteux si, en prêtant des citations du quatrième Évangile à Basilide et à Valentin, les Pères n'ont pas attribué à ces fondateurs d'écoles les sentiments qui régnèrent après eux dans leurs écoles.

94. Dans Eusèbe, *Hist. eccl.*, III, 39.

le plan vrai et unique de la vie de Jésus. Un faussaire
écrivant vers l'an 120 ou 130 un Évangile de fantaisie
se fût contenté de traiter à sa guise la version reçue,
comme font les Évangiles apocryphes, et n'eût pas bouleversé de fond en comble ce qu'on regardait comme les
lignes essentielles de la vie de Jésus. Cela est si vrai que,
dès la seconde moitié du IIe siècle, ces contradictions
deviennent une difficulté grave entre les mains des
aloges et obligent les défenseurs du quatrième Évangile
à imaginer des solutions fort embarrassées [95]. Rien ne
prouve que le rédacteur du quatrième Évangile eût, en
écrivant, aucun des Évangiles synoptiques sous les
yeux [96]. Les frappantes ressemblances de son récit avec
les trois autres Évangiles en ce qui touche la Passion
portent à supposer qu'il y avait dès lors pour la Passion
comme pour la Cène [97] un récit à peu près fixé, que l'on
savait par cœur.

Il est impossible, à distance, d'avoir le mot de tous
ces problèmes singuliers, et sans doute bien des surprises
nous seraient réservées, s'il nous était donné de pénétrer
dans les secrets de cette mystérieuse école d'Éphèse, qui
plus d'une fois paraît s'être complu aux voies obscures.
Mais une expérience capitale est celle-ci. Toute personne
qui se mettra à écrire la vie de Jésus sans théorie arrêtée
sur la valeur relative des Évangiles, se laissant uniquement guider par le sentiment du sujet, sera ramenée dans
bien des cas à préférer la narration du quatrième Évangile à celle des synoptiques. Les derniers mois de la vie
de Jésus en particulier ne s'expliquent que par cet
Évangile ; plusieurs traits de la Passion, inintelligibles
chez les synoptiques [98], reprennent dans le récit du

95. Epiph., *Adv. hær.*, LI ; Eus., *Hist. eccl.*, III, 24.
96. Les concordances entre Marc, II, 9, et Jean, V, 8, 9 ; Marc, VI,
37, et Jean, VI, 7 ; Marc, XIV, 4, et Jean, XII, 5 ; Luc, XXIV, 1, 2, 12, et
Jean, XX, 1, 4, 5, 6, quoique singulières, s'expliquent suffisamment
par des souvenirs.
97. I Cor., XI, 23 et suiv.
98. Par exemple, ce qui concerne l'annonce de la trahison de Judas.

quatrième Évangile la vraisemblance et la possibilité.
Tout au contraire, j'ose défier qui que ce soit de composer une vie de Jésus qui ait un sens en tenant compte des
discours que le prétendu Jean prête à Jésus. Cette façon
de se prêcher et de se démontrer sans cesse, cette perpétuelle argumentation, cette mise en scène sans naïveté,
ces longs raisonnements à la suite de chaque miracle, ces
discours roides et gauches, dont le ton est si souvent faux
et inégal [99], ne seraient pas soufferts par un homme de
goût à côté des délicieuses sentences qui, selon les synoptiques, formaient l'âme de l'enseignement de Jésus [a]. Ce
sont ici évidemment des pièces artificielles [100], qui nous
représentent les prédications de Jésus comme les dialogues de Platon nous rendent les entretiens de Socrate.
Ce sont en quelque sorte les variations d'un musicien
improvisant pour son compte sur un thème donné. Le
thème, au cas dont il s'agit, peut n'être pas sans quelque
authenticité ; mais, dans l'exécution, la fantaisie de
l'artiste se donne pleine carrière. On sent le procédé
factice, la rhétorique, l'apprêt [101]. Ajoutons que le voca-
bulaire de Jésus ne se retrouve pas dans les morceaux
dont nous parlons. L'expression de « royaume de Dieu »,
qui était si familière au maître [102], n'y figure qu'une seule
fois [103]. En revanche, le style des discours prêtés à Jésus
par le quatrième Évangile offre la plus complète analogie
avec celui des parties narratives du même Évangile et
avec celui de l'auteur des épîtres dites de Jean. On voit
qu'en écrivant ces discours, l'auteur du quatrième Évangile suivait, non ses souvenirs, mais le mouvement assez
monotone de sa propre pensée. Toute une nouvelle langue

99. Voir, par exemple, ii, 25 ; iii, 32-33, et les longues disputes des
chap. vii, viii, ix.
100. Souvent on sent que l'auteur cherche des prétextes pour placer
des discours (ch. iii, v, viii, xiii et suiv.).
101. Par exemple, ch. xvii.
102. Outre les synoptiques, les Actes, les Épîtres de saint Paul,
l'Apocalypse en font foi.
103. Jean, iii, 3, 5.

mystique s'y déploie, langue caractérisée par l'emploi fréquent des mots « monde », « vérité », « vie », « lumière », « ténèbres », et qui est bien moins celle des synoptiques que celle du livre de la Sagesse, de Philon, des valentiniens. Si Jésus avait jamais parlé dans ce style, qui n'a rien d'hébreu, rien de juif, comment se fait-il que, parmi ses auditeurs, un seul en eût si bien gardé le secret ?

L'histoire littéraire offre, du reste, un exemple qui présente une certaine analogie avec le phénomène historique que nous venons d'exposer, et qui sert à l'expliquer. Socrate, qui comme Jésus n'écrivit pas, nous est connu par deux de ses disciples, Xénophon et Platon : le premier répondant, par sa rédaction limpide, transparente, impersonnelle, aux synoptiques ; le second rappelant par sa vigoureuse individualité l'auteur du quatrième Évangile. Pour exposer l'enseignement socratique, faut-il suivre les « Dialogues » de Platon ou les « Entretiens » de Xénophon ? Aucun doute à cet égard n'est possible ; tout le monde s'est attaché aux « Entretiens », et non aux « Dialogues ». Platon cependant n'apprend-il rien sur Socrate ? Serait-il d'une bonne critique, en écrivant la biographie de ce dernier, de négliger les « Dialogues » ? Qui oserait le soutenir ?

Sans se prononcer sur la question matérielle de savoir quelle main a tracé le quatrième Évangile, et même en étant persuadé que ce n'est pas celle du fils de Zébédée, on peut donc admettre que cet ouvrage possède quelques titres à s'appeler « l'Évangile selon Jean ». Le canevas historique du quatrième Évangile est, selon moi, la vie de Jésus telle qu'on la savait dans l'entourage immédiat de Jean. J'ajoute que, d'après mon opinion, cette école savait mieux diverses circonstances extérieures de la vie du fondateur que le groupe dont les souvenirs ont constitué les Évangiles synoptiques. Elle avait, notamment, sur les séjours de Jésus à Jérusalem, des données que les autres Églises ne possédaient pas. *Presbyteros Joannes*, qui probablement n'est pas un personnage différent de l'apôtre Jean, regardait, dit-on, le récit de Marc comme incomplet et désordonné ; il avait même un système pour expliquer les lacunes de ce récit [104]. Certains passages de Luc, où il y a comme un écho des traditions johanniques [105], prouvent d'ailleurs que les traditions conservées par le quatrième Évangile n'étaient pas pour le reste de la famille chrétienne quelque chose de tout à fait inconnu.

Ces explications seront suffisantes, je pense, pour qu'on voie, dans la suite du récit, les motifs qui m'ont déterminé à donner la préférence à tel ou tel des quatre guides que nous avons pour la vie de Jésus. En somme, j'admets les quatre Évangiles canoniques comme des documents sérieux. Tous remontent au siècle qui suivit la mort de Jésus ; mais leur valeur historique est fort diverse. Matthieu mérite évidemment une confiance hors ligne pour les discours ; là sont les *Logia*, les notes mêmes prises sur le souvenir vif et net de l'enseignement de Jésus. Une espèce d'éclat à la fois doux et terrible, une force divine, si j'ose le dire, souligne ces paroles, les détache du contexte et les rend pour le critique facilement reconnaissables. La personne qui s'est donné la tâche de faire avec l'histoire évangélique une composition régulière, possède à cet égard une excellente pierre de touche. Les vraies paroles de Jésus se décèlent pour ainsi dire d'elles-mêmes ; dès qu'on les touche dans ce chaos de traditions d'authenticité inégale, on les sent

104. Papias, *loc. cit.* Voir ci-dessus, p. 73.
105. Ainsi, le pardon de la femme pécheresse, la connaissance qu'a Luc de la famille de Béthanie, son type du caractère de Marthe répondant au διηκόνει [a] de Jean (XII, 2), la notion qu'il a du voyage de Jésus en Samarie, et même, à ce qu'il semble, de voyages multiples de Jésus à Jérusalem, les analogies bizarres du Lazare de Luc et de celui de Jean, le trait de la femme qui essuya les pieds de Jésus avec ses cheveux, l'idée que Jésus a comparu à la Passion devant trois autorités, l'opinion où est l'auteur du troisième Évangile que quelques disciples assistaient au crucifiement, les renseignements qu'il a sur le rôle d'Anne à côté de Caïphe, l'apparition de l'ange dans l'agonie (comp. Jean, XII, 28-29).

vibrer ; elles se traduisent comme spontanément, et viennent d'elles-mêmes se placer dans le récit, où elles gardent un relief sans pareil.

Les parties narratives groupées dans le premier Évangile autour de ce noyau primitif n'ont pas la même autorité. Il s'y trouve beaucoup de légendes d'un contour assez mou, sorties de la piété de la deuxième génération chrétienne [106]. Les récits que Matthieu possède en commun avec Marc offrent des fautes de copie témoignant d'une médiocre connaissance de la Palestine [107]. Beaucoup d'épisodes sont répétés deux fois, certains personnages sont doublés, ce qui prouve que des sources différentes ont été utilisées et grossièrement amalgamées [108]. L'Évangile de Marc est bien plus ferme, plus précis, moins chargé de circonstances tardivement insérées. C'est celui des trois synoptiques qui est resté le plus ancien, le plus original [109]; celui où sont venus s'ajouter le moins d'éléments postérieurs. Les détails matériels ont dans Marc une netteté qu'on chercherait vainement chez les autres évangélistes. Il aime à rapporter certains mots de Jésus en syro-chaldaïque [110]. Il est plein d'observations minutieuses venant sans nul doute d'un témoin oculaire. Rien ne s'oppose à ce que ce témoin oculaire, qui évidemment avait suivi Jésus, qui l'avait aimé et regardé de très près, qui en avait conservé une vive image, ne soit l'apôtre Pierre lui-même, comme le veut Papias.

Quant à l'ouvrage de Luc, sa valeur historique est

---

106. Ch. i et ii surtout. Voir aussi xxvii, 3 et suiv., 19, 51-53, 60 ; xxviii, 2 et suiv., en comparant Marc.

107. Comp. Matth., xv, 39, à Marc, viii, 10. Voir *Comptes rendus de l'Acad. des Inscript. et Belles-Lettres*, 17 août 1866 [a].

108. Comp. Matth., ix, 27-31, et xx, 29-34, à Marc, viii, 22-26, et x, 46-52 ; Matth., viii, 28-34, à Marc, v, 1-20 ; Matth., xii, 38 et suiv., à Matth., xvi, 1 et suiv. ; Matth., ix, 34 et suiv., à Matth., xii, 24 et suiv.

109 .Comparez, par exemple, Marc, xv, 23, à Matth., xxvii, 34.

110. Marc, v, 41 ; vii, 34 ; xiv, 36 ; xv, 34. Matthieu n'offre cette particularité qu'une fois (xxvii, 46).

sensiblement plus faible. C'est un document de seconde main. La narration y est plus mûrie. Les mots de Jésus y sont plus réfléchis, plus composés. Quelques sentences sont poussées à l'excès et faussées [111]. Écrivant hors de la Palestine, et certainement après le siège de Jérusalem [112], l'auteur indique les lieux avec moins de rigueur que les deux autres synoptiques ; il se représente trop volontiers le temple comme un oratoire, où l'on va faire ses dévotions [113] ; il ne parle pas des hérodiens ; il émousse les détails pour tâcher d'amener une concordance entre les différents récits [114] ; il adoucit les passages qui étaient devenus embarrassants d'après l'idée plus exaltée qu'on arrivait autour de lui à se faire de la divinité de Jésus [115] ; il exagère le merveilleux [116] ; il commet des erreurs de chronologie [117] et de topographie [118], il omet les gloses hébraïques [119], paraît savoir peu d'hébreu [120], ne cite aucune parole de Jésus en cette langue, nomme toutes les localités par leur nom grec, corrige parfois maladroitement les paroles de Jésus [121]. On sent l'écrivain qui

111. Luc, xiv, 26. Les règles de l'apostolat (x, 4, 7) y ont un caractère particulier d'exaltation.
112. xix, 41, 43-44 ; xxi, 9, 20 ; xxiii, 29.
113. ii, 37 ; xviii, 10 et suiv. ; xxiv, 53.
114. iv, 16. Comp. les passages cités ci-dessous, p. 122, notes 1 et 3.
115. iii, 23. Il omet le trait *Marc*, xiii, 32 (Matth., xxiv, 36).
116. iv, 14 ; xxii, 43, 44.
117. En ce qui concerne le recensement de Quirinius, la révolte de Theudas, et peut-être la mention de Lysanias, bien que, sur ce dernier point, l'exactitude de l'évangéliste puisse être défendue. Voir *Mission de Phénicie*, p. 317 et suiv. ; *Corpus inscript. gr.*, n° 4521, et les *addenda* ; Jos., *Ant.*, XVIII, vi, 10 ; XIX, v, 1 ; XX, vii, 1 ; *B. J.*, II, xi, 5 ; xii, 8.
118. Comp. Luc, xxiv, 13, à Jos., *B. J.*, VII, vi, 6 (édit. Dindorf). Luc, i, 39, est aussi suspect de quelque erreur.
119. Comp. Luc, i, 31, à Matth., i, 21 ; Luc, xx, 46, à Matth., xxiii, 7-8. Il évite les mots *abba, rabbi, corbona, corban, raca, Boanerges.*
120. Saint Jérôme, *In Is.*, cap. vi (Opp., édit. Martianay, III, col. 63-64). Les hébraïsmes de son style et certains traits juifs, tels que *Act.*, i, 12, viennent probablement des personnes qu'il fréquentait, des livres qu'il lisait, des documents qu'il suit.
121. Par exemple, ἔργων (Matth., xi, 19) devient chez lui τέκνων (Luc, vii, 35), leçon qui, par une sorte d'effet rétroactif, s'est introduite dans la plupart des manuscrits de Matthieu.

compile, l'homme qui n'a pas vu directement les témoins, qui travaille sur les textes, et se permet de fortes violences pour les mettre d'accord. Luc avait probablement sous les yeux le récit primitif de Marc et les *Logia* de Matthieu. Mais il les traite avec beaucoup de liberté ; tantôt il fond ensemble deux anecdotes ou deux paraboles pour en faire une [122] ; tantôt il en décompose une pour en faire deux [123]. Il interprète les documents selon son esprit propre ; il n'a pas l'impassibilité absolue de Matthieu et de Marc. On peut dire certaines choses de ses goûts et de ses tendances particulières : c'est un dévot très exact [124] ; il tient à ce que Jésus ait accompli tous les rites juifs [125] ; il est démocrate et ébionite exalté, c'est-à-dire très opposé à la propriété et persuadé que la revanche des pauvres va venir [126] ; il affectionne par-dessus tout les anecdotes mettant en relief la conversion des pécheurs, l'exaltation des humbles [127] ; il modifie souvent les anciennes traditions pour leur donner ce tour [128]. Il admet dans ses premières pages des légendes sur l'enfance de Jésus, racontées avec ces longues amplifications, ces cantiques, ces procédés de convention qui forment le trait essentiel des Évangiles apocryphes.

---

122. Par exemple, xix, 12-27, où la parabole des talents est compliquée (versets 12, 14, 15, 27) d'une parabole relative à des sujets rebelles. La parabole du riche (xvi) contient aussi des traits qui se rattachent médiocrement au sujet principal (les ulcères, les chiens, et les versets 23 et suiv.).

123. Ainsi, le repas de Béthanie lui donne deux récits (vii, 36-48, et x, 38-42). Il fait de même pour les discours. Ainsi Matth., xxiii, se retrouve dans Luc, xi, 39 et suiv., xx, 46-47.

124. xxiii, 56 ; xxiv, 53 ; *Act.*, i, 12.

125. ii, 21, 22, 39, 41, 42. C'est un trait ébionite. Cf. *Philosophumena*, VII, vi, 34.

126. La parabole du riche et de Lazare. Voir aussi vi, 20 et suiv., 24 et suiv. (comp. les sentences bien plus modérées de Matthieu, v, 3 et suiv.) ; x, 7 ; xii, 13 et suiv. ; xvi entier ; xxii, 35 ; *Actes*, ii, 44-45 ; v, 1 et suiv.

127. La femme qui oint les pieds, Zachée, le bon larron, la parabole du pharisien et du publicain, l'enfant prodigue.

128. Par exemple, la femme qui oint les pieds devient chez lui une pécheresse qui se convertit.

Enfin, il a dans le récit des derniers temps de Jésus quelques circonstances pleines d'un sentiment tendre et certains mots de Jésus d'une rare beauté [129], qui ne se trouvent pas dans les récits plus authentiques, et où l'on sent le travail de la légende. Luc les empruntait probablement à un recueil plus récent, où l'on visait surtout à exciter des sentiments de piété.

Une grande réserve était naturellement commandée à l'égard d'un document de cette nature. Il eût été aussi peu critique de le négliger que de l'employer sans discernement. Luc a eu sous les yeux des originaux que nous n'avons plus. C'est moins un évangéliste qu'un biographe de Jésus, un « harmoniste », un correcteur à la manière de Marcion et de Tatien. Mais c'est un biographe du premier siècle, un artiste divin qui, indépendamment des renseignements qu'il a puisés aux sources plus anciennes, nous montre le caractère du fondateur avec un bonheur de trait, une inspiration d'ensemble, un relief que n'ont pas les deux autres synoptiques. Son Évangile est celui dont la lecture a le plus de charme ; car, à l'incomparable beauté du fond commun, il ajoute une part d'artifice et de composition qui augmente singulièrement l'effet du portrait, sans nuire gravement à sa vérité.

En somme, on peut dire que la rédaction synoptique a traversé trois degrés : 1° l'état documentaire original (λόγια [a] de Matthieu, λεχθέντα ἢ πραχθέντα [b] de Marc), premières rédactions qui n'existent plus ; 2° l'état de simple mélange, où les documents originaux sont amalgamés sans aucun effort de composition, sans qu'on voie percer aucune vue personnelle de la part des auteurs (Évangiles actuels de Matthieu et de Marc) ; 3° l'état

---

129. Jésus pleurant sur Jérusalem, la sueur de sang, la rencontre des saintes femmes, le bon larron, etc. Le mot aux femmes de Jérusalem (xxiii, 28-29) ne peut guère avoir été conçu qu'après le siège de l'an 70.

de combinaison, de rédaction voulue et réfléchie, où l'on sent l'effort pour concilier les différentes versions (Évangile de Luc, Évangiles de Marcion, de Tatien, etc.). L'Évangile de Jean, comme nous l'avons dit, forme une composition d'un autre ordre et tout à fait à part.

On remarquera que je n'ai fait nul usage des Évangiles apocryphes. Ces compositions ne doivent être en aucune façon mises sur le même pied que les Évangiles canoniques. Ce sont de plates et puériles amplifications, ayant le plus souvent les canoniques pour base et n'y ajoutant jamais rien qui ait du prix. Au contraire, j'ai été fort attentif à recueillir les lambeaux, conservés par les Pères de l'Église, d'anciens Évangiles qui existèrent autrefois parallèlement aux canoniques et qui sont maintenant perdus, comme l'Évangile selon les Hébreux, l'Évangile selon les Égyptiens, les Évangiles dits de Justin, de Marcion, de Tatien [130]. Les deux premiers sont surtout importants en ce qu'ils étaient rédigés en araméen comme les *Logia* de Matthieu, qu'ils paraissent avoir constitué une variété de l'Évangile attribué à cet apôtre, et qu'ils furent l'Évangile des *ébionim*, c'est-à-dire de ces petites chrétientés de Batanée qui gardèrent l'usage du syrochaldaïque, et qui paraissent à quelques égards avoir continué la ligne de Jésus. Mais il faut avouer que, dans l'état où ils nous sont arrivés, ces Évangiles sont inférieurs, pour l'autorité critique, à la rédaction de l'Évangile de Matthieu que nous possédons.

On comprend maintenant, ce semble, le genre de valeur historique que j'attribue aux Évangiles. Ce ne sont ni des biographies à la façon de Suétone, ni des légendes fictives à la manière de Philostrate ; ce sont des biographies légendaires. Je les rapprocherais volontiers des légendes de Saints, des Vies de Plotin, de Proclus, d'Isidore, et autres écrits du même genre, où la vérité histo-

---

130. Pour plus de détails, voir Michel Nicolas, *Études sur les Évangiles apocryphes* (Paris, Lévy, 1866).

rique et l'intention de présenter des modèles de vertu
se combinent à des degrés divers. L'inexactitude, qui
est un des traits de toutes les compositions populaires,
s'y fait particulièrement sentir. Supposons qu'il y a
quinze ou vingt ans, trois ou quatre vieux soldats de
l'Empire se fussent mis chacun de leur côté à écrire la
vie de Napoléon avec leurs souvenirs. Il est clair que
leurs récits offriraient de nombreuses erreurs, de fortes
discordances. L'un d'eux mettrait Wagram avant Ma-
rengo ; l'autre écrirait sans hésiter que Napoléon chassa
des Tuileries le gouvernement de Robespierre ; un troisième omettrait des expéditions de la plus haute importance. Mais une chose résulterait certainement avec un
haut degré de vérité de ces naïfs récits, c'est le caractère
du héros, l'impression qu'il faisait autour de lui. En ce
sens, de telles histoires populaires vaudraient mieux
qu'une histoire solennelle et officielle. On en peut dire
autant des Évangiles. Uniquement attentifs à mettre
en saillie l'excellence du maître, ses miracles, son enseignement, les évangélistes montrent une entière indifférence pour tout ce qui n'est pas l'esprit même de Jésus.
Les contradictions sur les temps, les lieux, les personnes,
étaient regardées comme insignifiantes ; car, autant on
prêtait à la parole de Jésus un haut degré d'inspiration,
autant on était loin d'accorder cette inspiration aux
rédacteurs. Ceux-ci ne s'envisageaient que comme de
simples scribes et ne tenaient qu'à une seule chose : ne
rien omettre de ce qu'ils savaient [131].

Sans contredit, une part d'idées préconçues dut se
mêler à de tels souvenirs. Plusieurs récits, surtout de
Luc, sont inventés pour faire ressortir vivement certains
traits de la physionomie de Jésus. Cette physionomie
elle-même subissait chaque jour des altérations. Jésus
serait un phénomène unique dans l'histoire si, avec le
rôle qu'il joua, il n'avait été bien vite transfiguré. La

131. Voir le passage précité de Papias.

légende d'Alexandre était éclose avant que la génération
de ses compagnons d'armes fût éteinte ; celle de saint
François d'Assise commença de son vivant. Un rapide
travail de métamorphose s'opéra de même, dans les
vingt ou trente années qui suivirent la mort de Jésus, et
imposa à sa biographie les tours absolus d'une légende
idéale. La mort perfectionne l'homme le plus parfait ;
elle le rend sans défaut pour ceux qui l'ont aimé. En
même temps, d'ailleurs, qu'on voulait peindre le maître,
on voulait le démontrer. Beaucoup d'anecdotes étaient
conçues pour prouver qu'en lui les prophéties envisagées
comme messianiques avaient eu leur accomplissement.
Mais ce procédé, dont il ne faut pas nier l'importance, ne
saurait tout expliquer. Aucun ouvrage juif du temps ne
donne une série de prophéties exactement libellées que le
Messie dût accomplir. Plusieurs des allusions messianiques relevées par les évangélistes sont si subtiles, si
détournées, qu'on ne peut croire que tout cela répondît
à une doctrine généralement admise. Tantôt l'on raisonna
ainsi : « Le Messie doit faire telle chose ; or, Jésus est le
Messie ; donc Jésus a fait telle chose. » Tantôt on raisonna à l'inverse : « Telle chose est arrivée à Jésus ; or,
Jésus est le Messie ; donc, telle chose devait arriver au
Messie [132]. » Les explications trop simples sont toujours
fausses quand il s'agit d'analyser le tissu de ces profondes créations du sentiment populaire, qui déjouent
tous les systèmes par leur richesse et leur infinie variété.

A peine est-il besoin de dire qu'avec de tels documents,
pour ne donner que de l'incontestable, il faudrait s'en
tenir aux lignes générales. Dans presque toutes les histoires anciennes, même dans celles qui sont bien moins
légendaires que celles-ci, le détail prête à des doutes
infinis. Quand nous avons deux récits d'un même fait, il
est extrêmement rare que les deux récits soient d'accord.
N'est-ce pas une raison, quand on n'en a qu'un seul, de

132. Voir, par exemple, Jean, xix, 23-24.

tomber en bien des perplexités ? On peut dire que, parmi
les anecdotes, les discours, les mots célèbres rapportés
par les historiens, il n'y en a pas un de rigoureusement
authentique. Y avait-il des sténographes pour fixer ces
paroles rapides ? Y avait-il un annaliste toujours présent
pour noter les gestes, les allures, les sentiments des
acteurs ? Essayons d'arriver au vrai sur la manière dont
s'est passé tel ou tel fait contemporain, nous n'y réussi-
rons pas. Deux récits d'un même événement faits par
des témoins oculaires diffèrent essentiellement. Faut-il
pour cela renoncer à toute la couleur des récits et se
borner à l'énoncé des faits d'ensemble ? Ce serait supprimer l'histoire. Certes, je crois bien que, si l'on excepte
certains axiomes courts et presque mnémoniques, aucun
des discours rapportés par Matthieu n'est textuel ; à
peine nos procès-verbaux sténographiés le sont-ils.
J'admets volontiers que cet admirable récit de la Passion
renferme une foule d'à peu près. Ferait-on cependant
l'histoire de Jésus en omettant ces prédications qui nous
rendent d'une manière si vive la physionomie de ses
discours, et en se bornant à dire avec Josèphe et Tacite
« qu'il fut mis à mort par l'ordre de Pilate à l'instigation
des prêtres » ? Ce serait là, selon moi, un genre d'inexactitude pire que celui auquel on s'expose en admettant
les détails que nous fournissent les textes. Ces détails ne
sont pas vrais à la lettre ; mais ils sont vrais d'une vérité
supérieure ; ils sont plus vrais que la nue vérité, en ce
sens qu'ils sont la vérité rendue expressive et parlante,
élevée à la hauteur d'une idée.

Je prie les personnes qui trouveront que j'ai accordé
une confiance exagérée à des récits en grande partie
légendaires, de tenir compte de l'observation que je
viens de faire. A quoi se réduirait la vie d'Alexandre, si
on se bornait à ce qui est matériellement certain ? Les
traditions même en partie erronées renferment une
portion de vérité que l'histoire ne peut négliger. On n'a
pas reproché à M. Sprenger [a] d'avoir, en écrivant la vie

de Mahomet, tenu grand compte des *hadith* ou traditions orales sur le prophète, et d'avoir souvent prêté textuellement à son héros des paroles qui ne sont connues que par cette source. Les traditions sur Mahomet, cependant, n'ont pas un caractère historique supérieur à celui des discours et des récits qui composent les Évangiles. Elles furent écrites de l'an 50 à l'an 140 de l'hégire. Quand on écrira l'histoire des écoles juives aux siècles qui ont précédé et suivi immédiatement la naissance du christianisme, on ne se fera aucun scrupule de prêter à Hillel, à Schammaï, à Gamaliel [a], les maximes que leur attribuent la *Mischna* et la *Gemara*, bien que ces grandes compilations aient été rédigées plusieurs centaines d'années après les docteurs dont il s'agit.

Quant aux personnes qui croient, au contraire, que l'histoire doit consister à reproduire sans interprétation les documents qui nous sont parvenus, je les prie d'observer qu'en un tel sujet cela n'est pas loisible. Les quatre principaux documents sont en flagrante contradiction les uns avec les autres ; Josèphe, d'ailleurs, les rectifie quelquefois. Il faut choisir. Prétendre qu'un événement ne peut pas s'être passé de deux manières à la fois, ni d'une façon absurde, n'est pas imposer à l'histoire une philosophie *a priori*. De ce qu'on possède plusieurs versions différentes d'un même fait, de ce que la crédulité a mêlé à toutes ces versions des circonstances fabuleuses, l'historien ne doit pas conclure que le fait soit faux ; mais il doit, en pareil cas, se tenir en garde, discuter les textes et procéder par induction. Il est surtout une classe de récits à propos desquels ce principe trouve une application nécessaire, ce sont les récits surnaturels. Chercher à expliquer ces récits ou les réduire à des légendes, ce n'est pas mutiler les faits au nom de la théorie ; c'est partir de l'observation même des faits. Aucun des miracles dont les vieilles histoires sont remplies ne s'est passé dans des conditions scientifiques. Une observation qui n'a pas été une seule fois démentie nous apprend

qu'il n'arrive de miracles que dans les temps et les pays
où l'on y croit, devant des personnes disposées à y croire.
Aucun miracle ne s'est produit devant une réunion
d'hommes capables de constater le caractère miraculeux
d'un fait *a*. Ni les personnes du peuple, ni les gens du
monde ne sont compétents pour cela. Il y faut de grandes
précautions et une longue habitude des recherches scientifiques. De nos jours, n'a-t-on pas vu presque tous les
gens du monde dupes de grossiers prestiges ou de puériles illusions ? Des faits merveilleux attestés par des
petites villes tout entières sont devenus, grâce à une
enquête plus sévère, des faits condamnables [133]. Puisqu'il est avéré qu'aucun miracle contemporain ne supporte
la discussion, n'est-il pas probable que les miracles du
passé, qui se sont tous accomplis dans des réunions populaires, nous offriraient également, s'il nous était possible
de les critiquer en détail, leur part d'illusion ?

Ce n'est donc pas au nom de telle ou telle philosophie,
c'est au nom d'une constante expérience, que nous
bannissons le miracle de l'histoire. Nous ne disons pas :
« Le miracle est impossible » ; nous disons : « Il n'y a pas
eu jusqu'ici de miracle constaté. » Que demain un thaumaturge se présente avec des garanties assez sérieuses
pour être discuté ; qu'il s'annonce comme pouvant, je
suppose, ressusciter un mort, que ferait-on ? Une commission composée de physiologistes, de physiciens, de
chimistes, de personnes exercées à la critique historique,
serait nommée. Cette commission choisirait le cadavre,
s'assurerait que la mort est bien réelle, désignerait la
salle où devrait se faire l'expérience, réglerait tout le
système de précautions nécessaire pour ne laisser prise à
aucun doute. Si, dans de telles conditions, la résurrection s'opérait, une probabilité presque égale à la certitude serait acquise. Cependant, comme une expérience

133. Voir la *Gazette des Tribunaux*, 10 sept. et 11 nov. 1851, 28 mai
1857.

doit toujours pouvoir se répéter, que l'on doit être capable de refaire ce que l'on a fait une fois, et que, dans l'ordre du miracle, il ne peut être question de facile ou de difficile, le thaumaturge serait invité à reproduire son acte merveilleux dans d'autres circonstances, sur d'autres cadavres, dans un autre milieu. Si chaque fois le miracle réussissait, deux choses seraient prouvées : la première, c'est qu'il arrive dans le monde des faits surnaturels ; la seconde, c'est que le pouvoir de les produire appartient ou est délégué à certaines personnes. Mais qui ne voit que jamais miracle ne s'est passé dans ces conditions-là ; que toujours jusqu'ici le thaumaturge a choisi le sujet de l'expérience, choisi le milieu, choisi le public ; que d'ailleurs, le plus souvent, c'est le peuple lui-même qui, par suite de l'invincible besoin qu'il a de voir dans les grands événements et dans les grands hommes quelque chose de divin, crée après coup les légendes merveilleuses ? Jusqu'à nouvel ordre, nous maintiendrons donc ce principe de critique historique, qu'un récit surnaturel ne peut être admis comme tel, qu'il implique toujours crédulité ou imposture, que le devoir de l'historien est de l'interpréter et de rechercher quelle part de vérité, quelle part d'erreur il peut recéler.

Telles sont les règles qui ont été suivies dans la composition de cet écrit. A la lecture des textes, j'ai pu joindre une grande source de lumières, la vue des lieux où se sont passés les événements. La mission scientifique ayant pour objet l'exploration de l'ancienne Phénicie, que j'ai dirigée en 1860 et 1861, m'amena à résider sur les frontières de la Galilée et à y voyager fréquemment. J'ai traversé dans tous les sens la province évangélique ; j'ai visité Jérusalem, Hébron et la Samarie ; presque aucune localité importante de l'histoire de Jésus ne m'a échappé. Toute cette histoire qui, à distance, semble flotter dans les nuages d'un monde sans réalité, prit ainsi un corps, une solidité qui m'étonnèrent. L'accord frappant des textes et des lieux, la merveilleuse harmonie de l'idéal

évangélique avec le paysage qui lui servit de cadre furent
pour moi une révélation. J'eus devant les yeux un cinquième Évangile, lacéré mais lisible encore, et désormais,
à travers les récits de Matthieu et de Marc, au lieu d'un
être abstrait, qu'on dirait n'avoir jamais existé, je vis
une admirable figure humaine vivre, se mouvoir. Pendant l'été, ayant dû monter à Ghazir, dans le Liban, pour
prendre un peu de repos, je fixai en traits rapides
l'image qui m'était apparue, et il en résulta cette
histoire. Quand une cruelle épreuve vint hâter mon
départ, je n'avais plus à rédiger que quelques pages. Le
livre a été, de la sorte, composé fort près des lieux mêmes
où Jésus naquit et vécut. Depuis mon retour [134], j'ai
travaillé sans cesse à compléter et à contrôler dans le
détail l'ébauche que j'avais écrite à la hâte dans une
cabane maronite, avec cinq ou six volumes autour
de moi.

Plusieurs regretteront peut-être le tour biographique
qu'a ainsi pris mon ouvrage. Quand je conçus pour la
première fois une histoire des origines du christianisme,
ce que je voulais faire, c'était bien, en effet, une histoire
de doctrines, où les hommes n'auraient eu presque aucune part. Jésus eût à peine été nommé ; on se fût surtout
attaché à montrer comment les idées qui se sont pro-
duites sous son nom germèrent et couvrirent le monde.
Mais j'ai compris, depuis, que l'histoire n'est pas un
simple jeu d'abstractions, que les hommes y sont plus
que les doctrines. Ce n'est pas une certaine théorie sur la
justification et la rédemption qui a fait la Réforme :
c'est Luther, c'est Calvin. Le parsisme, l'hellénisme, le
judaïsme auraient pu se combiner sous toutes les formes ;
les doctrines de la résurrection et du Verbe auraient pu
se développer durant des siècles, sans produire ce fait
fécond, unique, grandiose, qui s'appelle le christianisme.

---

134. Mon retour eut lieu en octobre 1861. La première édition de la
*Vie de Jésus* est de juin 1863.

Ce fait est l'œuvre de Jésus, de saint Paul, des apôtres. Faire l'histoire de Jésus, de saint Paul, des apôtres, c'est faire l'histoire des origines du christianisme. Les mouvements antérieurs n'appartiennent à notre sujet qu'en ce qu'ils servent à expliquer ces hommes extraordinaires, lesquels ne peuvent naturellement avoir été sans lien avec ce qui les a précédés.

Dans un tel effort pour faire revivre les hautes âmes du passé, une part de divination et de conjecture doit être permise. Une grande vie est un tout organique qui ne peut se rendre par la simple agglomération de petits faits. Il faut qu'un sentiment profond embrasse l'ensemble et en fasse l'unité. La raison d'art en pareil sujet est un bon guide ; le tact exquis d'un Gœthe trouverait à s'y appliquer. La condition essentielle des créations de l'art est de former un système vivant dont toutes les parties s'appellent et se commandent. Dans les histoires du genre de celle-ci, le grand signe qu'on tient le vrai est d'avoir réussi à combiner les textes d'une façon qui constitue un récit logique, vraisemblable, où rien ne détonne. Les lois intimes de la vie, de la marche des produits organiques, de la dégradation des nuances, doivent être à chaque instant consultées ; car ce qu'il s'agit de retrouver, ce n'est pas la circonstance matérielle, impossible à vérifier, c'est l'âme même de l'histoire ; ce qu'il faut rechercher, ce n'est pas la petite certitude des minuties, c'est la justesse du sentiment général, la vérité de la couleur. Chaque trait qui sort des règles de la narration classique doit avertir de prendre garde ; car le fait qu'il s'agit de raconter a été conforme à la nécessité des choses, naturel, harmonieux. Si on ne réussit pas à le rendre tel par le récit, c'est que sûrement on n'est pas arrivé à le bien voir. Supposons qu'en restaurant la Minerve de Phidias selon les textes, on produisît un ensemble sec, heurté, artificiel ; que faudrait-il en conclure ? Une seule chose : c'est que les textes ont besoin de l'interprétation du goût, qu'il faut les solliciter

doucement *ª* jusqu'à ce qu'ils arrivent à se rapprocher
et à fournir un ensemble où toutes les données soient
heureusement fondues. Serait-on sûr alors d'avoir, trait
pour trait, la statue grecque? Non; mais on n'en
aurait pas du moins la caricature : on aurait l'esprit
général de l'œuvre, une des façons dont elle a pu
exister.

Ce sentiment d'un organisme vivant, on n'a pas hésité
à le prendre pour guide dans l'agencement général du
récit. La lecture des Évangiles suffirait pour prouver
que leurs rédacteurs, quoique ayant dans l'esprit un
plan très juste de la vie de Jésus, n'ont pas été guidés
par des données chronologiques bien rigoureuses ; Papias,
d'ailleurs, nous l'apprend expressément, et appuie son
opinion d'un témoignage qui paraît émaner de l'apôtre
Jean lui-même [135]. Les expressions : « En ce temps-là »,
« Après cela », « Alors », « Et il arriva que... », etc., sont
de simples transitions destinées à rattacher les uns aux
autres les différents récits. Laisser tous les renseignements fournis par les Évangiles dans le désordre où la
tradition nous les donne, ce ne serait pas plus écrire
l'histoire de Jésus qu'on n'écrirait l'histoire d'un homme
célèbre en donnant pêle-mêle les lettres et les anecdotes
de sa jeunesse, de sa vieillesse, de son âge mûr. Le Coran,
qui nous offre aussi dans le décousu le plus complet *ᵇ*
les pièces des différentes époques de la vie de Mahomet,
a livré son secret à une critique ingénieuse ; on a découvert d'une manière à peu près certaine l'ordre chronologique où ces pièces ont été composées. Un tel redressement est beaucoup plus difficile pour l'Évangile, la
vie publique de Jésus ayant été plus courte et moins
chargée d'événements que la vie du fondateur de l'islam.
Cependant, la tentative de trouver un fil pour se guider
dans ce dédale ne saurait être taxée de subtilité gra-
tuite. Il n'y a pas grand abus d'hypothèse à supposer

135. Dans Eusèbe, *Hist. eccl.*, III, 39.

qu'un fondateur religieux commence par se rattacher
aux aphorismes moraux qui sont déjà en circulation
de son temps et aux pratiques qui ont de la vogue ; que,
plus mûr et entré en pleine possession de sa pensée, il se
complaît dans un genre d'éloquence calme, poétique,
éloigné de toute controverse, suave et libre comme le
sentiment pur ; qu'il s'exalte peu à peu, s'anime devant
l'opposition, finit par les polémiques et les fortes invectives. Telles sont les périodes qu'on distingue nettement
dans le Coran. L'ordre adopté avec un tact extrêmement
fin par les synoptiques suppose une marche analogue.
Qu'on lise attentivement Matthieu, on trouvera dans la
distribution des discours une gradation fort analogue
à celle que nous venons d'indiquer. On observera, d'ailleurs, la réserve des tours de phrase dont nous nous
servons quand il s'agit d'exposer le progrès des idées de
Jésus. Le lecteur peut, s'il le préfère, ne voir dans les
divisions adoptées à cet égard que les coupes indispen-
sables à l'exposition méthodique d'une pensée profonde
et compliquée.

   Si l'amour d'un sujet peut servir à en donner l'intelligence, on reconnaîtra aussi, j'espère, que cette condition ne m'a pas manqué. Pour faire l'histoire d'une religion, il est nécessaire, premièrement, d'y avoir cru (sans
cela, on ne saurait comprendre par quoi elle a charmé et
satisfait la conscience humaine) ; en second lieu, de n'y
plus croire d'une manière absolue ; car la foi absolue est
incompatible avec l'histoire sincère. Mais l'amour va sans
la foi. Pour ne s'attacher à aucune des formes qui capti-
vent l'adoration des hommes, on ne renonce pas à goûter
ce qu'elles contiennent de bon et de beau. Aucune apparition passagère n'épuise la Divinité ; Dieu s'était révélé
avant Jésus, Dieu se révélera après lui. Profondément inégales et d'autant plus divines qu'elles sont plus grandes,
plus spontanées, les manifestations du Dieu caché au
fond de la conscience humaine sont toutes du même
ordre. Jésus ne saurait donc appartenir uniquement à

ceux qui se disent ses disciples. Il est l'honneur commun de ce qui porte un cœur d'homme. Sa gloire ne consiste pas à être relégué hors de l'histoire ; on lui rend un culte plus vrai en montrant que l'histoire entière est incompréhensible sans lui.

# VIE
# DE JÉSUS

## CHAPITRE PREMIER

*passel from*

L'événement capital de l'histoire du monde est la
révolution par laquelle les plus nobles portions de l'humanité ont passé, des anciennes religions comprises
sous le nom vague de paganisme, à une religion fondée
sur l'unité divine, la trinité, l'incarnation du Fils de
Dieu. Cette conversion a eu besoin de près de mille ans
pour se faire. La religion nouvelle avait mis elle-même
au moins trois cents ans à se former. Mais l'origine de
la révolution dont il s'agit est un fait qui eut lieu sous
les règnes d'Auguste et de Tibère. Alors vécut une personne supérieure qui, par son initiative hardie et par
l'amour qu'elle sut inspirer, créa l'objet et posa le point
de départ de la foi future de l'humanité.

L'homme, dès qu'il se distingua de l'animal, fut religieux, c'est-à-dire qu'il vit dans la nature quelque chose
au delà de la réalité, et pour lui-même quelque chose
au delà de la mort. Ce sentiment, pendant des milliers
d'années, s'égara de la manière la plus étrange. Chez
beaucoup de races, il ne dépassa point la croyance aux
sorciers sous la forme grossière où nous la trouvons
encore dans certaines parties de l'Océanie. Chez quelques peuples, le sentiment religieux aboutit aux honteuses scènes de boucherie qui forment le caractère de
l'ancienne religion du Mexique. D'autres pays, en Afri-

que surtout, ne dépassèrent point le fétichisme, c'est-
à-dire l'adoration d'un objet matériel, auquel on attribuait des pouvoirs surnaturels. Comme l'instinct de
l'amour, qui par moments élève l'homme le plus vulgaire au-dessus de lui-même, se change parfois en
perversion et en férocité ; ainsi cette divine faculté de
la religion put longtemps sembler un chancre qu'il
fallait extirper de l'espèce humaine, une cause d'erreurs et de crimes que les sages devaient chercher à
supprimer.

Les brillantes civilisations qui se développèrent dès
une antiquité fort reculée en Chine, en Babylonie, en
Égypte, firent faire à la religion certains progrès. La
Chine arriva vite à une sorte de bon sens médiocre,
qui lui interdit les grands égarements. Elle ne connut
ni les avantages ni les abus du génie religieux. En tout
cas, elle n'eut par ce côté aucune influence sur la direction du grand courant de l'humanité. Les religions de
la Babylonie et de la Syrie ne se dégagèrent jamais d'un
fond de sensualité étrange ; ces religions restèrent,
jusqu'à leur extinction au ive et au ve siècle de notre
ère, des écoles d'immoralité, où quelquefois, grâce à une
sorte d'intuition poétique, s'ouvraient de lumineuses
échappées sur le monde divin. L'Égypte, malgré une
sorte de fétichisme apparent, put avoir de bonne heure
des dogmes métaphysiques et un symbolisme relevé.
Mais sans doute ces interprétations d'une théologie
raffinée n'étaient pas primitives. Jamais l'homme, en
possession d'une idée claire, ne s'est amusé à la revêtir
de symboles : c'est le plus souvent à la suite de longues
réflexions, et par l'impossibilité où est l'esprit humain
de se résigner à l'absurde, qu'on cherche des idées sous
les vieilles images mystiques dont le sens est perdu. Ce
n'est pas de l'Égypte, d'ailleurs, qu'est venue la foi de
l'humanité. Les éléments qui, dans la religion d'un
chrétien, proviennent, à travers mille transformations,
d'Égypte et de Syrie sont des formes extérieures sans

beaucoup de conséquence, ou des scories telles que les
cultes les plus épurés en retiennent toujours. Le grand
défaut des religions dont nous parlons était leur caractère superstitieux ; ce qu'elles jetèrent dans le monde,
ce furent des millions d'amulettes et d'abraxas *a*.
Aucune grande pensée morale ne pouvait sortir de races
abaissées par un despotisme séculaire et accoutumées
à des institutions qui enlevaient presque tout exercice
à la liberté des individus.

La poésie de l'âme, la foi, la liberté, l'honnêteté, le
dévouement, apparaissent dans le monde avec les deux
grandes races qui, en un sens, ont fait l'humanité, je
veux dire la race indo-européenne et la race sémitique.
Les premières intuitions religieuses de la race indo-européenne furent essentiellement naturalistes. Mais c'était
un naturalisme profond et moral, un embrassement
amoureux de la nature par l'homme, une poésie délicieuse, pleine du sentiment de l'infini, le principe enfin
de tout ce que le génie germanique et celtique, de ce
qu'un Shakespeare, de ce qu'un Goethe devaient exprimer plus tard. Ce n'était ni de la religion, ni de la
morale réfléchies ; c'était de la mélancolie, de la tendresse,
de l'imagination ; c'était par-dessus tout du sérieux,
c'est-à-dire la condition essentielle de la morale et de la
religion. La foi de l'humanité cependant ne pouvait
venir de là, parce que ces vieux cultes avaient beaucoup
de peine à se détacher du polythéisme et n'aboutis-
saient pas à un symbole bien clair. Le brahmanisme
n'a vécu jusqu'à nos jours que grâce au privilège étonnant de conservation que l'Inde semble posséder. Le
bouddhisme échoua dans toutes ses tentatives vers
l'ouest. Le druidisme resta une forme exclusivement
nationale et sans portée universelle. Les tentatives
grecques de réforme, l'orphisme, les mystères, ne
suffirent pas pour donner aux âmes un aliment solide.
La Perse seule arriva à se faire une religion dogmatique,
presque monothéiste et savamment organisée ; mais il

est fort possible que cette organisation même fût une imitation ou un emprunt. En tout cas, la Perse n'a pas converti le monde ; elle s'est convertie, au contraire, quand elle a vu paraître sur ses frontières le drapeau de l'unité divine proclamée par l'islam.

C'est la race sémitique [1] [a] qui a la gloire d'avoir fait la religion de l'humanité. Bien au delà des confins de l'histoire, sous sa tente restée pure des désordres d'un monde déjà corrompu, le patriarche bédouin préparait la foi du monde. Une forte antipathie contre les cultes voluptueux de la Syrie, une grande simplicité de rituel, l'absence complète de temples, l'idole réduite à d'insignifiants *theraphim*, voilà sa supériorité. Entre toutes les tribus des Sémites nomades, celle des Beni-Israël était marquée déjà pour d'immenses destinées. D'antiques rapports avec l'Égypte, d'où résultèrent des emprunts dont il n'est pas facile de mesurer l'étendue, ne firent qu'augmenter leur répulsion pour l'idolâtrie. Une « Loi » ou *Thora*, très anciennement écrite sur des tables de pierre, et qu'ils rapportaient à leur grand libérateur Moïse, était déjà le code du monothéisme et renfermait, comparée aux institutions d'Égypte et de Chaldée, de puissants germes d'égalité sociale et de moralité. Une arche portative, surmontée de sphinx [2], ayant des deux côtés des oreillettes pour passer des leviers, constituait tout leur matériel religieux ; là étaient réunis les objets sacrés de la nation, ses reliques, ses souvenirs, le « livre » enfin [3], journal toujours ouvert de la tribu,

---

1. Je rappelle que ce mot désigne simplement ici les peuples qu[i] parlent ou ont parlé une des langues qu'on appelle sémitiques. Une telle désignation est tout à fait défectueuse ; mais c'est un de ces mots, comme « architecture gothique », « chiffres arabes », qu'il faut conserver pour s'entendre, même après qu'on a démontré l'erreur qu'ils impliquent.

2. Comparez Lepsius, *Denkmäler aus Ægypten und Æthiopien*, VIII, pl. 245 ; de Rougé, *Étude sur une stèle égypt. appartenant à la Bibl. impér.* (Paris, 1858) ; de Vogüé, *le Temple de Jérusalem*, p. 33 ; Guigniaut, *Rel. de l'ant.*, pl., n° 173.

3. I Sam., x, 25.

mais où l'on écrivait très discrètement. La famille chargée de tenir les leviers et de veiller sur ces archives portatives, étant près du livre et en disposant, prit bien vite de l'importance. De là cependant ne vint pas l'institution qui décida de l'avenir. Le prêtre hébreu ne diffère pas beaucoup des autres prêtres de l'antiquité ; le caractère qui distingue essentiellement Israël entre les peuples théocratiques, c'est que le sacerdoce y a toujours été subordonné à l'inspiration individuelle. Outre ses prêtres, chaque tribu nomade avait son *nabi* ou prophète, sorte d'oracle vivant que l'on consultait sur les questions obscures dont la solution supposait un haut degré de clairvoyance. Les nabis d'Israël, organisés en groupes ou écoles, eurent une grande supériorité. Défenseurs de l'ancien esprit démocratique, ennemis des riches, opposés à toute organisation politique et à ce qui eût engagé Israël dans les voies des autres nations, ils furent les vrais instruments de la primauté religieuse du peuple juif. De bonne heure, ils avouèrent des espérances illimitées, et, quand le peuple, en partie victime de leurs conseils impolitiques, eut été écrasé par la puissance assyrienne, ils proclamèrent qu'un règne sans bornes était réservé à Juda, qu'un jour Jérusalem serait la capitale du monde entier et que le genre humain se ferait juif. Jérusalem avec son temple leur apparut comme une ville placée sur le sommet d'une montagne, vers laquelle tous les peuples devaient accourir, comme un oracle d'où la loi universelle devait sortir, comme le centre d'un règne idéal, où le genre humain, pacifié par Israël, retrouverait les joies de l'Éden [4].

Des accents inconnus se font déjà entendre pour exalter le martyre et célébrer la puissance de « l'homme

---

4. Isaïe, ii, 1-4, et surtout les chapitres xl et suiv., lx et suiv. ; Michée, iv, 1 et suiv. Il faut se rappeler que la seconde partie du livre d'Isaïe, à partir du chapitre xl, n'est pas d'Isaïe.

de douleur ». A propos de quelqu'un de ces sublimes patients qui, comme Jérémie, teignaient de leur sang les rues de Jérusalem, un inspiré fit un cantique sur les souffrances et le triomphe du « serviteur de Dieu », où toute la force prophétique du génie d'Israël sembla concentrée [5]. « Il s'élevait comme un faible arbuste, comme un rejeton qui monte d'un sol aride ; il n'avait ni grâce ni beauté. Accablé d'opprobres, délaissé des hommes, tous détournaient de lui la face ; couvert d'ignominie, il comptait pour un néant. C'est qu'il s'est chargé de nos souffrances ; c'est qu'il a pris sur lui nos douleurs. Vous l'eussiez tenu pour un homme frappé de Dieu, touché de sa main. Ce sont nos crimes qui l'ont couvert de blessures, nos iniquités qui l'ont broyé ; le châtiment qui nous a valu le pardon a pesé sur lui, et ses meurtrissures ont été notre guérison. Nous étions comme un troupeau errant, chacun s'était égaré, et Jéhovah a déchargé sur lui l'iniquité de tous. Écrasé, humilié, il n'a pas ouvert la bouche ; il s'est laissé mener comme un agneau à l'immolation ; comme une brebis silencieuse devant celui qui la tond, il n'a pas ouvert la bouche. Son tombeau passe pour celui d'un méchant, sa mort pour celle d'un impie. Mais, du moment qu'il aura offert sa vie, il verra naître une postérité nombreuse, et les intérêts de Jéhovah prospéreront dans sa main. »

De profondes modifications s'opérèrent en même temps dans la *Thora*. De nouveaux textes, prétendant représenter la vraie loi de Moïse, tels que le Deutéronome, se produisirent et inaugurèrent en réalité un esprit fort différent de celui des vieux nomades. Un grand fanatisme fut le trait dominant de cet esprit. Des croyants forcenés provoquent sans cesse des violences contre tout ce qui s'écarte du culte de Jéhovah ; un code de sang, édictant la peine de mort pour des délits religieux,

5. Isaïe, LII, 13 et suiv., et LIII entier.

réussit à s'établir. La piété amène presque toujours de singulières oppositions de véhémence et de douceur. Ce zèle, inconnu à la grossière simplicité du temps des Juges, inspire des tons de prédication émue et d'onction tendre que le monde n'avait pas entendus jusque-là. Une forte tendance vers les questions sociales se fait déjà sentir ; des utopies, des rêves de société parfaite prennent place dans le code. Mélange de morale patriarcale et de dévotion ardente, d'intuitions primitives et de raffinements pieux comme ceux qui remplissaient l'âme d'un Ézéchias, d'un Josias, d'un Jérémie, le Pentateuque se fixe ainsi dans la forme où nous le voyons, et devient pour des siècles la règle absolue de l'esprit national.

Ce grand livre une fois créé, l'histoire du peuple juif se déroule avec un entraînement irrésistible. Les grands empires qui se succèdent dans l'Asie occidentale, en brisant pour lui tout espoir d'un royaume terrestre, le jettent dans les rêves religieux avec une sorte de passion sombre. Peu soucieux de dynastie nationale ou d'indépendance politique, il accepte tous les gouvernements qui le laissent pratiquer librement son culte et suivre ses usages. Israël n'aura plus désormais d'autre direction que celle de ses enthousiastes religieux, d'autres ennemis que ceux de l'unité divine, d'autre patrie que sa Loi.

Et cette Loi, il faut bien le remarquer, était toute sociale et morale. C'était l'œuvre d'hommes pénétrés d'un haut idéal de la vie présente et croyant avoir trouvé les meilleurs moyens pour le réaliser. La conviction de tous est que la *Thora* bien observée ne peut manquer de donner la parfaite félicité. Cette *Thora* n'a rien de commun avec les « Lois » grecques ou romaines, lesquelles, ne s'occupant guère que du droit abstrait, entrent peu dans les questions de bonheur ou de moralité privés. On sent d'avance que les résultats qui sortiront de la loi juive seront d'ordre social, et non d'ordre politique, que l'œuvre à laquelle ce peuple travaille est un royaume de Dieu, non une république civile, une institution universelle, non une nationalité ou une patrie.

A travers de nombreuses défaillances, Israël soutint admirablement cette vocation. Une série d'hommes pieux, Esdras, Néhémie, Onias, les Macchabées, dévorés du zèle de la Loi, se succèdent pour la défense des antiques institutions. L'idée qu'Israël est un peuple de saints, une tribu choisie de Dieu et liée envers lui par un contrat, prend des racines de plus en plus inébranlables. Une immense attente remplit les âmes. Toute l'antiquité indo-européenne avait placé le paradis à l'origine ; tous ses poètes avaient pleuré un âge d'or évanoui. Israël mettait l'âge d'or dans l'avenir. L'éternelle poésie des âmes religieuses, les Psaumes, éclosent de ce piétisme exalté, avec leur divine et mélancolique harmonie. Israël devient vraiment et par excellence le peuple de Dieu, pendant qu'autour de lui les religions païennes se réduisent de plus en plus, en Perse et en Babylonie, à un charlatanisme officiel, en Égypte et en Syrie, à une grossière idolâtrie, dans le monde grec et latin, à des parades. Ce que les martyrs chrétiens ont fait dans les premiers siècles de notre ère, ce que les victimes de l'orthodoxie persécutrice ont fait dans le sein même du christianisme jusqu'à notre temps, les Juifs le firent durant les deux siècles qui précèdent l'ère chrétienne. Ils furent une vivante protestation contre la superstition et le matérialisme religieux. Un mouvement d'idées extraordinaire, aboutissant aux résultats les plus opposés, faisait d'eux, à cette époque, le peuple le plus frappant et le plus original du monde. Leur dispersion sur tout le littoral de la Méditerranée et l'usage de la langue grecque, qu'ils adoptèrent hors de la Palestine, préparèrent les voies à une propagande dont les sociétés anciennes, coupées en petites nationalités, n'avaient encore offert aucun exemple.

Jusqu'au temps des Macchabées, le judaïsme, malgré sa persistance à annoncer qu'il serait un jour la religion du genre humain, avait eu le caractère de tous les autres cultes de l'antiquité : c'était un culte de famille et de tribu. L'Israélite pensait bien que son culte était le meilleur, et parlait avec mépris des dieux étrangers. Mais il croyait aussi que la religion du vrai Dieu n'était faite que pour lui seul. On embrassait le culte de Jéhovah quand on entrait dans la famille juive [6]; voilà tout. Aucun Israélite ne songeait à convertir l'étranger à un culte qui était le patrimoine des fils d'Abraham. Le développement de l'esprit piétiste, depuis Esdras et Néhémie, amena une conception beaucoup plus ferme et plus logique. Le judaïsme devint la vraie religion d'une manière absolue ; on accorda à qui voulut le droit d'y entrer [7] ; bientôt ce fut une œuvre pie d'y amener le plus de monde possible [8]. Sans doute, le généreux sentiment qui éleva Jean-Baptiste, Jésus, saint Paul, au-dessus des mesquines idées de races n'existait pas encore ; par une étrange contradiction, ces convertis (prosélytes) étaient peu considérés et traités avec dédain [9]. Mais l'idée d'une religion exclusive, l'idée qu'il y a au monde quelque chose de supérieur à la patrie, au sang, aux lois, l'idée qui fera les apôtres et les martyrs, était fondée. Une profonde pitié pour les païens, quelque brillante que soit leur fortune mondaine, est désormais le sentiment de tout juif [10]. Par

6. Ruth, I, 16.
7. Esther, IX, 27.
8. Matth., XXIII, 15 ; Josèphe, *Vita*, 23 ; *Bell. Jud.*, II, XVII, 10 ; VII, III, 3 ; *Ant.*, XX, II, 4 ; Horat., *Sat.*, I, IV, 143 ; Juv., XIV, 96 et suiv. ; Tacite, *Ann.*, II, 85 ; *Hist.*, V, 5 ; Dion Cassius, XXXVII, 17. On affranchissait souvent des esclaves, à condition qu'ils resteraient juifs. Lévy (de Breslau), *Epigraphische Beyträge zur Gesch. der Juden*, p. 299 et suiv.
9. Mischna, *Schebiit*, A, 9 ; Talmud de Babylone, *Niddah*, fol. 13 b ; *Jebamoth*, 47 b ; *Kidduschin*, 70 b ; Midrasch, *Jalkut Ruth*, fol. 163 d.
10. Lettre apocr. de Baruch, dans Fabricius, *Cod. pseud. V. T.*, II, 147 et suiv., et dans Ceriani, *Monum. sacra et prof.*, I, fasc. II, p. 96 et suiv.

une série de légendes, destinées à fournir des modèles
d'inébranlable fermeté (Daniel et ses compagnons, la
mère des Macchabées et ses sept fils [11], le roman de
l'hippodrome d'Alexandrie [12]), les guides du peuple
cherchent surtout à inculquer cette idée que la vertu
consiste dans un attachement fanatique à des institutions religieuses déterminées.

Les persécutions d'Antiochus Épiphane firent de
cette idée une passion, presque une frénésie. Ce fut
quelque chose de très analogue à ce qui se passa sous
Néron, deux cent trente ans plus tard. La rage et le
désespoir jetèrent les croyants dans le monde des
visions et des rêves. La première apocalypse, le « livre
de Daniel », parut. Ce fut comme une renaissance du
prophétisme, mais sous une forme très différente de
l'ancienne et avec une vue bien plus large des destinées
du monde. Le livre de Daniel donna en quelque sorte
aux espérances messianiques leur dernière expression.
Le Messie ne fut plus un roi à la façon de David et de
Salomon, un Cyrus théocrate et mosaïste ; ce fut un
« fils de l'homme » apparaissant dans la nue [13], un être
surnaturel, revêtu de l'apparence humaine, chargé de
juger le monde et de présider à l'âge d'or. Peut-être le
*Sosiosch* de la Perse, le grand prophète à venir, chargé de
préparer le règne d'Ormuzd, fournit-il quelques traits
à ce nouvel idéal [14]. L'auteur inconnu du livre de Daniel
eut, en tout cas, une influence décisive sur l'événement
religieux qui allait transformer le monde. Il créa la mise

11. IIe livre des Macchabées, ch. VII, et le *De Maccabæis*, attribué
à Josèphe. Cf. Épître aux Hébreux, XI, 33 et suiv.

12. IIIe livre (apocr.) des Macchabées ; Rufin, Suppl. ad. Jos.,
*Contra Apionem*, II, 5.

13. Dan., VII, 13 et suiv.

14. *Vendidad*, XIX, 18, 19 ; *Minokhired*, passage publié dans la
*Zeitschrift der deutschen morgenländischen Gesellschaft*, I, 263 ; *Boundehesch*, XXXI. Le manque de chronologie certaine pour les textes
zends et pehlvis laisse planer beaucoup de doute sur ces rapprochements
entre les croyances juives et persanes.

en scène et les termes techniques du nouveau messianisme, et on peut lui appliquer ce que Jésus disait
de Jean-Baptiste : « Jusqu'à lui, les prophètes ; à partir
de lui, le royaume de Dieu. » Peu d'années après, les
mêmes idées se reproduisaient sous le nom du patriarche Hénoch [15]. L'essénisme, qui semble avoir été en
rapport direct avec l'école apocalyptique, naissait vers
le même temps [16], et offrait comme une première ébauche
de la grande discipline qui allait bientôt se constituer
pour l'éducation du genre humain.

Il ne faut pas croire cependant que ce mouvement,
si profondément religieux et passionné, eût pour mobile
des dogmes particuliers, comme cela a eu lieu dans
toutes les luttes qui ont éclaté au sein du christianisme.
Le juif de cette époque était aussi peu théologien que
possible. Il ne spéculait pas sur l'essence de la Divinité ;
les croyances sur les anges, sur les fins de l'homme, sur
les hypostases divines, dont le premier germe se laissait
déjà entrevoir, étaient des croyances libres, des méditations auxquelles chacun se livrait selon la tournure de
son esprit, mais dont une foule de gens n'avaient pas
entendu parler. C'étaient même les plus orthodoxes
qui restaient en dehors de toutes ces imaginations
particulières, et s'en tenaient à la simplicité du mosaïsme.
Aucun pouvoir dogmatique analogue à celui que le
christianisme orthodoxe a déféré à l'Église n'existait
alors. Ce n'est qu'à partir du III<sup>e</sup> siècle, quand le christianisme est tombé entre les mains de races raison-
neuses, folles de dialectique et de métaphysique, que
commence cette fièvre de définitions qui fait de l'histoire de l'Église l'histoire d'une immense controverse.
On disputait aussi chez les Juifs ; des écoles ardentes
apportaient à presque toutes les questions qui s'agitaient

---

15. Voir Introd., p. 67.
16. La première mention certaine des esséniens se trouve vers l'an 106
avant J.-C. Jos., *Ant.*, XIII, xi, 2 ; *B. J.*, I, iii, 5.

des solutions opposées ; mais, dans ces luttes, dont le
Talmud nous a conservé les principaux traits, il n'y a
pas un seul mot de théologie spéculative. Observer et
maintenir la Loi, parce que la Loi est juste, et que,
bien observée, elle donne le bonheur, voilà tout le judaïsme. Nul *credo*, nul symbole théorique. Un disciple de
la philosophie arabe la plus hardie, Moïse Maimonide,
a pu devenir l'oracle de la synagogue, parce qu'il a été
un canoniste très exercé.

Les règnes des derniers Asmonéens et celui d'Hérode
virent l'exaltation grandir encore. Ils furent remplis
par une série non interrompue de mouvements religieux.
A mesure que le pouvoir se sécularisait et passait en des
mains incrédules, le peuple juif vivait de moins en moins
pour la terre et se laissait de plus en plus absorber par
le travail étrange qui s'opérait en son sein. Le monde,
distrait par d'autres spectacles, n'a nulle connaissance de ce qui se passe en ce coin oublié de l'Orient.
Les âmes au courant de leur siècle sont pourtant mieux
avisées. Le tendre et clairvoyant Virgile *a* semble
répondre, comme par un écho secret, au second Isaïe ;
la naissance d'un enfant le jette dans des rêves de
palingénésie universelle.[17] Ces rêves étaient ordinaires
et formaient comme un genre de littérature, que l'on
couvrait du nom des sibylles. La formation toute récente
de l'Empire exaltait les imaginations ; la grande ère
de paix où l'on entrait et cette impression de sensibilité
mélancolique qu'éprouvent les âmes après les longues
périodes de révolution faisaient naître de toute part des
espérances illimitées.

En Judée, l'attente était à son comble. De saintes
personnes, parmi lesquelles la légende cite un vieux
Siméon, auquel on fait tenir Jésus dans ses bras, Anne

17. Égl. ɪv. Le *Cumæum carmen* (v. 4) était une sorte d'apocalypse
sibylline, empreinte de la philosophie de l'histoire familière à l'Orient.
Voir Servius sur ce vers, et *Carmina sibyllina*, III. 97-817. Cf. Tac.,
*Hist.*, V, 13 ; Suét., *Vesp.*, 4, Jos., *B. J.*, VI, v, 4.

fille de Phanuel, considérée comme prophétesse [18], passaient leur vie autour du temple, jeûnant, priant, pour qu'il plût à Dieu de ne pas les retirer du monde sans leur avoir montré l'accomplissement des espérances d'Israël. On sent une puissante incubation, l'approche de quelque chose d'inconnu.

Ce mélange confus de claires vues et de songes, cette alternative de déceptions et d'espérances, ces aspirations sans cesse refoulées par une odieuse réalité, trouvèrent enfin leur interprète dans l'homme incomparable auquel la conscience universelle a décerné le titre de Fils de Dieu, et cela en toute justice, puisqu'il a fait faire à la religion un pas auquel nul autre ne peut et probablement ne pourra jamais être comparé [a].

18. Luc, ii, 25 et suiv.

# CHAPITRE II

Jésus naquit à Nazareth [1], petite ville de Galilée, qui n'eut avant lui aucune célébrité [2]. Toute sa vie il fut désigné du nom de « Nazaréen [3] », et ce n'est que par un détour assez embarrassé [4] qu'on réussit, dans sa

---

1. Matth., xiii, 54 et suiv. ; Marc, vi, 1 et suiv. ; Jean, i, 45-46.

2. Elle n'est mentionnée ni dans les écrits de l'Ancien Testament, ni dans Josèphe, ni dans le Talmud. Mais elle est nommée dans la liturgie de Kalir, pour le 9 de ab.

3. Matth., xxvi, 71 ; Marc, i, 24 ; xiv, 67 ; Luc, xviii, 37 ; xxiv, 19; Jean, xix, 19 ; Act., ii, 22 ; iii, 6 ; x, 38. Comp. Jean, vii, 41-42 ; Act., ii, 22 ; iii, 6 ; iv, 10 ; vi, 14 ; xxii, 8 ; xxvi, 9. De là le nom de nazaréens (Act., xxiv, 5), longtemps appliqué aux chrétiens par les juifs, et qui les désigne encore dans tous les pays musulmans.

4. Cette circonstance a été inventée pour répondre à Michée, v, 1. Le recensement opéré par Quirinius, auquel la légende rattache le voyage de Bethléhem, est postérieur d'au moins dix ans à l'année où, selon Luc et Matthieu, Jésus serait né. Les deux évangélistes, en effet, font naître Jésus sous le règne d'Hérode (Matth., ii, 1, 19, 22 ; Luc, i, 5). Or, le recensement de Quirinius n'eut lieu qu'après la déposition d'Archélaüs, c'est-à-dire dix ans après la mort d'Hérode, l'an 37 de l'ère d'Actium (Josèphe, Ant., XVII, xiii, 5 ; XVIII, i, 1; ii, 1). L'inscription par laquelle on prétendait autrefois établir que Quirinius fit deux recensements est reconnue pour fausse (V. Orelli, Insc. lat., n° 623, et le supplément de Henzen, à ce numéro ; Borghesi, Fastes consulaires [encore inédits], à l'année 742). Quirinius peut avoir été deux fois légat de Syrie ; mais le recensement n'eut lieu qu'à sa seconde légation (Mommsen, Res gestæ divi Augusti, Berlin, 1865, p. 111 et suiv.). Le recensement, en tout cas, ne serait appliqué aux parties réduites en province romaine, et non aux royaumes et aux tétrarchies, surtout du vivant d'Hérode le Grand. Les textes par lesquels on cherche à prouver que quelques-unes des opérations de statistique et de cadastre ordon-

légende, à le faire naître à Bethléhem. Nous verrons plus tard [5] le motif de cette supposition, et comment elle était la conséquence obligée du rôle messianique prêté à Jésus [6]. On ignore la date précise de sa naissance. Elle eut lieu sous le règne d'Auguste, probablement vers l'an 750 de Rome [7], c'est-à-dire quelques années avant l'an 1 de l'ère que tous les peuples civilisés font dater du jour où il naquit [8].

Le nom de *Jésus*, qui lui fut donné, est une altération de *Josué*. C'était un nom fort commun ; mais naturellement on y chercha plus tard des mystères et une allusion au rôle de Sauveur [9]. Peut-être Jésus lui-même, comme tous les mystiques, s'exaltait-il à ce propos. Il

nées par Auguste durent s'étendre au domaine des Hérodes, ou n'impliquent pas ce qu'on leur fait dire, ou sont d'auteurs chrétiens, qui ont emprunté cette donnée à l'Évangile de Luc. Ce qui prouve bien, d'ailleurs, que le voyage de la famille de Jésus à Bethléhem n'a rien d'historique, c'est le motif qu'on lui attribue. Jésus n'était pas de la famille de David (v. ci-dessous, p. 273-274), et, en eût-il été, on ne concevrait pas encore que ses parents eussent été forcés, pour une opération purement cadastrale et financière, de venir s'inscrire au lieu d'où leurs ancêtres étaient sortis depuis mille ans. En leur imposant une telle obligation, l'autorité romaine aurait sanctionné des prétentions pour elle pleines de menaces.

5. Ch. xiv.

6. Matth., ii, 1 et suiv. ; Luc, ii, 1 et suiv. L'absence de ce récit dans Marc, et les deux passages parallèles, Matth., xiii, 54, et Marc, vi, 1, où Nazareth figure comme « la patrie » de Jésus, prouvent qu'une telle légende manquait dans le texte primitif qui a fourni le canevas narratif des Évangiles actuels de Matthieu et de Marc. C'est devant des objections souvent répétées qu'on aura ajouté, en tête de l'Évangile de Matthieu, des réserves dont la contradiction avec le reste du texte n'était pas assez flagrante pour qu'on se soit cru obligé de corriger les endroits qui avaient d'abord été écrits à un tout autre point de vue. Luc, au contraire (iv, 16), composant avec réflexion, a employé, pour être conséquent, une expression plus adoucie. Quant au quatrième évangéliste, il ne sait rien du voyage de Bethléhem ; pour lui, Jésus est simplement « de Nazareth » ou « Galiléen », dans deux circonstances où il eût été de la plus haute importance de rappeler sa naissance à Bethléhem (i, 45-46 ; vii, 41-42).

7. Matth., ii, 1, 19, 22 ; Luc, i, 5. Hérode mourut dans la première moitié de l'an 750, répondant à l'an 4 avant J.-C.

8. On sait que le calcul qui sert de base à l'ère vulgaire a été fait au vie siècle par Denys le Petit. Ce calcul implique certaines données purement hypothétiques.

9. Matth., i, 21 ; Luc, i, 31.

est ainsi plus d'une grande vocation dans l'histoire dont un nom donné sans arrière-pensée à un enfant a été l'occasion. Les natures ardentes ne se résignent jamais à voir un hasard dans ce qui les concerne. Tout pour elles a été réglé par Dieu, et elles voient un signe de la volonté supérieure dans les circonstances les plus insignifiantes.

La population de Galilée était fort mêlée, comme le nom même du pays [10] l'indiquait. Cette province comptait parmi ses habitants, au temps de Jésus, beaucoup de non-Juifs (Phéniciens, Syriens, Arabes et même Grecs [11]). Les conversions au judaïsme n'étaient point rares dans ces sortes de pays mixtes. Il est donc impossible de soulever ici aucune question de race et de rechercher quel sang coulait dans les veines de celui qui a le plus contribué à effacer dans l'humanité les distinctions de sang.

Il sortit des rangs du peuple [12]. Son père Joseph et sa mère Marie étaient des gens de médiocre condition, des artisans vivant de leur travail [13], dans cet état si commun en Orient, qui n'est ni l'aisance ni la misère. L'extrême simplicité de la vie dans de telles contrées, en écartant le besoin de ce qui constitue chez nous une existence agréable et commode, rend le privilège du riche presque inutile, et fait de tout le monde des pauvres volontaires. D'un autre côté, le manque total de goût pour les arts et pour ce qui contribue à l'élégance de la vie matérielle donne à la maison de celui qui ne manque de rien un aspect de dénûment. A part quelque chose de sordide et de repoussant que l'islamisme [a] a porté avec lui dans toute la terre sainte, la ville de Nazareth, au temps de Jésus, ne différait peut-être pas beaucoup de ce

10. *Gelil haggoyim*, « cercle des gentils ».
11. Strabon, XVI, ii, 35 ; Jos., *Vita*, 12.
12. On expliquera plus tard (ch. xiv) l'origine des généalogies destinées à le rattacher à la race de David. Les *ebionim* supprimaient avec raison ces généalogies (Épiph., *Adv. hær.*, xxx, 14).
13. Matth., xiii, 55 ; Marc, vi, 3 ; Jean, vi, 42.

qu'elle est aujourd'hui [14]. Les rues où il joua enfant, nous les voyons dans ces sentiers pierreux ou ces petits carrefours qui séparent les cases. La maison de Joseph ressembla beaucoup sans doute à ces pauvres boutiques, éclairées par la porte, servant à la fois d'établi, de cuisine, de chambre à coucher, ayant pour ameublement une natte, quelques coussins à terre, un ou deux vases d'argile et un coffre peint.

La famille, qu'elle provînt d'un ou de plusieurs mariages, était assez nombreuse. Jésus avait des frères et des sœurs [15], dont il semble avoir été l'aîné [16]. Tous sont restés obscurs ; car il paraît que les quatre personnages qui sont donnés comme ses frères, et parmi lesquels un au moins, Jacques, est arrivé à une grande importance dans les premières années du développement du christianisme, étaient ses cousins germains. Marie, en effet, avait une sœur nommée aussi Marie [17], qui épousa un certain Alphée ou Cléophas (ces deux noms paraissent désigner une même personne [18]), et fut mère de plusieurs

14. L'aspect grossier des ruines qui couvrent la Palestine prouve que les villes qui ne furent pas reconstruites à la manière romaine étaient fort mal bâties. Quant à la forme des maisons, elle est, en Syrie, si simple et si impérieusement commandée par le climat, qu'elle n'a jamais dû changer.

15. Matth., ɪ, 25 (texte reçu) ; xɪɪ, 46 et suiv. ; xɪɪɪ, 55 et suiv. ; Marc, ɪɪɪ, 31 et suiv. ; vɪ, 3 ; Luc, ɪɪ, 7 ; vɪɪɪ, 19 et suiv. ; Jean, ɪɪ, 12 ; vɪɪ, 3, 5, 10 ; *Act.*, ɪ, 14 ; Hégésippe, dans Eusèbe, *H. E.*, III, 20. L'assertion que le mot *ah* (frère) aurait en hébreu un sens plus large qu'en français est tout à fait fausse. La signification du mot *ah* est identiquement la même que celle du mot « frère ». Les emplois métaphoriques, ou abusifs, ou erronés, ne prouvent rien contre le sens propre. De ce qu'un prédicateur appelle ses auditeurs « mes frères », en conclurat-on que le mot « frère » n'a pas en français un sens très précis ? Or, il est évident que, dans les passages précités, le mot « frère » n'est pas pris au sens figuré. Remarquez en particulier Matth., xɪɪ, 46 et suiv., qui exclut également le sens abusif de « cousin ».

16. Matth., ɪ, 25 ; Luc, ɪɪ, 7. Il y a des doutes critiques sur le texte de Matthieu, mais non sur celui de Luc.

17. Jean, xɪx, 25. Ces deux sœurs portant le même nom sont un fait singulier. Il y a là probablement quelque inexactitude, venant de l'habitude de donner presque indistinctement aux Galiléennes le nom de Marie.

18. Ils ne sont pas étymologiquement identiques. Ἀλφαῖος est la transcription du nom syro-chaldaïque *Halphaï ;* Κλωπᾶς ou Κλεόπας

fils qui jouèrent un rôle considérable parmi les premiers disciples de Jésus. Ces cousins germains, qui adhérèrent au jeune maître, pendant que ses vrais frères lui faisaient de l'opposition [19], prirent le titre de « frères du Seigneur [20] ». Les vrais frères de Jésus n'eurent de notoriété, ainsi que leur mère, qu'après sa mort [21]. Même alors, ils ne paraissaient pas avoir égalé en considération leurs cousins, dont la conversion avait été plus spontanée et dont le caractère semble avoir eu plus d'originalité. Leur nom était inconnu, à tel point que, quand l'évangéliste met dans la bouche des gens de Nazareth l'énumération des frères selon la nature, ce sont les noms des fils de Cléophas qui se présentent à lui tout d'abord.

Ses sœurs se marièrent à Nazareth [22], et il y passa les années de sa première jeunesse. Nazareth était une petite ville, située dans un pli de terrain largement ouvert au

est une forme écourtée de Κλεόπατρος. Mais il pouvait y avoir substitution artificielle de l'un à l'autre, de même que les Joseph se faisaient appeler « Hégésippe », les Eliakim « Alcimus », etc.

19. Jean, VII, 3 et suiv.

20. En effet, les quatre personnages qui sont donnés (Matth., XIII, 55 ; Marc, VI, 3) comme frères de Jésus : Jacob, Joseph ou José, Simon et Jude, se retrouvent, ou à peu près, comme fils de Marie et de Cléophas. Matth., XXVII, 56 ; Marc, XV, 40 ; XVI, 1 ; Luc, XXIV, 10 ; *Gal.*, I, 19 ; *Epist. Jac.*, I, 1 ; *Epist. Judæ*, 1 ; Eusèbe, *Chron.* ad. ann. R. DCCCX ; *Hist. eccl.*, III, 11, 22, 32 (d'après Hégésippe) ; *Constit. apost.*, VII, 46. L'hypothèse que nous proposons lève seule l'énorme difficulté que l'on trouve à supposer deux sœurs ayant chacune trois ou quatre fils portant les mêmes noms, et à admettre que Jacques et Simon, les deux premiers évêques de Jérusalem, qualifiés de « frères du Seigneur », aient été de vrais frères de Jésus, qui auraient commencé par lui être hostiles, puis se seraient convertis. L'évangéliste, entendant appeler ces quatre fils de Cléophas « frères du Seigneur », aura mis, par erreur, leur nom au passage *Matth.*, XIII, 55 = *Marc*, VI, 3, à la place des noms des vrais frères, restés toujours obscurs. On s'explique de la sorte comment le caractère des personnages appelés « frères du Seigneur », de Jacques, par exemple, est si différent de celui des vrais frères de Jésus, tel qu'on le voit se dessiner dans Jean, VII, 3 et suiv. L'expression de « frères du Seigneur » constitua évidemment, dans l'Église primitive, une espèce d'ordre parallèle à celui des apôtres. Voir surtout *Gal.*, I, 19 ; *I Cor.*, IX, 5.

21. *Act.*, I, 14.

22. Matth., XIII, 56 ; Marc, VI, 3.

sommet du groupe de montagnes qui ferme au nord la
plaine d'Esdrelon. La population est maintenant de
trois à quatre mille âmes, et elle peut n'avoir pas beaucoup varié [23]. Le froid y est vif en hiver et le climat fort
salubre. Nazareth, comme à cette époque toutes les bourgades juives, était un amas de cases bâties sans style, et
devait présenter cet aspect sec et pauvre qu'offrent les
villages dans les pays sémitiques. Les maisons, à ce
qu'il semble, ne différaient pas beaucoup de ces cubes de
pierre, sans élégance extérieure ni intérieure, qui couvrent aujourd'hui les parties les plus riches du Liban, et
qui, mêlés aux vignes et aux figuiers, ne laissent pas
d'être fort agréables. Les environs, d'ailleurs, sont charmants, et nul endroit du monde ne fut si bien fait pour les
rêves de l'absolu bonheur. Même aujourd'hui, Nazareth
est un délicieux séjour, le seul endroit peut-être de la
Palestine où l'âme se sente un peu soulagée du fardeau
qui l'oppresse au milieu de cette désolation sans égale.
La population est aimable et souriante ; les jardins sont
frais et verts. Antonin Martyr, à la fin du vi[e] siècle, fait
un tableau enchanteur de la fertilité des environs, qu'il
compare au paradis [24]. Quelques vallées du côté de
l'ouest justifient pleinement sa description. La fontaine
où se concentraient autrefois la vie et la gaieté de la
petite ville est détruite ; ses canaux crevassés ne donnent plus qu'une eau trouble. Mais la beauté des femmes
qui s'y rassemblent le soir, cette beauté qui était déjà
remarquée au ive siècle et où l'on voyait un don de la
vierge Marie [25], s'est conservée d'une manière frappante.
C'est le type syrien dans toute sa grâce pleine de langueur. Nul doute que Marie n'ait été là presque tous les
jours, et n'ait pris rang, l'urne sur l'épaule, dans la file

23. Selon Josèphe (*B. J.*, III, III, 2), le plus petit bourg de Galilée
avait au moins cinq mille habitants. Il y a là probablement de l'exagération.

24. *Itiner.*, § 5.

25. Antonin Martyr, endroit cité.

de ses compatriotes restées obscures. Antonin Martyr
remarque que les femmes juives, ailleurs dédaigneuses
pour les chrétiens, sont ici pleines d'affabilité. De nos
jours encore, les haines religieuses sont à Nazareth moins
vives qu'ailleurs.

L'horizon de la ville est étroit ; mais, si l'on monte
quelque peu et que l'on atteigne le plateau fouetté d'une
brise perpétuelle qui domine les plus hautes maisons, la
perspective est splendide. A l'ouest, se déploient les belles
lignes du Carmel, terminées par une pointe abrupte qui
semble se plonger dans la mer. Puis se déroulent le double
sommet qui domine Mageddo, les montagnes du pays de
Sichem avec leurs lieux saints de l'âge patriarcal, les
monts Gelboé, le petit groupe pittoresque auquel se
rattachent les souvenirs gracieux ou terribles de Sulem
et d'Endor, le Thabor avec sa forme arrondie, que l'antiquité comparait à un sein. Par une dépression entre la
montagne de Sulem et le Thabor, s'entrevoient la vallée
du Jourdain et les hautes plaines de la Pérée, qui forment du côté de l'est une ligne continue. Au nord, les
montagnes de Safed, en s'inclinant vers la mer, dissi-
mulent Saint-Jean-d'Acre, mais laissent se dessiner aux
yeux le golfe de Khaïfa. Tel fut l'horizon de Jésus. Ce
cercle enchanté, berceau du royaume de Dieu, lui représenta le monde durant des années. Sa vie même sortit
peu des limites familières à son enfance. Car, au delà, du
côté du nord, l'on entrevoit presque, sur les flancs de
l'Hermon, Césarée de Philippe, sa pointe la plus avancée
dans le monde des gentils, et, du côté du sud, on pressent,
derrière ces montagnes déjà moins riantes de la Samarie,
la triste Judée, desséchée comme par un vent brûlant
d'abstraction et de mort [a].

Si jamais le monde resté chrétien, mais arrivé à une
notion meilleure de ce qui constitue le respect des origines, veut remplacer par d'authentiques lieux saints les
sanctuaires apocryphes et mesquins où s'attachait la
piété des âges grossiers, c'est sur cette hauteur de Naza-

reth qu'il bâtira son temple. Là, au point d'apparition du christianisme et au centre d'où rayonna l'activité de son fondateur, devrait s'élever la grande église où tous les chrétiens pourraient prier. Là aussi, sur cette terre où dorment le charpentier Joseph et des milliers de Nazaréens oubliés, qui n'ont pas franchi l'horizon de leur vallée, le philosophe serait mieux placé qu'en aucun lieu du monde pour contempler le cours des choses humaines [a], se consoler des démentis qu'elles infligent à nos instincts les plus chers, se rassurer sur le but divin que le monde poursuit à travers d'innombrables défaillances et nonobstant l'universelle vanité.

# CHAPITRE III

## ÉDUCATION DE JÉSUS

Cette nature à la fois riante et grandiose fut toute l'éducation de Jésus. Il apprit à lire et à écrire [1], sans doute selon la méthode de l'Orient, consistant à mettre entre les mains de l'enfant un livre qu'il répète en cadence avec ses petits camarades, jusqu'à ce qu'il le sache par cœur [2]. Il est douteux pourtant qu'il comprît bien les écrits hébreux dans leur langue originale. Les biographes les lui font citer d'après des traductions en langue araméenne [3] ; ses principes d'exégèse, autant que nous pouvons nous les figurer par ses disciples, ressemblaient beaucoup à ceux qui avaient cours alors et qui font l'esprit des *Targummim* et des *Midraschim* [4].

Le maître d'école dans les petites villes juives était le *hazzan* ou lecteur des synagogues [5]. Jésus fréquenta peu les écoles plus relevées des scribes ou *soferim* (Nazareth n'en avait peut-être pas), et il n'eut aucun de ces titres qui donnent aux yeux du vulgaire les droits du savoir [6]. Ce serait une grande erreur cependant de s'imaginer que Jésus fut ce que nous appelons un ignorant. L'éducation

1. Jean, VIII, 6.
2. *Testam. des douze patr.*, Lévi, 6.
3. Matth., XXVII, 46 ; Marc, XV, 34.
4. Traductions et commentaires juifs des livres de la Bible.
5. Mischna, *Schabbath*, I, 3.
6. Matth. ,XIII, 54 et suiv. ; Jean, VII, 15.

scolaire trace chez nous une distinction profonde, sous
le rapport de la valeur personnelle, entre ceux qui l'ont
reçue et ceux qui en sont dépourvus. Il n'en était pas de
même en Orient, ni en général dans la bonne antiquité.
L'état de grossièreté où reste, chez nous, par suite de
notre vie isolée et tout individuelle, celui qui n'a pas été
aux écoles, est inconnu dans ces sociétés, où la culture
morale et surtout l'esprit général du temps se transmet-
tent par le contact perpétuel des hommes. L'Arabe qui
n'a eu aucun maître est souvent néanmoins très distin-
gué ; car la tente est une sorte d'académie toujours
ouverte, où, de la rencontre des gens bien élevés, naît
un grand mouvement intellectuel et même littéraire. La
délicatesse des manières et la finesse de l'esprit n'ont
rien de commun en Orient avec ce que nous appelons
éducation. Ce sont les hommes d'école, au contraire, qui
passent pour pédants et mal élevés. Dans cet état social,
l'ignorance, qui, chez nous, condamne l'homme à un
rang inférieur, est la condition des grandes choses et de la
grande originalité.

Il n'est pas probable que Jésus ait su le grec. Cette
langue était peu répandue en Judée hors des classes qui
participaient au gouvernement et des villes habitées
par les païens, comme Césarée[7]. L'idiome propre de
Jésus était le dialecte syriaque mêlé d'hébreu qu'on
parlait alors en Palestine[8]. A plus forte raison n'eut-il

7. Mischna, *Schekalim*, iii, 2 ; Talmud de Jérusalem, *Megilla*,
halaca xi ; *Sota*, vii, 1 ; Talmud de Babylone, *Baba kama*, 83 *a* ;
*Megilla*, 8 *b* et suiv.
8. Matth., xxvii, 46 ; Marc, iii, 17 ; v, 41 ; vii, 34 ; xiv, 36 ; xv, 34.
L'expression ἡ πάτριος φωνή, dans les écrivains de ce temps, désigne
toujours le dialecte sémitique qu'on parlait en Palestine (II Macch., vii,
21, 27 ; xii, 37 ; *Actes*, xxi, 37, 40 ; xxii, 2 ; xxvi, 14 ; Josèphe, *Ant.*,
XVIII, vi, 10 ; XX, sub fin. ; *B. J.*, proœm., 1 ; V, vi, 3 ; V, ix, 2 ;
VI, ii, 1 ; *Contre Apion*, I, 9 ; *De Macc.*, 12, 16)). Nous montrerons plus
tard que quelques-uns des documents qui servirent de base aux Évangiles
synoptiques ont été écrits en ce dialecte sémitique. Il en fut de même
pour plusieurs apocryphes (IVᵉ livre des Macch., xvi, *ad calcem*, etc.).
Enfin, la chrétienté directement issue du premier mouvement galiléen

aucune connaissance de la culture grecque. Cette culture était proscrite par les docteurs palestiniens, qui enveloppaient dans une même malédiction « celui qui élève des porcs et celui qui apprend à son fils la science grecque [9] ». En tout cas, elle n'avait pas pénétré dans les petites villes comme Nazareth. Nonobstant l'anathème des docteurs, il est vrai, quelques Juifs avaient déjà embrassé la culture hellénique. Sans parler de l'école juive d'Égypte, où les tentatives pour amalgamer l'hellénisme et le judaïsme se continuaient depuis près de deux cents ans, un Juif, Nicolas de Damas, était devenu, dans ce temps même, l'un des hommes les plus distingués, les plus instruits, les plus considérés de son siècle. Bientôt Josèphe devait fournir un autre exemple de Juif complètement hellénisé. Mais Nicolas n'avait de juif que le sang ; Josèphe déclare avoir été parmi ses contemporains une exception [10], et toute l'école schismatique d'Égypte s'était détachée de Jérusalem à tel point, qu'on n'en trouve pas le moindre souvenir dans le Talmud ni dans la tradition juive. Ce qu'il y a de certain, c'est qu'à Jérusalem le grec était très peu étudié, que les études grecques étaient considérées comme dangereuses et même serviles, qu'on les déclarait bonnes tout au plus pour les femmes en guise de parure [11]. L'étude seule de la Loi passait pour libérale et digne d'un homme sérieux [12]. Interrogé sur le moment où il convenait d'enseigner aux enfants « la sagesse grecque », un savant rabbin avait répondu : « À l'heure qui n'est ni le jour ni la nuit, puis-

---

(nazaréens, *ébionim*, etc.), laquelle se continua longtemps dans la Batanée et le Hauran, parlait un dialecte sémitique (Eusèbe, *De situ et nomin. loc. hebr.*, au mot Χωβά ; Épiph., *Adv. hær.*, xxix, 7, 9 ; xxx, 3 ; S. Jérôme, *In Matth.*, xii, 13 ; *Dial. adv. Pelag.* I, II, 2).

9. Mischna, *Sanhédrin*, xi, 1 ; Talmud de Babylone, *Baba kama*, 82 *b* et 83 *a* ; *Sota*, 49, *a* et *b* ; *Menachoth*, 64 *b*. Comp. II Macch., iv, 10 et suiv.

10. Jos., *Ant.*, XX, xi, 2.

11. Talmud de Jérusalem, *Péah*, i, 1.

12. Jos., *Ant.* loc. cit. ; Orig., *Contra Celsum*, II, 34.

qu'il est écrit de la Loi : « Tu l'étudieras jour et nuit [13]. »

Ni directement ni indirectement, aucun élément de doctrine hellénique ne parvint donc jusqu'à Jésus. Il ne connut rien hors du judaïsme ; son esprit conserva cette franche naïveté qu'affaiblit toujours une culture étendue et variée. Dans le sein même du judaïsme, il resta étranger à beaucoup d'efforts souvent parallèles aux siens. D'une part, l'ascétisme des esséniens et des thérapeutes [14] ne paraît pas avoir eu sur lui d'influence directe [15] ; de l'autre, les beaux essais de philosophie religieuse tentés par l'école juive d'Alexandrie, et dont Philon, son contemporain, était l'ingénieux interprète, lui furent inconnus. Les fréquentes ressemblances qu'on trouve entre lui et Philon, ces excellentes maximes d'amour de Dieu, de charité, de repos en Dieu [16], qui font comme un écho entre l'Évangile et les écrits de l'illustre penseur alexandrin, viennent des communes tendances que les besoins du temps inspiraient à tous les esprits élevés.

Heureusement pour lui, il n'étudia pas davantage la scolastique bizarre qui s'enseignait à Jérusalem et qui devait bientôt constituer le Talmud. Si quelques pharisiens l'avaient déjà apportée en Galilée, il ne les fréquenta pas, et, quand il toucha plus tard cette casuistique niaise, elle ne lui inspira que le dégoût. On peut supposer cependant que les principes de Hillel ne lui furent pas inconnus. Hillel, cinquante ans avant lui, avait prononcé des aphorismes qui ont avec les siens beaucoup d'analogie. Par sa pauvreté humblement supportée, par la douceur de son caractère, par l'opposition qu'il faisait aux hypo-

13. Talmud de Jérusalem, *Péah*, 1, 1 ; Talmud de Babylone, *Menachoth*, 99 *b*.

14. Les *thérapeutes* de Philon sont une branche d'esséniens. Leur nom même paraît n'être qu'une traduction grecque de celui des *esséniens* (Ἐσσαῖοι, *asaya*, « médecins »). Cf. Philon, *De vita contempl.*, § 1 ; Jos., *B. J.*, II, VIII, 6 ; Épiphane, *Adv. hær.*, XXIX, 4.

15. Les esséniens ne figurent pas une seule fois dans les écrits du christianisme naissant.

16. Voir surtout les traités *Quis rerum divinarum hæres sit* et *De philanthropia* de Philon.

crites et aux prêtres, Hillel fut le maître de Jésus [17], s'il est permis de parler de maître quand il s'agit d'une si haute originalité.

La lecture des livres de l'Ancien Testament fit sur lui beaucoup plus d'impression. Le canon des livres saints se composait de deux parties principales, la Loi, c'est-à-dire le Pentateuque, et les Prophètes, tels que nous les possédons aujourd'hui. Une vaste exégèse allégorique s'appliquait à tous ces livres et cherchait à en tirer ce qui n'y est pas, mais ce qui répondait aux aspirations du temps. La Loi, qui représentait, non les anciennes lois du pays, mais bien les utopies, les lois factices et les fraudes pieuses du temps des rois piétistes, était devenue, depuis que la nation ne se gouvernait plus elle-même, un thème inépuisable de subtiles interprétations. Quant aux Prophètes et aux Psaumes, on était persuadé que presque tous les traits un peu mystérieux de ces livres se rapportaient au Messie, et l'on y cherchait d'avance le type de celui qui devait réaliser les espérances de la nation. Jésus partageait le goût de tout le monde pour ces interprétations allégoriques. Mais la vraie poésie de la Bible, qui échappait aux puérils exégètes de Jérusalem, se révélait pleinement à son beau génie. La Loi ne paraît pas avoir eu pour lui beaucoup de charme ; il crut pouvoir mieux faire. Mais la poésie religieuse des Psaumes se trouva dans un merveilleux accord avec son âme lyrique ; ces hymnes augustes restèrent toute sa vie son aliment et son soutien. Les prophètes, Isaïe en particulier et son continuateur du temps de la captivité, avec leurs brillants rêves d'avenir, leur impétueuse éloquence, leurs invectives entremêlées de tableaux *enchanteurs, furent ses véritables maîtres. Il lut aussi sans doute plusieurs des ouvrages apocryphes, c'est-à-dire de ces écrits assez modernes, dont les auteurs, pour se donner une autorité

---

17. *Pirké Aboth*, ch. I et II ; Talm. de Jérus., *Pesachim*, VI, 1 ; Talm. de Bab., *Pesachim*, 66 *a* ; *Schabbath*, 30 *b* et 31 *a* ; *Joma*, 35 *b*.

*:  agent used adj. — enchanting pictures

qu'on n'accordait plus qu'aux écrits très anciens, se couvraient du nom de prophètes et de patriarches. Le livre de Daniel surtout le frappa [18]. Ce livre, composé par un Juif exalté du temps d'Antiochus Épiphane, et mis par lui sous le couvert d'un ancien sage [19], était le résumé de l'esprit des derniers temps. Son auteur, vrai créateur de la philosophie de l'histoire, avait pour la première fois osé ne voir dans le mouvement du monde et la succession des empires qu'une fonction subordonnée aux destinées du peuple juif. Jésus, dès sa jeunesse, fut pénétré de ces hautes espérances. Peut-être lut-il aussi les livres d'Hénoch, alors révérés à l'égal des livres saints [20], et les autres écrits du même genre, qui entretenaient un si grand mouvement dans l'imagination populaire. L'avènement du Messie avec ses gloires et ses terreurs, les nations s'écroulant les unes sur les autres, le cataclysme du ciel et de la terre furent l'aliment familier de son imagination, et, comme ces révolutions étaient censées prochaines, qu'une foule de personnes cherchaient à en supputer les temps, l'ordre surnaturel où nous transportent de telles visions lui parut tout d'abord parfaitement naturel et simple.

Qu'il n'eût aucune connaissance de l'état général du monde, c'est ce qui résulte de chaque trait de ses discours les plus authentiques. La terre lui paraît encore divisée en royaumes qui se font la guerre ; il semble

18. Matth., xxiv, 15 ; Marc, xiii, 14.
19. La légende de Daniel était déjà formée au viie siècle avant J.-C. (Ézéchiel, xiv, 14 et suiv. ; xxviii, 3). Plus tard, on supposa qu'il avait vécu au temps de la captivité de Babylone.
20. *Epist. Judæ*, 6, 14 et suiv. ; II Petri, ii, 4, 11 ; *Testam. des douze patr.*, Siméon, 5 ; Lévi, 10, 14, 16 ; Juda, 18 ; Zab., 3 ; Dan., 5 ; Benj., 9 ; Nephthali, 4 ; *Epist. Barnabæ*, c. 4, 16 (d'après le *Codex Sinaïticus*). Voir ci-dessus, introd., p. 67-68. Le « livre d'Hénoch » forme encore une partie intégrante de la Bible éthiopienne. Tel que nous le connaissons par la version éthiopienne, il est composé de pièces de différentes dates. Quelques-unes de ces pièces ont de l'analogie avec les discours de Jésus. Comparez, par exemple, les ch. xcvi-xcix à Luc, vi, 24 et suiv.

ignorer la « paix romaine », et l'état nouveau de société qu'inaugurait son siècle. Il n'eut aucune idée précise de la puissance de l'Empire ; le nom de « César » seul parvint jusqu'à lui. Il vit bâtir, en Galilée ou aux environs, Tibériade, Juliade, Diocésarée, Césarée, ouvrages pompeux des Hérodes, qui cherchaient, par ces constructions magnifiques, à prouver leur admiration pour la civilisation romaine et leur dévouement envers les membres de la famille d'Auguste, dont les noms, par un caprice du sort, servent aujourd'hui, bizarrement altérés, à désigner de misérables hameaux de Bédouins. Il vit aussi probablement Sébaste, œuvre d'Hérode le Grand, ville de parade, dont les ruines feraient croire qu'elle a été apportée là toute faite, comme une machine qu'il n'y avait plus qu'à monter sur place. Cette architecture d'ostentation, arrivée en Judée par chargements, ces centaines de colonnes, toutes du même diamètre, ornement de quelque insipide « rue de Rivoli », voilà ce qu'il appelait « les royaumes du monde et toute leur gloire ». Mais ce luxe de commande, cet art administratif et officiel lui déplaisaient. Ce qu'il aimait, c'étaient ses villages galiléens, mélange confus de cabanes, d'aires et de pressoirs taillés dans le roc, de puits, de tombeaux, de figuiers, d'oliviers. Il resta toujours près de la nature. La cour des rois lui apparaît comme un lieu où les gens ont de beaux habits [21]. Les charmantes impossibilités dont fourmillent ses paraboles, quand il met en scène les rois et les puissants [22], prouvent qu'il ne conçut jamais la société aristocratique que comme un jeune villageois qui voit le monde à travers le prisme de sa naïveté.

Encore moins connut-il l'idée nouvelle, créée par la science grecque, base de toute philosophie, et que la science moderne a hautement confirmée, l'exclusion

21. Matth., xi, 8.
22. Voir, par exemple, Matth., xxii, 2 et suiv.

des forces surnaturelles auxquelles la naïve croyance des vieux âges attribuait le gouvernement de l'univers. Près d'un siècle avant lui, Lucrèce avait exprimé d'une façon admirable l'inflexibilité du régime général de la nature. La négation du miracle, cette idée que tout se produit dans le monde par des lois où l'intervention personnelle d'êtres supérieurs n'a aucune part, était de droit commun dans les grandes écoles de tous les pays qui avaient reçu la science grecque. Peut-être même Babylone et la Perse n'y étaient-elles pas étrangères. Jésus ne sut rien de ce progrès. Quoique né à une époque où le principe de la science positive était déjà proclamé, il vécut en plein surnaturel. Jamais peut-être les Juifs n'avaient été plus possédés de la soif du merveilleux. Philon, qui vivait dans un grand centre intellectuel, et qui avait reçu une éducation très complète, ne possède qu'une science chimérique et de mauvais aloi.

Sur ce point, Jésus ne différait nullement de ses compatriotes. Il croyait au diable, qu'il envisageait comme une sorte de génie du mal [23], et il s'imaginait, avec tout le monde, que les maladies nerveuses étaient l'effet de démons, qui s'emparaient du patient et l'agitaient. Le merveilleux n'était pas pour lui l'exceptionnel ; c'était l'état normal. La notion du surnaturel, avec ses impossibilités, n'apparaît que le jour où naît la science expérimentale de la nature. L'homme étranger à toute idée de physique, qui croit qu'en priant il change la marche des nuages, arrête la maladie et la mort même, ne trouve dans le miracle rien d'extraordinaire, puisque le cours entier des choses est pour lui le résultat de volontés libres de la Divinité. Cet état intellectuel fut toujours celui de Jésus. Mais dans sa grande âme une telle croyance produisait des effets tout opposés à ceux où arrivait le vulgaire. Chez le vulgaire, la foi à l'action particulière de Dieu amenait une crédulité niaise et des

23. Matth., vi, 13.

duperies de charlatan. Chez lui, cette foi tenait à une
notion profonde des rapports familiers de l'homme avec
Dieu et à une croyance exagérée dans le pouvoir de
l'homme : belles erreurs qui furent le principe de sa
force ; car, si elles devaient un jour le mettre en défaut
aux yeux du physicien et du chimiste, elles lui donnaient sur son temps une force dont aucun individu n'a
disposé avant lui ni depuis.

De bonne heure, son caractère à part se révéla. La
légende se plaît à le montrer dès son enfance en révolte
contre l'autorité paternelle et sortant des voies communes pour suivre sa vocation [24]. Il est sûr, au moins,
que les relations de parenté furent peu de chose pour
lui. Sa famille ne semble pas l'avoir aimé [25], et, par
moments, on le trouve dur pour elle [26]. Jésus, comme
tous les hommes exclusivement préoccupés d'une idée,
arrivait à tenir peu de compte des liens du sang. Le
lien de l'idée est le seul que ces sortes de natures reconnaissent. « Voilà ma mère et mes frères, disait-il en
étendant la main vers ses disciples ; celui qui fait la
volonté de mon Père, voilà mon frère et ma sœur. » Les
simples gens ne l'entendaient pas ainsi, et un jour une
femme, passant près de lui, s'écria, dit-on : « Heureux le
ventre qui t'a porté et les seins que tu as sucés ! » —
« Heureux plutôt, répondit-il [27], celui qui écoute la
parole de Dieu et qui la met en pratique ! » Bientôt, dans
sa hardie révolte contre la nature, il devait aller plus
loin encore, et nous le verrons foulant aux pieds tout
ce qui est de l'homme, le sang, l'amour, la patrie, ne
garder d'âme et de cœur que pour l'idée qui se présentait
à lui comme la forme absolue du bien et du vrai.

24. Luc, ii, 42 et suiv. Les Évangiles apocryphes sont pleins de
pareilles histoires poussées au grotesque.
25. Matth., xiii, 57 ; Marc, vi, 4 ; Jean, vii, 3 et suiv. Voyez ci-
dessous, p. 214, note 27.
26. Matth., xii, 48 ; Marc, iii, 33 ; Luc, viii, 21 ; Jean, ii, 4 ; Évang.
selon les Hébreux, dans saint Jérôme, *Dial. adv. Pelag.*, III, 2.
27. Luc, xi, 27 et suiv.

# CHAPITRE IV

## ORDRE D'IDÉES
### AU SEIN DUQUEL SE DÉVELOPPA JÉSUS

Comme la terre refroidie ne permet plus de comprendre les phénomènes de la création primitive, parce que le feu qui la pénétrait s'est éteint ; ainsi les explications réfléchies ont toujours quelque chose d'insuffisant, quand il s'agit d'appliquer nos timides procédés d'analyse aux révolutions des époques créatrices qui ont décidé du sort de l'humanité. Jésus vécut à un de ces moments où la partie de la vie publique se joue avec franchise, où l'enjeu de l'activité humaine est porté au centuple. Tout grand rôle, alors, entraîne la mort ; car de tels mouvements supposent une liberté et une absence de mesures préventives qui ne peuvent aller sans de terribles contrepoids. Maintenant, l'homme risque peu et gagne peu. Aux époques héroïques de l'activité humaine, l'homme risque tout et gagne tout. Les bons et les méchants, ou du moins ceux qui se croient et que l'on croit tels, forment des armées opposées. On arrive par l'échafaud à l'apothéose ; les caractères ont des traits accusés, qui les gravent comme des types éternels dans la mémoire des hommes. En dehors de la révolution française, aucun milieu historique ne fut aussi propre que celui où se forma Jésus à développer ces forces cachées que l'humanité tient comme en réserve, et qu'elle ne laisse voir qu'à ses jours de fièvre et de péril.

Si le gouvernement du monde était un problème spéculatif, et que le plus grand philosophe fût l'homme le mieux désigné pour dire à ses semblables ce qu'ils doivent croire, c'est du calme et de la réflexion que sortiraient ces grandes règles morales et dogmatiques qu'on appelle des religions. Mais il n'en est pas de la sorte. Si l'on excepte Çakya-Mouni, les grands fondateurs religieux n'ont pas été des métaphysiciens. Le bouddhisme lui-même, qui est bien sorti de la pensée pure, a conquis une moitié de l'Asie pour des motifs tout politiques et moraux. Quant aux religions sémitiques, elles sont aussi peu philosophiques qu'il est possible. Moïse et Mahomet n'ont pas été des spéculatifs : ce furent des hommes d'action. C'est en proposant l'action à leurs compatriotes, à leurs contemporains, qu'ils ont dominé l'humanité. Jésus, de même, ne fut pas un théologien, un philosophe ayant un système plus ou moins bien composé. Pour être disciple de Jésus, il ne fallait signer aucun formulaire, ni prononcer aucune profession de foi ; il ne fallait qu'une seule chose, s'attacher à lui, l'aimer. Il ne disputa jamais sur Dieu, car il le sentait directement en lui. L'écueil des subtilités métaphysiques, contre lequel le christianisme alla heurter dès le iiie siècle, ne fut nullement posé par le fondateur. Jésus n'eut ni dogmes ni système ; il eut une résolution personnelle fixe, qui, ayant dépassé en intensité toute autre volonté créée, dirige encore à l'heure qu'il est les destinées de l'humanité.

Le peuple juif a eu l'avantage, depuis la captivité de Babylone jusqu'au moyen âge, d'être toujours dans une situation très tendue. Voilà pourquoi les dépositaires de l'esprit de la nation, durant ce long période, semblent écrire sous l'action d'une fièvre intense, qui les met tantôt au-dessus, tantôt au-dessous de la raison, rarement dans sa moyenne voie. Jamais l'homme n'avait saisi le problème de l'avenir et de sa destinée avec un courage plus désespéré, plus décidé à se porter aux

extrêmes. Ne séparant pas le sort de l'humanité de
celui de leur petite race, les penseurs juifs sont les
premiers qui aient eu souci d'une théorie générale de
la marche de notre espèce. La Grèce, toujours renfermée
en elle-même, et uniquement attentive à ses querelles
de petites villes, a eu des historiens excellents ; le
stoïcisme a énoncé les plus hautes maximes sur les
devoirs de l'homme considéré comme citoyen du monde
et comme membre d'une grande fraternité ; mais, avant
l'époque romaine, on chercherait vainement dans les
littératures classiques un système général de philosophie de l'histoire, embrassant toute l'humanité. Le
Juif, au contraire, grâce à une espèce de sens prophétique qui rend par moments le Sémite merveilleusement
apte à voir les grandes lignes de l'avenir, a fait entrer
l'histoire dans la religion. Peut-être doit-il un peu de
cet esprit à la Perse. La Perse, depuis une époque
ancienne, conçut l'histoire du monde comme une série
d'évolutions, à chacune desquelles préside un prophète.
Chaque prophète a son *hazar*, ou règne de mille ans
(chiliasme), et de ces âges successifs, analogues aux
millions de siècles dévolus à chaque bouddha de l'Inde,
se compose la trame des événements qui préparent le
règne d'Ormuzd. A la fin des temps, quand le cercle
des chiliasmes sera épuisé, viendra le paradis définitif.
Les hommes alors vivront heureux ; la terre sera comme
une plaine ; il n'y aura qu'une langue, une loi et un
gouvernement pour tous les hommes. Mais cet avènement sera précédé de terribles calamités. Dahak (le
Satan de la Perse) rompra les fers qui l'enchaînent et
s'abattra sur le monde. Deux prophètes viendront
consoler les hommes et préparer le grand avènement [1].
Ces idées couraient le monde et pénétraient jusqu'à
Rome, où elles inspiraient un cycle de poèmes prophé-

1. *Yaçna*, xii, 24 ; Théopompe, dans Plut., *De Iside et Osiride*, § 47 ;
*Minokhired*, passage publié dans la *Zeitschrift der deutschen morgen-
lændischen Gesellschaft*, I, p. 163.

tiques, dont les idées fondamentales étaient la division
de l'histoire de l'humanité en périodes, la succession des
dieux répondant à ces périodes, un complet renouvellement du monde, et l'avènement final d'un âge d'or [2].
Le livre de Daniel, certaines parties du livre d'Hénoch
et des livres sibyllins [3], sont l'expression juive de la
même théorie. Certes, il s'en faut que ces pensées fussent celles de tous. Elles ne furent d'abord embrassées
que par quelques personnes à l'imagination vive et
portées vers les doctrines étrangères. L'auteur étroit et
sec du livre d'Esther [a] n'a jamais pensé au reste du
monde que pour le dédaigner et lui vouloir du mal [4].
L'épicurien désabusé qui a écrit l'Ecclésiaste pense si
peu à l'avenir, qu'il trouve même inutile de travailler
pour ses enfants ; aux yeux de ce célibataire égoïste,
le dernier mot de la sagesse est de placer son bien à fonds
perdu [5]. Mais les grandes choses dans un peuple se font
d'ordinaire par la minorité. Avec ses énormes défauts,
dur, égoïste, moqueur, cruel, étroit, subtil, sophiste,
le peuple juif est cependant l'auteur du plus beau
mouvement d'enthousiasme désintéressé dont parle
l'histoire. L'opposition fait toujours la gloire d'un pays [b].
Les plus grands hommes d'une nation sont souvent ceux
qu'elle met à mort. Socrate a illustré Athènes, qui n'a
pas jugé pouvoir vivre avec lui. Spinoza est le plus
grand des juifs modernes, et la synagogue l'a exclu avec
ignominie. Jésus a été l'honneur du peuple d'Israël,
qui l'a crucifié.

Un gigantesque rêve poursuivait depuis des siècles
le peuple juif, et le rajeunissait sans cesse dans sa
décrépitude. Étrangère à la théorie des récompenses

---

2. Virg., Égl. IV ; Servius, sur le v. 4 de de cette églogue ; Nigidius,
cité par Servius, sur le v. 10.
3. *Carm. sibyll.*, livre III, 97-817.
4. *Esther*, VI, 13 ; VII, 10 ; VIII, 7, 11-17 ; IX, 1-22. Comparez dans
les parties apocryphes : IX, 10-11 ; XIV, 13 et suiv. ; XVI, 20, 24.
5. Eccl., I, 11 ; II, 16, 18-24 ; III, 19-22 ; IV, 8, 15-16 ; V, 17-18 ;
VI, 3, 6 ; VIII, 15 ; IX, 9, 10.

individuelles, que la Grèce a répandue sous le nom d'immortalité de l'âme, la Judée avait concentré sur son
avenir national toute sa puissance d'amour et de désir.
Elle crut avoir les promesses divines d'une destinée
sans bornes, et, comme l'amère réalité qui, à partir du
ixᵉ siècle avant notre ère, donnait de plus en plus le
royaume du monde à la force, refoulait brutalement
ces aspirations, elle se rejeta sur les alliances d'idées
les plus impossibles, essaya les volte-face les plus étranges. Avant la captivité, quand tout l'avenir terrestre
de la nation se fut évanoui par la séparation des tribus
du Nord, on rêva la restauration de la maison de David,
la réconciliation des deux fractions du peuple, le
triomphe de la théocratie et du culte de Jéhovah sur
les cultes idolâtres. A l'époque de la captivité, un poète
plein d'harmonie vit la splendeur d'une Jérusalem
future, dont les peuples et les îles lointaines seraient
tributaires, sous des couleurs si douces, qu'on eût dit
qu'un rayon des regards de Jésus l'eût pénétré à une
distance de six siècles [6].

La victoire de Cyrus sembla quelque temps réaliser
tout ce qu'on avait espéré. Les graves disciples de
l'Avesta et les adorateurs de Jéhovah se crurent frères.
La Perse était arrivée, en bannissant les *dévas* multiples
et en les transformant en démons (*divs*), à tirer des
vieilles imaginations ariennes, essentiellement naturalistes [a], une sorte de monothéisme. Le ton prophétique de plusieurs des enseignements de l'Iran avait
beaucoup d'analogie avec certaines compositions
d'Osée et d'Isaïe. Israël se reposa sous les Achémé-
des [7], et, sous Xerxès (Assuérus), se fit, dit-on, redouter
des Iraniens eux-mêmes. Puis l'entrée triomphante et
souvent brutale de la civilisation grecque et romaine

6. Isaïe, lx et suiv.
7. Tout le livre d'Esther respire un grand attachement à cette
dynastie. L'Ecclésiaste, qui paraît avoir été écrit vers la même époque,
montre dans les idées juives un singulier relâchement.

en Asie le rejeta dans les rêves. Plus que jamais, il
invoqua le Messie comme juge et vengeur des peuples.
Il lui fallut un renouvellement complet, une révolution prenant la terre à ses racines et l'ébranlant de fond
en comble, pour satisfaire l'énorme besoin de vengeance
qu'excitaient chez lui le sentiment de sa supériorité et
la vue de ses humiliations [8].

Si Israël avait eu la doctrine, dite spiritualiste, qui
coupe l'homme en deux parts, le corps et l'âme, et
trouve tout naturel que, pendant que le corps pourrit,
l'âme survive, cet accès de rage et d'énergique protestation n'aurait pas eu sa raison d'être. Mais une telle
doctrine, sortie de la philosophie grecque, n'était pas
dans les traditions de l'esprit juif. Les anciens écrits
hébreux ne renferment aucune trace de rémunérations
ou de peines futures. Pendant que l'idée de la solidarité
de la tribu exista, il était naturel qu'on ne songeât pas
à une stricte rétribution selon les mérites de chacun.
Tant pis pour l'homme pieux qui tombait à une époque
d'impiété ; il subissait comme les autres les malheurs
publics, suite de l'impiété générale. Cette doctrine,
léguée par les sages de l'école patriarcale, aboutissait
chaque jour à d'insoutenables contradictions. Déjà du
temps de Job, elle était fort ébranlée ; les vieillards de
Théman qui la professaient étaient des hommes arriérés,
et le jeune Elihu, qui intervient pour les combattre,
ose émettre dès son premier mot cette pensée essentiellement révolutionnaire : « La sagesse n'est plus dans
les vieillards [9]! » Avec les complications qui s'étaient
introduites dans le monde depuis Alexandre, le principe
thémanite et mosaïque devenait plus intolérable encore [10]. Jamais Israël n'avait été plus fidèle à la Loi,

8. Lettre apocr. de Baruch, dans Fabricius, *Cod. pseud. V. T.*,
II, p. 147 et suiv., et dans Ceriani, *Monum. sacra et prof.*, I, fasc. ı,
p. 96 et suiv.
9. Job, xxxiii, 9.
10. Il est cependant remarquable que Jésus, fils de Sirach[a], s'y
tient strictement (xvii, 26-28 ; xxii, 10-11 ; xxx, 4 et suiv. ; xli, 1-2 ;

et pourtant on avait subi l'atroce persécution d'Antiochus. Il n'y avait qu'un rhéteur, habitué à répéter de
vieilles phrases dénuées de sens, pour oser prétendre
que ces malheurs venaient des infidélités du peuple [11].
Quoi! ces victimes qui meurent pour leur foi, ces
héroïques Macchabées, cette mère avec ses sept fils,
Jéhovah les oubliera éternellement, les abandonnera
à la pourriture de la fosse [12]? Un sadducéen [a] incrédule
et mondain pouvait bien ne pas reculer devant une telle
conséquence ; un sage consommé, tel qu'Antigone de
Soco [13], pouvait bien soutenir qu'il ne faut pas pratiquer
la vertu comme l'esclave en vue de la récompense, qu'il
faut être vertueux sans espoir. Mais la masse de la
nation ne pouvait se contenter de cela. Les uns, se
rattachant au principe de l'immortalité philosophique,
se représentèrent les justes vivant dans la mémoire de
Dieu, glorieux à jamais dans le souvenir des hommes,
jugeant l'impie qui les a persécutés [14]. « Ils vivent
aux yeux de Dieu ; ... ils sont connus de Dieu [15] », voilà
leur récompense. D'autres, les pharisiens surtout,
eurent recours au dogme de la résurrection [16]. Les
justes revivront pour participer au règne messianique.
Ils revivront dans leur chair, et en vue d'un monde dont
ils seront les rois et les juges ; ils assisteront au triomphe
de leurs idées et à l'humiliation de leurs ennemis.

xliv, 9). L'auteur de la *Sagesse* est d'un sentiment tout opposé (iv, 1,
texte grec).

11. *Esth.*, xiv, 6-7 (apocr.) ; Épître apocryphe de Baruch (Fabricius
et Ceriani, *loc. cit.*).

12. II Macch., vii.

13. *Pirké Aboth*, i, 3.

14. *Sagesse*, ch. ii-vi ; viii, 13 ; *Pirké Aboth*, iv, 16 ; *De rationis
imperio*, attribué à Josèphe, 8, 13, 16, 18. Encore faut-il remarquer que
l'auteur de ce dernier traité ne fait valoir qu'en seconde ligne le motif
de rémunération personnelle. Le principal mobile des martyrs est
l'amour pur de la Loi, l'avantage que leur mort procurera au peuple
et la gloire qui s'attachera à leur nom. Comp. *Sagesse*, iv, 1 et suiv. ;
*Eccl.*, ch. xliv et suiv. ; Jos., *B. J.*, II, viii, 10 ; III, viii, 5.

15. *Sagesse*, iv, 1 ; *De rat. imp.*, 16, 18.

16. II Macch., vii, 9, 14 ; xii, 43-44.

On ne trouve chez l'ancien peuple d'Israël que des traces tout à fait indécises de ce dogme fondamental. Le sadducéen, qui n'y croyait pas, était, en réalité, fidèle à la vieille doctrine juive ; c'était le pharisien, partisan de la résurrection, qui était le novateur. Mais, en religion, c'est toujours le parti ardent qui innove ; c'est lui qui marche, c'est lui qui tire les conséquences. La résurrection, idée totalement différente de l'immortalité de l'âme, sortait d'ailleurs très naturellement des doctrines antérieures et de la situation du peuple. Peut-être la Perse y fournit-elle aussi quelques éléments [17]. En tout cas, se combinant avec la croyance au Messie et avec la doctrine d'un prochain renouvellement de toute chose, le dogme de la résurrection forma la base de ces théories apocalyptiques qui, sans être des articles de foi (le sanhédrin orthodoxe de Jérusalem ne semble pas les avoir adoptées), couraient dans toutes les imaginations et produisaient d'un bout à l'autre du monde juif une fermentation extrême. L'absence totale de rigueur dogmatique faisait que des notions fort contradictoires pouvaient être admises à la fois, même sur un point aussi capital. Tantôt le juste devait attendre la résurrection [18], tantôt il était reçu dès le moment de sa mort dans le sein d'Abraham [19]. Tantôt la résurrection était générale [20], tantôt elle était réservée aux seuls fidèles [21]. Tantôt elle supposait une terre renouvelée et une nouvelle Jérusalem, tantôt elle impliquait un anéantissement préalable de l'univers.

Jésus, dès qu'il eut une pensée, entra dans la brûlante atmosphère que créaient en Palestine les idées que nous venons d'exposer. Ces idées ne s'enseignaient à aucune

17. Théopompe, dans Diog. Laert., proœm., 9. — *Boundehesch*, c. XXXI. Les traces du dogme de la résurrection dans l'Avesta sont très douteuses.
18. Jean, XI, 24.
19. Luc, XVI, 22. Cf. *De rationis imp.*, 13, 16, 18.
20. Dan., XII, 2.
21. II Macch., VII, 14.

école ; mais elles étaient dans l'air, et l'âme du jeune réformateur en fut de bonne heure pénétrée. Nos hésitations, nos doutes ne l'atteignirent jamais. Ce sommet de la montagne de Nazareth, où nul homme moderne ne peut s'asseoir sans un sentiment inquiet sur sa destinée peut-être frivole, Jésus s'y est assis vingt fois sans un doute. Délivré de l'égoïsme, source de nos tristesses, qui nous fait rechercher avec âpreté un intérêt d'outre-tombe à la vertu, il ne pensa qu'à son œuvre, à sa race, à l'humanité. Ces montagnes, cette mer, ce ciel d'azur, ces hautes plaines à l'horizon, furent pour lui, non la vision mélancolique d'une âme qui interroge la nature sur son sort, mais le symbole certain, l'ombre transparente d'un monde visible et d'un ciel nouveau.

Il n'attacha jamais beaucoup d'importance aux événements politiques de son temps, et il en était probablement mal informé. La dynastie des Hérodes vivait dans un monde si différent du sien, qu'il ne la connut sans doute que de nom. Le grand Hérode mourut vers l'année même où il naquit, laissant des souvenirs impérissables, des monuments qui devaient forcer la postérité la plus malveillante d'associer son nom à celui de Salomon, et néanmoins une œuvre inachevée, impossible à continuer. Ambitieux profane, égaré dans un dédale de luttes religieuses, cet astucieux Iduméen eut l'avantage que donnent le sang-froid et la raison, dénués de moralité, au milieu de fanatiques passionnés. Mais son idée d'un royaume profane d'Israël, lors même qu'elle n'eût pas été un anachronisme dans l'état du monde où il la conçut, aurait échoué, comme le projet semblable que forma Salomon, contre les difficultés venant du caractère même de la nation. Ses trois fils ne furent que des lieutenants des Romains, analogues aux radjas de l'Inde sous la domination anglaise. Antipater ou Antipas, tétrarque de la Galilée et de la Pérée, dont Jésus fut le sujet durant toute sa vie, était

un prince paresseux et nul [22], favori et adulateur de
Tibère [23], trop souvent égaré par l'influence mauvaise
de sa seconde femme Hérodiade [24]. Philippe, tétrarque
de la Gaulonitide et de la Batanée, sur les terres duquel
Jésus fit de fréquents voyages, était un beaucoup
meilleur souverain [25]. Quant à Archélaüs, ethnarque de
Jérusalem, Jésus ne put le connaître. Il avait environ
dix ans quand cet homme faible et sans caractère,
parfois violent, fut déposé par Auguste [26]. La dernière
trace d'un gouvernement indépendant fut de la sorte
perdue pour Jérusalem. Réunie à la Samarie et à l'Idu-
mée, la Judée forma une sorte d'annexe de la province
de Syrie, où le sénateur Publius Sulpicius Quirinius,
personnage consulaire fort connu [27], était légat impérial. Une série de procurateurs romains, subordonnés
pour les grandes questions au légat impérial de Syrie,
Coponius, Marcus Ambivius, Annius Rufus, Valérius
Gratus, et enfin (l'an 26 de notre ère) Pontius Pilatus,
s'y succèdent [28], occupés sans relâche à éteindre le
volcan qui faisait éruption sous leurs pieds.

De continuelles séditions, excitées par les zélateurs
du mosaïsme, ne cessèrent en effet, durant tout ce temps,
d'agiter Jérusalem [29]. La mort des séditieux était
assurée ; mais la mort, quand il s'agissait de l'intégrité
de la Loi, était recherchée avec avidité. Renverser les
aigles, détruire les ouvrages d'art élevés par les Hérodes
et où les règlements mosaïques n'étaient pas toujours

22. Jos., *Ant.*, XVIII, v, 1 ; vii, 1 et 2 ; Luc, iii, 19.
23. Jos., *Ant.*, XVIII, ii, 3 ; iv, 5 ; v, 1.
24. *Ibid.*, XVIII, vii, 2.
25. *Ibid.*, XVIII, iv, 6.
26. *Ibid.*, XVII, xii, 2, et *B. J.*, II, 3.
27. Orelli, *Inscr. lat.*, n° 3693 ; Henzen, *Suppl.*, n° 7041 ; *Fasti
prænestini*, au 6 mars et au 28 avril (dans le *Corpus inscr. lat.*, I, 314,
317) ; Borghesi, *Fastes consulaires* [encore inédits], à l'année 742 ;
Mommsen, *Res gestæ divi Augusti*, p. 111 et suiv. Cf. Tac., *Ann.*, II,
30 ; III, 48 ; Strabon, XII, vi, 5.
28. Jos., *Ant.*, l. XVIII.
29. Jos., *Ant.*, les livres XVII et XVIII entiers, et *B. J.*, liv. I et II.

respectés [30], s'insurger contre les écussons votifs dressés
par les procurateurs, et dont les inscriptions paraissaient entachées d'idolâtrie [31], étaient de perpétuelles
tentations pour des fanatiques parvenus à ce degré
d'exaltation qui ôte tout soin de la vie. Juda, fils de
Sariphée, Matthias, fils de Margaloth, deux docteurs de
la Loi fort célèbres, formèrent ainsi un parti d'agression
hardie contre l'ordre établi, qui se continua après leur
supplice [32]. Les Samaritains étaient agités de mouvements du même genre [33]. Il semble que la Loi n'eût
jamais compté plus de sectateurs passionnés qu'au
moment où vivait déjà celui qui, de la pleine autorité
de son génie et de sa grande âme, allait l'abroger. Les
« zélotes » (*kanaïm*) ou « sicaires », assassins pieux, qui
s'imposaient pour tâche de tuer quiconque manquait
devant eux à la Loi, commençaient à paraître [34]. Des
représentants d'un tout autre esprit, des thaumaturges,
considérés comme des espèces de personnes divines,
trouvaient créance, par suite du besoin impérieux que
le siècle éprouvait de surnaturel et de divin [35].

Un mouvement qui eut beaucoup plus d'influence
sur Jésus fut celui de Juda le Gaulonite ou le Galiléen.
De toutes les sujétions auxquelles étaient exposés les
pays nouvellement conquis par Rome, le cens était la
plus impopulaire [36]. Cette mesure, qui étonne toujours
les peuples peu habitués aux charges des grandes admi-
nistrations centrales, était particulièrement odieuse aux
Juifs. Déjà, sous David, nous voyons un recensement
provoquer de violentes récriminations et les menaces des

30. Jos., *Ant.*, XV, x, 4 ; *B. J.*, I, xxxiii, 2 et suiv. Comp. livre
d'Hénoch, xcvii, 13-14.
31. Philon, *Leg. ad Caïum*, § 38.
32. Jos., *Ant.*, XVII, vi. 2 et suiv. ; *B. J.*, I, xxxiii, 3 et suiv.
33. Jos., *Ant.*, XVIII, iv, 1 et suiv.
34. Mischna, *Sanhédrin*, ix, 6 ; Jean, xvi, 2 ; Jos., *B. J.*, livre IV
et suiv. ; VII, viii et suiv.
35. *Act.*, viii, 9 et suiv.
36. Discours de Claude, à Lyon, tab. ii, *sub fin.* De Boissieu, *Inscr.
ant. de Lyon*, p. 136.

prophètes [37]. Le cens, en effet, était la base de l'impôt ;
or, l'impôt, dans les idées de la pure théocratie, était
presque une impiété. Dieu étant le seul maître que
l'homme doive reconnaître, payer la dîme à un souverain profane, c'est en quelque sorte le mettre à la place
de Dieu. Complètement étrangère à l'idée de l'État, la
théocratie juive ne faisait en cela que tirer sa dernière
conséquence, la négation de la société civile et de tout
gouvernement. L'argent des caisses publiques passait
pour de l'argent volé [38]. Le recensement ordonné par
Quirinius (an 6 de l'ère chrétienne) réveilla puissamment
ces idées et causa une grande fermentation. Un mouvement éclata dans les provinces du Nord. Un certain
Juda, de la ville de Gamala, sur la rive orientale du
lac de Tibériade, et un pharisien nommé Sadok se firent,
en niant la légitimité de l'impôt, une école nombreuse,
qui aboutit bientôt à la révolte ouverte [39]. Les maximes
fondamentales de l'école étaient que la liberté vaut mieux
que la vie et qu'on ne doit appeler personne « maître »,
ce titre appartenant à Dieu seul. Juda avait bien
d'autres principes, que Josèphe, toujours attentif à ne
pas compromettre ses coreligionnaires, passe à dessein
sous silence ; car on ne comprendrait pas que, pour une
idée aussi simple, l'historien juif lui donnât une place
parmi les philosophes de sa nation et le regardât comme
le fondateur d'une quatrième école, parallèle à celle
des pharisiens, des sadducéens, des esséniens. Juda fut
évidemment le chef d'une secte galiléenne, préoccupée
de messianisme, et qui aboutit à un mouvement politique. Le procurateur Coponius écrasa la sédition du
Gaulonite ; mais l'école subsista et conserva ses chefs.

---

37. II Sam., xxiv.
38. Talmud de Babylone, *Baba kama*, 113 *a* ; *Schabbath*, 33 *b*.
39. Jos., *Ant.*, XVIII, i, 1 et 6 ; XX, v, 2 ; *B. J.*, II, viii, 1 ; VII,
viii, 1 ; *Act.*, v, 37. Avant Juda le Gaulonite, les *Actes* placent un autre
agitateur, Theudas ; mais c'est là un anachronisme : le mouvement de
Theudas eut lieu l'an 44 de l'ère chrétienne( Jos., *Ant.*, XX, v, 1).

Sous la conduite de Menahem, fils du fondateur, et d'un certain Éléazar, son parent, on la retrouve fort active dans les dernières luttes des Juifs contre les Romains [40]. Jésus vit peut-être ce Juda, qui eut une manière de concevoir la révolution juive si différente de la sienne ; il connut en tout cas son école, et ce fut probablement par réaction contre son erreur qu'il prononça l'axiome sur le denier de César. Le sage Jésus, éloigné de toute sédition, profita de la faute de son devancier, et rêva un autre royaume et une autre délivrance.

La Galilée était de la sorte une vaste fournaise, où s'agitaient en ébullition les éléments les plus divers [41]. Un mépris extraordinaire de la vie, ou, pour mieux dire, une sorte d'appétit de la mort fut la conséquence de ces agitations [42]. L'expérience ne compte pour rien dans les grands mouvements fanatiques. L'Algérie, aux premiers temps de l'occupation française, voyait se lever, chaque printemps, des inspirés, qui se déclaraient invulnérables et envoyés de Dieu pour chasser les infidèles ; l'année suivante, leur mort était oubliée, et leur successeur ne trouvait pas une moindre foi. Très dure par un côté, la domination romaine, peu tracassière encore, permettait beaucoup de liberté. Ces grandes dominations brutales, terribles dans la répression, n'étaient pas soupçonneuses comme le sont les puissances qui ont un dogme à garder. Elles laissaient tout faire jusqu'au jour où elles croyaient devoir sévir. Dans sa carrière vagabonde, on ne voit pas que Jésus ait été une seule fois gêné par la police. Une telle liberté, et par-dessus tout le bonheur qu'avait la Galilée d'être beaucoup moins resserrée dans les liens du pédantisme pharisaïque, donnaient à cette

---

40. Jos., *Ant.*, XX, v, 2 ; *B. J.*, II, xxii, 8 et suiv. ; VII, viii et suiv.

41. Luc, xiii, 1. Le mouvement galiléen de Juda, fils d'Ézéchias, ne paraît pas avoir eu un caractère religieux ; peut-être, cependant, ce caractère a-t-il été dissimulé par Josèphe (*Ant.*, XVII, x, 5).

42. Jos., *Ant.*, XVI, vi, 2, 3 ; XVIII, i, 1.

contrée une vraie supériorité sur Jérusalem. La révolution, ou en d'autres termes le messianisme, y faisait travailler toutes les têtes. On se croyait à la veille de la grande rénovation ; l'Écriture, torturée en des sens divers, servait d'aliment aux plus colossales espérances. A chaque ligne des simples écrits de l'Ancien Testament, on voyait l'assurance et en quelque sorte le programme du règne futur qui devait apporter la paix aux justes et sceller à jamais l'œuvre de Dieu.

De tout temps, cette division en deux parties opposées d'intérêt et d'esprit avait été pour la nation hébraïque un principe de force dans l'ordre moral. Tout peuple appelé à de hautes destinées doit être un petit monde complet, renfermant dans son sein les pôles contraires. La Grèce offrait à quelques lieues de distance Sparte et Athènes, les deux antipodes pour un observateur superficiel, en réalité sœurs rivales, nécessaires l'une à l'autre. Il en fut de même de la Judée. Moins brillant en un sens que le développement de Jérusalem, celui du Nord fut en somme aussi fécond ; les œuvres les plus vivantes du peuple juif étaient toujours venues de là. Une absence totale du sentiment de la nature, aboutissant à quelque chose de sec, d'étroit, de farouche, a frappé les œuvres purement hiérosolymites d'un caractère grandiose, mais triste, aride et repoussant. Avec ses docteurs solennels, ses insipides canonistes, ses dévots hypocrites et atrabilaires, Jérusalem n'eût pas conquis l'humanité. Le Nord a donné au monde la naïve Sulamite, l'humble Chananéenne, la passionnée Madeleine, le bon nourricier Joseph, la vierge Marie. Le Nord seul a fait le christianisme ; Jérusalem, au contraire, est la vraie patrie du judaïsme obstiné qui, fondé par les pharisiens, fixé par le Talmud, a traversé le moyen âge et est venu jusqu'à nous.

Une nature ravissante contribuait à former cet esprit beaucoup moins austère, moins âprement monothéiste, si j'ose le dire, qui imprimait à tous les rêves de la Galilée

un tour idyllique et charmant. Le plus triste pays du
monde est peut-être la région voisine de Jérusalem. La
Galilée, au contraire, était un pays très vert, très ombragé,
très souriant, le vrai pays du Cantique des cantiques et
des chansons du bien-aimé [43]. Pendant les deux mois de
mars et d'avril, la campagne est un tapis de fleurs, d'une
franchise de couleurs incomparable. Les animaux y sont
petits, mais d'une douceur extrême. Des tourterelles
sveltes et vives, des merles bleus si légers qu'ils posent
sur une herbe sans la faire plier, des alouettes huppées,
qui viennent presque se mettre sous les pieds du voyageur, de petites tortues de ruisseau, dont l'œil est vif et
doux, des cigognes à l'air pudique et grave, dépouillant
toute timidité, se laissent approcher de très près par
l'homme et semblent l'appeler. En aucun pays du monde,
les montagnes ne se déploient avec plus d'harmonie et
n'inspirent de plus hautes pensées. Jésus semble les
avoir particulièrement aimées. Les actes les plus importants de sa carrière divine se passent sur les montagnes :
c'est là qu'il était le mieux inspiré [44] ; c'est là qu'il avait
avec les anciens prophètes de secrets entretiens, et qu'il
se montrait aux yeux de ses disciples déjà transfiguré [45].

Ce joli pays, devenu aujourd'hui, par suite de l'énorme
appauvrissement que l'islamisme turc a opéré dans la vie
humaine, si morne, si navrant, mais où tout ce que
l'homme n'a pu détruire respire encore l'abandon, la
douceur, la tendresse, surabondait, à l'époque de Jésus,

---

43. Jos., *B. J.*, III, III, 2. L'horrible état où le pays est réduit, surtout
près du lac de Tibériade, ne doit pas faire illusion. Ces pays, maintenant
brûlés, ont été autrefois des paradis terrestres. Les bains de Tibériade,
qui sont aujourd'hui un affreux séjour, ont été autrefois le plus bel
endroit de la Galilée (Jos., *Ant.*, XVIII, II, 3). Josèphe (*Bell. Jud.*,
III, x, 8) vante les beaux arbres de la plaine de Génésareth, où il n'y
en a plus un seul. Antonin Martyr, vers l'an 600, cinquante ans par conséquent avant l'invasion musulmane, trouve encore la Galilée couverte de
plantations délicieuses, et compare sa fertilité à celle de l'Égypte
(*Itin.*, § 5).
44. Matth., v, 1 ; xiv, 23 ; Luc, vi, 12.
45. Matth., xvii, 1 et suiv. ; Marc, ix, 1 et suiv.; Luc, ix, 28 et suiv.

de bien-être et de gaieté. Les Galiléens passaient pour énergiques, braves et laborieux [46]. Si l'on excepte Tibériade, bâtie par Antipas en l'honneur de Tibère (vers l'an 15) dans le style romain [47], la Galilée n'avait pas de grandes villes. Le pays était néanmoins fort peuplé, couvert de petites villes et de gros villages, cultivé avec art dans toutes ses parties [48]. Aux ruines qui restent de son ancienne splendeur, on sent un peuple agricole, nullement doué pour l'art, peu soucieux de luxe, indifférent aux beautés de la forme, exclusivement idéaliste. La campagne abondait en eaux fraîches et en fruits ; les grosses fermes étaient ombragées de vignes et de figuiers ; les jardins étaient des massifs de pommiers, de noyers, de grenadiers [49]. Le vin était excellent [a], s'il en faut juger par celui que les juifs recueillent encore à Safed, et on en buvait beaucoup [50]. Cette vie contente et facilement satisfaite n'aboutissait pas à l'épais matérialisme de notre paysan, à la grosse joie d'une Normandie plantureuse, à la pesante gaieté des Flamands. Elle se spiritualisait en rêves éthérés, en une sorte de mysticisme poétique confondant le ciel et la terre. Laissez l'austère Jean-Baptiste dans son désert de Judée, prêcher la pénitence, tonner sans cesse, vivre de sauterelles en compagnie des chacals. Pourquoi les compagnons de l'époux jeûneraient-ils pendant que l'époux est avec eux ? La joie fera partie du royaume de Dieu. N'est-elle

46. Jos., *B. J.*, III, iii, 2.
47. Jos., *Ant.*, XVIII, ii, 2 ; *B. J.*, II, ix, 1 ; *Vita*, 12, 13, 64.
48. Jos., *B. J.*, III, iii, 2.
49. On peut se les figurer d'après quelques enclos des environs de Nazareth. Cf. *Cant. cant.*, ii, 3, 5, 13 ; iv, 13 ; vi, 6, 10 ; vii, 8, 12 ; viii, 2, 5 ; Anton. Martyr, *l. c.* L'aspect des grandes métairies s'est encore bien conservé dans le sud du pays de Tyr (ancienne tribu d'Aser). La trace de la vieille agriculture palestinienne, avec ses ustensiles taillés dans le roc (aires, pressoirs, silos, auges, meules, etc.), se retrouve du reste à chaque pas.
50. Matth., ix, 17 ; xi, 19 ; Marc, ii, 22 ; Luc, v, 37 ; vii, 34 ; Jean, ii, 3 et suiv.

pas la fille des humbles de cœur, des hommes de bonne
volonté ?

Toute l'histoire du christianisme naissant est devenue
de la sorte une délicieuse pastorale. Un Messie aux repas
de noces, la courtisane et le bon Zachée appelés à ses
festins, les fondateurs du royaume du ciel comme un
cortège de paranymphes : voilà ce que la Galilée a osé,
ce qu'elle a fait accepter. La Grèce a tracé de la vie
humaine, par la sculpture et la poésie, des tableaux admirables, mais toujours sans fonds fuyants ni horizons
lointains. Ici manquent le marbre, les ouvriers excellents,
la langue exquise et raffinée. Mais la Galilée a créé à
l'état d'imagination populaire le plus sublime idéal ; car
derrière son idylle s'agite le sort de l'humanité, et la
lumière qui éclaire son tableau est le soleil du royaume
de Dieu *a*.

Jésus vivait et grandissait dans ce milieu enivrant.
Dès son enfance, il fit presque annuellement le voyage
de Jérusalem pour les fêtes [51]. Le pèlerinage était pour
les Juifs provinciaux une solennité pleine de douceur.
Des séries entières de psaumes étaient consacrées à
chanter le bonheur de cheminer ainsi en famille [52], durant
plusieurs jours, au printemps, à travers les collines et les
vallées, tous ayant en perspective les splendeurs de
Jérusalem, les terreurs des parvis sacrés, la joie pour des
frères de demeurer ensemble [53]. La route que Jésus suivait d'ordinaire dans ces voyages était celle que l'on suit
aujourd'hui, par Ginæa et Sichem [54]. De Sichem à Jérusalem, elle est fort sévère. Mais le voisinage des vieux
sanctuaires de Silo, de Béthel, près desquels on passe,

51. Luc, II, 41.
52. *Ibid.*, II, 42-44.
53. Voir surtout ps. LXXXIV, CXXII, CXXXIII (Vulg. LXXXIII, CXXI,
CXXXII).
54. Luc. IX, 51-53 ; XXII, 11 ; Jean, IV, 4 ; Jos., *Ant.*, XX, VI, 1 ;
*B. J.*, II, XII, 3 ; *Vita*, 52. Souvent, cependant, les pèlerins venaient
par la Pérée pour éviter la Samarie, où ils couraient des dangers.
Matth., XIX, 1 ; Marc, X, 1.

tient l'âme en éveil. *Ain-el-Haramié,* la dernière étape [55],
est un lieu mélancolique et charmant, et peu d'impressions égalent celle qu'on éprouve en s'y établissant pour
le campement du soir. La vallée est étroite et sombre ;
une eau noire sort des rochers percés de tombeaux, qui
en forment les parois. C'est, je crois, la « Vallée des pleurs »,
ou des eaux suintantes, chantée comme une des stations
du chemin dans le délicieux psaume LXXXIV [56], et devenue, pour le mysticisme doux et triste du moyen âge,
l'emblème de la vie. Le lendemain, de bonne heure, on
sera à Jérusalem ; une telle attente, aujourd'hui encore,
soutient la caravane, rend la soirée courte et le sommeil
léger.

Ces voyages, où la nation réunie se communiquait ses
idées, et qui créaient annuellement dans la capitale des
foyers de grande agitation, mettaient Jésus en contact
avec l'âme de son peuple, et sans doute lui inspiraient
déjà une vive antipathie pour les défauts des représentants officiels du judaïsme. On veut que le désert ait été
pour lui une autre école, et qu'il y ait fait de longs séjours [57]. Mais le Dieu qu'il trouvait là n'était pas le sien.
C'était tout au plus le Dieu de Job, sévère et terrible, qui
ne rend raison à personne. Parfois c'était Satan qui
venait le tenter. Il retournait alors dans sa chère Galilée,
et retrouvait son Père céleste, au milieu des vertes collines et des claires fontaines, parmi les troupes d'enfants
et de femmes qui, l'âme joyeuse et le cantique des anges
dans le cœur, attendaient le salut d'Israël.

55. Selon Josèphe (*Vita*, 52), la route était de trois jours. Mais
l'étape de Sichem à Jérusalem devait d'ordinaire être coupée en deux.
56. LXXXIII selon la Vulgate, v. 7.
57. Luc, IV ,42 ; v, 16.

# CHAPITRE V

PREMIERS APHORISMES DE JÉSUS.
SES IDÉES D'UN DIEU PÈRE
ET D'UNE RELIGION PURE.
PREMIERS DISCIPLES

Joseph mourut avant que son fils fût arrivé à aucun rôle public. Marie resta de la sorte le chef de la famille, et c'est ce qui explique pourquoi Jésus, quand on voulait le distinguer de ses nombreux homonymes, était le plus souvent appelé « fils de Marie [1] ». Il semble que, devenue par la mort de son mari étrangère à Nazareth, elle se retira à Cana [2], dont elle pouvait être originaire. Cana [3] était une petite ville à deux heures ou deux heures et demie de Nazareth, au pied des montagnes qui bornent au nord la plaine d'Asochis [4]. La vue, moins grandiose qu'à Nazareth, s'étend sur toute la plaine et est bornée de la manière la plus pittoresque par les montagnes de Nazareth et les collines de Séphoris. Jésus paraît avoir fait quelque temps sa résidence en ce lieu. Là se passa

---

1. C'est l'expression de Marc, vi, 3. Cf. Matth., xiii, 55. Marc ne nomme pas Joseph ; le quatrième Évangile et Luc, au contraire, préfèrent l'expression « fils de Joseph ». Luc, iii, 23 ; iv, 22 ; Jean, i, 46 ; vi, 42. Il est singulier que le quatrième Évangile n'appelle jamais la mère de Jésus par son nom. Le nom de *Ben Joseph*, qui, dans le Talmud, désigne l'un des Messies, donne à réfléchir.

2. Jean, ii, 1 ; iv, 46. Jean seul est renseigné sur ce point.

3. Aujourd'hui *Kana el-Djélil*, identique au casal de *Cana Galilé* du temps des croisades (voir *Archives des missions scientifiques*, 2ᵉ série, t. III, p. 370). *Kefr-Kenna*, à une heure ou une heure et demie N.-N.-E. de Nazareth (*Capharchemmé* des croisades), en est distinct.

4. Maintenant *el-Buttauf*.

probablement une partie de sa jeunesse et eurent lieu ses premiers éclats [5].

Il exerçait le métier de son père, qui était celui de charpentier [6]. Ce n'était pas là une circonstance humiliante ou fâcheuse. La coutume juive exigeait que l'homme voué aux travaux intellectuels apprît un état. Les docteurs les plus célèbres avaient des métiers [7] ; c'est ainsi que saint Paul, dont l'éducation avait été si soignée, était fabricant de tentes ou tapissier [8]. Jésus ne se maria point. Toute sa puissance d'aimer se porta sur ce qu'il considérait comme sa vocation céleste. Le sentiment extrêmement délicat qu'on remarque en lui pour les femmes [9] ne se sépara point du dévouement sans bornes qu'il avait pour son idée. Il traita en sœurs, comme François d'Assise et François de Sales, les femmes qui s'éprenaient de la même œuvre que lui ; il eut ses sainte Claire, ses Françoise de Chantal. Seulement, il est probable que celles-ci aimaient plus lui que l'œuvre ; il fut sans doute plus aimé qu'il n'aima [a]. Ainsi qu'il arrive souvent dans les natures très élevées, la tendresse du cœur se transforma chez lui en douceur infinie, en vague poésie, en charme universel. Ses relations intimes et libres, d'un ordre tout moral, avec des femmes d'une conduite équivoque s'expliquent de même par la passion qui l'attachait à la gloire de son Père et lui inspirait une sorte de jalousie pour toutes les belles créatures qui pouvaient y servir [10].

Quelle fut la marche de la pensée de Jésus durant cette période obscure de sa vie ? Par quelles méditations débuta-t-il dans la carrière prophétique ? On l'ignore,

5. Jean, ii, 11 ; iv, 46. Un ou deux disciples étaient de Cana. Jean, xxi, 2 ; Matth., x, 4 ; Marc, iii, 18.
6. Matth., xiii, 55 ; Marc, vi, 3 ; Justin, *Dial. cum Tryph.*, 88.
7. Par exemple, « Rabbi Iohanan le cordonnier, Rabbi Isaac le forgeron ».
8. *Act.*, xviii, 3.
9. Voir ci-dessous, p. 212-213.
10. Luc, vii, 37 et suiv., Jean, iv, 7 et suiv., viii, 3 et suiv.

son histoire nous étant parvenue à l'état de récits épars et sans chronologie exacte. Mais le développement des produits vivants est partout le même, et il n'est pas douteux que la croissance d'une personnalité aussi puissante que celle de Jésus n'ait obéi à des lois très rigoureuses. Une haute notion de la Divinité, qu'il ne dut pas au judaïsme, et qui semble avoir été la création de sa grande âme, fut en quelque sorte le germe de son être tout entier. C'est ici qu'il faut le plus renoncer aux idées qui nous sont familières et à ces discussions où s'usent les petits esprits. Pour bien comprendre la nuance de la piété de Jésus, il faut faire abstraction de tout ce qui s'est placé entre l'Évangile et nous. Déisme et panthéisme sont devenus les deux pôles de la théologie. Les chétives discussions de la scolastique, la sécheresse d'esprit de Descartes, l'irréligion profonde du xviiie siècle, en rapetissant Dieu, et en le limitant en quelque sorte par l'exclusion de ce qui n'est pas lui, ont étouffé au sein du rationalisme moderne tout sentiment fécond de la Divinité. Si Dieu, en effet, est un être déterminé hors de nous, la personne qui croit avoir des rapports particuliers avec Dieu est un « visionnaire », et comme les sciences physiques et physiologiques nous ont montré que toute vision surnaturelle est une illusion, le déiste un peu conséquent se trouve dans l'impossibilité de comprendre les grandes croyances du passé. Le panthéisme, d'un autre côté, en supprimant la personnalité divine, est aussi loin qu'il se peut du Dieu vivant des religions anciennes. Les hommes qui ont le plus hautement compris Dieu, Çakya-Mouni, Platon, saint Paul, saint François d'Assise, saint Augustin, à quelques heures de sa mobile vie, étaient-ils déistes ou panthéistes ? Une telle question n'a pas de sens. Les preuves physiques et métaphysiques de l'existence de Dieu eussent laissé ces grands hommes fort indifférents. Ils sentaient le divin en eux-mêmes. — Au premier rang de cette grande famille des vrais fils de Dieu, il faut placer Jésus. Jésus n'a pas de visions ;

Dieu ne lui parle pas comme à quelqu'un hors de lui ;
Dieu est en lui ; il se sent avec Dieu, et il tire de son
cœur ce qu'il dit de son Père. Il vit au sein de Dieu par
une communication de tous les instants ; il ne le voit pas,
mais il l'entend, sans qu'il ait besoin de tonnerre et de
buisson ardent comme Moïse, de tempête révélatrice
comme Job [a], d'oracle comme les vieux sages grecs,
de génie familier comme Socrate, d'ange Gabriel comme
Mahomet. L'imagination et l'hallucination d'une sainte
Thérèse, par exemple, ne sont ici pour rien. L'ivresse du
soufi [b] se proclamant identique à Dieu est aussi tout
autre chose. Jésus n'énonce pas un moment l'idée
sacrilège qu'il soit Dieu. Il se croit en rapport direct
avec Dieu, il se croit fils de Dieu. La plus haute
conscience de Dieu qui ait existé au sein de l'humanité
a été celle de Jésus.

On comprend, d'un autre côté, que Jésus, partant
d'une telle disposition d'âme, ne sera nullement un philosophe spéculatif comme Çakya-Mouni. Rien n'est plus
loin de la théologie scolastique que l'Évangile [11]. Les
spéculations des docteurs grecs sur l'essence divine
viennent d'un tout autre esprit. Dieu conçu immédiatement comme Père, voilà toute la théologie de Jésus. Et
cela n'était pas chez lui un principe théorique, une doctrine plus ou moins prouvée et qu'il cherchait à inculquer
aux autres. Il ne faisait à ses disciples aucun raisonnement [12] ; il n'exigeait d'eux aucun effort d'attention. Il
ne prêchait pas ses opinions, il se prêchait lui-même.
Souvent des âmes très grandes et très désintéressées
présentent, associé à beaucoup d'élévation, ce caractère
de perpétuelle attention à elles-mêmes et d'extrême
susceptibilité personnelle, qui en général est le propre

11. Les discours que le quatrième Évangile prête à Jésus renferment
un germe de théologie. Mais, ces discours étant en contradiction absolue
avec ceux des Évangiles synoptiques, lesquels représentent sans aucun
doute les *Logia* primitifs, ils doivent compter pour des documents de
l'histoire apostolique, et non pour des éléments de la vie de Jésus.

12. Voir Matth., IX, 9, et les autres récits analogues.

des femmes [13]. Leur persuasion que Dieu est en elles et s'occupe perpétuellement d'elles est si forte, qu'elles ne craignent nullement de s'imposer aux autres ; notre réserve, notre respect de l'opinion d'autrui, qui est une partie de notre impuissance, ne saurait être leur fait. Cette personnalité exaltée n'est pas l'égoïsme ; car de tels hommes, possédés de leur idée, donnent leur vie de grand cœur pour sceller leur œuvre : c'est l'identification du moi avec l'objet qu'il a embrassé, poussée à sa dernière limite. C'est l'orgueil pour ceux qui ne voient dans l'apparition nouvelle que la fantaisie personnelle du fondateur ; c'est le doigt de Dieu pour ceux qui voient le résultat. Le fou côtoie ici l'homme inspiré ; seulement, le fou ne réussit jamais. Il n'a pas été donné jusqu'ici à l'égarement d'esprit d'agir d'une façon sérieuse sur la marche de l'humanité.

Jésus n'arriva pas sans doute du premier coup à cette haute affirmation de lui-même. Mais il est probable que, dès ses premiers pas, il s'envisagea avec Dieu dans la relation d'un fils avec son père. Là est son grand acte d'originalité ; en cela, il n'est nullement de sa race [14]. Ni le juif, ni le musulman, n'ont compris cette délicieuse théologie d'amour. Le Dieu de Jésus n'est pas le maître fatal qui nous tue quand il lui plaît, nous damne quand il lui plaît, nous sauve quand il lui plaît. Le Dieu de Jésus est Notre Père. On l'entend en écoutant un souffle léger qui crie en nous : « Père [15]. » Le Dieu de Jésus n'est pas le despote partial qui a choisi Israël pour son peuple et le protège envers et contre tous. C'est le Dieu de l'humanité. Jésus ne sera pas un patriote comme les Macchabées, un théocrate comme Juda le Gaulonite. S'élevant

---

13. Voir, par exemple, Jean, xxi, 15 et suiv., en observant que ce trait paraît avoir été exagéré dans le quatrième Évangile.
14. La belle âme de Philon se rencontra ici, comme sur tant d'autres points, avec celle de Jésus. *De confus. ling.*, § 14 ; *De migr. Abr.*, § 1 ; *De somniis*, II, § 41 ; *De agric. Noë*, § 12 ; *De mutatione nominum*, § 4.
15. Saint Paul, *Ad Galatas*, iv, 6.

hardiment au-dessus des préjugés de sa nation, il établira
l'universelle paternité de Dieu. Le Gaulonite soutenait
qu'il faut mourir plutôt que de donner à un autre que
Dieu le nom de « maître » ; Jésus laisse ce nom à qui veut
le prendre, et réserve pour Dieu un titre plus doux.
Accordant aux puissants de la terre, pour lui représentants de la force, un respect plein d'ironie, il fonde la
consolation suprême, le recours au Père que chacun a
dans le ciel, le vrai royaume de Dieu que chacun porte en
son cœur.

Le nom de « royaume de Dieu » ou de « royaume du
ciel [16] » fut le terme favori de Jésus pour exprimer la
révolution qu'il inaugurait dans le monde [17]. Comme
presque tous les termes messianiques, le mot en question
venait du livre de Daniel [a]. Selon l'auteur de ce livre
extraordinaire, aux quatre empires profanes, destinés à
crouler, succédera un cinquième empire, qui sera celui
des « saints » et qui durera éternellement [18]. Ce règne de
Dieu sur la terre prêtait naturellement aux interprétations les plus diverses. Pour plusieurs, c'était le règne
du Messie ou d'un nouveau David [19] ; pour la théologie
juive, le « royaume de Dieu » n'est le plus souvent que le
judaïsme lui-même, la vraie religion, le culte monothéiste,
la piété [20]. Dans les derniers temps de sa vie, Jésus crut,

16. Le mot « ciel », dans la langue rabbinique de ce temps, est synonyme du nom de « Dieu », qu'on évitait de prononcer. Voir Buxtorf,
*Lex. chald. talm. rabb.*, au mot שמים, et Daniel, ɪv, 22, 23. Comp.
Matth., xxɪ, 25 ; Marc, xɪ, 30, 31 ; Luc, xv, 18, 21 ; xx, 4, 5.
17. Cette expression revient à chaque page des Évangiles synoptiques, des Actes des apôtres, des épîtres de saint Paul. Si elle ne paraît
qu'une fois dans le quatrième Évangile (ɪɪɪ, 3 et 5), c'est que les discours
rapportés par cet Évangile sont loin de représenter la parole vraie de
Jésus.
18. Dan., ɪɪ, 44 ; vɪɪ, 13, 14, 22, 27 ; Apocalypse de Baruch, dans
Ceriani, *Monum. sacra et prof.*, tom. I, fasc. ɪɪ, p. 82.
19. Marc, xɪ, 10 ; — Targum de Jonathan : Is., xʟ, 9 ; ʟɪɪɪ, 10 ;
Michée, ɪv, 7.
20. Mischna, *Berakoth*, ɪɪ, 1, 3 ; Talmud de Jérusalem, *Berakoth*,
ɪɪ, 2 ; *Kidduschin*, ɪ, 2 ; Talm. de Bab., *Berakoth*, 15 *a* ; *Mekilta*, 42 *b*,
Siphra, 170 *b*. L'expression revient souvent dans les *Midraschim*.

à ce qu'il semble, que ce règne allait se réaliser matériellement par un brusque renouvellement du monde. Mais sans doute ce ne fut pas là sa première pensée [21]. La morale admirable qu'il tire de la notion du Dieu père n'est pas celle d'enthousiastes qui croient le monde près de finir et qui se préparent par l'ascétisme à une catastrophe chimérique : c'est celle d'un monde qui veut vivre et qui a vécu. « Le royaume de Dieu est parmi vous », disait-il à ceux qui cherchaient avec subtilité des signes extérieurs de sa venue future [22]. La conception réaliste de l'avènement divin n'a été qu'un nuage, une erreur passagère que la mort a fait oublier. Le Jésus qui a fondé le vrai royaume de Dieu, le royaume des doux et des humbles, voilà le Jésus des premiers jours [23], jours chastes et sans mélange où la voix de son Père retentissait en son sein avec un timbre plus pur. Il y eut alors quelques mois, une année peut-être, où Dieu habita vraiment sur la terre. La voix du jeune charpentier prit tout à coup une douceur extraordinaire. Un charme infini s'exhalait de sa personne, et ceux qui l'avaient vu jusque-là ne le reconnaissaient plus [24]. Il n'avait pas encore de disciples, et le groupe qui se pressait autour de lui n'était ni une secte, ni une école ; mais on y sentait déjà un esprit commun, quelque chose de pénétrant et de doux. Son caractère aimable, et sans doute une de ces ravissantes figures [25] qui apparaissent quelquefois dans la

21. Matth., v, 10 ; vi, 10, 33 ; xi, 11 ; xii, 28 ; xviii, 4 ; xix, 12 Marc, x, 14, 15 ; xii, 34 ; Luc, xii, 31.

22. Luc, xvii, 20-21. La traduction « au dedans de vous » est moins exacte, bien qu'elle ne s'écarte pas de la pensée de Jésus en cet endroit.

23. La grande théorie de l'apocalypse du Fils de l'homme est, en effet, réservée, dans les synoptiques, pour les chapitres qui précèdent le récit de la Passion. Les premières prédications, surtout dans Matthieu, sont toutes morales.

24. Matth., xiii, 54 et suiv. ; Marc, vi, 2 et suiv. ; Jean, vi, 42.

25. La tradition sur la laideur de Jésus (Justin, *Dial. cum Tryph.*, 85, 88, 100 ; Clément d'Alex., *Pædag.*, III, 1 ; *Strom.*, VI, 17 ; Origène, *Contre Celse*, VI, 75 ; Tertullien, *De carne Christi*, 9 ; *Adv. Judæos*, 14) vient du désir de voir réalisé en lui un trait prétendu messianique

race juive, faisaient autour de lui comme un cercle de
fascination auquel presque personne, au milieu de ces
populations bienveillantes et naïves, ne savait échapper.

Le paradis eût été, en effet, transporté sur la terre,
si les idées du jeune maître n'eussent dépassé de beaucoup ce niveau de médiocre bonté au-delà duquel on n'a
pu jusqu'ici élever l'espèce humaine. La fraternité des
hommes, fils de Dieu, et les conséquences morales qui
en résultent étaient déduites avec un sentiment exquis.
Comme tous les rabbis du temps, Jésus, peu porté vers
les raisonnements suivis, renfermait sa doctrine dans
des aphorismes concis et d'une forme expressive, parfois énigmatique et bizarre [26]. Quelques-unes de ces
maximes venaient des livres de l'Ancien Testament.
D'autres étaient des pensées de sages plus modernes,
surtout d'Antigone de Soco, de Jésus fils de Sirach, et
de Hillel, qui étaient arrivées jusqu'à lui, non par suite
d'études savantes, mais comme des proverbes souvent
répétés. La synagogue était riche en maximes très heureusement exprimées, qui formaient une sorte de littérature proverbiale courante [27]. Jésus adopta presque
tout cet enseignement oral, mais en le pénétrant d'un
esprit supérieur [28]. Enchérissant d'ordinaire sur les
devoirs tracés par la Loi et les anciens, il voulait la
perfection. Toutes les vertus d'humilité, de pardon, de

(Is., LIII, 2). Aucun portrait traditionnel de Jésus n'existait aux premiers
siècles. Saint Augustin, *De Trinitate,* VIII, 4, 5. Cf. Irénée, *Adv.
hær.*, I, xxv, 6.

26. Les *Logia* de saint Matthieu réunissent plusieurs de ces axiomes
ensemble, pour en former de grands discours. Mais la forme fragmen-
taire se fait sentir à travers les sutures.

27. Les sentences des docteurs juifs du temps sont recueillies dans
le petit livre intitulé *Pirké Aboth.*

28. Les rapprochements seront faits ci-dessous, à mesure qu'ils
se présenteront. On a parfois supposé que, la rédaction du Talmud
étant postérieure à celle des Évangiles, des emprunts ont pu être faits
par les compilateurs juifs à la morale chrétienne. Mais cela est inadmissible ; les maximes du Talmud qui répondent à des sentences évangéliques sont datées avec précision par les noms des docteurs à qui on
les attribue. Ces attributions écartent l'idée de tels emprunts.

charité, d'abnégation, de dureté pour soi-même, vertus
qu'on a nommées à bon droit chrétiennes, si l'on veut
dire par là qu'elles ont été vraiment prêchées par le
Christ, étaient en germe dans ce premier enseignement.
Pour la justice, il se contentait de répéter l'axiome répandu : « Ne fais pas à autrui ce que tu ne voudrais pas
qu'on te fît à toi-même [29]. » Mais cette vieille sagesse,
encore assez égoïste, ne lui suffisait pas. Il allait aux
excès :

« Si quelqu'un te frappe sur la joue droite, présente-
lui l'autre. Si quelqu'un te fait un procès pour ta
tunique, abandonne-lui ton manteau [30]. »

« Si ton œil droit te scandalise, arrache-le et jette-le
loin de toi [31]. »

« Aimez vos ennemis, faites du bien à ceux qui vous
haïssent ; priez pour ceux qui vous persécutent [32]. »

« Ne jugez pas, et vous ne serez point jugés [33]. Par-
donnez, et on vous pardonnera [34]. Soyez miséricordieux
comme votre Père céleste est miséricordieux [35]. Donner
est plus doux que recevoir [36]. »

« Celui qui s'humilie sera élevé ; celui qui s'élève sera
humilié [37]. »

---

29. Matth., vii, 12 ; Luc, vi, 31. Cet axiome est déjà dans le livre de
*Tobie*, iv, 16. Hillel s'en servait habituellement (Talm. de Bab., *Schabbath.*, 31 *a*), et déclarait, comme Jésus, que c'était l'abrégé de la Loi.
30. Matth., v, 39 et suiv. ; Luc, vi, 29. Comparez Jérémie, *Lament.*,
iii, 30.
31. Matth., v, 29-30 ; xviii, 9 ; Marc, ix, 46.
32. Matth., v, 44 ; Luc, vi, 27. Comparez Talmud de Babylone,
*Schabbath*, 88 *b ; Joma*, 23 *a*.
33. Matth., vii, 1 ; Luc, vi, 37. Comparez Talmud de Babylone,
*Kethuboth*, 105 *b*.
34. Luc, vi, 37. Comparez *Lévit.*, xix, 18 ; *Prov.*, xx, 22, *Ecclésiastique*, xxviii, 1 et suiv.
35. Luc, vi, 36 ; Siphré, 51 *b* (Sultzbach, 1802).
36. Parole rapportée dans les *Actes*, xx, 35.
37. Matth., xxiii, 12 ; Luc, xiv, 11 ; xviii, 14. Les sentences rapportées par saint Jérôme d'après l'« Évangile selon les Hébreux » (Comment,
in *Epist. ad Ephes.*, v, 4 ; in Ezech., xviii ; *Dial. adv. Pelag.*, III, 2)
sont empreintes du même esprit. Comp. Talm. de Bab., *Erubin*, 13 *b*.

Sur l'aumône, la pitié, les bonnes œuvres, la douceur, le goût de la paix, le complet désintéressement du cœur, il avait peu de chose à ajouter à la doctrine de la synagogue [38]. Mais il y mettait un accent plein d'onction, qui rendait nouveaux des aphorismes trouvés depuis longtemps. La morale ne se compose pas de principes plus ou moins bien exprimés. La poésie du précepte, qui le fait aimer, est plus que le précepte lui-même, pris comme une vérité abstraite. Or, on ne peut nier que ces maximes empruntées par Jésus à ses devanciers ne fassent dans l'Évangile un tout autre effet que dans l'ancienne Loi, dans les *Pirké Aboth* ou dans le Talmud [a]. Ce n'est pas l'ancienne Loi, ce n'est pas le Talmud qui ont conquis et changé le monde. Peu originale en elle-même, si l'on veut dire par là qu'on pourrait avec des maximes plus anciennes la recomposer presque tout entière, la morale évangélique n'en reste pas moins la plus haute création qui soit sortie de la conscience humaine, le plus beau code de la vie parfaite qu'aucun moraliste ait tracé.

Jésus ne parlait pas contre la loi mosaïque, mais on sent bien qu'il en voyait l'insuffisance, et il le laissait entendre. Il répétait sans cesse qu'on devait faire plus que les anciens sages n'avaient dit [39]. Il défendait la moindre parole dure [40], il interdisait le divorce [41] et tout serment [42], il blâmait le talion [43], il condamnait l'usure [44], il trouvait le désir voluptueux aussi criminel

---

38. *Deutér.*, xxiv, xxv, xxvi, etc. ; Is., lviii, 7 ; *Prov.*, xix, 17 ; *Pirké Aboth*, i ; Talmud de Jérusalem, *Péah*, i, 1 ; Talmud de Babylone, *Schabbath*. 63 *a* ; Talm. de Bab., *Baba kama*, 93 *a*.

39. Matth., v, 20 et suiv.

40. Matth., v, 22.

41. *Ibid.*, v, 31 et suiv. Comparez Talmud de Babylone, *Sanhédrin*, 22 *a*.

42. Matth., v, 33 et suiv.

43. *Ibid.*, v, 38 et suiv.

44. *Ibid.*, v, 42. La Loi l'interdisait aussi (*Deutér.*, xv, 7-8), mais moins formellement, et l'usage l'autorisait (Luc, vii, 41 et suiv.).

que l'adultère [45]. Il voulait un pardon universel des injures [46]. Le motif dont il appuyait ces maximes de haute charité était toujours le même : « ... Pour que vous soyez les fils de votre Père céleste, qui fait lever son soleil sur les bons et sur les méchants. Si vous n'aimez, ajoutait-il, que ceux qui vous aiment, quel mérite avez-vous ? Les publicains le font bien. Si vous ne saluez que vos frères, qu'est-ce que cela ? Les païens le font bien. Soyez parfaits, comme votre Père céleste est parfait [47]. »

Un culte pur, une religion sans prêtres et sans pratiques extérieures, reposant toute sur les sentiments du cœur, sur l'imitation de Dieu [48], sur le rapport immédiat de la conscience avec le Père céleste, étaient la suite de ces principes. Jésus ne recula jamais devant cette hardie conséquence, qui faisait de lui, dans le sein du judaïsme, un révolutionnaire au premier chef. Pourquoi des intermédiaires entre l'homme et son Père ? Dieu ne voyant que le cœur, à quoi bon ces purifications, ces pratiques qui n'atteignent que le corps [49] ? La tradition même, chose si sainte pour le juif, n'est rien, comparée au sentiment pur [50]. L'hypocrisie des pharisiens, qui en priant tournaient la tête pour voir si on les regardait, qui faisaient leurs aumônes avec fracas, et mettaient sur leurs habits des signes qui les faisaient reconnaître pour personnes pieuses, toutes ces simagrées de la fausse dévotion le révoltaient. « Ils ont reçu leur récompense, disait-il ; pour toi, quand tu fais l'aumône, que ta main gauche ne sache pas ce que fait ta droite, afin que ton aumône reste dans le secret, et alors ton Père, qui voit dans le

45. Matth., xxvii, 28. Comparez Talmud, *Masséket Kalla* (édit Fürth, 1793), fol. 34 *b*.
46. Matth., v, 23 et suiv.
47. *Ibid.*, v, 45 et suiv. Comparez *Lévit.*, xi, 44 ; xix, 2 ; Eph., v, 1, et ὁμοίωσις τῷ θεῷ de Platon.
48. Comparez Philon, *De migr. Abr.*, § 23 et 24 ; *De vita contemplativa*, en entier.
49. Matth., xv, 11 et suiv. ; Marc, vii, 6 et suiv.
50. Marc, vii, 6 et suiv.

secret, te la rendra [51]. Et, quand tu pries, n'imite pas les hypocrites, qui aiment à faire leur oraison debout dans les synagogues et au coin des places, afin d'être vus des hommes. Je dis en vérité qu'ils reçoivent leur récompense. Pour toi, si tu veux prier, entre dans ton cabinet, et, ayant fermé la porte, prie ton Père, qui est dans le secret ; et ton Père, qui voit dans le secret, t'exaucera. Et, quand tu pries, ne fais pas de longs discours comme les païens, qui s'imaginent devoir être exaucés à force de paroles. Dieu ton Père sait de quoi tu as besoin, avant que tu le lui demandes [52]. »

Il n'affectait nul signe extérieur d'ascétisme, se contentant de prier ou plutôt de méditer sur les montagnes et dans les lieux solitaires, où toujours l'homme a cherché Dieu [53]. Cette haute notion des rapports de l'homme avec Dieu, dont si peu d'âmes, même après lui, devaient être capables, se résumait en une prière, qu'il composait de phrases pieuses déjà en usage chez les Juifs, et qu'il enseignait à ses disciples [54] :

« Notre Père qui es au ciel, que ton nom soit sanctifié ; que ton règne arrive ; que ta volonté soit faite sur la terre comme au ciel. Donne-nous aujourd'hui notre pain de chaque jour. Pardonne-nous nos offenses, comme nous pardonnons à ceux qui nous ont offensés. Épargne-nous les épreuves ; délivre-nous du Méchant [55].» Il insistait particulièrement sur cette pensée que le Père céleste sait mieux que nous ce qu'il nous faut, et qu'on lui fait presque injure en lui demandant telle ou elle chose déterminée [56].

---

51. Matth. vi, 1 et suiv. Comparez *Ecclésiastique*, xvii, 18 ; xxix 15 ; Talm. de Bab., *Chagiga*, 5 *a* ; *Baba bathra*, 9 *b*.

52. Matth., vi, 5-8.

53. Matth., xiv, 23 ; Luc, iv. 42 ; v, 16 ; vi, 12.

54. Matth., vi, 9 et suiv. ; Luc, xi, 2 et suiv. Voir Talm. de Bab. *Berakoth*, 29 *b*, 30 *a*, surtout l'expression אבינו שבשמים .

55. C'est-à-dire du démon.

56. Luc, xi, 5 et suiv.

Jésus ne faisait en ceci que tirer les conséquences des grands principes que le judaïsme avait posés, mais que les classes officielles de la nation tendaient de plus en plus à méconnaître. La prière grecque et romaine fut presque toujours entachée d'égoïsme. Jamais prêtre païen n'avait dit au fidèle : « Si, en apportant ton offrande à l'autel, tu te souviens que ton frère a quelque chose contre toi, laisse là ton offrande devant l'autel, et va premièrement te réconcilier avec ton frère ; après cela, viens et fais ton offrande [57]. » Seuls dans l'antiquité, les prophètes juifs, Isaïe surtout, dans leur antipathie contre le sacerdoce, avaient entrevu la vraie nature du culte que l'homme doit à Dieu. « Que m'importe la multitude de vos victimes ! J'en suis rassasié ; la graisse de vos béliers me soulève le cœur ; votre encens m'importune ; car vos mains sont pleines de sang. Purifiez vos pensées ; cessez de mal faire, apprenez le bien, cherchez la justice, et venez alors [58]. » Dans les derniers temps, quelques docteurs, Siméon le Juste [59], Jésus, fils de Sirach [60], Hillel [61], touchèrent presque le but, et déclarèrent que l'abrégé de la Loi était la justice. Philon, dans le monde judéo-égyptien, arrivait en même temps que Jésus à des idées d'une haute sainteté morale, dont la conséquence était le peu de souci des pratiques légales [62]. Schemaïa et Abtalion, plus d'une fois, se montrèrent aussi des casuistes fort libéraux [63]. Rabbi Iohanan allait bientôt mettre les œuvres de miséri-

---

57. Matth., v, 23-24.
58. Isaïe, i, 11 et suiv. Comparez *ibid.*, LVIII entier ; Osée, vi, 6 ; Malachie, i, 10 et suiv.
59. *Pirké Aboth*, i, 2.
60. *Ecclésiastique*, xxxv, 1 et suiv.
61. Talm. de Jérus., *Pesachim*, vi, 1 ; Talm. de Bab., même traité, 66 *a* ; *Schabbath*, 31 *a*.
62. *Quod Deus immut.*, § 1 et 2 ; *De Abrahamo*, § 22 ; *Quis rerum divin. hæres*, § 13 et suiv., 55, 58 et suiv. ; *De profugis*, § 7 et 8 ; *Quod omnis probus liber*, en entier ; *De vita contemplativa*, en entier.
63. Talm. de Bab., *Pesachim*, 67 *b*.

corde au-dessus de l'étude même de la Loi [64]! Jésus seul,
néanmoins, dit la chose d'une manière efficace. Jamais
on n'a été moins prêtre que ne le fut Jésus, jamais plus
ennemi des formes qui étouffent la religion sous prétexte
de la protéger. Par là, nous sommes tous ses disciples
et ses continuateurs ; par là, il a posé une pierre éternelle, fondement de la vraie religion, et, si la religion
est la chose essentielle de l'humanité, par là il a mérité
le rang divin qu'on lui a décerné. Une idée absolument
neuve, l'idée d'un culte fondé sur la pureté du cœur et
sur la fraternité humaine, faisait par lui son entrée dans
le monde ; idée tellement élevée, que l'Église chrétienne
devait sur ce point trahir complètement les intentions
de son chef, et que, même de nos jours, quelques âmes
seulement sont capables de s'y prêter.

Un sentiment exquis de la nature lui fournissait à
chaque instant des images expressives. Quelquefois
une finesse remarquable, ce que nous appelons de l'esprit, relevait ses aphorismes ; d'autres fois, leur forme
vive tenait à l'heureux emploi de proverbes populaires.
« Comment peux-tu dire à ton frère : « Permets que
j'ôte cette paille de ton œil », toi qui as une poutre dans
le tien! Hypocrite! ôte d'abord la poutre de ton œil,
et alors tu penseras à ôter la paille de l'œil de ton
frère [65]. »

Ces leçons, longtemps renfermées dans le cœur du
jeune maître, groupaient déjà quelques initiés. L'esprit
du siècle était aux petites Églises ; c'était le temps des
esséniens et des thérapeutes. Des rabbis ayant chacun
leur enseignement, Schemaïa, Abtalion, Hillel, Schammaï, Juda le Gaulonite, Gamaliel, tant d'autres dont
les maximes remplissent le Talmud [66], s'élevaient de
toutes parts. On écrivait très peu ; les docteurs juifs

64. Talmud de Jérusalem, *Péah*, I, 1.
65. Matth., VII, 4-5 ; Luc, VI, 41 et suiv. Comparez Talmud de
Babylone, *Baba bathra*, 15 *b* ; *Erachin*, 16 *b*.
66. Voir surtout *Pirké Aboth*, ch. I.

de ce temps ne faisaient pas de livres : tout se passait
en conversations et en leçons publiques, auxquelles on
cherchait à donner un tour facile à retenir [67]. Le jour où
le jeune charpentier de Nazareth commença à produire
au-dehors ces maximes, pour la plupart déjà répandues,
mais qui, grâce à lui, devaient régénérer le monde, ce
ne fut donc pas un événement. C'était un rabbi de plus
(il est vrai, le plus charmant de tous), et autour de lui
quelques jeunes gens avides de l'entendre et cherchant
l'inconnu. L'inattention des hommes veut du temps
pour être forcée. Il n'y avait pas encore de chrétiens ;
le vrai christianisme cependant était fondé, et jamais
sans doute il ne fut plus parfait qu'à ce premier moment.
Jésus n'y ajoutera rien de durable. Que dis-je ? Il le
compromettra ; car toute idée, pour réussir, a besoin
de faire des sacrifices ; on ne sort jamais immaculé de
la lutte de la vie.

Concevoir le bien, en effet, ne suffit pas ; il faut le
faire réussir parmi les hommes. Pour cela, des voies
moins pures sont nécessaires. Certes, si l'Évangile se
bornait à quelques chapitres de Matthieu et de Luc, il
serait plus parfait et ne prêterait pas maintenant à tant
d'objections ; mais sans miracles eût-il converti le
monde ? Si Jésus fût mort au moment où nous sommes
arrivés de sa carrière, il n'y aurait pas dans sa vie telle
page qui nous blesse ; mais, plus grand aux yeux de Dieu,
il fût resté ignoré des hommes ; il serait perdu dans la
foule des grandes âmes inconnues, les meilleures de
toutes ; la vérité n'eût pas été promulguée, et le monde
n'eût pas profité de l'immense supériorité morale que
son Père lui avait départie. Jésus, fils de Sirach, et Hillel avaient émis des aphorismes presque aussi élevés que
ceux de Jésus. Hillel cependant ne passera jamais pour
le vrai fondateur du christianisme. Dans la morale,

---

67. Le Talmud, résumé de ce vaste mouvement d'écoles, ne commença guère à être écrit qu'au IIe siècle de notre ère.

comme dans l'art, dire n'est rien, faire est tout. L'idée
qui se cache sous un tableau de Raphaël est peu de
chose ; c'est le tableau seul qui compte. De même, en
morale, la vérité ne prend quelque valeur que si elle
passe à l'état de sentiment, et elle n'atteint tout son
prix que quand elle se réalise dans le monde à l'état de
fait. Des hommes d'une médiocre moralité ont écrit de
fort bonnes maximes. Des hommes très vertueux, d'un
autre côté, n'ont rien fait pour continuer dans le monde
la tradition de la vertu. La palme est à celui qui a été
puissant en paroles et en œuvres, qui a senti le bien,
et au prix de son sang l'a fait triompher. Jésus, à ce
double point de vue, est sans égal ; sa gloire reste
entière et sera toujours renouvelée.

# CHAPITRE VI

## JEAN-BAPTISTE.
### VOYAGE DE JÉSUS VERS JEAN
### ET SON SÉJOUR AU DÉSERT DE JUDÉE.
### IL ADOPTE LE BAPTÊME DE JEAN

Un homme extraordinaire, dont le rôle, faute de documents, reste pour nous en partie énigmatique, apparut vers ce temps et eut certainement des relations avec Jésus. Ces relations firent à quelques égards dévier de sa voie le jeune prophète de Nazareth ; mais elles lui suggérèrent plusieurs accessoires importants de son institution religieuse, et, en tout cas, elles fournirent à ses disciples une très forte autorité pour recommander leur maître aux yeux d'une certaine classe de Juifs.

Vers l'an 28 de notre ère (quinzième année du règne de Tibère), se répandit dans toute la Palestine la réputation d'un certain Iohanan ou Jean, jeune ascète plein de fougue et de passion. Jean était de race sacerdotale [1] et né, ce semble, à Jutta, près d'Hébron ou à Hébron même [2]. Hébron, la ville patriarcale par excellence, située à deux pas du désert de Judée et à quelques

---

1. Luc, i, 5 ; passage de l'Évangile des *ébionim*, conservé par Épiphane (*Adv. hær.*, xxx, 13).

2. Luc, i, 39. On a proposé, non sans vraisemblance, de voir, dans « la ville de Juda » nommée en cet endroit de Luc, la ville de *Jutta* (Josué, xv, 55 ; xxi, 16). Robinson (*Biblical Researches*, I, 494 ; II, 206) a retrouvé cette *Jutta* portant encore le même nom, à deux petites heures au sud d'Hébron.

heures du grand désert d'Arabie, était à cette époque ce qu'elle est encore aujourd'hui, un des boulevards de l'esprit sémitique dans sa forme la plus austère. Dès son enfance, Jean fut *nazir*, c'est-à-dire assujetti par vœu à certaines abstinences [3]. Le désert dont il était pour ainsi dire environné l'attira tout d'abord [4]. Il y menait la vie d'un yogui de l'Inde, vêtu de peaux ou d'étoffes de poil de chameau, n'ayant pour aliments que des sauterelles et du miel sauvage [5]. Un certain nombre de disciples s'étaient réunis autour de lui, partageant sa vie et méditant sa sévère parole. On se serait cru transporté aux bords du Gange, si des traits particuliers n'eussent révélé en ce solitaire le dernier descendant des grands prophètes d'Israël.

Depuis que la nation juive s'était prise avec une espèce de désespoir à réfléchir sur sa vocation mystérieuse, l'imagination du peuple s'était reportée avec beaucoup de complaisance vers les anciens prophètes. Or, de tous les personnages du passé, dont le souvenir venait comme les songes d'une nuit troublée réveiller et agiter le peuple, le plus grand était Élie. Ce géant des prophètes, en son âpre solitude du Carmel, partageant la vie des bêtes sauvages, demeurant dans le creux des rochers, d'où il sortait comme un foudre pour faire et défaire les rois, était devenu, par des transformations successives, une sorte d'être surhumain, tantôt visible, tantôt invisible, et qui n'avait pas goûté la mort. On croyait généralement qu'Élie allait revenir et restaurer Israël [6]. La vie austère qu'il avait menée, les souvenirs terribles qu'il avait laissés, et sous l'impression desquels

---

3. Luc, i, 15
4. *Ibid.*, i, 80.
5. Matth., iii, 4 ; Marc, i, 6 ; fragm. de l'Évang. des *ébionim*, dans Épiph., *Adv. hær.*, xxx, 13.
6. Malachie, iii, 23-24 (iv, 5-6 selon la Vulg.) ; *Ecclésiastique*, xlviii, 10 ; Matth., xvi, 14 ; xvii, 10 et suiv. ; Marc, vi, 15 ; viii, 28 ; ix, 10 et suiv. ; Luc, ix, 8, 19 ; Jean, i, 21, 25.

l'Orient vit encore [7], cette sombre image qui, jusqu'à nos jours, fait trembler et tue, toute cette mythologie, pleine de vengeance et de terreurs, frappaient vivement les esprits et marquaient, en quelque sorte, d'un signe de naissance tous les enfantements populaires. Quiconque aspirait à une grande action sur le peuple devait imiter Élie, et, comme la vie solitaire avait été le trait essentiel de ce prophète, on se représenta « l'homme de Dieu » sous les traits d'un ermite. On se figura que tous les saints personnages avaient eu leurs jours de pénitence, de vie agreste, d'austérités [8]. La retraite au désert devint ainsi la condition et le prélude des hautes destinées.

Nul doute que cette pensée d'imitation n'ait beaucoup préoccupé Jean [9]. La vie anachorétique, si opposée à l'esprit de l'ancien peuple juif, et avec laquelle les vœux dans le genre de ceux des nazirs et des réchabites [b] n'avaient aucun rapport, faisait de toutes parts invasion en Judée. Les esséniens [c] avaient leurs demeures près du pays de Jean, sur les bords de la mer Morte [10]. L'abstinence de chair, de vin, des plaisirs sexuels, était regardée comme le noviciat des révélateurs [11]. On s'imaginait que les chefs de secte devaient être des solitaires, ayant leurs règles et leurs instituts propres, comme des fondateurs d'ordres religieux. Les maîtres des jeunes gens étaient aussi parfois des espèces d'anachorètes [12], assez ressemblants aux *gourous* [13] du brah-

7. Le féroce Abdallah, pacha de Saint-Jean-d'Acre [a], pensa mourir de frayeur pour l'avoir vu en rêve, dressé debout sur sa montagne. Dans les tableaux des églises chrétiennes, on le voit entouré de têtes coupées ; les musulmans ont peur de lui.
8. *Ascension d'Isaïe*, ii, 9-11.
9. Luc, i, 17.
10. Pline, *Hist. nat.*, V, 17 ; Epiph., *Adv. hær.*, xix, 1 et 2 ; M. de Saulcy, *Voyage autour de la mer Morte*, I, p. 142 et suiv.
11. Daniel, i, 12 et suiv. ; x, 2 et suiv. ; Hénoch, lxxxiii, 2 ; lxxxv, 3 ; IVe livre d'Esdras, ix, 24, 26 ; xii, 51.
12. Josèphe, *Vita*, 2.
13. Précepteurs spirituels.

manisme. De fait, n'y avait-il point en cela une influence
éloignée des *mounis* de l'Inde ? Quelques-uns de ces
moines bouddhistes vagabonds, qui couraient le monde,
comme plus tard les premiers franciscains, prêchant de
leur extérieur édifiant et convertissant des gens qui ne
savaient pas leur langue, n'avaient-ils point tourné leurs
pas du côté de la Judée, de même que certainement ils
l'avaient fait du côté de la Syrie et de Babylone [14] ?
C'est ce que l'on ignore. Babylone était devenue depuis
quelque temps un vrai foyer de bouddhisme ; Boudasp
(Bodhisattva) était réputé un sage chaldéen et le fondateur du sabisme. Le *sabisme* lui-même, qu'était-il ?
Ce que son étymologie indique [15] : le *baptisme*, c'est-à-
dire la religion des baptêmes multipliés, la souche de la
secte encore existante qu'on appelle « chrétiens de saint
Jean » ou mendaïtes, et que les Arabes appellent *el-
mogtasila*, « les baptistes » [16]. Il est fort difficile de
démêler ces vagues analogies. Les sectes flottantes
entre le judaïsme, le christianisme, le baptisme et le
sabisme, que l'on trouve dans la région au-delà du Jourdain durant les premiers siècles de notre ère [17], présentent à la critique, par suite de la confusion des notices
qui nous sont parvenues, le problème le plus singulier.
On peut croire, en tout cas, que plusieurs des pratiques
extérieures de Jean, des esséniens [18] et des précepteurs

14. J'ai développé ce point ailleurs (*Hist. génér. des langues sémitiques*, III, iv, 1 ; *Journ. Asiat.*, février-mars 1856).
15. Le verbe araméen *seba*, origine du nom des *sabiens*, est synonyme de βαπτίζω.
16. J'ai traité de ceci plus au long dans le *Journal Asiatique*, nov.-déc.
1853 et août-sept. 1855 *ᵃ*. Il est remarquable que les elchasaïtes,
secte sabienne ou baptiste, habitaient presque le même pays que les
esséniens, le bord oriental de la mer Morte, et furent confondus avec
eux (Épiph., *Adv. hær.*, xix, 1, 2, 4 ; xxx, 16, 17 ; liii, 1 et 2 ; *Philosophumena*, IX, iii, 15 et 16 ; X, xx, 29).
17. Voir les notices d'Épiphane sur les esséniens, les hémérobaptistes,
les nazaréens, les ossènes, les nazoréens, les ébionites, les sampséens
(*Adv. hær.*, liv. I et II), et celles de l'auteur des *Philosophumena* sur
les elchasaïtes (liv. IX et X).
18. Épiph., *Adv. hær.*, xix, xxx, liii.

spirituels juifs de ce temps venaient d'une influence récente du haut Orient. La pratique fondamentale qui donnait à la secte de Jean son caractère, et qui lui a valu son nom, a toujours eu son centre dans la basse Chaldée et y constitue une religion qui s'est perpétuée jusqu'à nos jours.

Cette pratique était le baptême ou la totale immersion. Les ablutions étaient déjà familières aux Juifs, comme à toutes les religions de l'Orient [19]. Les esséniens leur avaient donné une extension particulière [20]. Le baptême était devenu une cérémonie ordinaire de l'introduction des prosélytes dans le sein de la religion juive, une sorte d'initiation [21]. Jamais pourtant, avant notre baptiste, on n'avait donné à l'immersion cette importance ni cette forme. Jean avait fixé le théâtre de son activité dans la partie du désert de Judée qui avoisine la mer Morte [22]. Aux époques où il administrait le baptême, il se transportait aux bords du Jourdain [23], soit à Béthanie ou Béthabara [24], sur la rive orientale, probablement vis-à-vis de Jéricho, soit à l'endroit nommé *Ænon* ou « les Fontaines [25] », près de Salim, où il y avait beaucoup d'eau [26]. Là, des foules

19. Marc, vii, 4 ; Jos., *Ant.*, XVIII, v, 2 ; Justin, *Dial. cum Tr yph* 17, 29, 80 ; Epiph., *Adv. hær.*, xvii.

20. Jos., *B. J.*, II, viii, 5, 7, 8, 13.

21. Mischna, *Pesachim*, viii, 8 ; Talmud de Babylone, *Jebamoth*, 46 *b* ; *Kerithuth*, 9 *a* ; *Aboda zara*, 57 *a* ; *Masséket Gérim* (édit. Kirchheim, 1851), p. 38-40.

22. Matth., iii, 1 ; Marc, i, 4.

23. Luc, iii, 3.

24. Jean, i, 28 ; iii, 26. Tous les anciens manuscrits portent *Béthanie ;* mais, comme on ne connaît pas de Béthanie en ces parages, Origène (*Comment. in Joann.*, VI, 24) a proposé de substituer *Béthabara*, et sa correction a été assez généralement acceptée. Les deux mots ont, du reste, des significations analogues et semblent indiquer un endroit où il y avait un bac pour passer la rivière.

25. *Ænon* est le pluriel chaldéen *ænawan*, « fontaines ».

26. Jean, iii, 23. La situation de cette localité est douteuse. Les synoptiques sont constants pour placer la scène du baptême de Jean sur le bord du Jourdain (Matth., iii, 6 ; Marc, i, 5 ; Luc, iii, 3). Mais la circonstance relevée par le quatrième évangéliste, « qu'il y avait là

considérables, surtout de la tribu de Juda, accouraient vers lui et se faisaient baptiser [27]. En quelques mois, il devint ainsi un des hommes les plus influents de la Judée, et tout le monde dut compter avec lui.

Le peuple le tenait pour un prophète [28], et plusieurs s'imaginaient que c'était Élie ressuscité [29]. La croyance à ces résurrections était fort répandue [30] ; on pensait que Dieu allait susciter de leurs tombeaux quelques-uns des anciens prophètes pour servir de guides à Israël vers sa destinée finale [31]. D'autres tenaient Jean pour le Messie lui-même, quoiqu'il n'élevât pas une telle prétention [32]. Les prêtres et les scribes, opposés à cette renaissance du prophétisme, et toujours ennemis des enthousiastes, le méprisaient. Mais la popularité du baptiste s'imposait à eux, et ils n'osaient parler contre lui [33]. C'était une victoire que le sentiment de la foule remportait sur l'aristocratie sacerdotale. Quand on obligeait les chefs des prêtres à s'expliquer nettement sur ce point, on les embarrassait fort [34].

Le baptême n'était, du reste, pour Jean qu'un signe destiné à faire impression et à préparer les esprits à quelque grand mouvement. Nul doute qu'il ne fût possédé au plus haut degré de l'espérance messianique.

beaucoup d'eau », est vide de sens si l'on suppose l'endroit dont il parle très voisin de ce fleuve. Le rapprochement des versets 22 et 23 du chapitre iii de Jean, et des versets 3 et 4 du chapitre iv du même Évangile, porte d'ailleurs à croire que Salim était en Judée. Il paraît que, près de la ruine nommée *Ramet-el-Khalil*, aux environs d'Hébron, on trouve une localité qui répond bien à toutes ces exigences (Sepp, *Jerusalem und das Heilige Land*, Schaffouse, 1863, I, p. 520 et suiv.). Saint Jérôme veut placer Salim beaucoup plus au nord, près de Beth-Schéan ou Scythopolis. Mais Robinson (*Biblical Res.*, III, 333) n'a pu rien trouver sur les lieux qui justifiât cette allégation.

27. Marc, i, 5 ; Josèphe, *Ant.*, XVIII, v, 2.
28. Matth., xiv, 5 ; xxi, 26.
29. Matth., xi, 14 ; Marc, vi, 15 ; Jean, i, 21.
30. Matth., xiv, 2 ; Luc, ix, 8.
31. V. ci-dessus, p. 174, note 6.
32. Luc, iii, 15 et suiv. ; Jean, i, 20.
33. Matth., xxi, 25 et suiv. ; Luc, vii, 30.
34. Matth., *loc. cit.*

« Faites pénitence, disait-il, car le royaume de Dieu approche [35]. » Il annonçait une « grande colère », c'est-à-dire de terribles catastrophes qui allaient venir [36], et déclarait que la cognée était déjà à la racine de l'arbre, que l'arbre serait bientôt jeté au feu. Il représentait son Messie un van à la main, recueillant le bon grain et brûlant la paille. La pénitence, dont le baptême était la figure, l'aumône, l'amendement des mœurs [37], étaient pour Jean les grands moyens de préparation aux événements prochains. On ne sait pas exactement sous quel jour il concevait ces événements. Ce qu'il y a de sûr, c'est qu'il prêchait avec beaucoup de force contre les adversaires mêmes que Jésus attaqua plus tard, contre les prêtres riches, les pharisiens, les docteurs, le judaïsme officiel en un mot, et que, comme Jésus, il était surtout accueilli par les classes méprisées [38]. Il réduisait à rien le titre de fils d'Abraham, et disait que Dieu pourrait faire des fils d'Abraham avec les pierres du chemin [39]. Il ne semble pas qu'il possédât même en germe la grande idée qui a fait le triomphe de Jésus, l'idée d'une religion pure ; mais il servait puissamment cette idée en substituant un rite privé aux cérémonies légales, pour lesquelles il fallait des prêtres, à peu près comme les flagellants du moyen âge ont été des précurseurs de la Réforme, en enlevant le monopole des sacrements et de l'absolution au clergé officiel. Le ton général de ses sermons était sévère et dur. Les expressions dont il se servait contre ses adversaires paraissent avoir été des plus violentes [40]. C'était une rude et continuelle invective. Il est probable qu'il ne resta pas étranger à la politique. Josèphe, qui le toucha presque par son maître Banou, le laisse enten-

35. Matth., III, 2.
36. *Ibid.*, III, 7.
37. Luc, III, 11-14 ; Josèphe, *Ant.*, XVIII, v, 2.
38. Matth., XXI, 32 ; Luc, III, 12-14.
39. Matth., III, 9.
40. Matth., III, 7 ; Luc, III, 7.

dre à mots couverts [41], et la catastrophe qui mit fin à ses
jours semble le supposer. Ses disciples menaient une vie
fort austère [42], jeûnaient fréquemment, affectaient un air
triste et soucieux. On voit poindre par moments dans
l'école la communauté des biens et cette pensée que le
riche est obligé de partager ce qu'il a [43]. Le pauvre apparaît déjà comme celui qui doit bénéficier en première
ligne du royaume de Dieu.

Quoique le champ d'action du baptiste fût la Judée, sa
renommée pénétra vite en Galilée et arriva jusqu'à
Jésus, qui avait déjà formé autour de lui par ses premiers
discours un petit cercle d'auditeurs. Jouissant encore
de peu d'autorité, et sans doute aussi poussé par le désir
de voir un maître dont les enseignements avaient beaucoup de rapports avec ses propres idées, Jésus quitta la
Galilée et se rendit avec sa petite école auprès de Jean [44].
Les nouveaux venus se firent baptiser comme tout le

41. *Ant.*, XVIII, v, 2. Il faut observer que, quand Josèphe expose
les doctrines secrètes et plus ou moins séditieuses de ses compatriotes,
il efface tout ce qui a trait aux croyances messianiques, et répand sur
ces doctrines, pour ne pas faire ombrage aux Romains, un vernis de
banalité, qui fait ressembler tous les chefs de sectes juives à des professeurs de morale ou à des stoïciens.

42. Matth., ix, 14.

43. Luc, iii, 11 (faible autorité).

44. Matth., iii, 13 et suiv. ; Marc, i, 9 et suiv. ; Luc, iii, 21 et suiv. ;
Jean, i, 29 et suiv. ; iii, 22 et suiv. Les synoptiques font venir Jésus
vers Jean, avant qu'il eût joué de rôle public. (Comp. Évang. des
ébionites dans Épiphane, *Adv. hær.*, xxx, 13, 14 ; Justin, *Dial. cum.
Tryph.*, 88.) Mais, s'il est vrai, comme ils le disent, que Jean reconnut
tout d'abord Jésus et lui fit grand accueil, il faut supposer que Jésus
était déjà un maître assez renommé. Le quatrième évangéliste amène
deux fois Jésus vers Jean, une première fois encore obscur, une deuxième
fois avec une troupe de disciples. Sans toucher ici la question des
itinéraires précis de Jésus (question insoluble, vu les contradictions
des documents et le peu de souci qu'eurent les évangélistes d'être
exacts en pareille matière), sans nier que Jésus ait pu faire un voyage
auprès de Jean au temps où il n'avait pas encore de notoriété, nous
adoptons la donnée fournie par le quatrième Évangile (iii, 22 et suiv.),
à savoir que Jésus, avant de se mettre à baptiser comme Jean, avait
une école formée. Les premières pages du quatrième Évangile sont des
notes disparates mises bout à bout. L'ordre chronologique rigoureux
qu'elles affectent vient du goût de l'auteur pour une apparente précision. Voir ci-dessus, Introd., p. 84.

monde. Jean accueillit très bien cet essaim de disciples
galiléens, et ne trouva pas mauvais qu'ils restassent
distincts des siens. Les deux maîtres étaient jeunes ; ils
avaient beaucoup d'idées communes ; ils s'aimèrent et
luttèrent devant le public de prévenances réciproques.
Un tel fait surprend au premier coup d'œil dans Jean-
Baptiste, et on est porté à le révoquer en doute. L'humilité n'a jamais été le trait des fortes âmes juives. Il
semble qu'un caractère aussi roide, une sorte de Lamennais toujours irrité [a], devait être fort colère et ne souffrir
ni rivalité ni demi adhésion. Mais cette manière de concevoir les choses repose sur une fausse conception de la
personne de Jean. On se le représente comme un homme
d'âge mûr ; il était, au contraire, du même âge que
Jésus [45], et très jeune selon les idées du temps [46]. Il fut,
dans l'ordre de l'esprit, le frère et non le père de Jésus. Les
deux jeunes enthousiastes, pleins des mêmes espérances
et des mêmes haines, ont pu faire cause commune et
s'appuyer réciproquement. Certes, un vieux maître,
voyant un homme sans célébrité venir vers lui et garder
à son égard des allures d'indépendance, se fût révolté ;
on n'a guère d'exemples d'un chef d'école accueillant
avec empressement celui qui va lui succéder. Mais la
jeunesse est capable de toutes les abnégations, et il est
permis d'admettre que Jean, ayant reconnu dans Jésus
un esprit analogue au sien, l'accepta sans arrière-pensée
personnelle. Ces bonnes relations devinrent ensuite le
point de départ de tout un système développé par les
évangélistes, et dont le but était de donner pour première base à la mission divine de Jésus l'attestation de
Jean. Tel était le degré d'autorité conquis par le baptiste,
qu'on ne croyait pouvoir trouver au monde un meilleur
garant. Mais, loin que le baptiste ait abdiqué devant
Jésus, Jésus, pendant tout le temps qu'il passa près de

45. Luc, i, bien que tous les détails du récit, notamment ce qui
concerne la parenté de Jean avec Jésus, soient légendaires.
46. Comp. Jean, viii, 57.

lui, le reconnut pour supérieur et ne développa son propre génie que timidement.

Il semble, en effet, que, malgré sa profonde originalité, Jésus, durant quelques semaines au moins, fut l'imitateur de Jean. Sa voie était encore obscure devant lui. A toutes les époques, d'ailleurs, Jésus céda beaucoup à l'opinion, et adopta bien des choses qui n'étaient pas dans sa direction, ou dont il se souciait assez peu, par l'unique raison qu'elles étaient populaires ; seulement, ces accessoires ne nuisirent jamais à sa pensée principale et y furent toujours subordonnés. Le baptême avait été mis par Jean en très grande faveur ; Jésus se crut obligé de faire comme lui : il baptisa, et ses disciples baptisèrent aussi [47]. Sans doute ils accompagnaient cette cérémonie de prédications analogues à celles de Jean. Le Jourdain se couvrit ainsi de tous les côtés de baptistes, dont les discours avaient plus ou moins de succès. L'élève égala bientôt le maître, et son baptême fut fort recherché. Il y eut à ce sujet quelque jalousie entre les disciples [48] ; les sectateurs de Jean vinrent se plaindre à lui des succès croissants du jeune Galiléen, dont le baptême allait bientôt, selon eux, supplanter le sien. Mais les deux chefs restèrent supérieurs à ces petitesses. Selon une tradition [49], c'est dans l'école de Jean que Jésus aurait formé le groupe de ses disciples les plus célèbres. La supériorité de Jean était trop incontestée pour que Jésus, encore peu connu, songeât à la combattre. Il voulait seulement grandir à son ombre, et se croyait obligé, pour gagner la foule, d'employer les moyens extérieurs qui avaient valu à Jean de si étonnants succès. Quand il recommença à prêcher après l'arrestation de Jean, les premiers mots qu'on lui met à la bouche ne sont que la

47. Jean, iii, 22-26 ; iv, 1-2. La parenthèse du verset 2 paraît être une glose ajoutée, ou peut-être un scrupule tardif du rédacteur se corrigeant lui-même.
48. Jean, iii, 26 ; iv, 1.
49. Jean, i, 35 et suiv., appuyé par *Act.*, i, 21-22.

répétition d'une des phrases familières au baptiste [50].
Plusieurs autres expressions de Jean se retrouvent textuellement dans ses discours [51]. Les deux écoles paraissent avoir vécu longtemps en bonne intelligence [52], et,
après la mort de Jean, Jésus, comme confrère affidé, fut
un des premiers averti de cet événement [53].

Jean fut bientôt arrêté dans sa carrière prophétique.
Comme les anciens prophètes juifs, il était, au plus haut
degré, frondeur des puissances établies [54]. La vivacité
extrême avec laquelle il s'exprimait sur leur compte ne
pouvait manquer de lui susciter des embarras. En Judée,
Jean ne paraît pas avoir été inquiété par Pilate ; mais,
dans la Pérée, au delà du Jourdain, il tombait sur les
terres d'Antipas. Ce tyran s'inquiéta du levain politique
mal dissimulé dans les prédications de Jean. Les grandes
réunions d'hommes formées par l'enthousiasme religieux
et patriotique autour du baptiste avaient quelque chose
de suspect [55]. Un grief tout personnel vint, d'ailleurs,
s'ajouter à ces motifs d'État et rendit inévitable la perte
de l'austère censeur.

Un des caractères le plus fortement marqués de cette
tragique famille des Hérodes, était Hérodiade, petite-
fille d'Hérode le Grand. Violente, ambitieuse, passionnée,
elle détestait le judaïsme et méprisait ses lois [56]. Elle
avait été mariée, probablement malgré elle, à son oncle
Hérode, fils de Mariamne [57], qu'Hérode le Grand avait
déshérité [58], et qui n'eut jamais de rôle public. La posi-

50. Matth., III, 2 ; IV, 17.
51. Matth., III, 7 ; XII, 34 ; XXIII, 33.
52. *Ibid.*, XI, 2-13.
53. *Ibid.*, XIV, 12.
54. Luc, III, 19.
55. Jos., *Ant.*, XVIII, v, 2.
56. Jos., *Ant.*, XVIII, v, 4.
57. Matthieu (XIV, 3, dans le texte grec) et Marc (VI, 17) veulent
que ce soit Philippe ; mais c'est là certainement une inadvertance
(voir Josèphe, *Ant.*, XVIII, v, 1 et 4). La femme de Philippe était
Salomé, fille d'Hérodiade.
58. Jos., *Ant.*, XVII, IV, 2.

tion inférieure de son mari, à l'égard des autres personnes de sa famille, ne lui laissait aucun repos ; elle voulait être souveraine à tout prix [59]. Antipas fut l'instrument dont elle se servit. Cet homme faible, étant devenu
éperdument amoureux d'elle, lui promit de l'épouser
et de répudier sa première femme, fille de Hâreth,
roi de Pétra et émir des tribus voisines de la Pérée. La
princesse arabe, ayant eu vent de ce projet, résolut de
fuir. Dissimulant son dessein, elle feignit de vouloir
faire un voyage à Machéro, sur les terres de son père, et
s'y fit conduire par les officiers d'Antipas [60].

Makaur [61] ou Machéro était une forteresse colossale
bâtie par Alexandre Jannée, puis relevée par Hérode,
dans un des ouadis *a* les plus abrupts à l'orient de la
mer Morte [62]. C'était un pays sauvage, étrange, rempli
de légendes bizarres et qu'on croyait hanté des démons [63].
La forteresse était juste à la limite des États de Hâreth
et d'Antipas. A ce moment-là, elle était en la possession
de Hâreth [64]. Celui-ci averti avait tout fait préparer pour
la fuite de sa fille, qui, de tribu en tribu, fut reconduite à
Pétra.

L'union presque incestueuse [65] d'Antipas et d'Hérodiade s'accomplit alors. Les prescriptions juives sur le
mariage étaient sans cesse une pierre de scandale entre
l'irréligieuse famille des Hérodes et les Juifs sévères [66].
Les membres de cette dynastie nombreuse et assez isolée
étant réduits à se marier entre eux, il en résultait de
fréquentes violations des empêchements établis par la

59. Jos., *Ant.*, XVIII, vii, 1, 2 ; *B. J:*, II, ix, 6.
60. Jos., *Ant.*, XVIII, v, 1.
61. Cette forme se trouve dans le Talmud de Jérusalem (*Schebiit*, ix,
2) et dans les Targums de Jonathan et de Jérusalem (*Nombres*,
xxii, 35).
62. Aujourd'hui Mkaur, au-dessus du ouadi Zerka-Maïn. Voir la
carte de la mer Morte, par M. Vignes (Paris, 1865).
63. Josèphe, *De bell. Jud.*, VII, vi, 1 et suiv.
64. Jos., *Ant.*, XVIII, v, 1.
65. *Lévitique*, xviii, 16.
66. Jos., *Ant.*, XV, vii, 10.

Loi. Jean fut l'écho du sentiment général en blâmant énergiquement Antipas [67]. C'était plus qu'il n'en fallait pour décider celui-ci à donner suite à ses soupçons. Il fit arrêter le baptiste et donna ordre de l'enfermer dans la forteresse de Machéro, dont il s'était probablement emparé après le départ de la fille de Hâreth [68].

Plus timide que cruel, Antipas ne désirait pas le mettre à mort. Selon certains bruits, il craignait une sédition populaire [69]. Selon une autre version [70], il aurait pris plaisir à écouter le prisonnier, et ces entretiens l'auraient jeté dans de grandes perplexités. Ce qu'il y a de certain, c'est que la détention se prolongea et que Jean conserva du fond de sa prison une liberté d'action étendue [71]. Il correspondait avec ses disciples, et nous le retrouverons encore en rapport avec Jésus. Sa foi dans la prochaine venue du Messie ne fit que s'affermir ; il suivait avec attention les mouvements du dehors, et cherchait à y découvrir les signes favorables à l'accomplissement des espérances dont il se nourrissait.

---

67. Matth., xiv, 4 ; Marc, vi, 18 ; Luc, iii, 19.
68. Jos., *Ant.*, XVIII, v, 2.
69. Matth., xiv, 5.
70. Marc, vi, 20. Je lis ἠπόρει, et non ἐποίει. Cf. Luc, ix, 7.
71. La prison en Orient n'a rien de cellulaire : le patient, les pieds retenus par des ceps, est gardé à vue dans une cour ou dans des pièces ouvertes, et cause avec tous les passants.

# CHAPITRE VII

## DÉVELOPPEMENT DES IDÉES DE JÉSUS
## SUR LE ROYAUME DE DIEU

Jusqu'à l'arrestation de Jean, que nous plaçons par approximation dans l'été de l'an 29, Jésus ne quitta pas les environs de la mer Morte et du Jourdain. Le séjour au désert de Judée était généralement considéré comme la préparation des grandes choses, comme une sorte de « retraite » avant les actes publics. Jésus s'y soumit à l'exemple de ses devanciers et passa quarante jours sans autre compagnie que les bêtes sauvages, pratiquant un jeûne rigoureux. L'imagination des disciples s'exerça beaucoup sur ce séjour. Le désert était, dans les croyances populaires, la demeure des démons [1]. Il existe au monde peu de régions plus désolées, plus abandonnées de Dieu, plus fermées à la vie que la pente rocailleuse qui forme le bord occidental de la mer Morte. On crut que, pendant le temps qu'il passa dans cet affreux pays, il avait traversé de terribles épreuves, que Satan l'avait effrayé de ses illusions ou bercé de séduisantes promesses, qu'ensuite les anges, pour le récompenser de sa victoire, étaient venus le servir [2].

---

1. *Tobie*, viii, 3 ; Luc, xi, 24.
2. Matth., iv, 1 et suiv. ; Marc, i, 12-13 ; Luc, iv, 1 et suiv. Certes, l'analogie frappante que ces récits offrent avec des légendes du *Vendidad* (farg. xix) et du *Lalitavistara* (ch. xvii, xviii, xxi) porterait à ne voir qn'un mythe dans ce séjour au désert. Mais le récit maigre

Ce fut probablement en sortant du désert que Jésus apprit l'arrestation de Jean-Baptiste. Il n'avait plus de raisons désormais de prolonger son séjour dans un pays qui lui était à demi étranger. Peut-être aussi craignait-il d'être enveloppé dans les sévérités qu'on déployait à l'égard de Jean, et ne voulait-il pas s'exposer, en un temps où, vu le peu de célébrité qu'il avait, sa mort ne pouvait servir en rien au progrès de ses idées. Il regagna la Galilée[3], sa vraie patrie, mûri par une importante expérience et ayant puisé dans ses rapports avec un grand homme, fort différent de lui, le sentiment de sa propre originalité.

En somme, l'influence de Jean sur Jésus avait été plus fâcheuse qu'utile à ce dernier. Elle fut un arrêt dans son développement ; tout porte à croire qu'il avait, quand il descendit vers le Jourdain, des idées supérieures à celles de Jean, et que ce fut par une sorte de concession qu'il inclina un moment vers le baptisme. Peut-être, si le baptiste, à l'autorité duquel il lui aurait été difficile de se soustraire, fût resté libre, n'eût-il pas su rejeter le joug des rites et des pratiques matérielles, et alors sans doute il serait demeuré un sectaire juif inconnu ; car le monde n'eût pas abandonné des pratiques pour d'autres. C'est par l'attrait d'une religion dégagée de toute forme extérieure que le christianisme a séduit les âmes élevées. Le baptiste une fois emprisonné, son école fut fort amoindrie, et Jésus se trouva rendu à son propre mouvement. La seule chose qu'il dut à Jean, ce furent en quelque sorte des leçons de prédication et de prosélytisme populaire. Dès ce moment, en effet, il prêche avec beaucoup plus de force et s'impose à la foule avec autorité[4].

---

et concis de Marc, qui représente ici évidemment la rédaction primitive, suppose un fait réel, qui, plus tard, a fourni le thème de développements légendaires.

3. Matth., IV, 12 ; Marc, I, 14 ; Luc, IV, 14 ; Jean, IV, 3.

4. Matth., VII, 29 ; Marc, I, 22 ; Luc, IV, 32.

Il semble aussi que son séjour près de Jean, moins
par l'action du baptiste que par la marche naturelle de
sa propre pensée, mûrit beaucoup ses idées sur « le
royaume du ciel ». Son mot d'ordre désormais, c'est la
« bonne nouvelle », l'annonce que le règne de Dieu est
proche [5]. Jésus ne sera plus seulement un délicieux moraliste, aspirant à renfermer en quelques aphorismes vifs
et courts des leçons sublimes ; c'est le révolutionnaire
transcendant, qui essaye de renouveler le monde en ses
bases mêmes et de fonder sur terre l'idéal qu'il a conçu.
« Attendre le royaume de Dieu » sera synonyme d'être
disciple de Jésus [6]. Ce mot de « royaume de Dieu » ou de
« royaume du ciel », ainsi que nous l'avons déjà dit [7],
était depuis longtemps familier aux Juifs. Mais Jésus
lui donnait un sens moral, une portée sociale que
l'auteur même du livre de Daniel, dans son enthousiasme apocalyptique, avait à peine osé entrevoir.

Dans le monde tel qu'il est, c'est le mal qui règne.
Satan est le « roi de ce monde [8] », et tout lui obéit. Les
rois tuent les prophètes. Les prêtres et les docteurs ne
font pas ce qu'ils ordonnent aux autres de faire. Les
justes sont persécutés, et l'unique partage des bons est
de pleurer. Le « monde » est de la sorte l'ennemi de Dieu
et de ses saints [9] ; mais Dieu se réveillera et vengera ses
saints. Le jour est proche ; car l'abomination est à son
comble. Le règne du bien aura son tour.

L'avènement de ce règne du bien sera une grande
révolution subite. Le monde semblera renversé ; l'état
actuel étant mauvais, pour se représenter l'avenir, il
suffit de concevoir à peu près le contraire de ce qui

5. Marc, i, 14-15.
6. *Ibid.*, xv, 43.
7. Voir ci-dessus, p. 162-163.
8. Jean, xii, 31 ; xiv, 30 ; xvi, 11. Comp. *II Cor.*, iv, 4 ; *Ephes.*, ii, 2.
9. Jean, i, 10 ; vii, 7 ; xiv, 17, 22, 27 ; xv, 18 et suiv. ; xvi, 8, 20,
33 ; xvii, 9, 14, 16, 25. Cette nuance du mot « monde » est surtout caractérisée dans les écrits de Paul et dans ceux qu'on attribue à Jean.

existe. Les premiers seront les derniers [10]. Un ordre nouveau régira l'humanité. Maintenant, le bien et le mal sont mêlés comme l'ivraie et le blé dans un champ ; le maître les laisse croître ensemble ; mais l'heure de la séparation violente arrivera [11]. Le royaume de Dieu sera comme un grand coup de filet, qui amène du bon et du mauvais poisson ; on met le bon dans des jarres, et on se débarrasse du reste [12]. Le germe de cette grande révolution sera d'abord méconnaissable. Il sera comme le grain de sénevé, qui est la plus petite des semences, mais qui, jeté en terre, se change en un arbre sous le feuillage duquel les oiseaux viennent se reposer [13] ; ou bien il sera comme le levain qui, déposé dans la pâte, la fait fermenter tout entière [14]. Une série de paraboles, souvent obscures, étaient destinées à exprimer les surprises de cet avènement soudain, ses apparentes injustices, son caractère inévitable et définitif [15].

Qui établira ce règne de Dieu ? Rappelons-nous que la première pensée de Jésus, pensée tellement profonde chez lui, qu'elle n'eut probablement pas d'origine et tenait aux racines mêmes de son être, fut qu'il était le fils de Dieu, l'intime de son Père, l'exécuteur de ses volontés. La réponse de Jésus à une telle question ne pouvait donc être douteuse. La persuasion qu'il ferait régner Dieu s'empara de son esprit d'une manière absolue. Il s'envisagea comme l'universel réformateur. Le ciel, la terre, la nature dans son ensemble, la folie, la maladie et la mort ne sont que des instruments pour lui. Dans son accès de volonté héroïque, il se croit toutpuissant. Si la terre ne se prête pas à cette transfor-

---

10. Matth., xix, 30 ; xx, 16 ; Marc, x, 31 ; Luc, xiii, 30.
11. Matth., xiii, 24 et suiv.
12. *Ibid.*, xiii, 47 et suiv.
13. Matth., xiii, 31 et suiv. ; Marc, iv, 31 et suiv. ; Luc, xiii, 19 et suiv.
14. Matth., xiii, 33 ; Luc, xiii, 21.
15. Matth., xiii entier ; xviii, 23 et suiv., xx, 1 et suiv. ; Luc, xiii, 18 et suiv.

mation suprême, la terre sera broyée, purifiée par la
flamme et le souffle de Dieu. Un ciel nouveau sera créé,
et le monde entier sera peuplé d'anges de Dieu [16].

Une révolution radicale [17], embrassant jusqu'à la
nature elle-même, telle fut donc la pensée fondamentale
de Jésus. Dès lors, sans doute, il avait renoncé à la
politique ; l'exemple de Juda le Gaulonite lui avait
montré l'inutilité des séditions populaires. Jamais il
ne songea à se révolter contre les Romains et les tétrar-
ques. Le principe effréné et anarchique du Gaulonite
n'était pas le sien. Sa soumission aux pouvoirs établis,
dérisoire au fond, était complète dans la forme. Il
payait le tribut à César pour ne pas scandaliser. La
liberté et le droit ne sont pas de ce monde ; pourquoi
troubler sa vie par de vaines susceptibilités ? Méprisant
la terre, convaincu que le monde présent ne mérite pas
qu'on s'en soucie, il se réfugiait dans son royaume idéal ;
il fondait cette grande doctrine du dédain transcendant [18],
vraie doctrine de la liberté des âmes, qui seule donne la
paix. Mais il n'avait pas dit encore : « Mon royaume
n'est pas de ce monde. » Bien des ténèbres se mêlaient
à ses vues les plus droites. Parfois des tentations étranges traversaient son esprit. Dans le désert de Judée,
Satan lui avait proposé les royaumes de la terre. Ne
connaissant pas la force de l'empire romain, il pouvait,
avec le fond d'enthousiasme qu'il y avait en Judée, et
qui aboutit bientôt après à une si terrible résistance militaire, il pouvait, dis-je, espérer de fonder un royaume par
l'audace et le nombre de ses partisans. Plusieurs fois peut-
être se posa pour lui la question suprême : Le royaume
de Dieu se réalisera-t-il par la force ou par la douceur,
par la révolte ou par la patience ? Un jour, dit-on, les

16. Matth., xxii, 30. Comparez le mot de Jésus rapporté dans
l'épître de Barnabé, 6 : Ἰδοὺ ποιῶ τὰ ἔσχατα ὡς τὰ πρῶτα [a]
(édit. Hilgenfeld, p. 18).

17. Ἀποκατάστασις πάντων [b]. *Act.*, iii, 21.

18. Matth., xvii, 23-26 ; xxii, 16-22.

simples gens de Galilée voulurent l'enlever et le faire roi [19]. Jésus s'enfuit dans la montagne et y resta quelque temps seul. Sa belle nature le préserva de l'erreur qui eût fait de lui un agitateur ou un chef de rebelles, un Theudas ou un Barkokeba [a].

La révolution qu'il voulut faire fut toujours une révolution morale ; mais il n'en était pas encore arrivé à se fier pour l'exécution aux anges et à la trompette finale. C'est sur les hommes et par les hommes eux-mêmes qu'il voulait agir. Un visionnaire qui n'aurait eu d'autre idée que la proximité du jugement dernier n'eût pas eu ce soin pour l'amélioration des âmes, et n'eût pas créé le plus bel enseignement pratique que l'humanité ait reçu. Beaucoup de vague restait sans doute dans sa pensée, et un noble sentiment, bien plus qu'un dessein arrêté, le poussait à l'œuvre sublime qui s'est réalisée par lui, bien que d'une manière fort différente de celle qu'il imaginait.

C'est bien le royaume de Dieu, en effet, je veux dire le royaume de l'esprit, qu'il fondait, et si Jésus, du sein de son Père [b], voit son œuvre fructifier dans l'histoire, il peut bien dire avec vérité : « Voilà ce que j'ai voulu. » Ce que Jésus a fondé, ce qui restera éternellement de lui, abstraction faite des imperfections qui se mêlent à toute chose réalisée par l'humanité, c'est la doctrine de la liberté des âmes. Déjà la Grèce avait eu sur ce sujet de belles pensées [20]. Plusieurs stoïciens avaient trouvé moyen d'être libres sous un tyran. Mais, en général, le monde ancien s'était figuré la liberté comme attachée à certaines formes politiques ; les libéraux s'étaient appelés Harmodius et Aristogiton, Brutus et Cassius. Le chrétien véritable est bien plus dégagé de toute chaîne ; il est ici-bas un exilé ; que lui importe le maître passager de cette terre, qui n'est pas sa patrie ? La liberté

19. Jean, vi, 15.
20. V. Stobée, *Florilegium*, ch. lxii, lxxvii, lxxxvi et suiv.

pour lui, c'est la vérité [21]. Jésus ne savait pas assez l'histoire pour comprendre combien une telle doctrine venait juste à son point, au moment où finissait la liberté républicaine et où les petites constitutions municipales de l'antiquité expiraient dans l'unité de l'empire romain. Mais son bon sens admirable et l'instinct vraiment prophétique qu'il avait de sa mission le guidèrent ici avec une merveilleuse sûreté. Par ce mot : « Rendez à César ce qui est à César et à Dieu ce qui est à Dieu », il a créé quelque chose d'étranger à la politique, un refuge pour les âmes au milieu de l'empire de la force brutale. Assurément, une telle doctrine avait ses dangers. Établir en principe que le signe pour reconnaître le pouvoir légitime est de regarder la monnaie, proclamer que l'homme parfait paye l'impôt par dédain et sans discuter, c'était détruire la république à la façon ancienne et favoriser toutes les tyrannies. Le christianisme, en ce sens, a beaucoup contribué à affaiblir le sentiment des devoirs du citoyen et à livrer le monde au pouvoir absolu des faits accomplis. Mais, en constituant une immense association libre, qui, durant trois cents ans, sut se passer de politique, le christianisme compensa amplement le tort qu'il a fait aux vertus civiles. Grâce à lui, le pouvoir de l'État a été borné aux choses de la terre ; l'esprit a été affranchi, ou du moins le faisceau terrible de l'omnipotence romaine a été brisé pour jamais.

L'homme surtout préoccupé des devoirs de la vie publique ne pardonne pas aux autres hommes de mettre quelque chose au-dessus de ses querelles de parti. Il blâme ceux qui subordonnent aux questions sociales les questions politiques et professent pour celles-ci une sorte d'indifférence. Il a raison en un sens, car toute direction qui s'exerce à l'exclusion des autres est préjudiciable au bon gouvernement des choses humaines.

21. Jean, viii, 32 et suiv.

Mais quel progrès les partis ont-ils fait faire à la moralité générale de notre espèce ? Si Jésus, au lieu de fonder son royaume céleste, était parti pour Rome, s'était usé à conspirer contre Tibère, ou à regretter Germanicus, que serait devenu le monde ? Républicain austère, patriote zélé, il n'eût pas arrêté le grand courant des affaires de son siècle, tandis qu'en déclarant la politique insignifiante, il a révélé au monde cette vérité que la patrie n'est pas tout, et que l'homme est antérieur et supérieur au citoyen.

Nos principes de science positive sont blessés de la part de rêves que renfermait le programme de Jésus. Nous savons l'histoire de la terre ; une révolution comme celle qu'attendait Jésus ne se produit que par des causes géologiques ou astronomiques, dont on n'a jamais constaté le lien avec les choses morales. Mais, pour être juste envers les grands créateurs, il ne faut pas s'arrêter aux préjugés qu'ils ont pu partager. Colomb a découvert l'Amérique en partant d'idées très fausses ; Newton croyait sa folle explication de l'Apocalypse aussi certaine que sa théorie de la gravitation. Mettra-t-on tel homme médiocre de notre temps au-dessus d'un François d'Assise, d'un saint Bernard, d'une Jeanne d'Arc, d'un Luther, parce qu'il est exempt des erreurs que ces derniers ont professées ? Voudrait-on mesurer les hommes à la rectitude de leurs idées en physique et à la connaissance plus ou moins exacte qu'ils possèdent du vrai système du monde ? Comprenons mieux la position de Jésus et ce qui fit sa force. Le déisme du XVIII<sup>e</sup> siècle et un certain protestantisme nous ont habitués à ne considérer le fondateur de la foi chrétienne que comme un grand moraliste, un bienfaiteur de l'humanité. Nous ne voyons plus dans l'Évangile que de bonnes maximes ; nous jetons un voile prudent sur l'étrange état intellectuel où il est né. Il y a des personnes qui regrettent aussi que la révolution française soit sortie plus d'une fois des principes et qu'elle n'ait pas été faite par des hommes sages et modérés. N'imposons pas nos petits programmes de bourgeois sensés à ces mouvements extraordinaires si fort au-dessus de notre taille. Continuons d'admirer la « morale de l'Évangile » ; supprimons dans nos instructions religieuses la chimère qui en fut l'âme ; mais ne croyons pas qu'avec les simples idées de bonheur ou de moralité individuelle on remue le monde. L'idée de Jésus fut bien plus profonde ; ce fut l'idée la plus révolutionnaire qui soit jamais éclose dans un cerveau humain ; l'historien doit la prendre dans son ensemble, et non avec ces suppressions timides qui en retranchent justement ce qui l'a rendue efficace pour la régénération de l'humanité.

Au fond, l'idéal est toujours une utopie. Quand nous voulons aujourd'hui représenter le Christ de la conscience moderne, le consolateur, le juge des temps nouveaux, que faisons-nous ? Ce que fit Jésus lui-même il y a 1830 ans. Nous supposons les conditions du monde réel tout autres qu'elles ne sont ; nous peignons un libérateur moral brisant sans armes les fers du nègre, améliorant la condition du prolétaire, délivrant les nations opprimées. Nous oublions que cela suppose le monde renversé, le climat de la Virginie et celui du Congo modifiés, le sang et la race de millions d'hommes changés, nos complications sociales ramenées à une simplicité chimérique, les stratifications politiques de l'Europe dérangées de leur ordre naturel. La « réforme de toutes choses [22] » voulue par Jésus n'était pas plus difficile. Cette terre nouvelle, ce ciel nouveau, cette Jérusalem nouvelle qui descend du ciel, ce cri : « Voilà que je refais tout à neuf [23] ! » sont les traits communs des réformateurs. Toujours le contraste de l'idéal avec la triste réalité produira dans l'humanité ces révoltes contre la froide raison que les esprits médiocres taxent de folie,

22. *Act.*, iii, 21.
23. *Apocal.*, xxi, 1, 2, 5.

jusqu'au jour où elles triomphent et où ceux qui les
ont combattues sont les premiers à en reconnaître la
haute raison.

Qu'il y eût une contradiction entre le dogme d'une
fin prochaine du monde et la morale habituelle de
Jésus, conçue en vue d'un état stable de l'humanité,
assez analogue à celui qui existe en effet, c'est ce qu'on
n'essayera pas de nier [24]. Ce fut justement cette contradiction qui assura la fortune de son œuvre. Le millénaire
seul n'aurait rien fait de durable ; le moraliste seul
n'aurait rien fait de puissant. Le millénarisme donna
l'impulsion, la morale assura l'avenir. Par là, le christianisme réunit les deux conditions des grands succès
en ce monde, un point de départ révolutionnaire et la
possibilité de vivre. Tout ce qui est fait pour réussir
doit répondre à ces deux besoins ; car le monde veut à
la fois changer et durer. Jésus, en même temps qu'il
annonçait un bouleversement sans égal dans les choses
humaines, proclamait les principes sur lesquels la société
repose depuis dix-huit cents ans.

Ce qui distingue, en effet, Jésus des agitateurs de
son temps et de ceux de tous les siècles, c'est son parfait
idéalisme. Jésus, à quelques égards, est un anarchiste,
car il n'a aucune idée du gouvernement civil. Ce gouvernement lui semble purement et simplement un abus. Il
en parle en termes vagues et à la façon d'une personne
du peuple qui n'a aucune idée de politique. Tout magistrat lui paraît un ennemi naturel des hommes de Dieu ;
il annonce à ses disciples des démêlés avec la police,
sans songer un moment qu'il y ait là matière à rougir [25].
Mais jamais la tentative de se substituer aux puissants
et aux riches ne se montre chez lui. Il veut anéantir la
richesse et le pouvoir, non s'en emparer. Il prédit à ses

---

24. Les sectes millénaires de l'Angleterre présentent le même contraste, je veux dire la croyance à une prochaine fin du monde, et néanmoins beaucoup de bon sens dans la pratique de la vie, une entente
extraordinaire des affaires commerciales et de l'industrie.

25. Matth., x, 17-18 ; Luc, xii, 11.

disciples des persécutions et des supplices [26] ; mais pas
une seule fois la pensée d'une résistance armée ne se
laisse entrevoir. L'idée qu'on est tout-puissant par la
souffrance et la résignation, qu'on triomphe de la force
par la pureté du cœur, est bien une idée propre à Jésus.
Jésus n'est pas un spiritualiste ; car tout aboutit pour
lui à une réalisation palpable. Mais c'est un idéaliste
accompli, la matière n'étant pour lui que le signe de
l'idée, et le réel l'expression vivante de ce qui ne paraît
pas.

A qui s'adresser, de qui réclamer l'aide pour fonder
le règne de Dieu ? Jésus n'hésita jamais sur ce point.
Ce qui est haut pour les hommes est en abomination aux
yeux de Dieu [27]. Les fondateurs du royaume de Dieu
seront les simples. Pas de riches, pas de docteurs, pas
de prêtres ; des femmes, des hommes du peuple, des
humbles, des petits [28]. Le grand signe du Messie, c'est
« la bonne nouvelle annoncée aux pauvres [29] ». La
nature idyllique et douce de Jésus reprenait ici le
dessus. Une immense révolution sociale, où les rangs
seront intervertis, où tout ce qui est officiel en ce monde
sera humilié, voilà son rêve. Le monde ne le croira
pas ; le monde le tuera. Mais ses disciples ne seront pas
du monde [30]. Ils seront un petit troupeau d'humbles et
de simples, qui vaincra par son humilité même. Le sentiment qui a fait de « mondain » l'antithèse de « chrétien » a, dans les pensées du maître, sa pleine justification [31].

26. Matth., v, 10 et suiv. ; x entier ; Luc, vi, 22 et suiv. ; Jean,
xv, 18 et suiv. ; xvi, 2 et suiv., 20, 33 ; xvii, 14.
27. Luc, xvi, 15.
28. Matth., v, 3, 10 ; xviii, 3 ; xix, 14, 23-24 ; xx, 16 ; xxi, 31 ;
xxii, 2 et suiv. ; Marc, x, 14-15, 23-25 ; Luc, i, 51-53 ; iv, 18 et suiv. ;
vi, 20 ; xiii, 30 ; xiv, 11 ; xviii, 14, 16-17, 24-25.
29. Matth., xi, 5.
30. Jean, xv, 19 ; xvii, 14, 16.
31. Voir surtout le chapitre xvii de Jean, exprimant, non un discours
réel tenu par Jésus, mais un sentiment qui était très profond chez ses
disciples et qui sortait légitimement des leçons du fondateur.

# CHAPITRE VIII

## JÉSUS A CAPHARNAHUM

Obsédé d'une idée de plus en plus impérieuse, Jésus marchera désormais avec une sorte d'impassibilité fatale dans la voie que lui avaient tracée son étonnant génie et les circonstances extraordinaires où il vivait. Jusque-là, il n'avait fait que communiquer ses pensées à quelques personnes secrètement attirées vers lui ; désormais son enseignement devient public et suivi. Il avait environ trente ans [1]. Le petit groupe d'auditeurs qui l'avait accompagné près de Jean-Baptiste s'était grossi sans doute, et peut-être quelques disciples de Jean s'étaient-ils joints à lui [2]. C'est avec ce premier noyau d'Église qu'il annonce hardiment, dès son retour en Galilée, la « bonne nouvelle du royaume de Dieu ». Ce royaume allait venir, et c'était lui, Jésus, qui était ce « Fils de l'homme » que Daniel en sa vision avait aperçu comme l'appariteur divin de la dernière et suprême révélation.

1. Luc, iii, 23 ; Évangile des *ébionim*, dans Épiph., *Adv. hær.*, xxx, 13 ; Valentin, dans S. Irénée, *Adv. hær.*, I, i, 3 ; II, xxii, 1 et suiv., et dans S. Épiph., *Adv. hær.*, li, 28-29. Jean, viii, 57 ne prouve rien ; « cinquante ans » marque là un moment de la vie humaine en général. Irénée (*Adv. hær.*, II, xxii, 5 et suiv.) n'offre guère qu'un écho du passage *Jean*, viii, 57, quoiqu'il prétende s'appuyer sur la tradition des « anciens » d'Asie.

2. Jean, i, 37 et suiv.

Il faut se rappeler que, dans les idées juives, antipa-
thiques à l'art et à la mythologie, la simple forme de
l'homme avait une supériorité sur celle des *chérubim* et
des animaux fantastiques que l'imagination du peuple,
depuis qu'elle avait subi l'influence de l'Assyrie, supposait rangés autour de la divine majesté. Déjà, dans
Ézéchiel [3], l'être assis sur le trône suprême, bien au-
dessus des monstres du char mystérieux, le grand révé-
lateur des visions prophétiques a la figure d'un homme.
Dans le livre de Daniel, au milieu de la vision des
empires représentés par des animaux, au moment où
la séance du grand jugement commence et où les livres
sont ouverts, un être « semblable à un fils de l'homme »
s'avance vers l'Ancien des jours, qui lui confère le
pouvoir de juger le monde, et de le gouverner pour
l'éternité [4]. *Fils de l'homme* est, dans les langues sémitiques, surtout dans les dialectes araméens, un simple
synonyme d'*homme*. Mais ce passage capital de Daniel
frappa les esprits ; le mot de *fils de l'homme* devint, au
moins dans certaines écoles [5], un des titres du Messie
envisagé comme juge du monde et comme roi de l'ère
nouvelle qui allait s'ouvrir [6]. L'application que s'en
faisait Jésus à lui-même était donc la proclamation de

3. 1, 5, 26 et suiv.
4. Daniel, vii, 4, 13-14. Comp. viii, 15 ; x, 16.
5. Dans Jean, xii, 34, les Juifs ne paraissent pas au courant du
sens de ce mot.
6. Matth., x, 23 ; xiii, 41 ; xvi, 27-28 ; xix, 28 ; xxiv, 27, 30, 37,
39, 44 ; xxv, 31 ; xxvi, 64 ; Marc, xiii, 26 ; xiv, 62 ; Luc, xii, 40 ;
xvii, 24, 26, 30 ; xxi, 27, 36 ; xxii, 69 ; *Actes*, vii, 55. Mais le passage
le plus significatif est : *Jean*, v, 27, rapproché d'*Apoc.*, i, 13 ; xiv, 14.
Comparez *Hénoch*, xlvi, 1-4 ; xlviii, 2, 3 ; lxii, 5, 7, 9, 14 ; lxix,
26, 27, 29 ; lxx, 1 (division de Dillmann) ; IVᵉ livre d'Esdras, xiii, 2
et suiv. ; 12 et suiv. ; 25, 32 (versions éthiopienne, arabe et syriaque,
édit. Ewald, Volkmar et Ceriani) ; *Ascension d'Isaïe*, texte latin de
Venise, 1522 (col. 702 de l'édit. de Migne) ; Justin, *Dial. cum. Tryph.*,
49, 76. L'expression « Fils de la femme » pour le Messie se trouve une
fois dans le livre d'Hénoch, lxii, 5. Il faut remarquer que toute la
partie du livre d'Hénoch comprenant les chapitres xxxvii-lxxi est
suspecte d'interpolation. Le IVᵉ livre d'Esdras a été écrit sous Nerva
par un juif subissant l'influence des idées chrétiennes.

sa messianité et l'affirmation de la prochaine catastrophe où il devait figurer en juge, revêtu des pleins
pouvoirs que lui avait délégués l'Ancien des jours [7].

Le succès de la parole du nouveau prophète fut cette
fois décisif. Un groupe d'hommes et de femmes, tous
caractérisés par un même esprit de candeur juvénile et
de naïve innocence, adhérèrent à lui et lui dirent :
« Tu es le Messie. » Comme le Messie devait être fils de
David, on lui décernait naturellement ce titre, qui était
synonyme du premier. Jésus se le laissait donner avec
plaisir, quoiqu'il lui causât quelque embarras, sa naïs-
sance étant toute populaire. Pour lui, le titre qu'il
préférait était celui de « Fils de l'homme », titre humble
en apparence, mais qui se rattachait directement aux
espérances messianiques. C'est par ce mot qu'il se
désignait [8], si bien que, dans sa bouche, « le Fils de
l'homme » était synonyme du pronom « je », dont il
évitait de se servir. Mais on ne l'apostrophait jamais
ainsi, sans doute parce que le nom dont il s'agit ne
devait pleinement lui convenir qu'au jour de sa future
apparition.

Le centre d'action de Jésus, à cette époque de sa
vie, fut la petite ville de Capharnahum, située sur le
bord du lac de Génésareth. Le nom de Capharnahum,
où entre le mot *caphar*, « village », semble désigner une
bourgade à l'ancienne manière, par opposition aux
grandes villes bâties selon la mode romaine, comme
Tibériade [9]. Ce nom avait si peu de notoriété, que
Josèphe, à un endroit de ses écrits [10], le prend pour le
nom d'une fontaine, la fontaine ayant plus de célébrité

---

7. Jean, v, 22, 27.
8. Ce titre revient quatre-vingt-trois fois dans les Évangiles, et
toujours dans les discours de Jésus.
9. Il est vrai que Tell Hum, qu'on identifie d'ordinaire avec
Capharnahum, offre des restes d'assez beaux monuments. Mais, outre
que cette identification est douteuse, lesdits monuments peuvent être
du IIe et du IIIe siècle après J.-C.
10. *B. J.*, III, x, 8.

que le village situé près d'elle. Comme Nazareth,
Capharnahum était sans passé, et n'avait en rien parti-
cipé au mouvement profane favorisé par les Hérodes.
Jésus s'attacha beaucoup à cette ville et s'en fit comme
une seconde patrie [11]. Peu après son retour, il avait
dirigé sur Nazareth une tentative qui n'eut pas de
succès [12]. Il n'y put faire aucun grand miracle, selon la
naïve remarque d'un de ses biographes [13]. La connaissance qu'on avait de sa famille, laquelle était peu considérable, nuisait trop à son autorité. On ne pouvait
regarder comme le fils de David celui dont on voyait
tous les jours le frère, la sœur, le beau-frère. Il est
remarquable, du reste, que sa famille lui fit une assez
vive opposition, et refusa nettement de croire à sa
mission divine [14]. Un moment, sa mère et ses frères
soutiennent qu'il a perdu le sens, et, le traitant comme
un rêveur exalté, prétendent l'arrêter de force [15]. Les
Nazaréens, bien plus violents, voulurent, dit-on, le
tuer en le précipitant d'un sommet escarpé [16]. Jésus
remarqua avec esprit que cette aventure lui était
commune avec tous les grands hommes, et il se fit
l'application du proverbe « Nul n'est prophète en son
pays ».

Cet échec fut loin de le décourager. Il revint à
Capharnahum [17], où il trouvait des dispositions beau

---

11. Matth., ix, 1 ; Marc, ii, 1. Capharnahum figure, en effet, dans
les écrits talmudiques comme la ville des *minim* ou hérétiques ; ces
*minim* sont ici évidemment des chrétiens. Voir Midrasch *Kohéleth*,
sur le verset vii, 26.

12. Matth., xiii, 54 et suiv. ; Marc, vi, 1 et suiv. ; Luc, iv, 16 et
suiv., 23-24 ; Jean, iv, 44.

13. Marc, vi, 5. Cf. Matth., xiii, 58 ; Luc, iv, 23.

14. Matth., xiii, 57 ; Marc, vi, 4 ; Jean, vii, 3 et suiv.

15. Marc, iii, 21, 31 et suiv., en observant la liaison des versets
20, 21, 31, même dans le cas où on lit au verset 31 καὶ ἔρχονται,
et non avec le texte reçu ἔρχονται οὖν [a].

16. Luc, iv, 29. Probablement il s'agit ici du rocher à pic qui est
très près de Nazareth, au-dessus de l'église actuelle des Maronites, et
non du prétendu *mont de la Précipitation*, à une heure de Nazareth.
Voir Robinson, II, 335 et suiv.

17. Matth., iv, 13 ; Luc, iv, 34 ; Jean, ii, 12.

coup meilleures, et de là il organisa une série de missions sur les petites villes environnantes. Les populations de ce beau et fertile pays n'étaient guère réunies que le samedi. Ce fut le jour qu'il choisit pour ses enseignements. Chaque ville avait alors sa synagogue ou lieu de séance. C'était une salle rectangulaire, assez petite, avec un portique, que l'on décorait des ordres grecs. Les juifs, n'ayant pas d'architecture propre, n'ont jamais tenu à donner à ces édifices un style original. Les restes de plusieurs anciennes synagogues existent encore en Galilée [18]. Elles sont toutes construites en grands et bons matériaux ; mais le goût en est assez mesquin, par suite de cette profusion d'ornements végétaux, de rinceaux, de torsades, qui caractérise les monuments juifs [19]. A l'intérieur, il y avait des bancs, une chaire pour la lecture publique, une armoire pour renfermer les rouleaux sacrés [20]. Ces édifices, qui n'avaient rien d'un temple, étaient le centre de toute la vie juive. On s'y réunissait le jour du sabbat pour la prière et pour la lecture de la Loi et des Prophètes. Comme le judaïsme, hors de Jérusalem, n'avait pas de clergé proprement dit, le premier venu se levait, faisait les lectures du jour (*parascha* et *haphtara*), et y ajoutait un *midrasch* ou commentaire tout personnel, où il exposait

18. A Tell-Hum, à Irbid (Arbela), à Meiron (Mero), à Jisch (Gischala), à Kasyoun, à Nabartein, deux à Kefr-Bereim.

19. Je n'ose encore me prononcer sur l'âge de ces monuments, ni, par conséquent, affirmer que Jésus ait enseigné dans aucun d'eux. Quel intérêt n'aurait pas, dans une telle hypothèse, la synagogue de Tell-Hum! La grande synagogue de Kefr-Bereim me semble la plus ancienne de toutes. Elle est d'un style assez pur. Celle de Kasyoun présente une inscription grecque du temps de Septime Sévère. La grande importance que prit le judaïsme dans la haute Galilée après la guerre d'Adrien permet de croire que plusieurs de ces édifices ne remontent qu'au IIIe siècle, époque où Tibériade devint une sorte de capitale du judaïsme. Voir *Journal Asiatique*, déc. 1864, p. 531 et suiv.

20. II Esdr., VIII, 4 ; Matth., XXIII, 6 ; Epist. Jac., II, 3 ; Mischna, *Megilla*, III, 1 ; *Rosch hasschana*, IV, 7, etc. Voir surtout la curieuse description de la synagogue d'Alexandrie dans le Talmud de Babylone, *Sukka*, 51 b.

ses propres idées [21]. C'était l'origine de « l'homélie »,
dont nous trouvons le modèle accompli dans les petits
traités de Philon. On avait le droit de faire des objections et des questions au lecteur ; de la sorte, la réunion
dégénérait vite en une sorte d'assemblée libre. Elle
avait un président [22], des « anciens [23] », un *hazzan*,
lecteur attitré ou appariteur [24], des « envoyés [25]», sorte
de secrétaires ou de messagers qui faisaient la correspondance d'une synagogue à l'autre, un *schammasch*
ou sacristain [26]. Les synagogues étaient ainsi de vraies
petites républiques indépendantes ; elles avaient une
juridiction étendue, garantissaient les affranchisse-
ments, exerçaient un patronage sur les affranchis [27].
Comme toutes les corporations municipales jusqu'à
une époque avancée de l'empire romain, elles faisaient
des décrets honorifiques [28], votaient des résolutions
ayant force de loi pour la communauté, prononçaient
des peines corporelles dont l'exécuteur ordinaire était
le *hazzan* [29].

Avec l'extrême activité d'esprit qui a toujours caractérisé les Juifs, une telle institution, malgré les rigueurs
arbitraires qu'elle comportait, ne pouvait manquer de

21. Philon, cité dans Eusèbe, *Præp. evang.*, VIII, 7, et *Quod omnis
probus liber*, § 12 ; Luc, IV, 16 ; *Act.*, XIII, 15 ; XV, 21 ; Mischna, *Megilla*,
III, 4 et suiv.
22. Ἀρχισυνάγωγος. Cf. Garrucci, *Dissert. archeol.*, II, 161 et suiv.
23. Πρεσβύτεροι.
24. Ὑπηρέτης.
25. Ἀπόστολοι ou ἄγγελοι.
26. Διάκονος. Marc, V, 22, 35 et suiv. ; Luc, IV, 20 ; VII, 3 ; VIII,
41, 49 ; XXIII, 14 ; *Act.*, XIII, 15 ; XVIII, 8, 17 ; *Apoc.*, II, 1 ; Mischna,
*Joma*, VII, 1 ; *Rosch hasschana*, IV, 9 ; Talm. de Jérus., *Sanhédrin*,
I, 7 ; Epiph., *Adv. hær.*, XXX, 4, 11.
27. *Antiq. du Bosph. Cimm.*, inscr., nos 22 et 23, et *Mélanges gréco-
latins* de l'Acad. de Saint-Pétersbourg, tom. II, p. 200 et suiv. ; Lévy,
*Epigraphische Beiträge zur Gesch. der Juden*, p. 273 et suiv., 298 et suiv.
28. Inscription de Bérénice, dans le *Corpus inscr. græc.*, n° 5361 ;
inscription de Kasyoun, dans le *Journal Asiatique, l. c.*
29. Matth., V, 25 ; X, 17 ; XXIII, 34 ; Marc, XIII, 9 ; Luc, XII, 11 ;
XXI, 12 ; *Act.*, XXII, 19, XXVI, 11 ; *II Cor.*, XI, 24 ; Mischna, *Maccoth*,
III, 12 ; Talmud de Babyl., *Megilla*, 7 *b* ; Epiph., *Adv. hær.*, XXX, 11.

donner lieu à des discussions très animées. Grâce aux synagogues, le judaïsme put traverser intact dix-huit siècles de persécution. C'étaient comme autant de petits mondes à part, où l'esprit national se conservait, et qui offraient aux luttes intestines des champs tout préparés. Il s'y dépensait une somme énorme de passion. Les querelles de préséance y étaient vives. Avoir un fauteuil d'honneur au premier rang était la récompense d'une haute piété, ou le privilège de la richesse qu'on enviait le plus [30]. D'un autre côté, la liberté, laissée à qui la voulait prendre, de s'instituer lecteur et commentateur du texte sacré, donnait des facilités merveilleuses pour la propagation des nouveautés. Ce fut là une des grandes forces de Jésus et le moyen le plus habituel qu'il employa pour fonder son enseignement doctrinal [31]. Il entrait dans la synagogue, se levait pour lire ; le *hazzan* lui tendait le livre, il le déroulait, et, lisant la *parascha* ou la *haphtara* du jour, il tirait de cette lecture quelque développement conforme à ses idées [32]. Comme il y avait peu de pharisiens en Galilée, la discussion contre lui ne prenait pas ce degré de vivacité et ce ton d'acrimonie qui, à Jérusalem, l'eussent arrêté court dès ses premiers pas. Ces bons Galiléens n'avaient jamais entendu une parole aussi accommodée à leur imagination riante [33]. On l'admirait, on le choyait, on trouvait qu'il parlait bien et que ses raisons étaient convaincantes. Les objections les plus difficiles, il les résolvait avec assurance ; le rhythme presque poétique de ses discours captivait ces populations encore jeunes, que le pédantisme des docteurs n'avait pas desséchées.

L'autorité du jeune maître allait ainsi tous les jours grandissant, et, naturellement, plus on croyait en lui,

30. Matth., xxiii, 6 ; Epist. Jac., ii, 3 ; Talm. de Bab., *Sukka*, 51 *b*.
31. Matth., iv, 23 ; ix, 35 ; Marc, i, 21, 39 ; vi, 2 ; Luc, iv, 15, 16, 31, 44 ; xiii, 10 ; Jean, xviii, 20.
32. Luc, iv, 16 et suiv. Comp. Mischna, *Joma*, vii, 1.
33. Matth., vii, 28 ; xiii, 54 ; Marc, i, 22 ; vi, 1 ; Luc, iv, 22, 32.

plus il croyait en lui-même. Son action était fort
restreinte. Elle était toute bornée au bassin du lac de
Tibériade, et même dans ce bassin, elle avait une
région préférée. Le lac a cinq ou six lieues de long sur
trois ou quatre de large ; quoique offrant l'apparence
d'un ovale assez régulier, il forme, à partir de Tibériade
jusqu'à l'entrée du Jourdain, une sorte de golfe, dont
la courbe mesure environ trois lieues. Voilà le champ
où la semence de Jésus trouva enfin la terre bien pré-
parée. Parcourons-le pas à pas, en essayant de soulever
le manteau de sécheresse et de deuil dont l'a couvert
le démon de l'islam[a].

En sortant de Tibériade, ce sont d'abord des rochers
escarpés, une montagne qui semble s'écrouler dans la
mer. Puis les montagnes s'écartent ; une plaine (*El-
Ghoueir*) s'ouvre presque au niveau du lac. C'est un
délicieux bosquet de haute verdure, sillonné par d'abon-
dantes eaux qui sortent en partie d'un grand bassin
rond, de construction antique (*Aïn-Medawara*). A l'entrée de cette plaine, qui est le pays de Génésareth proprement dit, se trouve le misérable village de *Medjdel*. A
l'autre extrémité de la plaine (toujours en suivant la
mer), on rencontre un emplacement de ville (*Khan-
Minyeh*), de très belles eaux (*Aïn-et-Tin*), un joli
chemin, étroit et profond, taillé dans le roc, que certainement Jésus a souvent suivi, et qui sert de passage
entre la plaine de Génésareth et le talus septentrional
du lac. A un quart d'heure de là, on traverse une petite
rivière d'eau salée (*Aïn-Tabiga*), sortant de terre par
plusieurs larges sources à quelques pas du lac, et s'y
jetant au milieu d'un épais fourré de verdure. Enfin,
à quarante minutes plus loin, sur la pente aride qui
s'étend d'Aïn-Tabiga à l'embouchure du Jourdain, on
trouve quelques huttes et un ensemble de ruines assez
monumentales, nommés *Tell-Hum*.

Cinq petites villes, dont l'humanité parlera éternellement autant que de Rome et d'Athènes, étaient,

du temps de Jésus, disséminées dans l'espace qui s'étend du village de Medjdel à Tell-Hum. De ces cinq villes, Magdala [a], Dalmanutha, Capharnahum, Bethsaïde, Chorazin [34], la première seule se laisse retrouver aujourd'hui avec certitude. L'affreux village de Medjdel a sans doute conservé le nom et la place de la bourgade qui donna à Jésus sa plus fidèle amie [35]. Le site de Dalmanutha [36] est tout à fait ignoré [37]. Il n'est pas impossible que Chorazin fût un peu dans les terres, du côté du nord [38]. Quant à Bethsaïde et Capharnahum, c'est en vérité presque au hasard qu'on les place à Tell-Hum, à Aïn-et-Tin, à Khan-Minyeh, à Aïn-Medawara [39]. On dirait qu'en topographie, comme

34. L'antique Kinnéreth avait disparu ou changé de nom.

35. On sait, en effet, que Magdala était très voisine de Tibériade. Talm. de Jérus., *Maasaroth*, III, 1 ; *Schebiit*, IX, 1 ; *Erubin*, v, 7.

36. Marc, VIII, 10. Dans le passage parallèle, Matth., XV, 39, le texte reçu porte Μαγδαλά ; mais c'est là une correction relativement moderne de la vraie leçon Μαγαδάν (comp. ci-dessous, p. 208, note 46). ΜΑΓΑΔΑΝ lui-même me paraît une altération pour. ΔΑΛΜΑΝΟΥΘΑ Voir *Comptes rendus de l'Acad. des Inscr. et B.-L.*, 17 août 1866.

37. A une distance d'une heure et demie de l'endroit où le Jourdain sort du lac, se trouve sur le Jourdain même un emplacement antique appelé *Dalhamia* ou *Dalmamia*. Voir Thomson, *The Land and the Book*, II, p. 60-61, et la carte de Van de Velde. Mais Marc, VIII, 10, suppose que Dalmanutha était sur le bord du lac.

38. A l'endroit nommé *Khorazi* ou *Bir Kérazeh*, au-dessus de Tell-Hum. (Voir la carte de Van de Velde, et Thomson, *op. cit.*, II, p. 13.)

39. L'ancienne hypothèse qui identifiait Tell-Hum avec Capharnahum, bien que fortement attaquée depuis quelques années, conserve encore de nombreux défenseurs. Le meilleur argument qu'on puisse faire valoir en sa faveur est le nom même de *Tell-Hum*, *Tell* entrant dans le nom de beaucoup de villages et ayant pu remplacer *Caphar* (voir un exemple dans les *Archives des missions scientif.*, 2e sér., t. III, p. 369). Impossible, d'un autre côté, de trouver près de Tell-Hum une fontaine répondant à ce que dit Josèphe (*B. J.*, III, x, 8). Cette fontaine de Capharnahum semble bien être Aïn-Medawara ; mais Aïn-Medawara est à une demi-lieue du lac, tandis que Capharnahum était une ville de pêcheurs sur le bord même de la mer (Matth., IV, 13 ; Jean, VI, 17). Les difficultés pour Bethsaïde sont plus grandes encore ; car l'hypothèse, assez généralement admise, de deux Bethsaïde, l'une sur la rive occidentale, l'autre sur la rive orientale du lac, et à deux ou trois lieues l'une de l'autre, a quelque chose de singulier.

en histoire, un dessein profond ait voulu cacher les traces du grand fondateur. Il est douteux qu'on arrive jamais, sur ce sol profondément dévasté, à fixer les places où l'humanité voudrait venir baiser l'empreinte de ses pieds.

Le lac, l'horizon, les arbustes, les fleurs, voilà tout ce qui reste du petit canton de trois ou quatre lieues où Jésus fonda son œuvre divine. Les arbres ont totalement disparu. Dans ce pays, où la végétation était autrefois si brillante que Josèphe y voyait une sorte de miracle, — la nature, suivant lui, s'étant plu à rapprocher ici côte à côte les plantes des pays froids, les productions des régions chaudes, les arbres des climats moyens, chargés toute l'année de fleurs et de fruits [40] ; — dans ce pays, dis-je, on calcule maintenant un jour d'avance l'endroit où l'on trouvera le lendemain un peu d'ombre pour son repas. Le lac est devenu désert. Une seule barque, dans le plus misérable état, sillonne aujourd'hui ces flots jadis si riches de vie et de joie. Mais les eaux sont toujours légères et transparentes [41]. La grève, composée de rochers ou de galets, est bien celle d'une petite mer, non celle d'un étang, comme les bords du lac Huleh. Elle est nette, propre, sans vase, toujours battue au même endroit par le léger mouvement des flots. De petits promontoires, couverts de lauriers-roses, de tamaris et de câpriers épineux, s'y dessinent ; à deux endroits surtout, à la sortie du Jourdain, près de Tarichée, et au bord de la plaine de Génésareth, il y a d'enivrants parterres, où les vagues viennent s'éteindre en des massifs de gazon et de fleurs. Le ruisseau d'Aïn-Tabiga fait un petit estuaire, plein de jolis coquillages. Des nuées d'oiseaux nageurs couvrent le lac. L'horizon est éblouissant de lumière. Les eaux, d'un azur céleste,

40. *B. J.*, III, x, 8 ; Talm. de Babyl., *Pesachim*, 8 *b* ; Siphré, *Vezoth habberaka.*
41. *B. J.*, III, x, 7 ; Jacques de Vitri, dans le *Gesta Dei per Francos*, I, 1075.

profondément encaissées entre des roches brûlantes, semblent, quand on les regarde du haut des montagnes de Safed, occuper le fond d'une coupe d'or. Au nord, les ravins neigeux de l'Hermon se découpent en lignes blanches sur le ciel ; à l'ouest, les hauts plateaux ondulés de la Gaulonitide et de la Pérée, absolument arides et revêtus par le soleil d'une sorte d'atmosphère veloutée, forment une montagne compacte, ou pour mieux dire une longue terrasse très élevée, qui, depuis Césarée de Philippe, court indéfiniment vers le sud.

La chaleur sur les bords est maintenant très pesante. Le lac occupe une dépression de cent quatre-vingt-neuf mètres au-dessous du niveau de la Méditerranée [42], et participe ainsi des conditions torrides de la mer Morte [43]. Une végétation abondante tempérait autrefois ces ardeurs excessives ; on comprendrait difficilement qu'une fournaise comme est aujourd'hui, à partir du mois de mai, tout le bassin du lac eût jamais été le théâtre d'une activité si prodigieuse. Josèphe, d'ailleurs, trouve le pays fort tempéré [44]. Sans doute il y a eu ici, comme dans la campagne de Rome, quelque changement de climat, amené par des causes historiques. C'est l'islamisme, et surtout la réaction musulmane contre les croisades, qui ont desséché, à la façon d'un vent de mort, le canton préféré de Jésus. La belle terre de Génésareth ne se doutait pas que sous le front de ce pacifique promeneur s'agitaient ses destinées. Dangereux compatriote, Jésus a été fatal au pays qui eut le redoutable honneur de le porter. Devenue pour tous un objet d'amour ou de haine, convoitée par deux fanatismes rivaux, la Galilée devait, pour prix de sa gloire, se changer en désert. Mais qui voudrait dire que Jésus eût été plus heureux, s'il

42. C'est l'évaluation de M. Vignes (*Connaissance des temps* pour 1866), concordant à peu près avec celle du capitaine Lynch (dans Ritter, *Erdkunde*, XV, 1re part., p. xx), et celle de M. de Bertou (*Bulletin de la Soc. de géogr.*, 2e série, XII, p., 146).
43. La dépression de la mer Morte est de plus du double.
44. *B. J.*, III, x, 7 et 8.

eût vécu un plein âge d'homme, obscur en son village ? Et
ces ingrats Nazaréens, qui penserait à eux, si, au
risque de compromettre l'avenir de leur bourgade, un
des leurs n'eût reconnu son Père et ne se fût proclamé
fils de Dieu ?

Quatre ou cinq gros villages, situés à une demi-heure
les uns des autres, tel est donc le petit monde de Jésus à
l'époque où nous sommes. Il ne semble pas être jamais
entré à Tibériade, ville toute profane, peuplée en grande
partie de païens et résidence habituelle d'Antipas [45].
Quelquefois, cependant, il s'écartait de sa région favo-
rite. Il allait en barque sur la rive orientale, à Gergésa
par exemple [46]. Vers le nord, on le voit à Panéas ou
Césarée de Philippe [47], au pied de l'Hermon. Une fois,
enfin, il fait une course du côté de Tyr et de Sidon [48],
pays qui était alors merveilleusement florissant. Dans
toutes ces contrées, il était en plein paganisme [49]. A
Césarée, il vit la célèbre grotte du *Panium*, où l'on pla-
çait la source du Jourdain, et que la croyance populaire
entourait d'étranges légendes [50]; il put admirer le temple
de marbre qu'Hérode fit élever près de là en l'honneur

---

45. Jos., *Ant.*, XVIII, ii, 3 ; *Vita*, 12, 13, 64.
46. J'adopte l'opinion de M. Thomson (*The Land and the Book*,
II, 34 et suiv.), d'après laquelle la Gergésa de Matthieu (viii, 28),
identique à la ville chananéenne de *Girgasch* (*Gen.*, x, 16 ; xv, 21; *Deut.*,
vii, 1; *Josué*, xxiv, 11), serait l'emplacement nommé maintenant *Kersa*
ou *Gersa*, sur la rive orientale, à peu près vis-à-vis de Magdala. Marc
(v, 1) et Luc (viii, 26) nomment *Gadara* ou *Gerasa* au lieu de *Gergesa*.
*Gerasa* est une leçon impossible, les évangélistes nous apprenant que
la ville en question était près du lac et vis-à-vis la Galilée. Quant à
Gadare, aujourd'hui *Om-Keis*, à une heure et demie du lac et du Jourdain, les circonstances locales données par Marc et Luc n'y conviennent
guère. On comprend, d'ailleurs, que *Gergesa* soit devenue *Gerasa*, nom
bien plus connu, et que les impossibilités topographiques qu'offrait
cette dernière lecture aient fait adopter *Gadara*. Cf. Orig., *Comment.
in Joann.*, VI, 24 ; X, 10 ; Eusèbe et saint Jérôme, *De situ et nomin. loc.
hebr.*, aux mots Γεργεσά, Γεργασεί.
47. Matth., xvi, 13 ; Marc, viii, 27.
48. Matth., xv, 21 ; Marc, vii, 24, 31.
49. Jos., *Vita*, 13.
50. Jos., *Ant.*, XV, x, 3 ; *B. J.*, I, xxi, 3 ; III, x, 7 ; Benjamin de
Tudèle, p. 46, édit. Asher.

d'Auguste [51] ; il s'arrêta probablement devant les nombreuses statues votives à Pan, aux Nymphes, à l'Écho de la grotte, que la piété entassait peut-être déjà en ce bel endroit [52]. Un Juif évhémériste [a], habitué à prendre des dieux étrangers pour des hommes divinisés ou pour des démons, devait considérer toutes ces représentations figurées comme des idoles. Les séductions des cultes naturalistes, qui enivraient les races plus sensitives, le laissèrent froid. Il n'eut sans doute aucune connaissance de ce que le vieux sanctuaire de Melkarth, à Tyr, pouvait renfermer encore d'un culte primitif plus ou moins analogue à celui des Juifs [53]. Le paganisme, qui, en Phénicie, avait élevé sur chaque colline un temple et un bois sacré, tout cet aspect de grande industrie et de richesse profane [54], durent peu lui sourire. Le monothéisme enlève toute aptitude à comprendre les religions païennes ; le musulman jeté dans les pays polythéistes semble n'avoir pas d'yeux. Jésus, sans contredit, n'apprit rien dans ces voyages. Il revenait toujours à sa rive bien-aimée de Génésareth. Le centre de ses pensées était là ; là, il trouvait foi et amour.

51. Jos., *Ant.*, XV, x, 3 ; *B. J.*, I, xxi, 3. Comparez les monnaies de Philippe. Madden, *Hist of jewish coinage*, p. 101 et suiv.
52. *Corpus inscr. gr.*, nos 4537, 4538, 4538 *b*, 4539. Ces inscriptions sont, il est vrai, pour la plupart, d'époque assez moderne.
53. Lucianus (ut fertur), *De dea syria*, 3.
54. Les traces de la riche civilisation païenne de ce temps couvrent encore tout le Beled-Bescharrah, et surtout les montagnes qui forment le massif du cap Blanc et du cap Nakoura.

# CHAPITRE IX

Dans ce paradis terrestre, que les grandes révolutions de l'histoire avaient jusque-là peu atteint, vivait une population en parfaite harmonie avec le pays lui-même, active, honnête, pleine d'un sentiment gai et tendre de la vie. Le lac de Tibériade est un des bassins d'eau les plus poissonneux du monde [1] ; des pêcheries très fructueuses s'étaient établies, surtout à Bethsaïde, à Capharnahum, et avaient produit une certaine aisance. Ces familles de pêcheurs formaient une société douce et paisible, s'étendant par de nombreux liens de parenté dans tout le canton du lac que nous avons décrit. Leur vie peu occupée laissait toute liberté à leur imagination. Les idées sur le royaume de Dieu trouvaient, dans ces petits comités de bonnes gens, plus de créance que partout ailleurs. Rien de ce qu'on appelle civilisation, dans le sens grec et mondain, n'avait pénétré parmi eux. Ce n'était pas notre sérieux germanique et celtique [a] ; mais, bien que souvent peut-être la bonté fût chez eux superficielle et sans profondeur, leurs mœurs étaient tranquilles, et ils avaient quelque chose d'intelligent et de fin. On peut se les figurer comme assez analogues aux meilleures

1. Matth., iv, 18 ; Luc, v, 44 et suiv. ; Jean, i, 44 ; xxi, 1 et suiv. ; Jos., *B. J.*, III, x, 7 ; Talm. de Jér., *Pesachim*, iv, 2 ; Talm. de Bab., *Baba kama*, 80 *b* ; Jacques de Vitri, dans le *Gesta Dei per Francos*, I, p. 1075.

populations du Liban, mais avec le don que n'ont pas
celles-ci de fournir des grands hommes. Jésus rencontra
là sa vraie famille. Il s'y installa comme un des leurs ;
Capharnahum devint « sa ville [2] », et, au milieu du petit
cercle qui l'adorait, il oublia ses frères sceptiques, l'in-
grate Nazareth et sa moqueuse incrédulité.

Une maison surtout, à Capharnahum, lui offrit un
asile agréable et des disciples dévoués. C'était celle de
deux frères, tous deux fils d'un certain Jonas, qui probablement était mort à l'époque où Jésus vint se fixer
sur les bords du lac. Ces deux frères étaient Simon,
surnommé en syro-chaldaïque *Céphas*, en grec *Pétros*
« la pierre [3] », et André. Nés à Bethsaïde [4], ils se trouvaient établis à Capharnahum quand Jésus commença
sa vie publique. Pierre était marié et avait des enfants ;
sa belle-mère demeurait chez lui [5]. Jésus aimait cette
maison et y demeurait habituellement [6]. André paraît
avoir été disciple de Jean-Baptiste, et Jésus l'avait peut-
être connu sur les bords du Jourdain [7]. Les deux frères
continuèrent toujours, même à l'époque où il semble
qu'ils devaient être le plus occupés de leur maître, à
exercer le métier de pêcheurs [8]. Jésus, qui aimait à jouer
sur les mots, disait parfois qu'il ferait d'eux des pêcheurs
d'hommes [9]. En effet, parmi tous ses disciples, il n'en
eut pas de plus fidèlement attachés.

---

2. Matth., ix, 1 ; Marc, ii, 1-2.
3. Le surnom de Κηφᾶς paraît identique au surnom de Καϊάφας porté
par le grand prêtre Josèphe Kaïapha. Le nom de Πέτρος se retrouve
comme nom propre d'un contemporain de l'apôtre, dans Josèphe, *Ant.*,
XVIII, vi, 3. On est donc tenté de croire que Jésus ne donna pas à
Simon le sobriquet de Céphas ou Pierre, mais que seulement il prêta
une signification particulière au nom que son disciple portait déjà.
4. Jean, i, 44.
5. Matth., viii, 14 ; Marc, i, 30 ; Luc, iv, 38 ; *I Cor.*, ix, 5 ; I Petr.,
v, 13 ; Clem. Alex., *Strom.*, III, 6 ; VII, 11 ; Pseudo-Clem., *Recogn.*,
VII, 25 ; Eusèbe, *H. E.*, III, 30.
6. Matth., viii, 14 ; xvii, 24 ; Marc, i, 29 31 ; Luc, iv, 38.
7. Jean, i, 40 et suiv.
8. Matth., iv, 18 ; Marc, i, 16 ; Luc, v, 3 ; Jean, xxi, 3.
9. Matth., iv, 19 ; Marc, i, 17 ; Luc, v, 10.

Une autre famille, celle de Zabdia ou Zébédée, pêcheur aisé et patron de plusieurs barques [10], offrit à Jésus un accueil empressé. Zébédée avait deux fils : Jacques, qui était l'aîné, et un jeune fils, Jean, qui plus tard fut appelé à jouer un rôle si décisif dans l'histoire du christianisme naissant. Tous deux étaient disciples zélés. Il semble résulter de quelques indices que Jean, comme André, avait connu Jésus à l'école de Jean-Baptiste [11]. Les deux familles de Jonas et de Zébédée paraissent, en tout cas, avoir été fort liées ensemble [12]. Salomé, femme de Zébédée, fut fort attachée à Jésus et l'accompagna jusqu'à la mort [13].

Les femmes, en effet, accueillaient Jésus avec empressement. Il avait avec elles ces manières réservées qui rendent possible une fort douce union d'idées entre les deux sexes. La séparation des hommes et des femmes, qui a empêché chez les peuples orientaux tout développement délicat, était sans doute, alors comme de nos jours, beaucoup moins rigoureuse dans les campagnes et les villages que dans les grandes villes. Trois ou quatre Galiléennes dévouées accompagnaient toujours le jeune maître et se disputaient le plaisir de l'écouter et de le soigner tour à tour [14]. Elles apportaient dans la secte nouvelle un élément d'enthousiasme et de merveilleux, dont on saisit déjà l'importance. L'une d'elles, Marie de Magdala, qui a rendu si célèbre dans le monde le nom de sa pauvre bourgade, paraît avoir été une personne fort exaltée. Selon le langage du temps, elle avait été possédée de sept démons [15], c'est-à-dire qu'elle avait été affectée de maladies nerveuses en apparence inexpli-

10. Marc, i, 20 ; Luc, v, 10 ; viii, 3 ; Jean, xix, 27.
11. Jean, i, 35 et suiv. L'habitude constante du quatrième Évangile de ne désigner Jean qu'avec mystère porte à croire que le disciple innommé de ce passage est Jean lui-même.
12. Matth., iv, 18-22 ; Luc, v, 10 ; Jean, i, 35 et suiv. ; xxi, 2 et suiv.
13. Matth., xxvii, 56 ; Marc, xv, 40 ; xvi, 1.
14. Matth., xxvii, 55-56 ; Marc, xv, 40-41 ; Luc, viii, 2-3 ; xxiii, 49.
15. Marc, xvi, 9 ; Luc, viii, 2. Cf. *Tobie*, iii, 8 ; vi, 14.

cables. Jésus, par sa beauté pure et douce, calma cette
organisation troublée. La Magdaléenne lui fut fidèle
jusqu'au Golgotha, et joua le surlendemain de sa mort
un rôle de premier ordre ; car elle fut l'organe principal
par lequel s'établit la foi à la résurrection, ainsi que nous
le verrons plus tard [a]. Jeanne, femme de Khouza, l'un
des intendants d'Antipas, Susanne et d'autres restées
inconnues le suivaient sans cesse et le servaient [16].
Quelques-unes étaient riches, et mettaient par leur
fortune le jeune prophète en position de vivre sans
exercer le métier qu'il avait professé jusqu'alors [17].

Plusieurs encore le suivaient habituellement et le
reconnaissaient pour leur maître : un certain Philippe de
Bethsaïde, Nathanaël, fils de Tolmaï ou Ptolémée, de
Cana, disciple de la première époque [18], Matthieu, probablement celui-là même qui fut le Xénophon du christianisme naissant. Selon une tradition [19], il avait été
publicain, et comme tel il devait manier le kalam [b] plus
facilement que les autres. Peut-être songeait-il déjà à
écrire ces *Logia* [20], qui sont la base de ce que nous savons
des enseignements de Jésus. On nomme aussi parmi les
disciples Thomas ou Didyme [21], qui douta quelquefois,
mais qui paraît avoir été un homme de cœur et de généreux entraînements [22], un Lebbée ou Thaddée ; un Simon le zélote [23], peut-être disciple de Juda le Gaulonite,
appartenant à ce parti des *kanaïm*, dès lors existant
et qui devait bientôt jouer un si grand rôle dans les mouvements du peuple juif ; Joseph Barsaba, surnommé

16. Luc, viii, 3 ; xxiv, 10.
17. Luc, viii, 3.
18. Jean, i, 44 et suiv. ; xxi, 2. J'admets comme possible l'identification de Nathanaël et de l'apôtre qui figure dans les listes sous le
nom de *Bar-Tolmaï* ou *Bar-Tholomé*.
19. Matth., ix, 9 ; x, 3.
20. Papias, dans Eusèbe, *Hist. eccl.*, III, 39.
21. Ce second nom est la traduction grecque du premier.
22. Jean, xi, 14 ; xx, 24 et suiv.
23. Matth., x, 4 ; Marc, iii, 18 ; Luc, vi, 15 ; *Act.*, i, 13 ; Évangile
des *ébionim*, dans Épiphane, *Adv. hœr.*, xxx, 13.

*Justus*; Matthias [24] ; un personnage problématique
nommé Aristion [25] ; enfin Judas, fils de Simon, de la
ville de Kerioth, qui fit exception dans l'essaim fidèle et
s'attira un si épouvantable renom. C'était, à ce qu'il
paraît, le seul qui ne fût pas Galiléen ; Kerioth était une
ville de l'extrême sud de la tribu de Juda [26], à une journée au-delà d'Hébron.

Nous avons vu que la famille de Jésus était en général
peu portée vers lui [27]. Cependant Jacques et Jude,
cousins de Jésus par Marie Cléophas [28], faisaient dès lors
partie de ses disciples, et Marie Cléophas elle-même fut
du nombre des compagnes qui le suivirent au Calvaire [29].
A cette époque, on ne voit pas auprès de lui sa mère.
C'est seulement après la mort de Jésus que Marie ac-
quiert une grande considération [30] et que les disciples
cherchent à se l'attacher [31]. C'est alors aussi que les
membres de la famille du fondateur, sous le titre de
« frères du Seigneur », forment un groupe influent, qui
fut longtemps à la tête de l'Église de Jérusalem [32], et
qui, après le sac de la ville, se réfugia en Batanée [33]. Le
seul fait de l'avoir approché devenait un avantage
décisif, de la même manière qu'après la mort de Mahomet, les femmes et les filles du prophète, qui n'avaient

24. *Act.*, i, 21-23. Cf. Papias, dans Eusèbe, *Hist. eccl.*, III, 39.
25. Papias (*ibid.*) l'appelle formellement disciple du Seigneur comme
les apôtres, lui prête des récits sur les discours du Seigneur, et l'associe
à *Presbyteros Joannes*. Sur ce premier personnage, voir ci-dessus,
Introd., p. 86-87.
26. Aujourd'hui *Kuryétein* ou *Kereitein*.
27. La circonstance rapportée dans Jean, xix, 25-27, semble supposer
qu'à aucune époque de la vie publique de Jésus, ses propres frères ne
se rapprochèrent de lui. Si l'on distingue deux Jacques dans la parenté
de Jésus, on peut voir une allusion à l'hostilité de Jacques, « frère du
Seigneur », dans *Gal.*, ii, 6 (cf. i, 19 ; ii, 9, 11).
28. Voir ci-dessus, p. 125-126.
29. Matth., xxvii, 56 ; Marc, xv, 40 ; Jean, xix, 25.
30. *Act.*, i, 14. Comp. Luc, i, 28 ; ii, 35, impliquant déjà un véritable respect pour Marie.
31. Jean, xix, 25 et suiv.
32. Voir ci-dessus, p. 126, note 20.
33. Jules Africain, dans Eusèbe, *H. E.*, I, 7.

eu aucun crédit de son vivant, furent de grandes autorités.

Dans cette foule amie, Jésus avait évidemment des
préférences et en quelque sorte un cercle plus étroit. Les
deux fils de Zébédée, Jacques et Jean, paraissent avoir
fait partie en première ligne de ce petit conseil. Ils étaient
pleins de feu et de passion. Jésus les avait surnommés
avec esprit « Fils du tonnerre », à cause de leur zèle
excessif, qui, s'il eût disposé de la foudre, en eût trop
souvent fait usage [34]. Jean, surtout, le cadet, paraît avoir
été avec Jésus sur le pied d'une certaine familiarité.
Peut-être les disciples qui se groupèrent tardivement
autour du second des fils de Zébédée, et qui écrivirent,
paraît-il, ses souvenirs d'une façon où l'intérêt de l'école
ne se dissimule pas assez, ont-ils exagéré l'affection de
cœur que Jésus lui aurait portée [35]. Ce qui est pourtant
significatif, c'est que, dans les Évangiles synoptiques,
Simon Barjona ou Pierre, Jacques, fils de Zébédée, et
Jean, son frère, forment une sorte de comité intime que
Jésus appelle à certains moments où il se défie de la foi
et de l'intelligence des autres [36]. Il semble, d'ailleurs,
que ces trois personnages étaient associés dans leurs
pêcheries [37]. L'affection de Jésus pour Pierre était profonde. Le caractère de ce dernier, droit, sincère, plein
de premier mouvement, plaisait à Jésus, qui parfois se
laissait aller à sourire de ses façons décidées. Pierre, peu
mystique, communiquait au maître ses doutes naïfs, ses

34. Marc, iii, 17 ; ix, 37 et suiv. ; x, 35 et suiv ; Luc, ix, 49 et suiv. ;
54 et suiv. L'Apocalypse répond bien à ce caractère. Voir surtout les
chapitres ii et iii, où la haine déborde. Comparez le trait fanatique
rapporté par Irénée, *Adv. hær.*, III, iii, 4.
35. Jean, xiii, 23 ; xviii, 15 et suiv. ; xix, 26-27 ; xx, 2, 4 ; xxi,
7, 20 et suiv.
36. Matth., xvii, 1 ; xxvi, 37 ; Marc, v, 37 ; ix, 1 ; xiii, 3 ; xiv, 33 ;
Luc, ix, 28. L'idée que Jésus avait communiqué à ces trois disciples
une gnose ou doctrine secrète fut répandue dès une époque ancienne.
Il est singulier que l'Évangile attribué à Jean ne mentionne pas une
fois Jacques, son frère.
37. Matth., iv, 18-22 ; Luc, v, 10 ; Jean, xxi, 2 et suiv.

répugnances, ses faiblesses tout humaines [38], avec une
franchise honnête qui rappelle celle de Joinville près de
saint Louis. Jésus le reprenait d'une façon amicale,
empreinte de confiance et d'estime. Quant à Jean, sa
jeunesse [39], son ardeur [40] et son imagination vive [41] devaient
avoir beaucoup de charme. La personnalité de cet homme
extraordinaire ne se développa que plus tard. S'il n'est
pas l'auteur de l'Évangile bizarre qui porte son nom et
qui (bien que le caractère de Jésus y soit faussé sur beaucoup de points) renferme de si précieux renseignements,
il est possible du moins qu'il y ait donné occasion. Habitué à remuer ses souvenirs avec l'inquiétude fébrile
d'une âme exaltée, il a pu transformer son maître en
croyant le peindre et fournir à d'habiles faussaires le
prétexte d'un écrit à la rédaction duquel ne paraît pas
avoir présidé une parfaite bonne foi.

Aucune hiérarchie proprement dite n'existait dans la
secte naissante. Tous devaient s'appeler « frères », et
Jésus proscrivait absolument les titres de supériorité,
tels que *rabbi*, « maître », « père », lui seul étant maître,
et Dieu seul étant père. Le plus grand devait être le
serviteur des autres [42]. Cependant Simon Barjona se
distingue, entre ses égaux, par un degré tout particulier
d'importance. Jésus demeurait chez lui et enseignait dans
sa barque [43] ; sa maison était le centre de la prédication
évangélique. Dans le public, on le regardait comme le
chef de la troupe, et c'est à lui que les préposés aux péa-
ges s'adressent pour faire acquitter les droits dus par la
communauté [44]. Le premier, Simon avait reconnu Jésus

---

38. Matth., xiv, 28 ; xvi, 22 ; Marc, viii, 32 et suiv.
39. Il paraît avoir vécu jusque vers l'an 100. Voir le quatrième
Évangile, xxi, 15-23, et les anciennes autorités recueillies par Eusèbe,
*H. E.*, III, 20, 23.
40. Voir page 215, note 34.
41. L'Apocalypse paraît bien être de lui.
42. Matth., xviii, 4 ; xx, 25-26 ; xxiii, 8-12 ; Marc, ix, 34 ;
x, 42-46.
43. Luc, v, 3.
44. Matth., xvii, 23.

pour le Messie [45]. Dans un moment d'impopularité, Jésus demandant à ses disciples : « Et vous aussi, voulez-vous vous en aller ? » Simon répondit : « A qui irions-nous, Seigneur ? Tu as les paroles de la vie éternelle [46]. » Jésus, à diverses reprises, lui déféra dans son Église une certaine primauté [47], et interpréta son surnom syriaque de *Képha* (pierre) en ce sens qu'il était la pierre angulaire de l'édifice nouveau [48]. Un moment, même, il semble lui promettre « les clefs du royaume du ciel », et lui accorder le droit de prononcer sur la terre des décisions toujours ratifiées dans l'éternité [49].

Nul doute que cette primauté de Pierre n'ait excité un peu de jalousie. La jalousie s'allumait surtout en vue de l'avenir, en vue de ce royaume de Dieu, où tous les disciples seraient assis sur des trônes, à la droite et à la gauche du maître, pour juger les douze tribus d'Israël [50]. On se demandait qui serait alors le plus près du Fils de l'homme, figurant en quelque sorte comme son premier ministre et son assesseur. Les deux fils de Zébédée aspiraient à ce rang. Préoccupés d'une telle pensée, ils mirent en avant leur mère, Salomé, qui un jour prit Jésus à part et sollicita de lui les deux places d'honneur pour ses fils [51]. Jésus écarta la demande par son principe habituel que celui qui s'exalte sera humilié, et que le royaume des cieux appartiendra aux petits. Cela fit quelque bruit dans la communauté ; il y eut un grand mécontentement contre Jacques et Jean [52]. La même rivalité semble poindre dans l'Évangile attribué à Jean ; on y voit le narrateur supposé déclarer

45. Matth., xvi, 16-17.
46. Jean, vi, 68-70.
47. Matth., x, 2 ; Luc, xxii, 32 ; Jean, xxi, 15 et suiv. ; *Act.*, i, ii, v, etc. ; *Gal.*, i, 18 ; ii, 7-8.
48. Matth., xvi, 18 ; Jean, i, 42.
49. Matth., xvi, 19. Ailleurs, il est vrai (Matth., xviii, 18), le même pouvoir est accordé à tous les apôtres.
50. Matth., xviii, 1 et suiv. ; Marc, ix, 33 ; Luc, ix, 46 ; xxii, 30.
51. Matth., xx, 20 et suiv. ; Marc, x, 35 et suiv.
52. Marc, x, 41.

sans cesse qu'il a été le « disciple chéri » auquel le maître
mourant a confié sa mère, en même temps qu'il cherche
à se placer près de Simon Pierre, parfois à se mettre
avant lui, dans des circonstances importantes où les
évangélistes plus anciens l'avaient omis [53].

Parmi les personnages qui précèdent, ceux dont on
sait quelque chose avaient, à ce qu'il paraît, commencé
par être pêcheurs. Dans un pays de mœurs simples,
où tout le monde travaillait, cette profession n'avait pas
l'extrême humilité que les déclamations des prédica-
teurs y ont attachée, pour mieux relever le miracle des
origines chrétiennes. En tout cas, aucun des disciples
n'appartenait à une classe sociale élevée. Seuls, un
certain Lévi, fils d'Alphée, et peut-être l'apôtre Matthieu, avaient été publicains [54]. Mais ceux à qui on
donnait ce nom en Judée n'étaient pas les fermiers généraux, hommes d'un rang élevé (toujours chevaliers
romains) qu'on appelait à Rome *publicani* [55]. C'étaient
les agents de ces fermiers généraux, des employés de
bas étage, de simples douaniers. La grande route d'Acre
à Damas, une des plus anciennes routes du monde,
qui traversait la Galilée en touchant le lac [56], y multi-

53. Jean, XVIII, 15 et suiv.; XIX, 26-27; XX, 2 et suiv.; XXI, 7,
21. Comp. I, 35 et suiv., où le disciple innomé est probablement
Jean.

54. Matth., IX, 9; X, 3; Marc, II, 14; III, 18; Luc, V, 27; VI, 15;
*Act.*, I, 13; Évangile des *ébionim*, dans Épiph., *Adv. hær.*, XXX, 13. Le
récit primitif est ici celui qui porte : « Lévi, fils d'Alphée ». Le dernier
rédacteur du premier Évangile a substitué à ce nom celui de Matthieu,
en vertu d'une tradition plus ou moins solide selon laquelle cet apôtre
aurait exercé la même profession (Matth., X, 3). Il faut se rappeler que,
dans l'Évangile actuel de Matthieu, la seule partie qui puisse être de
l'apôtre, ce sont les Discours de Jésus. Voir Papias, dans Eusèbe,
*Hist. eccl.*, III, 39.

55. Cicéron, *De provinc. consular.*, 5; *Pro Plancio*, 9; Tac., *Ann.*,
IV, 6; Pline, *Hist. nat.*, XII, 32; Appien, *Bell. civ.*, II, 13.

56. Elle est restée célèbre, jusqu'au temps des croisades, sous le
nom de *via Maris*. Cf. Isaïe, IX, 1; Matth., IV, 13-15; Tobie, I, 1. Je
pense que le chemin taillé dans le roc, près d'Aïn-et-Tin, en faisait
partie, et que la route se dirigeait de là vers le *pont des Filles de Jacob*,
tout comme aujourd'hui. Une partie de la route d'Aïn-et-Tin à ce
pont est de construction antique.

pliait fort ces sortes d'employés. Capharnahum, qui
était peut-être sur la voie, en possédait un nombreux
personnel [57]. Cette profession n'est jamais populaire ;
mais chez les Juifs elle passait pour tout à fait criminelle. L'impôt, nouveau pour eux, était le signe de leur
vassalité ; une école, celle de Juda le Gaulonite, soutenait que le payer était un acte de paganisme. Aussi
les douaniers étaient-ils abhorrés des zélateurs de la
Loi. On ne les nommait qu'en compagnie des assassins,
des voleurs de grand chemin, des gens de vie infâme [58].
Les juifs qui acceptaient de telles fonctions étaient
excommuniés et devenaient inhabiles à tester ; leur
caisse était maudite, et les casuistes défendaient d'aller
y changer de l'argent [59]. Ces pauvres gens, mis au ban
de la société, se voyaient entre eux. Jésus accepta un
dîner que lui offrit Lévi, et où il y avait, selon le langage
du temps, « beaucoup de douaniers et de pécheurs ».
Ce fut un grand scandale [60] ; dans ces maisons mal
famées, on risquait de rencontrer de la mauvaise société.
Nous le verrons souvent ainsi, peu soucieux de choquer
les préjugés des gens bien pensants, chercher à relever
les classes humiliées par les orthodoxes et s'exposer
de la sorte aux plus vifs reproches des dévots. Le pharisaïsme avait mis le salut au prix d'observances sans fin
et d'une sorte de « respectabilité » extérieure. Le vrai
moraliste, qui venait proclamer que Dieu ne tient qu'à
une seule chose, à la rectitude des sentiments, devait
être accueilli avec bénédiction par toutes les âmes que
n'avait point faussées l'hypocrisie officielle.

Ces nombreuses conquêtes, Jésus les devait aussi,

---

57. Matth., ix, 9 et suiv.
58. Matth., v, 46-47 ; ix, 10, 11 ; xi, 19 ; xviii, 17 ; xxi, 31-32 ;
Marc, ii, 15-16 ; Luc, v, 30 ; vii, 34 ; xv, 1 ; xviii, 11 ; xix, 7 ; Lucien,
*Necyomant.*, 11 ; Dio Chrysost., orat. iv, p. 85 : orat. xiv, p. 269 (édit.
Emperius) ; Mischna, *Nedarim*, iii, 4.
59. Mischna, *Baba kama*, x, 1 ; Talmud de Jérusalem, *Demaï*, ii, 3 ;
Talmud de Bab., *Sanhédrin*, 25 *b*.
60. Luc, v, 29 et suiv.

pour une part, au charme infini de sa personne et de sa parole. Un mot pénétrant, un regard tombant sur une conscience naïve, qui n'avait besoin que d'être éveillée, lui faisaient un ardent disciple. Quelquefois Jésus usait d'un artifice innocent, qu'employa plus tard Jeanne d'Arc. Il affectait de savoir sur celui qu'il voulait gagner quelque chose d'intime, ou bien il lui rappelait une circonstance chère à son cœur. C'est ainsi qu'il toucha, dit-on, Nathanaël [61], Pierre [62], la Samaritaine [63]. Dissimulant la vraie cause de sa force, je veux dire sa supériorité sur ce qui l'entourait, il laissait croire, pour satisfaire les idées du temps, idées qui d'ailleurs étaient pleinement les siennes, qu'une révélation d'en haut lui découvrait les secrets et lui ouvrait les cœurs. Tous pensaient qu'il vivait dans une sphère inaccessible au reste de l'humanité. On disait qu'il conversait sur les montagnes avec Moïse et Élie [64] ; on croyait que, dans ses moments de solitude, les anges venaient lui rendre leurs hommages, et établissaient un commerce surnaturel entre lui et le ciel [65].

---

61. Jean, i, 48 et suiv.
62. *Ibid.*, i, 42.
63. Jean, iv, 17 et suiv. Comp. Marc, ii, 8 ; iii, 2-4 ; Jean, ii, 24-25.
64. Matth., xvii, 3 ; Marc, ix, 3 ; Luc, ix, 30-31.
65. Matth., iv, 11 ; Marc, i, 13.

Tel était le groupe qui, sur les bords du lac de Tibériade, se pressait autour de Jésus. L'aristocratie y
était représentée par un douanier et par la femme d'un
régisseur. Le reste se composait de pêcheurs et de simples
gens. Leur ignorance était extrême ; ils avaient l'esprit
faible, ils croyaient aux spectres et aux esprits [1]. Pas
un élément de culture hellénique n'avait pénétré dans
ce premier cénacle ; l'instruction juive y était aussi fort
incomplète ; mais le cœur et la bonne volonté y débor-
daient. Le beau climat de la Galilée faisait de l'existence
de ces honnêtes pêcheurs un perpétuel enchantement.
Ils préludaient vraiment au royaume de Dieu, simples,
bons, heureux, bercés doucement sur leur délicieuse
petite mer, ou dormant le soir sur ses bords. On ne se
figure pas l'enivrement d'une vie qui s'écoule ainsi à
la face du ciel, la flamme douce et forte que donne ce
perpétuel contact avec la nature, les songes de ces
nuits passées à la clarté des étoiles, sous un dôme
d'azur d'une profondeur sans fin. Ce fut durant une
telle nuit que Jacob, la tête appuyée sur une pierre,
vit dans les astres la promesse d'une postérité innombrable, et l'échelle mystérieuse par laquelle les Elohim
allaient et venaient du ciel à la terre. A l'époque de

---

1. Matth., xiv, 26 ; Marc, vi, 49 ; Luc, xxiv, 39 ; Jean, vi, 19.

Jésus, le ciel n'était pas fermé, ni la terre refroidie. La nue s'ouvrait encore sur le fils de l'homme ; les anges montaient et descendaient sur sa tête [2] ; les visions du royaume de Dieu étaient partout ; car l'homme les portait en son cœur. L'œil clair et doux de ces âmes simples contemplait l'univers en sa source idéale ; le monde dévoilait peut-être son secret à la conscience divinement lucide de ces enfants heureux, à qui la pureté de leur cœur mérita un jour d'être admis devant la face de Dieu.

Jésus vivait avec ses disciples presque toujours en plein air. Tantôt, il montait dans une barque, et enseignait ses auditeurs pressés sur le rivage [3]. Tantôt, il s'asseyait sur les montagnes qui bordent le lac, où l'air est si pur et l'horizon si lumineux. La troupe fidèle allait ainsi, gaie et vagabonde, recueillant les inspirations du maître dans leur première fleur. Un doute naïf s'élevait parfois, une question doucement sceptique : Jésus, d'un sourire ou d'un regard, faisait taire l'objection. A chaque pas, dans le nuage qui passait, le grain qui germait, l'épi qui jaunissait, on voyait le signe du royaume près de venir ; on se croyait à la veille de voir Dieu, d'être les maîtres du monde ; les pleurs se tournaient en joie ; c'était l'avènement sur terre de l'universelle consolation.

« Heureux, disait le maître, les pauvres en esprit ; car c'est à eux qu'appartient le royaume des cieux !

« Heureux ceux qui pleurent ; car ils seront consolés !

« Heureux les débonnaires ; car ils posséderont la terre !

« Heureux ceux qui ont faim et soif de justice ; car ils seront rassasiés !

« Heureux les miséricordieux ; car ils obtiendront miséricorde !

2. Jean, i, 51.
3. Matth., xiii, 1-2 ; Marc, iii, 9 ; iv, 1 ; Luc, v, 3.

« Heureux ceux qui ont le cœur pur ; car ils verront Dieu !

« Heureux les pacifiques ; car ils seront appelés enfants de Dieu !

« Heureux ceux qui sont persécutés pour la justice ; car le royaume des cieux est à eux [4]. »

Sa prédication était suave et douce, toute pleine de la nature et du parfum des champs. Il aimait les fleurs et en prenait ses leçons les plus charmantes. Les oiseaux du ciel, la mer, les montagnes, les jeux des enfants, passaient tour à tour dans ses enseignements. Son style n'avait rien de la période grecque, mais se rapprochait beaucoup plus du tour des parabolistes hébreux ; et surtout des sentences des docteurs juifs, ses contemporains, telles que nous les lisons dans les *Pirké Aboth*. Ses développements avaient peu d'étendue, et formaient des espèces de surates à la façon du Coran, lesquelles cousues ensemble ont composé plus tard ces longs discours qui furent écrits par Matthieu [5]. Nulle transition ne liait ces pièces diverses ; d'ordinaire cependant, une même inspiration les pénétrait et en faisait l'unité. C'est surtout dans la parabole que le maître excellait. Rien dans le judaïsme ne lui avait donné le modèle de ce genre délicieux [6]. C'est lui qui l'a créé. Il est vrai qu'on trouve dans les livres bouddhiques des paraboles exactement du même ton et de la même facture que les paraboles évangéliques [7]. Mais il est difficile d'admettre qu'une influence bouddhique se soit exercée en ceci. L'esprit de mansuétude et la pro-

4. Matth., v, 3-10 ; Luc, vi, 20-25.

5. C'est ce qu'on appelait les Λόγια κυριακά [a]. Papias, dans Eusèbe, *H. E.*, III, 39.

6. L'apologue, tel que nous le trouvons, *Juges*, ix, 8 et suiv., *II Sam.*, xii, 1 et suiv., n'a qu'une ressemblance de forme avec la parabole évangélique. La profonde originalité de celle-ci est dans le sentiment qui la remplit. Les paraboles des *Midraschim* sont aussi d'un tout autre esprit.

7. Voir surtout le *Lotus de la bonne loi*, ch. iii et iv.

fondeur de sentiment qui animèrent également le christianisme naissant et le bouddhisme suffisent peut-être pour expliquer ces analogies.

Une totale indifférence pour les choses extérieures et pour les vaines superfluités en fait de meubles et d'habits dont nos tristes pays nous font des nécessités était la conséquence de la vie simple et douce qu'on menait en Galilée. Les climats froids, en obligeant l'homme à une lutte perpétuelle contre le dehors, donnent beaucoup de prix aux recherches du bien-être. Au contraire, les pays qui éveillent des besoins peu nombreux sont les pays de l'idéalisme et de la poésie. Les accessoires de la vie y sont insignifiants auprès du plaisir de vivre. L'embellissement de la maison y est frivole ; on se tient le moins possible enfermé. L'alimentation forte et régulière des climats peu généreux passerait pour pesante et désagréable. Et quant au luxe des vêtements, comment rivaliser avec celui que Dieu a donné à la terre et aux oiseaux du ciel ? Le travail, dans ces sortes de climats, paraît inutile ; ce qu'il donne ne vaut pas ce qu'il coûte. Les animaux des champs sont mieux vêtus que l'homme le plus opulent, et ils ne font rien. Ce mépris, qui, lorsqu'il n'a pas la paresse pour cause, sert beaucoup à l'élévation des âmes, inspirait à Jésus des apologues charmants : « N'enfouissez pas en terre, disait-il, des trésors que les vers et la rouille dévorent, que les larrons découvrent et dérobent ; mais amassez-vous des trésors dans le ciel, où il n'y a ni vers, ni rouille, ni larrons. Où est ton trésor, là aussi est ton cœur [8]. On ne peut servir deux maîtres ; ou bien on hait l'un et on aime l'autre, ou bien on s'attache à l'un et on délaisse l'autre. Vous ne pouvez servir Dieu et Mamon [9]. C'est pourquoi je vous le dis : Ne soyez pas inquiets de l'aliment que vous aurez pour soutenir

---

8. Comparez Talm. de Bab., *Baba bathra*, 11 *a*.
9. Dieu des richesses et des trésors cachés, sorte de Plutus dans la mythologie phénicienne et syrienne.

votre vie, ni des vêtements que vous aurez pour couvrir votre corps. Regardez les oiseaux du ciel : ils ne sèment ni ne moissonnent ; ils n'ont ni cellier ni grenier, et votre Père céleste les nourrit. N'êtes-vous pas fort au-dessus d'eux ? Quel est celui d'entre vous qui, à force de soucis, peut ajouter une coudée à sa mesure ? Et quant aux habits, pourquoi vous en mettre en peine ? Considérez les lis des champs ; ils ne travaillent ni ne filent. Cependant, je vous le dis, Salomon dans toute sa gloire n'était pas vêtu comme l'un d'eux. Si Dieu prend soin de vêtir de la sorte une herbe des champs, qui existe aujourd'hui et qui demain sera jetée au feu, que ne fera-t-il point pour vous, gens de peu de foi ? Ne dites donc pas avec anxiété : « Que mangerons-nous ? que boirons-nous ? « de quoi serons-nous vêtus ? » Ce sont les païens qui se préoccupent de toutes ces choses ; votre Père céleste sait que vous en avez besoin. Mais cherchez premièrement le royaume de Dieu, et tout le reste vous sera donné par surcroît. Ne vous souciez pas de demain ; demain se souciera de lui-même. A chaque jour suffit sa peine [10]. »

Ce sentiment essentiellement galiléen eut sur la destinée de la secte naissante une influence décisive. La troupe heureuse, se reposant sur le Père céleste de tout ce qui tenait à la satisfaction de ses besoins, avait pour première règle de regarder les soucis de la vie comme un mal qui étouffe en l'homme le germe de tout bien [11]. Chaque jour, elle demandait à Dieu le pain du lendemain [12]. A quoi bon thésauriser ? Le royaume de Dieu va venir. « Vendez ce que vous possédez et donnez-le en aumône, disait le maître. Faites-vous au ciel des sacs qui ne vieillissent pas, des trésors qui

---

10. Matth., vi, 19-21, 24-34 ; Luc, xii, 22-31, 33-34 ; xvi, 13. Comparez les préceptes *Luc*, x, 7-8, empreints de la même naïveté, et Talmud de Babylone, *Sota*, 48 *b*.

11. Matth., xiii, 22 ; Marc, iv, 19 ; Luc, viii, 14.

12. Matth., vi, 11 ; Luc, xi, 3. C'est le sens du mot ἐπιούσιος.

ne se dissipent pas [13]. » Entasser des économies pour des
héritiers qu'on ne verra jamais, quoi de plus insensé [14]?
Comme exemple de la folie humaine, Jésus aimait à
citer le cas d'un homme qui, après avoir élargi ses
greniers et s'être amassé du bien pour de longues
années, mourut avant d'en avoir joui [15]! Le brigandage,
qui était très enraciné en Galilée [16], donnait beaucoup
de force à cette manière de voir. Le pauvre, qui n'en
souffrait pas, devait se regarder comme le favori de
Dieu, tandis que le riche, ayant une possession peu sûre,
était le vrai déshérité. Dans nos sociétés établies sur
une idée très rigoureuse de la propriété, la position du
pauvre est horrible ; il n'a pas à la lettre sa place au
soleil. Il n'y a de fleurs, d'herbe, d'ombrage que pour
celui qui possède la terre. En Orient, ce sont là des dons
de Dieu, qui n'appartiennent à personne. Le propriétaire n'a qu'un mince privilège; la nature est le patrimoine de tous.

Le christianisme naissant, du reste, ne faisait sur
ce point que suivre la trace des sectes juives qui pra-
tiquaient la vie cénobitique. Un principe communiste
était l'âme de ces sectes (esséniens, thérapeutes),
également mal vues des pharisiens et des sadducéens.
Le messianisme, tout politique chez les juifs orthodoxes, devenait chez elles tout social. Par une existence
douce, réglée, contemplative, laissant sa part à la
liberté de l'individu, ces petites Églises, où l'on a
supposé, non à tort peut-être, quelque imitation des
instituts néo-pythagoriques, croyaient inaugurer sur la
terre le royaume céleste. Des utopies de vie bienheu-
reuse, fondées sur la fraternité des hommes et le culte

13. Luc, xii, 33-34. Comparez les belles maximes, toutes semblables
à celles-ci, que le Talmud prête à Monobaze. Talmud de Jér., *Péah*,
15 *b*.
14. Luc, xii, 20.
15. *Ibid.*, xii, 16 et suiv.
16. Jos., *Ant.*, XVII, x, 4 et suiv. ; *Vita*, 11, etc.

pur du vrai Dieu, préoccupaient les âmes élevées et produisaient de toutes parts des essais hardis, sincères, mais de peu d'avenir [17].

Jésus, dont les relations avec les esséniens sont très difficiles à préciser (les ressemblances, en histoire, n'impliquant pas toujours des relations), était ici certainement leur frère. La communauté des biens fut quelque temps de règle dans la société nouvelle [18]. L'avarice était le péché capital [19] ; or, il faut bien remarquer que le péché d' « avarice », contre lequel la morale chrétienne a été si sévère, était alors le simple attachement à la propriété. La première condition pour être disciple parfait de Jésus était de réaliser sa fortune et d'en donner le prix aux pauvres. Ceux qui reculaient devant cette extrémité n'entraient pas dans la communauté [20]. Jésus répétait souvent que celui qui a trouvé le royaume de Dieu doit l'acheter au prix de tous ses biens, et qu'en cela il fait encore un marché avantageux. « L'homme qui a découvert l'existence d'un trésor dans un champ, disait-il, sans perdre un instant, vend ce qu'il possède et achète le champ. Le joaillier qui a trouvé une perle inestimable fait argent de tout et achète la perle [21]. » Hélas ! les inconvénients de ce régime ne tardèrent pas à se faire sentir. Il fallait un trésorier. On choisit pour cela Juda de Kerioth. A tort ou à raison, on l'accusa de voler la caisse commune [22] ; un poids énorme d'antipathies s'amoncela contre lui.

Quelquefois, le maître, plus versé dans les choses du ciel que dans celles de la terre, enseignait une économie politique plus singulière encore. Dans une parabole

17. Philon, *Quod omnis probus liber* et *De vita contemplativa* ; Jos., *Ant.*, XVIII, 1, 5 ; *B. J.*, II, VIII, 2-13 ; Pline, *Hist. nat.*, V, 17 ; Épiphane, *Adv. hær.*, x, XIX, XXIX, 5.
18. Act., IV, 32, 34-37 ; v, 1 et suiv.
19. Matth., XIII, 22 ; Luc, XII, 15 et suiv.
20. Matth., XIX. 21 ; Marc, x, 21 et suiv., 29-30 ; Luc, XVIII, 22-23, 28.
21. Matth., XIII, 44-46.
22. Jean, XII, 6.

bizarre, un intendant est loué pour s'être fait des amis
parmi les pauvres aux dépens de son maître, afin que
les pauvres à leur tour l'introduisent dans le royaume
du ciel. Les pauvres, en effet, devant être les dispensa-
teurs de ce royaume, n'y recevront que ceux qui leur
auront donné. Un homme avisé songeant à l'avenir
doit donc chercher à les gagner. « Les pharisiens, qui
étaient des avares, dit l'évangéliste, entendaient cela,
et se moquaient de lui [23]. » Entendirent-ils aussi la
redoutable parabole que voici ? « Il y avait un homme
riche, qui était vêtu de pourpre et de fin lin, et qui tous
les jours faisait bonne chère. Il y avait aussi un pauvre,
nommé Lazare, qui était couché à sa porte, couvert
d'ulcères, désireux de se rassasier des miettes qui
tombaient de la table du riche. Et les chiens venaient
lécher ses plaies. Or, il arriva que le pauvre mourut
et qu'il fut porté par les anges dans le sein d'Abraham.
Le riche mourut aussi et fut enterré [24]. Et du fond de
l'enfer, pendant qu'il était dans les tourments, il leva
les yeux, et vit de loin Abraham, et Lazare dans
son sein. Et s'écriant, il dit : « Père Abraham, aie pitié
« de moi, et envoie Lazare, afin qu'il trempe dans l'eau
« le bout de son doigt et qu'il me rafraîchisse la langue,
« car je souffre cruellement dans cette flamme. » Mais
Abraham lui dit : « Mon fils, songe que tu as eu ta part
« de bien pendant la vie, et Lazare sa part de mal.
« Maintenant, il est consolé, et tu es dans les tourments [25]. »
Quoi de plus juste ? Plus tard, on appela cela la parabole du « mauvais riche ». Mais c'est purement et simplement la parabole du « riche ». Il est en enfer parce
qu'il est riche, parce qu'il ne donne pas son bien aux

23. Luc, xvi, 1-14.
24. Voir le texte grec.
25. Luc, xvi, 19-25. Luc, je le sais, a une tendance très prononcée
au communisme (comparez, vi, 20-21, 25-26), et je pense qu'il a exagéré
cette nuance de l'enseignement de Jésus. Mais les traits des Λόγια de
Matthieu sont suffisamment significatifs.

pauvres, parce qu'il dîne bien, tandis que d'autres à sa porte dînent mal. Enfin, dans un moment où, moins exagéré, Jésus ne présente l'obligation de vendre ses biens et de les donner aux pauvres que comme un conseil de perfection, il fait encore cette déclaration terrible : « Il est plus facile à un chameau de passer par le trou d'une aiguille qu'à un riche d'entrer dans le royaume de Dieu [26]. »

Un sentiment d'une admirable profondeur domina en tout ceci Jésus, ainsi que la bande de joyeux enfants qui l'accompagnaient, et fit de lui pour l'éternité le vrai créateur de la paix de l'âme, le grand consolateur de la vie. En dégageant l'homme de ce qu'il appelait « les sollicitudes de ce monde », Jésus put aller à l'excès et porter atteinte aux conditions essentielles de la société humaine ; mais il fonda ce haut spiritualisme qui pendant des siècles a rempli les âmes de joie à travers cette vallée de larmes. Il vit avec une parfaite justesse que l'inattention de l'homme, son manque de philosophie et de moralité, viennent le plus souvent des distractions auxquelles il se laisse aller, des soucis qui l'assiègent et que la civilisation multiplie outre mesure [27]. L'Évangile, de la sorte, a été le suprême remède aux ennuis de la vie vulgaire, un perpétuel *sursum corda*, une puissante distraction aux misérables soins de la terre, un doux appel comme celui de Jésus à l'oreille de Marthe : « Marthe, Marthe, tu t'inquiètes de beaucoup de choses ; or, une seule est nécessaire. » Grâce à Jésus, l'existence la plus terne, la plus absorbée par de tristes ou humiliants devoirs, a eu son échappée sur un coin

---

26. Matth., xix, 24 ; Marc, x, 25 ; Luc, xviii, 25 ; Évang. des Hébreux, dans Hilgenfeld, *Nov. Test. extra canonem receptum*, fasc. iv, p. 17. Cette locution proverbiale se retrouve dans le Talmud (Bab., *Berakoth*, 55 *b*, *Baba metsia*, 38 *b*) et dans le Coran (Sur. vii, 38). Origène et les interprètes grecs, ignorant le proverbe sémitique, ont cru à tort qu'il s'agissait d'un câble (κάμιλος).

27. Matth., xiii, 22.

du ciel. Dans nos civilisations affairées, le souvenir de la vie libre de Galilée a été comme le parfum d'un autre monde, comme une « rosée de l'Hermon [28] », qui a empêché la sécheresse et la vulgarité d'envahir entièrement le champ de Dieu.

28. Ps. cxxxiii, 3.

# CHAPITRE XI

Ces maximes, bonnes pour un pays où la vie se nourrit d'air et de jour, ce communisme délicat d'une troupe d'enfants de Dieu, vivant en confiance sur le sein de leur père, pouvaient convenir à une secte naïve, persuadée à chaque instant que son utopie allait se réaliser. Mais il est clair que de tels principes ne pouvaient rallier l'ensemble de la société. Jésus comprit bien vite, en effet, que le monde officiel ne se prêterait nullement à son royaume. Il en prit son parti avec une hardiesse extrême. Laissant là tout ce monde au cœur sec et aux étroits préjugés, il se tourna vers les simples. Une vaste substitution de race aura lieu. Le royaume de Dieu est fait : 1º pour les enfants et pour ceux qui leur ressemblent ; 2º pour les rebutés de ce monde, victimes de la morgue sociale, qui repousse l'homme bon mais humble ; 3º pour les hérétiques et schismatiques, publicains, samaritains, païens de Tyr et de Sidon. Une parabole énergique expliquait cet appel au peuple et le légitimait [1] : Un roi a préparé un festin de noces et envoie ses serviteurs chercher les invités. Chacun s'excuse ; quelques-uns maltraitent les messagers. Le roi alors

---

1. Matth., xxii, 2 et suiv. ; Luc, xiv, 16 et suiv. Comp. Matth., viii, 11-12 ;xxi, 33 et suiv.

prend un grand parti. Les gens comme il faut n'ont
pas voulu se rendre à son appel ; eh bien, ce seront les
premiers venus, des gens recueillis sur les places et les
carrefours, des pauvres, des mendiants, des boiteux,
n'importe ; il faut remplir la salle, « et je vous le jure,
dit le roi, aucun de ceux qui étaient invités ne goûtera
mon festin. »

Le pur *ébionisme*, c'est-à-dire la doctrine que les
pauvres (*ébionim*) seuls seront sauvés, que le règne des
pauvres va venir, fut donc la doctrine de Jésus. « Malheur
à vous, riches, disait-il, car vous avez votre consolation !
Malheur à vous qui êtes maintenant rassasiés, car vous
aurez faim ! Malheur à vous qui riez maintenant, car
vous gémirez et vous pleurerez [2] ! » « Quand tu fais un
festin, disait-il encore, n'invite pas tes amis, tes parents,
tes voisins riches ; ils t'inviteraient à leur tour, et tu
aurais ta récompense. Mais, quand tu fais un repas,
invite les pauvres, les infirmes, les boiteux, les aveugles ;
et tant mieux pour toi s'ils n'ont rien à te rendre, car
le tout te sera rendu dans la résurrection des justes [3]. »
C'est peut-être dans un sens analogue qu'il répétait
souvent : « Soyez de bons banquiers [4] », c'est-à-dire :
faites de bons placements pour le royaume de Dieu,
en donnant vos biens aux pauvres, conformément au
vieux proverbe : « Donner au pauvre, c'est prêter à
Dieu [5]. »

Ce n'était pas là, du reste, un fait nouveau. Le mouvement démocratique le plus exalté dont l'humanité
ait gardé le souvenir (le seul aussi qui ait réussi, car
seul il s'est tenu dans le domaine de l'idée pure) agitait
depuis longtemps la race juive. La pensée que Dieu

2. Luc, vi, 24-25.
3. Luc, xiv, 12-14.
4. Mot conservé par une tradition fort ancienne et fort suivie.
Homélies pseudo-clém., ii, 51 ; iii, 50 ; xviii, 20 ; Clément d'Alex.,
*Strom.*, I, 28. On le retrouve dans Origène, dans saint Jérôme et dans
un grand nombre de Pères de l'Église.
5. Prov., xix, 17.

est le vengeur du pauvre et du faible contre le riche et le
puissant se retrouve à chaque page des écrits de l'Ancien
Testament. L'histoire d'Israël est de toutes les histoires
celle où l'esprit populaire a le plus constamment dominé.
Les prophètes, vrais tribuns et, on peut le dire, les plus
hardis des tribuns, avaient tonné sans cesse contre les
grands et établi une étroite relation d'une part entre
les mots de « riche, impie, violent, méchant », de l'autre
entre les mots de « pauvre, doux, humble, pieux » [6].
Sous les Séleucides, les aristocrates ayant presque tous
apostasié et passé à l'hellénisme, ces associations d'idées
ne firent que se fortifier. Le livre d'Hénoch contient
des malédictions plus violentes encore que celles de
l'Évangile contre le monde, les riches, les puissants [7].
Le luxe y est présenté comme un crime. Le « Fils de
l'homme », dans cette Apocalypse bizarre, détrône les
rois, les arrache à leur vie voluptueuse, les précipite
dans l'enfer [8]. L'initiation de la Judée à la vie profane,
l'introduction récente d'un élément tout mondain de
luxe et de bien-être, provoquaient une furieuse réaction
en faveur de la simplicité patriarcale. « Malheur à vous
qui méprisez la masure et l'héritage de vos pères !
Malheur à vous qui bâtissez vos palais avec la sueur des
autres ! Chacune des pierres, chacune des briques qui
les composent est un péché [9]. » Le nom de « pauvre »
(*ébion*) était devenu synonyme de « saint », d' « ami de
Dieu ». C'était le nom que les disciples galiléens de Jésus
aimaient à se donner [10] ; ce fut longtemps le nom des
chrétiens judaïsants de la Batanée et du Hauran (nazaréens, hébreux), restés fidèles à la langue comme aux

---

6. Voir en particulier Amos, ii, 6 ; Is., lxiii, 9 ; Ps. xxv, 9 ; xxxvii,
11 ; lxix, 33, et en général les dictionnaires hébreux, aux mots : עָרִיץ,
אֶבְיוֹן, דַּל, עָנִי, עָנָו, חָסִיד, עָשִׁיר, הוֹלְלִים.
7. Ch. lxii, lxiii, xcvii, c, civ.
8. *Hénoch*, ch. xlvi (peut-être chrétien), 4-8.
9. *Hénoch*, xcix, 13, 14.
10. Epist. Jac., ii, 5 et suiv.

enseignements primitifs de Jésus, et qui se vantaient de posséder parmi eux les descendants de sa famille [11]. A la fin du IIᵉ siècle, ces bons sectaires, demeurés en dehors du grand courant qui avait emporté les autres Églises, sont traités d'hérétiques (*ébionites*), et on invente pour expliquer leur nom un prétendu hérésiarque *Ébion* [12].

On entrevoit sans peine que ce goût exagéré de pauvreté ne pouvait être bien durable. C'était là un de ces éléments d'utopie comme il s'en mêle toujours aux grandes fondations, et dont le temps fait justice. Transporté dans le large milieu de la société humaine, le christianisme devait un jour très facilement consentir à posséder des riches dans son sein, de même que le bouddhisme, exclusivement monacal à son origine, en vint, aussitôt que les conversions se multiplièrent, à compter des laïques. Mais on garde toujours la marque de ses origines. Bien que vite dépassé et oublié, l'*ébionisme* laissa dans toute l'histoire des institutions chrétiennes un levain qui ne se perdit pas. La collection des *Logia* ou discours de Jésus se forma ou du moins se compléta dans les Églises ébionites de la Batanée [13]. La « pauvreté » resta un idéal dont la vraie lignée de Jésus ne se détacha plus. Ne rien posséder fut le véritable état évangélique ; la mendicité devint une vertu, un état saint. Le grand mouvement ombrien du XIIIᵉ siècle, qui est, entre tous les essais de fondation religieuse, celui qui ressemble le plus au mouvement

11. Jules Africain, dans Eusèbe, *H. E.*, I, 7 ; Eus., *De situ et nom. loc hœbr.*, au mot Χωδά ; Orig., *Contre Celse*, II, 1 ; V, 61 ; Épiph., *Adv hær.*, XXIX, 7, 9 ; XXX, 2, 18.

12. Voir surtout Origène, *Contre Celse*, II, 1 ; *De principiis*, IV, 22. Comparez Épiph., *Adv. hær.*, XXX, 17. Irénée, Origène, Eusèbe, les Constitutions apostoliques, ignorent l'existence d'un tel personnage. L'auteur des *Philosophumena* semble hésiter (VII, 34 et 35 ; X, 22 et 23). C'est par Tertullien et surtout par Épiphane qu'a été répandue la fable d'un *Ébion*. Du reste, tous les Pères sont d'accord sur l'étymologie Ἐδίων = πτωχός.

13. Épiph., *Adv. hær.*, XIX, XXIX et XXX, surtout XXIX, 9.

galiléen, se fit tout entier au nom de la pauvreté.
François d'Assise, l'homme du monde qui, par son
exquise bonté, sa communion délicate, fine et tendre
avec la vie universelle, a le plus ressemblé à Jésus, fut
un pauvre. Les ordres mendiants, les innombrables
sectes communistes du moyen âge (pauvres de Lyon,
bégards, bons-hommes, fratricelles, humiliés, pauvres
évangéliques, sectateurs de « l'Évangile éternel *a* »)
prétendirent être et furent en effet les vrais disciples
de Jésus. Mais, cette fois encore, les plus impossibles
rêves de la religion nouvelle furent féconds. La mendicité pieuse, qui cause à nos sociétés industrielles et
administratives de si fortes impatiences, fut, à son jour
et sous le ciel qui lui convenait, pleine de charme. Elle
offrit à une foule d'âmes contemplatives et douces le
seul état qui leur plaise. Avoir fait de la pauvreté un
objet d'amour et de désir, avoir élevé le mendiant sur
l'autel et sanctifié l'habit du pauvre homme, est un
coup de maître dont l'économie politique peut n'être
pas fort touchée, mais devant lequel le vrai moraliste
ne peut rester indifférent. L'humanité, pour porter son
fardeau, a besoin de croire qu'elle n'est pas complètement payée par son salaire. Le plus grand service qu'on
puisse lui rendre est de lui répéter souvent qu'elle ne
vit pas seulement de pain.

Comme tous les grands hommes, Jésus avait du goût
pour le peuple et se sentait à l'aise avec lui. L'Évangile
dans sa pensée est fait pour les pauvres ; c'est à eux
qu'il apporte la bonne nouvelle du salut [14]. Tous les
dédaignés du judaïsme orthodoxe étaient ses préférés.
L'amour du peuple, la pitié pour son impuissance, le
sentiment du chef démocratique, qui sent vivre en lui
l'esprit de la foule et se reconnaît pour son interprète
naturel, éclatent à chaque instant dans ses actes et ses
discours [15].

14. Matth., x, 23 ; xi, 5 ; Luc, vi. 20-21.
15. Matth., ix, 36 ; Marc, vi, 34.

La troupe élue présentait, en effet, un caractère fort mêlé et dont les rigoristes devaient être très surpris. Elle comptait dans son sein des gens qu'un juif qui se respectait n'eût pas fréquentés [16]. Peut-être Jésus trouvait-il dans cette société en dehors des règles communes plus de distinction et de cœur que dans une bourgeoisie pédante, formaliste, orgueilleuse de son apparente moralité. Les pharisiens, exagérant les prescriptions mosaïques, en étaient venus à se croire souillés par le contact des gens moins sévères qu'eux ; on touchait presque pour les repas aux puériles distinctions des castes de l'Inde. Méprisant ces misérables aberrations du sentiment religieux, Jésus aimait à dîner chez ceux qui en étaient les victimes [17] ; on voyait à côté de lui des personnes que l'on disait de mauvaise vie, peut-être pour cela seul, il est vrai, qu'elles ne partageaient pas les ridicules des faux dévots. Les pharisiens et les docteurs criaient au scandale. « Voyez, disaient-ils, avec quelles gens il mange ! » Jésus avait alors de fines réponses, qui exaspéraient les hypocrites : « Ce ne sont pas les gens bien portants qui ont besoin de médecin [18] » ; ou bien : « Le berger qui a perdu une brebis sur cent laisse les quatre-vingt-dix-neuf autres pour courir après la perdue, et, quand il l'a trouvée, il la rapporte avec joie sur ses épaules [19] » ; ou bien : « Le Fils de l'homme est venu sauver ce qui était perdu [20] » ; ou encore : « Je ne suis pas venu appeler les justes, mais les pécheurs [21] » ; enfin cette délicieuse parabole du fils prodigue, où celui qui a failli est présenté comme ayant une sorte de privilège d'amour sur celui qui a toujours été juste. Des femmes faibles ou coupables, surprises

---

16. Matth., ix, 10 et suiv. ; Luc, xv entier.
17. Matth., ix, 11 ; Marc, ii, 16 ; Luc, v, 30.
18. Matth., ix, 12.
19. Luc, xv, 4 et suiv.
20. Matth., xviii, 11 (?) ; Luc, xix, 10.
21. Matth., ix, 13.

de tant de charme, et goûtant pour la première fois le
contact plein d'attrait de la vertu, s'approchaient
librement de lui. On s'étonnait qu'il ne les repoussât
pas. « Oh! se disaient les puritains, cet homme n'est
point un prophète ; car, s'il l'était, il s'apercevrait
bien que la femme qui le touche est une pécheresse. »
Jésus répondait par la parabole d'un créancier qui remit
à ses débiteurs des dettes inégales, et il ne craignait pas
de préférer le sort de celui à qui fut remise la dette la
plus forte [22]. Il n'appréciait les états de l'âme qu'en
proportion de l'amour qui s'y mêle. Des femmes, le
cœur plein de larmes et disposées par leurs fautes aux
sentiments d'humilité, étaient plus près de son royaume
que les natures médiocres, lesquelles ont souvent peu
de mérite à n'avoir point failli. On conçoit, d'un autre
côté, que ces âmes tendres, trouvant dans leur conversion à la secte un moyen de réhabilitation facile, s'atta-
chaient à lui avec passion.

Loin qu'il cherchât à adoucir les murmures que sou-
levait son dédain pour les susceptibilités sociales du
temps, il semblait prendre plaisir à les exciter. Jamais
on n'avoua plus hautement ce mépris du « monde »,
qui est la condition des grandes choses et de la grande
originalité. Il ne pardonnait au riche que quand le riche,
par suite de quelque préjugé, était mal vu de la société [23].
Il préférait hautement les gens de vie équivoque et de
peu de considération aux notables orthodoxes. « Des
publicains et des courtisanes, leur disait-il, vous précé-
deront dans le royaume de Dieu. Jean est venu ; de

22. Luc, vii, 36 et suiv. Luc, qui aime à relever tout ce qui se rapporte au pardon des pécheurs (comp. x, 30 et suiv. ; xv entier ; xvi
16 et suiv. ; xviii, 10 et suiv. ; xix, 2 et suiv. ; xxiii, 39-43), a composé
ce récit avec les traits d'une autre histoire, celle de l'onction des pieds
qui eut lieu à Béthanie quelques jours avant la mort de Jésus. Mais la
pardon de la pécheresse était, sans contredit, un des traits essentiels
de la vie anecdotique de Jésus. Cf. Jean, viii, 3 et suiv. ; Papias, dans
Eusèbe, *Hist. eccl.*, III, 39.

23. Luc, xix, 2 et suiv.

publicains et des courtisanes ont cru en lui, et malgré
cela vous ne vous êtes pas convertis [24]. » On comprend
combien le reproche de n'avoir pas suivi le bon exemple
que leur donnaient des filles de joie devait être sanglant pour des gens faisant profession de gravité et
d'une morale rigide.

Il n'avait aucune affectation extérieure, ni montre
d'austérité. Il ne fuyait pas la joie, il allait volontiers
aux divertissements des mariages. Un de ses miracles
fut fait, dit-on, pour égayer une noce de petite ville.
Les noces en Orient ont lieu le soir. Chacun porte une
lampe ; les lumières qui vont et viennent font un effet
très agréable. Jésus aimait cet aspect gai et animé, et
tirait de là des paraboles [25]. Quand on comparait une
telle conduite à celle de Jean-Baptiste, on était scan-
dalisé [26]. Un jour que les disciples de Jean et les pharisiens observaient le jeûne : « Comment se fait-il, lui
dit-on, que, tandis que les disciples de Jean et des
pharisiens jeûnent et prient, les tiens mangent et
boivent ? — Laissez-les, dit Jésus ; voulez-vous faire
jeûner les paranymphes de l'époux, pendant que
l'époux est avec eux ? Des jours viendront où l'époux
leur sera enlevé ; ils jeûneront alors [27]. » Sa douce gaieté
s'exprimait sans cesse par des réflexions vives, d'aimables
plaisanteries. « A qui, disait-il, sont semblables les
hommes de cette génération, et à qui les comparerai-je ?
Ils sont semblables aux enfants assis sur les places, qui
jasent à leurs camarades :

> *Voici que nous chantons,*
> *Et vous ne dansez pas.*
> *Voici que nous pleurons,*
> *Et vous ne pleurez pas* [28].

24. Matth., xxi, 31-32.
25. *Ibid.*, xxv, 1 et suiv.
26. Marc, ii, 18 ; Luc, v, 33.
27. Matth., ix, 14 et suiv. ; Marc, ii, 18 et suiv. ; Luc, v, 33 et suiv.
28. Allusion à quelque jeu d'enfant.

Jean est venu, ne mangeant ni ne buvant, et vous dites : « C'est un fou. » Le Fils de l'homme est venu, vivant comme tout le monde, et vous dites : « C'est « un mangeur, un buveur de vin, l'ami des douaniers « et des pécheurs. » Cette fois encore, la Sagesse a été justifiée par ses œuvres [29]. »

Il parcourait ainsi la Galilée au milieu d'une fête perpétuelle. Il se servait d'une mule [a], monture en Orient si bonne et si sûre, et dont le grand œil noir, ombragé de longs cils, a beaucoup de douceur. Ses disciples déployaient quelquefois autour de lui une pompe rustique, dont leurs vêtements, tenant lieu de tapis, faisaient les frais. Ils les mettaient sur la mule qui le portait, ou les étendaient à terre sur son passage [30]. Quand il descendait dans une maison, c'était une joie et une bénédiction. Il s'arrêtait dans les bourgs et les grosses fermes, où il recevait une hospitalité empressée. En Orient, la maison où descend un étranger devient aussitôt un lieu public. Tout le village s'y rassemble ; les enfants y font invasion ; les valets les écartent ; ils reviennent toujours. Jésus ne pouvait souffrir qu'on rudoyât ces naïfs auditeurs ; il les faisait approcher de lui et les embrassait [31]. Les mères, encouragées par un tel accueil, lui apportaient leurs nourrissons pour qu'il les touchât [32]. Des femmes venaient verser de l'huile sur sa tête et des parfums sur ses pieds. Ses disciples les repoussaient parfois comme importunes ; mais Jésus, qui aimait les usages antiques et tout ce qui

---

29. Matth., xi, 16 et suiv. ; Luc, vii, 34 et suiv. Proverbe qui veut dire : « L'opinion des hommes est aveugle. La sagesse des œuvres de Dieu n'est proclamée que par ces œuvres elles-mêmes. » Je lis ἔργων, avec le manuscrit B du Vatican et le *Codex Sinaiticus*, et non τέκνων. On aura corrigé Matth., xi, 19, d'après Luc, vii, 35, qui paraissait plus clair.

30. Matth., xxi, 7 8.

31. Matth., xix, 13 et suiv. ; Marc, ix, 36 ; x, 13 et suiv. ; Luc, xviii, 15-16.

32. Marc, x, 13 et suiv. ; Luc, xviii, 15.

indique la simplicité du cœur, réparait le mal fait par
ses amis trop zélés. Il protégeait ceux qui voulaient
l'honorer [33]. Aussi les enfants et les femmes l'adoraient.
Le reproche d'aliéner de leur famille ces êtres délicats,
toujours prompts à être séduits, était un de ceux que
lui adressaient le plus souvent ses ennemis [34].

La religion naissante fut ainsi à beaucoup d'égards un
mouvement de femmes et d'enfants. Ces derniers faisaient autour de Jésus comme une jeune garde pour
l'inauguration de son innocente royauté, et lui décer-
naient de petites ovations auxquelles il se plaisait fort,
l'appelant « fils de David », criant : *Hosanna* [35]! et
portant des palmes autour de lui. Jésus, comme Savo-
narole, les faisait peut-être servir d'instruments à des
missions pieuses ; il était bien aise de voir ces jeunes
apôtres, qui ne le compromettaient pas, se lancer en
avant et lui décerner des titres qu'il n'osait prendre
lui-même. Il les laissait dire, et, quand on lui demandait
s'il entendait, il répondait d'une façon évasive que la
louange qui sort de jeunes lèvres est la plus agréable
à Dieu [36].

Il ne perdait aucune occasion de répéter que les
petits sont des êtres sacrés [37], que le royaume de Dieu
appartient aux enfants [38], qu'il faut devenir enfant
pour y entrer [39], qu'on doit le recevoir en enfant [40],

33. Matth., xxvi, 7 et suiv. ; Marc, xiv, 3 et suiv. ; Luc, vii, 37 et
suiv.
34. Évangile de Marcion, addition au v. 2 du ch. xxiii de Luc
(Épiph., *Adv. hær.*, xlii, 11). Si les retranchements de Marcion sont
sans valeur critique, il n'en est pas de même de ses additions, quand
elles peuvent provenir, non d'un parti pris, mais de l'état des manuscrits dont il se servait.
35. Cri qu'on poussait à la procession de la fête des Tabernacles,
en agitant les palmes. Mischna, *Sukka*, iii, 9. Cet usage existe encore
chez les israélites.
36. Matth., xxi, 15-16.
37. *Ibid.*, xviii, 5, 10, 14 ; Luc, xvii, 2.
38. Matth., xix, 14 ; Marc, x, 14 ; Luc, xviii, 16.
39. Matth., xviii, 1 et suiv. ; Marc, ix, 33 et suiv. ; Luc, ix, 46.
40. Marc, x, 15.

que le Père céleste cache ses secrets aux sages et les révèle aux petits [41]. L'idée de ses disciples se confond presque pour lui avec celle d'enfants [42]. Un jour qu'ils avaient entre eux une de ces querelles de préséance qui n'étaient point rares, Jésus prit un enfant, le mit au milieu d'eux, et leur dit : « Voilà le plus grand ; celui qui est humble comme ce petit est le plus grand dans le royaume du ciel [43]. »

C'était l'enfance, en effet, dans sa divine spontanéité, dans ses naïfs éblouissements de joie, qui prenait possession de la terre. Tous croyaient à chaque instant que le royaume tant désiré allait poindre. Chacun s'y voyait déjà assis sur un trône [44] à côté du maître. On s'y partageait les places [45] ; on cherchait à supputer les jours. Cela s'appelait « la bonne nouvelle » ; la doctrine n'avait pas d'autre nom. Un vieux mot, *paradis*, que l'hébreu, comme toutes les langues de l'Orient, avait emprunté à la Perse [a], et qui désigna d'abord les parcs des rois achéménides, résumait le rêve de tous : un jardin délicieux où l'on continuerait à jamais la vie charmante que l'on menait ici-bas [46]. Combien dura cet enivrement ? On l'ignore. Nul, pendant le cours de cette magique apparition, ne mesura plus le temps qu'on ne mesure un rêve. La durée fut suspendue ; une semaine fut comme un siècle. Mais, qu'il ait rempli des années ou des mois, le rêve fut si beau que l'humanité en a vécu depuis, et que notre consolation est encore d'en recueillir le parfum affaibli. Jamais tant de joie ne souleva la poitrine de l'homme. Un moment, dans cet effort, le plus vigoureux qu'elle ait fait pour s'élever au-dessus de sa planète, l'humanité oublia le poids de

41. Matth., xi, 25 ; Luc, x, 21.
42. Matth., x, 42 ; xviii, 5, 14 ; Marc, ix, 36 ; Luc, xvii, 2.
43. Matth., xviii, 4 ; Marc, ix, 33-36 ; Luc, ix, 46-48.
44. Luc, xxii, 30.
45. Marc, x, 37, 40-41.
46. Luc, xxiii, 43 ; II Cor., xii, 4. Comp. *Carm. sibyll.*, prooem., 86 ; Talm. de Bab., *Chagiga*, 14 *b*.

plomb qui l'attache à la terre, et les tristesses de la vie
d'ici-bas. Heureux qui a pu voir de ses yeux cette éclo-
sion divine, et partager, ne fût-ce qu'un jour, cette
illusion sans pareille! Mais plus heureux encore, nous
dirait Jésus, celui qui, dégagé de toute illusion, repro-
duirait en lui-même l'apparition céleste, et, sans rêve
millénaire, sans paradis chimérique, sans signes dans le
ciel, par la droiture de sa volonté et la poésie de son âme,
saurait de nouveau créer en son cœur le vrai royaume
de Dieu!

# CHAPITRE XII

Pendant que la joyeuse Galilée célébrait dans les fêtes la venue du bien-aimé, le triste Jean, dans sa prison de Machéro, s'exténuait d'attente et de désirs. Les succès du jeune maître qu'il avait vu quelques mois auparavant à son école arrivèrent jusqu'à lui. On disait que le Messie prédit par les prophètes, celui qui devait rétablir le royaume d'Israël, était venu et démontrait sa présence en Galilée par des œuvres merveilleuses. Jean voulut s'enquérir de la vérité de ce bruit, et, comme il communiquait librement avec ses disciples, il en choisit deux pour aller vers Jésus en Galilée [1].

Les deux disciples trouvèrent Jésus au comble de sa réputation. L'air de fête qui régnait autour de lui les surprit. Accoutumés aux jeûnes, à la prière obstinée, à une vie toute d'aspirations, ils s'étonnèrent de se voir tout à coup transportés au milieu des joies de la bienvenue [2]. Ils firent part à Jésus de leur message : « Es-tu celui qui doit venir ? Devons-nous en attendre un autre ? » Jésus, qui dès lors n'hésitait plus guère sur son propre rôle de messie, leur énuméra les œuvres qui

1. Matth., XI, 2 et suiv. ; Luc, VII, 18 et suiv.
2. Matth., IX, 14 et suiv.

devaient caractériser la venue du royaume de Dieu, la guérison des malades, la bonne nouvelle du salut prochain annoncée aux pauvres. Il faisait toutes ces œuvres. « Heureux donc, ajouta-t-il, celui qui ne doutera pas de moi! » On ignore si cette réponse trouva Jean-Baptiste vivant, ou dans quelle disposition elle mit l'austère ascète. Mourut-il consolé et sûr que celui qu'il avait annoncé vivait déjà, ou bien conserva-t-il des doutes sur la mission de Jésus? Rien ne nous l'apprend. En voyant cependant son école se continuer parallèlement aux Églises chrétiennes, on est porté à croire que, malgré sa considération pour Jésus, Jean ne l'envisagea pas comme ayant réalisé les promesses divines. La mort vint, du reste, trancher ses perplexités. L'indomptable liberté du solitaire devait couronner cette carrière inquiète et tourmentée par la seule fin qui fût digne d'elle.

Les dispositions indulgentes qu'Antipas avait d'abord montrées pour Jean ne purent être de longue durée. Dans les entretiens que, selon la tradition chrétienne, Jean aurait eus avec le tétrarque, il ne cessait de répéter à celui-ci que son mariage était illicite et qu'il devait renvoyer Hérodiade [3]. On s'imagine facilement la haine que la petite-fille d'Hérode le Grand dut concevoir contre ce conseiller importun. Elle n'attendit plus qu'une occasion pour le perdre.

Sa fille Salomé, née de son premier mariage, et comme elle ambitieuse et dissolue, entra dans ses desseins. Cette année (probablement l'an 30), Antipas se trouva, le jour anniversaire de sa naissance, à Machéro. Hérode le Grand avait fait construire dans l'intérieur de la forteresse un palais magnifique [4], où le tétrarque résidait fréquemment. Il y donna un grand festin, durant lequel Salomé exécuta une de ces danses de caractère

3. Matth., xiv, 4 et suiv. ; Marc, vi, 18 et suiv. ; Luc, iii, 19.
4. Jos., *De bello jud.*, VII, vi, 2.

qu'on ne considère pas en Syrie comme messéantes à une personne distinguée. Antipas charmé ayant demandé à la danseuse ce qu'elle désirait, celle-ci répondit, à l'instigation de sa mère : « La tête de Jean sur ce plateau [5]. » Antipas fut mécontent ; mais il ne voulut pas refuser. Un garde prit le plateau, alla couper la tête du prisonnier, et l'apporta [6].

Les disciples du baptiste obtinrent son corps et le mirent dans un tombeau. Le peuple fut très mécontent. Six ans après, Hâreth ayant attaqué Antipas, pour reprendre Machéro et venger le déshonneur de sa fille, Antipas fut battu, et l'on regarda généralement sa défaite comme une punition du meurtre de Jean [7].

La nouvelle de cette mort fut portée à Jésus par des disciples mêmes du baptiste [8]. La dernière démarche que Jean avait faite auprès de Jésus avait achevé d'établir entre les deux écoles des liens étroits. Jésus, craignant de la part d'Antipas un surcroît de mauvais vouloir, prit quelques précautions et se retira au désert [9]. Beaucoup de monde l'y suivit. Grâce à une extrême frugalité, la troupe sainte y vécut ; on crut naturellement voir en cela un miracle [10]. A partir de ce moment, Jésus ne parla plus de Jean qu'avec un redoublement d'admiration. Il déclarait sans hésiter [11] qu'il était plus qu'un prophète, que la Loi et les prophètes anciens n'avaient eu de force que jusqu'à lui [12], qu'il les avait abrogés, mais que le royaume du ciel l'abrogerait à son tour. Enfin, il lui prêtait dans l'économie du mystère chrétien une place à part, qui faisait de lui le trait

5. Plateaux portatifs sur lesquels, en Orient, on sert les liqueurs et les mets.
6. Matth., xiv, 3 et suiv. ; Marc, vi, 14-29 ; Jos., *Ant.*, XVIII, v, 2.
7. Jos., *Ant.*, XVIII, v, 1 et 2.
8. Matth., xiv, 12.
9. *Ibid.*, xiv, 13.
10. Matth., xiv, 15 et suiv. ; Marc, vi, 35 et suiv. ; Luc, ix, 11 et suiv. ; Jean, vi, 2 et suiv.
11. Matth., xi, 7 et suiv. ; Luc, vii, 24 et suiv.
12. Matth., xi, 12-13 ; Luc, xvi, 16.

d'union entre le règne de la vieille alliance et le règne
nouveau.

Le prophète Malachie, dont l'opinion en ceci fut
vivement relevée [13], avait annoncé avec beaucoup de
force un précurseur du Messie, qui devait préparer les
hommes au renouvellement final, un messager qui
viendrait aplanir les voies devant l'élu de Dieu. Ce
messager n'était autre que le prophète Élie, lequel,
selon une croyance fort répandue, allait bientôt descendre du ciel, où il avait été enlevé, pour disposer les
hommes par la pénitence au grand avènement et réconcilier Dieu avec son peuple [14]. Quelquefois, à Élie on
associait, soit le patriarche Hénoch, auquel, depuis un
ou deux siècles, on s'était pris à attribuer une haute
sainteté [15], soit Jérémie [16], qu'on envisageait comme
une sorte de génie protecteur du peuple, toujours occupé
à prier pour lui devant le trône de Dieu [17]. Cette idée
de deux anciens prophètes devant ressusciter pour
servir de précurseurs au Messie se retrouve d'une manière si frappante dans la doctrine des Parsis qu'on est
très porté à croire qu'elle venait de la Perse [18]. Quoi
qu'il en soit, elle faisait, à l'époque de Jésus, partie
intégrante des théories juives sur le Messie. Il était

13. Malachie, III et IV ; *Ecclésiastique*, XLVIII, 10. Voir ci-dessus,
ch. VI.
14. Matth., XI, 14 ; XVII, 10 ; Marc, VI, 15 ; VIII, 28 ; IX, 10 et suiv. ;
Luc, IX, 8, 19 ; Jean, I, 21 ; Justin, *Dial. cum Tryph.*, 49.
15. *Ecclésiastique*, XLIV, 16 ; IVᵉ livre d'Esdras, VI, 26 ; VII, 28 ;
comp. XIV, 9 et les dernières lignes des traductions syriaque, éthiopienne,
arabe et arménienne (Volkmar, *Esdra proph.*, p. 212 ; Ceriani, *Monum.
sacra et prof.*, tom. I, fasc. II, p. 124 ; Bible armén. de Zohrab, Venise,
1805, suppl., p. 25.
16. Matth., XVI, 14.
17. II Macch., XV, 13 et suiv.
18. Textes cités par Anquetil-Duperron, *Zend-Avesta*, I, 2ᵉ part.,
p. 46, rectifiés par Spiegel, dans la *Zeitschrift der deutschen morgenlæn-
dischen Gesellschaft*, I, 261 et suiv. ; extraits du *Jamasp-Nameh*, dans
l'*Avesta* de Spiegel, I, p. 34. Aucun des textes parsis qui impliquent
vraiment l'idée de prophètes ressuscités et précurseurs n'est ancien ;
mais les idées contenues dans ces textes paraissent bien antérieures à
l'époque de la rédaction desdits textes.

admis que l'apparition de « deux témoins fidèles », vêtus d'habits de pénitence, serait le préambule du grand drame qui allait se dérouler à la stupéfaction de l'univers [19].

On comprend qu'avec ces idées, Jésus et ses disciples ne pouvaient hésiter sur la mission de Jean-Baptiste. Quand les scribes leur faisaient cette objection qu'il ne pouvait encore être question du Messie, puisque Élie n'était pas venu [20], ils répondaient qu'Élie était venu, que Jean était Élie ressuscité [21]. Par son genre de vie, par son opposition aux pouvoirs politiques établis, Jean rappelait, en effet, cette figure étrange de la vieille histoire d'Israël [22]. Jésus ne tarissait pas sur les mérites et l'excellence de son précurseur. Il disait que, parmi les enfants des hommes, il n'en était pas né de plus grand. Il blâmait énergiquement les pharisiens et les docteurs de ne pas avoir accepté son baptême, et de ne pas s'être convertis à sa voix [23].

Les disciples de Jésus furent fidèles à ces principes du maître. Le respect de Jean fut une tradition constante dans la première génération chrétienne [24]. On le supposa parent de Jésus [25]. Son baptême fut regardé comme le premier fait et, en quelque sorte, comme la préface obligée de toute l'histoire évangélique [26]. Pour fonder la mission du fils de Joseph sur un témoignage admis de tous, on raconta que Jean, dès la première vue de Jésus, le proclama Messie ; qu'il se reconnut son inférieur, indigne de délier les cordons de ses souliers ;

---

19. *Apoc.*, xi, 3 et suiv.
20. *Marc*, ix, 10.
21. *Matth.*, xi, 14 ; xvii, 10-13 ; *Marc*, vi, 15 ; ix, 10-12 ; *Luc*, ix, 8 ; *Jean*, i, 21-25.
22. *Luc*, i, 17.
23. *Matth.*, xxi, 32 ; *Luc*, vii, 29-30.
24. *Act.*, xix, 4.
25. *Luc*, i.
26. *Act.*, i, 22 ; x, 37-38. Cela s'explique parfaitement si l'on admet, avec le quatrième évangéliste (ch. i), que Jésus conquit ses premiers et plus importants disciples dans l'école même de Jean.

qu'il se refusa d'abord à le baptiser et soutint que c'était
lui qui devait recevoir le baptême de Jésus [27]. C'étaient
là des exagérations, que réfutait suffisamment la forme
dubitative du dernier message de Jean [28]. Mais, en un
sens plus général, Jean resta dans la légende chrétienne
ce qu'il fut en réalité, l'austère préparateur, le triste
prédicateur de pénitence avant les joies de l'arrivée de
l'époux, le prophète qui annonce le royaume de Dieu
et meurt avant de le voir. Géant des origines chrétiennes,
ce mangeur de sauterelles et de miel sauvage, cet
âpre redresseur de torts, fut l'absinthe qui prépara les
lèvres à la douceur du royaume de Dieu. Le décollé
d'Hérodiade ouvrit l'ère des martyrs chrétiens ; il fut
le premier témoin de la conscience nouvelle. Les mon-
dains, qui reconnurent en lui leur véritable ennemi, ne
purent permettre qu'il vécût ; son cadavre mutilé,
étendu sur le seuil du christianisme, traça la voie sanglante où tant d'autres devaient passer après lui.

L'école de Jean ne mourut pas avec son fondateur.
Elle vécut quelque temps, distincte de celle de Jésus,
et d'abord en bonne intelligence avec elle. Plusieurs
années après la mort des deux maîtres, on se faisait
encore baptiser du baptême de Jean. Certaines personnes
étaient à la fois des deux écoles ; par exemple, le célèbre
Apollos, le rival de saint Paul (vers l'an 54), et un bon
nombre de chrétiens d'Éphèse [29]. Josèphe se mit
(l'an 53) à l'école d'un ascète nommé Banou [30], qui offre
avec Jean-Baptiste la plus grande ressemblance, et qui
était peut-être de son école. Ce Banou [31] vivait dans le
désert, vêtu de feuilles d'arbre ; il ne se nourrissait que

27. Matth., III, 14 et suiv. ; Luc, III, 16 ; Jean, I, 15 et suiv. ;
v, 32-33.
28. Matth., XI, 2 et suiv. ; Luc, VII, 18 et suiv.
29. *Act.*, XVIII, 25 ; XIX, 1-5. Cf. Épiph., *Adv. hær.*, XXX, 16.
30. *Vita*, 2.
31. Serait-ce le Bounaï qui est compté par le Talmud (Bab., *Sanhédrin*, 43 a) au nombre des disciples de Jésus ?

de plantes ou de fruits sauvages, et prenait fréquemment,
pendant le jour et pendant la nuit, des baptêmes d'eau
froide pour se purifier. Jacques, celui qu'on appelait
le « frère du Seigneur », observait un ascétisme analogue [32]. Plus tard, vers la fin du 1er siècle, le baptisme
fut en lutte avec le christianisme, surtout en Asie
Mineure. L'auteur des écrits attribués à Jean l'évangéliste paraît le combattre d'une façon détournée [33].
Un des poèmes sibyllins [34] semble provenir de cette école.
Quant aux sectes d'hémérobaptistes, de baptistes,
d'elchasaïtes (*sabiens*, *mogtasila* des écrivains arabes [35]),
qui remplissent au second siècle la Syrie, la Palestine,
la Babylonie, et dont les restes subsistent encore de
nos jours sous le nom de mendaïtes, ou de « chrétiens de
saint Jean », elles ont la même origine que le mouvement de Jean-Baptiste, plutôt qu'elles ne sont la descendance authentique de Jean. La vraie école de celui-ci,
à demi fondue avec le christianisme, passa à l'état de
petite hérésie chrétienne et s'éteignit obscurément.
Jean eut comme un pressentiment de l'avenir. S'il eût
cédé à une rivalité mesquine, il serait aujourd'hui oublié
dans la foule des sectaires de son temps. Pour avoir
été supérieur à l'amour-propre, il est arrivé à la gloire
et à une position unique dans le panthéon religieux de
l'humanité.

32. Hégésippe, dans Eusèbe, *H. E.*, II, 23.
33. Évang., i, 8, 26, 33 ; iv, 2 ; Ire Épître, v, 6. Cf. *Act.*, x, 47.
34. Livre IV. Voir surtout v. 157 et suiv.
35. Je rappelle que *sabiens* est l'équivalent araméen du mot « baptistes ». *Mogtasila* a le même sens en arabe.

Jésus, presque tous les ans, allait à Jérusalem pour la fête de Pâque. Le détail de chacun de ces voyages est peu connu ; car les synoptiques n'en parlent pas [1], et les notes du quatrième Évangile sont ici très confuses [2]. C'est, à ce qu'il semble, l'an 31, et certaine-

---

1. Ils les supposent cependant obscurément. Ils connaissent aussi bien que le quatrième Évangile la relation de Jésus avec Joseph d'Arimathie. Luc même (x, 38-42) connaît la famille de Béthanie. Luc a un sentiment vague du système du quatrième Évangile sur les voyages de Jésus. En effet, l'itinéraire de Jésus dans cet Évangile, depuis ix, 51, jusqu'à xviii, 31, est si bizarre, qu'on est porté à supposer que Luc a fondu dans ces chapitres les incidents de plusieurs voyages. La scène des morceaux, x, 25 et suiv. ; x, 38 et suiv. ; xi, 29 et suiv. ; xi, 37 et suiv. ; xii, 1 et suiv. : xiii, 10 et suiv. ; xiii, 31 et suiv. ; xiv, 1 et suiv. ; xv, 1 et suiv., semble être Jérusalem ou les environs. L'embarras de cette partie du récit paraît venir de ce que Luc renferme de force ses matériaux dans le cadre synoptique, dont il n'ose pas s'écarter. La plupart des discours contre les pharisiens et les sadducéens, tenus selon les synoptiques en Galilée, n'ont guère de sens qu'à Jérusalem. Enfin, le laps de temps que les synoptiques permettent de placer entre l'entrée de Jésus à Jérusalem et la Passion, bien qu'il puisse aller à quelques semaines (Matth., xxvi, 55 ; Marc, xiv, 49), est insuffisant pour expliquer tout ce qui dut se passer entre l'arrivée de Jésus dans cette ville et sa mort. Les passages Matth., xxiii, 37 et Luc, xiii, 34, semblent prouver la même thèse ; mais on peut dire que c'est là une citation, comme Matth., xxiii, 34, se rapportant en général aux efforts que Dieu a faits par ses prophètes pour sauver le peuple.

2. Deux pèlerinages sont clairement indiqués (Jean, ii, 13 et v, 1), sans parler du dernier voyage (vii, 10), après lequel Jésus ne retourne plus en Galilée. Le premier avait eu lieu pendant que Jean baptisait

ment après la mort de Jean, qu'eut lieu le plus important des séjours de Jésus dans la capitale. Plusieurs des disciples le suivaient. Quoique Jésus attachât dès lors peu de valeur au pèlerinage, il s'y prêtait pour ne pas blesser l'opinion juive, avec laquelle il n'avait pas encore rompu. Ces voyages, d'ailleurs, étaient essentiels à son dessein; car il sentait déjà que, pour jouer un rôle de premier ordre, il fallait sortir de Galilée, et attaquer le judaïsme dans sa place forte, qui était Jérusalem.

La petite communauté galiléenne était ici fort dépaysée. Jérusalem était alors à peu près ce qu'elle est aujourd'hui, une ville de pédantisme, d'acrimonie, de disputes, de haine, de petitesse d'esprit. Le fanatisme y était extrême; les séditions religieuses renaissaient tous les jours. Les pharisiens dominaient; l'étude de la Loi, poussée aux plus insignifiantes minuties, réduite à des questions de casuiste, était l'unique étude. Cette culture exclusivement théologique et canonique ne contribuait en rien à polir les esprits. C'était quelque chose d'analogue à la doctrine stérile du faquih [a] musulman, à cette science creuse qui s'agite autour d'une mosquée, grande dépense de temps et de dialectique faite en pure perte et sans que la bonne discipline de l'esprit en profite. L'éducation théologique du clergé moderne, quoique très sèche, ne peut donner aucune idée de cela; car la Renaissance a introduit dans tous nos enseignements, même les plus rebelles, une part de belles-lettres et de bonne méthode, qui fait que la scolastique a pris plus ou moins une teinte d'humanités. La science du docteur juif, du *sofer* ou scribe, était purement barbare, absurde sans compensation, dénuée de

encore. Il coïnciderait, par conséquent, avec la Pâque de l'an 29. Mais les circonstances données comme appartenant à ce voyage sont d'une époque plus avancée (comp. surtout Jean, II, 14 et suiv., et Matth., XXI, 12-13 ; Marc, XI, 15-17 ; Luc, XIX, 45-46). Il y a évidemment des transpositions de dates dans les premiers chapitres du quatrième Évangile, ou plutôt l'auteur a mêlé les circonstances de divers voyages.

tout élément moral [3]. Pour comble de malheur, elle
remplissait celui qui s'était fatigué à l'acquérir d'un
ridicule orgueil. Fier du prétendu savoir qui lui avait
coûté tant de peine, le scribe juif avait pour la culture
grecque le même dédain que le savant musulman a de
nos jours pour la civilisation européenne, et que le
théologien catholique de la vieille école a pour le savoir
des gens du monde. Le propre de ces cultures scolastiques
est de fermer l'esprit à tout ce qui est délicat, de ne
laisser d'estime que pour les difficiles enfantillages où
l'on a usé sa vie et qu'on envisage comme l'occupation
naturelle des personnes faisant profession de gravité [4].

Ce monde odieux ne pouvait manquer de peser fort
lourdement sur l'âme tendre et la conscience droite des
Israélites du Nord. Le mépris des Hiérosolymites pour
les Galiléens rendait la séparation encore plus profonde.
Dans ce beau temple, objet de tous leurs désirs, ils ne
trouvaient souvent que l'avanie. Un verset du psaume
des pèlerins [5], « J'ai choisi de me tenir à la porte dans
la maison de mon Dieu », semblait fait exprès pour eux.
Un sacerdoce dédaigneux souriait de leur naïve dévotion, à peu près comme autrefois en Italie le clergé,
familiarisé avec les sanctuaires, assistait froid et presque
railleur à la ferveur du pèlerin venu de loin. Les Galiléens parlaient un patois assez corrompu; leur prononcia-
tion était vicieuse ; ils confondaient les diverses aspirations, ce qui amenait des quiproquo dont on riait
beaucoup [6]. En religion, on les tenait pour ignorants et
peu orthodoxes [7] ; l'expression « sot Galiléen » était deve-

---

3. On en peut juger par le Talmud, écho de la scolastique juive de
ce temps.
4. Jos., *Ant.*, XX, XI, 2.
5. Ps. LXXXIV (Vulg. LXXXIII), 11.
6. Matth., XXVI, 73 ; Marc, XIV, 70 ; *Act.*, II, 7 ; Talm. de Bab.,
*Erubin*, 53 a et suiv. ; Bereschith rabba, 26 c.
7. Passage du traité *Erubin*, précité; Mischna, *Nedarim*, II, 4;
Talm. de Jér., *Schabbath*, XVI, *sub fin.* ; Talm. de Bab., *Baba bathra*,
25 b.

nue proverbiale [8]. On croyait (non sans raison) que le
sang juif était chez eux très mélangé, et il passait pour
constant que la Galilée ne pouvait produire un prophète [9]. Placés ainsi aux confins du judaïsme et presque
en dehors, les pauvres Galiléens n'avaient pour relever
leurs espérances qu'un passage d'Isaïe assez mal
interprété [10] : « Terre de Zabulon et terre de Nephthali,
Voie de la mer [11], Galilée des gentils ! Le peuple qui marchait dans l'ombre a vu une grande lumière ; le soleil
s'est levé pour ceux qui étaient assis dans les ténèbres. »
La renommée de la ville natale de Jésus paraît avoir été
particulièrement mauvaise. C'était, dit-on, un proverbe
populaire : « Peut-il venir quelque chose de bon de
Nazareth [12] ? »

La profonde sécheresse de la nature aux environs de
Jérusalem devait ajouter au déplaisir de Jésus. Les
vallées y sont sans eau ; le sol est aride et pierreux.
Quand l'œil plonge dans la dépression de la mer Morte,
la vue a quelque chose de saisissant : ailleurs, elle est
monotone. Seule, la colline de Mizpa, avec ses souvenirs
de la plus vieille histoire d'Israël, soutient le regard.
La ville présentait, du temps de Jésus, à peu près la
même assise qu'aujourd'hui. Elle n'avait guère de monuments anciens, car, jusqu'aux Asmonéens, les Juifs
étaient restés presque étrangers à tous les arts ; Jean
Hyrcan avait commencé à l'embellir, et Hérode le Grand
en avait fait une ville magnifique [a]. Les constructions
hérodiennes le disputent aux plus achevées de l'antiquité par leur caractère grandiose, par la perfection de

8. *Erubin*, loc. cit., 53 *b*.
9. Jean, vii, 52. L'exégèse moderne a prouvé que deux ou trois
prophètes sont nés en Galilée ; mais les raisonnements par lesquels elle
le prouve étaient inconnus du temps de Jésus. Pour Élie, par exemple,
voyez Jos., *Ant.*, VIII, xiii, 2.
10. Is., ix, 1-2 ; Matth., iv, 13 et suiv.
11. Voir ci-dessus, p. 218, note 56.
12. Jean, i, 46 (faible autorité).

l'exécution et la beauté des matériaux [13]. Une foule de
tombeaux, d'un goût original, s'élevaient vers le même
temps aux environs de Jérusalem [14]. Le style de ces
monuments était le style grec, approprié aux usages
des Juifs, et considérablement modifié selon leurs
principes. Les ornements de sculpture vivante, que les
Hérodes se permettaient, au grand mécontentement
des rigoristes, en étaient bannis ; on les remplaçait
par une décoration végétale. Le goût des anciens habitants de la Phénicie et de la Palestine pour les constructions monolithes taillées sur la roche vive semblait
revivre en ces singuliers tombeaux découpés dans le
rocher, et où les ordres grecs sont si bizarrement appli-
qués à une architecture de troglodytes. Jésus, qui envisageait les ouvrages d'art comme un pompeux étalage
de vanité, voyait tous ces monuments de mauvais œil [15].
Son spiritualisme absolu et son opinion arrêtée que la
figure du vieux monde allait passer ne lui laissaient
de goût que pour les choses du cœur.

Le temple, à l'époque de Jésus, était tout neuf, et
les ouvrages extérieurs n'en étaient pas complètement
terminés. Hérode en avait fait commencer la recons-
truction l'an 20 ou 21 avant l'ère chrétienne, pour le
mettre à l'unisson de ses autres édifices. Le vaisseau
du temple fut achevé en dix-huit mois, les portiques en
huit ans [16] ; mais les parties accessoires se continuèrent
lentement et ne furent terminées que peu de temps
avant la prise de Jérusalem [17]. Jésus y vit probablement travailler, non sans quelque humeur secrète.

13. Jos., *Ant.*, XV, viii-xi ; *B. J.*, V, v, 6 ; Marc, xiii, 1-2.

14. Tombeaux dits des Juges, d'Absalom, de Zacharie, de Josaphat,
de saint Jacques. Comparez la description du tombeau des Macchabées
à Modin (I Macch., xiii, 27 et suiv.).

15. Matth., xxiii, 29 ; xxiv, 1 et suiv. ; Marc, xiii, 1 et suiv. ; Luc,
xxi, 5 et suiv. Comparez *Livre d'Hénoch*, xcvii, 13-14 ; Talmud de
Babylone, *Schabbath*, 33 *b*.

16. Jos., *Ant.*, XV, xi, 5, 6.

17. *Ibid.*, XX, ix, 7 ; Jean, ii, 20.

Ces espérances d'un long avenir étaient comme une insulte à son prochain avènement. Plus clairvoyant que les incrédules et les fanatiques, il devinait que ces superbes constructions étaient appelées à une courte durée [18].

Le temple, du reste, formait un ensemble merveilleusement imposant, dont le *haram* actuel [19], malgré sa beauté, peut à peine donner une idée. Les cours et les portiques environnants servaient journellement de rendez-vous à une foule considérable, si bien que ce grand espace était à la fois le temple, le forum, le tribunal, l'université. Toutes les discussions religieuses des écoles juives, tout l'enseignement canonique, les procès même et les causes civiles, toute l'activité de la nation, en un mot, était concentrée là [20]. C'était un perpétuel cliquetis d'arguments, un champ clos de disputes, retentissant de sophismes et de questions subtiles. Le temple avait ainsi beaucoup d'analogie avec une mosquée musulmane. Pleins d'égards à cette époque pour les religions étrangères, quand elles restaient sur leur propre territoire [21], les Romains s'interdirent l'entrée du sanctuaire ; des inscriptions grecques et latines marquaient le point jusqu'où il était permis aux non-juifs de s'avancer [22]. Mais la tour Antonia, quartier général de la force romaine, dominait toute l'enceinte et permettait de voir ce qui s'y passait [23].

18. Matth., xxiv, 2 ; xxvi, 61 ; xxvii, 40 ; Marc, xiii, 2 ; xiv, 58 xv, 29 ; Luc, xxi, 6 ; Jean, ii, 19-20.

19. M. de Vogüé, *le Temple de Jérusalem* (Paris, 1864). Nul doute que le temple et son enceinte n'occupassent l'emplacement de la mosquée d'Omar et du *haram* ou cour sacrée qui environne la mosquée. Le terre-plein du haram est, dans quelques parties, notamment à l'endroit où les juifs vont pleurer, le soubassement même du temple d'Hérode.

20. Luc, ii, 46 et suiv. ; Mischna, *Sanhédrin*, x, 2 ; Talm. de Bab., *Sanhédrin*, 41 *a*; *Rosch hasschana*, 31 *a*.

21. Suet., Aug., 93.

22. Philo, *Legatio ad Caium*, § 31 ; Jos., *B. J.*, V, v, 2 ; VI, ii, 4 ; *Act.*, xxi, 28.

23. Des traces de la tour Antonia se voient encore dans la partie septentrionale du haram.

La police du temple appartenait aux Juifs ; un capitaine du temple en avait l'intendance, faisait ouvrir et fermer les portes, empêchait qu'on ne traversât les parvis avec un bâton à la main, avec des chaussures poudreuses, en portant des paquets ou pour abréger le chemin [24]. On veillait surtout scrupuleusement à ce que personne n'entrât à l'état d'impureté légale dans les portiques intérieurs. Les femmes avaient, au milieu de la première cour, des espaces réservés, entourés de clôtures en bois.

C'est là que Jésus passait ses journées, durant le temps qu'il restait à Jérusalem. L'époque des fêtes amenait dans cette ville une affluence extraordinaire. Réunis en chambrées de dix et vingt personnes, les pèlerins envahissaient tout et vivaient dans cet entassement désordonné où se plaît l'Orient [25]. Jésus se perdait au milieu de la foule, et ses pauvres Galiléens groupés autour de lui faisaient peu d'effet. Il sentait probablement qu'il était ici dans un monde hostile et qui ne l'accueillerait qu'avec dédain. Tout ce qu'il voyait l'indisposait. Le temple, comme en général les lieux de dévotion très fréquentés, offrait un aspect peu édifiant. Le service du culte entraînait une foule de détails assez repoussants, surtout des opérations mercantiles, par suite desquelles de vraies boutiques s'étaient établies dans l'enceinte sacrée. On y vendait des bêtes pour les sacrifices ; il s'y trouvait des tables pour l'échange de la monnaie ; par moments, on se serait cru dans un marché [26]. Les bas officiers du temple remplissaient sans doute leurs fonctions avec la vulgarité irréligieuse des sacristains de tous les temps. Cet air profane et distrait dans le maniement des choses saintes

24. Mischna, *Berakoth*, ix, 5 ; Talm. de Babyl., *Jebamoth*, 6 *b* ; Marc, xi, 16.
25. Jos., *B. J.*, II, xiv, 3 ; VI, ix, 3. Comp. Ps. cxxxiii (Vulg. cxxxii).
26. Talm. de Bab., *Rosch hasschana*, 31 *a* ; Sanhédrin, 41 *a* ; Schabbath, 15 *a*.

blessait le sentiment religieux de Jésus, parfois porté jusqu'au scrupule [27]. Il disait qu'on avait fait de la maison de prière une caverne de voleurs. Un jour même, dit-on, la colère l'emporta ; il frappa à coups de fouet ces ignobles vendeurs et renversa leurs tables [28]. En général, il aimait peu le temple. Le culte qu'il avait conçu pour son Père n'avait rien à faire avec des scènes de boucherie. Toutes ces vieilles institutions juives lui déplaisaient, et il souffrait d'être obligé de s'y conformer. Aussi le temple ou son emplacement n'inspirèrent-ils de sentiments pieux, dans le sein du christianisme, qu'aux chrétiens judaïsants. Les vrais hommes nouveaux eurent en aversion cet antique lieu sacré. Constantin et les premiers empereurs chrétiens y laissèrent subsister les constructions païennes d'Adrien [29]. Ce furent les ennemis du christianisme, comme Julien, qui pensèrent à cet endroit [30]. Quand Omar entra dans Jérusalem, l'emplacement du temple était à dessein pollué en haine des juifs [31]. Ce fut l'islam, c'est-à-dire une sorte de résurrection du judaïsme en ce que le judaïsme avait de plus sémitique, qui lui rendit ses honneurs. Ce lieu a toujours été antichrétien.

L'orgueil des Juifs achevait de mécontenter Jésus, et de lui rendre le séjour de Jérusalem pénible. A mesure que les grandes idées d'Israël mûrissaient, le sacerdoce s'abaissait. L'institution des synagogues avait donné à l'interprète de la Loi, au docteur, une grande supériorité sur le prêtre. Il n'y avait de prêtres qu'à Jérusalem, et là même, réduits à des fonctions toutes rituelles, à peu près comme nos prêtres de paroisse

27. Marc, xi, 16.
28. Matth., xxi, 12 et suiv. ; Marc, xi, 15 et suiv. ; Luc, xix, 45 et suiv. ; Joan, ii, 14 et suiv.
29. *Itin. a Burdig. Hierus.*, p. 152 (édit. Schott) ; S. Jérôme, In Is., ii, 8, et in Matth., xxiv, 15.
30. Ammien Marcellin, XXIII, 1.
31. Eutychius, *Ann.*, II, 286 et suiv. (Oxford, 1659).

exclus de la prédication, ils étaient primés par l'orateur
de la synagogue, le casuiste, le *sofer* ou scribe, tout
laïque qu'était ce dernier. Les hommes célèbres du
Talmud ne sont pas des prêtres ; ce sont des savants
selon les idées du temps. Le haut sacerdoce de Jérusalem tenait, il est vrai, un rang fort élevé dans la nation ;
mais il n'était nullement à la tête du mouvement religieux. Le souverain pontife, dont la dignité avait déjà
été avilie par Hérode [32], devenait de plus en plus un
fonctionnaire romain [33], qu'on révoquait fréquemment
pour rendre la charge profitable à plusieurs. Opposés
aux pharisiens, zélateurs laïques très exaltés, les prêtres
étaient presque tous des sadducéens, c'est-à-dire des
membres de cette aristocratie incrédule qui s'était
formée autour du temple, vivait de l'autel, mais en
voyait la vanité [34]. La caste sacerdotale s'était séparée
à tel point du sentiment national et de la grande direction religieuse qui entraînait le peuple, que le nom de
« sadducéen » (*sadoki*), qui désigna d'abord simplement
un membre de la famille sacerdotale de Sadok, était
devenu synonyme de « matérialiste » et d' « épicurien ».

Un élément plus mauvais encore était venu, depuis
le règne d'Hérode le Grand, corrompre le haut sacerdoce.
Hérode s'étant pris d'amour pour Mariamne, fille
d'un certain Simon, fils lui-même de Boëthus d'Alexandrie, et ayant voulu l'épouser (vers l'an 28 avant J.-C.),
ne vit d'autre moyen, pour anoblir son beau-père et
l'élever jusqu'à lui, que de le faire grand prêtre. Cette
famille intrigante resta maîtresse, presque sans interruption, du souverain pontificat pendant trente-cinq
ans [35]. Étroitement alliée à la famille régnante, elle ne
le perdit qu'après la déposition d'Archélaüs, et elle le

---

32. Jos., *Ant.*, XV, iii, 1, 3.
33. *Ibid.*, XVIII, ii.
34. *Act.*, iv, 1 et suiv. ; v, 17 ; xix, 14 ; Jos., *Ant.*, XX, ix, 1 ; *Pirké Aboth*, 1, 10. Comp. Tosiphta *Menachoth*, ii.
35. Jos., *Ant.*, XV, ix, 3 ; XVII, vi, 4 ; xiii, 1 ; XVIII, i, 1 ; ii, 1 ; XIX, vi, 2 ; viii, 1.

recouvra (l'an 42 de notre ère) après qu'Hérode Agrippa
eut refait pour quelque temps l'œuvre d'Hérode le
Grand. Sous le nom de *Boëthusim* [36], se forma ainsi une
nouvelle noblesse sacerdotale, très mondaine, très peu
dévote, qui se fondit à peu près avec les sadokites. Les
*Boëthusim*, dans le Talmud et les écrits rabbiniques,
sont présentés comme des espèces de mécréants et
toujours rapprochés des sadducéens [37]. De tout cela
résulta autour du temple une sorte de cour de Rome,
vivant de politique, peu portée aux excès de zèle, les
redoutant même, ne voulant pas entendre parler de
saints personnages ni de novateurs, car elle profitait
de la routine établie. Ces prêtres épicuriens n'avaient
pas la violence des pharisiens ; ils ne voulaient que le
repos ; c'était leur insouciance morale, leur froide irréligion qui révoltaient Jésus. Bien que très différents, les
prêtres et les pharisiens se confondirent ainsi dans ses
antipathies. Mais, étranger et sans crédit, il dut longtemps renfermer son mécontentement en lui-même et
ne communiquer ses sentiments qu'à la société intime
qui l'accompagnait.

Avant le dernier séjour, de beaucoup le plus long,
qu'il fit à Jérusalem, et qui se termina par sa mort,
Jésus essaya cependant de se faire écouter. Il prêcha ;

36. Ce nom ne se trouve que dans les documents juifs. Je pense que
les « hérodiens » de l'Évangile sont les *Boëthusim*. L'article d'Épiphane
(*hær.* xx) sur les hérodiens a peu de poids.
37. Traité *Aboth Nathan*, 5 ; *Soferim*, iii, hal. 5 ; Mischna, *Menachoth*,
x, 3 ; Talmud de Babylone, *Schabbath*, 118 *a*. Le nom des *Boëthusim*
s'échange souvent dans les livres talmudiques avec celui des sadducéens ou avec le mot *minim* (hérétiques). Comparez Tosiphta *Joma*,
i, à Talm. de Jérus., même traité, i, 5, et Talm. de Bab., même traité,
19*b* ; Tos. *Sukka*, iii, à Talm. de Bab., même traité, 43 *b* ; Tos. *ibid.*,
plus loin, à Talm. de Bab., même traité, 48 *b* ; Tos. *Rosch haschana*,
i, à Mischna, même traité, ii, 1, Talm. de Jérus., même traité, ii, 1, et
Talm. de Bab., même traité, 22 *b* ; Tos. *Menachoth*, x, à Mischna, même
traité, x, 3, Talm. de Bab., même traité, 65 *a*, Mischna, *Chagiga*, ii, 4,
et Megillath Taanith, i ; Tos. *Iadaïm*, ii, à Talm. de Jérus., *Baba bathra*,
viii, 1, Talm. de Bab., même traité, 115 *b*, et Megillath Taanith, v.
Comparez de même Marc, viii, 15, à Matth., xvi, 6.

on parla de lui ; on s'entretint de certains actes que l'on
considérait comme miraculeux. Mais de tout cela ne
résulta ni une Église établie à Jérusalem, ni un groupe
de disciples hiérosolymites. Le charmant docteur, qui
pardonnait à tous pourvu qu'on l'aimât, ne pouvait
trouver beaucoup d'écho dans ce sanctuaire des vaines
disputes et des sacrifices vieillis. Il en résulta seulement
pour lui quelques bonnes relations, dont plus tard il
recueillit les fruits. Il ne semble pas que dès lors il ait
fait la connaissance de la famille de Béthanie qui lui
apporta, au milieu des épreuves de ses derniers mois,
tant de consolations. Mais peut-être eut-il des rapports
avec cette Marie, mère de Marc, dont la maison fut,
quelques années plus tard, le rendez-vous des apôtres,
et avec Marc lui-même [38]. De bonne heure aussi, il attira
l'attention d'un certain Nicodème, riche pharisien,
membre du sanhédrin et fort considéré à Jérusalem [39].
Cet homme, qui paraît avoir été honnête et de bonne
foi, se sentit attiré vers le jeune Galiléen. Ne voulant
pas se compromettre, il vint le voir de nuit et eut, dit-on,
avec lui une longue conversation [40]. Il en garda sans doute
une impression favorable, car plus tard il défendit Jésus
contre les préventions de ses confrères [41], et, à la mort de
Jésus, nous le trouverons entourant de soins pieux le
cadavre du maître [42]. Nicodème ne se fit pas chrétien ;

38. Marc, xiv, 51-52, où le νεανίσκος paraît être Marc ; *Act.*, xii, 12.
39. Il semble qu'il est question de lui dans le Talmud. Talm. de
Bab., *Taanith*, 20 *a* ; *Gittin*, 56 *a* ; *Kethuboth*, 66 *b* ; traité *Aboth Nathan*,
vii ; Midrasch rabba, *Eka*, 64 *a*. Le passage *Taanith* l'identifie avec
Bounaï, lequel, d'après *Sanhédrin* (v. ci-dessus, p. 248, note 31), était
disciple de Jésus. Mais, si Bounaï est le Banou de Josèphe, ce rapprochement est sans force.
40. Jean, iii, 1 et suiv. ; vii, 50. Le texte de la conversation a été
inventé par l'auteur du quatrième Évangile ; mais on ne peut guère
admettre l'opinion d'après laquelle le personnage même de Nicodème,
ou du moins son rôle dans la vie de Jésus, aurait été imaginé par cet
auteur.
41. Jean, vii, 50 et suiv.
42. *Ibid.*, xix, 39.

il crut devoir à sa position de ne pas entrer dans un
mouvement révolutionnaire qui ne comptait pas encore
de notables adhérents. Mais il porta beaucoup d'amitié
à Jésus et lui rendit des services, sans pouvoir l'arracher
à une mort dont l'arrêt, à l'époque où nous sommes arrivés, était déjà comme écrit.

Quant aux docteurs célèbres du temps, Jésus ne
paraît pas avoir eu de rapports avec eux. Hillel et
Schammaï étaient morts ; la plus grande autorité du
moment était Gamaliel, petit-fils de Hillel *a*. C'était
un esprit libéral et un homme du monde *b*, ouvert aux
études profanes, formé à la tolérance par son commerce
avec la haute société [43]. A l'encontre des pharisiens très
sévères, qui marchaient voilés ou les yeux fermés, il
regardait les femmes, même les païennes [44]. La tradition le lui pardonna, comme d'avoir su le grec, parce
qu'il approchait de la cour [45]. Après la mort de Jésus,
il exprima, dit-on, sur la secte nouvelle des vues très
modérées [46]. Saint Paul sortit de son école [47]. Mais il
est bien probable que Jésus n'y entra jamais.

Une pensée du moins que Jésus emporta de Jérusalem, et qui dès à présent paraît chez lui enracinée,
c'est qu'il ne faut songer à aucun pacte avec l'ancien
culte juif. L'abolition des sacrifices qui lui avaient
causé tant de dégoût, la suppression d'un sacerdoce
impie et hautain, et, dans un sens général, l'abrogation
de la Loi lui parurent d'une absolue nécessité. A partir
de ce moment, ce n'est plus en réformateur juif, c'est en
destructeur du judaïsme qu'il se pose. Quelques partisans des idées messianiques avaient déjà admis que le
Messie apporterait une loi nouvelle, qui serait commune

43. Mischna, *Baba metsia*, v, 8 ; Talm. de Bab., *Sota*, 49 *b*.
44. Talm. de Jérus., *Berakoth*, ix, 2.
45. Passage *Sota*, précité, et *Baba kama*, 83 *a*.
46. *Act.*, v, 34 et suiv.
47. *Ibid.*, xxii, 3.

à toute la terre [48]. Les esséniens, qui étaient à peine
des juifs, paraissent aussi avoir été indifférents au temple
et aux observances mosaïques. Mais ce n'étaient là
que des hardiesses isolées ou non avouées. Jésus le
premier osa dire qu'à partir de lui, ou plutôt à partir
de Jean [49], la Loi n'existait plus. Si quelquefois il usait
de termes plus discrets [50], c'était pour ne pas choquer
trop violemment les préjugés reçus. Quand on le poussait à bout, il levait tous les voiles, et déclarait que la
Loi n'avait plus aucune force. Il usait à ce sujet de
comparaisons énergiques : « On ne raccommode pas,
disait-il, du vieux avec du neuf. On ne met pas le vin
nouveau dans de vieilles outres [51]. » Voilà, dans la
pratique, son acte de maître et de créateur. Ce temple
exclut les non-juifs de son enceinte par des affiches
dédaigneuses. Jésus n'en veut pas. Cette Loi étroite,
dure, sans charité, n'est faite que pour les enfants
d'Abraham. Jésus prétend que tout homme de bonne
volonté, tout homme qui l'accueille et l'aime, est fils
d'Abraham [52]. L'orgueil du sang lui paraît l'ennemi
capital qu'il faut combattre. Jésus, en d'autres termes,
n'est plus juif. Il est révolutionnaire au plus haut degré ;
il appelle tous les hommes à un culte fondé sur leur seule
qualité d'enfants de Dieu. Il proclame les droits de
l'homme, non les droits du juif ; la religion de l'homme,
non la religion du juif ; la délivrance de l'homme, non
la délivrance du juif [53]. Ah ! que nous sommes loin d'un

48. *Orac. sibyl.*, l. III, 573 et suiv. ; 715 et suiv. ; 756-758. Comparez
le Targum de Jonathan, Is., xii, 3.
49. Luc, xvi, 16. Le passage de Matthieu, xi, 12-13, est moins clair ;
cependant il ne peut avoir d'autre sens.
50. Matth., v, 17-18 (Cf. Talm. de Bab., *Schabbath*, 116 *b*). Ce
passage n'est pas en contradiction avec ceux où l'abolition de la Loi
est impliquée. Il signifie seulement qu'en Jésus toutes les figures de
l'Ancien Testament sont accomplies. Cf. Luc, xvi, 17.
51. Matth., ix, 16-17 ; Luc, v, 36 et suiv.
52. Luc, xix, 9.
53. Matth., xxiv, 14 ; xxviii, 19 : Marc, xiii, 10 ; xvi, 15 ; Luc,
xxiv, 47.

Juda Gaulonite, d'un Mathias Margaloth *a*, prêchant la révolution au nom de la Loi! La religion de l'humanité, établie non sur le sang, mais sur le cœur, est fondée. Moïse est dépassé ; le temple n'a plus de raison d'être et est irrévocablement condamné.

# CHAPITRE XIV

## RAPPORTS DE JÉSUS AVEC LES PAÏENS
## ET LES SAMARITAINS

Conséquent à ces principes, il dédaignait tout ce qui n'était pas la religion du cœur. Les vaines pratiques des dévots [1], le rigorisme extérieur, qui se fie pour le salut à des simagrées, l'avaient pour mortel ennemi. Il se souciait peu du jeûne [2]. Il préférait l'oubli d'une injure au sacrifice [3]. L'amour de Dieu, la charité, le pardon réciproque, voilà toute sa loi [4]. Rien de moins sacerdotal. Le prêtre, par état, pousse toujours au sacrifice public, dont il est le ministre obligé ; il détourne de la prière privée, qui est un moyen de se passer de lui. On chercherait vainement dans l'Évangile une pratique religieuse recommandée par Jésus. Le baptême n'a pour lui qu'une importance secondaire [5] ; et quant à la prière, il ne règle rien, sinon qu'elle se fasse du cœur. Plusieurs, comme il arrive toujours, croyaient remplacer par la bonne volonté des âmes faibles le vrai amour du bien, et s'imaginaient conquérir le royaume du ciel en lui disant : *Rabbi, rabbi ;* il les repoussait, et proclamait que sa religion, c'est de bien faire [6]. Souvent il

1. Matth., xv, 9.
2. *Ibid.*, ix, 14 ; xi, 19.
3. *Ibid.*, v, 23 et suiv. ; ix, 13 ; xii, 7.
4. *Ibid.*, xxii, 37 et suiv. ; Marc, xii, 29 et suiv. ; Luc, x, 25 et suiv.
5. Matth., xxviii, 19, et Marc, xvi, 16, ne représentent pas des paroles authentiques de Jésus. Comp. *Act.*, x, 47 ; *I Cor.*, i, 17.
6. Matth., vii, 21 ; Luc, vi, 46.

citait le passage d'Isaïe : « Ce peuple m'honore des lèvres, mais son cœur est loin de moi [7]. »

Le sabbat était le point capital sur lequel s'élevait l'édifice des scrupules et des subtilités pharisaïques. Cette institution antique et excellente était devenue le prétexte de misérables disputes de casuistes et la source de mille croyances superstitieuses [8]. On croyait que la nature l'observait ; toutes les sources intermittentes passaient pour « sabbatiques [9] ». C'était aussi le point sur lequel Jésus se plaisait le plus à défier ses adversaires [10]. Il violait ouvertement le sabbat, et ne répondait aux reproches qu'on lui en faisait que par de fines railleries. A plus forte raison dédaignait-il une foule d'observances modernes, que la tradition avait ajoutées à la Loi, et qui, par cela même, étaient les plus chères aux dévots. Les ablutions, les distinctions trop subtiles des choses pures et impures le trouvaient sans pitié : « Pouvez-vous aussi, leur disait-il, laver votre âme ? L'homme est souillé, non par ce qu'il mange, mais par ce qui sort de son cœur. » Les pharisiens, propagateurs de ces momeries, étaient le point de mire de tous ses coups. Il les accusait d'enchérir sur la Loi, d'inventer des préceptes impossibles pour créer aux hommes des occasions de péché : « Aveugles, conducteurs d'aveugles, disait-il, prenez garde de tomber dans la fosse. » — « Race de vipères, ajoutait-il en secret, ils ne parlent que du bien, mais au-dedans ils sont mauvais ; ils font mentir le proverbe : « La bouche ne « verse que le trop-plein du cœur [11]. »

7. Matth., xv, 8 ; Marc, vii, 6. Cf. Isaïe, xxix, 13.
8. Voir surtout le traité *Schabbath* de la Mischna, et le *Livre des Jubilés* (traduit de l'éthiopien dans les *Jahrbücher* d'Ewald, années 2 et 3), c. l.
9. Jos., *B. J.*, VII, v, 1 ; Pline, *H. N.*, XXXI, 18. Cf. Thomson, *The Land and the Book*, I, 406 et suiv.
10. Matth., xii, 1-14 ; Marc, ii, 23-28 ; Luc, vi, 1-5 ; xiii, 14 et suiv. ; xiv, 1 et suiv.
11. Matth., xii, 34 ; xv, 1 et suiv., 12 et suiv. ; xxiii entier ; Marc, vii, 1 et suiv., 15 et suiv. ; Luc, vi, 45 ; xi, 39 et suiv.

Il ne connaissait pas assez les gentils pour songer à établir sur leur conversion quelque chose de solide. La Galilée contenait un grand nombre de païens, mais non, à ce qu'il semble, un culte des faux dieux public et organisé [12]. Jésus put voir ce culte se déployer avec toute sa splendeur dans le pays de Tyr et de Sidon, à Césarée de Philippe, et dans la Décapole [13]. Il y fit peu d'attention. Jamais on ne trouve chez lui ce pédantisme fatigant des juifs de son temps, ces déclamations contre l'idolâtrie, si familières à ses coreligionnaires depuis Alexandre, et qui remplissent, par exemple, le livre de la « Sagesse » [14]. Ce qui le frappe dans les païens, ce n'est pas leur idolâtrie, c'est leur servilité [15]. Le jeune démocrate juif, frère en ceci de Juda le Gaulonite, n'admettant de maître que Dieu, était très blessé des honneurs dont on entourait la personne des souverains et des titres souvent mensongers qu'on leur donnait. A cela près, dans la plupart des cas où il rencontre des païens, il montre pour eux une grande indulgence ; parfois il affecte de fonder sur eux plus d'espoir que sur les juifs [16]. Le royaume de Dieu leur sera transféré. « Quand un propriétaire est mécontent de ceux à qui il a loué sa vigne, que fait-il ? Il la loue à d'autres, qui lui rapportent de bons fruits [17]. » Jésus devait tenir d'autant plus à cette idée que la conversion des gentils était, selon les idées juives, un des signes les plus certains de la venue du

12. Je crois que les païens de Galilée se trouvaient surtout aux frontières, à Kadès par exemple, mais que le cœur même du pays, la ville de Tibériade exceptée, était tout juif. La ligne où finissent les ruines de temples et où commencent les ruines de synagogues est aujourd'hui nettement marquée à la hauteur du lac Huleh (Samachonitis). Les traces de sculpture païenne qu'on a cru trouver à Tell-Hum sont douteuses. La côte, en particulier la ville d'Acre, ne faisaient point partie de la Galilée.

13. Voir ci-dessus, p. 208-209.

14. Chap. XIII et suiv.

15. Matth., XX, 25 ; Marc, X, 42 ; Luc, XXII, 25.

16. Matth., VIII, 5 et suiv. ; XV, 22 et suiv. ; Marc, VII, 25 et suiv. ; Luc, IV, 25 et suiv.

17. Matth., XXI, 41 ; Marc, XII, 9 ; Luc, XX, 16.

Messie [18]. Dans son royaume de Dieu, il fait asseoir au festin, à côté d'Abraham, d'Isaac et de Jacob, des hommes venus des quatre vents du ciel, tandis que les héritiers légitimes du royaume sont repoussés [19]. Souvent, il est vrai, on croit trouver dans les ordres qu'il donne à ses disciples une tendance toute contraire : il semble leur recommander de ne prêcher le salut qu'aux seuls juifs orthodoxes [20] ; il parle des païens d'une manière conforme aux préjugés des juifs [21]. Mais il faut se rappeler que les disciples, dont l'esprit étroit ne se prêtait pas à cette haute indifférence pour la qualité de fils d'Abraham, ont bien pu faire fléchir dans le sens de leurs propres idées les instructions de leur maître [22]. En outre, il est fort possible que Jésus ait varié sur ce point, de même que Mahomet parle des juifs, dans le Coran, tantôt de la façon la plus honorable, tantôt avec une extrême dureté, selon qu'il espère ou non les attirer à lui. La tradition, en effet, prête à Jésus deux règles de prosélytisme tout à fait opposées et qu'il a pu pratiquer tour à tour : « Celui qui n'est pas contre vous est pour vous » ; — « Celui qui n'est pas avec moi est contre moi [23]. » Une lutte passionnée entraîne presque nécessairement ces sortes de contradictions.

Ce qui est certain, c'est qu'il compta parmi ses disciples plusieurs des gens que les juifs appelaient « hellènes [24] ». Ce mot avait, en Palestine, des sens fort

18. Is., ii, 2 et suiv. ; lx ; Amos, ix, 11 et suiv. ; Jérém., iii, 17 ; Malach., i, 11 ; *Tobie*, xiii, 13 et suiv. ; *Orac. sibyl.*, III, 715 et suiv. Comp. Matth., xxiv, 14 ; *Act.*, xv, 15 et suiv.

19. Matth., viii, 11-12 ; xxi, 33 et suiv. ; xxii, 1 et suiv.

20. *Ibid.*, vii, 6 ; x, 5-6 ; xv, 24 ; xxi, 43.

21. Matth., v, 46 et suiv. ; vi, 7, 32 ; xviii, 17 ; Luc, vi, 32 et suiv. ; xii, 30.

22. Ce qui porte à le croire, c'est que les paroles bien certainement authentiques de Jésus, les Λόγια de Matthieu, ont un caractère de morale universelle, et ne sentent en rien le dévot juif.

23. Matth., xii, 30 ; Marc, ix, 39 ; Luc, ix, 50 ; xi, 23.

24. Josèphe le dit formellement (*Ant.*, XVIII, iii, 3), et il n'y a pas de raison pour supposer ici une altération dans son texte. Comp. Jean, vii, 35 ; xii, 20-21.

divers. Il désignait tantôt des païens, tantôt des juifs parlant grec et habitant parmi les païens [25], tantôt des gens d'origine païenne convertis au judaïsme [26]. C'est probablement dans cette dernière catégorie d'hellènes que Jésus trouva de la sympathie [27]. L'affiliation au judaïsme avait beaucoup de degrés ; mais les prosélytes restaient toujours dans un état d'infériorité à l'égard du juif de naissance. Ceux dont il s'agit ici étaient appelés « prosélytes de la porte » ou « gens craignant Dieu », et assujettis aux préceptes de Noé, non aux préceptes mosaïques [28]. Cette infériorité même était sans doute la cause qui les rapprochait de Jésus et leur valait sa faveur.

Il en usait de même avec les Samaritains[a]. Serrée comme un îlot entre les deux grandes provinces du judaïsme (la Judée et la Galilée), la Samarie formait en Palestine une espèce d'enclave, où se conservait le vieux culte de Garizim, frère et rival de celui de Jérusalem. Cette pauvre secte, qui n'avait ni le génie ni la savante organisation du judaïsme proprement dit, était traitée par les Hiérosolymites avec une extrême dureté [29]. On la mettait sur la même ligne que les païens, avec un degré de haine de plus [30]. Jésus, par une sorte d'opposition, était bien disposé pour elle. Souvent il préfère les Samaritains aux Juifs orthodoxes. Si, dans d'autres cas, il semble défendre à ses disciples d'aller les prêcher, réservant son Évangile pour les Israélites purs [31], c'est là encore, sans doute, un précepte de cir-

25. Talm. de Jérus., *Sota*, VII, 1.

26. Voir, en particulier, Jean, VII, 35 ; XII, 20 ; *Act.*, XIV, 1 ; XVII, 4 ; XVIII, 4 ; XXI, 28.

27. Jean, XII, 20 ; *Act.*, VIII, 27.

28. Mischna, *Baba metsia*, IX, 12 ; Talm. de Bab., *Sanh.*, 56 *b* ; *Act.*, VIII, 27 ; X, 2, 22, 35 ; XIII, 16, 26, 43, 50 ; XVI, 14 ; XVII, 4, 17 ; XVIII, 7 ; Galat., II, 3 ; Jos., *Ant.*, XIV, VII, 2 ; Lévy, *Epigr. Beiträge zur Gesch. der Juden*, p. 311 et suiv.

29. *Ecclésiastique*, L, 27-28 ; Jean, VIII, 48 ; Jos., *Ant.*, IX, XIV, 3 ; XI, VIII, 6 ; XII, v, 5 ; Talm. de Jérus., *Aboda zara*, v, 4 ; *Pesachim*, I, 1.

30. Matth., X, 5 ; Luc, XVII, 18. Comp. Talm. de Bab., *Cholin*, 6 *a*.

31. Matth., X, 5-6.

constance, auquel les apôtres auront donné un sens trop
absolu. Quelquefois, en effet, les Samaritains le rece-
vaient mal, parce qu'ils le supposaient imbu des préjugés
de ses coreligionnaires [32] ; de la même façon que de nos
jours l'Européen libre penseur est envisagé comme un
ennemi par le musulman, qui le croit toujours un chrétien fanatique. Jésus savait se mettre au-dessus de ces
malentendus [33]. Il eut, à ce qu'il paraît, plusieurs disciples à Sichem, et il y passa au moins deux jours [34]. Dans
une circonstance, il ne rencontre de gratitude et de vraie
piété que chez un Samaritain [35]. Une de ses plus belles
paraboles est celle de l'homme blessé sur la route de
Jéricho. Un prêtre passe, le voit et continue son chemin.
Un lévite passe et ne s'arrête pas. Un Samaritain a pitié
de lui, s'approche, verse de l'huile dans ses plaies et les
bande [36]. Jésus conclut de là que la vraie fraternité
s'établit entre les hommes par la charité, non par la foi
religieuse. Le « prochain », qui dans le judaïsme était
surtout le coreligionnaire [37], est pour lui l'homme qui a
pitié de son semblable sans distinction de secte. La fraternité humaine dans le sens le plus large sortait à pleins
bords de tous ses enseignements.

Ces pensées, qui assiégeaient Jésus à sa sortie de
Jérusalem, trouvèrent leur vive expression dans une
anecdote qui a été conservée sur son retour [38]. La
oute de Jérusalem en Galilée passe à une demi-heure

32. Luc, ix, 53.

33. *Ibid.*, ix, 56.

34. Jean, iv, 39-43. Ce qui laisse planer quelque doute sur tout ceci,
c'est que Luc et l'auteur du quatrième Évangile, qui tous deux sont
antijudaïsants et aspirent à montrer que Jésus fut favorable aux païens,
parlent seuls de ces rapports de Jésus avec les Samaritains, et sont en
contradiction sur ce point avec Matthieu (x, 5).

35. Luc, xvii, 16 et suiv.

36. *Ibid.*, x, 30 et suiv.

37. Le passage *Lévit.*, xix, 18, 33 et suiv., est d'un sentiment bien
plus large ; mais le cercle de la fraternité juive s'était resserré de plus

en plus. Voir le dictionnaire *Aruch*, au mot בן ברית.

38. Jean, iv, 4 et suiv.

de Sichem [39], devant l'ouverture de la vallée dominée
par les monts Ébal et Garizim. Cette route était en
général évitée par les pèlerins juifs, qui aimaient mieux
dans leurs voyages faire le long détour de la Pérée que de
s'exposer aux avanies des Samaritains ou de leur demander quelque chose. Il était défendu de manger et
de boire avec eux [40] ; c'était un axiome de certains
casuistes qu' « un morceau de pain des Samaritains est
de la chair de porc [41] ». Quand on suivait cette route, on
faisait donc ses provisions d'avance ; encore évitait-on
rarement les rixes et les mauvais traitements [42]. Jésus
ne partageait ni ces scrupules ni ces craintes. Arrivé
dans la route, au point où s'ouvre sur la gauche la vallée
de Sichem, il se trouva fatigué, et s'arrêta près d'un
puits. Les Samaritains avaient, alors comme aujourd'hui,
l'habitude de donner à tous les endroits de leur vallée
des noms tirés des souvenirs patriarcaux ; ils appelaient
ce puits « le puits de Jacob » ; c'était probablement
celui-là même qui s'appelle encore maintenant *Bir-
Iakoub*. Les disciples entrèrent dans la vallée et allèrent
à la ville acheter des provisions ; Jésus s'assit sur le
bord du puits, ayant en face de lui le Garizim.

Il était environ midi. Une femme de Sichem vint
puiser de l'eau. Jésus lui demanda à boire, ce qui excita
chez cette femme un grand étonnement, les Juifs s'inter-
disant d'ordinaire tout commerce avec les Samaritains.
Gagnée par l'entretien de Jésus, la femme reconnut en
lui un prophète, et, s'attendant à des reproches sur son
culte, elle prit les devants : « Seigneur, dit-elle, nos
pères ont adoré sur cette montagne, tandis que, vous
autres, vous dites que c'est à Jérusalem qu'il faut
adorer. — Femme, crois-moi, lui répondit Jésus,

---

39. Aujourd'hui Naplouse. Que Συχάρ soit Sichem, c'est ce qui
résulte de Jean IV, 5, comparé à *Genèse*, XXXIII, 19 ; XLVIII, 22, et à
*Josué*, XXIV, 32.
40. Luc, IX, 53 ; Jean, IV, 9.
41. Mischna, *Schebiit*, VIII, 10, répété ailleurs dans le Talmud.
42. Jos., *Ant.*, XX, v, 1 ; *B. J.*, II, XII, 3 ; *Vita*, 52.

l'heure est venue où l'on n'adorera plus ni sur cette montagne ni à Jérusalem, mais où les vrais adorateurs adoreront le Père en esprit et en vérité [43]. »

Le jour où il prononça cette parole, il fut vraiment fils de Dieu. Il dit pour la première fois le mot sur lequel reposera l'édifice de la religion éternelle. Il fonda le culte pur, sans date, sans patrie, celui que pratiqueront toutes les âmes élevées jusqu'à la fin des temps. Non seulement sa religion, ce jour-là, fut la bonne religion de l'humanité, ce fut la religion absolue ; et si d'autres planètes ont des habitants doués de raison et de moralité, leur religion ne peut être différente de celle que Jésus a proclamée près du puits de Jacob. L'homme n'a pu s'y tenir ; car on n'atteint l'idéal qu'un moment. Le mot de Jésus a été un éclair dans une nuit obscure ; il a fallu dix-huit cents ans pour que les yeux de l'humanité (que dis-je ! d'une portion infiniment petite de l'humanité) s'y soient habitués. Mais l'éclair deviendra le plein jour, et, après avoir parcouru tous les cercles d'erreurs, l'humanité reviendra à ce mot-là, comme à l'expression immortelle de sa foi et de ses espérances.

43. Jean iv, 21-23. Il ne faut pas trop insister sur la réalité historique d'une telle conversation, puisque Jésus ou son interlocutrice auraient seuls pu la raconter. Mais l'anecdote du chapitre iv de Jean représente certainement une des pensées les plus intimes de Jésus, et la plupart des circonstances du récit ont un cachet frappant de vérité. Le v. 22, qui exprime une pensée opposée à celle des versets 21 et 23, paraît une gauche addition de l'évangéliste effrayé de la hardiesse du mot qu'il rapporte. Cette circonstance, ainsi que la faiblesse de tout le reste du morceau, ne contribue pas peu à faire penser que le mot des versets 21 et 23 est bien de Jésus.

# CHAPITRE XV

## COMMENCEMENT DE LA LÉGENDE DE JÉSUS.
## IDÉE QU'IL A LUI-MÊME
## DE SON RÔLE SURNATUREL

Jésus rentra en Galilée ayant complètement perdu sa foi juive, et en pleine ardeur révolutionnaire. Ses idées maintenant s'expriment avec une netteté parfaite. Les innocents aphorismes de son premier âge prophétique, en partie empruntés aux rabbis antérieurs, les belles prédications morales de sa seconde période aboutissent à une politique décidée. La Loi sera abolie ; c'est lui qui l'abolira [1]. Le Messie est venu ; c'est lui qui l'est [2]. Le royaume de Dieu va bientôt se révéler ; c'est par lui qu'il se révélera. Il sait bien qu'il sera victime de sa hardiesse ; mais le royaume de Dieu ne peut être conquis sans violence ; c'est par des crises et des déchirements qu'il doit s'établir [3]. Le Fils de l'homme, après sa mort, viendra avec gloire, accompagné de lé-

---

1. Les hésitations des disciples immédiats de Jésus, dont une fraction considérable resta attachée au judaïsme, soulèvent contre cette interprétation de graves difficultés. Mais le procès de Jésus ne laisse place à aucun doute. Nous verrons qu'il fut traité par le sanhédrin comme « séducteur ». Le Talmud donne la procédure suivie contre lui comme un exemple de celle qu'on doit suivre contre les « séducteurs », qui cherchent à renverser la loi de Moïse. (Talm. de Jérus., *Sanhédrin*, XIV, 16 ; Talm. de Bab., *Sanhédrin*, 43 *a*, 67 *a*.) Comp. *Act.*, VI, 13-14.

2. Le progrès des affirmations de Jésus à cet égard se voit bien, si l'on compare Matth., XVI, 13 et suiv. ; Marc, I, 24, 25, 34 ; VIII, 27 et suiv., XIV, 61 ; Luc, IX, 18 et suiv.

3. Matth., XI, 12.

gions d'anges, et ceux qui l'auront repoussé seront confondus.

L'audace d'une telle conception ne doit pas nous surprendre. Jésus s'envisageait depuis longtemps avec Dieu sur le pied d'un fils avec son père. Ce qui chez d'autres serait un orgueil insupportable ne doit pas chez lui être traité d'attentat.

Le titre de « fils de David » fut le premier qu'il accepta [4], probablement sans tremper dans les fraudes innocentes par lesquelles on chercha à le lui assurer. La famille de David était, à ce qu'il semble, éteinte depuis longtemps [5] ; ni les Asmonéens, d'origine sacerdotale, ni Hérode, ni les Romains ne songent un moment qu'il existe autour d'eux un représentant quelconque des droits de l'antique dynastie. Mais, depuis la fin des Asmonéens, le rêve d'un descendant inconnu des anciens rois, qui vengerait la nation de ses ennemis, travaillait toutes les têtes. La croyance universelle était que le Messie serait fils de David [6], et naîtrait comme lui à Bethléhem [7]. Le sentiment premier de Jésus n'était pas précisément cela. Son règne céleste n'avait rien de commun avec le souvenir de David, qui préoccupait la masse des Juifs. Il se croyait fils de Dieu, et non pas fils de David. Son royaume et la délivrance qu'il méditait étaient d'un

4. Rom., i, 3 ; Apoc., v, 5 ; xxii, 16.

5. Il est vrai que certains docteurs, tels que Hillel, Gamaliel, sont donnés comme étant de la race de David. Mais ce sont là des allégations très douteuses. Cf. Talm. de Jér., *Taanith*, iv, 2. Si la famille de David formait encore un groupe distinct et ayant de la notoriété, comment se fait-il qu'on ne la voie jamais figurer à côté des Sadokites, des Boëthuses, des Asmonéens, des Hérodes, dans les grandes luttes du temps ? Hégésippe et Eusèbe, *H. E.*, III, 19 et 20, n'offrent qu'un écho de la tradition chrétienne.

6. Matth., xxii, 42 ; Marc, xii, 35 ; Luc, i, 32 ; *Act.*, ii, 29 et suiv. ; IVe livre d'Esdras, xii, 32 (dans les versions syriaque, arabe, éthiopienne et arménienne). *Ben David*, dans le Talmud, désigne fréquemment le Messie. Voir, par exemple, Talm. de Bab., *Sanhédrin*, 97 *a*.

7. Matth., ii, 5-6 ; Jean, vii, 41-42. On se fondait, assez arbitrairement, sur le passage, peut-être altéré, de Michée, v, 1. Comp. le Targum de Jonathan. Le texte hébreu primitif portait probablement *Beth-Ephrata*.

tout autre ordre. Mais l'opinion ici lui fit une sorte de
violence. La conséquence immédiate de cette proposition : « Jésus est le Messie », était cette autre proposition : « Jésus est fils de David. » Il se laissa donner un
titre sans lequel il ne pouvait espérer aucun succès. Il
finit, ce semble, par y prendre plaisir, car il faisait de la
meilleure grâce les miracles qu'on lui demandait en
l'interpellant de la sorte [8]. En ceci, comme dans plusieurs autres circonstances de sa vie, Jésus se plia aux
idées qui avaient cours de son temps, bien qu'elles ne
fussent pas précisément les siennes. Il associait à son
dogme du « royaume de Dieu », tout ce qui échauffait
les cœurs et les imaginations. C'est ainsi que nous l'avons
vu adopter le baptême de Jean, qui pourtant ne devait
pas lui importer beaucoup.

Une grave difficulté se présentait : c'était sa naissance à Nazareth, qui était de notoriété publique. On
ne sait si Jésus lutta contre cette objection. Peut-être
ne se présenta-t-elle pas en Galilée, où l'idée que le fils
de David devait être un Bethléhémite était moins
répandue. Pour le Galiléen idéaliste, d'ailleurs, le titre
de « fils de David » était suffisamment justifié, si celui
à qui on le décernait relevait la gloire de sa race et
ramenait les beaux jours d'Israël. Autorisa-t-il par son
silence les généalogies fictives que ses partisans imagi-
nèrent pour prouver sa descendance royale [9]? Sut-il
quelque chose des légendes inventées pour le faire naître
à Bethléhem [10], et en particulier du tour par lequel on
rattacha son origine bethléhémite au recensement qui
eut lieu par l'ordre du légat impérial Quirinius [11]? On
l'ignore. L'inexactitude et les contradictions des généa-

8. Matth., ix, 27 ; xii, 23 ; xv, 22 ; xx, 30-31 ; Marc, x, 47, 52 ;
Luc, xviii, 38.
9. Matth., i, 1 et suiv. ; Luc, iii, 23 et suiv.
10. Il est remarquable, du reste, qu'il y avait un *Bethléhem* à trois
ou quatre lieues de Nazareth. Josué, xix, 15 ; carte de Van de Velde.
11. Matth., ii, 1 et suiv. ; Luc, ii, 1 et suiv.

logies [12] portent à croire qu'elles furent le résultat d'un travail populaire s'opérant sur divers points, et qu'aucune d'elles ne fut sanctionnée par Jésus [13]. Jamais il ne se désigne de sa propre bouche comme fils de David. Ses disciples, bien moins éclairés que lui, enchérissaient parfois sur ce qu'il disait de lui-même ; le plus souvent il n'avait pas connaissance de ces exagérations. Ajoutons que, durant les trois premiers siècles, des fractions considérables du christianisme [14] nièrent obstinément la descendance royale de Jésus et l'authenticité des généalogies.

Sa légende était ainsi le fruit d'une grande conspiration toute spontanée, et s'élaborait autour de lui de son vivant. Aucun grand événement de l'histoire ne s'est passé sans donner lieu à un cycle de fables, et Jésus n'eût pu, quand il l'eût voulu, arrêter ces créations populaires. Peut-être un œil sagace eût-il su reconnaître dès lors le germe des récits qui devaient lui attribuer une naissance surnaturelle [15], soit en vertu de cette idée, fort répandue dans l'antiquité, que l'homme hors ligne ne peut être né des relations ordinaires des deux sexes ; soit pour répondre à un chapitre mal entendu d'Isaïe [16],

12. Les deux généalogies sont tout à fait discordantes entre elles et peu conformes aux listes de l'Ancien Testament. Le récit de Luc sur le recensement de Quirinius implique un anachronisme. Voir ci-dessus, p. 122-123, note 4. Il est naturel, du reste, que la légende se soit emparée de cette circonstance. Les recensements frappaient beaucoup les Juifs, bouleversaient leurs idées étroites, et l'on s'en souvenait longtemps. Cf. *Act.*, v, 37.

13. Jules Africain (dans Eusèbe, *H. .E*, I, 7) suppose que ce furent les parents de Jésus qui, réfugiés en Batanée, essayèrent de recomposer les généalogies.

14. Les *éb1onim*, les « hébreux », les « nazaréens », Tatien, Marcion. Cf. Épiph., *Adv. hær.*, xxix, 9 ; xxx, 3, 14 ; xlvi, 1 ; Théodoret, *Hæret. fab.*, I, 20 ; Isidore de Péluse, *Epist.*, I, 371, ad Pansophium.

15. Matth., i, 18 et suiv. ; Luc, i, 26 et suiv. Ce ne fut certainement pas là au 1er siècle un dogme universel, puisque Jésus est appelé sans réserve « fils de Joseph », et que les deux généalogies destinées à le rattacher à la lignée de David sont des généalogies de Joseph. Comp. Gal., iv, 4 ; Rom., i, 3.

16. Is., vii, 14. Comp. Matth., i, 22-23.

où l'on croyait lire que le Messie naîtrait d'une vierge ;
soit enfin par suite de l'idée que le « souffle de Dieu »,
érigé en hypostase divine, est un principe de fécon-
dité [17]. Déjà peut-être courait sur l'enfance de Jésus
plus d'une anecdote conçue en vue de montrer dans sa
biographie l'accomplissement de l'idéal messianique [18],
ou, pour mieux dire, des prophéties que l'exégèse allégorique du temps rapportait au Messie. Une idée généralement admise était que le Messie serait annoncé par
une étoile [19], que des messagers des peuples lointains
viendraient dès sa naissance lui rendre hommage et
lui apporter des présents [20]. On supposa que l'oracle
fut accompli par de prétendus astrologues chaldéens
qui seraient venus vers ce temps-là à Jérusalem [21].
D'autres fois, on lui créait dès le berceau des relations
avec les hommes célèbres, Jean-Baptiste, Hérode le
Grand, deux vieillards, Siméon et Anne, qui avaient
laissé des souvenirs de haute sainteté [22]. Une chronologie
assez lâche présidait à ces combinaisons, fondées pour
la plupart sur des faits réels travestis [23]. Mais un singulier esprit de douceur et de bonté, un sentiment profondément populaire, pénétraient toutes ces fables, et en
faisaient un supplément de la prédication [24]. C'est
surtout après la mort de Jésus que de tels récits prirent

17. Genèse, 1, 2. Pour l'idée analogue chez les Égyptiens, voir
Hérodote, III, 28 ; Pomp. Mela, I, 9 ; Plutarque, *Quœst. symp.*, VIII,
1, 3 ; *De Isid. et Osir.*, 43 ; Mariette, *Mém. sur la mère d'Apis* (Paris,
1856).
18. Matth., 1, 15, 23 ; Is., vii, 14 et suiv.
19. *Testam. des douze patr.*, Lévi, 18. Le nom de *Barkokab* suppose
cette croyance. Talm. de Jérus., *Taanith*, iv, 8. On s'appuyait sur
*Nombres*, xxvii, 17.
20. Is., lx, 3 ; Ps. lxxii, 10.
21. Matth., ii, 1 et suiv.
22. Luc, ii, 25 et suiv. (faible autorité).
23. Ainsi la légende du massacre des Innocents se rapporte probablement à quelque cruauté exercée par Hérode du côté de Bethléhem.
Comp. Jos., *Ant.*, XIV, ix, 4 ; *B. J.*, I, xxxiii, 6.
24. Matth., 1 et ii ; Luc, 1 et ii ; S. Justin, *Dial. cum Tryph.*, 78,
106 ; *Protévang. de Jacques* (apocr.), 18 et suiv.

de grands développements ; on peut croire cependant qu'ils circulaient déjà de son vivant, sans rencontrer autre chose qu'une pieuse crédulité et une naïve admiration.

Que jamais Jésus n'ait songé à se faire passer pour une incarnation de Dieu lui-même, c'est ce dont on ne saurait douter. Une telle idée était profondément étrangère à l'esprit juif ; il n'y en a nulle trace dans les Évangiles synoptiques [25] ; on ne la trouve indiquée que dans les parties du quatrième Évangile qui peuvent le moins être acceptées comme un écho de la pensée de Jésus. Parfois Jésus semble prendre des précautions pour repousser une telle doctrine [26]. L'accusation de se faire Dieu ou l'égal de Dieu est présentée, même dans le quatrième Évangile, comme une calomnie des Juifs [27]. Dans ce dernier Évangile, Jésus se déclare moindre que son Père [28]. Ailleurs, il avoue que le Père ne lui a pas tout révélé [29]. Il se croit plus qu'un homme ordinaire, mais séparé de Dieu par une distance infinie. Il est fils de Dieu ; mais tous les hommes le sont ou peuvent le devenir à des degrés divers [30]. Tous, chaque jour, doivent appeler Dieu leur père ; tous les ressuscités seront fils de Dieu [31]. La filiation divine était attribuée, dans l'Ancien Testament, à des êtres qu'on ne prétendait nullement égaler à Dieu [32]. Le mot « fils » a, dans les

25. Certains passages, comme *Act.*, ii, 22, l'excluent formellement.
26. Matth., iv, 10 ; vii, 21, 22 ; xix, 17 ; Marc, i, 44 ; iii, 12 ; x, 17, 18 ; Luc, xviii, 19.
27. Jean, v, 18 et suiv. ; x, 33 et suiv.
28. Jean, xiv, 28.
29. Marc, xiii, 35.
30. Matth., v, 9, 45 ; Luc, iii, 38 ; vi, 35 ; xx, 36 ; Jean, i, 12-13 ; x, 34-35. Comp. *Act.*, xvii, 28-29 ; Rom., viii, 14-17, 19, 21, 23 ; ix, 26 ; II Cor., vi, 18 ; Galat., iii, 26 ; iv, 1 et suiv. ; Phil., ii, 15 ; épître de Barnabé, 14 (p. 10, Hilgenfeld, d'après le *Codex Sinaïticus*), et, dans l'Ancien Testament, Deutér., xiv, 1, et surtout Sagesse, ii, 13, 18.
31. Luc, xx, 36.
32. Gen., vi, 2 ; Job, i, 6 ; ii, 1 ; xxviii, 7 ; Ps. ii, 7 ; lxxxii, 6 ; II Sam., vii, 14.

langues sémitiques et dans la langue du Nouveau Testament, les sens figurés les plus larges [33]. D'ailleurs, l'idée que Jésus se fait de l'homme n'est pas cette idée humble, qu'un froid déisme a introduite. Dans sa poétique conception de la nature, un seul souffle pénètre l'univers : le souffle de l'homme est celui de Dieu ; Dieu habite en l'homme, vit par l'homme, de même que l'homme habite en Dieu, vit par Dieu [34]. L'idéalisme transcendant de Jésus ne lui permit jamais d'avoir une notion claire de sa propre personnalité. Il est son Père, son Père est lui. Il vit dans ses disciples ; il est partout avec eux [35] ; ses disciples sont un, comme lui et son Père sont un [36]. L'idée pour lui est tout ; le corps, qui fait la distinction des personnes, n'est rien.

Le titre de « Fils de Dieu », ou simplement de « Fils » [37], devint ainsi pour Jésus un titre analogue à « Fils de l'homme » et, comme celui-ci, synonyme de « Messie », à la seule différence qu'il s'appelait lui-même « Fils de l'homme » et qu'il ne semble pas avoir fait le même usage du mot « Fils de Dieu [38] ». Le titre de Fils de l'homme exprimait sa qualité de juge ; celui de Fils de

33. Le fils du diable (Matth., XIII, 38 ; *Act.*, XIII, 10) ; les fils de ce monde (Marc, III, 17 ; Luc, XVI, 8 ; XX, 34) ; les fils de la lumière (Luc, XVI, 8 ; Jean, XII, 36) ; les fils de la résurrection (Luc, XX, 36) ; les fils du royaume (Matth., VIII, 12 ; XIII, 38) ; les fils de l'époux (Matth., IX, 15 ; Marc, II, 19 ; Luc, V, 34) ; les fils de la géhenne (Matth., XXIII, 15) ; les fils de la paix (Luc, X, 6). etc. Rappelons que le Jupiter du paganisme est πατὴρ ἀνδρῶν τε θεῶν τε.

34. Comp. *Act.*, XVII, 28.

35. Matth., XVIII, 20 ; XXVIII, 20.

36. Jean, X, 30 ; XVII, 21. Voir en général les derniers discours rapportés par le quatrième Évangile, surtout le ch. XVII, qui expriment bien un côté de l'état psychologique de Jésus, quoiqu'on ne puisse les envisager comme de vrais documents historiques.

37. Les passages à l'appui de cela sont trop nombreux pour être cités ici.

38. C'est seulement dans le quatrième Évangile que Jésus se sert de l'expression de « Fils de Dieu » ou de « Fils » comme synonyme du pronom *je*. Matth., XI, 27 ; XXVIII, 19 ; Marc, XIII, 32 ; Luc, X, 22, n'offrent que des emplois indirects. D'ailleurs, Matth., XI, 27, et Luc, X, 22, représentent dans le système synoptique une tardive intercalation, conforme au type des discours johanniques.

Dieu, sa participation aux desseins suprêmes et sa puissance. Cette puissance n'a pas de limites. Son Père lui a donné tout pouvoir. Il a le droit de changer même le sabbat [39]. Nul ne connaît le Père que par lui [40]. Le Père lui a transmis le droit de juger [41]. La nature lui obéit ; mais elle obéit aussi à quiconque croit et prie ; la foi peut tout [42]. Il faut se rappeler que nulle idée des lois de la nature ne venait, dans son esprit, ni dans celui de ses auditeurs, marquer la limite de l'impossible. Les témoins de ses miracles remercient Dieu « d'avoir donné de tels pouvoirs aux hommes [43] ». Il remet les péchés [44] ; il est supérieur à David, à Abraham, à Salomon, aux prophètes [45]. Nous ne savons sous quelle forme ni dans quelle mesure ces affirmations se produisaient. Jésus ne doit pas être jugé sur la règle de nos petites convenances. L'admiration de ses disciples le débordait et l'entraînait. Il est évident que le titre de *rabbi*, dont il s'était d'abord contenté, ne lui suffisait plus ; le titre même de prophète ou d'envoyé de Dieu ne répondait plus à sa pensée. La position qu'il s'attribuait était celle d'un être surhumain, et il voulait qu'on le regardât comme ayant avec Dieu un rapport plus élevé que celui des autres hommes. Mais il faut remarquer que ces mots de « surhumain » et de « surnaturel », empruntés à notre théologie mesquine, n'avaient pas de sens dans la haute conscience religieuse de Jésus. Pour lui, la nature et le développement de l'humanité n'étaient pas des règnes limités hors de Dieu, de chétives réalités, assujetties à des lois d'une rigueur désespérante. Il n'y avait pas pour lui de surnaturel, car il

39. Matth., xii, 8 ; Luc, vi, 5.
40. Matth., xi, 27 ; xxviii, 18 ; Luc, x, 22.
41. Jean, v, 22.
42. Matth., xvii, 18-19 ; Luc, xvii, 6.
43. Matth., ix, 8.
44. Matth., ix, 2 et suiv. ; Marc, ii, 5 et suiv. ; Luc, v, 20 ; vii, 47-48.
45. Matth., xii, 41-42 ; xxii, 43 et suiv. ; Marc, xii, 6 ; Jean, viii, 25 et suiv.

n'y avait pas de nature. Ivre de l'amour infini, il oubliait la lourde chaîne qui tient l'esprit captif ; il franchissait d'un bond l'abîme, infranchissable pour la plupart, que la médiocrité des facultés humaines trace entre l'homme et Dieu.

On ne saurait méconnaître dans ces affirmations de Jésus le germe de la doctrine qui devait plus tard faire de lui une hypostase divine [46], en l'identifiant avec le Verbe, ou « Dieu second [47] », ou fils aîné de Dieu. [48], ou *Ange métatrône* [49], que la théologie juive créait d'un autre côté [50]. Une sorte de besoin amenait cette théologie, pour corriger l'extrême rigueur du vieux monothéisme, à placer auprès de Dieu un assesseur, auquel le Père éternel est censé déléguer le gouvernement de l'univers. La croyance que certains hommes sont des incarnations de facultés ou de « puissances » divines commençait à se répandre ; les Samaritains possédaient vers le même temps un thaumaturge qu'on identifiait avec « la grande vertu de Dieu [51] ». Depuis près de

---

46. Voir surtout Jean, xiv et suiv.

47. Philon, cité dans Eusèbe, *Præp. evang.*, VII, 13.

48. Philon, *De migr. Abraham*, § 1 ; *Quod Deus immut.*, § 6 ; *De confus ling.*, §§ 14 et 28 ; *De profugis*, § 20 ; *De somniis*, I, § 37 ; *De agric. Noë*, § 12 ; *Quis rerum divin. hæres*, § 25 et suiv., 48 et suiv., etc.

49. Μετάθρονος, c'est-à-dire partageant le trône de Dieu ; sorte de secrétaire divin, tenant le registre des mérites et des démérites : *Bereschith rabba*, v, 6 *c* ; Talm. de Bab., *Sanhédr.*, 38 *b* ; *Chagiga*, 15 *a* ; Targum de Jonathan, *Gen.*, v, 24.

50. Cette théorie du Λόγος ne renferme pas d'éléments grecs. Les rapprochements qu'on en a faits avec l'*Honover* des Parsis sont aussi sans fondement. Le *Minokhired* ou « Intelligence divine » a bien de l'analogie avec le Λόγος juif. (Voir les fragments du livre intitulé *Minokhired* dans Spiegel, *Parsi-Grammatik*, p. 161-162.) Mais le développement qu'a pris la doctrine du *Minokhired* chez les Parsis est moderne et peut impliquer une influence étrangère. L' « intelligence divine » (*Mainyu-Khratû*) figure dans les livres zends ; mais elle n'y sert pas de base à une théorie ; elle entre seulement dans quelques invocations. Les rapprochements que l'on a essayés entre la théorie des juifs et des chrétiens sur le Verbe et certains points de la théologie égyptienne peuvent n'être pas sans valeur. Mais ils ne suffisent pas pour prouver que ladite théorie soit un emprunt fait à l'Égypte.

51. *Act.*, viii, 10.

deux siècles, les esprits spéculatifs du judaïsme se laissaient aller au penchant de faire des personnes distinctes avec les attributs divins ou avec certaines expressions qu'on rapportait à la divinité. Ainsi le « Souffle de Dieu », dont il est souvent question dans l'Ancien Testament, est considéré comme un être à part, l' « Esprit-Saint ». De même, la « Sagesse de Dieu », la « Parole de Dieu » deviennent des personnes existantes par elles-mêmes. C'était le germe du procédé qui a engendré les *sephiroth* de la cabbale, les *œons* du gnosticisme, les hypostases chrétiennes, toute cette mythologie sèche, consistant en abstractions personnifiées, à laquelle le monothéisme est obligé de recourir, quand il veut introduire en Dieu la multiplicité.

Jésus paraît être resté étranger à des raffinements de théologie, qui devaient bientôt remplir le monde de disputes stériles. La théorie métaphysique du Verbe, telle qu'on la trouve dans les écrits de son contemporain Philon, dans les Targums chaldéens, et déjà dans le livre de la « Sagesse » [52], ne se laisse entrevoir ni dans les *Logia* de Matthieu, ni en général dans les synoptiques, interprètes si authentiques des paroles de Jésus. La doctrine du Verbe, en effet, n'avait rien de commun avec le messianisme. Le Verbe de Philon et des Targums n'est nullement le Messie. C'est plus tard que l'on identifia Jésus avec le Verbe, et que l'on créa, en partant de ce principe, toute une nouvelle théologie, fort différente de celle du royaume de Dieu [53]. Le rôle essentiel du Verbe est celui de créateur et de providence ; or, Jésus ne prétendit jamais avoir créé le monde ni le

52. *Sap.*, IX, 1-2 ; XVI, 12, Comp. VII, 12 ; VIII, 5 et suiv. ; IX, et en général IX-XI. Ces prosopopées de la Sagesse personnifiée se trouvent même dans des livres plus anciens. *Prov.*, VIII, IX ; *Job*, XXVIII.

53. *Apoc.*, XIX, 13 ; Jean, I, 1-14. On remarquera, du reste, que, même dans le quatrième Évangile, l'expression de « Verbe » ne revient pas hors du prologue, et que jamais le narrateur ne la place dans la bouche de Jésus.

gouverner. Son rôle sera de le juger, de le renouveler.
La qualité de président des assises finales de l'humanité,
tel est le ministère que Jésus s'attribue, l'office que tous
les premiers chrétiens lui prêtèrent [54]. Jusqu'au grand
jour, il siège à la droite de Dieu comme son *métatrône*,
son premier ministre et son futur vengeur [55]. Le Christ
surhumain des absides byzantines, assis en juge du monde,
au milieu des apôtres, analogues à lui et supérieurs aux
anges qui ne font qu'assister et servir, est la très exacte
représentation figurée de cette conception du « Fils de
l'homme », dont nous trouvons les premiers traits déjà
si fortement indiqués dans le livre de Daniel.

En tout cas, la rigueur d'une scolastique réfléchie
n'était nullement d'un tel monde. Tout l'ensemble
d'idées que nous venons d'exposer formait dans l'esprit
des disciples un système théologique si peu arrêté, que
le Fils de Dieu, cette espèce de dédoublement de la
Divinité, ils le font agir purement en homme. Il est
tenté, il ignore bien des choses, il se corrige, il change
d'avis [56] ; il est abattu, découragé ; il demande à son
Père de lui épargner des épreuves ; il est soumis à Dieu,
comme un fils [57]. Lui qui doit juger le monde, il ne
connaît pas le jour du jugement [58]. Il prend des précautions pour sa sûreté [59]. Peu après sa naissance, on
est obligé de le faire disparaître pour éviter des hommes puissants qui voulaient le tuer [60]. Dans les exorcismes, le diable le chicane et ne sort pas du premier

54. *Act.*, x, 42 ; Rom., ii, 16 ; II Cor., v, 10.
55. Matth., xxvi, 64 ; Marc, xvi, 19 ; Luc, xxii, 69 ; *Act.*, vii,
55 ; Rom., viii, 34 ; Éphés., i, 20 ; Coloss., iii, 1 ; Hébr., i, 3, 13 ; viii,
1 ; x, 12 ; xii, 2 ; Ire Épître de S. Pierre, iii, 22. V. les passages précités
sur le rôle du *métatrône* juif.
56. Matth., x, 5, comparé à xxviii, 19 ; Marc, vii, 24, 27, 29.
57. Matth., xxvi, 39 et suiv. ; Marc, xiv, 32 et suiv. ; Luc, xxii, 42
et suiv. ; Jean, xii, 27.
58. Marc, xiii, 32. Comp. Matth., xxiv, 36.
59. Matth., xii, 14-16 ; xiv, 13 ; Marc, iii, 6-7 ; ix, 29-30 ; Jean,
vii, 1 et suiv.
60. Matth., ii, 20.

coup [61]. Dans ses miracles, on sent un effort pénible, une fatigue comme si quelque chose sortait de lui [62]. Tout cela est simplement le fait d'un envoyé de Dieu, d'un homme protégé et favorisé de Dieu [63]. Il ne faut demander ici ni logique ni conséquence. Le besoin que Jésus avait de se donner du crédit et l'enthousiasme de ses disciples entassaient les notions contradictoires. Pour les messianistes de l'école millénaire, pour les lecteurs acharnés des livres de Daniel et d'Hénoch, il était le Fils de l'homme ; pour les juifs de la croyance commune, pour les lecteurs d'Isaïe et de Michée, il était le Fils de David ; pour les affiliés, il était le Fils de Dieu, ou simplement le Fils. D'autres, sans que les disciples les en blâmassent, le prenaient pour Jean-Baptiste ressuscité, pour Élie, pour Jérémie, conformément à la croyance populaire que les anciens prophètes allaient se réveiller pour préparer les temps du Messie [64].

Une conviction absolue, ou, pour mieux dire, l'enthousiasme, qui lui ôtait jusqu'à la possibilité d'un doute, couvrait toutes ces hardiesses. Nous comprenons peu, avec nos natures froides et timorées, une telle façon d'être possédé par l'idée dont on se fait l'apôtre. Pour nous, races profondément sérieuses, la conviction signifie la sincérité avec soi-même. Mais la sincérité avec soi-même n'a pas beaucoup de sens chez les peuples orientaux, peu habitués aux délicatesses de l'esprit critique. Bonne foi et imposture sont des mots qui, dans notre conscience rigide, s'opposent comme deux termes inconciliables. En Orient, il y a de l'un à l'autre mille fuites et mille détours [a]. Les auteurs de livres apocryphes (de « Daniel », d' « Hénoch », par exemple), hommes si

61. Matth., xvii, 20 ; Marc, ix, 25.
62. Luc, viii, 45-46 ; Jean, xi, 33, 38.
63. *Act.*, ii, 22.
64. Matth., xiv, 2 ; xvi, 14 ; xvii, 3 et suiv. ; Marc, vi, 14-15 ; viii, 28 ; Luc, ix, 8 et suiv., 19.

exaltés, commettaient pour leur cause, et bien certainement sans ombre de scrupule, un acte que nous appel-
lerions un faux. La vérité matérielle a très peu de prix
pour l'Oriental ; il voit tout à travers ses préjugés, ses
intérêts, ses passions.

L'histoire est impossible, si l'on n'admet hautement
qu'il y a pour la sincérité plusieurs mesures. La foi ne
connaît d'autre loi que l'intérêt de ce qu'elle croit le
vrai. Le but qu'elle poursuit étant pour elle absolument saint, elle ne se fait aucun scrupule d'invoquer
de mauvais arguments pour sa thèse, quand les bons ne
réussissent pas. Si telle preuve n'est pas solide, tant
d'autres le sont!... Si tel prodige n'est pas réel, tant
d'autres l'ont été!... Combien d'hommes pieux, convaincus de la vérité de leur religion, ont cherché à triompher
de l'obstination des hommes par des moyens dont ils
voyaient bien la faiblesse! Combien de stigmatisées, de
convulsionnaires, de possédées de couvent, ont été
entraînées par l'influence du monde où elles vivaient et
par leur propre croyance à des actes feints, soit pour ne
pas rester au-dessous des autres, soit pour soutenir la
cause en danger! Toutes les grandes choses se font par
le peuple ; or, on ne conduit le peuple qu'en se prêtant
à ses idées. Le philosophe qui, sachant cela, s'isole et
se retranche dans sa noblesse est hautement louable.
Mais celui qui prend l'humanité avec ses illusions et
cherche à agir sur elle et avec elle ne saurait être blâmé.
César savait fort bien qu'il n'était pas fils de Vénus ;
la France ne serait pas ce qu'elle est si l'on n'avait cru
mille ans à la sainte ampoule de Reims. Il nous est
facile à nous autres, impuissants que nous sommes,
d'appeler cela mensonge, et, fiers de notre timide
honnêteté, de maltraiter les héros qui ont accepté
dans d'autres conditions la lutte de la vie. Quand nous
aurons fait avec nos scrupules ce qu'ils firent avec leurs
mensonges, nous aurons le droit d'être pour eux sévères.
Au moins faut-il distinguer profondément les sociétés

comme la nôtre, où tout se passe au plein jour de la réflexion, des sociétés naïves et crédules, où sont nées les croyances qui ont dominé les siècles. Il n'est pas de grande fondation qui ne repose sur une légende. Le seul coupable en pareil cas, c'est l'humanité qui veut être trompée.

# CHAPITRE XVI

## MIRACLES

Deux moyens de preuve, les miracles et l'accomplissement des prophéties, pouvaient seuls, d'après l'opinion des contemporains de Jésus, établir une mission surnaturelle. Jésus et surtout ses disciples employèrent ces deux procédés de démonstration avec une parfaite bonne foi. Depuis longtemps, Jésus était convaincu que les prophètes n'avaient écrit qu'en vue de lui. Il se retrouvait dans leurs oracles sacrés ; il s'envisageait comme le miroir où tout l'esprit prophétique d'Israël avait lu l'avenir. L'école chrétienne, peut-être du vivant même de son fondateur, chercha à prouver que Jésus répondait parfaitement à ce que les prophètes avaient prédit du Messie [1]. Dans beaucoup de cas, ces rapprochements étaient tout extérieurs et sont pour nous à peine saisissables. C'étaient le plus souvent des circonstances fortuites ou insignifiantes de la vie du maître qui rappelaient aux disciples certains passages des Psaumes et des Prophètes, où, par suite de leur constante préoccupation, ils voyaient des images de ce qui se passait sous leurs yeux [2]. L'exégèse du temps consistait ainsi presque toute en jeux de mots, en citations ame-

1. Par exemple, Matth., i, 22 ; ii, 5-6, 15, 18 ; iv, 15.
2. Matth., i, 23 ; iv, 6, 14 ; xxvi, 31, 54, 56 ; xxvii, 9, 35 ; Marc, xiv, 27 ; xv, 28 ; Jean, xii, 14-15 ; xviii, 9 ; xix, 19, 24, 28, 36.

nées d'une façon artificielle et arbitraire [3]. La synagogue n'avait pas une liste officiellement arrêtée des passages qui se rapportaient au règne futur. Les applications messianiques étaient libres, et constituaient des artifices de style bien plutôt qu'une sérieuse argumentation.

Quant aux miracles, on les tenait, à cette époque, pour la marque indispensable du divin et pour le signe des vocations prophétiques. Les légendes d'Élie et d'Élisée en étaient pleines. Il était reçu que le Messie en ferait beaucoup [4]. A quelques lieues de Jésus, à Samarie, un magicien nommé Simon se créait par ses prestiges un rôle presque divin [5]. Plus tard, quand on voulut fonder la vogue d'Apollonius de Tyane et prouver que sa vie avait été le voyage d'un dieu sur la terre, on ne crut pouvoir y réussir qu'en inventant pour lui un vaste cycle de miracles [6]. Les philosophes alexandrins eux-mêmes, Plotin et les autres, sont censés en avoir fait [7]. Jésus, par conséquent, dut choisir entre deux partis, ou renoncer à sa mission, ou devenir thaumaturge. Il faut se rappeler que toute l'antiquité, à l'exception des grandes écoles scientifiques de la Grèce et de leurs adeptes romains, admettait le miracle; que Jésus, non seulement y croyait, mais n'avait pas la moindre idée d'un ordre naturel réglé par des lois. Ses connaissances sur ce point n'étaient nullement supérieures à celles de ses contemporains. Bien plus, une de ses opinions le plus profondément enracinées était qu'avec la foi et la prière l'homme a tout pouvoir sur la nature [8]. La faculté de faire des miracles passait

3. C'est ce qu'on remarque à chaque page du Talmud.
4. Jean, vii, 34 ; *IV Esdras*, xiii, 50.
5. *Act.*, viii, 9 et suiv.
6. Voir sa biographie par Philostrate.
7. Voir les *Vies des sophistes*, par Eunape ; la Vie de Plotin, par Porphyre ; celle de Proclus, par Marinus ; celle d'Isidore attribuée à Damascius.
8. Matth., xvii, 19 ; xxi, 21-22 ; Marc, xi, 23-24.

pour une licence régulièrement départie par Dieu aux hommes [9], et n'avait rien qui surprît.

La différence des temps a changé en quelque chose de très blessant pour nous ce qui fit la puissance du grand fondateur, et, si jamais le culte de Jésus s'affaiblit dans l'humanité, ce sera justement à cause des actes qui ont fait croire en lui. La critique n'éprouve devant ces sortes de phénomènes historiques aucun embarras. Un thaumaturge de nos jours, à moins d'une naïveté extrême, comme cela a eu lieu chez certaines stigmatisées de l'Allemagne, est odieux, car il fait des miracles sans y croire ; il est un charlatan. Mais prenons un François d'Assise, la question est déjà toute changée ; le cycle miraculeux de la naissance de l'ordre de Saint-François, loin de nous choquer, nous cause un véritable plaisir. Les fondateurs du christianisme vivaient dans un état de poétique ignorance au moins aussi complet que sainte Claire et les *tres socii*. Ils trouvaient tout simple que leur maître eût des entrevues avec Moïse et Élie, qu'il commandât aux éléments, qu'il guérît les malades. Il faut se rappeler, d'ailleurs, que toute idée perd quelque chose de sa pureté dès qu'elle aspire à se réaliser. On ne réussit jamais sans que la délicatesse de l'âme éprouve quelques froissements. Telle est la faiblesse de l'esprit humain, que les meilleures causes ne sont gagnées d'ordinaire que par de mauvaises raisons. Les démonstrations des apologistes primitifs du christianisme reposent sur de très pauvres arguments. Moïse, Christophe Colomb, Mahomet, n'ont triomphé des obstacles qu'en tenant compte chaque jour de la faiblesse des hommes et en ne donnant pas toujours les vraies raisons de la vérité. Il est probable que l'entourage de Jésus était plus frappé de ses miracles que de ses prédications, si profondément divines. Ajoutons que sans doute la renommée populaire, avant et après la mort

9. Matth., ix, 8.

de Jésus, exagéra énormément le nombre de faits de ce genre. Les types des miracles évangéliques, en effet, n'offrent pas beaucoup de variété ; ils se répètent les uns les autres et semblent calqués sur un très petit nombre de modèles, accommodés au goût du pays.

Il est impossible, parmi les récits miraculeux dont les Évangiles renferment la fatigante énumération, de distinguer les miracles qui ont été prêtés à Jésus par l'opinion, soit durant sa vie, soit après sa mort, de ceux où il consentit à jouer un rôle actif. Il est impossible surtout de savoir si les circonstances choquantes d'efforts, de trouble, de frémissements, et autres traits sentant la jonglerie [10], sont bien historiques, ou s'ils sont le fruit de la croyance des rédacteurs, fortement préoccupés de théurgie, et vivant, sous ce rapport, dans un monde analogue à celui des « spirites » de nos jours [11a]. L'opinion populaire voulait, en effet, que la vertu divine fût dans l'homme comme un principe épileptique et convulsif [12]. Presque tous les miracles que Jésus crut exécuter paraissent avoir été des miracles de guérison. La médecine était à cette époque en Judée ce qu'elle est encore aujourd'hui en Orient, c'est-à-dire nullement scientifique, absolument livrée à l'inspiration individuelle. La médecine scientifique, fondée depuis cinq siècles par la Grèce, était, à l'époque de Jésus, à peu près inconnue aux Juifs de Palestine. Dans un tel état de connaissances, la présence d'un homme supérieur, traitant le malade avec douceur, et lui donnant par quelques signes sensibles l'assurance de son rétablissement, est souvent un remède décisif. Qui oserait dire que, dans beaucoup de cas, et en dehors des lésions tout à

10. Luc, viii, 45-46 ; Jean, xi, 33, 38.
11. *Act.*, ii, 2 et suiv. ; iv, 31 ; viii, 15 et suiv. ; x, 44 et suiv. Pendant près d'un siècle, les apôtres et leurs disciples ne rêvent que miracles. Voir les *Actes*, les écrits de saint Paul, les extraits de Papias, dans Eusèbe, *Hist. eccl.*, III, 39, etc. Comp. Marc, iii, 15 ; xvi, 17-18, 20.
12. Marc, v, 30 ; Luc, vi, 19 ; viii, 46 ; Jean, xi, 33, 38.

fait caractérisées, le contact d'une personne exquise ne vaut pas les ressources de la pharmacie ? Le plaisir de la voir guérit. Elle donne ce qu'elle peut, un sourire, une espérance, et cela n'est pas vain.

Jésus, pas plus que la majorité de ses compatriotes, n'avait l'idée d'une science médicale rationnelle ; il croyait avec presque tout le monde que la guérison devait surtout s'opérer par des pratiques religieuses, et une telle croyance était parfaitement conséquente. Du moment qu'on regardait la maladie comme la punition d'un péché [13], ou comme le fait d'un démon [14], nullement comme le résultat de causes physiques, le meilleur médecin était le saint homme, qui avait du pouvoir dans l'ordre surnaturel. Guérir était considéré comme une chose morale ; Jésus, qui sentait sa force morale, devait se croire spécialement doué pour guérir. Convaincu que l'attouchement de sa robe [15], l'imposition de ses mains [16], l'application de sa salive [17], faisaient du bien aux malades, il aurait été dur, s'il avait refusé à ceux qui souffraient un soulagement qu'il était en son pouvoir de leur accorder. La guérison des malades était considérée comme un des signes du royaume de Dieu, et toujours associée à l'émancipation des pauvres [18]. L'une et l'autre étaient les signes de la grande révolution qui devait aboutir au redressement de toutes les infirmités. Les esséniens, qui ont tant de liens de parenté avec Jésus, passaient aussi pour des médecins spirituels très puissants [19].

Un des genres de guérison que Jésus opère le plus souvent est l'exorcisme, ou l'expulsion des démons.

---

13. Jean, v, 14 ; ix, 1 et suiv., 34.
14. Matth., ix, 32-33 ; xii, 22 ; Luc, xiii, 11, 16.
15. Luc, viii, 45-46.
16. Luc, 14, 40.
17. Marc, viii, 23 ; Jean, ix, 6.
18. Matth., xi, 5 ; xv, 30-31 ; Luc, ix, 1-2, 6.
19. Voir ci-dessus, p. 133, note 14.

Une facilité étrange à croire aux démons régnait dans
tous les esprits. C'était une opinion universelle, non
seulement en Judée, mais dans le monde entier, que les
démons s'emparent du corps de certaines personnes et
les font agir contrairement à leur volonté. Un *div*
persan, plusieurs fois nommé dans l'Avesta [20], *Aëschma-
daëva*, « le div de la concupiscence », adopté par les
Juifs sous le nom d'*Asmodée* [21], devint la cause de tous
les troubles hystériques chez les femmes [22]. L'épilepsie,
les maladies mentales et nerveuses [23], où le patient
semble ne plus s'appartenir, les infirmités dont la cause
n'est pas visible, comme la surdité, le mutisme [24],
étaient expliquées de la même manière. L'admirable
traité « De la maladie sacrée » d'Hippocrate, qui posa,
quatre siècles et demi avant Jésus, les vrais principes
de la médecine sur ce sujet, n'avait point banni du
monde une pareille erreur. On supposait qu'il y avait
des procédés plus ou moins efficaces pour chasser les
démons ; l'état d'exorciste était une profession régulière comme celle de médecin [25]. Il n'est pas douteux que
Jésus n'ait eu de son vivant la réputation de posséder
les derniers secrets de cet art [26]. Il y avait alors beaucoup de fous en Judée, sans doute par suite de la grande
exaltation des esprits. Ces fous, qu'on laissait errer,
comme cela a lieu encore aujourd'hui dans les mêmes
régions, habitaient les grottes sépulcrales abandonnées,
retraite ordinaire des vagabonds. Jésus avait beaucoup

20. *Vendidad*, xi, 26 ; *Yaçna*, x, 18.
21. *Tobie*, iii, 8 ; vi, 14 ; Talm. de Bab., *Gittin*, 68 *a*.
22. Comp. Marc, xvi, 9 ; Luc, viii, 2 ; *Évangile de l'Enfance*, 16,
33 ; Code syrien, publié dans les *Anecdota syriaca* de M. Land, I, p. 152.
23. Jos., *Bell. jud.*, VII, vi. 3 ; Lucien, *Philopseud.*, 16 ; Philostrate,
*Vie d'Apoll.*, III, 38 ; IV, 20 ; Arétée, *De causis morb. chron.*, I, 4.
24. Matth., ix, 33 ; xii, 22 ; Marc, ix, 16, 24 ; Luc, xi, 14.
25. *Tobie*, viii, 2-3 ; Matth., xii, 27 ; Marc, ix, 38 ; *Act.*, xix, 13 ;
Josèphe, *Ant.*, VIII, ii, 5 ; Justin, *Dial. cum Tryphone*, 85 ; Lucien,
*Épigr.* xxiii (xvii Dindorf).
26. Matth., xvii, 20 ; Marc, ix, 24 et suiv.

de prise sur ces malheureux [27]. On racontait au sujet de
ses cures mille histoires singulières, où toute la crédulité
du temps se donnait carrière. Mais ici encore il ne faut
pas s'exagérer les difficultés. Les désordres qu'on
expliquait par des possessions étaient souvent fort
légers. De nos jours, en Syrie, on regarde comme fous
ou possédés d'un démon (ces deux idées n'en font qu'une,
*medjnoun* [28]) des gens qui ont seulement quelque
bizarrerie. Une douce parole suffit souvent dans ce cas
pour chasser le démon. Tels étaient sans doute les
moyens employés par Jésus. Qui sait si sa célébrité
comme exorciste ne se répandit pas presque à son insu ?
Les personnes qui résident en Orient sont parfois surprises de se trouver, au bout de quelque temps, en possession d'une grande renommée de médecin, de sorcier, de
découvreur de trésors, sans qu'elles puissent se rendre
bien compte des faits qui ont donné lieu à ces imaginations [29].

Beaucoup de circonstances, d'ailleurs, semblent
indiquer que Jésus ne fut thaumaturge que tard et à
contrecœur. Souvent il n'exécute ses miracles qu'après
s'être fait prier, avec une sorte de mauvaise humeur et
en reprochant à ceux qui les lui demandent la grossiè-

---

27. Matth., viii, 28 ; ix, 34 ; xii, 43 et suiv. ; xvii, 14 et suiv., 20 ;
Marc, v, 1 et suiv. ; Luc, viii, 27 et suiv.

28. Cette phrase, *Dæmonium habes* (Matth., xi, 18 ; Luc, vii, 33 ;
Jean, vii, 20 ; viii, 48 et suiv. ; x, 20 et suiv.), doit se traduire par :
« Tu es fou », comme on dirait en arabe : *Medjnoun enté*. Le verbe δαι-
μονᾷν a aussi, dans toute l'antiquité classique, le sens de « être
fou ».

29. Un homme qui a été mêlé aux récents mouvements sectaires
de la Perse m'a affirmé qu'ayant fondé autour de lui une sorte de
franc-maçonnerie dont les principes furent très goûtés, il se vit bientôt
érigé en prophète, et que chaque jour il était surpris d'apprendre les
prodiges qu'il avait faits. Une foule de gens voulaient se faire tuer pour
lui. Sa légende en quelque sorte courait devant lui et l'eût entraîné, si le
gouvernement persan ne l'eût soustrait à l'influence de ses disciples.
Cet homme m'a dit qu'ayant failli devenir prophète, il savait comment les choses se passaient, et qu'elles avaient bien lieu comme je les
avais décrites dans la *Vie de Jésus*.

reté de leur esprit [30]. Une particularité, en apparence inexplicable, c'est l'attention qu'il met à faire ses miracles en cachette, et la recommandation qu'il adresse à ceux qu'il guérit de n'en rien dire à personne [31]. Quand les démons veulent le proclamer Fils de Dieu, il leur défend d'ouvrir la bouche ; c'est malgré lui qu'ils le reconnaissent [32]. Ces traits sont surtout caractéristiques dans Marc, qui est par excellence l'évangéliste des miracles et des exorcismes. Il semble que le disciple qui a fourni les renseignements fondamentaux de cet Évangile importunait Jésus de son admiration pour les prodiges, et que le maître, ennuyé d'une réputation qui lui pesait, lui ait souvent dit : « N'en parle point. » Une fois, cette discordance aboutit à un éclat singulier [33], à un accès d'impatience, où perce la fatigue que causaient à Jésus ces perpétuelles demandes d'esprits faibles. On dirait, par instants, que le rôle de thaumaturge lui est désagréable, et qu'il cherche à donner aussi peu de publicité que possible aux merveilles qui naissent en quelque sorte sous ses pas. Quand ses ennemis lui demandent un miracle, surtout un miracle céleste, un météore, il refuse obstinément [34]. Il est donc permis de croire qu'on lui imposa sa réputation de thaumaturge, qu'il n'y résista pas beaucoup, mais qu'il ne fit rien non plus pour y aider, et qu'en tout cas, il sentait la vanité de l'opinion à cet égard.

Ce serait manquer à la bonne méthode historique que d'écouter trop ici nos répugnances. La condition essentielle de la vraie critique est de comprendre la

---

30. Matth., XII, 39 ; XVI, 4 ; XVII, 16 ; Marc, VIII, 17 et suiv. ; IX, 18 ; Luc, IX, 41 ; XI, 29.

31. Matth., VIII, 4 ; IX, 30-31 ; XII, 16 et suiv. ; Marc, I, 44 ; VII, 24 et suiv. ; VIII, 26.

32. Marc, I, 24-25, 34 ; III, 12 ; Luc, IV, 41. Comp. *Vie d'Isidore*, attribuée à Damascius, § 56.

33. Matth., XVII, 16 ; Marc, IX, 18 ; Luc, IX, 41.

34. Matth., XII, 38 et suiv. ; XVI, 1 et suiv. ; Marc, VIII, 11 ; Luc, XI, 29 et suiv.

diversité des temps, et de se dépouiller des habitudes
instinctives qui sont le fruit d'une éducation purement
raisonnable. Pour nous soustraire aux objections qu'on
serait tenté d'élever contre le caractère de Jésus, nous
ne devons pas supprimer des faits qui, aux yeux de ses
contemporains, furent placés sur le premier plan [35].
Il serait commode de dire que ce sont là des additions
de disciples bien inférieurs à leur maître, qui, ne pouvant concevoir sa vraie grandeur, ont cherché à le
relever par des prestiges indignes de lui. Mais les quatre
narrateurs de la vie de Jésus sont unanimes pour vanter
ses miracles ; l'un d'eux, Marc, interprète de l'apôtre
Pierre [36], insiste tellement sur ce point que, si l'on traçait
le caractère du Christ uniquement d'après son Évangile,
on se représenterait Jésus comme un exorciste en
possession de charmes d'une rare efficacité, comme un
sorcier très puissant, qui fait peur et dont on aime à se
débarrasser [37]. Nous admettrons donc sans hésiter
que des actes qui seraient maintenant considérés comme
des traits d'illusion ou de folie ont tenu une grande
place dans la vie de Jésus. Faut-il sacrifier à ce côté
ingrat le côté sublime d'une telle vie ? Gardons-nous-en.
Un simple sorcier n'eût pas amené une révolution
morale comme celle que Jésus a faite. Si le thaumaturge
eût effacé dans Jésus le moraliste et le réformateur
religieux, il fût sorti de lui une école de théurgie, et non
le christianisme.

Le problème, du reste, se pose de la même manière
pour tous les saints et les fondateurs religieux. Des faits,
aujourd'hui morbides, tels que l'épilepsie, les visions,
ont été autrefois un principe de force et de grandeur.

---

35. Josèphe, *Ant.*, XVIII, iii, 3.

36. Papias, dans Eusèbe, *Hist. eccl.*, III, 39.

37. Marc, vi, 40 ; v, 15, 17, 33 ; vi, 49, 50 ; x, 32. Cf. Matth., viii,
27, 34 ; ix, 8 ; xiv, 27 ; xvii, 6-7 ; Luc, iv, 36 ; v, 17 ; viii, 25, 35, 37 ;
ix, 34. L'Évangile apocryphe dit de Thomas l'Israélite porte ce trait
jusqu'à la plus choquante absurdité. Comparez les *Miracles de l'enfance*,
dans Thilo, *Cod. apocr. N. T.*, p. cx, note.

La médecine sait dire le nom de la maladie qui fit la
fortune de Mahomet [38]. Presque jusqu'à nos jours, les
hommes qui ont le plus fait pour le bien de leurs semblables (l'excellent Vincent de Paul lui-même!) ont été,
qu'ils l'aient voulu ou non, thaumaturges. Si l'on part
de ce principe que tout personnage historique à qui l'on
attribue des actes que nous tenons au XIXᵉ siècle pour
peu sensés ou charlatanesques a été un fou ou un charlatan, toute critique est faussée. L'école d'Alexandrie
fut une noble école, et cependant elle se livra aux pratiques d'une théurgie extravagante. Socrate et Pascal
ne furent pas exempts d'hallucinations. Les faits doivent
s'expliquer par des causes qui leur soient proportion-
nées. Les faiblesses de l'esprit humain n'engendrent
que faiblesse ; les grandes choses ont toujours de grandes
causes dans la nature de l'homme, bien que souvent
elles se produisent avec un cortège de petitesses qui,
pour les esprits superficiels, en offusquent la grandeur.

Dans un sens général, il est donc vrai de dire que
Jésus ne fut thaumaturge et exorciste que malgré lui.
Comme cela arrive toujours dans les grandes carrières
divines [a], il subissait les miracles que l'opinion exigeait,
bien plus qu'il ne les faisait. Le miracle est d'ordinaire
l'œuvre du public et non de celui à qui on l'attribue.
Jésus se fût obstinément refusé à faire des prodiges, que
la foule en eût créé pour lui ; le plus grand miracle eût
été qu'il n'en fît pas ; jamais les lois de l'histoire et de
la psychologie populaire n'eussent subi une plus forte
dérogation. Il n'était pas plus libre que saint Bernard,
que saint François d'Assise de modérer l'avidité de la
foule et de ses propres disciples pour le merveilleux. Les
miracles de Jésus furent une violence que lui fit son
siècle, une concession que lui arracha la nécessité passagère. Aussi l'exorciste et le thaumaturge sont tombés,

38. *Hysteria muscularis* de Schœnlein. Sprenger, *Das Leben und die
Lehre des Mohammad*, I, p. 207 et suiv.

tandis que le réformateur religieux vivra éternellement.

Même ceux qui ne croyaient pas en lui étaient frappés de ces actes et cherchaient à en être témoins [39]. Les païens et les gens peu initiés éprouvaient un sentiment de crainte, et cherchaient à l'éconduire de leur canton [40]. Plusieurs songeaient peut-être à abuser de son nom pour des mouvements séditieux [41]. Mais la direction toute morale et nullement politique du caractère de Jésus le sauvait de ces entraînements. Son royaume à lui était dans le cercle d'enfants qu'une pareille jeunesse d'imagination et un même avant-goût du ciel avaient groupés et retenaient autour de lui.

39. Matth., xiv, 1 et suiv. ; Marc, vi, 14 ; Luc, ix, 7 ; xxiii, 8.
40. Matth., viii, 34 ; v, 17 ; viii, 37.
41. Jean, vi, 14-15. Comp. Luc, xxii, 36-38.

# CHAPITRE XVII

## FORME DÉFINITIVE DES IDÉES DE JÉSUS
### SUR LE ROYAUME DE DIEU

Nous supposons que cette dernière phase de l'activité de Jésus dura environ dix-huit mois, depuis son retour du pèlerinage pour la Pâque de l'an 31 jusqu'à son voyage pour la fête des Tabernacles de l'an 32 [1]. Dans cet espace de temps, la pensée de Jésus ne s'enrichit d'aucun élément nouveau ; mais tout ce qui était en lui se développa et se produisit avec un degré toujours croissant de puissance et d'audace.

L'idée fondamentale de Jésus fut, dès son premier jour, l'établissement du royaume de Dieu. Mais ce royaume de Dieu, ainsi que nous l'avons déjà dit, Jésus paraît l'avoir entendu dans des sens très divers. Par moments, on le prendrait pour un chef démocratique, voulant tout simplement le règne des pauvres et des déshérités. D'autres fois, le royaume de Dieu est

---

1. Jean, v, 1 ; vii, 2. Dans le système de Jean, la vie publique de Jésus semble durer deux ou trois ans. Les synoptiques n'ont à cet égard aucune désignation précise, bien que leur intention paraisse être de grouper tous les faits dans le cadre d'une année. Comparez l'opinion analogue des valentiniens, dans Irénée, *Adv. hær.*, I, iii, 3 ; II, xxii, 1 et suiv., et celle de l'auteur des Homélies pseudo-clémentines, xvii, 19. Si, comme il semble, Jésus est mort l'an 33, on obtient, d'après Luc, iii, 1, une durée de cinq ans. En tout cas, Pilate ayant été destitué avant Pâques de l'an 36, la durée de la vie publique ne peut avoir été de plus de sept ans. Le malentendu à ce sujet vient sans doute de ce que le commencement de la vie publique ne fut pas un fait aussi tranché qu'on le suppose d'ordinaire.

l'accomplissement littéral des visions apocalyptiques
relatives au Messie. Souvent, enfin, le royaume de Dieu
est le royaume des âmes, et la délivrance prochaine est
la délivrance par l'esprit. La révolution voulue par Jésus
est alors celle qui a eu lieu en réalité, l'établissement
d'un culte nouveau, plus pur que celui de Moïse. —
Toutes ces pensées paraissent avoir existé à la fois
dans la conscience de Jésus. La première, toutefois,
celle d'une révolution temporelle, ne paraît pas l'avoir
beaucoup arrêté. Jésus ne regarda jamais la terre, ni
les richesses de la terre, ni le pouvoir matériel comme
valant la peine qu'il s'en occupât. Il n'eut aucune ambi-
tion extérieure. Quelquefois, par une conséquence
naturelle, sa grande importance religieuse était sur le
point de se changer en importance sociale. Des gens
venaient lui demander de se constituer juge et arbitre
dans des questions d'intérêts. Jésus repoussait ces propositions avec fierté, presque comme des injures [2].
Plein de son idéal céleste, il ne sortit jamais de sa dédaigneuse pauvreté. Quant aux deux autres conceptions
du royaume de Dieu, Jésus paraît toujours les avoir
gardées simultanément. S'il n'eût été qu'un enthousiaste,
égaré par les apocalypses dont se nourrissait l'imagination populaire, il fût resté un sectaire obscur, inférieur
à ceux dont il suivait les idées. S'il n'eût été qu'un
puritain, une sorte de Channing [a] ou de « Vicaire
savoyard », il n'eût obtenu sans contredit aucun succès.
Les deux parties de son système, ou, pour mieux dire,
ses deux conceptions du royaume de Dieu se sont
appuyées l'une l'autre, et cet appui réciproque a fait
son incomparable succès. Les premiers chrétiens sont
des visionnaires, s'agitant dans un cercle d'idées que
nous qualifierions de rêveries ; mais en même temps
ce sont les héros de la guerre sociale qui a abouti à
l'affranchissement de la conscience et à l'établissement

2. Luc, xii, 13-14.

d'une religion d'où le culte pur, annoncé par le fondateur, finira à la longue par sortir.

Les idées apocalyptiques de Jésus, dans leur forme la plus complète, peuvent se résumer ainsi :

L'ordre actuel de l'humanité touche à son terme. Ce terme sera une immense révolution, « une angoisse » semblable aux douleurs de l'enfantement ; une *palingénésie* ou « renaissance » (selon le mot de Jésus lui-même [3]), précédée de sombres calamités et annoncée par d'étranges phénomènes [4]. Au grand jour, éclatera dans le ciel le signe du Fils de l'homme ; ce sera une vision bruyante et lumineuse comme celle du Sinaï, un grand orage déchirant la nue, un trait de feu jaillissant en un clin d'œil d'orient en occident. Le Messie viendra avec les nuages [5], revêtu de gloire et de majesté, au son des trompettes, entouré d'anges. Ses disciples siégeront à côté de lui sur des trônes. Les morts alors ressusciteront, et le Messie procédera au jugement [6].

Dans ce jugement, les hommes seront partagés en deux catégories, selon leurs œuvres [7]. Les anges seront

---

3. Matth., xix, 28.

4. Matth., xxiv, 3 et suiv. ; Marc, xiii, 4 et suiv. ; Luc, xvii, 22 et suiv. ; xxi, 7 et suiv. Il faut remarquer que la peinture de la fin des temps prêtée ici à Jésus par les synoptiques renferme beaucoup de traits qui se rapportent au siège de Jérusalem. Luc écrivait quelque temps après ce siège (xxi, 9, 20, 24). La rédaction de Matthieu (xxvi, 15, 16, 22, 29), au contraire, nous reporte exactement au moment du siège ou très peu après. Nul doute, cependant, que Jésus n'annonçât de grandes terreurs comme devant précéder sa réapparition. Ces terreurs étaient une partie intégrante de toutes les apocalypses juives. *Hénoch*, xcix-c, cii, ciii (division de Dillmann) ; *Carm. sibyll.*, III, 334 et suiv. ; 633 et suiv. ; IV, 168 et suiv. ; V, 511 et suiv. ; *Assomption de Moïse*, c. 5 et suiv. (édit. Hilgenfeld) ; Apocalypse de Baruch, dans Ceriani, *Monum.*, tom. I, fasc. ii, p. 79 et suiv. Dans Daniel aussi, le règne des saints ne viendra qu'après que la désolation aura été à son comble (vii, 25 et suiv. ; viii, 23 et suiv. ; ix, 26-27 ; xii, 1).

5 Comp. Daniel, vii, 13 ; *Carm. sibyll.*, III, 286, 652 ; Apoc., i, 7.

6. Matth., xvi, 27 ; xix, 28 ; xx, 21 ; xxiii, 39 ; xxiv, 30 et suiv. ; xxv, 31 et suiv. ; xxvi, 64 ; Marc, xiv, 62 ; Luc, viii, 35 ; xxii, 30, 69 ; 1 Cor., iv, 52 ; 1 Thess., iv, 15 et suiv. Ici l'idée chrétienne s'écartait fortement de l'idée juive. Voyez IVe livre d'Esdras, v, 56-vi, 6 ; xii, 33-34.

7. Matth., xiii, 38 et suiv. ; xxv, 33.

les exécuteurs de la sentence [8]. Les élus entreront dans
un séjour délicieux, qui leur a été préparé depuis le
commencement du monde [9] ; là, ils s'assoiront, vêtus
de lumière, à un festin présidé par Abraham [10], les
patriarches et les prophètes. Ce sera le petit nombre [11].
Les autres iront dans la *Géhenne*. La Géhenne était la
vallée occidentale de Jérusalem. On y avait pratiqué à
diverses époques le culte du feu, et l'endroit était devenu
une sorte de cloaque. La Géhenne est donc dans la
pensée de Jésus une vallée ténébreuse, obscène, un
gouffre souterrain plein de feu [12]. Les exclus du royaume
y seront brûlés et rongés par les vers, en compagnie de
Satan et de ses anges rebelles [13]. Là, il y aura des pleurs
et des grincements de dents [14]. Le royaume de Dieu
sera comme une salle fermée, lumineuse à l'intérieur,
au milieu de ce monde de ténèbres et de tourments [15].

Ce nouvel ordre de choses sera éternel. Le paradis
et la géhenne n'auront pas de fin. Un abîme infranchissable les sépare l'un de l'autre [16]. Le Fils de l'homme,
assis à la droite de Dieu, présidera à cet état définitif
du monde et de l'humanité [17].

Que tout cela fût pris à la lettre par les disciples et
par le maître lui-même à certains moments, c'est ce
qui éclate dans les écrits du temps avec une évidence

---

8. Matth., xiii, 39, 41, 49.

9. *Ibid.*, xxv, 34. Comp. Jean, xiv, 2.

10. Matth., viii, 11 ; xiii, 43 ; xxvi, 29 ; Luc, xiii, 28 ; xvi, 22 ;
xxii, 30.

11. Luc, xiii, 23 et suiv.

12. Cf. Talm. de Babylone, *Schabbath*, 39 *a*.

13. Matth., xxv, 41. L'idée de la chute des anges, si développée dans
le livre d'Hénoch, était universellement admise dans le cercle de Jésus.
Épître de Jude, 6 et suiv. ; II° Ép. attribuée à saint Pierre, ii, 4, 11 ;
*Apoc.*, xii, 9 ; Luc, x, 18 ; Jean, viii, 44.

14. Matth., v, 22 ; viii, 12 ; x, 28 ; xiii, 40, 42, 50 ; xviii, 8 ; xxiv,
51 ; xxv, 30 ; Marc, ix, 43, etc.

15. Matth., viii, 12 ; xxii, 13 ; xxv, 30. Comp. Jos., *B. J.*, III,
viii, 5.

16. Luc, xvi, 28.

17. Marc, iii, 29 ; Luc, xxii, 69 ; *Act.*, vii, 55.

absolue. Si la première génération chrétienne a une croyance profonde et constante, c'est que le monde est sur le point de finir [18] et que la grande « révélation [19] » du Christ va bientôt avoir lieu. Cette vive proclamation : « Le temps est proche [20] ! » qui ouvre et ferme l'Apocalypse, cet appel sans cesse répété : « Que celui qui a des oreilles entende [21] ! » sont les cris d'espérance et de ralliement de tout l'âge apostolique. Une expression syriaque *Maran atha*, « Notre-Seigneur arrive [22] ! » devint une sorte de mot de passe que les croyants se disaient entre eux pour se fortifier dans leur foi et leurs espérances. L'Apocalypse, écrite l'an 68 de notre ère [23], fixe le terme à trois ans et demi [24]. L' « Ascension d'Isaïe [25] » adopte un calcul fort approchant de celui-ci.

Jésus n'alla jamais à une telle précision. Quand on l'interrogeait sur le temps de son avènement, il refusait toujours de répondre ; une fois même il déclare que la date de ce grand jour n'est connue que du Père, qui ne l'a révélée ni aux anges ni au Fils [26]. Il disait que le moment où l'on épiait le royaume de Dieu avec une curiosité inquiète était justement celui où il ne viendrait pas [27].

18. Luc, xviii, 8 ; *Act.*, ii, 17 ; iii, 19 et suiv. ; I Cor., xv, 23-24, 52 ; I Thess, iii, 13 ; iv, 14 et suiv. ; v, 23 ; II Thess., ii, 1-11 (ἐνέστηκεν, v. 2, indique une proximité immédiate ; saint Paul nie que la fin soit si prochaine, mais maintient, v. 7-8, la proximité) ; I Tim., vi, 14 ; II Tim., iv, 1-8 ; Tit., ii, 13 ; Épître de Jacques, v, 3, 8 ; Épître de Jude, 16 21 ; IIᵉ de Pierre, iii entier ; l'Apocalypse tout entière, et, en particulier, i, 1 ; ii, 5, 16 ; iii, 11 ; vi, 11 ; xi, 14 ; xxii, 6, 7, 12, 20 Comp. IVᵉ livre d'Esdras, iv, 26.
19. Luc, xvii, 30 ; I Cor., i, 7-8 ; II Thess., i, 7 ; I de saint Pierre, i, 7, 13 ; *Apoc.*, i, 1.
20. *Apoc.*, i, 3 ; xxii, 10. Comp. i, 1.
21. Matth., xi, 15 ; xiii, 9, 43 ; Marc, iv, 9, 23 ; vii, 16 ; Luc, viii, 8 ; xiv, 35 ; *Apoc.*, ii, 7, 11, 27, 29 ; iii, 6, 13, 22 ; xiii, 9.
22. I Cor., xvi, 22.
23. *Apoc.*, xvii. Le sixième empereur que l'auteur donne comme régnant est Galba. La bête qui doit revenir est Néron, dont le nom est donné en chiffres (xiii, 18).
24. *Apoc.*, xi, 2, 3 ; xii, 6, 14. Comp. Daniel, vii, 25 ; xii, 7.
25. Chap. iv, v. 12 et 14. Comp. Cedrenus, p. 68 (Paris 1647).
26. Matth., xxiv, 36 ; Marc, xiii, 32.
27. Luc, xvii, 20. Comp. Talmud de Babyl., *Sanhédrin*, 97 a

Il répétait sans cesse que ce serait une surprise comme du temps de Noé et de Lot ; qu'il fallait être sur ses gardes, toujours prêt à partir ; que chacun devait veiller et tenir sa lampe allumée comme pour un cortège de noces, qui arrive à l'improviste [28] ; que le Fils de l'homme viendrait de la même façon qu'un voleur, à l'heure où l'on ne s'y attendrait pas [29] ; qu'il apparaîtrait comme un éclair, courant d'un bout à l'autre de l'horizon [30]. Mais ses déclarations sur la proximité de la catastrophe ne laissent lieu à aucune équivoque [31]. « La génération présente, disait-il, ne passera pas sans que tout cela s'accomplisse. Plusieurs de ceux qui sont ici présents ne goûteront pas la mort sans avoir vu le Fils de l'homme venir dans sa royauté [32]. » Il reproche à ceux qui ne croient pas en lui de ne pas savoir lire les pronostics du règne futur. « Quand vous voyez le rouge du soir, disait-il, vous prévoyez qu'il fera beau ; quand vous voyez le rouge du matin, vous annoncez la tempête. Comment, vous qui jugez la face du ciel, ne savez-vous pas reconnaître les signes du temps [33] ? » Par une illusion commune à tous les grands réformateurs, Jésus se figurait le but beaucoup plus proche qu'il n'était ; il ne tenait pas compte de la lenteur des mouvements de l'humanité ; il s'imaginait réaliser en un jour ce qui, dix-huit cents ans plus tard, ne devait pas encore être achevé.

Ces déclarations si formelles préoccupèrent la famille chrétienne pendant près de soixante et dix ans. Il était admis que quelques-uns des disciples verraient

28. Matth., xxiv, 36 et suiv. ; Marc, xiii, 32 et suiv. ; Luc, xii, 5 et suiv. ; xvii, 20 et suiv.

29. Luc, xii, 40 ; II Petr., iii, 10.

30. Luc, xvii, 24.

31. Matth., x, 23 ; xxiv-xxv entiers, et surtout xxiv, 29, 34 ; Marc, xiii, 30 ; Luc, xiii, 35 ; xxi, 28 et suiv.

32. Matth., xvi, 28 ; xxiii, 36, 39 ; xxiv, 34 ; Marc, viii, 39 ; Luc, ix, 27 ; xxi, 32.

33. Matth., xvi, 2-4 ; Luc, xii, 54-56.

le jour de la révélation finale sans mourir auparavant. Jean en particulier passait pour devoir être de ce nombre [34]. Plusieurs croyaient qu'il ne mourrait jamais. Ce fut peut-être là une opinion tardive, produite vers la fin du premier siècle par l'âge avancé où Jean semble être parvenu, cet âge ayant donné occasion de croire que Dieu voulait le garder indéfiniment jusqu'au grand jour, afin de réaliser la parole de Jésus. Quand il mourut à son tour, la foi de plusieurs fut ébranlée, et ses disciples donnèrent à la prédiction du Christ un sens plus adouci [35].

En même temps que Jésus admettait pleinement les croyances apocalyptiques, telles qu'on les trouve dans les livres juifs apocryphes, il admettait le dogme qui en est le complément, ou plutôt la condition, la résurrection des morts. Cette doctrine, comme nous l'avons déjà dit [36], était encore assez neuve en Israël ; une foule de gens ne la connaissaient pas, ou n'y croyaient pas [37]. Elle était de foi pour les pharisiens et pour les adeptes fervents des croyances messianiques [38]. Jésus l'accepta sans réserve, mais toujours dans le sens le plus idéaliste. Plusieurs se figuraient que, dans le monde des ressuscités, on mangerait, on boirait, on se marierait. Jésus admet bien dans son royaume une pâque nouvelle, une table et un vin nouveau [39] ; mais il en exclut formellement le mariage. Les sadducéens avaient à ce sujet un argument grossier en apparence, mais dans le fond assez conforme à la vieille théologie. On se souvient

---

34. Jean, xxi, 22-23.
35. *Ibid.* Le chapitre xxi du quatrième Évangile est une addition, comme le prouve la formule finale de la rédaction primitive, qui est au verset 31 du chapitre xx. Mais l'addition est presque contemporaine de la publication même dudit Évangile.
36. Ci-dessus, p. 145-146.
37. Marc, ix, 9 ; Luc, xx, 27 et suiv.
38. Dan., xii, 2 et suiv. ; II Macch., chap. vii entier : xii, 45-46 ; xiv, 46 ; Act., xviii, 6, 8 ; Jos., *Ant.*, XVIII, i, 3 ; *B. J.*, ii, viii, 14 ; III, viii, 5.
39. Matth., xxvi, 29 ; Luc, xxii, 30.

que, selon les anciens sages, l'homme ne se survivait que dans ses enfants. Le code mosaïque avait consacré cette théorie patriarcale par une institution bizarre, le lévirat [a]. Les sadducéens tiraient de là des conséquences subtiles contre la résurrection. Jésus y échappait en déclarant formellement que dans la vie éternelle la différence de sexe n'existerait plus, et que l'homme serait semblable aux anges [40]. Quelquefois il semble ne promettre la résurrection qu'aux justes [41], le châtiment des impies consistant à mourir tout entiers et à rester dans le néant [42] [b]. Plus souvent, cependant, Jésus veut que la résurrection s'applique aux méchants pour leur éternelle confusion [43].

Rien, on le voit, dans toutes ces théories, n'était absolument nouveau. Les Évangiles et les écrits des apôtres ne contiennent guère, en fait de doctrines apocalyptiques, que ce qui se trouve déjà dans « Daniel [44] », « Hénoch [45] », les « Oracles sibyllins [46] », l' « Assomption de Moïse [47] », qui sont d'origine juive. Jésus accepta ces idées, généralement répandues chez ses contemporains. Il en fit le point d'appui de son action, ou, pour mieux dire, l'un de ses points d'appui ; car il avait un sentiment trop profond de son œuvre véritable pour l'établir uniquement sur des principes aussi fragiles, aussi exposés à recevoir des faits une foudroyante réfutation. Il est évident, en effet, qu'une telle doctrine, prise

---

40. Matth., xxii, 24 et suiv. ; Luc, xx, 34-38 ; Évangile ébionite dit « des Égyptiens », dans Clém. d'Alex., *Strom.*, II, 9, 13 ; Clem. Rom., Epist. II, 12 ; Talm. de Bab., *Berakoth*, 17 *a*.

41. Luc, xiv, 14 ; xx, 35-36. C'est aussi l'opinion de saint Paul ; I Cor., xv, 23 et suiv. (en se défiant de la Vulgate pour le verset 51) : I Thess., iv, 12 et suiv. Voir ci-dessus, p. 146.

42. Comp. IVe livre d'Esdras, ix, 22.

43. Matth., xxv, 32 et suiv.

44. Voir surtout les chapitres ii, vi-viii, x-xiii.

45. Ch. i [xlv-lii, lxii, suspects d'interpolation], xciii, 9 et suiv

46. Liv. III, 573 et suiv. ; 652 et suiv. ; 766 et suiv. ; 795 et suiv

47. Dans Hilgenfeld, *Novum Test. extra canonem recept.*, p. 99 et suiv.

en elle-même d'une façon littérale, n'avait aucun avenir.
Le monde, s'obstinant à durer, la mettait en défaut.
Un âge d'homme tout au plus lui était réservé. La foi
de la première génération chrétienne s'explique ; mais
la foi de la seconde génération ne s'explique plus. Après
la mort de Jean, ou du dernier survivant quel qu'il fût
du groupe qui avait vu le maître, la parole de celui-ci
était convaincue de mensonge [48]. Si la doctrine de Jésus
n'avait été que la croyance à une prochaine fin du
monde, elle dormirait certainement aujourd'hui dans
l'oubli. Qu'est-ce donc qui l'a sauvée ? La grande
largeur des conceptions évangéliques, laquelle a permis
de trouver sous le même symbole des idées appropriées
à des états intellectuels très divers. Le monde n'a point
fini, comme Jésus l'avait annoncé, comme ses disciples
le croyaient. Mais il a été renouvelé, et en un sens
renouvelé comme Jésus le voulait. C'est parce qu'elle
était à double face que sa pensée a été féconde. Sa chimère n'a pas eu le sort de tant d'autres qui ont traversé
l'esprit humain, parce qu'elle recélait un germe de vie
qui, introduit, grâce à une enveloppe fabuleuse, dans
le sein de l'humanité, y a porté des fruits éternels.

Et ne dites pas que c'est là une interprétation bienveillante, imaginée pour laver l'honneur de notre
grand maître du cruel démenti infligé à ses rêves par la
réalité. Non, non. Ce vrai royaume de Dieu, ce royaume
de l'esprit, qui fait chacun roi et prêtre ; ce royaume
qui, comme le grain de sénevé, est devenu un arbre qui
ombrage le monde, et sous les rameaux duquel les oiseaux
ont leur nid, Jésus l'a compris, l'a voulu, l'a fondé. A
côté de l'idée fausse, froide, impossible d'un avènement
de parade, il a conçu la réelle cité de Dieu, la « palingénésie » véritable, le Sermon sur la montagne, l'apothéose du faible, l'amour du peuple, le goût du pauvre,

---

48. Ces angoisses de la conscience chrétienne se traduisent avec
naïveté dans la II⁰ épître attribuée à saint Pierre, iii, 8 et suiv.

la réhabilitation de tout ce qui est humble, vrai et naïf.
Cette réhabilitation, il l'a rendue en artiste incomparable
par des traits qui dureront éternellement. Chacun de
nous lui est redevable de ce qu'il a de meilleur en soi.
Pardonnons-lui son espérance d'une apocalypse vaine,
d'une venue à grand triomphe sur les nuées du ciel.
Peut-être était-ce là l'erreur des autres plutôt que la
sienne, et, s'il est vrai que lui-même ait partagé l'illusion
de tous, qu'importe, puisque son rêve l'a rendu fort
contre la mort, et l'a soutenu dans une lutte à laquelle
sans cela peut-être il eût été inégal ?

Il faut donc maintenir plusieurs sens à la cité divine
conçue par Jésus. Si son unique pensée eût été que la
fin des temps était prochaine et qu'il fallait s'y préparer,
il n'eût pas dépassé Jean-Baptiste. Renoncer à un
monde près de crouler, se détacher peu à peu de la vie
présente, aspirer au règne qui allait venir, tel eût été
le dernier mot de sa prédication. L'enseignement de
Jésus eut toujours une bien plus large portée. Jésus
se proposa de créer un état nouveau de l'humanité,
et non pas seulement de préparer la fin de celui qui
existe. Élie ou Jérémie, reparaissant pour disposer
les hommes aux crises suprêmes, n'eussent point prêché
comme lui. Cela est si vrai que cette morale prétendue
des derniers jours s'est trouvée être la morale éternelle,
celle qui a sauvé l'humanité. Jésus lui-même, dans
beaucoup de cas, se sert de manières de parler qui ne
rentrent pas du tout dans la théorie apocalyptique. Souvent il déclare que le royaume de Dieu est déjà commencé, que tout homme le porte en soi et peut, s'il est
digne, en jouir, que ce royaume, chacun le crée sans
bruit par la vraie conversion du cœur [49]. Le royaume
de Dieu n'est alors que le bien [50], un ordre de choses

49. Matth., vi, 10, 33 ; Marc, xii, 34 ; Luc, xi, 2 ; xii, 31 ; xvii,
20, 21 et suiv.
50. Voir surtout Marc, xii, 34.

meilleur que celui qui existe, le règne de la justice, que
le fidèle, selon sa mesure, doit contribuer à fonder,
ou encore la liberté de l'âme, quelque chose d'analogue
à la « délivrance » bouddhique, fruit du détachement.
Ces vérités, qui sont pour nous purement abstraites,
étaient pour Jésus des réalités vivantes. Tout est dans
sa pensée concret et substantiel : Jésus est l'homme qui
a cru le plus énergiquement à la réalité de l'idéal.

En acceptant les utopies de son temps et de sa race,
Jésus sut ainsi en faire de hautes vérités, grâce à de
féconds malentendus. Son royaume de Dieu, c'était
sans doute l'apocalypse qui allait bientôt se dérouler
dans le ciel. Mais c'était encore, et probablement c'était
surtout le royaume de l'âme, créé par la liberté et par
le sentiment filial que l'homme vertueux ressent sur le
sein de son Père. C'était la religion pure, sans pratiques,
sans temple, sans prêtre ; c'était le jugement moral du
monde décerné à la conscience de l'homme juste et au
bras du peuple. Voilà ce qui était fait pour vivre, voilà
ce qui a vécu. Quand, au bout d'un siècle de vaine attente,
l'espérance matérialiste d'une prochaine fin du monde
s'est épuisée, le vrai royaume de Dieu se dégage. De
complaisantes explications jettent un voile sur le règne
réel qui ne veut pas venir. Les esprits obstinés qui,
comme Papias, s'en tiennent à la lettre des paroles de
Jésus sont traités d'hommes étroits et arriérés [51].
L'Apocalypse de Jean, le premier livre proprement dit
du Nouveau Testament [52], étant trop formellement
entachée de l'idée d'une catastrophe immédiate, est
rejetée sur un second plan, tenue pour inintelligible,
torturée de mille manières et presque repoussée [53].

---

51. Irénée, *Adv.*, *hær.*, V, xxxiii, 3, 4 ; Eusèbe, *Hist. eccl.*, III, 39.
52. Justin, *Dial. cum Tryph.*, 81.
53. L'Église grecque l'a longtemps rejetée du canon. Eusèbe, *H. E.*,
III, 25, 28, 39 ; VII, 25 ; Cyrille de Jérusalem, *Catech.*, iv, 33, 36 ; xv,
16 ; Grégoire de Nazianze, *Carm.*, p. 261, 1104., édit. Caillau ; Concile
de Laodicée, canon 60 ; liste à la suite de la *Chronographie* de Nicéphore,

Au moins, en ajourne-t-on l'accomplissement à un avenir indéfini. Quelques pauvres attardés qui gardent encore, en pleine époque réfléchie, les espérances des premiers disciples deviennent des hérétiques (ébionites, millénaires), perdus dans les bas-fonds du christianisme. L'humanité avait passé à un autre royaume de Dieu. La part de vérité contenue dans la pensée de Jésus l'avait emporté sur la chimère qui l'obscurcissait.

Ne méprisons pas cependant cette chimère, qui a été l'écorce grossière de la bulbe sacrée dont nous vivons. Ce fantastique royaume du ciel, cette poursuite sans fin d'une cité de Dieu, qui a toujours préoccupé le christianisme dans sa longue carrière, a été le principe du grand instinct d'avenir qui a animé tous les réformateurs, disciples obstinés de l'Apocalypse, depuis Joachim de Flore ᵃ jusqu'au sectaire protestant de nos jours. Cet effort impuissant pour fonder une société parfaite a été la source de la tension extraordinaire qui a toujours fait du vrai chrétien un athlète en lutte contre le présent. L'idée du « royaume de Dieu » et l'Apocalypse, qui en est la complète image, sont ainsi, en un sens, l'expression la plus élevée et la plus poétique du progrès humain. Certes, il devait aussi en sortir de grands égarements. Suspendue comme une menace permanente au-dessus de l'humanité, la fin du monde, par les effrois périodiques qu'elle causa durant des siècles, nuisit beaucoup à tout développement profane [54]. La société, n'étant plus sûre de son existence, en contracta une sorte de tremblement et ces habitudes de basse humilité qui rendent le moyen âge si inférieur aux temps antiques et aux temps modernes. Un profond change-

---

p. 419 (Paris, 1652). Les Arméniens placent aussi l'Apocalypse parmi les livres dont la canonicité est douteuse. Sarkis Schnorhali, cité dans *Exercice de la foi chrét.*, avec l'approbation du catholicos Nersès (Moscou, 1850, en arménien), p. 115-117. Enfin, l'Apocalypse manque dans l'ancienne version Peschito.

54. Voir, pour exemple, le prologue de Grégoire de Tours à son *Histoire ecclésiastique des Francs*.

ment s'était, d'ailleurs, opéré dans la manière d'envisager la venue du Christ. La première fois qu'on annonça à l'humanité que sa planète allait finir, comme l'enfant qui accueille la mort avec un sourire, elle éprouva le plus vif accès de joie qu'elle eût jamais ressenti. En vieillissant, le monde s'était attaché à la vie. Le jour de grâce, si longtemps attendu par les âmes pures de Galilée, était devenu pour ces siècles de fer un jour de colère : *Dies iræ, dies illa!* Mais, au sein même de la barbarie, l'idée du royaume de Dieu resta féconde. Quelques-uns des actes de la première moitié du moyen âge commençant par la formule « A l'approche du soir du monde... » sont des chartes d'affranchissement. Malgré l'Église féodale, des sectes, des ordres religieux, de saints personnages continuèrent à protester, au nom de l'Évangile, contre l'iniquité du monde. De nos jours même, jours troublés où Jésus n'a pas de plus authentiques continuateurs que ceux qui semblent le répudier, les rêves d'organisation idéale de la société, qui ont tant d'analogie avec les aspirations des sectes chrétiennes primitives, ne sont en un sens que l'épanouissement de la même idée, une des branches de cet arbre immense où germe toute pensée d'avenir, et dont le « royaume de Dieu » sera éternellement la tige et la racine. Toutes les révolutions sociales de l'humanité seront greffées sur ce mot-là. Mais, entachées d'un grossier matérialisme, aspirant à l'impossible, c'est-à-dire à fonder l'universelle félicité sur des mesures politiques et économiques, les tentatives « socialistes » de notre temps resteront infécondes, jusqu'à ce qu'elles prennent pour règle le véritable esprit de Jésus, je veux dire l'idéalisme absolu, ce principe que, pour posséder la terre, il faut y renoncer [a].

Le mot de « royaume de Dieu » exprime, d'un autre côté, avec un rare bonheur, le besoin qu'éprouve l'âme d'un supplément de destinée, d'une compensation à la vie actuelle. Ceux qui ne se plient pas à concevoir

l'homme comme un composé de deux substances, et
qui trouvent le dogme déiste de l'immortalité de l'âme
en contradiction avec la physiologie, aiment à se reposer
dans l'espérance d'une réparation finale, qui, sous une
forme inconnue, satisfera aux besoins du cœur de
l'homme. Qui sait si le dernier terme du progrès, dans
des millions de siècles, n'amènera pas la conscience
absolue de l'univers, et dans cette conscience le réveil
de tout ce qui a vécu ? Un sommeil d'un million d'années
n'est pas plus long qu'un sommeil d'une heure. Saint
Paul, en cette hypothèse, aurait encore eu raison de
dire : *In ictu oculi* [55] [a] ! Il est sûr que l'humanité morale
et vertueuse aura sa revanche, qu'un jour le sentiment
de l'honnête pauvre homme jugera le monde, et que,
ce jour-là, la figure idéale de Jésus sera la confusion de
l'homme frivole qui n'a pas cru à la vertu, de l'homme
égoïste qui n'a pas su y atteindre. Le mot favori de
Jésus reste donc plein d'une éternelle beauté. Une sorte
de divination grandiose semble en ceci avoir guidé le
maître incomparable et l'avoir tenu dans un vague
sublime, embrassant à la fois divers ordres de vérités.

55. I Cor., xv, 52.

# CHAPITRE XVIII

## INSTITUTIONS DE JÉSUS

Ce qui prouve bien, du reste, que Jésus ne s'absorba jamais entièrement dans ses idées apocalyptiques, c'est qu'au temps même où il en était le plus préoccupé, il jette avec une rare sûreté de vues les bases d'une Église destinée à durer. Il n'est guère possible de douter qu'il n'ait lui-même choisi parmi ses disciples ceux qu'on appelait par excellence les « Apôtres » ou les « Douze », puisqu'au lendemain de sa mort, on les trouve formant un corps et remplissant par élection le vide qui s'est produit dans leur sein [1]. C'étaient les deux fils de Jonas, les deux fils de Zébédée, Jacques, fils d'Alphée, Philippe, Nathanaël Bar-Tolmaï, Thomas, Matthieu, Simon le zélote, Thaddée ou Lebbée, Juda de Kerioth [2]. Il est probable que l'idée des douze tribus d'Israël ne fut pas étrangère au choix de ce nombre [3]. Les « Douze », en tout cas, formaient un groupe de disciples privilégiés, où Pierre gardait sa primauté toute fraternelle [4], et auquel Jésus confia le soin de propager son œuvre. Rien

---

1. Matth., x, 1 et suiv. ; Marc, iii, 13 et suiv. ; Luc, iv, 13 ; Jean, vi, 70 ; xiii, 18 ; xv, 16 ; Act., i, 15 et suiv. ; I Cor. xv, 5 ; Gal., i, 10 ; Apoc., xxi, 12.
2. Matth., x, 2 et suiv. ; Marc, iii, 16 et suiv. ; Luc, vi, 14 et suiv., Act., i, 10 ; Papias, dans Eusèbe, Hist. eccl., III, 39.
3. Matth., xix, 28 ; Luc, xxii, 30.
4. Act., i, 15 ; ii, 14 ; v, 2-3, 29 ; viii, 19 ; xv, 7 ; Gal., i, 18.

qui sentît le collège sacerdotal régulièrement organisé ;
les listes des « Douze » qui nous ont été conservées
présentent beaucoup d'incertitudes et de contradictions ;
deux ou trois de ceux qui y figurent restèrent complètement obscurs. Deux au moins, Pierre et Philippe [5],
étaient mariés et avaient des enfants.

Jésus gardait évidemment pour les Douze des secrets
qu'il leur défendait de communiquer à tous [6]. Il semble
parfois que son plan était d'entourer sa personne de
quelque mystère, de rejeter les grandes preuves après
sa mort, de ne se révéler clairement qu'à ses disciples,
confiant à ceux-ci le soin de le démontrer plus tard au
monde [7]. « Ce que je vous dis dans l'ombre, prêchez-le
au grand jour ; ce que je vous dis à l'oreille, proclamez-le
sur les toits. » Il s'épargnait ainsi les déclarations trop
précises et créait une sorte d'intermédiaire entre l'opinion et lui. Ce qu'il y a de certain, c'est qu'il avait pour
les apôtres des enseignements réservés, et qu'il leur
développait plusieurs paraboles, dont il laissait le sens
indécis pour le vulgaire [8]. Un tour énigmatique et un
peu de bizarrerie dans la liaison des idées étaient à la
mode dans l'enseignement des docteurs, comme on
le voit par les sentences des *Pirké Aboth*. Jésus expliquait aux disciples intimes ce que ses apophthegmes
ou ses apologues avaient de singulier, et dégageait
pour eux son enseignement du luxe de comparaisons
qui parfois l'obscurcissait [9]. Beaucoup de ces explications paraissent avoir été soigneusement conservées [10].

---

5. Pour Pierre, voir ci-dessus, p. 211 ; pour Philippe, voir Papias,
Polycrate et Clément d'Alexandrie, cités par Eusèbe, *Hist. eccl.*, III,
30, 31, 39 ; V, 24.
6. Matth., xvi, 20 ; xvii, 9 ; Marc, viii, 30 ; ix, 8.
7. Matth., x, 27, 26 ; xvi, 20 ; Marc, iv, 21 et suiv. ; viii, 30 ; Luc,
viii, 17 ; ix, 21 ; xii, 2 et suiv. ; Jean, xiv, 22 ; Epist. Barnabæ, 5.
8. Matth., xiii, 10 et suiv. ; 34 et suiv. ; Marc, iv, 10 et suiv., 33 et
suiv. ; Luc, viii, 9, et suiv. ; xii, 41.
9. Matth., xvi, 6 et suiv. ; Marc, vii, 17-23.
10. Matth., xiii, 18 et suiv. ; Marc, vii, 18 et suiv.

Dès le vivant de Jésus, les apôtres prêchèrent [11], mais sans jamais beaucoup s'écarter de lui. Leur prédication, du reste, se bornait à annoncer la prochaine venue du royaume de Dieu [12]. Ils allaient de ville en ville, recevant l'hospitalité, ou pour mieux dire la prenant d'eux-mêmes selon l'usage. L'hôte, en Orient, a beaucoup d'autorité ; il est supérieur au maître de la maison ; celui-ci a en lui la plus grande confiance. Cette prédication du foyer est excellente pour la propagation des doctrines nouvelles. On communique le trésor caché ; on paye ainsi ce que l'on reçoit ; la politesse et les bons rapports y aidant, la maison est touchée, convertie. Otez l'hospitalité orientale, la propagation du christianisme serait impossible à expliquer. Jésus, qui tenait fort aux bonnes vieilles mœurs, engageait les disciples à profiter sans scrupule de cet ancien droit public, probablement déjà aboli dans les grandes villes où il y avait des hôtelleries [13]. « L'ouvrier, disait-il, est digne de son salaire. » Une fois installés chez quelqu'un, ils devaient y rester, mangeant et buvant ce qu'on leur offrait, tant que durait leur mission [14].

Jésus désirait qu'à son exemple les messagers de la bonne nouvelle rendissent leur prédication aimable par des manières bienveillantes et polies. Il voulait qu'en entrant dans une maison, ils lui donnassent le *selâm* ou souhait de bonheur. Quelques-uns hésitaient, le *selâm* étant alors comme aujourd'hui, en Orient, un signe de communion religieuse, qu'on ne hasarde pas avec les personnes d'une foi incertaine [15]. « Ne craignez rien, disait Jésus ; si personne dans la maison n'est digne de votre *selâm*, il reviendra vers vous [16]. » Quelquefois,

---

11. Luc, ix, 6.
12. Luc, x, 11.
13. Le mot grec πανδοχεῖον a passé dans toutes les langues de l'Orient pour désigner une auberge [a].
14. Marc, vi, 10 et suiv.
15. IIe épître de Jean, 10-11.
16. Matth., x, 11 et suiv. ; Luc, x, 5 et suiv.

en effet, les apôtres du royaume de Dieu étaient mal
reçus, et venaient se plaindre à Jésus, qui cherchait
d'ordinaire à les calmer. Quelques-uns, persuadés de
la toute-puissance de leur maître, étaient blessés de
cette longanimité. Les fils de Zébédée voulaient qu'il
appelât le feu du ciel sur les villes inhospitalières [17].
Jésus accueillait leurs emportements avec sa fine ironie,
et les arrêtait par ce mot : « Je ne suis pas venu perdre
les âmes, mais les sauver. »

Il cherchait de toute manière à établir en principe
que ses apôtres c'était lui-même [18]. On croyait qu'il
leur avait communiqué ses vertus merveilleuses. Ils
chassaient les démons, prophétisaient, et formaient
une école d'exorcistes renommés [19], bien que certains
cas fussent au-dessus de leur force [20]. Ils faisaient aussi
des guérisons, soit par l'imposition des mains, soit par
l'onction de l'huile [21], l'un des procédés fondamentaux
de la médecine orientale. Enfin, comme les psylles, ils
pouvaient manier les serpents et boire impunément des
breuvages mortels [22]. A mesure qu'on s'éloigne de Jésus,
cette théurgie devient de plus en plus choquante. Mais
il n'est pas douteux qu'elle ne fût de droit commun
dans l'Église primitive, et qu'elle ne figurât en première
ligne dans l'attention des contemporains [23]. Des charla-
tans, ainsi qu'on devait s'y attendre, exploitèrent ce
mouvement de crédulité populaire. Dès le vivant de
Jésus, plusieurs, sans être ses disciples, chassaient les
démons en son nom. Les vrais disciples en étaient fort
blessés et cherchaient à les empêcher. Jésus, qui voyait
en cela un hommage à sa renommée, ne se montrait

17. Luc, ix, 52 et suiv.
18. Matth., x, 40-42; xxv, 35 et suiv. ; Marc, ix, 40 ; Luc, x, 16;
Jean, xiii, 20.
19. Matth., vii, 22 ; x, 1 ; Marc, iii, 15 ; vi, 13 ; Luc, x, 17.
20. Matth., xvii, 18-19.
21. Marc, vi, 13 ; xvi, 18 ; Epist. Jacobi, v, 14.
22. Marc, xvi, 18 ; Luc, x, 19.
23. Marc, xvi, 20.

pas pour eux bien sévère [24]. Il faut observer, du reste,
que ces pouvoirs surnaturels étaient, si l'on ose ainsi
dire, passés en métier. Poussant jusqu'au bout la logique
de l'absurde, certaines gens chassaient les démons par
Béelzébub [25], prince des démons. On se figurait que ce
souverain des légions infernales devait avoir toute autorité sur ses subordonnés, et qu'en agissant par lui on
était sûr de faire fuir l'esprit intrus [26]. Quelques-uns
cherchaient même à acheter des disciples de Jésus le
secret des dons miraculeux qui leur avaient été con-
férés [27].

Un germe d'Église commençait dès lors à paraître.
Cette idée féconde du pouvoir des hommes réunis
(*ecclesia*) semble bien une idée de Jésus. Plein de sa
doctrine tout idéaliste, que ce qui fait la présence des
âmes, c'est l'union par l'amour, il déclarait que, toutes
les fois que quelques hommes s'assembleraient en son
nom, il serait au milieu d'eux. Il confie à l'Église le
droit de lier et de délier (c'est-à-dire de rendre certaines
choses licites ou illicites), de remettre les péchés, de
réprimander, d'avertir avec autorité, de prier avec
certitude d'être exaucée [28]. Il est possible que beaucoup
de ces paroles aient été prêtées au maître, afin de donner une base à l'autorité collective par laquelle on chercha plus tard à remplacer la sienne. En tout cas, ce
ne fut qu'après sa mort que l'on vit se constituer des
Églises particulières, et encore cette première constitution se fit-elle purement et simplement sur le modèle
des synagogues. Plusieurs personnages qui avaient
beaucoup aimé Jésus et fondé sur lui de grandes
espérances, comme Joseph d'Arimathie, Marie de
Magdala, Nicodème, n'entrèrent pas, ce semble, dans

24. Marc, ix, 37-38 ; Luc, ix, 49-50.
25. Ancien dieu des Philistins, transformé par les Juifs en démon.
26. Matth., xii, 24 et suiv.
27. *Act.*, viii, 18 et suiv.
28. Matth., xviii, 17 et suiv. ; Jean, xx, 23.

ces Églises, et s'en tinrent au souvenir tendre ou res-
pectueux qu'ils avaient gardé de lui.

Du reste, nulle trace, dans l'enseignement de Jésus,
d'une morale appliquée ni d'un droit canonique tant
soit peu défini. Une seule fois, sur le mariage, il se
prononce avec netteté et défend le divorce [29]. Nulle
théologie non plus, nul symbole. A peine quelques vues
sur le Père, le Fils, l'Esprit [30], dont on tirera plus tard
la Trinité et l'Incarnation, mais qui restaient encore à
l'état d'images indéterminées. Les derniers livres du
canon juif connaissent déjà le Saint-Esprit, sorte d'hypostase divine, quelquefois identifiée avec la Sagesse ou
le Verbe [31]. Jésus insista sur ce point [32], et prétendit
donner à ses disciples un baptême par le feu et l'esprit [33], bien préférable à celui de Jean. Ce Saint-Esprit,
pour Jésus, n'était pas distinct de l'inspiration émanant
de Dieu le Père d'une façon continue [34]. Puis on subti-
lisa. On se figura que Jésus avait promis à ses disciples
de leur envoyer après sa mort, pour le remplacer, un
Esprit qui leur enseignerait toute chose, et rendrait
témoignage aux vérités qu'il avait lui-même promulguées [35]. Un jour, les apôtres crurent recevoir le baptême de cet Esprit sous la forme d'un grand vent et
de mèches de feu [36]. Pour désigner le même Esprit, on
se servait du mot *Peraklit*, que le syro-chaldaïque avait
emprunté au grec (παράκλητος), et qui paraît avoir
eu dans ce cas la nuance d' « avocat [37], conseiller [38] »,

---

29. Matth., xix, 3 et suiv.
30. Matth., xxviii, 19. Comp. Matth., iii, 16-17 ; Jean, xv, 26.
31. *Sap.*, i, 7 ; vii, 7 ; ix, 17 ; xii, 1 ; *Eccl.*, i, 9 ; xv, 5 ; xxiv, 27,
xxxix, 8 ; *Judith*, xvi, 17.
32. Matth., x, 20 ; Luc, xii, 12 ; xxiv, 49 ; Jean, xiv, 26 ; xv, 26.
33. Matth., iii, 11 ; Marc, i, 8 ; Luc, iii, 16 ; Jean, i, 26 ; iii, 5 ;
*Act.*, i, 5, 8 ; x, 47.
34. Matth., x, 20 ; Marc, xiii, 11 ; Luc, xii, 12 ; xxi, 15.
35. Jean, xv, 26 ; xvi, 13, 16. Comp. Luc, xxiv, 49 ; *Act.*, i, 8.
36. *Act.*, ii, 1-4 ; xi, 15 ; xix, 6. Cf. Jean, vii, 39.
37. A *peraklit* on opposait *katigor* (κατήγορος), « l'accusateur ».
38. Jean, xiv, 16 ; I^re épître de Jean, ii, 1.

ou bien celle d' « interprète des vérités célestes », de
« docteur chargé de révéler aux hommes les mystères
encore cachés [39]. » Il est très douteux que Jésus se soit
servi de ce mot [a]. C'était ici une application du procédé
que la théologie juive et la théologie chrétienne allaient
suivre durant des siècles, et qui devait produire toute
une série d'assesseurs divins, le *métatrône*, le *synadelphe*
ou *sandalphon*, et toutes les personnifications de la
cabbale. Seulement, dans le judaïsme, ces créations
devaient rester des spéculations particulières et libres,
tandis que, dans le christianisme, à partir du IVe siècle,
elles devaient former l'essence même de l'orthodoxie et
du dogme universel.

Inutile de faire observer combien l'idée d'un livre
religieux, renfermant un code et des articles de foi,
était éloignée de la pensée de Jésus. Non seulement il
n'écrivit pas, mais il était contraire à l'esprit de la
secte naissante de produire des livres sacrés. On se
croyait à la veille de la grande catastrophe finale. Le
Messie venait mettre le sceau sur la Loi et les Prophètes,
non promulguer des textes nouveaux. Aussi, à l'exception de l'Apocalypse, qui fut en un sens le seul livre
révélé du christianisme primitif [40], les écrits de l'âge
apostolique sont-ils des ouvrages de circonstance, n'ayant
nullement la prétention de fournir un ensemble dogmatique complet. Les Évangiles eurent d'abord un caractère tout privé et une autorité bien moindre que la
tradition [41].

La secte, cependant, n'avait-elle pas quelque sacre-
ment, quelque rite, quelque signe de ralliement ? Elle
en avait un, que toutes les traditions font remonter
jusqu'à Jésus. Une des idées favorites du maître, c'est
qu'il était le pain nouveau, pain très supérieur à la manne

39. Jean, xiv, 26 ; xv, 26 ; xvi, 7 et suiv. Ce mot est propre au quatrième Évangile et à Philon, *De mundi opificio*, § 6.
40. Justin, *Dial. cum Tryph.*, 81.
41. Papias, dans Eusèbe, *Hist. eccl.*, III, 39.

et dont l'humanité allait vivre. Cette idée, germe de
l'Eucharistie, prenait quelquefois dans sa bouche des
formes singulièrement concrètes. Une fois surtout,
il se laissa aller, dans la synagogue de Capharnahum,
à un mouvement hardi, qui lui coûta plusieurs de ses
disciples. « Oui, oui, je vous le dis, ce n'est pas Moïse,
c'est mon Père qui vous a donné le pain du ciel [42]. »
Et il ajoutait : « C'est moi qui suis le pain de vie; celui
qui vient à moi n'aura jamais faim, et celui qui croit en
moi n'aura jamais soif [43]. » Ces paroles excitèrent un vif
murmure. « Qu'entend-il, se disait-on, par ces mots :
« Je suis le pain de vie ? » N'est-ce pas là Jésus, le fils de
Joseph, dont nous connaissons le père et la mère ? Comment peut-il dire qu'il est descendu du ciel ? » Et Jésus,
insistant avec plus de force : « Je suis le pain de vie ;
vos pères ont mangé la manne dans le désert et sont
morts. C'est ici le pain qui est descendu du ciel, afin que
celui qui en mange ne meure point. Je suis le pain vivant ;
si quelqu'un mange de ce pain, il vivra éternellement ;
et le pain que je donnerai, c'est ma chair, pour la vie
du monde [44]. » Le scandale fut au comble : « Comment
peut-il donner sa chair à manger ? » Jésus, renchéris-
sant encore : « Oui, oui, dit-il, si vous ne mangez la chair
du Fils de l'homme, et si vous ne buvez son sang, vous
n'aurez point la vie en vous. Celui qui mange ma chair
et qui boit mon sang est en possession de la vie éternelle. Car ma chair est véritablement une nourriture, et
mon sang est véritablement un breuvage. Celui qui
mange ma chair et qui boit mon sang demeure en moi,
et moi en lui. Comme je vis par le Père qui m'a envoyé,
ainsi celui qui me mange vit par moi. » Une telle obsti-

42. Jean, vi, 32 et suiv.
43. On trouve un tour analogue, provoquant un malentendu semblable, dans Jean, iv, 10 et suiv.
44. Tous ces discours portent trop fortement l'empreinte du style
propre au quatrième Évangile pour qu'il soit permis de les croire exacts.
L'anecdote rapportée au chapitre vi de cet Évangile ne saurait cependant être dénuée de réalité historique.

nation dans le paradoxe révolta plusieurs disciples,
qui cessèrent de le fréquenter. Jésus ne se rétracta pas ;
il ajouta seulement : « C'est l'esprit qui vivifie. La chair
ne sert de rien. Les paroles que je vous dis sont esprit
et vie. » Les Douze restèrent fidèles, malgré cette prédication bizarre. Ce fut pour Céphas en particulier
l'occasion de montrer un absolu dévouement et de proclamer une fois de plus : « Tu es le Christ, fils de Dieu. »

Il est probable que dès lors, dans les repas communs
de la secte, s'était établi quelque usage auquel se rapportait le discours si mal accueilli par les gens de Capharnahum. Mais les traditions apostoliques à ce sujet sont
fort divergentes et probablement incomplètes à dessein.
Les Évangiles synoptiques, dont le récit est confirmé
par saint Paul, supposent un acte sacramentel unique,
ayant servi de base au rite mystérieux, et ils le
placent à la dernière cène [45]. Le quatrième Évangile,
qui justement nous a conservé l'incident de la synagogue de Capharnahum, ne parle pas d'un tel acte,
quoiqu'il raconte la dernière cène fort au long. Ailleurs, nous voyons Jésus reconnu à la fraction du pain [46],
comme si ce geste eût été pour ceux qui l'avaient fréquenté le plus caractéristique de sa personne. Quand il
fut mort, la forme sous laquelle il apparaissait au pieux
souvenir de ses disciples était celle de président d'un
banquet mystique, tenant le pain, le bénissant, le
rompant et le présentant aux assistants [47]. On peut croire
que c'était là une de ses habitudes, et qu'à ce moment
il était particulièrement aimable et attendri. Une circonstance matérielle, la présence du poisson sur la
table (indice frappant qui prouve que le rite se cons-

45. Matth., xxvi, 26 et suiv. ; Marc, xiv, 22 et suiv. ; Luc, xxii,
14 et suiv. ; *I Cor.*, xi, 23 et suiv.

46. Luc, xxiv, 30, 35.

47. Luc, *l. c.*; Jean, xxi, 13 ; Évang. des hébreux, dans saint Jérôme,
*De viris ill.*, 2.

titua sur le bord du lac de Tibériade [48]), fut elle-même
presque sacramentelle et devint une partie nécessaire
des images qu'on se fit du festin sacré [49].

Les repas étaient devenus dans la communauté naissante un des moments les plus doux. A ce moment,
on se rencontrait ; le maître parlait à chacun et entre-
tenait une conversation pleine de gaieté et de charme.
Jésus aimait cet instant et se plaisait à voir sa famille
spirituelle ainsi groupée autour de lui [50]. L'usage juif
était qu'au commencement du repas, le chef de maison
prît le pain, le bénît avec une prière, le rompît, puis
l'offrît à chacun des convives. Le vin était l'objet d'une
sanctification analogue [51]. Chez les esséniens et les thérapeutes, le festin sacré avait déjà pris l'importance
rituelle et les développements que la cène chrétienne
prendra plus tard [52]. La participation au même pain
était considérée comme une sorte de communion, de
lien réciproque [53]. Jésus usait à cet égard de termes
extrêmement énergiques, qui plus tard furent pris
avec une littéralité effrénée. Jésus est à la fois très
idéaliste dans les conceptions et très matérialiste dans
l'expression. Voulant rendre cette pensée que le croyant

48. Comp. Matth., vii, 10 ; xiv, 17 et suiv. ; xv, 34 et suiv. ; Marc,
vi, 38 et suiv. ; Luc, ix, 13 et suiv. ; xi, 11 ; xxiv, 42 ; Jean, vi, 9
et suiv. ; xxi, 9 et suiv. Le bassin du lac de Tibériade est le seul endroit
de la Palestine où le poisson forme une partie considérable de l'alimen-
tion.
49. Jean, xxi, 13 ; Luc, xxiv, 42-43. Comparez les plus vieilles
représentations de la Cène rapportées ou rectifiées par M. de Rossi dans
sa dissertation sur l'ΙΧΘΥΣ (*Spicilegium Solesmense* de dom Pitra,
t. III, p. 568 et suiv.). Cf. de Rossi, *Bull. di arch. crist.*, troisième année,
p. 44 et suiv., 73 et suiv. Il est vrai que les sardines étaient, comme le
pain, un accessoire indispensable de tout repas. Voir l'inscription de
Lanuvium, 2e col. 16-17. L'intention d'anagramme que renferme le
mot ΙΧΘΥΣ se combina probablement avec une tradition plus ancienne
sur le rôle du poisson dans les repas évangéliques.
50. Luc, xxii, 15.
51. Matth., xiv, 19 ; Luc, xxiv, 30 ; *Act.*, xxvii, 35 ; Talm. de Bab.,
*Berakoth.*, 37 *b*. Cet usage se pratique encore aux tables israélites.
52. Philon, *De vita contempl.*, § 6-11 ; Josèphe, *B. J.*, II, viii, 7.
53. *Act.*, ii, 46 ; xx, 7, 11 ; I Cor., x, 16-18.

vit de lui, que tout entier (corps, sang et âme) lui Jésus
est la vie du vrai fidèle, il disait à ses disciples : « Je
suis votre nourriture, » phrase qui, tournée en style
figuré, devenait : « Ma chair est votre pain, mon sang
est votre breuvage. » Puis les habitudes de langage de
Jésus, toujours fortement substantielles, l'emportaient
plus loin encore. A table, montrant l'aliment, il disait :
« Me voici » ; tenant le pain : « Ceci est mon corps » ;
tenant le vin : « Ceci est mon sang » ; toutes manières
de parler qui étaient l'équivalent de « Je suis votre
nourriture ».

Ce rite mystérieux obtint du vivant de Jésus une
grande importance. Il était probablement établi assez
longtemps avant le dernier voyage à Jérusalem, et il
fut le résultat d'une doctrine générale bien plus que
d'un acte déterminé. Après la mort de Jésus, il devint
le grand symbole de la communion chrétienne [54], et
ce fut au moment le plus solennel de la vie du Sauveur
qu'on en rapporta l'établissement. On voulut voir dans la
consécration du pain et du vin un mémorial d'adieu que
Jésus, au moment de quitter la vie, aurait laissé à ses
disciples [55]. On retrouva Jésus lui-même dans ce sacre-
ment [56]. L'idée toute spirituelle de la présence des âmes,
qui était l'une des plus familières au maître, qui lui
faisait dire, par exemple, qu'il était de sa personne au
milieu de ses disciples [57] quand ils étaient réunis en son
nom, rendait cela facilement admissible. Jésus, nous
l'avons déjà dit [58], n'eut jamais une notion bien arrêtée
de ce qui fait l'individualité. Au degré d'exaltation où
il était parvenu, l'idée chez lui primait tout le reste à
un tel point, que le corps ne comptait plus. On est un

54. *Act.*, ii, 42, 46.
55. Luc, xxii, 19 ; *I Cor.*, xi, 20 et suiv. ; Justin, *Dial. cum Tryph.*,
41, 70 ; *Apol. I*, 66.
56. *I Cor.*, x, 16.
57. Matth., xviii, 20.
58. Voir ci-dessus, p. 278.

quand on s'aime, quand on vit l'un de l'autre ; comment lui et ses disciples n'eussent-ils pas été un [59] ? Ses disciples adoptèrent le même langage [60]. Ceux qui, durant des années, avaient vécu de lui le virent toujours tenant le pain, puis le calice « entre ses mains saintes et vénérables [61] », et s'offrant lui-même à eux. Ce fut lui que l'on mangea et que l'on but ; il devint la vraie Pâque, l'ancienne ayant été abrogée par son sang. Impossible de traduire dans notre idiome essentiellement déterminé, où la distinction rigoureuse du sens propre et de la métaphore doit toujours être faite, des habitudes de style dont le caractère essentiel est de prêter à la métaphore, ou pour mieux dire à l'idée, une pleine réalité.

59. Jean, xii entier.
60. Ephes., iii, 17.
61. Canon des messes grecques et de la messe latine (fort ancien).

# CHAPITRE XIX

## PROGRESSION CROISSANTE D'ENTHOUSIASME ET D'EXALTATION

Il est clair qu'une telle société religieuse, fondée uniquement sur l'attente du royaume de Dieu, devait être en elle-même fort incomplète. La première génération chrétienne vécut tout entière d'attente et de rêve. A la veille de voir finir le monde, on regardait comme inutile tout ce qui ne sert qu'à continuer le monde. Le goût de la propriété était regardé comme une imperfection [1] [a]. Tout ce qui attache l'homme à la terre, tout ce qui le détourne du ciel devait être fui. Quoique plusieurs disciples fussent mariés, on ne contractait plus, ce semble, de mariage dès qu'on entrait dans la secte [2]. Le célibat était hautement préféré [3]. Un moment, le maître semble approuver ceux qui se mutileraient en vue du royaume de Dieu [4]. Il était en cela conséquent avec son principe : « Si ta main ou ton pied t'est une occasion de péché, coupe-les, et jette-les loin de toi ; car il vaut mieux que tu entres boiteux ou manchot dans la vie éternelle, que d'être jeté avec tes deux pieds et tes deux mains dans la géhenne. Si ton œil t'est une occasion de péché, arrache-le et jette-le loin de toi ; car il vaut mieux entrer

---

1. Matth., xix, 21 ; Luc, xiv, 33 ; *Act.*, iv, 32 et suiv. ; v, 1-11.
2. Matth., xix, 10 et suiv. ; Luc, xviii, 29 et suiv.
3. C'est la doctrine constante de Paul. Comp. *Apoc.*, xiv, 4.
4. Matth., xix, 12.

borgne dans la vie éternelle, que d'avoir ses deux yeux et d'être jeté dans la géhenne [5]. » La cessation de la génération fut souvent considérée comme le signe et la condition du royaume de Dieu [6].

Jamais, on le voit, cette Église primitive n'eût formé une société durable, sans la grande variété des germes déposés par Jésus dans son enseignement. Il faudra plus d'un siècle encore pour que la vraie Église chrétienne, celle qui a converti le monde, se dégage de cette petite secte des « saints du dernier jour », et devienne un cadre applicable à la société humaine tout entière. La même chose, du reste, eut lieu dans le bouddhisme, qui ne fut fondé d'abord que pour des moines. La même chose fût arrivée dans l'ordre de Saint-François, si cet ordre avait réussi dans sa prétention de devenir la règle de la société humaine tout entière. Nées à l'état d'utopies, réussissant par leur exagération même, les grandes fondations dont nous venons de parler ne remplirent le monde qu'après s'être modifiées profondément et avoir laissé tomber leurs excès. Jésus ne dépassa pas cette première période toute monacale, où l'on croit pouvoir impunément tenter l'impossible. Il ne fit aucune concession à la nécessité. Il prêcha hardiment la guerre à la nature, la totale rupture avec le sang. « En vérité, je vous le déclare, disait-il, quiconque aura quitté sa maison, sa femme, ses frères, ses parents, ses enfants, pour le royaume de Dieu, recevra le centuple en ce monde, et, dans le monde à venir, la vie éternelle [7]. »

Les instructions que Jésus est censé avoir données à ses disciples respirent la même exaltation [8]. Lui, si

---

5. Matth., xviii, 8-9. Cf. Talm. de Babyl., *Niddah*, 13 *b*.
6. Matth., xxii, 30 ; Marc, xii, 25 ; Luc, xx, 35 ; Évangile ébionite dit « des Égyptiens », dans Clém. d'Alex., *Strom.*, III, 9, 13, et Clem. Rom., Epist. II, 12.
7. Luc, xviii, 29-30.
8. Matth., x entier ; xxiv, 9 ; Marc, vi, 8 et suiv. ; ix, 40 ; xiii, 9-13 ; Luc, ix, 3 et suiv. ; x, 1 et suiv. ; xii, 4 et suiv. ; xxi, 17 ; Jean, xv, 18 et suiv. ; xvii, 14.

facile pour ceux du dehors, lui qui se contente parfois de demi-adhésions [9], est pour les siens d'une rigueur extrême. Il ne voulait pas d'à peu près. On dirait un « ordre » constitué par les règles les plus austères. Fidèle à sa pensée que les soucis de la vie troublent l'homme et l'abaissent, Jésus exige de ses associés un entier détachement de la terre, un dévouement absolu à son œuvre. Ils ne doivent porter avec eux ni argent, ni provisions de route, pas même une besace, ni un vêtement de rechange. Ils doivent pratiquer la pauvreté absolue, vivre d'aumônes et d'hospitalité. « Ce que vous avez reçu gratuitement, transmettez-le gratuitement [10], » disait-il en son beau langage. Arrêtés, traduits devant les juges, qu'ils ne préparent pas leur défense ; l'avocat céleste leur inspirera ce qu'ils doivent dire. Le Père leur conférera d'en haut son Esprit. Cet Esprit sera le principe de tous leurs actes, le directeur de leurs pensées, leur guide à travers le monde [11]. Chassés d'une ville, qu'ils secouent sur elle la poussière de leurs souliers, en lui donnant acte toutefois, pour qu'elle ne puisse alléguer son ignorance, de la proximité du royaume de Dieu. « Avant que vous ayez épuisé, ajoutait-il, les villes d'Israël, le Fils de l'homme apparaîtra. »

Une ardeur étrange anime tous ces discours, qui peuvent être en partie la création de l'enthousiasme des disciples [12], mais qui, même en ce cas, viennent indirectement de Jésus, puisqu'un tel enthousiasme était son ouvrage. Jésus annonce à ceux qui veulent le suivre de grandes persécutions et la haine du genre humain. Il les envoie comme des agneaux au milieu des loups. Ils seront flagellés dans les synagogues, traînés en prison. Le frère sera livré par son frère, le fils par son père. Quand

---

9. Marc, IX, 38 et suiv.
10. Matth., X, 8. Comp. Midrasch Ialkout, *Deutéron.*, sect. 824.
11. Matth., X, 20 ; Jean, XIV, 16 et suiv. 26 ; XV, 26 ; XVI, 7, 13.
12. Les traits *Matth.*, X, 38 ; XVI, 24 ; *Marc*, VIII, 34 ; *Luc*, XIV, 27, doivent avoir été conçus après la mort de Jésus.

on les persécute dans un pays, qu'ils fuient dans un autre. « Le disciple, disait-il, n'est pas plus que son maître, ni le serviteur plus que son patron. Ne craignez point ceux qui ôtent la vie du corps, et qui ne peuvent rien sur l'âme. On a deux passereaux pour une obole, et cependant un de ces oiseaux ne tombe pas sans la permission de votre Père. Les cheveux de votre tête sont comptés. Ne craignez rien ; vous valez beaucoup de passereaux [13]. » — « Quiconque, disait-il encore, me confessera devant les hommes, je le reconnaîtrai devant mon Père ; mais quiconque aura rougi de moi devant les hommes, je le renierai devant les anges, quand je viendrai entouré de la gloire de mon Père, qui est aux cieux [14]. »

Dans ces accès de rigueur, il allait jusqu'à supprimer la chair. Ses exigences n'avaient plus de bornes. Méprisant les saines limites de la nature de l'homme, il voulait qu'on n'existât que pour lui, qu'on n'aimât que lui seul. « Si quelqu'un vient à moi, disait-il, et ne hait pas son père, sa mère, sa femme, ses enfants, ses frères, ses sœurs, et même sa propre vie, il ne peut être mon disciple [15]. » — « Si quelqu'un ne renonce pas à tout ce qu'il possède, il ne peut être mon disciple [16]. » Quelque chose de plus qu'humain et d'étrange se mêlait alors à ses paroles ; c'était comme un feu dévorant la vie à sa racine, et réduisant tout à un affreux désert. Le sentiment âpre et triste de dégoût pour le monde, d'abnégation outrée, qui caractérise la perfection chrétienne, eut pour fondateur, non le fin et joyeux moraliste des premiers jours, mais le géant sombre qu'une sorte de pressentiment grandiose jetait de plus en plus hors de l'humanité. On dirait que, dans ces moments de guerre

13. Matth., x, 24-31 ; Luc, xii, 4-7.
14. Matth., x, 32-33 ; Marc, viii, 38 ; Luc, ix, 26 ; xii, 8-9.
15. Luc, xiv, 26. Il faut tenir compte ici de l'exagération du style de Luc.
16. Luc, xiv, 33.

contre les besoins les plus légitimes du cœur, il avait
oublié le plaisir de vivre, d'aimer, de voir, de sentir.
Dépassant toute mesure, il osait dire : « Si quelqu'un
veut être mon disciple, qu'il renonce à lui-même et me
suive! Celui qui aime son père et sa mère plus que moi
n'est pas digne de moi ; celui qui aime son fils ou sa
fille plus que moi n'est pas digne de moi. Tenir à la vie,
c'est se perdre ; sacrifier sa vie pour moi et pour la
bonne nouvelle, c'est se sauver. Que sert à un homme de
gagner le monde entier et de se perdre lui-même [17]? »
Deux anecdotes, du genre de celles qu'il ne faut pas
accepter comme historiques, mais qui se proposent de
rendre un trait de caractère en l'exagérant, peignaient
bien ce défi jeté à la nature. Il dit à un homme : « Suis-
moi! — Seigneur, lui répond cet homme, laisse-moi
d'abord aller ensevelir mon père. » Jésus reprend :
« Laisse les morts ensevelir leurs morts ; toi, va et
annonce le règne de Dieu. » Un autre lui dit : « Je te
suivrai, Seigneur, mais permets-moi auparavant d'aller
mettre ordre aux affaires de ma maison. » Jésus lui
répond : « Celui qui met la main à la charrue et regarde
derrière lui n'est pas fait pour le royaume de Dieu [18]. »
Une assurance extraordinaire, et parfois des accents
de singulière douceur, renversant toutes nos idées, faisaient passer ces exagérations. « Venez à moi, criait-
il, vous tous qui êtes fatigués et chargés, et je vous sou-
lagerai. Prenez mon joug sur vos épaules; apprenez de
moi que je suis doux et humble de cœur, et vous trouve-
rez le repos de vos âmes ; car mon joug est doux, et mon
fardeau léger [19]. »

Un grand danger résultait pour l'avenir de cette
morale exaltée, exprimée dans un langage hyperbo-
lique et d'une effrayante énergie. A force de détacher

17. Matth., x, 37-39 ; xvi, 24-26 ; Marc, viii, 34-37 ; Luc, ix, 23-25 ;
xiv, 26-27 ; xvii, 33 ; Jean, xii, 25.
18. Matth., viii, 21-22 ; Luc, ix, 56-62.
19. Matth., xi, 28-30.

l'homme de la terre, on brisait la vie. Le chrétien sera
loué d'être mauvais fils, mauvais patriote, si c'est pour
le Christ qu'il résiste à son père et combat sa patrie. La
cité antique, la république, mère de tous, l'État, loi
commune de tous, sont constitués en hostilité avec le
royaume de Dieu. Un germe fatal de théocratie est
introduit dans le monde.

Une autre conséquence se laisse dès à présent entrevoir. Transportée dans un état calme et au sein d'une
société rassurée sur sa propre durée, cette morale,
faite pour un moment de crise, devait sembler impossible. L'Évangile était ainsi destiné à devenir pour les
chrétiens une utopie, que bien peu s'inquiéteraient de
réaliser. Ces foudroyantes maximes devaient dormir,
pour le grand nombre, dans un profond oubli, entretenu
par le clergé lui-même ; l'homme évangélique sera un
homme dangereux. De tous les humains le plus intéressé,
le plus orgueilleux, le plus dur, le plus dénué de poésie,
un Louis XIV, par exemple, devait trouver des prêtres
pour lui persuader, en dépit de l'Évangile, qu'il était
chrétien. Mais toujours aussi des saints devaient se
rencontrer pour prendre à la lettre les sublimes paradoxes
de Jésus. La perfection étant placée en dehors des conditions ordinaires de la société, la vie évangélique complète
ne pouvant être menée que hors du monde, le principe de l'ascétisme et de l'état monacal était posé. Les
sociétés chrétiennes auront deux règles morales, l'une
médiocrement héroïque pour le commun des hommes,
l'autre exaltée jusqu'à l'excès pour l'homme parfait ;
et l'homme parfait, ce sera le moine assujetti à des règles
qui ont la prétention de réaliser l'idéal évangélique. Il
est certain que cet idéal, ne fût-ce que par l'obligation
du célibat et de la pauvreté, ne pouvait être de droit
commun. Le moine est ainsi, à quelques égards, le seul
vrai chrétien. Le bon sens vulgaire se révolte devant
ces excès ; à l'en croire, l'impossible est le signe de la
faiblesse et de l'erreur. Mais le bon sens vulgaire est

un mauvais juge quand il s'agit des grandes choses. Pour
obtenir moins de l'humanité, il faut lui demander plus.
L'immense progrès moral dû à l'Évangile vient de ses
exagérations. C'est par là qu'il a été, comme le stoïcisme, mais avec infiniment plus d'ampleur, un argument vivant des forces divines qui sont en l'homme, un
monument élevé à la puissance de la volonté.

On imagine sans peine que pour Jésus, à l'heure où
nous sommes arrivés, tout ce qui n'était pas le royaume
de Dieu avait absolument disparu. Il était, si on peut le
dire, totalement hors de la nature : la famille, l'amitié,
la patrie, n'avaient plus aucun sens pour lui. Sans doute,
il avait fait dès lors le sacrifice de sa vie. Parfois, on est
tenté de croire que, voyant dans sa propre mort un
moyen de fonder son royaume, il conçut de propos
délibéré le dessein de se faire tuer [20]. D'autres fois
(quoiqu'une telle pensée n'ait été érigée en dogme que
plus tard), la mort se présente à lui comme un sacrifice,
destiné à apaiser son Père et à sauver les hommes [21].
Un goût singulier de persécution et de supplices [22] le
pénétrait. Son sang lui paraissait comme l'eau d'un
second baptême dont il devait être baigné, et il semblait
possédé d'une hâte étrange d'aller au-devant de ce baptême qui seul pouvait étancher sa soif [23].

La grandeur de ses vues sur l'avenir était par moments
surprenante. Il ne se dissimulait pas l'épouvantable
orage qu'il allait soulever dans le monde. « Vous croyez
peut-être, disait-il avec hardiesse et beauté, que je suis
venu apporter la paix sur la terre ; non, je suis venu y
jeter le glaive. Dans une maison de cinq personnes, trois
seront contre deux, et deux contre trois. Je suis venu
mettre la division entre le fils et le père, entre la fille
et la mère, entre la bru et la belle-mère. Désormais les

20. Matth., xvi, 21-23 ; xvii, 12, 21-22.
21. Marc, x, 45.
22. Luc, vi, 22 et suiv.
23. Luc, xii, 50.

ennemis de chacun seront dans sa maison [24]. » — « Je suis venu porter le feu sur la terre ; tant mieux si elle brûle déjà [25] ! » — « On vous chassera des synagogues, disait-il encore, et l'heure viendra où l'on croira rendre un culte à Dieu en vous tuant [26]. Si le monde vous hait, sachez qu'il m'a haï avant vous. Souvenez-vous de la parole que je vous ai dite : Le serviteur n'est pas plus grand que son maître. S'ils m'ont persécuté, ils vous persécuteront [27]. »

Entraîné par cette effrayante progression d'enthousiasme, commandé par les nécessités d'une prédication de plus en plus exaltée, Jésus n'était plus libre ; il appartenait à son rôle et, en un sens, à l'humanité. Quelquefois on eût dit que sa raison se troublait. Il avait comme des angoisses et des agitations intérieures [28]. La grande vision du royaume de Dieu, sans cesse flamboyant devant ses yeux, lui donnait le vertige. Il faut se rappeler que ses proches, par moments, l'avaient cru fou [29], que ses ennemis le déclarèrent possédé [30]. Son tempérament, excessivement passionné, le portait à chaque instant hors des bornes de la nature humaine. Son œuvre n'étant pas une œuvre de raison, et se jouant de toutes les règles de l'esprit humain, ce qu'il exigeait le plus impérieusement, c'était la « foi [31] ». Ce mot était celui qui se répétait le plus souvent dans le petit cénacle. C'est le mot de tous les mouvements populaires. Il est clair qu'aucun de ces mouvements ne se ferait, s'il fallait que celui qui les excite gagnât ses disciples les uns après les autres par de bonnes preuves, logiquement déduites. La réflexion ne mène qu'au doute,

24. Matth., x, 34-36 ; Luc, xii, 51-58. Comparez Michée, vii, 5-6.
25. Luc, xii, 49. Voir le texte grec.
26. Jean, xvi, 2.
27. Jean, xv, 18-20.
28. Jean, xii, 27.
29. Marc, iii, 21 et suiv.
30. Marc, iii, 22 ; Jean, vii, 20 ; viii, 48 et suiv. ; x, 20 et suiv.
31. Matth., viii, 10 ; ix, 2, 22, 28-29 ; xvii, 19 ; Jean, vi, 29, etc.

et, si les auteurs de la révolution française, par exemple, eussent dû être préalablement convaincus par des méditations suffisamment longues, tous fussent arrivés à la vieillesse sans rien faire. Jésus, de même, visait moins à la conviction régulière qu'à l'entraînement. Pressant, impératif, il ne souffrait aucune opposition : il faut se convertir, il attend. Sa douceur naturelle semblait l'avoir abandonné ; il était parfois rude et bizarre [32]. Ses disciples, à certains moments, ne le comprenaient plus, et éprouvaient devant lui une espèce de sentiment de crainte [33]. Sa mauvaise humeur contre toute résistance l'entraînait jusqu'à des actes inexplicables et en apparence absurdes [34].

Ce n'est pas que sa vertu baissât ; mais sa lutte au nom de l'idéal contre la réalité devenait insoutenable. Il se meurtrissait et se révoltait au contact de la terre. L'obstacle l'irritait. Sa notion de Fils de Dieu se troublait et s'exagérait. La divinité a ses intermittences ; on n'est pas fils de Dieu toute sa vie et d'une façon continue. On l'est à certaines heures, par des illuminations soudaines, perdues au milieu de longues obscurités. La loi fatale qui condamne l'idée à déchoir dès qu'elle cherche à convertir les hommes s'appliquait à Jésus. Les hommes en le touchant l'abaissaient à leur niveau. Le ton qu'il avait pris ne pouvait être soutenu plus de quelques mois ; il était temps que la mort vînt dénouer une situation tendue à l'excès, l'enlever aux impossibilités d'une voie sans issue, et, en le délivrant d'une épreuve trop prolongée, l'introduire désormais impeccable dans sa céleste sérénité.

32. Matth., xvii, 17 (Vulg. 16) ; Marc, iii, 5 ; ix, 19 (Vulg. 18) ; Luc, viii, 45 ; ix, 41.
33. C'est surtout dans Marc que ce trait est sensible : iv, 40 ; v, 15 ; ix, 31 ; x, 32.
34. Marc, xi, 12-14, 20 et suiv.

# CHAPITRE XX

Durant la première période de sa carrière, il ne semble pas que Jésus eût rencontré d'opposition sérieuse. Sa prédication, grâce à l'extrême liberté dont on jouissait en Galilée et au grand nombre de maîtres qui s'élevaient de toutes parts, n'eut d'éclat que dans un cercle de personnes assez restreint. Mais, depuis que Jésus était entré dans une voie brillante de prodiges et de succès publics, l'orage commença à gronder. Plus d'une fois il dut se cacher et fuir [1]. Antipas cependant ne le gêna jamais, quoique Jésus s'exprimât quelquefois fort sévèrement sur son compte [2]. A Tibériade, sa résidence ordinaire [3], le tétrarque n'était qu'à une ou deux lieues du canton choisi par Jésus pour le champ de son activité ; il entendit parler de ses miracles, qu'il prenait sans doute pour des tours habiles, et il désira en voir [4]. Les incrédules étaient alors fort curieux de ces sortes de prestiges [5]. Avec son tact ordinaire, Jésus refusa. Il se garda bien de s'égarer en un monde irréligieux, qui voulait tirer de lui un vain amusement ; il n'aspirait

---

1. Matth., xii, 14-16 ; Marc, iii, 7 ; ix, 29-30.
2. Marc, viii, 15 ; Luc, xiii, 32.
3. Jos., *Vita*, 9 ; Madden, *History of jewish coinage*, p. 97 et suiv.
4. Luc, ix, 9 ; xxiii, 8.
5. *Lucius*, attribué à Lucien, 4.

à gagner que le peuple ; il garda pour les simples des
moyens bons pour eux seuls.

Un moment, le bruit se répandit que Jésus n'était
autre que Jean-Baptiste ressuscité d'entre les morts.
Antipas fut soucieux et inquiet [6] ; il employa la ruse
pour écarter le nouveau prophète de ses domaines. Des
pharisiens, sous apparence d'intérêt pour Jésus, vinrent
lui dire qu'Antipas voulait le faire tuer. Jésus, malgré
sa grande simplicité, vit le piège et ne partit pas [7].
Ses allures toutes pacifiques, son éloignement pour
l'agitation populaire, finirent par rassurer le tétrarque
et dissiper le danger.

Il s'en faut que dans toutes les villes de la Galilée
l'accueil fait à la nouvelle doctrine fût également bienveillant. Non seulement l'incrédule Nazareth continuait
à repousser celui qui devait faire sa gloire ; non seulement ses frères persistaient à ne pas croire en lui [8] ;
les villes du lac elles-mêmes, en général bienveillantes,
n'étaient pas toutes converties. Jésus se plaint souvent
de l'incrédulité et de la dureté de cœur qu'il rencontre,
et, quoiqu'il soit naturel de faire en de tels reproches la
part de l'exagération du prédicateur, quoiqu'on y sente
cette espèce de *convicium seculi* [a] que Jésus affection-
nait à l'imitation de Jean-Baptiste [9], il est clair que le
pays était loin de convoler tout entier au royaume de
Dieu. « Malheur à toi, Chorazin! malheur à toi, Bethsaïde! s'écriait-il ; car, si Tyr et Sidon eussent vu les
miracles dont vous avez été témoins, il y a longtemps
qu'elles feraient pénitence sous le cilice et sous la cendre.
Aussi vous dis-je qu'au jour du jugement, Tyr et Sidon
auront un sort plus supportable que le vôtre. Et toi,
Capharnahum, qui as été élevée jusqu'au ciel, tu seras
abaissée jusqu'aux enfers ; car, si les miracles qui ont

6. Matth., xiv, 1 et suiv. ; Marc, vi, 14 et suiv. ; Luc, ix, 7 et suiv.
7. Luc, xviii, 31 et suiv.
8. Jean, vii, 5.
9. Matth, xii, 39, 45 ; xiii, 15 ; xvi, 4 ; Luc, xi, 29.

été faits en ton sein eussent été faits à Sodome, Sodome
existerait encore aujourd'hui. C'est pourquoi je te dis
qu'au jour du jugement, la terre de Sodome sera traitée
moins rigoureusement que toi [10]. » — « La reine de Saba,
ajouta-t-il, se lèvera au jour du jugement contre les
hommes de cette génération, et les condamnera, parce
qu'elle est venue des extrémités du monde pour entendre
la sagesse de Salomon ; or, il y a ici plus que Salomon.
Les Ninivites s'élèveront au jour du jugement contre
cette génération et la condamneront, parce qu'ils firent
pénitence à la prédication de Jonas ; or, il y a ici plus
que Jonas [11]. » Sa vie vagabonde, d'abord pour lui
pleine de charme, commençait aussi à lui peser. « Les
renards, disait-il, ont leurs tanières et les oiseaux du ciel
leurs nids ; mais le Fils de l'homme n'a pas où reposer sa
tête [12]. » Il accusait les incrédules de se refuser à l'évidence. L'amertume et le reproche se faisaient de plus
en plus jour en son cœur.

Jésus, en effet, ne pouvait accueillir l'opposition avec
la froideur du philosophe, qui, comprenant la raison
des opinions diverses qui se partagent le monde, trouve
tout simple qu'on ne soit pas de son avis. Un des principaux défauts de la race juive est son âpreté dans la
controverse, et le ton injurieux qu'elle y mêle presque
toujours. Il n'y eut jamais dans le monde de querelles
aussi vives que celles des Juifs entre eux. C'est le sentiment de la nuance qui fait l'homme poli et modéré.
Or, le manque de nuances est un des traits les plus
constants de l'esprit sémitique. Les œuvres fines, les
dialogues de Platon, par exemple, sont tout à fait étrangères à ces peuples. Jésus, qui était exempt de presque
tous les défauts de sa race, et dont la qualité dominante
était justement une délicatesse infinie, fut amené malgré

10. Matth., xi, 21-24 ; Luc, x, 12-15.
11. Matth., xii, 41-42 ; Luc, xi, 31-32.
12. Matth., viii, 20 ; Luc, ix, 58.

lui à se servir dans la polémique du style de tous [13].
Comme Jean-Baptiste [14], il employait contre ses adversaires des termes très durs. D'une mansuétude exquise
avec les simples, il s'aigrissait devant l'incrédulité,
même la moins agressive [15]. Ce n'était plus ce doux
maître du « Discours sur la montagne », n'ayant encore
rencontré ni résistance ni difficulté. La passion, qui était
au fond de son caractère, l'entraînait aux plus vives
invectives. Ce mélange singulier ne doit pas surprendre.
Un homme de nos jours a présenté le même contraste
avec une rare vigueur, c'est M. de Lamennais. Dans
son beau livre des « Paroles d'un croyant », la colère la
plus effrénée et les retours les plus suaves alternent
comme en un mirage. Cet homme, qui était dans le
commerce de la vie d'une grande bonté, devenait intraitable jusqu'à la folie pour ceux qui ne pensaient pas
comme lui. Jésus, de même, s'appliquait non sans raison
le passage du livre d'Isaïe [16] : « Il ne disputera pas, ne
criera pas ; on n'entendra point sa voix dans les places ;
il ne rompra pas tout à fait le roseau froissé, et il n'étein-
dra pas le lin qui fume encore [17]. » Et pourtant plusieurs
des recommandations qu'il adresse à ses disciples renferment les germes d'un vrai fanatisme [18], germes que
le moyen âge devait développer d'une façon cruelle.
Faut-il lui en faire un reproche ? Aucune révolution
ne s'accomplit sans un peu de rudesse. Si Luther, si les
auteurs de la révolution française eussent dû observer
les règles de la politesse, la Réforme et la Révolution
ne se seraient point faites. Félicitons-nous de même que
Jésus n'ait rencontré aucune loi qui punît l'outrage
envers une classe de citoyens. Les pharisiens eussent été

13. Matth., xii, 34 ; xv, 14 ; xxiii, 33.
14. Matth., iii, 7.
15. Matth., xii, 30 ; Luc, xxi, 23.
16. xlii, 2-3.
17. Matth., xii, 19-20.
18. Matth., x, 14-15, 21 et suiv., 34 et suiv. ; Luc, xix, 27.

inviolables. Toutes les grandes choses de l'humanité
ont été accomplies au nom de principes absolus. Un
philosophe critique eût dit à ses disciples : « Respectez
l'opinion des autres, et croyez que personne n'a si
complètement raison que son adversaire ait complètement tort. » Mais l'action de Jésus n'a rien de commun
avec la spéculation désintéressée du philosophe. Se dire
qu'on a touché un moment l'idéal et qu'on a été arrêté
par la méchanceté de quelques-uns, est une pensée
insupportable pour une âme ardente. Que dut-elle être
pour le fondateur d'un monde nouveau !

L'obstacle invincible aux idées de Jésus venait surtout des pharisiens. Jésus s'éloignait de plus en plus
du judaïsme réputé orthodoxe. Or, les pharisiens étaient
le nerf et la force du judaïsme. Quoique ce parti eût son
centre à Jérusalem, il avait cependant des adeptes
établis en Galilée, ou qui venaient souvent dans le
Nord [19]. C'étaient, en général, des hommes d'un esprit
étroit, donnant beaucoup à l'extérieur, d'une dévotion
dédaigneuse, officielle, satisfaite et assurée d'elle-même [20].
Leurs manières étaient ridicules et faisaient sourire
même ceux qui les respectaient. Les sobriquets que leur
donnait le peuple, et qui sentent la caricature, en sont
la preuve. Il y avait le « pharisien bancroche » (*nikfi*),
qui marchait dans les rues en traînant les pieds et les
heurtant contre les cailloux ; le « pharisien front sanglant » (*kizaï*), qui allait les yeux fermés pour ne pas
voir les femmes, et se choquait le front contre les murs,
si bien qu'il l'avait toujours ensanglanté ; le « pharisien
pilon » (*medoukia*), qui se tenait plié en deux comme
le manche d'un pilon ; le « pharisien fort d'épaules »
(*schikmi*), qui marchait le dos voûté comme s'il portait

19. Marc, vii, 1 ; Luc, v, 17 et suiv. ; vii, 36.
20. Matth., vi, 2, 5, 16 ; ix, 11, 14 ; xii, 2 ; xxiii, 5, 15, 23 ; Luc, v,
30 ; vi, 2, 7 ; xi, 39 et suiv. ; xviii, 12 ; Jean, ix, 16 ; *Pirké Aboth*, i,
16 ; Jos., *Ant.*, XVII, ii, 4 ; XVIII, i, 3 ; *Vita*, 38 ; Talm. de Bab.,
*Sota*, 22 *b*.

sur ses épaules le fardeau entier de la Loi ; le « pharisien *Qu'y a-t-il à faire ? Je le fais* », toujours à la piste d'un précepte à accomplir. On y ajoutait quelquefois le « pharisien teint », pour lequel tout l'extérieur de la dévotion n'était qu'un vernis d'hypocrisie [21]. Ce rigorisme, en effet, n'était souvent qu'apparent et cachait en réalité un grand relâchement moral [22]. Le peuple néanmoins en était dupe. Le peuple, dont l'instinct est toujours droit, même quand il s'égare le plus fortement sur les questions de personnes, est très facilement trompé par les faux dévots. Ce qu'il aime en eux est bon et digne d'être aimé ; mais il n'a pas assez de pénétration pour discerner l'apparence de la réalité.

L'antipathie qui, dans un monde aussi passionné, dut éclater tout d'abord entre Jésus et des personnes de ce caractère, est facile à comprendre. Jésus ne voulait que la religion du cœur ; la religion des pharisiens consistait presque uniquement en observances. Jésus recherchait les humbles et les rebutés de toute sorte ; les pharisiens voyaient en cela une insulte à leur religion d'hommes comme il faut. Un pharisien était un homme infaillible et impeccable, un pédant certain d'avoir raison, prenant la première place à la synagogue, priant dans les rues, faisant l'aumône à son de trompe, regardant si on le salue. Jésus soutenait que chacun doit attendre le jugement de Dieu avec crainte et tremblement. Il s'en faut que la mauvaise direction religieuse représentée par le pharisaïsme régnât sans contrôle. Bien des hommes avant Jésus, ou de son temps, tels que Jésus, fils de Si-

---

21. Mischna, *Sota*, iii, 2 ; Talm. de Jérusalem, *Berakoth*, ix, sub fin. ; *Sota*, v, 7 ; Talm. de Babylone, *Sota*, 22 *b*. Les deux rédactions de ce curieux passage offrent de sensibles différences. Nous avons suivi presque partout la rédaction de Babylone, qui semble la plus naturelle. Cf. Épiph., *Adv. hær.*, xvi, 1. Les traits d'Épiphane et plusieurs de ceux du Talmud peuvent, du reste, se rapporter à une époque postérieure à Jésus, époque où « pharisien » était devenu synonyme de « dévot ».

22. Matth., v, 20 ; xv, 4 ; xxiii, 3, 16 et suiv. ; Jean, viii, 7 ; Jos., *Ant.*, XII, ix, 1 ; XIII, x, 5.

rach, l'un des vrais ancêtres de Jésus de Nazareth, Gamaliel, Antigone de Soco, le doux et noble Hillel surtout, avaient enseigné des doctrines religieuses beaucoup plus élevées et déjà presque évangéliques*. Mais ces bonnes semences avaient été étouffées. Les belles maximes de Hillel résumant toute la Loi en l'équité [23], celles de Jésus, fils de Sirach, faisant consister le culte dans la pratique du bien [24], étaient oubliées ou anathématisées [25]. Schammaï, avec son esprit étroit et exclusif, l'avait emporté. Une masse énorme de « traditions » avait étouffé la Loi [26], sous prétexte de la protéger et de l'interpréter. Sans doute, ces mesures conservatrices avaient eu leur côté utile ; il est bon que le peuple juif ait aimé sa Loi jusqu'à la folie, puisque cet amour frénétique, en sauvant le mosaïsme sous Antiochus Épiphane et sous Hérode, a gardé le levain nécessaire à la production du christianisme. Mais, prises en elles-mêmes, les vieilles précautions dont il s'agit n'étaient que puériles. La synagogue, qui en avait le dépôt, n'était plus qu'une mère d'erreurs. Son règne était fini, et pourtant lui demander d'abdiquer, c'était lui demander ce qu'une puissance établie n'a jamais fait ni pu faire.

Les luttes de Jésus avec l'hypocrisie officielle étaient continues. La tactique ordinaire des réformateurs qui apparaissent dans l'état religieux que nous venons de décrire, et qu'on peut appeler « formalisme traditionnel », est d'opposer le « texte » des livres sacrés aux « traditions ». Le zèle religieux est toujours novateur, même quand il prétend être conservateur au plus haut degré. Comme les néo-catholiques de nos jours s'éloignent sans cesse de l'Évangile, ainsi les pharisiens s'éloignaient

23. Talm. de Bab., *Schabbath*, 31 *a* ; *Joma*, 35 *b*.
24. *Eccl.*, XVII, 21 et suiv. ; XXXV, 1 et suiv.
25. Talm. de Jérus., *Sanhédrin*, XI, 1 ; Talm. de Bab., *Sanhédrin*, 100 *b*.
26. Matth., XV, 2.

à chaque pas de la Bible. Voilà pourquoi le réformateur puritain est d'ordinaire essentiellement « biblique », partant du texte immuable pour critiquer la théologie courante, qui a marché de génération en génération. C'est ce que firent plus tard les karaïtes [a], les protestants. Jésus porta bien plus énergiquement la hache à la racine. On le voit parfois, il est vrai, invoquer le texte sacré contre les fausses *masores* ou traditions des pharisiens [27]. Mais, en général, il fait peu d'exégèse ; c'est à la conscience qu'il en appelle. Du même coup il tranche le texte et les commentaires. Il montre bien aux pharisiens qu'avec leurs traditions ils altèrent gravement le mosaïsme ; mais il ne prétend nullement lui-même revenir à Moïse. Son but était en avant, non en arrière. Jésus était plus que le réformateur d'une religion vieillie ; c'était le créateur de la religion éternelle de l'humanité.

Les disputes éclataient surtout à propos d'une foule de pratiques extérieures introduites par la tradition, et que ni Jésus ni ses disciples n'observaient [28]. Les pharisiens lui en faisaient de vifs reproches. Quand il dînait chez eux, il les scandalisait fort en ne s'astreignant pas aux ablutions d'usage. « Donnez l'aumône, disait-il, et tout vous deviendra pur [29]. » Ce qui blessait au plus haut degré son tact délicat, c'était l'air d'assurance que les pharisiens portaient dans les choses religieuses, leur dévotion mesquine, qui aboutissait à une vaine recherche de préséances et de titres, nullement à l'amélioration des cœurs. Une admirable parabole rendait cette pensée avec infiniment de charme et de justesse. « Un jour, disait-il, deux hommes montèrent au temple pour prier. L'un était pharisien, et l'autre publicain. Le pharisien debout disait en lui-même :

27. Matth., xv, 2 et suiv. ; Marc, vii, 2 et suiv.
28. Matth., xv, 2 et suiv. ; Marc, vii, 4, 8 ; Luc, v, *sub fin.*, et vi, *init.* ; xi, 38 et suiv.
29. Luc, xi, 41.

« O Dieu ! je te rends grâces de ce que je ne suis pas
« comme les autres hommes (par exemple, comme ce
« publicain), voleur, injuste, adultère. Je jeûne deux
« fois la semaine, je donne la dîme de tout ce que je pos-
« sède. » Le publicain, au contraire, se tenant éloigné,
n'osait lever les yeux au ciel ; mais il se frappait la
poitrine en disant : « O Dieu ! sois indulgent pour moi,
« pauvre pécheur. » Je vous le déclare, celui-ci s'en
retourna justifié dans sa maison, mais non l'autre [30]. »

Une haine qui ne pouvait s'assouvir que par la mort
fut la conséquence de ces luttes. Jean-Baptiste avait
déjà provoqué des inimitiés du même genre [31]. Mais les
aristocrates de Jérusalem, qui le dédaignaient, avaient
laissé les simples gens le tenir pour un prophète [32].
Cette fois, la guerre était à mort. C'était un esprit
nouveau qui apparaissait dans le monde et qui frappait
de déchéance tout ce qui l'avait précédé. Jean-Baptiste
était profondément juif ; Jésus l'était à peine. Jésus
s'adresse toujours à la finesse du sentiment moral.
Il n'est disputeur que quand il argumente contre les
pharisiens, l'adversaire le forçant, comme cela arrive
presque toujours, à prendre son propre ton [33]. Ses
exquises moqueries, ses malignes provocations frappaient toujours au cœur. Stigmates éternels, elles sont
restées figées dans la plaie. Cette tunique de Nessus du
ridicule, que le juif, fils des pharisiens, traîne en lambeaux après lui depuis dix-huit siècles, c'est Jésus qui
l'a tissée avec un artifice divin. Chefs-d'œuvre de haute
raillerie, ses traits se sont inscrits en lignes de feu sur la
chair de l'hypocrite et du faux dévot. Traits incomparables, traits dignes d'un fils de Dieu ! Un dieu seul sait
tuer de la sorte. Socrate et Molière ne font qu'effleurer

30. Luc, xviii, 9-14 ; comp. *ibid.*, xiv, 7-11.
31. Matth., iii, 7 et suiv. ; xvii, 12-13.
32. Matth., xiv, 5 ; xxi, 26 ; Marc, xi, 32 ; Luc, xx, 6.
33. Matth. ;xii, 3-8 ; xxiii, 16 et suiv.

la peau. Celui-ci porte jusqu'au fond des os le feu et la rage.

Mais il était juste aussi que ce grand maître en ironie payât de la vie son triomphe. Dès la Galilée, les pharisiens cherchèrent à le perdre et employèrent contre lui la manœuvre qui devait leur réussir plus tard à Jérusalem. Ils essayèrent d'intéresser à leur querelle les partisans du nouvel ordre politique qui s'était établi [34]. Les facilités que Jésus trouvait en Galilée pour s'échapper et la faiblesse du gouvernement d'Antipas déjouèrent ces tentatives. Il alla lui-même s'offrir au danger. Il voyait bien que son action, s'il restait confiné en Galilée, était nécessairement bornée. La Judée l'attirait comme par un charme ; il voulut tenter un dernier effort pour gagner la ville rebelle, et sembla prendre à tâche de justifier le proverbe qu'un prophète ne doit point mourir hors de Jérusalem [35].

34. Marc, iii, 6.
35. Luc, xiii, 33.

# CHAPITRE XXI

Depuis longtemps Jésus avait le sentiment des dangers qui l'entouraient [1]. Pendant un espace de temps qu'on peut évaluer à dix-huit mois, il évita d'aller en pèlerinage à la ville sainte [2]. A la fête des Tabernacles de l'an 32 (selon l'hypothèse que nous avons adoptée), ses parents, toujours malveillants et incrédules [3], l'engagèrent à y venir. L'évangéliste semble insinuer qu'il y avait dans cette invitation quelque projet caché pour le perdre. « Révèle-toi au monde, lui disaient-ils ; on ne fait pas ces choses-là dans le secret. Va en Judée, pour qu'on voie ce que tu sais faire. » Jésus, se défiant de quelque trahison, refusa d'abord ; puis, quand la caravane des pèlerins fut partie, il se mit en route de son côté, à l'insu de tous et presque seul [4]. Ce fut le dernier adieu qu'il dit à la Galilée. La fête des Tabernacles tombait à l'équinoxe d'automne. Six mois devaient encore s'écouler jusqu'au dénouement fatal. Mais, durant cet intervalle, Jésus ne revit pas ses chères provinces du Nord. Le temps des douceurs est passé ; il faut maintenant parcourir pas à pas la voie doulou-

1. Matth., xvi, 20-21 ; Marc, viii, 30-31.
2. Jean, vii, 1.
3. Jean, vii, 5.
4. Jean, vii, 10.

reuse qui se terminera par les angoisses de la mort.
Ses disciples et les femmes pieuses qui le servaient
le retrouvèrent en Judée [5]. Mais combien tout le reste
était changé pour lui! Jésus était un étranger à Jérusalem.
Il sentait qu'il y avait là un mur de résistance qu'il
ne pénétrerait pas. Entouré de pièges et d'objections,
il était sans cesse poursuivi par le mauvais vouloir des
pharisiens [6]. Au lieu de cette faculté illimitée de croire,
heureux don des natures jeunes, qu'il trouvait en Galilée,
au lieu de ces populations bonnes et douces chez lesquelles l'objection (qui est toujours le fruit d'un peu
de malveillance et d'indocilité) n'avait point d'accès,
il rencontrait ici à chaque pas une incrédulité obstinée,
sur laquelle les moyens d'action qui lui avaient si bien
réussi dans le Nord avaient peu de prise. Ses disciples,
en qualité de Galiléens, étaient méprisés. Nicodème, qui
avait eu avec lui, dans un de ses précédents voyages, un
entretien de nuit, faillit se compromettre au sanhédrin
pour avoir voulu le défendre. « Eh quoi! toi aussi, tu es
Galiléen? lui dit-on. Consulte les Écritures ; est-ce qu'il
peut venir un prophète de Galilée [7]! »

La ville, comme nous l'avons déjà dit, déplaisait à Jésus. Jusque-là, il avait toujours évité les grands centres,
préférant pour son œuvre les campagnes et les villes
de médiocre importance. Plusieurs des préceptes qu'il
donnait à ses apôtres étaient absolument inapplicables
hors d'une simple société de petites gens [8]. N'ayant
nulle idée du monde, accoutumé à son aimable communisme galiléen, il lui échappait sans cesse des naïvetés,
qui à Jérusalem pouvaient paraître singulières [9]. Son
imagination, son goût de la nature se trouvaient à
l'étroit dans ces murailles. La vraie religion devait sortir,

---

5. Matth., xxvii, 55 ; Marc, xv, 41 ; Luc, xxiii, 49, 55.
6. Jean, vii, 20, 25, 30, 32.
7. Jean, vii, 50 et suiv.
8. Matth., x, 11-13 ; Marc, vi, 10 ; Luc, x, 5-8.
9. Matth., xxi, 3 ; Marc, xi, 3 ; xiv, 13-14 ; Luc, xix, 31 ; xxii, 10-12.

non du tumulte des villes, mais de la tranquille sérénité des champs.

L'arrogance des prêtres lui rendait les parvis du temple désagréables. Un jour, quelques-uns de ses disciples, qui connaissaient mieux que lui Jérusalem, voulurent lui faire remarquer la beauté des constructions du temple, l'admirable choix des matériaux, la richesse des offrandes votives qui couvraient les murs : « Vous voyez tous ces édifices, dit-il ; eh bien, je vous le déclare, il n'en restera pas pierre sur pierre [10]. » Il refusa de rien admirer, si ce n'est une pauvre veuve qui passait à ce moment-là, et jetait dans le tronc une petite obole. « Elle a donné plus que les autres, dit-il ; les autres ont donné de leur superflu ; elle, de son nécessaire [11]. » Cette façon de regarder en critique tout ce qui se faisait à Jérusalem, de relever le pauvre qui donnait peu, de rabaisser le riche qui donnait beaucoup [12], de blâmer le clergé opulent qui ne faisait rien pour le bien du peuple, exaspéra naturellement la caste sacerdotale. Siège d'une aristocratie conservatrice, le temple, comme le *haram* [a] musulman qui lui a succédé, était le dernier endroit du monde où la révolution pouvait réussir. Qu'on suppose un novateur allant de nos jours prêcher le renversement de l'islamisme autour de la mosquée d'Omar! C'était là pourtant le centre de la vie juive, le point où il fallait vaincre ou mourir. Sur ce calvaire, où certainement Jésus souffrit plus qu'au Golgotha, ses jours s'écoulaient dans la dispute et l'aigreur, au milieu d'ennuyeuses controverses de droit canon et d'exégèse, pour lesquelles sa grande élévation morale lui donnait peu d'avantage, que dis-je! lui créait une sorte d'infériorité.

Au sein de cette vie troublée, le cœur sensible et bon de Jésus réussit à se créer un asile où il jouit de beaucoup

10. Matth., xxiv, 1-2 ; Marc, xiii, 1-2 ; Luc, xix, 44 ; xxi, 5, 6. Cf. Marc, xi, 11.

11. Marc, xii, 41 et suiv. ; Luc, xxi, 1 et suiv.

12. Marc, xii, 41.

de douceur. Après avoir passé la journée aux disputes du temple, Jésus descendait le soir dans la vallée de Cédron, prenait un peu de repos dans le verger d'un établissement agricole (probablement une exploitation d'huile) nommé *Gethsémani* [13], qui servait de lieu de plaisance aux habitants, et allait passer la nuit sur le mont des Oliviers, qui borne au levant l'horizon de la ville [14]. Ce côté est le seul, aux environs de Jérusalem, qui offre un aspect quelque peu riant et vert. Les plantations d'oliviers, de figuiers, de palmiers étaient nombreuses autour des villages, fermes ou enclos de Bethphagé, Gethsémani, Béthanie [15]. Il y avait sur le mont des Oliviers deux grands cèdres, dont le souvenir se conserva longtemps chez les Juifs dispersés ; leurs branches servaient d'asile à des nuées de colombes, et sous leur ombrage s'étaient établis de petits bazars [16]. Toute cette banlieue fut en quelque sorte le quartier de Jésus et de ses disciples ; on voit qu'ils la connaissaient presque champ par champ et maison par maison.

Le village de Béthanie, en particulier [17], situé au sommet de la colline, sur le versant qui regarde la mer Morte et le Jourdain, à une heure et demie de Jérusalem, était le lieu de prédilection de Jésus [18]. Il y fit la connaissance d'une famille composée de trois personnes, deux sœurs et un troisième membre, dont l'amitié eut pour lui beaucoup de charme [19]. Des deux sœurs, l'une, nommée

13. Marc, xi, 19 ; Luc, xxii, 39 ; Jean, xviii, 1-2. Ce verger ne pouvait être fort loin de l'endroit où la piété des catholiques a entouré d'un mur quelques vieux oliviers. Le mot *Gethsémani* semble signifier « pressoir à huile ».

14. Luc, xxi, 37 ; xxii, 39 ; Jean, viii, 1-2.

15. On peut le conclure des étymologies de ces trois mots (quoique *Bethphagé* et *Béthanie* soient susceptibles d'un autre sens). Cf. Talm. de Bab., *Pesachim*, 53 *a*.

16. Talm. de Jérus., *Taanith*, iv, 8.

17. Aujourd'hui *El-Aziriè* (de *El-Azir*, nom arabe de Lazare) ; dans des textes chrétiens du moyen âge, *Lazarium*.

18. Matth., xxi, 17-18 ; Marc, xi, 11-12.

19. Jean, xi, 5, 35-36.

Marthe, était une personne obligeante, bonne, empressée [20] ; l'autre, au contraire, nommée Marie, plaisait à Jésus par une sorte de langueur [21], et par ses instincts spéculatifs très développés. Souvent, assise aux pieds de Jésus, elle oubliait à l'écouter les devoirs de la vie réelle. Sa sœur, alors, sur qui retombait tout le service, se plaignait doucement : « Marthe, Marthe, lui disait Jésus, tu te tourmentes et te soucies de beaucoup de choses ; or, une seule est nécessaire. Marie a choisi la meilleure part, qui ne lui sera point enlevée [22]. » Un certain Simon le Lépreux, qui était le propriétaire de la maison, paraît avoir été le frère de Marie et de Marthe, ou du moins avoir fait partie de la famille [23]. C'est là qu'au sein d'une pieuse amitié, Jésus oubliait les dégoûts de la vie publique. Dans ce tranquille intérieur, il se consolait des tracasseries que les pharisiens et les scribes ne cessaient de lui susciter. Il s'asseyait souvent sur le mont des Oliviers, en face du mont Moria [24], ayant sous les yeux la splendide perspective des terrasses du temple et de ses toits couverts de lames étincelantes. Cette vue frappait d'admiration les étrangers ; au lever du soleil surtout, la montagne sacrée éblouissait les yeux et paraissait comme une masse de neige et d'or [25] [a]. Mais un profond sentiment de tristesse empoisonnait pour Jésus le spectacle

20. Luc, x, 38-42 ; Jean, xii, 2. Luc a l'air de placer la maison des deux sœurs sur la route entre la Galilée et Jérusalem. Mais la topographie de Luc depuis ix, 51, jusqu'à xviii, 31, est inconcevable, si on la prend à la lettre. Certains épisodes de cette partie du troisième Évangile paraissent se passer à Jérusalem ou aux environs.

21. Jean, xi, 20.

22. Luc, x, 38 et suiv.

23. Matth., xxvi, 6 ; Marc, xiv, 3 ; Luc, vii, 40, 43 ; Jean, xi, 1 et suiv. ; xii, 1 et suiv. Le nom de Lazare, que le quatrième Évangile donne au frère de Marie et de Marthe, paraît venir de la parabole *Luc*, xvi, 19 et suiv. (notez surtout les versets 30-31). L'épithète de « Lépreux » que portait Simon, et qui coïncide avec les « ulcères » de *Luc*, xvi, 20-21, peut avoir amené ce bizarre système du quatrième Évangile. La gaucherie du passage *Jean*, xi, 1-2, montre bien que Lazare a moins de corps dans la tradition que Marie et que Marthe.

24. Marc, xiii, 3.

25. Josèphe, *B. J.*, V, v, 6.

qui remplissait tous les autres Israélites de joie et de
fierté. « Jérusalem, Jérusalem, qui tues les prophètes et
lapides ceux qui te sont envoyés, s'écriait-il dans ces
moments d'amertume, combien de fois j'ai essayé de
rassembler tes enfants comme la poule rassemble ses
petits sous ses ailes, et tu n'as pas voulu [26] ! »

Ce n'est pas que plusieurs bonne âmes, ici comme en
Galilée, ne se laissassent toucher. Mais tel était le poids
de l'orthodoxie dominante, que très peu osaient l'avouer.
On craignait de se décréditer aux yeux des Hiérosolymites en se mettant à l'école d'un Galiléen. On eût risqué
de se faire chasser de la synagogue, ce qui, dans une
société bigote et mesquine, était le dernier affront [27].
L'excommunication, d'ailleurs, entraînait la confisca-
tion de tous les biens [28]. Pour cesser d'être juif, on ne
devenait pas romain ; on restait sans défense sous le coup
d'une législation théocratique de la plus atroce sévérité.
Un jour, les bas officiers du temple, qui avaient assisté
à un des discours de Jésus et en avaient été enchantés,
vinrent confier leurs doutes aux prêtres. « Est-ce que
quelqu'un des prêtres ou des pharisiens a cru en lui ?
leur fut-il répondu. Toute cette foule, qui ne connaît
pas la Loi, est une canaille maudite [29]. » Jésus restait
ainsi à Jérusalem un provincial admiré des provinciaux
comme lui, mais repoussé par toute l'aristocratie de la
nation. Les chefs d'école étaient trop nombreux pour
qu'on fût fort ému d'en voir paraître un de plus. Sa voix
eut à Jérusalem peu d'éclat. Les préjugés de race et de
secte, ennemis directs de l'esprit de l'Évangile, y étaient
trop enracinés.

26. Matth., xxiii, 37 ; Luc, xiii, 34. Ces mots, comme Matth.,
xxiii, 34-35, sont, à ce qu'il semble, une citation de quelque prophétie
apocryphe, peut-être d'Hénoch. Voir les passages rapprochés dans la
note 22 de la page 67 de l'Introduction, et ci-dessous, p. 353,
note 49.
27. Jean, vii, 13 ; xii, 42-43 ; xix, 38.
28. I Esdr., x, 8 ; Épître aux Hébr., x, 34 ; Talm. de Jérus., *Moëd
katon*, iii, 1.
29. Jean, vii, 45 et suiv.

L'enseignement de Jésus, dans ce monde nouveau, se
modifia nécessairement beaucoup. Ses belles prédications, dont l'effet était toujours calculé sur la jeunesse de
l'imagination et la pureté de la conscience morale des
auditeurs, tombaient ici sur la pierre. Lui, si à l'aise au
bord de son charmant petit lac, était gêné, dépaysé en
face des pédants. Ses affirmations perpétuelles de lui-
même prirent quelque chose de fastidieux [30]. Il dut se
faire controversiste, juriste, exégète, théologien. Ses
conversations, d'ordinaire pleines de grâce, deviennent
un feu roulant de disputes [31], une suite interminable de
batailles scolastiques. Son harmonieux génie s'exténue
en des argumentations insipides sur la Loi et les prophètes [32], où nous aimerions mieux ne pas le voir quelquefois jouer le rôle d'agresseur [33]. Il se prête, avec une
condescendance qui nous blesse, aux examens captieux
que des ergoteurs sans tact lui font subir [34]. En général, il
se tirait d'embarras avec beaucoup de finesse. Ses raisonnements, il est vrai, étaient souvent subtils (la simplicité
d'esprit et la subtilité se touchent : quand le simple veut
raisonner, il est toujours un peu sophiste) ; on peut trouver que quelquefois il recherche les malentendus et les
prolonge à dessein [35] ; son argumentation, jugée d'après
les règles de la logique aristotélicienne, est très faible.
Mais, quand le charme sans pareil de son esprit trouvait à
se montrer, c'étaient des triomphes. Un jour, on crut
l'embarrasser en lui présentant une femme adultère et
en lui demandant comment il fallait la traiter. On sait
l'admirable réponse de Jésus [36]. La fine raillerie de

30. Jean, VIII, 13 et suiv.
31. Matth., XXI, 23 et suiv.
32. *Ibid.*, XXII, 23 et suiv.
33. *Ibid.*, XXII, 41 et suiv.
34. *Ibid.*, XXII, 36 et suiv., 46.
35. Voir surtout les discussions rapportées par le quatrième Évangile,
chapitre VIII, par exemple. Hâtons-nous de dire que ces passages du
quatrième Évangile n'ont que la valeur de fort anciennes conjectures
sur la vie de Jésus.
36. Jean, VIII, 3 et suiv. Ce passage ne faisait point d'abord partie
du quatrième Évangile ; il manque dans les manuscrits les plus anciens,

l'homme du monde, tempérée par une bonté divine, ne pouvait s'exprimer en un trait plus exquis. Mais l'esprit qui s'allie à la grandeur morale est celui que les sots pardonnent le moins. En prononçant ce mot d'un goût si juste et si pur : « Que celui d'entre vous qui est sans péché lui jette la première pierre! » Jésus perça au cœur l'hypocrisie, et du même coup signa son arrêt de mort.

Il est probable, en effet, que sans l'exaspération causée par tant de traits amers, Jésus aurait pu longtemps rester inaperçu et se perdre dans l'épouvantable orage qui allait bientôt emporter la nation juive tout entière. Le haut sacerdoce et les sadducéens avaient pour lui plutôt du dédain que de la haine. Les grandes familles sacerdotales, les *Boëthusim*, la famille de Hanan, ne se montraient guère fanatiques que quand il s'agissait de leur repos. Les sadducéens repoussaient comme Jésus les « traditions » des pharisiens [37]. Par une singularité fort étrange, c'étaient ces incrédules, niant la résurrection, la loi orale, l'existence des anges, qui étaient les vrais juifs, ou, pour mieux dire, la vieille loi dans sa simplicité ne satisfaisant plus aux besoins religieux du temps, ceux qui s'y tenaient strictement et repoussaient les inventions modernes faisaient aux dévots l'effet d'impies, à peu près comme un protestant évangélique paraît aujourd'hui un mécréant dans les pays orthodoxes. En tout cas, ce n'était pas d'un tel parti que pouvait venir une réaction bien vive contre Jésus. Le sacerdoce officiel, les yeux tournés vers le pouvoir politique et intimement lié avec lui, ne comprenait rien à ces mouvements enthousiastes [a]. C'était la bourgeoisie pharisienne, c'étaient les

---

et le texte en est assez flottant. Néanmoins, il est de tradition évangélique primitive, comme le prouvent les particularités singulières des versets 6, 8, qui ne sont pas dans le goût de Luc et des compilateurs de seconde main, lesquels ne mettent rien qui ne s'explique de soi-même. Il semble que cette histoire était connue de Papias, et se trouvait dans l'Évangile selon les hébreux (Eusèbe, *Hist. eccl.*, III, 39 ; Appendice, ci-dessous, p. 450, note 27).

37. Jos., *Ant.*, XIII, x, 6 ; XVIII, i, 4.

innombrables *soferim* ou scribes, vivant de la science
des « traditions », qui prenaient l'alarme et qui étaient en
réalité menacés dans leurs préjugés ou leurs intérêts par
la doctrine du maître nouveau.

Un des plus constants efforts des pharisiens était
d'attirer Jésus sur le terrain des questions politiques et
de le compromettre dans le parti de Juda le Gaulonite.
La tactique était habile ; car il fallait la profonde ingé-
nuité de Jésus pour ne s'être point encore brouillé avec
l'autorité romaine, nonobstant sa proclamation du
royaume de Dieu. On voulut déchirer cette équivoque et
le forcer à s'expliquer. Un jour, un groupe de pharisiens
et de ces politiques qu'on nommait « hérodiens » (probablement des *Boëthusim*), s'approcha de lui, et, sous
apparence de zèle pieux : « Maître, lui dirent-ils, nous
savons que tu es véridique et que tu enseignes la voie de
Dieu sans égard pour qui que ce soit. Dis-nous donc ce
que tu penses : Est-il permis de payer le tribut à César ? »
Ils espéraient une réponse qui donnât un prétexte pour
le livrer à Pilate. Celle de Jésus fut admirable. Il se fit
montrer l'effigie de la monnaie : « Rendez, dit-il, à César
ce qui est à César, à Dieu ce qui est à Dieu. [38] » Mot

---

38. Matth., xxii, 15 et suiv. ; Marc, xii, 13 et suiv. ; Luc, xx, 20
et suiv. Comp. Talm. de Jérus., *Sanhédrin*, ii, 3 ; Rom., xiii, 6-7. On
peut douter que cette anecdote soit vraie à la lettre. Les monnaies
d'Hérode, celles d'Archélaüs, celles d'Antipas avant l'avènement de
Caligula, ne portent ni le nom ni la tête de l'empereur. Les monnaies
frappées à Jérusalem sous les procurateurs portent le nom, mais non
l'image de l'empereur (Eckhel, *Doctr.*, III, 497-498). Les monnaies de
Philippe portent le nom et la tête de l'empereur (Lévy, *Gesch. der
jüdischen Münzen*, p. 67 et suiv. ; Madden, *History of jewish coinage*,
p. 80 et suiv.). Mais ces monnaies, frappées à Panéas, sont toutes
païennes ; d'ailleurs, elles n'étaient pas la monnaie propre de Jérusalem ;
fait sur de telles pièces, le raisonnement de Jésus eût manqué de base.
Supposer que Jésus fit sa réponse sur des pièces à l'effigie de Tibère
frappées hors de la Palestine (*Revue numismatique*, 1860, p. 159),
est bien peu probable. Il semble donc que ce bel aphorisme chrétien a
été antidaté. L'idée que l'effigie des monnaies est le signe de la souve-
raineté se retrouve, du reste, dans le soin qu'on eut, au moins lors de
la seconde révolte, de refrapper la monnaie romaine et d'y mettre des
images juives (Lévy, p. 104 et suiv. ; Madden, p. 176, 203 et suiv.).

profond qui a décidé de l'avenir du christianisme! mot
d'un spiritualisme accompli et d'une justesse merveilleuse, qui a fondé la séparation du spirituel et du temporel, et a posé la base du vrai libéralisme et de la vraie
civilisation!

Son doux et pénétrant génie lui inspirait, quand il
était seul avec ses disciples, des accents pleins de charme:
« En vérité, en vérité, je vous le dis, celui qui n'entre pas
par la porte dans la bergerie est un voleur. Celui qui
entre par la porte est le vrai berger. Les brebis entendent
sa voix ; il les appelle par leur nom et les mène aux pâtu-
rages ; il marche devant elles, et les brebis le suivent,
parce qu'elles connaissent sa voix. Le larron ne vient
que pour dérober, pour tuer, pour détruire. Le merce-
naire, à qui les brebis n'appartiennent pas, voit venir le
loup, abandonne les brebis et s'enfuit. Mais moi, je suis
le bon berger ; je connais mes brebis ; mes brebis me
connaissent ; et je donne ma vie pour elles [39]. » L'idée
que la crise de l'humanité touchait à une prochaine
solution reparaissait fréquemment dans ses discours :
« Quand le figuier, disait-il, se couvre de jeunes pousses
et de feuilles tendres, vous savez que l'été n'est pas loin.
Levez les yeux, et voyez le monde ; il est blanc pour la
moisson [40]. »

Sa forte éloquence se retrouvait toutes les fois qu'il
s'agissait de combattre l'hypocrisie. « Sur la chaire de
Moïse sont assis les scribes et les pharisiens. Faites ce
qu'ils vous disent ; mais ne faites pas comme ils font ;
car ils disent et ne font pas. Ils composent des charges
pesantes, impossibles à porter, et ils les mettent sur les
épaules des autres ; quant à eux, ils ne voudraient pas les
remuer du bout du doigt.

« Ils font toutes leurs actions pour être vus des
hommes : ils se promènent en longues robes ; ils portent

39. Jean, x, 1-16, passage appuyé par les Homélies pseudo-clémentines, iii, 52.
40. Matth., xxiv, 32 ; Marc, xiii, 28 ; Luc, xxi, 30 ; Jean, iv, 35.

de larges phylactères [41] ; ils ont de grandes bordures à leurs habits [42] ; ils veulent les premières places dans les festins et les premiers sièges dans les synagogues ; ils aiment à être salués dans les rues et appelés « Maître ». Malheur à eux !...

« Malheur à vous, scribes et pharisiens hypocrites, qui avez pris la clef de la science et ne vous en servez que pour fermer aux hommes le royaume des cieux [43] ! Vous n'y entrez pas, et vous empêchez les autres d'y entrer. Malheur à vous, qui engloutissez les maisons des veuves, en simulant de longues prières ! Votre jugement sera en proportion. Malheur à vous, qui parcourez les terres et les mers pour gagner un prosélyte, et qui ne savez en faire qu'un fils de la géhenne ! Malheur à vous, car vous êtes comme les tombeaux qui ne paraissent pas, et sur lesquels on marche sans le savoir [44] !

« Insensés et aveugles ! qui payez la dîme pour un brin de menthe, d'anet et de cumin, et qui négligez des commandements bien plus graves, la justice, la pitié, la bonne foi ! Ces derniers préceptes, il fallait les observer ; les autres, il était bien de ne pas les négliger. Guides aveugles, qui filtrez votre vin pour ne pas avaler un insecte, et qui engloutissez un chameau, malheur à vous !

« Malheur à vous, scribes et pharisiens hypocrites !

---

41. *Totafôth* ou *tefillin*, lames de métal ou bandes de parchemin, contenant des passages de la Loi, que les juifs dévots portaient attachées au front et au bras gauche, en exécution littérale des passages *Exode*, XIII, 9 ; *Deutéronome*, VI, 8 ; XI, 18.

42. *Zizith*, bordures ou franges rouges que les juifs portaient au coin de leur manteau pour se distinguer des païens (*Nombres*, XV, 38-39 ; *Deutér.*, XXII, 12).

43. Les pharisiens excluent les hommes du royaume de Dieu par leur casuistique méticuleuse, qui rend l'entrée du ciel trop difficile et qui décourage les simples.

44. Le contact des tombeaux rendait impur. Aussi avait-on soin d'en marquer soigneusement la périphérie sur le sol. Talm. de Bab., *Baba bathra*, 58 *a* ; *Baba metsia*, 45 *b*. Le reproche que Jésus adresse ici aux pharisiens est d'avoir inventé une foule de petits préceptes qu'on viole sans y penser, et qui ne servent qu'à multiplier les contraventions à la Loi.

Car vous nettoyez le dehors de la coupe et du plat [45] ; mais le dedans, qui est plein de rapine et de cupidité, vous n'y prenez point garde. Pharisien aveugle [46], lave d'abord le dedans, puis tu songeras à la propreté du dehors [47].

« Malheur à vous, scribes et pharisiens hypocrites ! Car vous ressemblez à des sépulcres blanchis [48], qui du dehors semblent beaux, mais qui au dedans sont pleins d'os de morts et de toute sorte de pourriture. En apparence, vous êtes justes ; mais au fond vous êtes remplis de feinte et de péché.

« Malheur à vous, scribes et pharisiens hypocrites, qui bâtissez les tombeaux des prophètes, et ornez les monuments des justes, et qui dites : « Si nous eussions vécu du « temps de nos pères, nous n'eussions pas trempé avec « eux dans le meurtre des prophètes ! » Ah ! vous convenez donc que vous êtes les enfants de ceux qui ont tué les prophètes. Eh bien, achevez de combler la mesure de vos pères. La Sagesse de Dieu a eu bien raison de dire [49] :

45. La purification de la vaisselle était assujettie, chez les pharisiens, aux règles les plus compliquées (Marc, VII, 4).
46. Cette épithète, souvent répétée (Matth., XXIII, 16, 17, 19, 24, 26), renferme peut-être une allusion à l'habitude qu'avaient certains pharisiens de marcher les yeux fermés par affectation de sainteté. Voir ci-dessus, p. 337.
47. Luc (XI, 37 et suiv.) suppose, non peut-être sans raison, que ce verset fut prononcé dans un repas, en réponse à de vains scrupules des pharisiens.
48. Les tombeaux étant impurs, on avait coutume de les blanchir à la chaux, pour avertir de ne pas s'en approcher. Voir page précédente, note 44, et Mischna, *Maasar scheni*, v, 1 ; Talm. de Jérus., *Schekalim*, I, 1 ; *Maasar scheni*, v, 1 ; *Moëd katon*, I, 2 ; *Sota*, IX, 1 ; Talm. de Bab., *Moëd katon*, 5 a. Peut-être y a-t-il dans la comparaison dont se sert Jésus une allusion aux « pharisiens teints ». (Voir ci-dessus, p. 337.)
49. Cette citation paraît empruntée à un livre d'Hénoch. Certaines parties des révélations censées faites à ce patriarche étaient mises dans la bouche de la Sagesse divine. Comp. *Hénoch*, XXXVII, 1-4 ; XLVIII, 1, 7 ; XLIX, 1, et le livre des *Jubilés*, c. 7, à Luc, XI, 49. Voir ci-dessus, Introd., p. 67, note 22. Peut-être l'apocryphe cité était-il d'origine chrétienne (Notez surtout le verset Matth., XXIII, 34, dont quelques traits sont sûrement postérieurs à la mort de Jésus.) En ce cas, la citation serait une addition relativement moderne ; elle manque dans Marc.

« Je vous enverrai des prophètes, des sages, des savants ;
« vous tuerez les uns, vous poursuivrez les autres de
« ville en ville ; afin qu'un jour retombe sur vous tout le
« sang innocent qui a été répandu sur la terre, depuis le
« sang d'Abel le juste jusqu'au sang de Zacharie, fils de
« Barachie [50], que vous avez tué entre le temple et l'au-
« tel. » Je vous le dis, c'est à la génération présente que
tout ce sang sera redemandé [51]. »

Son dogme terrible de la substitution des gentils, cette
idée que le royaume de Dieu allait être transféré à d'autres, ceux à qui il était destiné n'en ayant pas voulu [52],
revenait comme une menace sanglante contre l'aristocratie, et son titre de Fils de Dieu, qu'il avouait ouvertement dans de vives paraboles [53], où ses ennemis jouaient
le rôle de meurtriers des envoyés célestes, était un défi
au judaïsme légal. L'appel hardi qu'il adressait aux
humbles était plus séditieux encore. Il déclarait qu'il
était venu éclairer les aveugles et aveugler ceux qui
croient voir [54]. Un jour, sa mauvaise humeur contre le
temple lui arracha un mot imprudent. « Ce temple bâti
de main d'homme, dit-il, je pourrais, si je voulais, le
détruire, et en trois jours j'en rebâtirais un autre non
construit de main d'homme [55]. » On ne sait pas bien

50. Il y a ici une confusion, qui se retrouve dans le targum dit de
Jonathan (*Lamentations*, ii, 20), entre Zacharie, fils de Joïada, et
Zacharie, fils de Barachie, le prophète. C'est du premier qu'il s'agit
(*II Paral.*, xxiv, 21). Le livre des Paralipomènes, où l'assassinat de
Zacharie, fils de Joïda, est raconté, ferme le canon hébreu. Ce meurtre
est le dernier dans la liste des meurtres d'hommes justes, dressée selon
l'ordre où ils se présentent dans la Bible. Celui d'Abel est, au contraire,
le premier.
51. Matth., xxiii, 2-86 ; Marc, xii, 38-40 ; Luc, xi, 39-52 ; xx,
46-47.
52. Matth., viii, 11-12 ; xx, 1 et suiv. ; xxi, 28 et suiv., 33 et suiv.,
43 ; xxii, 1 et suiv. ; Marc, xii, 1 et suiv. ; Luc, xx, 9 et suiv.
53. Matth., xxi, 37 et suiv. ; Marc, xii, 6 ; Luc, xx, 9 ; Jean, x,
36 et suiv.
54. Jean, ix, 39.
55. La forme la plus authentique de ce mot paraît être dans Marc,
xiv, 58 ; xv, 29. Cf. Jean, ii, 19 ; Matth., xxvi, 61 ; xxvii, 40 ; *Act.*,
vi, 13-14.

quel sens Jésus attachait à ce mot, où ses disciples cherchèrent des allégories forcées. Mais, comme on ne voulait qu'un prétexte, le mot fut vivement relevé. Il figurera
dans les considérants de l'arrêt de mort de Jésus, et
retentira à son oreille parmi les angoisses dernières du
Golgotha. Ces discussions irritantes finissaient toujours
par des orages. Les pharisiens lui jetaient des pierres [56] ;
en quoi ils ne faisaient qu'exécuter un article de la Loi,
ordonnant de lapider sans l'entendre tout prophète,
même thaumaturge, qui détournerait le peuple du vieux
culte [57]. D'autres fois, ils l'appelaient fou, possédé, samaritain [58], ou cherchaient même à le tuer [59]. On prenait
note de ses paroles pour invoquer contre lui les lois d'une
théocratie intolérante, que la domination romaine n'a-
vait pas encore abrogées [60].

56. Jean, viii, 39 ; x, 31 ; xi, 8.
57. *Deutér.*, xiii, 1 et suiv. Comp. Luc, xx, 6 ; Jean, x, 33 ; II Cor.,
xi, 25.
58. Jean, x, 20.
59. *Ibid.*, v, 18 ; vii, 1, 20, 25, 30 ; viii, 37, 40.
60. Luc, xi, 53-54.

# CHAPITRE XXII

## MACHINATIONS DES ENNEMIS DE JÉSUS

Jésus passa l'automne et une partie de l'hiver à Jérusalem. Cette saison y est assez froide [1]. Le portique de Salomon, avec ses allées couvertes, était le lieu où il se promenait habituellement [2]. Ce portique, seul reste conservé des constructions de l'ancien temple, se composait de deux galeries, formées par deux rangs de colonnes et par le mur qui dominait la vallée de Cédron [3]. On communiquait avec le dehors par la porte de Suse, dont les jambages se voient encore à l'intérieur de ce qu'on appelle aujourd'hui la « Porte Dorée [4] ». L'autre côté de la vallée possédait déjà sa parure de somptueux tombeaux. Quelques-uns des monuments qu'on y voit étaient peut-être les cénotaphes en l'honneur des anciens prophètes [5] auxquels Jésus songeait, quand, assis sous le portique, il foudroyait les classes officielles qui abritaient

---

1. Jérusalem est à 779 mètres au-dessus du niveau de la mer, selon M. Vignes (*Conn. des temps* pour 1866) ; à 2,440 pieds anglais, selon le capitaine Wilson (*Le Lien*, 4 août 1866).
2. Jean, x, 23. Voir la restauration de M. de Vogüé : *le Temple de Jérusalem*, pl. xv et xvi, p. 12, 22, 50 et suiv.
3. Jos., *Ant.*, XX, ix, 7 ; *B. J.*, V, v, 2.
4. Ce dernier monument semble dater à peu près du temps de Justinien.
5. Voir ci-dessus, p. 353. Peut-être le tombeau dit de Zacharie était-il un monument de ce genre. Cf. *Itin. a Burdig. Hierus.*, p. 153 (édit. Schott).

derrière ces masses colossales leur hypocrisie ou leur vanité [6].

A la fin du mois de décembre, il célébra à Jérusalem la fête établie par Judas Macchabée en souvenir de la purification du temple après les sacrilèges d'Antiochus Épiphane [7]. On l'appelait la « fête des lumières », parce que, durant les huit journées de la fête, on tenait dans les maisons des lampes allumées [8]. Jésus entreprit peu après un voyage en Pérée et sur les bords du Jourdain, c'est-à-dire dans les pays mêmes qu'il avait visités quelques années auparavant, lorsqu'il suivait l'école de Jean [9], et où il avait lui aussi administré le baptême. Il y recueillit, ce semble, quelques consolations, surtout à Jéricho. Cette ville, soit comme tête de route très importante, soit à cause de ses jardins de parfums et de ses riches cultures [10], avait un poste de douane assez considérable. Le receveur en chef, Zachée, homme riche, désira voir Jésus [11]. Comme il était de petite taille, il monta sur un sycomore près de la route où devait passer le cortège. Jésus fut touché de cette naïveté d'un fonctionnaire considérable. Il voulut descendre chez Zachée, au risque de produire du scandale. On murmura beaucoup, en effet, de le voir honorer de sa visite la maison d'un pécheur. En partant, Jésus déclara son hôte bon fils d'Abraham, et, comme pour ajouter au dépit des orthodoxes, Zachée devint un saint : il donna, dit-on, la moitié

6. Matth., xxiii, 29 ; Luc, xi, 47.

7. Jean, x, 22. Comp. I Macch., iv, 52 et suiv. ; II Macch., x, 6 et suiv.

8. Jos., *Ant.*, XII, vii, 7.

9. Jean, x, 40. Cf. Matth., xix, 1 ; xx, 29 ; Marc, x, 1, 46 ; Luc, xviii, 35 ; xix, 1. Ce voyage est connu des synoptiques. Mais Matthieu et Marc croient que Jésus le fit en venant de Galilée à Jérusalem par la Pérée. La topographie de Luc est inexplicable, si l'on n'admet pas que Jésus, dans les chapitres x-xviii de cet Évangile, passe par Jérusalem.

10. *Eccl.*, xxiv, 18 ; Strabon, XVI, ii, 41 ; Justin, XXXVI, 3 ; Jos., *Ant.*, IV, vi, 1 ; XIV, iv, 1 ; XV, iv, 2 ; Talm. de Babylone, *Berakoth*, 43 a, etc.

11. Luc, xix, 1 et suiv. (épisode douteux).

de ses biens aux pauvres et répara au quadruple les
torts qu'il pouvait avoir faits. Ce ne fut pas là, du reste,
la seule joie de Jésus. Au sortir de la ville, le mendiant
Bartimée [12] lui fit beaucoup de plaisir en l'appelant
obstinément « fils de David », quoiqu'on lui enjoignît de
se taire. Le cycle des miracles galiléens sembla un moment se rouvrir dans ce pays, que beaucoup d'analogies
rattachaient aux provinces du Nord. La délicieuse oasis
de Jéricho, alors bien arrosée, devait être un des endroits
les plus beaux de la Syrie. Josèphe en parle avec la même
admiration que de la Galilée, et l'appelle comme cette
dernière province un « pays divin [13] ».

Jésus, après avoir accompli cette espèce de pèlerinage aux lieux de sa première activité prophétique,
revint à son séjour chéri de Béthanie [14]. Ce qui devait
affliger le plus à Jérusalem les fidèles galiléens, c'est
qu'il ne s'y faisait pas de miracles. Fatigués du mauvais
accueil que le royaume de Dieu trouvait dans la capitale,
les amis de Jésus, ce semble, désiraient parfois un grand
prodige qui frappât vivement l'incrédulité hiérosolymite. Une résurrection dut leur paraître ce qu'il y avait
de plus convaincant. On peut supposer que Marie et
Marthe s'en ouvrirent à Jésus. La renommée lui attribuait déjà deux ou trois faits de ce genre [15]. « Si quelqu'un des morts ressuscitait, disaient sans doute les
pieuses sœurs, peut-être les vivants feraient-ils pénitence. — Non, devait répondre Jésus, quand même
un mort ressusciterait, ils ne croiraient pas [16]. » Rappelant
alors une histoire qui lui était familière, celle de ce bon
pauvre, couvert d'ulcères, qui mourut et fut porté par

---

12. Matth., xx, 29 ; Marc, x, 46 et suiv. ; Luc, xviii, 35.
13. *B. J.*, IV, viii, 3. Comp. *ibid.*, I, vi, 6 ; I, xviii, 5, et *Antiq.*,
XV, iv, 2.
14. Jean, xi, 1.
15. Matth., ix, 18 et suiv. ; Marc, v, 22 et suiv. ; Luc, vii, 11 et
suiv. ; viii, 41 et suiv.
16. Luc, xvi, 30-31.

les anges dans le sein d'Abraham [17] : « Lazare reviendrait,
pouvait-il ajouter, qu'on ne le croirait pas. » Plus tard,
il s'établit à ce sujet de singulières méprises. L'hypothèse fut changée en un fait. On parla de Lazare ressuscité, de l'impardonnable obstination qu'il avait fallu
pour résister à un tel témoignage. Les « ulcères » de
Lazare et la « lèpre » de Simon le Lépreux, se confondirent [18], et il fut admis dans une partie de la tradition
que Marie et Marthe eurent un frère nommé Lazare [19],
que Jésus fit sortir du tombeau [20]. Quand on sait de
quelles inexactitudes, de quels coq-à-l'âne se forment
les commérages d'une ville d'Orient, on ne regarde
même pas comme impossible qu'un bruit de ce genre
se soit répandu à Jérusalem du vivant de Jésus et ait
eu pour lui des conséquences funestes.

D'assez notables indices semblent faire croire, en effet,
que certaines causes provenant de Béthanie contribuèrent à hâter la mort de Jésus [21]. On est par moments
tenté de supposer que la famille de Béthanie commit
quelque imprudence ou tomba dans quelque excès de
zèle. Peut-être l'ardent désir de fermer la bouche à ceux
qui niaient outrageusement la mission divine de leur
ami entraîna-t-elle [sic] [b] ces personnes passionnées au

17. Il est probable que ce personnage allégorique de Lazare (אלעזר,
« celui que Dieu secourt », ou לא־עזר, « celui qui n'a pas de secours »),
désignant le peuple d'Israel (« le pauvre » aimé de Dieu, selon une expression familière aux prophètes et aux psalmistes), était consacré
avant Jésus par quelque légende populaire ou dans quelque livre
maintenant perdu.

18. Remarquez combien la suture du verset *Luc*, xvi, 23 est peu
naturelle. On sent là une de ces fusions d'éléments divers qui sont
familières à Luc. Voir ci-dessus, Introduction, p. 94-95.

19. Remarquez l'agencement singulier de *Jean*, xi, 1-2. Lazare
est d'abord introduit comme un inconnu, τὶς ἀσθενῶν Λάζαρος [a],
puis se trouve tout à coup frère de Marie et de Marthe.

20. Je ne doute plus que *Jean*, xi, 1-46, et *Luc*, xvi, 19-31, ne se
répondent ; non que le quatrième évangéliste ait eu sous les yeux le
texte du troisième, mais tous deux ont sans doute puisé à des traditions
analogues. Voir l'Appendice, à la fin de ce volume, p. 437, 438, 463,
464, 468, 469, 470, 471, 473, 474, 476, 477, 478-480.

21. Jean, xi, 46 et suiv. ; xii, 2, 9 et suiv., 17 et suiv

delà de toutes les bornes. Il faut se rappeler que, dans
cette ville impure et pesante de Jérusalem, Jésus n'était
plus lui-même. Sa conscience, par la faute des hommes
et non par la sienne, avait perdu quelque chose de sa
limpidité primordiale. Désespéré, poussé à bout, il ne
s'appartenait plus. Sa mission s'imposait à lui, et il
obéissait au torrent. La mort allait dans quelques jours
lui rendre sa liberté divine et l'arracher aux fatales
nécessités d'un rôle qui à chaque heure devenait plus
exigeant, plus difficile à soutenir.

Le contraste entre son exaltation toujours croissante
et l'indifférence des Juifs augmentait sans cesse. En
même temps, les pouvoirs publics s'aigrissaient contre
lui. Dès le mois de février ou le commencement de mars,
un conseil fut assemblé par les chefs des prêtres [22],
et dans ce conseil la question fut nettement posée :
« Jésus et le judaïsme pouvaient-ils vivre ensemble ? »
Poser la question, c'était la résoudre, et, sans être prophète, comme le veut l'évangéliste, le grand prêtre put
très bien prononcer son axiome sanglant : « Il est utile
qu'un homme meure pour tout le peuple. »

« Le grand prêtre de cette année », pour prendre une
expression du quatrième évangéliste, qui rend très bien
l'état d'abaissement où se trouvait réduit le souverain
pontificat, était Joseph Kaïapha, nommé par Valérius
Gratus et tout dévoué aux Romains. Depuis que Jérusalem dépendait des procurateurs, la charge de grand
prêtre était devenue une fonction amovible ; les destitutions s'y succédaient presque chaque année [23].
Kaïapha, cependant, se maintint plus longtemps que
les autres. Il avait revêtu sa charge l'an 25, et il ne la
perdit que l'an 36. On ne sait rien de son caractère.
Beaucoup de circonstances portent à croire que son
pouvoir n'était que nominal. A côté et au-dessus de lui,

22. Jean, xi, 47 et suiv.
23. Jos., *Ant.*, XV, iii, 1 ; XVIII, ii, 2 ; v, 3 ; XX, ix, 1, 4 ; Talm.
de Jér., *Joma*, i, 1 ; Talm. de Bab., *Joma*, 47 a.

nous voyons toujours un autre personnage, qui paraît avoir exercé, au moment décisif qui nous occupe, un pouvoir prépondérant.

Ce personnage était le beau-père de Kaïapha, Hanan ou Annas [24], fils de Seth, vieux grand prêtre déposé, qui, au milieu de cette instabilité du pontificat, conserva au fond toute l'autorité. Hanan avait reçu le souverain sacerdoce du légat Quirinius, l'an 7 de notre ère. Il perdit ses fonctions l'an 14, à l'avènement de Tibère ; mais il resta très considéré. On continuait à l'appeler « grand prêtre », quoiqu'il fût hors de charge [25], et à le consulter sur toutes les questions graves. Pendant cinquante ans, le pontificat demeura presque sans interruption dans sa famille ; cinq de ses fils revêtirent successivement cette dignité [26], sans compter Kaïapha, qui était son gendre. C'était ce qu'on nommait la « famille sacerdotale », comme si le sacerdoce y fût devenu héréditaire [27]. Les grandes charges du temple leur étaient aussi presque toutes dévolues [28]. Une autre famille, il est vrai, celle de Boëthus, alternait avec celle de Hanan dans le pontificat [29]. Mais les *Boëthusim*, qui devaient l'origine de leur fortune à une cause assez peu honorable, étaient bien moins estimés de la bourgeoisie pieuse. Hanan était donc en réalité le chef du parti sacerdotal. Kaïapha ne faisait rien que par lui ; on s'était habitué à associer leurs noms, et même celui de Hanan était toujours mis le premier [30]. On comprend, en effet, que, sous ce régime de pontificat annuel et transmis à tour de rôle selon le caprice des procurateurs, un vieux pontife, ayant

<hr/>

24. L'*Ananus* de Josèphe. C'est ainsi que le nom hébreu *Johanan* devenait en grec *Joannes* ou *Joannas*.

25. Jean, xviii, 15-23 ; *Act.*, iv, 6.

26. Jos., *Ant.*, XX, ix, 1. Comp. Talm. de Jér., *Horayoth*, iii, 5 ; Tosiphta *Menachoth*, ii.

27. Jos., *Ant.*, XV, iii, 1 ; *B. J.*, IV, v, 6 et 7 ; *Act.*, iv, 6.

28. Jos., *Ant.*, XX, ix, 3 ; Talm. de Bab., *Pesachim*, 57 a.

29. Jos., *Ant.*, XV, ix, 3 ; XIX, vi, 2 ; viii, 1.

30. Luc, iii, 2.

gardé le secret des traditions, vu se succéder beaucoup
de fortunes plus jeunes que la sienne, et conservé assez
de crédit pour faire déléguer le pouvoir à des personnes
qui, selon la famille, lui étaient subordonnées, devait
être un très important personnage. Comme toute l'aristocratie du temple [31], il était sadducéen, « secte, dit
Josèphe, particulièrement dure dans les jugements » [32].
Tous ses fils furent aussi d'ardents persécuteurs. L'un
d'eux, nommé comme son père Hanan, fit lapider
Jacques, frère du Seigneur, dans des circonstances qui
ne sont pas sans analogie avec la mort de Jésus [33].
L'esprit de la famille était altier, audacieux, cruel [34] ;
elle avait ce genre particulier de méchanceté dédaigneuse et sournoise qui caractérise la politique juive.
Aussi est-ce sur Hanan et les siens que doit peser la
responsabilité de tous les actes qui vont suivre. Ce fut
Hanan (ou, si l'on veut, le parti qu'il représentait) qui
tua Jésus. Hanan fut l'acteur principal dans ce drame
terrible, et, bien plus que Caïphe, bien plus que Pilate,
il aurait dû porter le poids des malédictions de l'humanité.

C'est dans la bouche de Caïphe que l'auteur du quatrième Évangile tient à placer le mot décisif qui amena
la sentence de mort de Jésus [35]. On supposait que le
grand prêtre possédait un certain don de prophétie ;
le mot devint ainsi pour la communauté chrétienne un
oracle plein de sens profonds. Mais un tel mot, quel que
soit celui qui l'ait prononcé, fut la pensée de tout le
parti sacerdotal. Ce parti était fort opposé aux séditions
populaires. Il cherchait à arrêter les enthousiastes religieux, prévoyant avec raison que, par leurs prédications

31. *Act.*, v, 17.
32. Jos., *Ant.*, XX, ix, 1. Comp. *Megillath Taanith*, ch. iv et le sco-
liaste ; Tosiphta *Menachoth*, ii.
33. Jos., *Ant.*, XX, ix, 1. Il n'y a pas de raisons suffisantes de douter
de l'authenticité et de l'intégrité de ce passage.
34. *Ibid.*
35. Jean, xi, 49-50. Cf. *ibid.*, xviii, 14.

exaltées, ils amèneraient la ruine totale du pays. Bien
que l'agitation provoquée par Jésus n'eût rien de temporel, les prêtres virent comme conséquence dernière
de cette agitation une aggravation du joug romain et
le renversement du temple, source de leurs richesses
et de leurs honneurs [36]. Certes, les causes qui devaient
amener, trente-sept ans plus tard, la ruine de Jérusalem.
étaient ailleurs que dans le christianisme naissant.
Cependant, on ne peut dire que le motif allégué en cette
circonstance par les prêtres fût tellement hors de la
vraisemblance qu'il faille y voir de la mauvaise foi.
En un sens général, Jésus, s'il réussissait, amenait bien
réellement la ruine de la nation juive. Partant des principes admis d'emblée par toute l'ancienne politique,
Hanan et Kaïapha étaient donc en droit de dire : « Mieux
vaut la mort d'un homme que la ruine d'un peuple. »
C'est là un raisonnement, selon nous, détestable. Mais
ce raisonnement a été celui des partis conservateurs
depuis l'origine des sociétés humaines. Le « parti de
l'ordre » (je prends cette expression dans le sens étroit
et mesquin) a toujours été le même. Pensant que le
dernier mot du gouvernement est d'empêcher les émo-
tions populaires, il croit faire acte de patriotisme en
prévenant par le meurtre juridique l'effusion tumul-
tueuse du sang. Peu soucieux de l'avenir, il ne songe
pas qu'en déclarant la guerre à toute initiative, il
court le risque de froisser l'idée destinée à triompher un
jour. La mort de Jésus fut une des mille applications de
cette politique. Le mouvement qu'il dirigeait était tout
spirituel ; mais c'était un mouvement ; dès lors les
hommes d'ordre, persuadés que l'essentiel pour l'humanité est de ne point s'agiter, devaient empêcher
l'esprit nouveau de s'étendre. Jamais on ne vit par un
plus frappant exemple combien une telle conduite
va contre son but. Laissé libre, Jésus se fût épuisé

36. Jean, xi, 48.

dans une lutte désespérée contre l'impossible. La haine inintelligente de ses ennemis décida du succès de son œuvre et mit le sceau à sa divinité.

La mort de Jésus fut ainsi résolue dès le mois de février ou de mars [37]. Mais Jésus échappa encore pour quelque temps. Il se retira dans une ville peu connue, nommée Ephraïn ou Ephron, du côté de Béthel, à une petite journée de Jérusalem, sur la limite du désert [38]. Il y vécut quelques semaines avec ses disciples, laissant passer l'orage. Les ordres pour l'arrêter, dès qu'on le reconnaîtrait autour du temple, étaient donnés. La solennité de Pâque approchait, et l'on pensait que Jésus, selon sa coutume, viendrait célébrer cette fête à Jérusalem [39].

37. Jean, xi, 53.
38. *Ibid.*, xi, 54. Cf. *II Chron.*, xiii, 19 ; Jos., *B. J.*, IV, ix, 9 ; Eusèbe et saint Jérôme, *De situ et nom. loc. hebr.*, aux mots Ἐφρών et Ἐφραΐμ. On l'identifie généralement avec *Tayyibeh.*
39. Jean, xi, 55-56. Pour l'ordre des faits, dans toute cette partie, nous suivons le système de Jean. Les synoptiques semblent peu renseignés sur la période de la vie de Jésus qui a précédé la Passion.

# CHAPITRE XXIII

Il partit, en effet, suivi de ses disciples, pour revoir une dernière fois la ville incrédule. Les espérances de son entourage étaient de plus en plus exaltées. Tous croyaient, en montant à Jérusalem, que le royaume de Dieu allait s'y manifester [1]. L'impiété des hommes était à son comble, c'était un grand signe que la consommation était proche. La persuasion à cet égard était telle, que l'on se disputait déjà la préséance dans le royaume [2]. Ce fut, dit-on, le moment que Salomé choisit pour demander en faveur de ses fils les deux sièges à droite et à gauche du Fils de l'homme [3]. Le maître, au contraire, était obsédé de graves pensées. Parfois, il laissait percer contre ses ennemis un ressentiment sombre ; il racontait la parabole d'un homme noble, qui partit pour recueillir un royaume dans des pays éloignés ; mais à peine est-il parti que ses concitoyens ne veulent plus de lui. Le roi revient, ordonne d'amener devant lui ceux qui n'ont pas voulu qu'il règne sur eux, et les fait mettre tous à mort [4]. D'autres fois, il détruisait de front les illusions des disciples. Comme ils marchaient sur les routes pier-

1. Luc, xix, 11.
2. Luc, xxii, 24 et suiv.
3. Matth., xx, 20 et suiv. ; Marc, x, 35 et suiv.
4. Luc, xix, 12-27.

reuses du nord de Jérusalem, Jésus pensif devançait
le groupe de ses compagnons. Tous le regardaient en
silence, éprouvant un sentiment de crainte et n'osant
l'interroger. Déjà, à diverses reprises, il leur avait parlé
de ses souffrances futures, et ils l'avaient écouté à
contrecœur [5]. Jésus prit enfin la parole, et, ne leur
cachant plus ses pressentiments, il les entretint de sa fin
prochaine [6]. Ce fut une grande tristesse dans toute
l'assistance. Les disciples s'attendaient à voir apparaître
bientôt le signe dans les nues. Le cri inaugural du
royaume de Dieu : « Béni soit celui qui vient au nom
du Seigneur [7] », retentissait déjà dans la troupe en accents
joyeux. Cette sanglante perspective les troubla. A chaque
pas de la route fatale, le royaume de Dieu s'approchait
ou s'éloignait dans le mirage de leurs rêves. Pour lui,
il se confirmait dans la pensée qu'il allait mourir, mais
que sa mort sauverait le monde [8]. Le malentendu entre
lui et ses disciples devenait à chaque instant plus
profond.

L'usage était de venir à Jérusalem plusieurs jours
avant la Pâque, afin de s'y préparer. Jésus arriva
après les autres, et un moment ses ennemis se crurent
frustrés de l'espoir qu'ils avaient eu de le saisir [9].
Le sixième jour avant la fête (samedi, 8 de nisan =
28 mars [10]), il atteignit enfin Béthanie. Il descendit,
selon son habitude, dans la maison de Marthe et Marie,
ou de Simon le Lépreux. On lui fit un grand accueil.
Il y eut chez Simon le Lépreux [11] un dîner où se réunirent

5. Matth., xvi, 21 et suiv. ; Marc, viii, 31 et suiv.
6. Matth., xx, 17 et suiv. ; Marc, x, 31 et suiv. ; Luc, xviii, 31 et
suiv.
7. Matth., xxiii, 39 ; Luc, xiii, 35.
8. Matth., xx, 28.
9. Jean, xi, 56.
10. La Pâque se célébrait le 14 de nisan. Or, l'an 33, le 1er nisan
répondit, ce semble, à la journée du samedi, 21 mars. L'incertitude du
calendrier juif rend tous ces calculs douteux. Voir *Mém. de l'Acad.
des Inscr. et B.-L.*, t. XXIII, 2e partie, p. 367 et suiv. (nouvelle série).
11. Matth., xxvi, 6 ; Marc, xiv, 3. Cf. Luc, vii, 40, 43-44.

beaucoup de personnes, attirées par le désir de voir le
nouveau prophète, et aussi, dit-on, de voir ce Lazare,
dont on racontait tant de choses depuis quelques jours.
Simon le Lépreux, assis à table, passait déjà peut-être
aux yeux de plusieurs pour le prétendu ressuscité, et
attirait les regards. Marthe servait, selon sa coutume [12].
Il semble qu'on cherchât, par un redoublement de
respects extérieurs, à vaincre la froideur du public et
à marquer fortement la haute dignité de l'hôte qu'on
recevait. Marie, pour donner au festin un plus grand air
de fête, entra pendant le dîner, portant un vase de
parfum qu'elle répandit sur les pieds de Jésus. Elle
cassa ensuite le vase, selon un vieil usage qui consistait
à briser la vaisselle dont on s'était servi pour traiter
un étranger de distinction [13]. Enfin, poussant les témoignages de son culte à des excès jusque-là inconnus, elle
se prosterna et essuya avec ses longs cheveux les pieds
de son maître [14]. La maison fut remplie de la bonne
odeur du parfum, à la grande joie de tous, excepté de
l'avare Juda de Kerioth. Eu égard aux habitudes éco-
nomes de la communauté, c'était là une vraie prodigali-
té. Le trésorier avide calcula tout de suite combien le
parfum aurait pu être vendu et ce qu'il eût rapporté
à la caisse des pauvres. Ce sentiment peu affectueux
mécontenta Jésus : on semblait mettre quelque chose
au-dessus de lui. Il aimait les honneurs, car les honneurs
servaient à son but en établissant son titre de fils de
David. Aussi, quand on lui parla de pauvres, il répondit
assez vivement : « Vous aurez toujours des pauvres

12. Cette circonstance ne serait pas invraisemblable, même dans
le cas où le festin n'aurait pas eu lieu dans la maison de Marthe. Il est
très ordinaire, en Orient, qu'une personne qui vous est attachée par
un lien d'affection ou de domesticité aille vous servir quand vous
mangez chez autrui.
13. J'ai vu cet usage se pratiquer encore à Sour.
14. Il faut se rappeler que les pieds des convives n'étaient point,
comme chez nous, cachés sous la table, mais étendus à la hauteur du
corps sur le divan ou *triclinium*.

avec vous ; mais, moi, vous ne m'aurez pas toujours. »
Et, s'exaltant, il promit l'immortalité à la femme qui,
en ce moment critique, lui donnait un gage d'amour [15].

Le lendemain (dimanche, 9 de nisan), Jésus descendit
de Béthanie à Jérusalem [16]. Quand, au détour de la route,
sur le sommet du mont des Oliviers, il vit la cité se dérouler devant lui, il pleura, dit-on, sur elle, et lui adressa
un dernier appel [17]. Sur le penchant de la montagne,
près du faubourg, habité surtout par les prêtres, qu'on
appelait *Bethphagé* [18] *a*, Jésus eut encore un moment de
satisfaction humaine [19]. Le bruit de son arrivée s'était
répandu. Les Galiléens qui étaient venus à la fête en
conçurent beaucoup de joie et lui préparèrent un petit
triomphe. On lui amena une ânesse, suivie, selon l'usage,
de son petit [20]. Les Galiléens étendirent leurs plus
beaux habits en guise de housse sur le dos de cette pauvre
monture, et le firent asseoir dessus. D'autres, cependant,
déployaient leurs vêtements sur la route et la jonchaient
de rameaux verts. La foule qui précédait et suivait,
en portant des palmes, criait : « Hosanna au fils de David ! béni soit celui qui vient au nom du Seigneur ! »

15. Matth., xxvi, 6 et suiv. ; Marc, xiv, 3 et suiv. ; Jean, xi, 2 ;
xii, 2 et suiv. Comparez Luc, vii, 36 et suiv.

16. Jean, xii, 12.

17. Luc, xix, 41 et suiv.

18. Matth., xxi, 1 ; Marc, xi, 1 (texte grec) ; Luc, xix, 29 ; Mischna,
*Menachoth*, xi, 2 ; Talm. de Bab., *Sanhédrin*, 14 *b* ; *Pesachim*, 63 *b*,
91 *a* ; *Sota*, 45 *a* ; *Baba metsia*, 88 *a* ; *Menachoth*, 78 *b* ; *Sifra*, 104 *b* ;
Eusèbe et saint Jérôme, *De situ et nom. loc. hebr.*, dans S. Hier. Opp.,
édit. Martianay, II, col. 442 ; saint Jérôme, *Epitaphium Paulæ*, Opp.,
IV, col. 676 ; le même, *Comm. in Matth.*, xxi, 1 (Opp., IV, col. 94) ;
le même, *Lex. græc. nom. hebr.*, Opp., II, col. 121-122.

19. Matth., xxi, 1 et suiv. ; Marc, xi, 1 et suiv. ; Luc, xix, 29 et
suiv. ; Jean, xii, 12 et suiv. Le rapprochement avec Zacharie, ix, 9,
laisse planer quelque doute sur tout cet épisode. Une entrée triomphale
sur un âne était un trait messianique. Comparez Talm. de Bab., *Sanhédrin*, 98 *b* ; Midrasch *Bereschith rabba*, ch. xcviii ; Midrasch *Koheleth*,
i, 9.

20. Cette petite circonstance vient peut-être de ce qu'on a mal compris le passage de Zacharie. Les écrivains du Nouveau Testament
paraissent avoir ignoré la loi du parallélisme hébreu. Comp. Jean,
xix, 24.

Quelques personnes même lui donnaient le titre de roi d'Israël [21]. « Rabbi, fais-les taire », lui dirent les phari- siens. — S'ils se taisent, les pierres crieront », répondit Jésus, et il entra dans la ville. Les Hiérosolymites, qui le connaissaient à peine, demandaient qui il était. « C'est Jésus, le prophète de Nazareth en Galilée », leur répondait-on. Jérusalem était une ville d'environ 50 000 âmes [22]. Un petit événement, comme l'entrée d'un étranger quelque peu célèbre, ou l'arrivée d'une bande de provinciaux, ou un mouvement du peuple aux avenues de la ville, ne pouvait manquer, dans les circonstances ordinaires, d'être vite ébruité. Mais, au temps des fêtes, la confusion était extrême [23]. Jérusalem, ces jours-là, appartenait aux étrangers. Aussi est-ce parmi ces derniers que l'émotion paraît avoir été la plus vive. Des prosélytes parlant grec, qui étaient venus à la fête, furent piqués de curiosité, et voulurent voir Jésus. Ils s'adressèrent à ses disciples [24] ; on ne sait pas bien ce qui résulta de cette entrevue. Pour Jésus, selon sa coutume, il alla passer la nuit à son cher village de Béthanie [25]. Les trois jours suivants (lundi, mardi, mercredi), il descendit pareillement à Jérusalem ; après le coucher du soleil, il remontait soit à Béthanie, soit aux fermes de la côte occidentale du mont des Oliviers, où il avait beaucoup d'amis [26].

Une grande tristesse paraît, en ces dernières journées, avoir rempli l'âme, d'ordinaire si gaie et si sereine,

21. Luc, xix, 38 ; Jean, xii, 13.
22. Le chiffre de 120 000, donné par Hécatée (dans Josèphe, *Contre Apion*, I, 22), paraît exagéré. Cicéron parle de Jérusalem comme d'une bicoque (*Ad Atticum*, II, ix). Les anciennes enceintes, quelque système qu'on adopte, ne comportent pas une population quadruple de celle d'aujourd'hui, laquelle n'atteint pas 15 000 habitants. Voir Robinson, *Bibl. Res.*, I, 421-422 (2e édition) ; Fergusson, *Topogr. of Jerus.*, p. 51 ; Forster, *Syria and Palestine*, p. 82.
23. Jos., *B. J.*, II, xiv, 3 ; VI, ix, 3.
24. Jean, xii, 20 et suiv.
25. Matth., xxi, 17 ; Marc, xi, 11.
26. Matth., xxi, 17-18 ; Marc, xi, 11-12, 19 ; Luc, xxi, 37-38.

de Jésus. Tous les récits sont d'accord pour lui prêter avant son arrestation un moment de trouble, une sorte d'agonie anticipée. Selon les uns, il se serait tout à coup écrié : « Mon âme est troublée. O Père, sauve-moi de cette heure ! [27]» On croyait qu'alors une voix du ciel se fit entendre ; d'autres disaient qu'un ange vint le consoler [28]. Selon une version très répandue, le fait aurait eu lieu au jardin de Gethsémani. Jésus, disait-on, s'éloigna à un jet de pierre de ses disciples endormis, ne prenant avec lui que Céphas et les deux fils de Zébédée. Alors, il pria la face contre terre. Son âme fut triste jusqu'à la mort ; une angoisse terrible pesa sur lui ; mais la résignation à la volonté divine l'emporta [29]. Cette scène, par suite de l'art instinctif qui a présidé à la rédaction des synoptiques, et qui les fait souvent obéir dans l'agencement du récit à des raisons de convenance ou d'effet, a été placée à la dernière nuit de Jésus, et au moment de son arrestation. Si une telle version était la vraie, on ne comprendrait guère que Jean, qui aurait été le témoin intime d'un fait si émouvant, n'en eût point parlé à ses disciples, et que le rédacteur du quatrième Évangile n'eût pas relevé cet épisode dans le récit très circonstancié qu'il fait de la soirée du jeudi [30]. Tout ce qu'il est permis de dire, c'est que, durant ses derniers jours, le poids énorme de la mission qu'il avait acceptée pesa cruellement sur Jésus. La nature

27. Jean, xii, 27 et suiv. On comprend que le ton exalté du quatrième évangéliste et sa préoccupation exclusive du rôle divin de Jésus aient effacé du récit les circonstances de faiblesse naturelle racontées par les synoptiques.

28. Luc, xxii, 43 ; Jean, xii, 28-29.

29. Matth., xviii, 36 et suiv. ; Marc, xiv, 32 et suiv. ; Luc, xxii, 39 et suiv.

30. Cela se comprendrait d'autant moins que le rédacteur du quatrième Évangile met une sorte d'affectation à relever les circonstances qui sont personnelles à Jean ou dont il a été le seul témoin (i, 35 et suiv. ; xiii, 23 et suiv. ; xviii, 15 et suiv. ; xix, 26 et suiv., 35 ; xx, 2 et suiv. ; xxi, 20 et suiv.).

humaine se réveilla un instant. Il se prit peut-être à
douter de son œuvre. La terreur, l'hésitation s'empa-
rèrent de lui et le jetèrent dans une défaillance pire que
la mort. L'homme qui a sacrifié à une grande idée son
repos et les récompenses légitimes de la vie fait toujours
un retour triste sur lui-même, quand l'image de la mort
se présente à lui pour la première fois et cherche à lui
persuader que tout est vain. Peut-être quelques-uns de
ces touchants souvenirs que conservent les âmes les
plus fortes, et qui à certaines heures les percent comme
un glaive, lui vinrent-ils à ce moment. Se rappela-t-il
les claires fontaines de la Galilée, où il aurait pu se rafraî-
chir ; la vigne et le figuier sous lesquels il aurait pu
s'asseoir ; les jeunes filles qui auraient peut-être consenti
à l'aimer ? Maudit-il son âpre destinée, qui lui avait
interdit les joies concédées à tous les autres ? Regretta-
t-il sa trop haute nature, et, victime de sa grandeur,
pleura-t-il de n'être pas resté un simple artisan de Nazareth ? On l'ignore. Car tous ces troubles intérieurs restèrent évidemment lettre close pour ses disciples. Ils n'y
comprirent rien, et suppléèrent par de naïves conjectures à ce qu'il y avait d'obscur pour eux dans la grande
âme de leur maître. Il est sûr, au moins, que son essence
divine reprit bientôt le dessus [a]. Il pouvait encore éviter
la mort ; il ne le voulut pas. L'amour de son œuvre
l'emporta. Il accepta de boire le calice jusqu'à la lie.
Désormais, en effet, Jésus se retrouve tout entier et sans
nuage. Les subtilités du polémiste, la crédulité du thaumaturge et de l'exorciste sont oubliées. Il ne reste que
le héros incomparable de la Passion, le fondateur des
droits de la conscience libre, le modèle accompli que
toutes les âmes souffrantes méditeront pour se fortifier
et se consoler.

Le triomphe de Bethphagé, cette audace de provinciaux, fêtant aux portes de Jérusalem l'avènement de
leur roi-messie, acheva d'exaspérer les pharisiens et
l'aristocratie du temple. Un nouveau conseil eut lieu

le mercredi (12 de nisan), chez Joseph Kaïapha [31].
L'arrestation immédiate de Jésus fut résolue. Un grand
sentiment d'ordre et de police conservatrice présida
à toutes les mesures. Il s'agissait d'éviter un esclandre.
Comme la fête de Pâque, qui commençait cette année
le vendredi soir, était un moment d'encombrement et
d'exaltation, on résolut de devancer ces jours-là. Jésus
était populaire [32] ; on craignait une émeute. Bien que
l'usage fût de relever les solennités où la nation était
réunie par des exécutions d'individus rebelles à l'autorité sacerdotale, espèces d'auto-da-fé destinés à inculquer au peuple la terreur religieuse [33], on s'arrangeait
probablement pour que de tels supplices ne tombassent
pas dans les jours fériés [34]. L'arrestation fut donc fixée
au lendemain jeudi. On résolut aussi de ne pas s'emparer
de lui dans le temple, où il venait tous les jours [35], mais
d'épier ses habitudes, pour le saisir dans quelque endroit
secret. Les agents des prêtres sondèrent les disciples,
espérant obtenir des renseignements utiles de leur faiblesse ou de leur simplicité. Ils trouvèrent ce qu'ils
cherchaient dans Juda de Kerioth. Ce malheureux,
par des motifs impossibles à expliquer, trahit son maître,
donna toutes les indications nécessaires, et se chargea
même (quoiqu'un tel excès de noirceur soit à peine
croyable) de conduire la brigade qui devait opérer
l'arrestation. Le souvenir d'horreur que la sottise ou
la méchanceté de cet homme laissa dans la tradition
chrétienne a dû introduire ici quelque exagération.
Judas jusque-là avait été un disciple comme un autre ;
il avait même le titre d'apôtre ; il avait fait des miracles
et chassé les démons. La légende, qui ne veut que des

31. Matth., xxvi, 1-5 ; Marc, xiv, 1-2 ; Luc, xxii, 1-2.
32. Matth., xxi, 46.
33. Mischna, *Sanhédrin*, xi, 4 ; Talm. de Bab., même traité, 89 *a*.
Comp. *Act.*, xii, 3 et suiv.
34. Mischna, *Sanhédrin*, iv, 1.
35. Matth., xxvi, 55.

couleurs tranchées, n'a pu admettre dans le cénacle que onze saints et un réprouvé. La réalité ne procède point par catégories si absolues. L'avarice, que les synoptiques donnent pour motif au crime dont il s'agit, ne suffit pas pour l'expliquer. Il serait singulier qu'un homme qui tenait la caisse, et qui savait ce qu'il allait perdre par la mort du chef, eût échangé les profits de son emploi [36] contre une très petite somme d'argent [37]. Judas avait-il été blessé dans son amour-propre par la semonce qu'il reçut au dîner de Béthanie ? Cela ne suffit pas encore. Le quatrième évangéliste voudrait en faire un voleur, un incrédule depuis le commencement [38], ce qui n'a aucune vraisemblance. On aime mieux croire à quelque sentiment de jalousie, à quelque dissension intestine. La haine particulière contre Judas qu'on remarque dans l'Évangile attribué à Jean [39] confirme cette hypothèse. D'un cœur moins pur que les autres, Judas aura pris, sans s'en apercevoir, les sentiments étroits de sa charge. Par un travers fort ordinaire dans les fonctions actives, il en sera venu à mettre les intérêts de la caisse au-dessus de l'œuvre même à laquelle elle était destinée. L'administrateur aura tué l'apôtre. Le murmure qui lui échappe à Béthanie semble supposer que parfois il trouvait que le maître coûtait trop cher à sa famille spirituelle. Sans doute cette mesquine économie avait causé dans la petite société bien d'autres froissements.

Sans nier que Juda de Kerioth ait contribué à l'arrestation de son maître, nous croyons donc que les malédictions dont on le charge ont quelque chose d'injuste. Il y eut peut-être dans son fait plus de maladresse que de perversité. La conscience morale de l'homme du

36. Jean, xii, 6.
37. Le quatrième Évangile ne parle même pas d'un salaire. Les trente pièces d'argent des synoptiques sont empruntées à Zacharie, xi, 12-13.
38. Jean, vi, 65 ; xii, 6.
39. Jean, vi, 65, 71-72 ; xii, 6 ; xiii, 2, 27 et suiv.

peuple est vive et juste, mais instable et inconséquente.
Elle ne sait pas résister à un entraînement momentané.
Les sociétés secrètes du parti républicain cachaient dans
leur sein beaucoup de conviction et de sincérité, et
cependant les dénonciateurs y étaient fort nombreux.
Un léger dépit suffisait pour faire d'un sectaire un traître.
Mais, si la folle envie de quelques pièces d'argent fit
tourner la tête au pauvre Judas, il ne semble pas qu'il
eût complètement perdu le sentiment moral, puisque,
voyant les conséquences de sa faute, il se repentit [40], et,
dit-on, se donna la mort.

Chaque minute, à ce moment, devient solennelle et
a compté plus que des siècles entiers dans l'histoire de
l'humanité. Nous sommes arrivés au jeudi, 13 de nisan
(2 avril). C'était le lendemain soir que commençait la
fête de Pâque, par le festin où l'on mangeait l'agneau.
Le fête se continuait les sept jours suivants, durant lesquels on mangeait les pains azymes. Le premier et le
dernier de ces sept jours avaient un caractère particulier
de solennité. Les disciples étaient déjà occupés des
préparatifs pour la fête [41]. Quant à Jésus, on est porté
à croire qu'il connaissait la trahison de Judas, et qu'il se
doutait du sort qui l'attendait. Le soir, il fit avec ses
disciples son dernier repas. Ce n'était pas le festin rituel
de la Pâque, comme on l'a supposé plus tard, en com-
mettant une erreur d'un jour [42] ; mais, pour l'Église

40. Matth., xxvii, 3 et suiv.
41. Matth., xxvi, 1 et suiv. ; Marc, xiv, 12 ; Luc, xxii, 7 ; Jean,
xiii, 29.
42. C'est le système des synoptiques (Matth., xxvi, 17 et suiv. ;
Marc, xiv, 12 et suiv. ; Luc, xxii, 7 et suiv., 15), et, par conséquent,
celui de Justin (*Dial. cum Tryph.*, 17, 88, 97, 100, 111). Le quatrième
Évangile, au contraire, suppose formellement que Jésus mourut le
jour même où l'on mangeait l'agneau (xiii, 1-2, 29 ; xviii, 28 ; xix, 14,
31). Le Talmud, faible autorité assurément en une telle question, fait
aussi mourir Jésus « la veille de Pâque » (Talm. de Bab., *Sanhédrin*,
43 *a*, 67 *a*). Une objection très grave contre cette opinion résulte de ce
que, dans la seconde moitié du iie siècle, les Églises d'Asie Mineure
professant sur la Pâque une doctrine qui semble en contradiction avec
le système du quatrième Évangile font justement appel à l'autorité

primitive, le souper du jeudi fut la vraie Pâque, le sceau
de l'alliance nouvelle. Chaque disciple y rapporta ses
plus chers souvenirs, et une foule de traits touchants
que chacun gardait du maître furent accumulés sur ce
repas, qui devint la pierre angulaire de la piété chrétienne
et le point de départ des plus fécondes institutions.

Nul doute, en effet, que l'amour tendre dont le cœur
de Jésus était rempli pour la petite Église qui l'entourait n'ait débordé à ce moment [43]. Son âme calme et
forte se trouvait légère sous le poids des sombres préoccupations qui l'assiégeaient. Il eut un mot pour chacun de
ses amis. Deux d'entre eux, Jean et Pierre, surtout,
furent l'objet de tendres marques d'attachement. Jean
était couché sur le divan, à côté de Jésus, et sa tête
reposait sur la poitrine du maître [44]. Vers la fin du repas,
le secret qui pesait sur le cœur de Jésus faillit lui
échapper. « En vérité, dit-il, je vous le déclare, un de
vous me trahira [45]. » Ce fut pour ces hommes naïfs un
moment d'angoisse ; ils se regardèrent les uns les autres,
et chacun s'interrogea. Judas était présent ; peut-être
Jésus, qui avait depuis quelque temps des raisons de se
défier de lui, chercha-t-il par ce mot à tirer de ses regards
ou de son maintien embarrassé l'aveu de sa faute. Mais le
disciple infidèle ne perdit pas contenance ; il osa même,
dit-on, demander comme les autres : « Serait-ce moi,
rabbi ? »

de l'apôtre Jean et de ses disciples pour appuyer une doctrine qui
paraît conforme au récit des synoptiques (Polycrate, dans Eusèbe,
*Hist. eccl.*, V, 24. Comp. *Chron. pasc.*, p. 6 et suiv., édit. Du Cange).
Mais cette affaire est très obscure. Jean et ses disciples pouvaient célébrer la Pâque, comme toute l'école apostolique primitive, le 14 de
nisan, non parce qu'ils croyaient que Jésus avait mangé l'agneau
ce jour-là, mais parce qu'ils croyaient que Jésus, le vrai agneau pascal
(remarquez *Jean*, I, 29 ; XIX, 36, en comparant *Apoc.*, V, 6, etc.), était
mort ce jour-là.

43. *Jean*, XIII, 1 et suiv.

44. *Jean*, XIII, 23 ; Polycrate, dans Eusèbe, *H. E.*, V, 24.

45. *Matth.*, XXVI, 21 et suiv. ; *Marc*, XIV, 18 et suiv. ; *Luc*, XX, 21 et
suiv. ; *Jean*, XIII, 21 et suiv. ; XXI, 20.

Cependant, l'âme droite et bonne de Pierre était à la torture. Il fit signe à Jean de tâcher de savoir de qui le maître parlait. Jean, qui pouvait converser avec Jésus sans être entendu, lui demanda le mot de cette énigme. Jésus, n'ayant que des soupçons, ne voulut prononcer aucun nom ; il dit seulement à Jean de bien remarquer celui à qui il allait offrir une bouchée trempée dans la sauce [46]. En même temps, il trempa la bouchée et l'offrit à Judas. Jean et Pierre seuls eurent connaissance du fait. Jésus adressa à Judas quelques paroles qui renfermaient un sanglant reproche, mais ne furent pas saisies des assistants. On crut que Jésus lui donnait des ordres pour la fête du lendemain, et il sortit [47].

Sur le moment, ce repas ne frappa personne, et, à part les appréhensions dont le maître fit la confidence à ses disciples, qui ne comprirent qu'à demi, il ne s'y passa rien d'extraordinaire. Mais, après la mort de Jésus, on attacha à cette soirée un sens singulièrement solennel, et l'imagination des croyants y répandit une teinte de suave mysticité. Ce qu'on se rappelle le mieux d'une personne chère, ce sont ses derniers temps. Par une illusion inévitable, on prête aux entretiens qu'on a eus alors avec elle un sens qu'ils n'ont pris que par la mort ; on rapproche en quelques heures les souvenirs de plusieurs années [a]. La plupart des disciples ne virent plus leur maître après le souper dont nous venons de parler. Ce fut le banquet d'adieu. Dans ce repas, ainsi que dans beaucoup d'autres [48], Jésus pratiqua son rite mystérieux de la fraction du pain. Comme on crut, dès les premières années de l'Église, que le repas en question eut lieu le jour de Pâque et fut le festin pascal, l'idée

46. En Orient, le chef de table donne une marque d'égard à un convive en faisant pour lui, une ou deux fois par repas, des boulettes qu'il compose et assaisonne à son gré.
47. Jean, xiii, 21 et suiv., qui lève les invraisemblances du récit des synoptiques.
48. Luc, xxiv, 30-31, 35, représente la fraction du pain comme une habitude de Jésus.

vint naturellement que l'institution eucharistique se fit
à ce moment suprême. Partant de l'hypothèse que Jésus
savait d'avance avec précision quand il mourrait, les
disciples devaient être amenés à supposer qu'il réserva
pour ses dernières heures une foule d'actes importants.
Comme, d'ailleurs, une des idées fondamentales des
premiers chrétiens était que la mort de Jésus avait été
un sacrifice, remplaçant tous ceux de l'ancienne Loi, la
« Cène », qu'on supposait s'être passée une fois pour
toutes la veille de la Passion, devint le sacrifice par
excellence, l'acte constitutif de la nouvelle alliance, le
signe du sang répandu pour le salut de tous [49]. Le pain
et le vin, mis en rapport avec la mort elle-même, furent
ainsi l'image du Testament nouveau que Jésus avait
scellé de ses souffrances, la commémoration du sacrifice du Christ jusqu'à son avènement [50].

De très bonne heure, ce mystère se fixa en un petit
récit sacramentel, que nous possédons sous quatre
formes [51] très analogues entre elles. Le quatrième évangéliste, si préoccupé des idées eucharistiques [52], qui
raconte le dernier repas avec tant de prolixité, qui y
rattache tant de circonstances et tant de discours [53],
ne connaît pas ce récit. C'est la preuve que, dans la
secte dont il représente la tradition, on ne regardait pas
l'institution de l'Eucharistie comme une particularité
de la Cène. Pour le quatrième évangéliste, le rite de
la Cène, c'est le lavement des pieds. Il est probable que,
dans certaines familles chrétiennes primitives, ce dernier rite obtint une importance qu'il perdit depuis [54].
Sans doute Jésus, dans quelques circonstances, l'avait

49. Luc, xxii, 20.
50. I Cor., xi, 26.
51. Matth., xxvi, 26-28 ; Marc, xiv, 22-24 ; Luc, xxii, 19-21 ; I Cor.,
xi, 23-25.
52. Ch. vi.
53. Ch. xiii-xvii.
54. Jean, xiii, 14-15. Cf. Matth., xx, 26 et suiv. ; Luc, xxii, 26 et
suiv.

pratiqué pour donner à ses disciples une leçon d'humilité fraternelle. On le rapporta à la veille de sa mort, par suite de la tendance que l'on eut à grouper autour de la Cène toutes les grandes recommandations morales et rituelles de Jésus.

Un haut sentiment d'amour, de concorde, de charité, de déférence mutuelle animait, du reste, les souvenirs qu'on croyait garder du dernier soir de Jésus [55]. C'est toujours l'unité de son Église, constituée par lui ou par son esprit, qui est l'âme des symboles et des discours que la tradition chrétienne fit remonter à cette heure bénie : « Je vous donne un commandement nouveau : c'est de vous aimer les uns les autres comme je vous ai aimés. Le signe auquel on connaîtra que vous êtes mes disciples, sera que vous vous aimiez les uns les autres [56]. » A ce moment sacré, quelques rivalités, quelques luttes de préséance se produisirent encore [57]. Jésus fit remarquer que, si lui, le maître, avait été au milieu de ses disciples comme leur serviteur, à plus forte raison devaient-ils se subordonner les uns aux autres. Selon quelques-uns, en buvant le vin, il aurait dit : « Je ne goûterai plus de ce fruit de la vigne jusqu'à ce que je le boive de nouveau avec vous dans le royaume de mon Père [58]. » Selon d'autres, il leur aurait promis bientôt un festin céleste, où ils seraient assis sur des trônes à ses côtés [59].

Il semble que, vers la fin de la soirée, les pressenti-

---

55. Jean, xiii, 1 et suiv. Les discours placés par le quatrième évangéliste à la suite du récit de la Cène ne peuvent être pris pour historiques. Ils sont pleins de tours et d'expressions qui ne sont pas dans le style des discours de Jésus, et qui, au contraire, rentrent très bien dans le langage habituel des écrits johanniques. Ainsi l'expression « petits enfants » au vocatif (Jean, xiii, 33) est très fréquente dans la première épître qui porte le nom de Jean. Cette expression ne paraît pas avoir été familière à Jésus.

56. Jean, xiii, 33-35 ; xv, 12-17.

57. Luc, xxii, 24-27. Cf. Jean, xiii, 4 et suiv.

58. Matth., xxvi, 29 ; Marc, xiv, 25 ; Luc, xxii, 18.

59. Luc, xxii, 29-30.

ments de Jésus gagnèrent les disciples. Tous sentirent
qu'un grave danger menaçait le maître et qu'on touchait
à une crise. Un moment Jésus songea à quelques précautions et parla d'épées. Il y en avait deux dans la
compagnie. « C'est assez », dit-il [60]. Il ne donna aucune
suite à cette idée ; il vit bien que de timides provinciaux
ne tiendraient pas devant la force armée des grands pouvoirs de Jérusalem. Céphas, plein de cœur et se croyant
sûr de lui-même, jura qu'il irait avec lui en prison et
à la mort. Jésus, avec sa finesse ordinaire, lui exprima
quelques doutes. Selon une tradition qui remontait
probablement à Pierre lui-même, Jésus l'assigna au
chant du coq [61]. Tous, comme Céphas, jurèrent qu'ils
ne faibliraient pas.

---

60. Luc., xxii, 36-38.
61. Matth., xxvi, 31 et suiv. ; Marc, xiv, 29 et suiv. ; Luc, xxii,
33 et suiv. ; Jean, xiii, 36 et suiv.

# CHAPITRE XXIV

## ARRESTATION ET PROCÈS DE JÉSUS

La nuit était complètement tombée [1] quand on sortit de la salle [2]. Jésus, selon son habitude, passa le val du Cédron, et se rendit, accompagné des disciples, dans le jardin de Gethsémani, au pied du mont des Oliviers [3]. Il s'y assit. Dominant ses amis de son immense supériorité, il veillait et priait. Eux dormaient à côté de lui, quand tout à coup une troupe armée se présenta à la lueur des torches. C'étaient des sergents du temple, armés de bâtons, sorte de brigade de police qu'on avait laissée aux prêtres ; ils étaient soutenus par un détachement de soldats romains avec leurs épées ; le mandat d'arrestation émanait du grand prêtre et du sanhédrin [4]. Judas, connaissant les habitudes de Jésus, avait indiqué cet endroit comme celui où on pouvait le surprendre avec le plus de facilité. Judas, selon l'unanime tradition des premiers temps, accompagnait lui-même l'es-

1. Jean, XIII, 30.
2. La circonstance d'un chant religieux, rapportée par Matth., XXVI, 30 ; Marc, XIV, 26 ; Justin, *Dial. cum Tryph.*, 106, vient de l'opinion où sont les évangélistes synoptiques que le dernier repas de Jésus fut le festin pascal. Avant et après le festin pascal, on chantait des psaumes. Talm. de Bab., *Pesachim*, cap. IX, hal. 3 et fol. 118 *a*, etc.
3. Matth., XXVI, 36 ; Marc, XIV, 32 ; Luc, XXII, 39 ; Jean, XVIII, 1-2.
4. Matth. ,XXVI, 47 ; Marc, XIV, 43 ; Jean, XVIII, 3, 12.

couade [5], et même, selon quelques-uns [6], il aurait poussé l'odieux jusqu'à prendre pour signe de sa trahison un baiser. Quoi qu'il en soit de cette circonstance, il est certain qu'il y eut un commencement de résistance de la part des disciples [7]. Pierre, dit-on [8], tira l'épée et blessa à l'oreille un des serviteurs du grand prêtre nommé Malchus. Jésus arrêta ce premier mouvement. Il se livra lui-même aux soldats. Faibles et incapables d'agir avec suite, surtout contre des autorités qui avaient tant de prestige, les disciples prirent la fuite et se dispersèrent. Seuls, Pierre et Jean ne quittèrent pas de vue leur maître. Un autre jeune homme (peut-être Marc) le suivait couvert d'un vêtement léger. On voulut l'arrêter ; mais le jeune homme s'enfuit, en laissant sa tunique entre les mains des agents [9].

La marche que les prêtres avaient résolu de suivre contre Jésus était très conforme au droit établi. La procédure contre le « séducteur » (*mésith*), qui cherche à porter atteinte à la pureté de la religion, est expliquée dans le Talmud avec des détails dont la naïve impudence fait sourire. Le guet-apens judiciaire y est érigé en partie essentielle de l'instruction criminelle. Quand un homme est accusé de « séduction », on aposte deux témoins, que l'on cache derrière une cloison ; on s'arrange pour attirer le prévenu dans une chambre contiguë, où il puisse être entendu des deux témoins sans que lui-même les aperçoive. On allume deux chandelles près de lui, pour qu'il soit bien constaté que les témoins « le voient » [10]. Alors, on lui fait répéter son blasphème. On

---

5. Matth., xxvi, 47 ; Marc, xiv, 43 ; Luc, xxii, 47 ; Jean, xviii, 3 ; *Act.*, i, 16. I Cor., xi, 23, semble l'impliquer.
6. C'est la tradition des synoptiques. Dans le récit du quatrième Évangile, Jésus se nomme lui-même.
7. Les deux traditions sont d'accord sur ce point.
8. Jean, xviii, 10.
9. Marc, xiv, 51-52. Marc était, en effet, de Jérusalem. *Act.*, xii, 12.
10. En matière criminelle, on n'admettait que des témoins oculaires. Mischna, *Sanhédrin*, iv, 5.

l'engage à se rétracter. S'il persiste, les témoins qui l'ont entendu l'amènent au tribunal, et on le lapide. Le Talmud ajoute que ce fut de la sorte qu'on se comporta envers Jésus, qu'il fut condamné sur la foi de deux témoins qu'on avait apostés, que le crime de « séduction » est, du reste, le seul pour lequel on prépare ainsi les témoins [11].

Les disciples de Jésus nous apprennent, en effet, que le crime reproché à leur maître était la « séduction » [12], et, à part quelques minuties, fruit de l'imagination rabbinique, le récit des Évangiles répond trait pour trait à la procédure décrite par le Talmud. Le plan des ennemis de Jésus était de le convaincre, par enquête testimoniale et par ses propres aveux, de blasphème et d'attentat contre la religion mosaïque, de le condamner à mort selon la loi, puis de faire approuver la condamnation par Pilate. L'autorité sacerdotale, comme nous l'avons déjà vu, résidait tout entière de fait entre les mains de Hanan. L'ordre d'arrestation venait probablement de lui. Ce fut chez ce puissant personnage que l'on mena d'abord Jésus [13]. Hanan l'interrogea sur sa doctrine et ses disciples. Jésus refusa avec une juste fierté d'entrer dans de longues explications. Il s'en référa à son enseignement, qui avait été public ; il déclara n'avoir jamais eu de doctrine secrète ; il engagea l'ex-grand prêtre à interroger ceux qui l'avaient écouté. Cette réponse était parfaitement naturelle ; mais le respect exagéré dont le vieux pontife était entouré la fit paraître audacieuse ; un des assistants y répliqua, dit-on, par un soufflet.

Pierre et Jean avaient suivi leur maître jusqu'à la

---

11. Talm. de Jérus., *Sanhédrin*, xiv, 16 ; Talm. de Bab., même traité, 43 *a*, 67 *a*. Cf. *Schabbath*, 104 *b*.

12. Matth., xxvii, 63 ; Jean, vii, 12, 47.

13. Jean, xviii, 13 et suiv. Cette circonstance, que l'on ne trouve que dans le quatrième Évangile, est une forte preuve de la valeur historique de cet Évangile.

demeure de Hanan. Jean, qui était connu dans la
maison, se fit admettre sans difficulté ; mais Pierre fut
arrêté à l'entrée, et Jean dut prier la portière de le
laisser passer. La nuit était froide. Pierre resta dans
l'antichambre et s'approcha d'un brasier autour duquel
les domestiques se chauffaient. Il fut bientôt reconnu
pour un disciple de l'accusé. Le malheureux, trahi par
son accent galiléen, poursuivi de questions par les valets,
dont l'un était parent de Malchus et l'avait vu à Gethsémani, nia par trois fois qu'il eût jamais eu la moindre
relation avec Jésus. Il pensait que Jésus ne pouvait
l'entendre, et il ne songeait pas que cette lâcheté dissi-
mulée renfermait une grande indélicatesse. Mais sa
bonne nature lui révéla bientôt la faute qu'il venait de
commettre. Une circonstance fortuite, le chant du coq,
lui rappela un mot que Jésus lui avait dit. Touché au
cœur, il sortit et se mit à pleurer amèrement [14].

Hanan, bien qu'auteur véritable du meurtre juridique qui allait s'accomplir, n'avait pas de pouvoirs
pour prononcer la sentence de Jésus ; il le renvoya à
son gendre Kaïapha, qui portait le titre officiel. Cet
homme, instrument aveugle de son beau-père, devait
naturellement tout ratifier. Le sanhédrin était rassemblé
chez lui [15]. L'enquête commença ; plusieurs témoins,
préparés d'avance selon le procédé inquisitorial exposé
dans le Talmud, comparurent devant le tribunal. Le
mot fatal, que Jésus avait réellement prononcé : « Je
détruirai le temple de Dieu, et je le rebâtirai en trois
jours », fut cité par deux témoins. Blasphémer le temple
de Dieu était, d'après la loi juive, blasphémer Dieu lui-
même [16]. Jésus garda le silence et refusa d'expliquer
la parole incriminée. S'il faut en croire un récit, le
grand prêtre l'aurait adjuré de dire s'il était le Messie ;

14. Matth., xxvi, 69 et suiv., Marc, xiv, 66 et suiv. ; Luc, xxii,
54 et suiv. ; Jean, xviii, 15 et suiv., 25 et suiv.
15. Matth., xvi, 57 ; Marc, xiv, 53 ; Luc, xxii, 66.
16. Matth., xxiii, 16 et suiv.

Jésus l'aurait confessé et aurait même proclamé devant
l'assemblée la prochaine venue de son règne céleste [17].
Le courage de Jésus, décidé à mourir, n'exige pas cela.
Il est plus probable qu'ici, comme chez Hanan, il garda
le silence. Ce fut en général, à ce dernier moment, sa
règle de conduite. La sentence était écrite ; on ne cherchait que des prétextes. Jésus le sentait, et n'entreprit
pas une défense inutile. Au point de vue du judaïsme
orthodoxe, il était bien vraiment un blasphémateur,
un destructeur du culte établi ; or, ces crimes étaient
punis de mort par la loi [18]. D'une seule voix, l'assemblée
le déclara coupable de crime capital. Les membres du
conseil qui penchaient secrètement vers lui étaient
absents ou ne votèrent pas [19]. La frivolité ordinaire aux
aristocraties depuis longtemps établies ne permit pas
aux juges de réfléchir longuement sur les conséquences
de la sentence qu'ils rendaient. La vie de l'homme était
alors sacrifiée bien légèrement ; sans doute les membres
du sanhédrin ne songèrent pas que leurs fils rendraient
compte à une postérité irritée de l'arrêt prononcé avec
un si insouciant dédain.

Le sanhédrin n'avait pas le droit de faire exécuter
une sentence de mort [20]. Mais, dans la confusion de
pouvoirs qui régnait alors en Judée, Jésus n'en était
pas moins dès ce moment un condamné. Il demeura le
reste de la nuit exposé aux mauvais traitements d'une
valetaille infime, qui ne lui épargna aucun affront [21].

Le matin, les chefs des prêtres et les anciens se trouvèrent de nouveau réunis [22]. Il s'agissait de faire ratifier
par Pilate la condamnation prononcée par le sanhédrin,

---

17. Matth., xxvi, 64 ; Marc, xiv, 62 ; Luc, xxii, 69. Le quatrième
Évangile ne sait rien d'une pareille scène.
18. *Lévit.*, xxiv, 14 et suiv. ; *Deutér.*, xiii, 1 et suiv.
19. Luc, xxiii, 50-51.
20. Jean, xviii, 31 ; Jos., *Ant.*, XX, ix, 1 ; Talm. Jér., *Sanh.*, i, 1.
21. Matth., xxvi, 67-68 ; Marc, xiv, 65 ; Luc, xxii, 63-65.
22. Matth., xxvii, 1 ; Marc, xv, 1 ; Luc, xxii, 66 ; xxiii, 1 ; Jean,
xviii, 28.

et frappée d'invalidité par suite de l'occupation des Romains. Le procurateur n'était pas investi comme le légat impérial du droit de vie et de mort. Mais Jésus n'était pas citoyen romain ; il suffisait de l'autorisation du gouverneur pour que l'arrêt prononcé contre lui eût son cours. Comme il arrive toutes les fois qu'un peuple politique soumet une nation où la loi civile et la loi religieuse se confondent, les Romains étaient amenés à prêter à la loi juive une sorte d'appui officiel. Le droit romain ne s'appliquait pas aux Juifs. Ceux-ci restaient sous le droit canonique que nous trouvons consigné dans le Talmud, de même que les Arabes d'Algérie sont encore régis par le code de l'islam. Quoique neutres en religion, les Romains sanctionnaient ainsi fort souvent des pénalités portées pour des délits religieux. La situation était à peu près celle des villes saintes de l'Inde sous la domination anglaise, ou bien encore ce que serait l'état de Damas, le lendemain du jour où la Syrie serait conquise par une nation européenne. Josèphe prétend (mais certes on en peut douter) que, si un Romain franchissait les stèles qui portaient des inscriptions défendant aux païens d'avancer, les Romains eux-mêmes le livraient aux Juifs pour le mettre à mort [23].

Les agents des prêtres lièrent donc Jésus et l'amenèrent au prétoire, qui était l'ancien palais d'Hérode [24], joignant la tour Antonia [25]. On était au matin du jour où l'on devait manger l'agneau pascal (vendredi, 14 de nisan = 3 avril). Les Juifs se seraient souillés en entrant dans le prétoire et n'auraient pu faire le festin sacré. Ils restèrent dehors [26]. Pilate, averti de leur présence, monta au *bima* [27] ou tribunal situé en plein air [28], à

23. Jos., *Ant.*, XV, xi, 5 ; *B. J.*, VI, ii, 4.
24. Philon, *Legatio ad Caium*, § 38 ; Jos., *B. J.*, II, xiv, 8.
25. A l'endroit où est encore aujourd'hui le séraï du pacha de Jérusalem.
26. Jean, xviii, 28.
27. Le mot grec βῆμα était passé en syro-chaldaïque.
28. Jos., *B. J.*, II, ix, 3 ; xiv, 8 ; Matth., xxvii, 27 ; Jean, xviii, 33.

l'endroit qu'on nommait *Gabbatha* ou, en grec, *Lithos-trotos*, à cause du carrelage qui revêtait le sol.

A peine informé de l'accusation, il témoigna sa mauvaise humeur d'être mêlé à cette affaire [29]. Puis il s'enferma dans le prétoire avec Jésus. Là eut lieu un entretien dont les détails nous échappent, aucun témoin n'ayant pu le redire aux disciples, mais dont la couleur paraît avoir été bien devinée par le quatrième évangéliste. Au moins, le récit de ce dernier est-il en parfait accord avec ce que l'histoire nous apprend de la situation réciproque des deux interlocuteurs.

Le procurateur Pontius, surnommé Pilatus, sans doute à cause du *pilum* ou javelot d'honneur dont lui ou un de ses ancêtres fut décoré [30], n'avait eu jusque-là aucune relation avec la secte naissante. Indifférent aux querelles intérieures des Juifs, il ne voyait dans tous ces mouvements de sectaires que les effets d'imaginations intempérantes et de cerveaux égarés. En général, il n'aimait pas les Juifs. Mais les Juifs le détestaient davantage encore ; ils le trouvaient dur, méprisant, emporté ; ils l'accusaient de crimes invraisemblables [31]. Centre d'une grande fermentation populaire, Jérusalem était une ville très séditieuse, et pour un étranger un insupportable séjour. Les exaltés prétendaient que c'était chez le nouveau procurateur un dessein arrêté d'abolir la loi juive [32]. Leur fanatisme étroit, leurs haines religieuses révoltaient ce large sentiment de justice et de gouvernement civil, que le Romain le plus médiocre portait partout avec lui. Tous les actes de Pilate qui nous sont connus le montrent comme un

29. Jean, xviii, 29.
30. Virg., *Æn.*, XII, 121 ; Martial, *Épigr.*, I, xxxii ; X, xlviii ; Plutarque, *Vie de Romulus*, 29. Comparez la *hasta pura*, décoration militaire. Orelli et Henzen, *Inscr. lat.*, n°s 3574, 6852, etc. *Pilatus* est, dans cette hypothèse, un mot de la même forme que *Torquatus*.
31. Philon, *Leg. ad Caïum*, § 38.
32. Jos., *Ant.*, XVIII, iii, 1, init.

bon administrateur [33]. Dans les premiers temps de
l'exercice de sa charge, il avait eu avec ses administrés
des difficultés qu'il avait tranchées d'une manière très
brutale, mais où il semble que, pour le fond des choses,
il avait raison. Les Juifs devaient lui paraître des gens
arriérés ; il les jugeait sans doute comme un préfet libéral jugeait autrefois les bas Bretons, se révoltant pour
une nouvelle route ou pour l'établissement d'une école.
Dans ses meilleurs projets pour le bien du pays,
notamment en tout ce qui tenait aux travaux publics,
il avait rencontré la Loi comme un obstacle infranchissable. La Loi enserrait la vie à tel point qu'elle s'opposait à tout changement et à toute amélioration. Les
constructions romaines, même les plus utiles, étaient
de la part des Juifs zélés l'objet d'une grande antipathie [34]. Deux écussons votifs, avec des inscriptions, que
Pilate avait fait apposer à sa résidence, laquelle était
voisine de l'enceinte sacrée, provoquèrent un orage
encore plus violent [35]. Le procurateur tint d'abord peu
de compte de ces susceptibilités ; il se vit ainsi engagé
dans des répressions sanglantes [36], qui plus tard finirent
par amener sa destitution [37]. L'expérience de tant de
conflits l'avait rendu fort prudent dans ses rapports
avec un peuple intraitable, qui se vengeait de ses maîtres en les obligeant à user envers lui de rigueurs odieu-
ses. Il se voyait avec un suprême déplaisir amené à jouer
en cette nouvelle affaire un rôle de cruauté, pour une
loi qu'il haïssait [38]. Il savait que le fanatisme religieux,
quand il a obtenu quelque violence des gouvernements
civils, est ensuite le premier à en faire peser sur eux la
responsabilité, presque à les en accuser. Suprême injus-

33. Jos., *Ant.*, XVIII, ii-iv.
34. Talm. de Bab., *Schabbath*, 33 *b*.
35. Philon, *Leg. ad Caïum*, § 38.
36. Jos., *Ant.*, XVIII, iii, 1 et 2 ; *Bell. Jud.*, II, ix, 2 et suiv. ; Luc,
XIII, 1.
37. Jos., *Ant.*, XVIII, iv, 1-2.
38. Jean, xviii, 35.

tice ; car le vrai coupable, en pareil cas, est l'insti-
gateur!

Pilate eût donc désiré sauver Jésus. Peut-être l'attitude calme de l'accusé fit-elle sur lui de l'impression.
Selon une tradition [39], peu solide il est vrai, Jésus aurait
trouvé un appui dans la propre femme du procurateur,
laquelle prétendit avoir eu à son sujet un rêve pénible.
Elle avait pu entrevoir le doux Galiléen de quelque
fenêtre du palais, donnant sur les cours du temple.
Peut-être le revit-elle en songe, et le sang de ce beau
jeune homme, qui allait être versé, lui donna-t-il le
cauchemar. Ce qu'il y a de certain, c'est que Jésus
trouva Pilate prévenu en sa faveur. Le gouverneur
l'interrogea avec bonté et avec l'intention de chercher
tous les moyens de le renvoyer absous.

Le titre de « roi des Juifs », que Jésus ne s'était
jamais attribué, mais que ses ennemis présentaient
comme le résumé de son rôle et de ses prétentions,
était naturellement le meilleur prétexte pour exciter
les ombrages de l'autorité romaine. C'est par ce côté,
comme séditieux et comme coupable de crime d'État,
qu'on se mit à l'accuser. Rien n'était plus injuste ; car
Jésus avait toujours reconnu l'empire romain pour le
pouvoir établi. Mais les partis religieux conservateurs
n'ont pas coutume de reculer devant la calomnie [a].
On tirait malgré lui toutes les conséquences de sa doctrine ; on le transformait en disciple de Juda le Gaulonite ; on prétendait qu'il défendait de payer le tribut
à César [40]. Pilate lui demanda s'il était réellement le
roi des Juifs [41]. Jésus ne dissimula rien de ce qu'il
pensait. Mais la grande équivoque qui avait fait sa
force, et qui après sa mort devait constituer sa royauté,
le perdit cette fois. Idéaliste, c'est-à-dire ne distinguant
pas l'esprit et la matière, Jésus, la bouche armée de son

39. Matth., xxvii, 19.
40. Luc, xxiii, 2, 5.
41. Matth., xxvii, 11 ; Marc, xv, 2 ; Luc, xxiii, 3 ; Jean, xviii, 33.

glaive à deux tranchants, selon l'image de l'Apocalypse,
ne rassura jamais complètement les puissances de la
terre. S'il faut en croire le quatrième Évangile, il
aurait avoué sa royauté, mais prononcé en même temps
cette profonde parole : « Mon royaume n'est pas de ce
monde. » Puis il aurait expliqué la nature de sa royauté,
se résumant tout entière dans la possession et la proclamation de la vérité. Pilate ne comprit rien à cet
idéalisme supérieur [42]. Jésus lui fit sans doute l'effet
d'un rêveur inoffensif. Le manque total de prosélytisme
religieux et philosophique chez les Romains de cette
époque leur faisait regarder le dévouement à la vérité
comme une chimère. Ces débats les ennuyaient et leur
paraissaient dénués de sens. Ne voyant pas quel levain
dangereux pour l'empire se cachait dans les spéculations
nouvelles, ils n'avaient aucune raison d'employer la
violence en pareil cas. Tout leur mécontentement tombait
sur ceux qui venaient leur demander des supplices pour
de vaines subtilités. Vingt ans plus tard, Gallion suivait
encore la même conduite avec les Juifs [43]. Jusqu'à la
ruine de Jérusalem, la règle administrative des Romains
fut de rester complètement étrangers à ces querelles
de sectaires entre eux [44].

Un expédient se présenta à l'esprit du gouverneur
pour concilier ses propres sentiments avec les exigences
du peuple fanatique dont il avait déjà tant de fois
ressenti la pression. Il était d'usage, à propos de la fête
de Pâque, de délivrer au peuple un prisonnier. Pilate,
sachant que Jésus n'avait été arrêté que par suite de la

42. Jean, XVIII, 38.
43. *Act.*, XVIII, 14-15.
44. Tacite (*Ann.*, XV, 44) présente la mort de Jésus comme une
exécution politique de Ponce Pilate. Mais, à l'époque où écrivait Tacite,
la politique romaine envers les chrétiens était changée ; on les tenait
pour coupables de ligue secrète contre l'État. Il était naturel que l'historien latin crût que Pilate, en faisant mourir Jésus, avait obéi à des
raisons de sûreté publique. Josèphe est bien plus exact (*Ant.*, XVIII,
III, 3).

jalousie des prêtres [45], essaya de le faire bénéficier de
cette coutume. Il parut de nouveau sur le *bima*, et
proposa à la foule de relâcher « le roi des Juifs ». La
proposition faite en ces termes avait un certain caractère de largeur en même temps que d'ironie. Les prêtres
en virent le danger. Ils agirent promptement [46], et, pour
combattre la proposition de Pilate, ils suggérèrent à la
foule le nom d'un prisonnier qui jouissait dans Jérusalem d'une grande popularité. Par un singulier hasard,
il s'appelait aussi Jésus [47] et portait le surnom de Bar-
Abba ou Bar-Rabban [48]. C'était un personnage fort
connu [49] ; il avait été arrêté, comme sicaire, à la suite
d'une émeute accompagnée de meurtre [50]. Une cla-
meur générale s'éleva : « Non celui-là ; mais Jésus Bar-
Rabban. » Pilate fut obligé de délivrer Jésus Bar-Rabban.

Son embarras augmentait. Il craignait que trop d'indulgence pour un accusé auquel on donnait le titre de
« roi des Juifs » ne le compromît. Le fanatisme, d'ailleurs, amène tous les pouvoirs à traiter avec lui. Pilate
se crut obligé de faire quelque concession ; mais, hési-
tant encore à répandre le sang pour satisfaire des gens
qu'il détestait, il voulut tourner la chose en comédie.
Affectant de rire du titre pompeux que l'on donnait à
Jésus, il le fit fouetter [51]. La flagellation était le préliminaire ordinaire du supplice de la croix [52]. Peut-être
Pilate voulut-il laisser croire que cette condamnation
était déjà prononcée, tout en espérant que le préli-

45. Marc, xv, 10.
46. Matth., xxvii, 20 ; Marc, xv, 11.
47. Le nom de « Jésus » a disparu dans la plupart des manuscrits.
Cette leçon a néanmoins pour elle de très fortes autorités.
48. Matth., xxvii, 16 ; Évang. des Hébr. (Hilgenfeld, p. 17, 28).
49. Cf. saint Jérôme, In Matth., xxvii, 16.
50. Marc, xv, 7 ; Luc, xxiii, 19. Le quatrième Évangile (xviii, 40),
qui en fait un voleur, paraît ici beaucoup moins dans le vrai que Marc.
51. Matth., xxvii, 26 ; Marc, xv, 15 ; Jean, xix, 1.
52. Jos., *B. J.*, II, xiv, 9 ; V, xi, 1 ; VII, vi, 4 ; Tite-Live, XXXIII,
36 ; Quinte-Curce, VII, xi, 28.

minaire suffirait. Alors eut lieu, selon tous les récits, une scène révoltante. Des soldats mirent sur le dos de Jésus une casaque rouge, sur sa tête une couronne formée de branches épineuses, et un roseau dans sa main. On l'amena ainsi affublé sur la tribune, en face du peuple. Les soldats défilaient devant lui, le souffletaient tour à tour, et disaient en s'agenouillant : « Salut, roi des Juifs [53]. » D'autres crachaient sur lui et frappaient sa tête avec le roseau. On comprend difficilement que la gravité romaine se soit prêtée à des actes si honteux. Il est vrai que Pilate, en qualité de procurateur, n'avait guère sous ses ordres que des troupes auxiliaires [54]. Des citoyens romains, comme étaient les légionnaires, ne fussent pas descendus à de telles indignités.

Pilate avait-il cru par cette parade mettre sa responsabilité à couvert ? Espérait-il détourner le coup qui menaçait Jésus en accordant quelque chose à la haine des Juifs [55], et en substituant au dénoûment tragique une fin grotesque d'où il semblait résulter que l'affaire ne méritait pas une autre issue ? Si telle fut sa pensée, elle n'eut aucun succès. Le tumulte grandissait et devenait une véritable sédition. Les cris « Qu'il soit crucifié ! qu'il soit crucifié ! » retentissaient de tous côtés. Les prêtres, prenant un ton de plus en plus exigeant, déclaraient la Loi en péril, si le séducteur n'était puni de mort [56]. Pilate vit clairement que, pour sauver Jésus, il faudrait réprimer une émeute sanglante. Il essaya cependant encore de gagner du temps. Il rentra dans le prétoire, s'informa de quel pays était Jésus, cherchant un prétexte

---

53. Matth., xxvii, 27 et suiv. ; Marc, xv, 16 et suiv. ; Luc, xxiii, 11 ; Jean, xix, 2 et suiv.
54. Voir Renier, *Inscrip. rom. de l'Algérie*, n° 5, fragm. B. L'existence de sbires et d'exécuteurs étrangers à l'armée ne se montre clairement que plus tard. Voir cependant Cicéron, *In Verrem*, actio II, nombreux passages ; *Epist. ad Quintum fr.*, I, 1, 4.
55. Luc, xxiii, 16, 22.
56. Jean, xix, 7.

pour décliner sa propre compétence [57]. Selon une tradition, il aurait même renvoyé Jésus à Antipas, qui, dit-on,
était alors à Jérusalem [58]. Jésus se prêta peu à ses efforts
bienveillants ; il se renferma, comme chez Kaïapha, dans
un silence digne et grave, qui étonna Pilate. Les cris du
dehors devenaient de plus en plus menaçants. On dé-
nonçait déjà le peu de zèle du fonctionnaire qui protégeait un ennemi de César. Les plus grands adversaires
de la domination romaine se trouvèrent transformés en
sujets loyaux de Tibère, pour avoir le droit d'accuser de
lèse-majesté le procurateur trop tolérant. « Il n'y a ici,
disaient-ils, d'autre roi que l'empereur ; quiconque se
fait roi se met en opposition avec l'empereur. Si le gouverneur acquitte cet homme, c'est qu'il n'aime pas l'empereur [59]. » Le faible Pilate n'y tint pas ; il lut d'avance
le rapport que ses ennemis enverraient à Rome, et où on
l'accuserait d'avoir soutenu un rival de Tibère. Déjà,
dans l'affaire des écussons votifs [60], les Juifs avaient
écrit à l'empereur et on leur avait donné raison. Il crai-
gnit pour sa place. Par une condescendance qui devait
livrer son nom aux fouets de l'histoire, il céda, rejetant,
dit-on, sur les Juifs toute la responsabilité de ce qui allait
arriver. Ceux-ci, au dire des chrétiens, l'auraient pleine-

---

57. Jean, xix, 9. Cf. Luc, xxiii, 6 et suiv.

58. Il est probable que c'est là une première tentative d' « harmonie des Évangiles ». Luc aura eu sous les yeux un récit où la mort
de Jésus était attribuée par erreur à Hérode. Pour ne pas sacrifier
entièrement cette donnée, il aura mis bout à bout les deux traditions,
d'autant plus qu'il savait peut-être vaguement que Jésus (comme le
quatrième Évangile nous l'apprend) comparut devant trois autorités.
Dans beaucoup d'autres cas, Luc semble avoir un sentiment éloigné
des faits qui sont propres à la narration de Jean. Du reste, le troisième
Évangile renferme, pour l'histoire du crucifiement, une série d'additions
que l'auteur paraît avoir puisées dans un document plus récent, et
où l'arrangement en vue d'un but d'édification était sensible.

59. Jean, xix, 12, 15. Cf. Luc, xxiii, 2. Pour apprécier l'exactitude
de la couleur de cette scène chez les évangélistes, voyez Philon, *Leg.
ad Caïum*, § 38.

60. Voir ci-dessus, p. 387.

ment acceptée, en s'écriant : « Que son sang retombe sur nous et sur nos enfants [61] ! »

Ces mots furent-ils réellement prononcés ? On n'est pas obligé de le croire. Mais ils sont l'expression d'une profonde vérité historique. Vu l'attitude que les Romains avaient prise en Judée, Pilate ne pouvait guère faire autre chose que ce qu'il fit. Combien de sentences de mort dictées par l'intolérance religieuse ont forcé la main au pouvoir civil ! Le roi d'Espagne qui, pour complaire à un clergé fanatique, livrait au bûcher des centaines de ses sujets était plus blâmable que Pilate ; car il représentait un pouvoir plus complet que n'était à Jérusalem, vers l'an 33, celui des Romains. Quand le pouvoir civil se fait persécuteur ou tracassier, à la sollicitation du prêtre, il fait preuve de faiblesse [a]. Mais que le gouvernement qui à cet égard est sans péché jette à Pilate la première pierre. Le « bras séculier », derrière lequel s'abrite la cruauté cléricale, n'est pas le coupable. Nul n'est admis à dire qu'il a horreur du sang, quand il le fait verser par ses exécuteurs.

Ce ne furent donc ni Tibère ni Pilate qui condamnèrent Jésus. Ce fut le vieux parti juif ; ce fut la loi mosaïque. Selon nos idées modernes, il n'y a nulle transmission de démérite moral du père au fils ; chacun ne doit compte à la justice humaine et à la justice divine que de ce qu'il a fait. Tout juif, par conséquent, qui souffre encore aujourd'hui pour le meurtre de Jésus a droit de se plaindre ; car peut-être eût-il été Simon le Cyrénéen ; peut-être au moins n'eût-il pas été avec ceux qui crièrent : « Crucifiez-le ! » Mais les nations ont leur responsabilité comme les individus. Or, si jamais crime fut le crime d'une nation, c'est la mort de Jésus. Cette mort fut « légale », en ce sens qu'elle eut pour cause première une loi qui était l'âme même de la nation. La loi mosaïque, dans sa forme moderne, il est vrai, mais

61. Matth., xxvii, 24-25.

acceptée, prononçait la peine de mort contre toute tentative pour changer le culte établi. Or, Jésus, sans nul
doute, attaquait ce culte et aspirait à le détruire. Les
Juifs le dirent à Pilate avec une franchise simple et vraie:
« Nous avons une loi, et selon cette loi il doit mourir ;
car il s'est fait Fils de Dieu [62]. » La loi était détestable ;
mais c'était la loi de la férocité antique, et le héros qui
s'offrait pour l'abroger devait avant tout la subir.

Hélas ! il faudra plus de dix-huit cents ans pour que le
sang qu'il va verser porte ses fruits. En son nom, durant
des siècles, on infligera des tortures et la mort à des penseurs aussi nobles que lui. Aujourd'hui encore, dans des
pays qui se disent chrétiens, des pénalités sont prononcées pour des délits religieux. Jésus n'est pas responsable de ces égarements. Il ne pouvait prévoir que tel
peuple à l'imagination égarée le concevrait un jour
comme un affreux Moloch, avide de chair brûlée. Le
christianisme a été intolérant ; mais l'intolérance n'est
pas un fait essentiellement chrétien. C'est un fait juif,
en ce sens que le judaïsme dressa pour la première fois la
théorie de l'absolu en matière de foi, et posa le principe
que tout individu détournant le peuple de la vraie religion, même quand il apporte des miracles à l'appui de
sa doctrine, doit être reçu à coups de pierres, lapidé par
tout le monde, sans jugement [63]. Certes, les nations
païennes eurent aussi leurs violences religieuses. Mais,
si elles avaient eu cette loi-là, comment seraient-elles
devenues chrétiennes ? Le Pentateuque a été de la sorte
le premier code de la terreur religieuse. Le judaïsme a
donné l'exemple d'un dogme immuable, armé du glaive.
Si, au lieu de poursuivre les juifs d'une haine aveugle, le
christianisme eût aboli le régime qui tua son fondateur,
combien il eût été plus conséquent, combien il eût mieux
mérité du genre humain !

62. Jean, xix, 7.
63. *Deutér.*, xiii, 1 et suiv.

# CHAPITRE XXV

## MORT DE JÉSUS

Bien que le motif réel de la mort de Jésus fût tout religieux, ses ennemis avaient réussi, au prétoire, à le présenter comme coupable de crime d'État ; ils n'eussent pas obtenu du sceptique Pilate une condamnation pour cause d'hétérodoxie. Conséquents à cette idée, les prêtres firent demander pour Jésus, par la foule, le supplice de la croix. Ce supplice n'était pas juif d'origine ; si la condamnation de Jésus eût été purement mosaïque, on lui eût fait subir la lapidation [1]. La croix était un supplice romain, réservé pour les esclaves et pour les cas où l'on voulait ajouter à la mort l'aggravation de l'ignominie. En l'appliquant à Jésus, on le traitait comme les voleurs de grand chemin, les brigands, les bandits, ou comme ces ennemis de bas étage auxquels les Romains n'accordaient pas les honneurs de la mort par le glaive [2]. C'était le chimérique « roi des Juifs », non le dogmatiste hétérodoxe, que l'on punissait. Par suite de la même idée, l'exécution dut être abandonnée aux Romains. A cette

---

1. Jos., *Ant.*, XX, ix, 1. Le Talmud, qui présente la condamnation de Jésus comme toute religieuse, prétend, en effet, qu'il fut condamné à être lapidé ; il poursuit, il est vrai, en disant qu'il fut pendu. Peut-être veut-il dire qu'après avoir été lapidé, il fut pendu, comme cela arrivait souvent (Mischna, *Sanhédrin*, vi, 4 ; cf. *Deuter.*, xxi, 22). Talm. de Jérusalem, *Sanhédrin*, xiv, 16 ; Talm. de Bab., même traité, 43 *a*, 67 *a*.

2. Jos., *Ant.*, XVII, x, 10 ; XX, vi, 2 ; *B. J.*, V, xi, 1 ; Apulée, *Métam.*, III, 9 ; Suétone, *Galba*, 9 ; Lampride, *Alex. Sev.*, 23.

époque, chez les Romains, les soldats, au moins dans
les cas de condamnations politiques, faisaient l'office
de bourreaux [3]. Jésus fut donc livré à un détachement de
troupes auxiliaires commandé par un centurion [4], et tout
l'odieux des supplices introduits par les mœurs cruelles
des nouveaux conquérants se déroula pour lui. Il était
environ midi [5]. On le revêtit de ses habits, qu'on lui avait
ôtés pour la parade de la tribune. Comme la cohorte avait
déjà en réserve deux voleurs qu'elle devait mettre à
mort, on réunit les trois condamnés, et le cortège se mit
en marche pour le lieu de l'exécution.

Ce lieu était un endroit nommé Golgotha, situé hors
de Jérusalem, mais près des murs de la ville [6]. Le nom
de *Golgotha* signifie *crâne;* il correspond, ce semble, à
notre mot *Chaumont*, et désignait probablement un
tertre dénudé, ayant la forme d'un crâne chauve. On ne
sait pas avec exactitude l'emplacement de ce tertre. Il
était sûrement au nord ou au nord-ouest de la ville, dans
la haute plaine inégale qui s'étend entre les murs et les
deux vallées de Cédron et de Hinnom [7], région assez
vulgaire, attristée encore par les fâcheux détails du
voisinage d'une grande cité. Il n'y a pas de raison décisive pour placer le Golgotha à l'endroit précis où, depuis
Constantin, la chrétienté tout entière l'a vénéré [8]. Mais

3. Tacite, *Ann.*, III, 14. Voir ci-dessus, p. 391, note 54.
4. Matth., xxvii, 54 ; Marc, xv, 39, 44, 45 ; Luc, xxiii, 47.
5. Jean, xix, 14. D'après Marc, xv, 25, il n'eût guère été que huit
heures du matin, puisque, selon cet évangéliste, Jésus fut crucifié à
neuf heures.
6. Matth., xxvii, 33 ; Marc, xv, 22 ; Jean, xix, 20 ; *Epist. ad Hebr.*,
xiii, 12. Comp. Plaute, *Miles gloriosus*, II, iv, 6-7.
7. *Golgotha*, en effet, semble n'être pas sans rapport avec la colline
de *Gareb* et la localité de *Goath*, mentionnées dans Jérémie, xxxi, 39.
Or, ces deux endroits paraissent avoir été au nord-ouest de la ville.
On pourrait placer par conjecture le lieu où Jésus fut crucifié près de
l'angle extrême que fait le mur actuel vers l'ouest, ou bien sur les
buttes qui dominent la vallée de Hinnom, au-dessus de *Birket Mamilla*.
Il serait loisible aussi de penser au monticule qui domine la « Grotte
de Jérémie ».
8. Les preuves par lesquelles on a essayé d'établir que le saint sépulcre a été déplacé depuis Constantin manquent de solidité.

il n'y a pas non plus d'objection capitale qui oblige de troubler à cet égard les souvenirs chrétiens [9].

Le condamné à la croix devait porter lui-même l'instrument de son supplice [10]. Mais Jésus, plus faible de corps que ses deux compagnons, ne put soutenir le poids de la sienne. L'escouade rencontra un certain Simon de Cyrène, qui revenait de la campagne, et les soldats, avec les brusques procédés des garnisons étrangères, le

---

9. La question est de savoir si l'endroit que l'on désigne aujourd'hui comme le Golgotha, et qui est fort engagé dans l'intérieur de la ville actuelle, était, du temps de Jésus, hors de l'enceinte. On a découvert, à 76 mètres à l'est de l'emplacement traditionnel du Calvaire, un pan de mur judaïque analogue à celui d'Hébron, qui, s'il appartient à l'enceinte du temps de Jésus, laisserait ledit emplacement traditionnel en dehors de la ville. (M. de Vogüé, *le Temple de Jér.*, p. 117 et suiv.) L'existence d'un caveau sépulcral (celui qu'on appelle « tombeau de Joseph d'Arimathie ») sous le mur de la coupole du Saint-Sépulcre semble prouver (voir cependant Mischna, *Parah*, III, 2 ; *Baba kama*, VII, sub. fin.) que cet endroit s'est trouvé à quelque époque hors des murs ; or, le caveau en question ne paraît pas assez ancien (voir Vogüé, *op. cit.*, p. 115) pour qu'on puisse le supposer antérieur à la construction de l'enceinte qui existait du temps de Jésus. Deux considérations historiques, dont l'une est assez forte, peuvent d'ailleurs être invoquées en faveur de la tradition. La première, c'est qu'il serait singulier que ceux qui cherchèrent à fixer sous Constantin la topographie évangélique, ne se fussent pas arrêtés devant l'objection qui résulte de *Jean*, XIX, 20, et de *Hébr.*, XIII, 12. Comment, libres dans leur choix, se fussent-ils exposés de gaieté de cœur à une si grave difficulté ? On est donc porté à croire que l'œuvre des topographes dévots du temps de Constantin eut quelque chose de sérieux, qu'ils cherchèrent des indices et que, bien qu'ils ne se refusassent pas certaines fraudes pieuses, ils se guidèrent par des analogies. S'ils n'eussent suivi qu'un vain caprice, ils eussent placé le Golgotha à un endroit plus apparent, au sommet de quelqu'un des mamelons voisins de Jérusalem, pour suivre l'imagination chrétienne, qui désirait que la mort du Christ eût eu lieu sur une montagne. La seconde considération favorable à la tradition, c'est qu'on pouvait avoir, pour se guider, du temps de Constantin, le temple de Vénus sur le Golgotha, élevé, dit-on, par Adrien, ou du moins le souvenir de ce temple. Mais ceci est loin d'être démonstratif. Eusèbe (*Vita Const.*, III, 26), Socrate (*H. E.*, I, 17), Sozomène (*H. E.*, II, 1), saint Jérôme (*Epist.* XLIX, ad. Paulin.), disent bien qu'il y avait un sanctuaire de Vénus sur l'emplacement qu'ils identifient avec celui du saint tombeau ; mais il n'est pas sûr : 1° qu'Adrien l'ait élevé ; 2° qu'il l'ait élevé sur un endroit qui s'appelait dès lors « Golgotha » ; 3° qu'il ait eu l'intention de l'élever à la place où Jésus souffrit la mort.

10. Plutarque, *De sera num. vind.*, 9 ; Artémidore, *Onirocrit.*, II, 56.

forcèrent de porter l'arbre fatal. Peut-être usaient-ils
en cela d'un droit de corvée reconnu, les Romains ne
pouvant se charger eux-mêmes du bois infâme. Il semble
que Simon fut plus tard de la communauté chrétienne.
Ses deux fils, Alexandre et Rufus[11], y étaient fort connus.
Il raconta peut-être plus d'une circonstance dont il
avait été témoin. Aucun disciple n'était à ce moment
auprès de Jésus [12].

On arriva enfin à la place des exécutions. Selon l'usage
juif, on offrit à boire aux patients un vin fortement
aromatisé, boisson enivrante, que, par un sentiment de
pitié, on donnait au condamné pour l'étourdir [13]. Il
paraît que souvent les dames de Jérusalem apportaient
elles-mêmes aux infortunés qu'on menait au supplice ce
vin de la dernière heure ; quand aucune d'elles ne se
présentait, on l'achetait sur les fonds de la caisse publique [14]. Jésus, après avoir effleuré le vase du bout des
lèvres, refusa de boire [15]. Ce triste soulagement des
condamnés vulgaires n'allait pas à sa haute nature. Il
préféra quitter la vie dans la parfaite clarté de son esprit,
et attendre avec une pleine conscience la mort qu'il
avait voulue et appelée. On le dépouilla alors de ses
vêtements,[16] et on l'attacha à la croix. La croix se composait de deux poutres liées en forme de T [17]. Elle était peu
élevée, si bien que les pieds du condamné touchaient

---

11. Marc, xv, 21.
12. La circonstance, *Luc*, xxiii, 27-31, est de celles où l'on sent le
travail d'une imagination pieuse et attendrie. Les paroles qu'on y prête
à Jésus n'ont pu lui être attribuées qu'après le siège de Jérusalem.
13. Talm. de Bab., *Sanhédrin*, fol. 43 *a;* Nicolas de Lire, In Matth.,
xxvii, 34. Comp. *Prov.*, xxxi, 6.
14. Talm. de Bab., *Sanhédrin*, l. c.
15. Marc, xv, 23. Matth., xxvii, 34, fausse ce détail, pour obtenir
une allusion messianique au Ps. lxix, 22.
16. Matth., xxvii, 35 ; Marc, xv, 24 ; Jean, xix, 23. Cf. Artémidore,
*Onirocr.*, II, 53.
17. Epist. Barnabæ, 9 ; Lucien, *Jud. voc.*, 12. Comparez le crucifix
grotesque tracé à Rome sur un mur du mont Palatin. Garrucci, *Il
crocifisso graffito in casa dei Cesari* (Roma, 1857).

presque à terre [18]. On commençait par la dresser [19] ; puis
on y attachait le patient, en lui enfonçant des clous dans
les mains ; les pieds étaient souvent cloués, quelquefois
seulement liés avec des cordes [20]. Un billot de bois, sorte
d'antenne, était attaché au fût de la croix, vers le milieu,
et passait entre les jambes du condamné, qui s'appuyait
dessus [21]. Sans cela les mains se fussent déchirées et le
corps se fût affaissé [22]. D'autres fois, une tablette hori-
zontale était fixée à la hauteur des pieds et les soutenait [23].

Jésus savoura ces horreurs dans toute leur atrocité.
Les deux voleurs étaient crucifiés à ses côtés. Les exécuteurs, auxquels on abandonnait d'ordinaire les menues
dépouilles (*pannicularia*) des suppliciés [24], tirèrent au
sort ses vêtements [25], et, assis au pied de la croix, le
gardaient [26]. Selon une tradition, Jésus aurait prononcé
cette parole, qui fut dans son cœur, sinon sur ses lèvres :
« Père, pardonne-leur ; ils ne savent ce qu'ils font [27]. »

18. Cela résulte de ὑσσώπῳ [a], Jean, xix, 29. En effet, avec une tige
d'hysope on ne peut atteindre bien haut. Il est vrai que cette hysope
est suspecte de provenir d'*Exode*, xii, 22.
19. Jos., *B. J.*, VII, vi, 4 ; Cic., *In Verr.*, V, 66 ; Xénoph. Ephes.,
*Ephesiaca*, IV, 2.
20. Luc, xxiv, 39 ; Jean, xx, 25-27 ; Plaute, *Mostellaria*, II, i,
13 ; Lucain, *Phars.*, VI, 543 et suiv., 547 ; Justin, *Dial. cum Tryph.*,
97 ; *Apol. I*, 35 ; Tertullien, *Adv. Marcionem*, III, 19.
21. Irénée, *Adv. hær.*, II, xxiv, 4 ; Justin, *Dial. cum Tryph.*, 91.
22. Voir la relation d'une crucifixion en Chine, par un témoin
oculaire, dans la *Revue germanique et franç.*, août 1864, p. 358.
23. Voir le *graffito* précité et quelques autres monuments (Martigny,
*Dict. des antiqu. chrét.*, p. 193). Comp. Grégoire de Tours, *De gloria
mart.*, I, 6.
24. Dig., XLVII, xx, *De bonis damnat.*, 6. Adrien limita cet usage.
25. La circonstance ajoutée par *Jean*, xix, 23-24, paraît conçue
*a priori*. Cf. Jos., *Ant.*, III, vii, 4.
26. Matth., xxvii, 36. Cf. Pétrone, *Satyr.*, cxi, cxii.
27. Luc, xxiii, 34. En général, les dernières paroles prêtées à Jésus,
surtout telles que Luc les rapporte, prêtent au doute. L'intention
d'édifier ou de montrer l'accomplissement des prophéties s'y fait
sentir. Dans ces cas d'ailleurs, chacun entend à sa guise. Les dernières
paroles des condamnés célèbres sont toujours recueillies de deux ou
trois façons complètement différentes par les témoins les plus rapprochés. Il en fut ainsi à la mort du Bâb. Gobineau, *les Relig. et les Philos.
de l'Asie centrale*, p. 268.

Un écriteau, suivant la coutume romaine [28], était attaché au haut de la croix, portant en trois langues, en hébreu, en grec et en latin : L E R O I D E S J U I F S. Il y avait dans cette rédaction quelque chose de pénible et d'injurieux pour la nation. Les nombreux passants qui la lurent en furent blessés. Les prêtres firent observer à Pilate qu'il eût fallu adopter une rédaction qui impliquât seulement que Jésus s'était dit roi des Juifs. Mais Pilate, déjà impatienté de cette affaire, refusa de rien changer à ce qui était écrit [29].

Les disciples avaient fui [30]. Une tradition néanmoins veut que Jean soit resté constamment debout au pied de la croix [31]. On peut affirmer avec plus de certitude que les fidèles amies de Galilée, qui avaient suivi Jésus à Jérusalem et continuaient à le servir, ne l'abandonnèrent pas. Marie Cléophas, Marie de Magdala, Jeanne, femme de Khouza, Salomé, d'autres encore, se tenaient à une certaine distance [32] et ne le quittaient pas des yeux [33]. S'il fallait en croire le quatrième Évangile [34],

28. Il est probable qu'on l'avait porté devant Jésus durant le trajet. Suétone, *Caligula*, 32 ; Lettre des Églises de Vienne et de Lyon, dans Eusèbe, *Hist. eccl.*, V, i, 19.

29. Matth., xxvii, 37 ; Marc, xv, 26 ; Luc, xxiii, 38 ; Jean, xix, 19-22. Peut-être était-ce là un scrupule de légalité. Apulée, *Florida*, I, 9.

30. Justin, *Dial. cum. Tryph.*, 106.

31. Jean, xix, 25 et suiv.

32. Les synoptiques sont d'accord pour placer le groupe fidèle « loin » de la croix. Le quatrième évangéliste dit « à côté », dominé par le désir qu'il a de montrer que Jean s'est approché très près de la croix de Jésus.

33. Matth., xxvii, 55-56 ; Marc, xv, 40-41 ; Luc, xxiii, 49, 55 ; xxiv, 10 ; Jean, xix, 25. Cf. Luc, xxiii, 27-31.

34. Jean, xix, 25 et suiv. Luc, toujours intermédiaire entre les deux premiers synoptiques et Jean, place aussi, mais à distance, « tous ses amis » (xxiii, 49). L'expression γνωστοί peut, il est vrai, convenir aux «parents». Luc cependant (ii, 44) distingue les γνωστοί des συγγενεῖς [a]. Ajoutons que les meilleurs manuscrits portent οἱ γνωστοί αὐτῷ, et non οἱ γνωστοὶ αὐτοῦ. Dans les *Actes* (i, 14), Marie, mère de Jésus, est mise en compagnie des femmes galiléennes ; ailleurs (*Évang.*, ii, 35), Luc lui prédit qu'un glaive de douleur lui percera l'âme. Mais on s'explique d'autant moins qu'il l'omette à la croix.

Marie, mère de Jésus, eût été aussi au pied de la croix, et Jésus, voyant réunis sa mère et son disciple chéri, eût dit à l'un : « Voilà ta mère », à l'autre : « Voilà ton fils [35]. » Mais on ne comprendrait pas comment les évangélistes synoptiques, qui nomment les autres femmes, eussent omis celle dont la présence était un trait si frappant. Peut-être même la hauteur extrême du caractère de Jésus ne rend-elle pas un tel attendrissement personnel vraisemblable, au moment où, déjà préoccupé de son œuvre, il n'existait plus que pour l'humanité.

A part ce petit groupe de femmes, qui de loin consolaient ses regards, Jésus n'avait devant lui que le spectacle de la bassesse humaine ou de sa stupidité. Les passants l'insultaient. Il entendait autour de lui de sottes railleries et ses cris suprêmes de douleur tournés en odieux jeux de mots : « Ah! le voilà, disait-on, celui qui s'est appelé Fils de Dieu! Que son père, s'il veut, vienne maintenant le délivrer! — Il a sauvé les autres, murmurait-on encore, et il ne peut se sauver lui-même. S'il est roi d'Israël, qu'il descende de la croix, et nous croyons en lui! — Eh bien, disait un troisième, toi qui détruis le temple de Dieu, et le rebâtis en trois jours, sauve-toi, voyons [36]! » — Quelques-uns, vaguement au courant de ses idées apocalyptiques, crurent l'entendre appeler Élie, et dirent : « Voyons si Élie viendra le délivrer. » Il paraît que les deux voleurs crucifiés à ses côtés l'insultaient aussi [37]. Le ciel était sombre [38] ; la terre,

---

35. Jean, après la mort de Jésus, paraît, en effet, avoir recueilli la mère de son maître, et l'avoir comme adoptée (Jean, xix, 27). La grande considération dont jouit Marie dans l'Église naissante porta sans doute les disciples de Jean à prétendre que Jésus, dont ils voulaient que leur maître eût été le disciple favori, lui avait recommandé en mourant ce qu'il avait de plus cher. La présence vraie ou supposée auprès de Jean de ce précieux dépôt lui donnait sur les autres apôtres une sorte de préséance, et assurait à la doctrine dont on le faisait garant une haute autorité.

36. Matth., xxvii, 40 et suiv. ; Marc, xv, 29 et suiv.

37. Matth., xxvii, 44 ; Marc, xv, 32. Luc, suivant son goût pour la conversion des pécheurs, a ici modifié la tradition.

38. Matth., xxvii, 45 ; Marc, xv, 33 ; Luc, xxiii, 44.

comme dans tous les environs de Jérusalem, sèche et
morne. Un moment, selon certains récits, le cœur lui
défaillit ; un nuage lui cacha la face de son Père ; il eut
une agonie de désespoir, plus cuisante mille fois que tous
les tourments. Il ne vit que l'ingratitude des hommes ; il
se repentit peut-être de souffrir pour une race vile, et il
s'écria : « Mon Dieu, mon Dieu, pourquoi m'as-tu abandonné ? » Mais son instinct divin l'emporta encore. A
mesure que la vie du corps s'éteignait, son âme se rasséré-
nait et revenait peu à peu à sa céleste origine. Il retrouva
le sentiment de sa mission ; il vit dans sa mort le salut
du monde ; il perdit de vue le spectacle hideux qui se
déroulait à ses pieds, et, profondément uni à son Père,
il commença sur le gibet la vie divine qu'il allait mener
dans le cœur de l'humanité pour des siècles infinis.

L'atrocité particulière du supplice de la croix était
qu'on pouvait vivre trois et quatre jours dans cet horrible état sur l'escabeau de douleur [39]. L'hémorragie des
mains s'arrêtait vite et n'était pas mortelle. La vraie
cause de la mort était la position contre nature du corps,
laquelle entraînait un trouble affreux dans la circulation,
de terribles maux de tête et de cœur, et enfin la rigidité
des membres. Les crucifiés de forte complexion pouvaient dormir et ne mouraient que de faim [40]. L'idée
mère de ce cruel supplice était, non de tuer directement
le condamné par des lésions déterminées, mais d'exposer
l'esclave, cloué par les mains dont il n'avait pas su faire
bon usage, et de le laisser pourrir sur le bois. L'organisation délicate de Jésus le préserva de cette lente agonie.
Une soif brûlante, l'une des tortures du crucifiement [41]
comme de tous les supplices qui entraînent une hémor-

---

39. Pétrone, *Sat.*, cxi et suiv. ; Origène, *In Matth. Comment. series*,
140 ; texte arabe publié dans Kosegarten, *Chrest. arab.*, p. 63 et suiv. ;
*Revue germ.*, endroit cité.
40. Eusèbe, *Hist. eccl.*, VIII, 8 ; *Revue germ.*, ibid.
41. Voir le texte arabe publié par Kosegarten, *Chrest. arab.*, p. 64,
et la *Revue germ.*, endroit précité.

ragie abondante, le dévorait. Il demanda à boire. Il y avait près de là un vase plein de la boisson ordinaire des soldats romains, mélange de vinaigre et d'eau, appelé *posca*. Les soldats devaient porter avec eux leur *posca* dans toutes les expéditions [42], au nombre desquelles une exécution était comptée. Un soldat trempa une éponge [43] dans ce breuvage, la mit au bout d'un roseau, et la porta aux lèvres de Jésus, qui la suça [44]. On s'imagine en Orient que le fait de donner à boire aux crucifiés et aux empalés accélère la mort [45] : plusieurs crurent que Jésus rendit l'âme aussitôt après avoir bu le vinaigre [46]. Il est bien plus probable qu'une apoplexie ou la rupture instantanée d'un vaisseau dans la région du cœur amena pour lui, au bout de trois heures, une mort subite. Quelques moments avant de rendre l'âme, il avait encore la voix forte [47]. Tout à coup, il poussa un cri terrible [48], où les uns entendirent : : O Père, je remets mon esprit entre tes mains! » et que les autres, plus préoccupés de l'accomplissement des prophéties, rendirent par ces mots : « Tout est consommé! » Sa tête s'inclina sur sa poitrine, et il expira.

Repose maintenant dans ta gloire, noble initiateur. Ton œuvre est achevée ; ta divinité est fondée. Ne crains plus de voir crouler par une faute l'édifice de tes efforts. Désormais hors des atteintes de la fragilité, tu assisteras, du haut de la paix divine, aux conséquences infinies de tes actes. Au prix de quelques heures de souffrance, qui

42. Spartien, *Vie d'Adrien*, 10 ; Vulcatius Gallicanus, *Vie d'Avidius Cassius*, 5.

43. Probablement la petite éponge qui servait à fermer le goulot du vase où était la *posca*.

44. Matth., xxvii, 48 ; Marc, xv, 36 ; Luc, xxiii, 36 ; Jean, xix, 28-30.

45. Voir Nicolas de Lire, In Matth., xxvii, 34, et in Joh., xix, 29, et les récits du supplice de l'assassin de Kleber. Comp. *Revue germ.*, endroit cité.

46. Matthiou, Marc et Jean semblent lier les deux faits.

47. Matth., xxvii, 46 ; Marc, xv, 34.

48. Matth., xxvii, 50 ; Marc, xv, 37 ; Luc, xxiii, 46 ; Jean, xix, 30.

n'ont pas même atteint ta grande âme, tu as acheté la plus complète immortalité. Pour des milliers d'années, le monde va relever de toi! Drapeau de nos contradictions, tu seras le signe autour duquel se livrera la plus ardente bataille. Mille fois plus vivant, mille fois plus aimé depuis ta mort que durant les jours de ton passage ici-bas, tu deviendras à tel point la pierre angulaire de l'humanité, qu'arracher ton nom de ce monde serait l'ébranler jusqu'aux fondements. Entre toi et Dieu, on ne distinguera plus. Pleinement vainqueur de la mort, prends possession du royaume où te suivront, par la voie royale que tu as tracée, des siècles d'adorateurs.

# CHAPITRE XXVI

## JÉSUS AU TOMBEAU

Il était environ trois heures de l'après-midi, selon notre manière de compter [1], quand Jésus expira. Une loi juive [2] défendait de laisser un cadavre suspendu au gibet au-delà de la soirée du jour de l'exécution. Il n'est pas probable que, dans les exécutions faites par les Romains, cette règle fût observée. Mais, comme le lendemain était le sabbat, et un sabbat d'une solennité particulière, les Juifs exprimèrent à l'autorité romaine [3] le désir que ce saint jour ne fût pas souillé par un tel spectacle [4]. On accueillit leur demande ; des ordres furent donnés pour qu'on hâtât la mort des trois condamnés, et qu'on les détachât de la croix. Les soldats s'acquittèrent de cette commission en appliquant aux deux voleurs un second supplice, bien plus prompt que celui de la croix, le *crurifragium*, brisement des jambes [5],

1. Matth., xxvii, 46 ; Marc, xv, 37 ; Luc, xxiii, 44. Comp. Jean, xix, 14.
2. *Deutéron.*, xxi, 22-23 ; Josué, viii, 29 ; x, 26 et suiv. Cf. Jos., *B. J.*, IV, v, 2 ; Mischna, *Sanhédrin*, vi, 5.
3. Jean dit « à Pilate » ; mais cela ne se peut, car Marc (xv, 44-45) veut que, le soir, Pilate ignorât encore la mort de Jésus.
4. Comparez Philon, *In Flaccum*, § 10.
5. Il n'y a pas d'autre exemple du *crurifragium* appliqué à la suite du crucifiement. Mais souvent, pour abréger les tortures du patient, on lui donnait un coup de grâce. Voir le passage d'Ibn-Hischâm, traduit dans la *Zeitschrift für die Kunde des Morgenlandes*, I, p. 99-100.

supplice ordinaire des esclaves et des prisonniers de guerre. Quant à Jésus, ils le trouvèrent mort, et ne jugèrent pas à propos de lui casser les jambes [6]. Un d'entre eux, seulement, pour enlever toute incertitude sur le décès réel de ce troisième crucifié, et l'achever s'il lui restait quelque souffle, lui perça le côté d'un coup de lance [7]. On crut voir couler du sang et de l'eau [8], ce qu'on regarda comme un signe de la cessation de vie.

Le quatrième évangéliste, qui fait ici intervenir l'apôtre Jean comme témoin oculaire, insiste beaucoup sur ce détail [9]. Il est évident, en effet, que des doutes s'élevèrent sur la réalité de la mort de Jésus. Quelques heures de suspension à la croix paraissaient aux personnes habituées à voir des crucifiements tout à fait insuffisantes pour amener un tel résultat. On citait beaucoup de cas de crucifiés qui, détachés à temps, avaient été rappelés à la vie par des cures énergiques [10]. Origène, plus tard, se crut obligé d'invoquer le miracle pour expliquer une fin si prompte [11]. Le même étonnement se retrouve dans le récit de Marc [12]. A vrai dire, la meilleure garantie que possède l'historien sur un point de cette nature, c'est la haine soupçonneuse des ennemis de Jésus. Il est très douteux que les Juifs fussent dès lors préoccupés de la crainte que Jésus ne passât pour ressuscité ; mais, en tout cas, ils devaient veiller à ce qu'il fût bien mort. Quelle qu'ait pu être à certaines époques la négligence des anciens en tout ce qui était ponctualité légale et conduite stricte des affaires, on ne

---

6. Peut-être est-ce là une invention *a priori* pour assimiler Jésus à l'agneau pascal (Exode, xii, 46 ; Nombres, ix, 12).

7. Cette circonstance peut avoir été imaginée pour répondre à Zacharie, xii, 10. Comp. Jean, xix, 37 ; Apoc., i, 7.

8. Ici encore, on peut suspecter un symbolisme *a priori*. Comp. Ire épître de Jean, v, 6 et suiv. ; Apollinaris, dans la *Chronique pascale*, p. 7.

9. Jean, xix, 31-35.

10. Hérodote, VII, 194 ; Jos., *Vita*, 75.

11. *In Matth. Comment. series*, 140.

12. Marc, xv, 44-45.

peut croire que, cette fois, les intéressés n'aient pas pris, pour un point qui leur importait si fort, quelques précautions [13].

Selon la coutume romaine, le cadavre de Jésus aurait dû rester suspendu pour devenir la proie des oiseaux [14]. Selon la loi juive, enlevé le soir, il eût été déposé dans le lieu infâme destiné à la sépulture des suppliciés [15]. Si Jésus n'avait eu pour disciples que ses pauvres Galiléens, timides et sans crédit, la chose se serait passée de cette seconde manière. Mais nous avons vu que, malgré son peu de succès à Jérusalem, Jésus avait gagné la sympathie de quelques personnes considérables, qui attendaient le royaume de Dieu, et qui, sans s'avouer ses disciples, avaient pour lui un profond attachement. Une de ces personnes, Joseph, de la petite ville d'Arimathie (*Haramathaïm* [16]), alla le soir demander le corps au procurateur [17]. Joseph était un homme riche et honorable, membre du sanhédrin. La loi romaine, à cette époque, ordonnait d'ailleurs de délivrer le cadavre du supplicié à qui le réclamait [18]. Pilate, qui ignorait la circonstance du *crurifragium*, s'étonna que Jésus fût sitôt mort, et fit venir le centurion qui avait commandé l'exécution, pour savoir ce qu'il en était. Après avoir reçu les assurances du centurion, Pilate accorda à Joseph l'objet de sa demande. Le corps, probablement, était déjà descendu de la croix. On le livra à Joseph pour en faire selon son plaisir.

13. Les besoins de l'argumentation chrétienne portèrent plus tard à exagérer ces précautions, surtout quand les Juifs eurent adopté pour système de soutenir que le corps de Jésus avait été volé. Matth., XXVII, 62 et suiv. ; XXVIII, 11-15.
14. Horace, *Épîtres*, I, XVI, 48 ; Juvénal, XIV, 77 ; Lucain, VI, 544 ; Plaute, *Miles glor.*, II, IV, 19 ; Artémidore, *Onir.*, II, 53 ; Pline, XXXVI, 24 ; Plutarque, *Vie de Cléomène*, 39 ; Pétrone, *Sat.*, CXI-CXII.
15. Mischna, *Sanhédrin*, VI, 5 et 6.
16. Probablement identique à l'ancienne Rama de Samuel, dans la tribu d'Éphraïm.
17. Matth., XXVII, 57 et suiv. ; Marc, XV, 42 et suiv. ; Luc, XXIII, 50 et suiv. ; Jean, XIX, 38 et suiv.
18. Digeste, XLVIII, XXIV, *De cadaveribus punitorum*.

Un autre ami secret, Nicodème [19], que déjà nous avons vu employer son influence en faveur de Jésus, se retrouva à ce moment. Il arriva portant une ample provision des substances nécessaires à l'embaumement. Joseph et Nicodème ensevelirent Jésus selon la coutume juive, c'est-à-dire en l'enveloppant dans un linceul avec de la myrrhe et de l'aloès. Les femmes galiléennes étaient présentes [20], et sans doute accompagnaient la scène de cris aigus et de pleurs.

Il était tard, et tout cela se fit fort à la hâte. On n'avait pas encore choisi le lieu où on déposerait le corps d'une manière définitive. Ce transport, d'ailleurs, aurait pu se prolonger jusqu'à une heure avancée et entraîner la violation du sabbat ; or, les disciples observaient encore avec conscience les prescriptions de la loi juive. On se décida donc pour une sépulture provisoire [21]. Il y avait près de là, dans un jardin, un tombeau récemment creusé dans le roc et qui n'avait jamais servi. Il appartenait probablement à quelque affilié [22]. Les grottes funéraires, quand elles étaient destinées à un seul cadavre, se composaient d'une petite chambre, au fond de laquelle la place du corps était marquée par une auge ou couchette évidée dans la paroi et surmontée d'un arceau [23]. Comme ces grottes étaient creu-

---

19. Jean, xix, 39 et suiv.
20. Matth., xxvii, 61 ; Marc, xv, 47 ; Luc, xxiii, 55.
21. Jean, xix, 41-42.
22. Une tradition (Matth., xxvii, 60) désigne comme propriétaire du caveau Joseph d'Arimathie lui-même.
23. Le caveau qui, à l'époque de Constantin, fut considéré comme le tombeau du Christ, offrait cette forme, ainsi qu'on peut le conclure de la description d'Arculfe (dans Mabillon, *Acta SS. Ord. S. Bened.*, sect. III, pars II, p. 504) et des vagues traditions qui restent à Jérusalem dans le clergé grec sur l'état du rocher actuellement dissimulé par l'édicule du Saint-Sépulcre. Mais les indices sur lesquels on se fonda sous Constantin pour identifier ce tombeau avec celui du Christ furent faibles ou nuls (voir surtout Sozomène, *H. E.*, II, 1). Lors même qu'on admettrait la position du Golgotha comme à peu près exacte, le saint sépulcre n'aurait encore aucun caractère bien sérieux d'authenticité. En tout cas, l'aspect des lieux a été totalement modifié.

sées dans le flanc de rochers inclinés, on y entrait de plain-pied ; la porte était fermée par une pierre très difficile à manier. On déposa Jésus dans le caveau [24] ; on roula la pierre à la porte, et l'on se promit de revenir pour lui donner une sépulture plus complète. Mais le lendemain étant un sabbat solennel, le travail fut remis au surlendemain [25].

Les femmes se retirèrent après avoir soigneusement remarqué comment le corps était posé. Elles employèrent les heures de la soirée qui leur restaient à faire de nouveaux préparatifs pour l'embaumement. Le samedi, tout le monde se reposa [26].

Le dimanche matin, les femmes, Marie de Magdala la première, vinrent de très bonne heure au tombeau [27]. La pierre était déplacée de l'ouverture, et le corps n'était plus à l'endroit où on l'avait mis. En même temps, les bruits les plus étranges se répandirent dans la communauté chrétienne. Le cri « Il est ressuscité! » courut parmi les disciples comme un éclair. L'amour lui fit trouver partout une créance facile. Que s'était-il passé ? C'est en traitant de l'histoire des apôtres que nous aurons à examiner ce point et à rechercher l'origine des légendes relatives à la résurrection. La vie de Jésus, pour l'historien, finit avec son dernier soupir. Mais telle était la trace qu'il avait laissée dans le cœur de ses disciples et de quelques amies dévouées que, durant des semaines encore, il fut pour eux vivant et consolateur. Par qui son corps avait-il été enlevé [28] ? Dans quelles conditions l'enthousiasme, toujours crédule, fit-il éclore l'ensemble de récits par lequel on établit la foi en la résurrection ? C'est ce que, faute de documents contra-

24. I Cor., xv, 4.
25. Luc, xxiii, 56.
26. Luc, xxiii, 54-56.
27. Matthieu, xxviii, 1 ; Marc, xvi, 1 ; Luc, xxiv, 1 ; Jean, xx, 1.
28. Voir Matth., xxviii, 15 ; Jean, xx, 2.

dictoires, nous ignorerons à jamais. Disons cependant
que la forte imagination de Marie de Magdala [29] joua
dans cette circonstance un rôle capital [30]. Pouvoir divin
de l'amour! moments sacrés où la passion d'une hallu-
cinée donne au monde un Dieu ressuscité!

29. Elle avait été possédée de sept démons (Marc, xvi, 9 ; Luc
viii, 2).
30. Cela est sensible surtout dans les versets 9 et suivants du chapitre xvi de Marc. Ces versets forment une conclusion du second Évangile, différente de la conclusion xvi, 1-8, après laquelle s'arrêtent le
manuscrit B du Vatican et le *Codex Sinaiticus.* Dans le quatrième
Évangile (xx, 1-2, 11 et suiv., 18), Marie de Magdala est aussi le seul
témoin primitif de la résurrection.

# CHAPITRE XXVII

## SORT DES ENNEMIS DE JÉSUS

Selon le calcul que nous adoptons, la mort de Jésus tomba l'an 33 de notre ère [1]. Elle ne peut en tout cas être ni antérieure à l'an 29, la prédication de Jean et de Jésus ayant commencé l'an 28 [2], ni postérieure à l'an 35, puisque l'an 36, et, ce semble, avant Pâque, Pilate et Kaïapha perdirent l'un et l'autre leurs fonctions [3]. La mort de Jésus fut, du reste, tout à fait étrangère à ces deux destitutions [4]. Dans sa retraite, Pilate ne songea probablement pas un moment à l'épisode oublié qui devait transmettre sa triste renommée à la postérité la plus lointaine. Quant à Kaïapha, il eut pour successeur Jonathan, son beau-frère, fils de ce même Hanan qui avait joué dans le procès de Jésus le rôle principal. La famille sadducéenne de Hanan garda encore longtemps le pontificat, et, plus puissante que jamais, ne cessa de

1. L'an 33 répond bien à une des données du problème, savoir que le 14 de nisan ait été un vendredi. Si on rejette l'an 33, pour trouver une année qui remplisse ladite condition, il faut au moins remonter à l'an 29 ou descendre à l'an 36. Voir ci-dessus, p. 366, note 10.

2. Luc, III, 1.

3. Jos., *Ant.*, XVIII, IV, 2 et 3.

4. L'assertion contraire de Tertullien et d'Eusèbe découle d'un apocryphe ou d'une légende sans valeur (Voir Thilo, *Cod. apocr. N. T.*, p. 813 et suiv.). Le suicide de Pilate (Eusèbe, *H. E.*, II, 7 ; *Chron. ad. ann.* 1 Caii) paraît aussi légendaire (Tischendorf, *Evang. apocr.*, p. 432 et suiv.).

faire aux disciples et à la famille de Jésus la guerre
acharnée qu'elle avait commencée contre le fondateur.
Le christianisme, qui lui dut l'acte définitif de sa fondation, lui dut aussi ses premiers martyrs. Hanan passa
pour un des hommes les plus heureux de son siècle [5].
Le vrai coupable de la mort de Jésus finit sa vie au
comble des honneurs et de la considération, sans avoir
douté un instant qu'il n'eût rendu un grand service à la
nation. Ses fils continuèrent de régner autour du temple,
à grand-peine réprimés par les procurateurs et bien des
fois se passant de leur consentement pour satisfaire
leurs instincts violents et hautains [6].

Antipas et Hérodiade disparurent aussi bientôt de
la scène politique. Hérode Agrippa ayant été élevé à
la dignité de roi par Caligula, la jalouse Hérodiade jura,
elle aussi, d'être reine. Sans cesse pressé par cette femme
ambitieuse, qui le traitait de lâche parce qu'il souffrait
un supérieur dans sa famille, Antipas surmonta son
indolence naturelle et se rendit à Rome, afin de solliciter
le titre que venait d'obtenir son neveu (39 de notre ère).
Mais l'affaire tourna au plus mal. Desservi par Hérode
Agrippa auprès de l'empereur, Antipas fut destitué,
et traîna le reste de sa vie d'exil en exil, à Lyon, en Espagne. Hérodiade le suivit dans ses disgrâces [7]. Cent ans
au moins devaient encore s'écouler avant que le nom
de leur obscur sujet, devenu dieu, revînt dans ces contrées éloignées rappeler sur leurs tombeaux le meurtre
de Jean-Baptiste.

Quant au malheureux Juda de Kerioth, des légendes
terribles coururent sur sa mort. On prétendit que, du
prix de sa perfidie, il avait acheté un champ aux environs de Jérusalem. Il y avait justement, au sud du mont
Sion, un endroit nommé *Hakeldama* (le champ du

5. Jos., *Ant.*, XX, ix, 1.
6. Jos., *l. c.*; Tosiphta *Menachoth*, ii.
7. Jos., *Ant.*, XVIII, vii, 1, 2 ; *B. J.*, II, ix, 6.

sang) [8]. On supposa que c'était la propriété acquise
par le traître [9]. Selon une tradition, il se tua [10]. Selon
une autre, il fit dans son champ une chute, par suite
de laquelle ses entrailles se répandirent à terre [11]. Selon
d'autres, il mourut d'une sorte d'hydropisie, accompagnée de circonstances repoussantes que l'on prit pour
un châtiment du ciel [12]. Le désir de donner en Judas
un pendant à Achitophel [13] et de montrer en lui l'accomplissement des menaces que le Psalmiste prononce
contre l'ami perfide [14] a pu donner lieu à ces légendes.
Peut-être, retiré dans son champ de Hakeldama, Judas
mena-t-il une vie douce et obscure, pendant que ses
anciens amis préparaient la conquête du monde et y
semaient le bruit de son infamie. Peut-être aussi l'épouvantable haine qui pesait sur sa tête aboutit-elle à des
actes violents, où l'on vit le doigt du ciel.

Le temps des grandes vengeances chrétiennes était,
du reste, bien éloigné. La secte nouvelle ne fut pour
rien dans la catastrophe que le judaïsme allait bientôt
éprouver. La synagogue ne comprit que beaucoup plus
tard à quoi l'on s'expose en appliquant des lois d'intolérance. L'empire était certes plus loin encore de soup-
çonner que son futur destructeur était né. Pendant près
de trois cents ans, il suivra sa voie sans se douter qu'à

8. Saint Jérôme, *De situ et nom. loc. hebr.*, au mot *Acheldama*.
Eusèbe (*ibid.*) dit au nord. Mais les Itinéraires confirment la leçon
de saint Jérôme. La tradition qui nomme *Haceldama* la nécropole
située au bas de la vallée de Hinnom remonte au moins à l'époque de
Constantin.
9. *Act.*, i, 18-19. Matthieu, ou plutôt son interpolateur, a ici donné
un tour moins satisfaisant à la tradition, afin d'y rattacher la circonstance d'un cimetière pour les étrangers, qui se trouvait près de là, et
de trouver une prétendue vérification de Zacharie, xi, 12-13.
10. Matth., xxvii, 5.
11. *Act.*, l. c.; Papias, dans Œcumenius, *Enarr. in Act. Apost.*, ii,
et dans Fr. Münter, *Fragm. Patrum græc.* (Hafniæ, 1788), fasc. I,
p. 17 et suiv.; Théophylacte, In Matth., xxvii, 5.
12. Papias, dans Münter, *l. c.*; Théophylacte, *l. c.*
13. II Sam., xvii, 23.
14. Psaumes lxix et cix.

côté de lui croissent des principes destinés à faire subir à l'humanité une complète transformation. A la fois théocratique et démocratique, l'idée jetée par Jésus dans le monde fut, avec l'invasion des Germains, la cause de dissolution la plus active pour l'œuvre des Césars. D'une part, le droit de tous les hommes à participer au royaume de Dieu était proclamé. De l'autre, la religion était désormais en principe séparée de l'État. Les droits de la conscience, soustraits à la loi politique, arrivent à constituer un pouvoir nouveau, le « pouvoir spirituel ». Ce pouvoir a menti plus d'une fois à son origine ; durant des siècles, les évêques ont été des princes et le pape a été un roi. L'empire prétendu des âmes s'est montré à diverses reprises comme une affreuse tyrannie, employant pour se maintenir la torture et le bûcher. Mais le jour viendra où la séparation portera ses fruits, où le domaine des choses de l'esprit cessera de s'appeler un « pouvoir » pour s'appeler une «liberté». Sorti de l'affirmation hardie d'un homme du peuple, éclos devant le peuple, aimé et admiré d'abord du peuple, le christianisme fut empreint d'un caractère originel qui ne s'effacera jamais. Il fut le premier triomphe de la révolution, la victoire du sentiment populaire, l'avènement des simples de cœur, l'inauguration du beau comme le peuple l'entend. Jésus ouvrit ainsi dans les sociétés aristocratiques de l'antiquité la brèche par laquelle tout passera.

Le pouvoir civil, en effet, bien qu'innocent de la mort de Jésus (il ne fit que contresigner la sentence, et encore malgré lui), devait en porter lourdement la responsabilité. En présidant à la scène du Calvaire, l'État se porta le coup le plus grave. Une légende pleine d'irrévérences de toute sorte prévalut et fit le tour du monde, légende où les autorités constituées jouent un rôle odieux, où c'est l'accusé qui a raison, où les juges et les gens de police se liguent contre la vérité. Séditieuse au plus haut degré, l'histoire de la Passion, répandue par des millions d'images populaires, montre les aigles romaines sanctionnant le plus inique des supplices, des soldats l'exécutant, un préfet l'ordonnant. Quel coup pour toutes les puissances établies! Elles ne s'en sont jamais bien relevées. Comment prendre à l'égard des pauvres gens des airs d'infaillibilité, quand on a sur la conscience la grande méprise de Gethsémani [15]?

---

15. Ce sentiment populaire vivait encore en Bretagne au temps de mon enfance. Le gendarme y était considéré, comme ailleurs le juif, avec une sorte de répulsion pieuse ; car c'est lui qui arrêta Jésus!

# CHAPITRE XXVIII

Jésus, on le voit, n'étendit jamais son action en dehors du judaïsme. Quoique sa sympathie pour tous les dédaignés de l'orthodoxie le portât à admettre les païens dans le royaume de Dieu, quoiqu'il ait plus d'une fois résidé en terre païenne, et qu'une ou deux fois on le surprenne en rapports bienveillants avec des infidèles [1], on peut dire que sa vie s'écoula tout entière dans le petit monde, très fermé, où il était né. Les pays grecs et romains n'entendirent pas parler de lui ; son nom ne figure dans les auteurs profanes que cent ans plus tard, et encore d'une façon indirecte, à propos des mouvements séditieux provoqués par sa doctrine ou des persécutions dont ses disciples furent l'objet [2]. Dans le sein même du judaïsme, Jésus ne fit pas une impression bien durable. Philon, mort vers l'an 50, n'a aucun soupçon de lui. Josèphe, né l'an 37, et écrivant sur la fin du siècle, mentionne son exécution en quelques lignes [3], comme un événement d'une importance secondaire ; dans l'énumération des sectes de son temps, il omet les chrétiens [4]. Juste de Tibériade, historien contem-

---

1. Matth., VIII, 5 et suiv. ; Luc, VII, 1 et suiv. ; Jean, XII, 20 et suiv. Comp. Jos., *Ant.*, XVIII, III, 3.
2. Tacite, *Ann.*, XV, 45 ; Suétone, *Claude*, 25.
3. *Ant.*, XVIII, III, 3. Ce passage a été altéré par une main chrétienne.
4. *Ant.*, XVIII, I ; *B. J.*, II, VIII ; *Vita*, 2.

porain de Josèphe, ne prononçait pas le nom de Jésus [5].
La *Mischna*, d'un autre côté, n'offre aucune trace de
l'école nouvelle ; les passages des deux Gémares où le
fondateur du christianisme est nommé n'ont pas été
rédigés avant le iv<sup>e</sup> ou le v<sup>e</sup> siècle [6]. L'œuvre essentielle
de Jésus fut de créer autour de lui un cercle de disciples
auxquels il inspira un attachement sans bornes, et dans
le sein desquels il déposa le germe de sa doctrine. S'être
fait aimer, « à ce point qu'après sa mort on ne cessa pas
de l'aimer, » voilà le chef-d'œuvre de Jésus et ce qui
frappa le plus ses contemporains [7]. Sa doctrine était
quelque chose de si peu dogmatique qu'il ne songea
jamais à l'écrire ni à la faire écrire. On était son disciple
non pas en croyant ceci ou cela, mais en s'attachant à sa
personne et en l'aimant. Quelques sentences recueillies
d'après les souvenirs de ses auditeurs, et surtout son
type moral et l'impression qu'il avait laissée, furent
ce qui resta de lui. Jésus n'est pas un fondateur de dogmes, un faiseur de symboles ; c'est l'initiateur du monde
à un esprit nouveau. Les moins chrétiens des hommes
furent, d'une part, les docteurs de l'Église grecque, qui,
à partir du iv<sup>e</sup> siècle, engagèrent le christianisme dans
une voie de puériles discussions métaphysiques, et,
d'une autre part, les scolastiques du moyen âge latin,
qui voulurent tirer de l'Évangile les milliers d'articles
d'une « Somme » colossale. Adhérer à Jésus en vue du
royaume de Dieu, voilà ce qui s'appela d'abord être
chrétien.

On comprend de la sorte comment, par une destinée
exceptionnelle, le christianisme pur se présente encore,

5. Photius, *Bibl.*, cod. xxxiii.
6. Talm. de Jérusalem, *Sanhédrin*, xiv, 16 ; *Aboda zara*, ii, 2 ;
*Schabbath*, xiv, 4 ; Talm. de Babylone, *Sanhédrin*, 43 a, 67 a ; *Schabbath*,
104 b, 116 b. Comp. *Chagiga*, 4 b ; *Gittin*, 57 a, 90 a. Les deux Gémares
empruntent la plupart de leurs données sur Jésus à une légende bur-
lesque et obscène, inventée par les adversaires du christianisme et sans
valeur historique. Cf. Origène, *Contre Celse*, I, 28, 32.
7. Jos., *Ant.*, XVIII, iii, 3.

au bout de dix-huit siècles, avec le caractère d'une religion universelle et éternelle. C'est qu'en effet la religion de Jésus est à quelques égards la religion définitive. Fruit d'un mouvement des âmes parfaitement spontané, dégagé à sa naissance de toute étreinte dogmatique, ayant lutté trois cents ans pour la liberté de conscience, le christianisme, malgré les chutes qui ont suivi, recueille encore les fruits de cette excellente origine. Pour se renouveler, il n'a qu'à revenir à l'Évangile. Le royaume de Dieu, tel que nous le concevons, diffère notablement de l'apparition surnaturelle que les premiers chrétiens espéraient voir éclater dans les nues. Mais le sentiment que Jésus a introduit dans le monde est bien le nôtre. Son parfait idéalisme est la plus haute règle de la vie détachée et vertueuse. Il a créé le ciel des âmes pures, où se trouve ce qu'on demande en vain à la terre, la parfaite noblesse des enfants de Dieu, la sainteté accomplie, la totale abstraction des souillures du monde, la liberté enfin, que la société réelle exclut comme une impossibilité, et qui n'a toute son amplitude que dans le domaine de la pensée. Le grand maître de ceux qui se réfugient en ce paradis idéal est encore Jésus. Le premier, il a proclamé la royauté de l'esprit ; le premier, il a dit, au moins par ses actes : « Mon royaume n'est pas de ce monde. » La fondation de la vraie religion est bien son œuvre. Après lui, il n'y a plus qu'à développer et à féconder.

« Christianisme » est ainsi devenu presque synonyme de « religion ». Tout ce qu'on fera en dehors de cette grande et bonne tradition chrétienne sera stérile. Jésus a fondé la religion dans l'humanité, comme Socrate y a fondé la philosophie, comme Aristote y a fondé la science. Il y a eu de la philosophie avant Socrate et de la science avant Aristote. Depuis Socrate et depuis Aristote, la philosophie et la science ont fait d'immenses progrès ; mais tout a été bâti sur le fondement qu'ils ont posé. De même, avant Jésus, la pensée religieuse

avait traversé bien des révolutions ; depuis Jésus, elle
a fait de grandes conquêtes : on n'est pas sorti, cependant, on ne sortira pas de la notion essentielle que Jésus
a créée ; il a fixé pour toujours la manière dont il faut
concevoir le culte pur. La religion de Jésus n'est pas
limitée. L'Église a eu ses époques et ses phases ; elle
s'est renfermée dans des symboles qui n'ont eu ou qui
n'auront qu'un temps : Jésus a fondé la religion absolue,
n'excluant rien, ne déterminant rien si ce n'est le sentiment. Ses symboles ne sont pas des dogmes arrêtés ;
ce sont des images susceptibles d'interprétations indé-
finies. On chercherait vainement une proposition théologique dans l'Évangile. Toutes les professions de foi
sont des travestissements de l'idée de Jésus, à peu près
comme la scolastique du moyen âge, en proclamant
Aristote le maître unique d'une science achevée, faussait
la pensée d'Aristote. Aristote, s'il eût assisté aux débats
de l'école, eût répudié cette doctrine étroite ; il eût été
du parti de la science progressive contre la routine, qui
se couvrait de son autorité ; il eût applaudi à ses contradicteurs. De même, si Jésus revenait parmi nous, il
reconnaîtrait pour disciples, non ceux qui prétendent le
renfermer tout entier dans quelques phrases de caté-
chisme, mais ceux qui travaillent à le continuer. La gloire
éternelle, dans tous les ordres de grandeurs, est d'avoir
posé la première pierre. Il se peut que, dans la « Physique »
et dans la « Météorologie » des temps modernes, il ne
se retrouve pas un mot des traités d'Aristote qui portent
ces titres ; Aristote n'en reste pas moins le fondateur
de la science de la nature. Quelles que puissent être les
transformations du dogme, Jésus restera en religion le
créateur du sentiment pur ; le Sermon sur la montagne
ne sera pas dépassé. Aucune révolution ne fera que nous
ne nous rattachions en religion à la grande famille
intellectuelle et morale en tête de laquelle brille le
nom de Jésus. En ce sens, nous sommes chrétiens,
même quand nous nous séparons sur presque tous les

points de la tradition chrétienne qui nous a précédés.
Et cette grande fondation fut bien l'œuvre personnelle de Jésus. Pour s'être fait adorer à ce point, il faut
qu'il ait été adorable. L'amour ne va pas sans un objet
digne de l'allumer, et nous ne saurions rien de Jésus
si ce n'est la passion qu'il inspira à son entourage, que
nous devrions affirmer encore qu'il fut grand et pur.
La foi, l'enthousiasme, la constance de la première génération chrétienne ne s'expliquent qu'en supposant à
l'origine de tout le mouvement un homme de proportions colossales [a]. A la vue des merveilleuses créations
des âges de foi, deux impressions également funestes
à la bonne critique historique s'élèvent dans l'esprit.
D'une part, on est porté à supposer ces créations trop
impersonnelles ; on attribue à une action collective
ce qui souvent a été l'œuvre d'une volonté puissante
et d'un esprit supérieur. D'un autre côté, on se refuse
à voir des hommes comme nous dans les auteurs de
ces mouvements extraordinaires qui ont décidé du sort
de l'humanité. Prenons un sentiment plus large des
pouvoirs que la nature recèle en son sein. Nos civilisations, régies par une police minutieuse, ne sauraient
nous donner aucune idée de ce que valait l'homme à
des époques où l'originalité de chacun avait pour se
développer un champ plus libre. Supposons un solitaire
demeurant dans les carrières voisines de nos capitales,
sortant de là de temps en temps pour se présenter aux
palais des souverains, forçant la consigne, et, d'un
ton impérieux, annonçant aux rois l'approche des
révolutions dont il a été le promoteur. Cette idée seule
nous fait sourire. Tel, cependant, fut Élie. Élie le Thesbite [b], de nos jours, ne franchirait pas le guichet des
Tuileries. La prédication de Jésus, sa libre activité en
Galilée ne sont pas moins inconcevables dans les conditions sociales auxquelles nous sommes habitués. Dégagées
de nos conventions polies, exemptes de l'éducation uniforme qui nous raffine, mais qui diminue si fort notre

individualité, ces âmes entières portaient dans l'action une énergie surprenante. Elles nous apparaissent comme les géants d'un âge héroïque qui n'aurait pas eu de réalité. Erreur profonde! Ces hommes-là étaient nos frères ; ils eurent notre taille, sentirent et pensèrent comme nous. Mais le souffle de Dieu était libre chez eux ; chez nous, il est enchaîné par les liens de fer d'une société mesquine et condamnée à une irrémédiable médiocrité.

Plaçons donc au plus haut sommet de la grandeur humaine la personne de Jésus. Ne nous laissons pas égarer par des défiances exagérées en présence d'une légende qui nous tient toujours dans un monde surhumain. La vie de François d'Assise n'est aussi qu'un tissu de miracles. A-t-on jamais douté cependant de l'existence et du rôle de François d'Assise ? Ne disons pas que la gloire de la fondation du christianisme doit revenir à la foule des premiers chrétiens, et non à celui que la légende a déifié. L'inégalité des hommes est bien plus marquée en Orient que chez nous. Là, il n'est pas rare de voir s'élever, au milieu d'une atmosphère générale de méchanceté, des caractères dont la grandeur nous étonne. Bien loin que Jésus ait été créé par ses disciples, Jésus se montre en tout supérieur à ses disciples. Ceux-ci, saint Paul et peut-être saint Jean exceptés, étaient des hommes sans invention ni génie. Saint Paul lui-même ne supporte aucune comparaison avec Jésus, et, quant à saint Jean, il n'a guère fait, en son Apocalypse, que s'inspirer de la poésie de Jésus. De là l'immense supériorité des Évangiles au milieu des écrits du Nouveau Testament. De là ce sentiment de chute pénible qu'on éprouve en passant de l'histoire de Jésus à celle des apôtres. Les évangélistes eux-mêmes, qui nous ont légué l'image de Jésus, sont si fort au-dessous de celui dont ils parlent que sans cesse ils le défigurent, faute d'atteindre à sa hauteur. Leurs écrits sont pleins d'erreurs et de contresens. On entrevoit à chaque ligne un original d'une beauté divine trahi par des rédacteurs

qui ne le comprennent pas, et qui substituent leurs
propres idées à celles qu'ils ne saisissent qu'à demi. En
somme, le caractère de Jésus, loin d'avoir été embelli
par ses biographes, a été rapetissé par eux. La critique,
pour le retrouver tel qu'il fut, a besoin d'écarter une
série de méprises, provenant de la médiocrité d'esprit
des disciples. Ceux-ci l'ont peint comme ils le concevaient, et souvent, en croyant l'agrandir, l'ont en réalité
amoindri.

Je sais que nos principes modernes sont plus d'une
fois blessés dans cette légende, conçue par une autre
race, sous un autre ciel, au milieu d'autres besoins
sociaux. Il est des vertus qui, à quelques égards, sont
plus conformes à notre goût. L'honnête et suave Marc-
Aurèle, l'humble et doux Spinoza, n'ayant pas cru faire
de miracles, ont été exempts de quelques erreurs que
Jésus partagea. Le second, dans son obscurité profonde,
eut un avantage que Jésus ne chercha pas. Par notre
extrême délicatesse dans l'emploi des moyens de conviction, par notre sincérité absolue et notre amour désintéressé de l'idée pure, nous avons fondé, nous tous qui
avons voué notre vie à la science, un nouvel idéal de
moralité. Mais les appréciations de l'histoire générale
ne doivent pas se renfermer dans des considérations de
mérite personnel. Marc-Aurèle et ses nobles maîtres
ont été sans action durable sur le monde. Marc-Aurèle
laisse après lui des livres délicieux, un fils exécrable,
un monde qui s'en va. Jésus reste pour l'humanité un
principe inépuisable de renaissances morales. La philosophie ne suffit pas au grand nombre. Il lui faut la sainteté. Un Apollonius de Tyane, avec sa légende miracu-
leuse, devait avoir plus de succès qu'un Socrate, avec
sa froide raison. « Socrate, disait-on, laisse les hommes
sur la terre, Apollonius les transporte au ciel ; Socrate
n'est qu'un sage, Apollonius est un dieu [8]. » La religion,

8. Philostrate, *Vie d'Apollonius*, IV, 2 ; VII, 11 ; VIII, 7 ; Eunape,
*Vies des Sophistes*, p. 454, 500 (édit. Didot).

jusqu'à nos jours, n'a jamais existé sans une part d'ascétisme, de piété, de merveilleux. Quand on voulut, après les Antonins, faire une religion de la philosophie, il fallut transformer les philosophes en saints, écrire la « Vie édifiante » de Pythagore et de Plotin, leur prêter une légende, des vertus d'abstinence et de contemplation, des pouvoirs surnaturels, sans lesquels on ne trouvait près du siècle ni créance ni autorité.

Gardons-nous donc de mutiler l'histoire pour satisfaire nos mesquines susceptibilités. Qui de nous, pygmées que nous sommes, pourrait faire ce qu'ont fait l'extravagant François d'Assise, l'hystérique sainte Thérèse ? Que la médecine ait des noms pour exprimer ces grands écarts de la nature humaine ; qu'elle soutienne que le génie est une maladie du cerveau ; qu'elle voie dans une certaine délicatesse morale un commencement d'étisie ; qu'elle classe l'enthousiasme et l'amour parmi les accidents nerveux, peu importe. Les mots de sain et de malade sont tout relatifs. Qui n'aimerait mieux être malade comme Pascal que bien portant comme le vulgaire ? Les idées étroites qui se sont répandues de nos jours sur la folie égarent de la façon la plus grave nos jugements historiques dans les questions de ce genre. Un état où l'on dit des choses dont on n'a pas conscience, où la pensée se produit sans que la volonté l'appelle et la règle, expose maintenant un homme à être séquestré comme halluciné. Autrefois, cela s'appelait prophétie et inspiration. Les plus belles choses du monde sont sorties d'accès de fièvre ; toute création éminente entraîne une rupture d'équilibre ; l'enfantement est par loi de nature un état violent.

Certes, nous reconnaissons que le christianisme est une œuvre trop complexe pour avoir été le fait d'un seul homme. En un sens, l'humanité entière y collabora. Il n'y a pas de monde, si muré qu'il soit, qui ne reçoive quelque vent du dehors. L'histoire est pleine de synchronismes étranges, qui font que, sans avoir communiqué

entre elles, des fractions de l'espèce humaine très éloignées les unes des autres arrivent en même temps à des
idées et à des imaginations presque identiques. Au
xiiie siècle, les Latins, les Grecs, les Syriens, les juifs, les
musulmans font de la scolastique, et à peu près la
même scolastique, de York à Samarkand ; au xive siècle,
tout le monde se livre au goût de l'allégorie mystique, en Italie, en Perse, dans l'Inde ; au xvie, l'art
se développe d'une manière presque semblable en Italie
et à la cour des Grands Mogols, sans que saint Thomas,
Barhébræus, les rabbins de Narbonne, les *motécal-
lemin* <sup>a</sup> de Bagdad se soient connus, sans que Dante et
Pétrarque aient vu aucun soufi, sans qu'aucun élève
des écoles de Pérouse ou de Florence ait passé à Dehli.
On dirait de grandes influences courant le monde à la
manière des épidémies, sans distinction de frontière et
de race. Le commerce des idées dans l'espèce humaine
ne s'opère pas seulement par les livres ou l'enseignement
direct. Jésus ignorait jusqu'au nom de Bouddha, de
Zoroastre, de Platon ; il n'avait lu aucun livre grec,
aucun soutra bouddhique, et cependant il y a en lui
plus d'un élément qui, sans qu'il s'en doutât, venait du
bouddhisme, du parsisme, de la sagesse grecque. Tout cela
se faisait par des canaux secrets et par cette espèce
de sympathie qui existe entre les diverses portions de
l'humanité. Le grand homme, par un côté, reçoit tout de
son temps ; par un autre, il domine son temps. Montrer
que la religion fondée par Jésus a été la conséquence
naturelle de ce qui avait précédé, ce n'est pas en dimi-
nuer l'excellence ; c'est prouver qu'elle a eu sa raison
d'être, qu'elle fut légitime, c'est-à-dire conforme aux
instincts et aux besoins du cœur en un siècle donné.

Est-il plus juste de dire que Jésus doit tout au judaïsme
et que sa grandeur n'est pas autre chose que la grandeur du peuple juif lui-même ? Personne plus que moi
n'est disposé à placer haut ce peuple unique, qui semble
avoir reçu le don particulier de contenir dans son sein

les extrêmes du bien et du mal. Sans doute Jésus sort
du judaïsme ; mais il en sort comme Socrate sortit des
écoles de sophistes, comme Luther sortit du moyen âge,
comme Lamennais du catholicisme, comme Rousseau
du xviii<sup>e</sup> siècle. On est de son siècle et de sa race, même
quand on proteste contre son siècle et sa race. Loin que
Jésus soit le continuateur du judaïsme, ce qui caractérise son œuvre c'est la rupture avec l'esprit juif. En
supposant qu'à cet égard sa pensée puisse prêter à
quelque équivoque, la direction générale du christianisme après lui n'en permet pas. Le christianisme a été
s'éloignant de plus en plus du judaïsme. Son perfec-
tionnement consistera à revenir à Jésus, mais non certes
à revenir au judaïsme. La grande originalité du fondateur
reste donc entière ; sa gloire n'admet aucun légitime partageant.

Sans contredit, les circonstances furent pour beaucoup dans le succès de cette révolution merveilleuse ;
mais les circonstances ne secondent que les tentatives
justes et bonnes. Chaque branche du développement
de l'humanité, art, poésie, religion, rencontre, en tra-
versant les âges, une époque privilégiée, où elle atteint
la perfection sans effort et en vertu d'une sorte d'instinct spontané. Aucun travail de réflexion ne réussit à
produire ensuite les chefs-d'œuvre que la nature crée
à ces moments-là par des génies inspirés. Ce que les
beaux siècles de la Grèce furent pour les arts et les
lettres profanes, le siècle de Jésus le fut pour la religion.
La société juive offrait l'état intellectuel et moral le
plus extraordinaire que l'espèce humaine ait jamais
traversé. C'était une de ces heures divines où les
grandes choses se produisent d'elles-mêmes par la
conspiration de mille forces cachées, où les belles âmes
trouvent pour les soutenir un flot d'admiration et de
sympathie. Le monde, délivré de la tyrannie fort
étroite des petites républiques municipales, jouissait
d'une grande liberté. Le despotisme romain ne se fit

sentir d'une façon désastreuse que beaucoup plus tard, et d'ailleurs il fut toujours moins pesant dans les provinces éloignées qu'au centre de l'empire. Nos petites tracasseries préventives, bien plus meurtrières que les supplices pour les choses de l'esprit, n'existaient pas. Jésus, pendant trois ans, put mener une vie qui, dans nos sociétés, l'eût conduit vingt fois devant les tribunaux. Les lois en vigueur de nos jours sur l'exercice illégal de la médecine eussent suffi pour lui fermer la carrière. D'un autre côté, la dynastie, d'abord incrédule, des Hérodes s'occupait peu alors des mouvements religieux ; sous les Asmonéens, Jésus eût été probablement arrêté dès ses premiers pas. Un novateur, dans un tel état de société, ne risquait que la mort, et la mort est bonne à ceux qui travaillent pour l'avenir. Qu'on se figure Jésus, réduit à porter jusqu'à soixante ou soixante et dix ans le fardeau de sa divinité, perdant sa flamme céleste, s'usant peu à peu sous les nécessités d'un rôle inouï ! Tout favorise ceux qui sont marqués d'un signe ; ils vont à la gloire par une sorte d'entraînement invincible et d'ordre fatal.

Cette sublime personne, qui chaque jour préside encore au destin du monde, il est permis de l'appeler divine [a], non en ce sens que Jésus ait absorbé tout le divin, ou lui ait été identique, mais en ce sens que Jésus est l'individu qui a fait faire à son espèce le plus grand pas vers le divin. L'humanité prise en masse offre un assemblage d'êtres bas, égoïstes, supérieurs à l'animal en cela seul que leur égoïsme est plus réfléchi. Cependant, au milieu de cette uniforme vulgarité, des colonnes s'élèvent vers le ciel et attestent une plus noble destinée. Jésus est la plus haute de ces colonnes qui montrent à l'homme d'où il vient et où il doit tendre. En lui s'est condensé tout ce qu'il y a de bon et d'élevé dans notre nature. Il n'a pas été impeccable ; il a vaincu les mêmes passions que nous combattons ; aucun ange de Dieu ne l'a conforté, si ce n'est sa bonne conscience ;

aucun Satan ne l'a tenté, si ce n'est celui que chacun porte en son cœur. De même que plusieurs de ses grands côtés sont perdus pour nous par suite de l'inintelligence de ses disciples, il est probable aussi que beaucoup de ses fautes ont été dissimulées. Mais jamais personne autant que lui n'a fait prédominer dans sa vie l'intérêt de l'humanité sur les vanités mondaines. Voué sans réserve à son idée, il y a subordonné toute chose à un tel degré que l'univers n'exista plus pour lui. C'est par cet accès de volonté héroïque qu'il a conquis le ciel. Il n'y a pas eu d'homme, Çakya-Mouni peut-être excepté, qui ait à ce point foulé aux pieds la famille, les joies de ce monde, tout soin temporel. Il ne vivait que de son Père et de la mission divine qu'il avait la conviction de remplir.

Pour nous, éternels enfants, condamnés à l'impuissance, nous qui travaillons sans moissonner, et ne verrons jamais le fruit de ce que nous avons semé, inclinons-nous devant ces demi-dieux. Ils surent ce que nous ignorons : créer, affirmer, agir. La grande originalité renaîtra-t-elle, ou le monde se contentera-t-il désormais de suivre les voies ouvertes par les hardis créateurs des vieux âges ? Nous l'ignorons. Mais, quels que puissent être les phénomènes inattendus de l'avenir, Jésus ne sera pas surpassé. Son culte se rajeunira sans cesse ; sa légende provoquera des larmes sans fin ; ses souffrances attendriront les meilleurs cœurs ; tous les siècles proclameront qu'entre les fils des hommes, il n'en est pas né de plus grand que Jésus.

FIN DE LA VIE DE JÉSUS.

# APPENDICE

DE L'USAGE QU'IL CONVIENT DE FAIRE
DU QUATRIÈME ÉVANGILE EN ÉCRIVANT
LA VIE DE JÉSUS [a]

La plus grande difficulté qui se présente à l'historien de Jésus est l'appréciation des sources sur lesquelles une telle histoire s'appuie. D'une part, quelle est la valeur des Évangiles dits synoptiques ? De l'autre, quel emploi convient-il de faire du quatrième Évangile en écrivant la vie de Jésus ? Sur le premier point, tous ceux qui s'occupent de ces études selon la méthode critique, sont d'accord pour le fond. Les synoptiques représentent la tradition, souvent légendaire, des deux ou trois premières générations chrétiennes sur la personne de Jésus. Cela laisse beaucoup d'incertitude dans l'application, et oblige à employer continuellement dans le récit les formules : « On disait que... », « Les uns racontaient que... », etc. Mais cela suffit pour nous enseigner sur la physionomie générale du fondateur, sur l'allure et les traits principaux de son enseignement, et même sur les circonstances les plus importantes de sa vie. Les narrateurs de la vie de Jésus qui se bornent à l'emploi des synoptiques ne diffèrent pas plus les uns des autres que les narrateurs de la vie de Mahomet qui font usage des *hadith* [b]. Les biographes du prophète arabe peuvent penser diversement sur la valeur de telle ou telle anecdote. Mais, en somme, tout le monde est d'accord sur la valeur des *hadith* ; tout le monde les range dans la classe de ces documents traditionnels et légendaires, vrais à leur manière, mais non comme les documents précis de l'histoire proprement dite.

Sur le second point, je veux dire sur l'emploi qu'il convient de faire du quatrième Évangile, il y a désaccord. J'ai fait usage de ce document, avec infiniment de réserves et de précautions. Selon d'excellents juges, j'aurais dû n'en faire aucun usage, à l'exception peut-être des chapitres XVIII et XIX, renfermant le récit de la Passion. Presque toutes les critiques éclairées que j'ai reçues à propos de mon ouvrage sont d'accord sur ce point. Je n'en ai pas été surpris ; car je ne pouvais ignorer l'opinion assez contraire à la valeur historique du quatrième Évangile qui règne dans les écoles libérales de théologie [1]. Des objections venant d'hommes si compétents me faisaient un devoir de soumettre mon opinion à un nouvel examen. Laissant de côté la question de savoir qui a écrit le quatrième Évangile, je vais suivre cet Évangile paragraphe par paragraphe, comme s'il venait de sortir sans nom d'auteur d'un manuscrit nouvellement découvert. Faisons abstraction de toute idée préconçue, et tâchons de nous rendre compte des impressions que produirait sur nous cet écrit singulier.

§ 1. Le début (I, 1-14) nous jetterait tout d'abord dans de violents soupçons. Ce début nous transporte en pleine théologie apostolique, n'offre aucune ressemblance avec les synoptiques, présente des idées fort différentes assurément de celles de Jésus et de ses vrais disciples. Tout d'abord, ce prologue nous avertit que l'ouvrage en question ne peut être une simple histoire, transparente et impersonnelle comme le récit de Marc par exemple, que l'auteur a une théologie, qu'il veut prouver une thèse, à savoir que Jésus est le *logos* divin.

1. On peut voir tous les arguments que les maîtres de ces écoles font valoir contre le quatrième Évangile, exposés avec force dans le travail de M. Scholten, traduit par M. Réville (*Revue de théologie*, 3e série, tomes II, III, IV).

De grandes précautions nous sont donc commandées. Faut-il, cependant, sur cette première page, rejeter le livre tout entier et voir une imposture dans ce verset 14[2], où l'auteur déclare avoir été témoin des événements qui composent l'histoire de Jésus ?

Ce serait, je crois, une conclusion prématurée. Un ouvrage rempli d'intentions théologiques peut renfermer de précieux renseignements historiques. Les synoptiques n'écrivent-ils pas avec la constante préoccupation de montrer que Jésus a réalisé toutes les prophéties messianiques ? Renonçons-nous pour cela à chercher un fond d'histoire en leurs récits ? La théorie du *logos*, si fort développée dans notre Évangile, n'est pas une raison pour le rejeter au milieu ou à la fin du IIᵉ siècle. La croyance que Jésus était le *logos* de la théologie alexandrine dut se présenter de bonne heure et d'une façon très logique. Le fondateur du christianisme n'eut heureusement aucune idée de ce genre. Mais, dès l'an 68, il est déjà appelé « le Verbe de Dieu »[3]. Apollos, qui était d'Alexandrie, et qui paraît avoir ressemblé à Philon, passe déjà, vers l'an 57, pour un prédicateur nouveau, ayant des doctrines à part. Ces idées s'accordaient parfaitement avec l'état d'esprit où se trouva la communauté chrétienne, quand on désespéra de voir Jésus apparaître bientôt dans les nues en Fils de l'homme. Un changement du même genre paraît s'être opéré dans les opinions de saint Paul. On sait la différence qu'il y a entre les premières épîtres de cet apôtre et les dernières. L'espérance de la prochaine venue du Christ, qui remplit les deux épîtres au Thessaloniciens, par exemple, disparaît vers la fin de la vie de Paul ; l'apôtre se tourne alors vers un autre ordre d'imaginations. La doctrine de l'épître aux Colossiens a de grandes analogies avec celle du quatrième Évangile, Jésus étant présenté dans

2. Comp. Iʳᵉ épître de Jean, I, 1.
3. Apoc., XIX, 13.

ladite épître comme l'image du Dieu invisible, le pre-
mier-né de toute créature, par lequel tout a été créé,
qui était avant toute chose et par lequel tout subsiste,
dans lequel la plénitude de la Divinité habite corporel-
lement [4]. N'est-ce pas là le Verbe de Philon ? Je sais
qu'on rejette l'authenticité de l'épître aux Colossiens,
mais pour des raisons tout à fait insuffisantes, selon
moi. Ces changements de théorie, ou plutôt de style,
chez les hommes de ces temps pleins d'ardente passion,
sont, dans certaines limites, une chose admissible.
Pourquoi la crise qui s'était produite dans l'âme de
saint Paul ne se serait-elle pas produite chez d'autres
hommes apostoliques dans les dernières années du
premier siècle ? Quand le « royaume de Dieu », tel que
le figurent les synoptiques et l'Apocalypse, fut devenu
une chimère, on se jeta dans la métaphysique. La théorie
du *logos* fut la conséquence des désappointements de la
première génération chrétienne. On transporta dans
l'idéal ce qu'on avait espéré voir se réaliser dans l'ordre
des faits. Chaque retard que Jésus mettait à venir était
un pas de plus vers sa divinisation ; et cela est si vrai
que c'est juste à l'heure où le dernier rêve millénaire
disparaît que la divinité de Jésus se proclame d'une
manière absolue.

§ 2. Revenons à notre texte. Selon l'usage consacré,
l'évangéliste commence son récit par la mission de Jean-
Baptiste. Ce qu'il dit des rapports de Jean avec Jésus
est parallèle sur beaucoup de points à la tradition des
synoptiques ; sur d'autres points, la divergence est
considérable. Ici encore, l'avantage n'est pas en faveur
du texte que nous examinons. La théorie, bientôt chère
à tous les chrétiens, d'après laquelle Jean proclama le
rôle divin de Jésus, est tout à fait exagérée par notre
auteur. Les choses sont plus ménagées dans les synoptiques, où Jean conserve jusqu'à la fin des doutes sur

4. i, 15 et suiv. ; ii, 9 et suiv.

le caractère de Jésus et lui envoie une ambassade pour
le questionner [5]. Le récit du quatrième Évangile implique un parti pris tout à fait tranché, et nous confirme
dans l'idée que nous avait inspirée le prologue, à savoir,
que l'auteur vise à prouver plutôt qu'à raconter. Nous
découvrons cependant, dès à présent, que l'auteur, tout
en différant beaucoup des synoptiques, possède en commun avec eux plusieurs traditions. Il cite les mêmes
prophéties ; il croit comme eux à une colombe qui
serait descendue sur la tête de Jésus sortant du baptême.
Mais son récit est moins naïf, plus avancé, plus mûr, si
j'ose le dire. Un seul trait m'arrête, c'est le v. 28, fixant
les lieux avec précision. Mettons que la désignation
*Bethania* soit inexacte (on ne connaît pas de Béthanie
dans ces parages, et les interprètes grecs y ont fort
arbitrairement substitué Béthabara), qu'importe ? Un
théologien n'ayant rien de juif, n'ayant aucun souvenir
direct ou indirect de Palestine, un pur théoricien comme
celui que révélait le prologue, n'aurait pas mis ce trait-
là. Qu'importait à un sectaire d'Asie Mineure ou
d'Alexandrie ce détail topographique ? Si l'auteur l'a mis,
c'est qu'il avait une raison matérielle de le mettre, soit
dans les documents qu'il possédait, soit dans des souvenirs. Déjà, donc, nous arrivons à penser que notre
théologien peut bien nous apprendre sur la vie de Jésus
des choses que les synoptiques ignorent. Rien certes
ne prouve le témoin oculaire. Mais il faut supposer au
moins que l'auteur avait d'autres sources que celles que
nous avons [a], et que pour nous il peut bien avoir la
valeur d'un original.

§ 3. A partir du v. 35, nous lisons une série de conversions d'apôtres, liées entre elles d'une façon peu naturelle, et qui ne répondent pas aux récits des synoptiques.
Peut-on dire que les récits de ces derniers aient ici une
supériorité historique ? Non. Les conversions d'apôtres

5. Matth., xi, 2 et suiv. ; Luc, vii, 19 et suiv.

racontées par les synoptiques sont toutes coulées dans
un même moule ; on sent un type légendaire et idyllique
s'appliquant indistinctement à tous les récits de ce
genre. Les petits récits du quatrième Évangile ont plus
de caractère et des arêtes moins effacées. Ils ressemblent
bien à des souvenirs mal rédigés d'un des apôtres. Je
sais que les récits des gens simples, des enfants, sont
toujours très détaillés. Je n'insiste pas sur les minuties
du v. 39. Mais pourquoi cette idée de rattacher la première conversion de disciples au séjour de Jésus près
de Jean-Baptiste [6] ? D'où viennent ces particularités
si précises sur Philippe, sur la patrie d'André et de Pierre,
et surtout sur Nathanaël ? Ce personnage est propre à
notre Évangile. Je ne peux tenir pour des inventions
faites une centaine d'années après Jésus et fort loin de
Palestine, les traits si précis qui se rapportent à lui.
Si c'est un personnage symbolique, pourquoi s'inquiéter
de nous apprendre qu'il est de Cana de Galilée [7], ville
que notre évangéliste paraît particulièrement bien
connaître ? Pourquoi aurait-on inventé tout cela ? Nulle
intention dogmatique ne se laisse entrevoir, si ce n'est
dans le v. 51, placé dans la bouche de Jésus. Nulle intention symbolique surtout. Je crois aux intentions de ce
genre, quand elles sont indiquées et, si j'ose le dire,
soulignées par l'auteur. Je n'y crois pas quand l'allusion mystique ne se révèle pas d'elle-même. L'exégète
allégoriste ne parle jamais à demi-mot ; il étale son
argument, y insiste avec complaisance. J'en dis autant
des nombres sacramentels. Les adversaires du quatrième
Évangile ont remarqué que les miracles qu'il rapporte
sont au nombre de sept. Si l'auteur en faisait lui-même
e compte, cela serait grave et prouverait le parti pris.

---

6. Je remarque, sans y attacher d'importance, que les trois premiers
apôtres nommés par Papias (dans Eusèbe, *H. E.*, III, 39) sont rangés
selon l'ordre où ils figurent d'abord dans notre Évangile.
7. Jean, xxi, 2.

L'auteur n'en faisant pas le compte, il ne faut voir là qu'un hasard.

La discussion est donc ici assez favorable à notre texte. Les versets 35-51 ont un tour plus historique que les passages correspondants des synoptiques. Il semble que le quatrième évangéliste connaissait mieux que les autres narrateurs de la vie de Jésus ce qui concerne la vocation des apôtres ; j'admets que c'est à l'école de Jean-Baptiste que Jésus s'attacha les premiers disciples dont le nom est resté célèbre ; je pense que les principaux apôtres avaient été disciples de Jean-Baptiste avant de l'être de Jésus, et j'explique par là l'importance que toute la première génération chrétienne accorde à Jean-Baptiste. Si, comme le veut la savante école hollandaise, cette importance était en partie factice et conçue presque uniquement pour appuyer le rôle de Jésus sur une autorité incontestée, pourquoi eût-on choisi Jean-Baptiste, homme qui n'eut une grande réputation que dans la famille chrétienne? Le vrai, selon moi, est que Jean-Baptiste n'était pas seulement pour les disciples de Jésus un simple garant, mais qu'il était pour eux un premier maître, dont ils rattachaient indissolublement le souvenir aux commencements mêmes de la mission de Jésus [8]. Un fait d'importance majeure, le baptême conservé par le christianisme comme l'introduction obligée à la vie nouvelle, est une marque d'origine qui atteste encore d'une façon visible que le christianisme fut d'abord une branche détachée de l'école de Jean-Baptiste.

Le quatrième Évangile se bornerait donc à ce premier chapitre, qu'il faudrait le définir « un fragment composé de traditions ou de souvenirs écrits tard et engagés dans une théologie fort éloignée de l'esprit évangélique primitif, une page de biographie légendaire, où l'auteur accepte les faits traditionnels, les transforme souvent,

8. Voir *Act.*, i, 21-22 ; x, 37 ; xiii, 24 ; xix, 4.

mais n'invente rien ». Si l'on parle de biographie *a priori*, c'est bien plutôt dans les synoptiques que je trouve une biographie de cette sorte. Ce sont les synoptiques qui font naître Jésus à Bethléhem, qui le font aller en Égypte, qui lui amènent les mages, etc., pour les besoins de la cause. C'est Luc qui crée ou admet des personnages qui n'ont peut-être jamais existé [9]. Les prophéties messianiques, en particulier, préoccupent notre auteur moins que les synoptiques, et produisent chez lui moins de récits fabuleux. En d'autres termes, nous arrivons déjà, en ce qui concerne le quatrième Évangile, à la distinction du fond narratif et du fond doctrinal. Le premier se montre à nous comme pouvant être supérieur en certains points à celui des synoptiques ; mais le second est à une grande distance des vrais discours de Jésus, tels que les synoptiques et surtout Matthieu nous les ont conservés.

Une circonstance aussi nous frappe dès à présent. L'auteur veut que les deux premiers disciples de Jésus aient été André et un autre disciple. André gagne ensuite Pierre, son frère, lequel se trouve ainsi rejeté un peu dans l'ombre. Le second disciple n'est pas nommé. Mais, en comparant ce passage à d'autres que nous rencontrerons plus tard, on est amené à croire que ce disciple innomé n'est autre que l'auteur de l'Évangile, ou du moins celui que l'on veut faire passer pour l'auteur. Dans les derniers chapitres du livre, en effet, nous verrons le narrateur parler de lui-même avec un certain mystère, et, chose frappante, affecter encore de se mettre avant Pierre, tout en reconnaissant la supériorité hiérarchique de ce dernier. Remarquons aussi que, dans les synoptiques, la vocation de Jean est rattachée de très près à celle de Pierre ; que, dans les *Actes*, Jean figure, habituellement, comme compagnon de Pierre. Une dou-

9. Les noms des parents de Jean-Baptiste, dans Luc, semblent fictifs. Anne, fille de Phanuel, le vieillard Siméon, Zachée sont aussi des personnages douteux.

ble difficulté s'offre donc à nous. Car, si le disciple innomé
est vraiment Jean, fils de Zébédée, on est amené à penser
que Jean, fils de Zébédée, est l'auteur de notre Évangile ; supposer qu'un faussaire, voulant faire croire que
l'auteur est Jean, ait eu l'attention de ne pas nommer
Jean et de le désigner d'une façon énigmatique, c'est
lui prêter un artifice assez bizarre. D'un autre côté,
comprend-on que, si l'auteur réel de notre Évangile a
commencé par être disciple de Jean-Baptiste, il parle
de ce dernier d'une façon tellement peu historique que
les Évangiles synoptiques sur ce point lui soient supérieurs ?

§ 4. Le paragraphe ii, 1-12, est un récit de miracle
comme il s'en trouve tant dans les synoptiques. Il y a
dans l'agencement du récit un peu plus de mise en scène,
quelque chose de moins naïf ; néanmoins le fond n'a rien
qui sorte de la couleur générale de la tradition. Les synoptiques ne parlent pas de ce miracle ; mais il est tout
naturel que, dans la riche légende merveilleuse qui circulait, les uns connussent un trait, les autres un autre.
L'explication allégorique, fondée principalement sur le
verset 10, et d'après laquelle l'eau et le vin seraient
l'ancienne et la nouvelle alliance, prête, je crois, à
l'auteur une pensée qu'il n'avait pas. Le verset 11 prouve
qu'aux yeux de ce dernier, tout le récit n'a qu'un but :
manifester la puissance de Jésus. La mention de la
petite ville de Cana et du séjour qu'y fait la mère de
Jésus n'est pas à négliger. Si le miracle de l'eau changée
en vin avait été inventé par l'auteur du quatrième
Évangile, comme le supposent les adversaires de la
valeur historique dudit Évangile, pourquoi ce trait ?
Les versets 11 et 12 font une bonne suite de faits. Qu'im-
portaient de pareilles circonstances topographiques à des
chrétiens helléniques du iie siècle ? Les Évangiles apocryphes ne procèdent pas comme cela. Ils sont vagues,
sans circonstances locales, faits par des gens et pour des
gens qui ne se soucient pas de la Palestine. Ajoutons

qu'ailleurs notre évangéliste parle encore de Cana de Galilée [10], petite ville tout à fait obscure. Pourquoi s'être plu à créer après coup une célébrité à cette bourgade, dont certes les chrétiens demi-gnostiques d'Asie Mineure devaient peu se souvenir ?

§ 5. Ce qui suit à partir du verset 13 est d'un haut intérêt et constitue pour notre Évangile un triomphe décisif. Selon les synoptiques, Jésus, depuis le commencement de sa vie publique, ne fait qu'un voyage à Jérusalem. Le séjour de Jésus en cette ville dure peu de jours, après lesquels il est mis à mort. Cela souffre d'énormes difficultés que je ne répète pas ici, les ayant touchées dans la « Vie de Jésus ». Quelques semaines (en supposant que l'intention des synoptiques aille jusqu'à prêter cette durée à l'intervalle qui s'écoule entre l'entrée triomphale et la mort) ne suffisent pas pour tout ce que Jésus dut faire à Jérusalem [11]. Beaucoup des circonstances placées par les synoptiques en Galilée, surtout les luttes avec les pharisiens, n'ont guère de sens qu'à Jérusalem. Tous les événements qui suivent la mort de Jésus prouvent que sa secte avait de fortes racines à Jérusalem. Si les choses s'étaient passées comme le veulent Matthieu et Marc, le christianisme se fût surtout développé en Galilée. Des transplantés depuis quelques jours n'eussent pas choisi Jérusalem pour leur capitale [12]. Saint Paul n'a pas un souvenir pour la Galilée ; pour lui, la religion nouvelle est née à Jérusalem. Le quatrième Évangile, qui admet plusieurs voyages et de longs séjours de Jésus dans la capitale, paraît donc bien plus dans le vrai. Luc semble ici avoir une secrète harmonie avec notre écrivain, ou plutôt flotter entre deux systèmes opposés [13]. Cela est très

10. IV, 46 ; XXI, 2.
11. Observez, par exemple, combien les faits des chapitres XXI-XXV de Matthieu sont mal agencés, sans jour et sans espace.
12. Luc paraît sentir cela et prévient la difficulté par une révélation (XXIV, 49 ; *Act.*, I, 4).
13. IX, 51 et suiv. ; X, 25 et suiv., 38 et suiv. ; XVII, 11.

important ; car nous relèverons bientôt d'autres circonstances où Luc côtoie l'auteur du quatrième Évangile
et semble avoir eu connaissance des mêmes traditions.

Mais voici qui est bien frappant. La première circonstance des séjours à Jérusalem rapportée par notre
Évangile est aussi rapporté par les synoptiques et placée
par eux presque à la veille de la mort de Jésus. C'est la
circonstance des vendeurs chassés du temple. Est-ce
à un Galiléen, au lendemain de son arrivée à Jérusalem,
qu'on peut attribuer avec vraisemblance un tel acte, qui
pourtant dut avoir quelque réalité, puisqu'il est rapporté
par les quatre textes ? Dans l'agencement chronologique
du récit, l'avantage appartient tout entier à notre
auteur. Il est évident que les synoptiques ont accumulé
sur les derniers jours des circonstances que leur fournissait la tradition et qu'ils ne savaient pas où placer.

Maintenant, se pose une question qu'il est temps
d'éclaircir. Déjà nous avons trouvé notre évangéliste pos-
sédant beaucoup de traditions en commun avec les
synoptiques (le rôle de Jean-Baptiste, la colombe du
baptême, l'étymologie du nom de Céphas, les noms de
trois au moins des apôtres, les vendeurs chassés). Notre
évangéliste puise-t-il cela dans les synoptiques ? Non,
puisque sur ces circonstances mêmes il présente avec
eux des différences importantes. D'où lui viennent donc
ces récits communs ? De la tradition évidemment, ou
de ses souvenirs. Mais que veut dire cela, sinon que
l'auteur nous a légué une version originale de la vie de
Jésus, que cette vie doit être mise tout d'abord sur
le même pied que les autres biographies de Jésus, sauf
ensuite à se décider dans le détail par des motifs de
préférence ? Un inventeur *a priori* d'une vie de Jésus,
ou bien n'aurait rien de commun avec les synoptiques,
ou bien les paraphraserait comme font les apocryphes.
L'intention symbolique et dogmatique serait chez lui
bien plus sensible. Tout dans ses récits aurait un sens et
une intention. Il n'y aurait pas de ces circonstances

indifférentes, désintéressées en quelque sorte, qui abondent dans notre récit. Rien ne ressemble moins à la biographie d'un éon ; ce n'est pas ainsi que l'Inde écrit ses vies de Krischna, raconte les incarnations de Vischnou. Un exemple de ce genre de composition, dans les premiers siècles de notre ère, c'est la *Pisté Sophia* attribuée à Valentin [14]. Là, rien de réel, tout est vraiment symbolique et idéal. J'en dirai autant de « l'Évangile de Nicodème », composition artificielle, toute fondée sur des métaphores. De notre texte à de pareilles amplifications il y a un abîme, et, s'il fallait à tout prix trouver l'analogue de ces amplifications parmi les Évangiles canoniques, ce serait dans les synoptiques bien plus que dans notre Évangile qu'il faudrait le chercher.

§ 6. Suit (ii, 18 et suiv.) un autre incident, dont la relation avec le récit des synoptiques n'est pas moins remarquable. Ceux-ci, ou du moins Matthieu et Marc, rapportent, à propos du procès de Jésus et de l'agonie sur le Golgotha, un mot que Jésus aurait prononcé et qui aurait été l'une des causes principales de sa condamnation : « Détruisez ce temple, et je le rebâtirai en trois jours. » Les synoptiques ne disent pas que Jésus eût tenu ce propos ; au contraire, ils traitent cela de faux témoignage. Notre évangéliste raconte que Jésus prononça en effet le mot incriminé. A-t-il pris ce mot dans les synoptiques ? C'est peu probable ; car il en donne une version différente et même une explication allégorique (v. 21-22), que ne connaissent pas les synoptiques. Il semble donc qu'il tenait ici une tradition originale, plus originale même que celle des synoptiques, puisque ceux-ci ne citent pas directement le mot de Jésus, et n'en rapportent que l'écho. Il est vrai qu'en plaçant ce mot deux ans avant la mort de Jésus, le rédacteur du quatrième Évangile obéit à une idée qui ne semble pas des plus heureuses.

14. Retrouvée dans une version copte et traduite par M. Schwartze (Berlin, 1851).

Remarquez le trait d'histoire juive du v. 20 ; il est d'assez bon aloi et suffisamment d'accord avec Josèphe [15].

§ 7. Les versets 11, 23-25, seraient plutôt défavorables à notre texte ; ils sont lents, froids, traînants ; ils sentent l'apologiste, le polémiste. Ils prouvent une rédaction réfléchie et bien postérieure à celle des synoptiques.

§ 8. Voici maintenant l'épisode de Nicodème (iii, 1-21). Je sacrifie naturellement toute la conversation de Jésus avec ce pharisien. C'est un morceau de théologie apostolique et non évangélique. Une telle conversation n'aurait pu être racontée que par Jésus ou par Nicodème. Les deux hypothèses sont également invraisemblables. A partir du v. 12, d'ailleurs, l'auteur oublie le personnage qu'il a mis en scène, et se lance dans un développement général adressé à tous les juifs. C'est ici que nous voyons poindre un des caractères essentiels de notre écrivain, son goût pour les entretiens théologiques, sa tendance à rattacher de tels entretiens à des circonstances plus ou moins historiques. Les morceaux de ce genre ne nous apprennent rien de plus sur la doctrine de Jésus que les dialogues de Platon sur la pensée de Socrate. Ce sont des compositions artificielles, non traditionnelles. On peut encore les comparer aux harangues que les historiens anciens ne se font nul scrupule de prêter à leurs héros. Ces discours sont fort éloignés du style de Jésus et de ses idées ; au contraire, ils offrent une similitude complète avec la théologie du prologue (i, 1-14), où l'auteur parle en son propre nom. La circonstance à laquelle l'auteur rattache cet entretien est-elle historique ou est-elle de son invention ? C'est ce qu'il est difficile de dire. J'incline cependant pour le premier parti ; car le fait est rappelé plus bas (xix, 39), et Nicodème est mentionné ailleurs (vii, 50 et suiv.). Je suis porté à croire que Jésus eut en réalité des rela-

15. *Antiq.*, XX, ix, 7.

tions avec un personnage considérable de ce nom, et que l'auteur de notre Évangile, qui savait cela, a choisi Nicodème, comme Platon a choisi Phédon ou Alcibiade, pour interlocuteur d'un de ses grands dialogues théoriques.

§ 9. Les v. 22 et suiv. jusqu'au v. 2 du chap. iv nous transportent, selon moi, en pleine histoire. Ils nous montrent de nouveau Jésus près de Jean-Baptiste, mais cette fois avec une troupe de disciples autour de lui. Jésus baptise comme Jean, attire la foule plus que ce dernier et a de plus grands succès que lui. Les disciples baptisent comme leur maître, et une jalousie, à laquelle les deux chefs de secte restent supérieurs, s'allume entre leurs écoles. Ceci est extrêmement remarquable, car les synoptiques n'ont rien de pareil. Pour moi, je trouve cet épisode très vraisemblable. Ce qu'il a d'inexpliqué en certains détails est loin d'infirmer la valeur historique de l'ensemble. C'étaient là des choses qu'on entendait à demi-mot et qui vont bien dans l'hypothèse de mémoires personnels écrits pour un cercle réduit. De telles obscurités, au contraire, ne s'expliquent pas dans un ouvrage composé uniquement en vue de faire prévaloir certaines idées. Ces idées perceraient partout ; il n'y aurait pas tant de circonstances singulières et sans signification apparente. La topographie, d'ailleurs, a ici de la précision (v. 22-23). On ignore, il est vrai, où était Salim ; mais Αἰνών est un trait de lumière. C'est le mot *Ænawan*, pluriel chaldéen de *Aïn* ou *Æn*, « fontaine ». Comment voulez-vous que des sectaires hellénistes d'Éphèse eussent deviné cela ? Ils n'eussent nommé aucune localité, ou ils en eussent nommé une très connue, ou ils eussent forgé un mot impossible sous le rapport de l'étymologie sémitique. Le trait du v. 24 a aussi de la justesse et de la précision. Le v. 25, dont la liaison avec ce qui précède et ce qui suit ne se voit pas bien, écarte l'idée d'une composition artificielle. On dirait que nous avons ici des notes mal rédigées, de vieux souvenirs décousus, mais par moments d'une grande lucidité. Quoi de plus naïf que la pensée du v. 26 répétée au v. 1 du chap. IV ? Les v. 27-36 sont d'un tout autre caractère. L'auteur retombe dans ses discours, auxquels il est impossible d'attribuer aucun caractère d'authenticité. Mais le v. 1 du ch. IV est de nouveau d'une rare transparence, et quant au v. 2, il est capital. L'auteur, se repentant en quelque sorte de ce qu'il a écrit, et craignant qu'on ne tire de mauvaises conséquences de son récit, au lieu de le biffer, insère une parenthèse en flagrante contradiction avec ce qui précède. Il ne veut plus que Jésus ait baptisé ; il prétend que ce furent seulement ses disciples qui baptisèrent. Mettons que le v. 2 ait été ajouté plus tard. Il en restera toujours que le récit III, 22 et suiv. n'est nullement un morceau de théologie *a priori*, puisqu'au contraire le théologien *a priori* prend la plume au v. 2 pour contredire ce récit et lui ôter ce qu'il pouvait avoir d'embarrassant.

§ 10. Nous arrivons à l'entrevue de Jésus et de la Samaritaine et à la mission chez les Samaritains (IV, 1-42). Luc connaît cette mission [16], qui probablement fut réelle. Ici pourtant, la théorie de ceux qui ne voient dans notre Évangile qu'une série de fictions destinées à amener des exposés de principes pourrait s'appliquer. Les détails du dialogue sont évidemment fictifs. D'un autre côté, la topographie des v. 3-6 est satisfaisante. Un juif de Palestine ayant passé souvent à l'entrée de la vallée de Sichem a pu seul écrire cela. Les versets 5-6 ne sont pas exacts ; mais la tradition qui y est mentionnée a pu venir de Gen., XXXIII, 19 ; XLVIII, 22 ; Jos., XXIV, 32. L'auteur semble employer un jeu de mots (*Sichar* pour *Sichem* [17]), par lequel les juifs croyaient déverser sur les Samaritains une amère ironie [18]. Je

16. IX, 51 et suiv. ; XVII, 11.
17. *Sichar* veut dire « mensonge ».
18. Les musulmans font encore journellement de ces sortes de calembours injurieux, pour dissimuler leur haine sournoise contre les Francs et les chrétiens.

ne pense pas qu'on se fût si fort soucié à Éphèse de la
haine qui divisait les Juifs et les Samaritains, et de
l'interdit réciproque qui existait entre eux (v. 9). Les
allusions qu'on a voulu voir dans les versets 16-18 à
l'histoire religieuse de la Samarie me paraissent forcées.
Le v. 22 est capital. Il coupe en deux le mot admirable :
« Femme, crois-moi, le temps est venu... » et exprime
une pensée tout opposée. C'est là, ce semble, une correction analogue au v. 2 de ce même chapitre, où, soit
l'auteur, soit un de ses disciples, corrige une pensée qu'il
trouve dangereuse ou trop hardie. En tout cas, ce verset
est profondément empreint des préjugés juifs. Je ne le
comprends plus, s'il a été écrit vers l'an 130 ou 150
dans la fraction du christianisme la plus détachée du
judaïsme. Le v. 35 est exactement dans le style des
synoptiques et des vraies paroles de Jésus. Reste le
mot splendide (v. 21-23, en omettant 22). Il n'y a pas
d'authenticité rigoureuse pour de tels mots. Comment
admettre que Jésus ou la Samaritaine aient raconté
la conversation qu'ils avaient eue ensemble ? La manière
de narrer des Orientaux est essentiellement anecdotique ; tout se traduit pour eux en faits précis et palpables.
Nos phrases générales exprimant une tendance, un état
général, leur sont inconnues. C'est donc ici une anecdote
qu'il ne faut pas admettre plus à la lettre que toutes les
anecdotes de l'histoire. Mais l'anecdote a souvent sa
vérité. Si Jésus n'a jamais prononcé ce mot divin, le mot
n'en est pas moins de lui, le mot n'eût pas existé sans lui.
Je sais que, dans les synoptiques, il y a souvent des
principes tout contraires, des circonstances où Jésus
traite les non-juifs avec beaucoup de dureté. Mais il y en
a d'autres aussi où l'esprit de largeur qui règne en ce
chapitre de Jean se retrouve [19]. Il faut choisir. C'est
dans ces derniers passages que je vois la vraie pensée

19. Matth., VIII, 11 et suiv. ; XXI, 34 ; XXII, 1 et suiv. ; XXIV, 14 ;
XXVIII, 19 ; Marc, XIII, 10 ; XVI, 15 ; Luc, IV, 26 ; XXIV, 47.

de Jésus. Les autres sont, selon moi, des taches, des *lapsus* provenant de disciples médiocrement capables de comprendre leur maître et trahissant sa pensée.

§ 11. Les v. 43-45 du ch. iv ont quelque chose qui étonne. L'auteur veut que ce soit à Jérusalem, à l'époque des fêtes, que Jésus ait fait ses grandes démonstrations. Il semble que ce soit là chez lui un système. Mais ce qui prouve qu'un tel système, bien qu'erroné, se rattachait à des souvenirs, c'est qu'il l'appuie (v. 44) d'une parole de Jésus que les synoptiques rapportent aussi, et qui a un haut caractère d'authenticité.

§ 12. Au v. 46, rappel de la petite ville de Cana, qui ne s'expliquerait pas dans une composition artificielle et uniquement dogmatique. Puis (v. 46-54), un miracle de guérison, fort analogue à ceux qui remplissent les synoptiques, et qui répond, avec des variantes, à celui qui est raconté dans Matth., viii, 5 et suiv., et dans Luc, vii, 1 et suiv. Ceci est très remarquable ; car ceci prouve que l'auteur n'imagine pas ses miracles à plaisir, qu'en les racontant il suit une tradition. En somme, sur les sept miracles qu'il mentionne, il n'y en a que deux (les noces de Cana et la résurrection de Lazare) dont il n'y ait pas de trace dans les synoptiques. Les cinq autres s'y retrouvent avec des différences de détail.

§ 13. Le ch. v fait un morceau à part. Ici, les procédés de l'auteur se montrent à nu. Il raconte un miracle qui est censé s'être passé à Jérusalem avec des traits de mise en scène destinés à rendre le prodige plus frappant, et il saisit cette occasion pour placer de longs discours dogmatiques et polémiques contre les Juifs. L'auteur invente-t-il le miracle ou le prend-il dans la tradition ? S'il l'invente, on doit admettre au moins qu'il avait habité Jérusalem, car il connaît bien la ville (v. 2 et suiv.). Il n'est pas question ailleurs de *Bethesda* ; mais, pour avoir inventé ce nom et les circonstances qui s'y rapportent, l'auteur du quatrième Évangile aurait dû savoir l'hébreu, ce que les adversaires

de notre Évangile n'admettent pas. Il est plus probable
qu'il prend le fond de son récit dans la tradition ; ce
récit présente, en effet, de notables parallélismes avec
Marc [20]. Une partie de la communauté chrétienne attribuait donc à Jésus des miracles qui étaient censés s'être
passés à Jérusalem. Voilà qui est extrêmement grave.
Que Jésus ait acquis un grand renom de thaumaturge
dans un pays simple, rustique, favorablement disposé
comme la Galilée, cela est tout naturel. Ne se fût-il pas
une seule fois prêté à l'exécution d'actes merveilleux,
ces actes se seraient faits malgré lui. Sa réputation de
thaumaturge se serait répandue indépendamment de
toute coopération de sa part et à son insu. Le miracle
s'explique de lui-même devant un public bienveillant ;
c'est alors en réalité le public qui le fait. Mais, devant
un public malveillant, la question est toute changée.
Cela s'est bien vu dans la recrudescence de miracles qui
eut lieu il y a cinq ou six ans en Italie. Les miracles
qui se produisaient dans les États romains réussissaient ;
au contraire, ceux qui osaient poindre dans les provinces
italiennes, soumis de suite à une enquête, s'arrêtaient
vite. Ceux qu'on prétendait avoir été guéris avouaient
n'avoir jamais été malades. Les thaumaturges eux-mêmes,
interrogés, déclaraient qu'ils n'y comprenaient rien,
mais que, le bruit de leurs miracles s'étant répandu,
ils avaient cru en faire. En d'autres termes, pour qu'un
miracle réussisse, un peu de complaisance est nécessaire.
Les assistants n'y aidant pas, il faut que les acteurs
y aident ; en sorte que, si Jésus a fait des miracles à
Jérusalem, nous arrivons à des suppositions pour nous
très choquantes. Réservons notre jugement ; car nous
aurons bientôt à traiter d'un miracle hiérosolymite
autrement important que celui dont il s'agit ici, et lié
bien plus intimement aux événements essentiels de la
vie de Jésus.

20. Comp. Jean, v. 8, 9, 16, à Marc, ii, 9, 12, 27.

§ 14. Ch. vi, 1-14 : Miracle galiléen cette fois encore
identique à l'un de ceux qui sont rapportés par les synoptiques ; il s'agit de la multiplication des pains. Il est
clair que c'est là un de ces miracles que, du vivant de
Jésus, on lui attribua. C'est un miracle auquel une circonstance réelle donna lieu. Rien de plus facile que d'imaginer une telle illusion dans des consciences crédules,
naïves et sympathiques. « Pendant que nous étions avec
lui, nous n'avons eu ni faim ni soif ; » cette phrase bien
simple devint un fait merveilleux qu'on racontait avec
toute sorte d'amplifications. Le récit, comme toujours,
vise dans notre texte un peu plus à l'effet que dans les
synoptiques. En ce sens, il est d'un aloi inférieur. Mais
le rôle qu'y joue l'apôtre Philippe est à noter. Philippe
est particulièrement connu de l'auteur de notre Évangile
(comp. i, 43 et suiv. ; xii, 21 et suiv.). Or, Philippe résida
à Hiérapolis en Asie Mineure, où Papias connut ses
filles [21]. Tout cela se raccorde assez bien. On peut dire
que l'auteur a pris ce miracle dans les synoptiques ou
dans une source analogue, et qu'il se l'approprie à sa
guise. Mais comment le trait qu'il y ajoute s'harmo-
niserait-il si bien avec ce que nous savons d'ailleurs, si
ce trait ne venait d'une tradition directe ?

§ 15. Au moyen de liaisons évidemment artificielles
et qui prouvent bien que tous ces souvenirs (si souvenir
il y a) ont été écrits fort tard, l'auteur amène une série
étrange de miracles et de visions (vi, 16 et suiv.).
Pendant une tempête, Jésus apparaît sur les flots,
semble marcher sur la mer ; la barque elle-même est
miraculeusement transportée. Ce miracle se retrouve
chez les synoptiques [22]. Nous sommes donc encore ici
dans la tradition et nullement dans la fantaisie individuelle. Le v. 23 fixe les lieux, établit un rapport entre

21. Dans Eusèbe, *Hist. eccl.*, III, 39. Cf. Polycrate, dans Eusèbe,
*H. E.*, V, 24. Il est vrai qu'il y a entre l'apôtre Philippe et le diacre
du même nom des confusions singulières.
22. Matth., xiv, 22 et suiv. ; Marc, vi, 45 et suiv.

ce miracle et celui de la multiplication des pains, et semble prouver que ces récits miraculeux doivent être mis dans la classe des miracles qui ont une base historique. Le prodige que nous discutons en ce moment correspond probablement à quelque hallucination que les compagnons de Jésus eurent sur le lac, et en vertu de laquelle ils crurent, dans un moment de danger, voir leur maître venir à leur secours. L'idée à laquelle on se laissait aller, que son corps était léger comme un esprit [23], donnait créance à cela. Nous retrouverons bientôt (ch. xxi) une autre tradition fondée sur des imaginations analogues.

§ 16. Les deux miracles qui précèdent servent à amener une prédication des plus importantes, que Jésus est censé avoir faite dans la synagogue de Capharnahum. Cette prédication se rapporte évidemment à un ensemble de symboles très familiers à la plus antique communauté chrétienne, symboles où le Christ était présenté comme le pain du croyant. J'ai déjà dit que les discours du Christ dans notre Évangile sont presque tous des ouvrages artificiels, et celui-ci peut certes être du nombre. Je reconnaîtrai, si l'on veut, que ce morceau a plus d'importance pour l'histoire des idées eucharistiques au 1er siècle que pour l'exposé même des idées de Jésus. Cependant, cette fois encore, je crois, notre Évangile nous fournit un trait de lumière. Selon les synoptiques, l'institution de l'eucharistie ne remonterait pas au-delà de la dernière soirée de Jésus. Il est clair que très anciennement on crut cela, et c'était la doctrine de saint Paul [24]. Mais pour admettre que ce soit vrai, il faut supposer que Jésus savait avec la dernière précision le jour où il mourrait, ce que nous ne pouvons accorder. Les usages d'où est sortie l'eucharistie remontaient donc au-delà de la dernière cène, et je crois que notre Évangile est

23. Ce fut l'origine du docétisme, hérésie contemporaine des apôtres.
24. I Cor., xi, 23 et suiv.

parfaitement dans le vrai, en omettant le récit sacramentel à la soirée du jeudi, et en semant les idées eucharistiques dans le courant même de la vie de Jésus. Le
récit eucharistique, dans ce qu'il a d'essentiel, n'est
au fond que la reproduction de ce qui se passe à tout
repas juif [25]. Ce n'est pas une fois, c'est cent fois que
Jésus a dû bénir le pain, le rompre, le distribuer, et
bénir la coupe. Je ne prétends nullement que les paroles
prêtées à Jésus par le quatrième évangéliste soient tex-
tuelles. Mais les traits précis fournis par les versets
60 et suiv., 68, 70-71 ont un caractère original. Nous
remarquerons encore plus tard la haine particulière de
notre auteur contre Juda de Kerioth. Certes, les synoptiques ne sont pas tendres pour ce dernier. Mais la haine
est, dans le quatrième narrateur, plus réfléchie, plus
personnelle ; elle revient à deux ou trois endroits, avant
le récit de la trahison ; elle cherche à accumuler sur la
tête du coupable des griefs dont les autres évangélistes
ne parlent pas.

§ 17. Les versets VII, 1-10 sont un petit trésor historique [a]. La mauvaise humeur sournoise des frères de
Jésus, les précautions que celui-ci est obligé de prendre,
y sont exprimées avec une admirable naïveté. C'est ici
que l'explication symbolique et dogmatique est complètement en défaut. Quelle intention dogmatique ou
symbolique trouver en ce petit passage, qui est plutôt
propre à faire naître l'objection qu'à servir les besoins
de l'apologétique chrétienne ? Pourquoi un écrivain dont
l'unique devise eût été : *Scribitur ad probandum* [b],
eût-il imaginé ce détail bizarre ? Non, non ; ici l'on peut
dire hautement : *Scribitur ad narrandum* [c]. C'est là
un souvenir original, de quelque part qu'il vienne et
quelle que soit la plume qui l'a écrit. Comment dire après
cela que les personnages de notre Évangile sont des

---

25. Voir « Vie de Jésus », p. 320 de la présente édition.

types, des caractères, et non des êtres historiques en chair et en os ? Ce sont bien plutôt les synoptiques qui ont le tour idyllique et légendaire ; comparé à eux, le quatrième Évangile a les allures de l'histoire et du récit qui vise à être exact.

§ 18. Suit une dispute (vii, 11 et suiv.) entre Jésus et les juifs, à laquelle j'attache peu de prix. Les scènes de ce genre durent être fort nombreuses. Le genre d'imagination de notre auteur s'impose très fortement à tout ce qu'il raconte ; de tels tableaux doivent être chez lui médiocrement vrais de couleur. Les discours mis dans la bouche de Jésus sont conformes au style ordinaire de notre écrivain. L'intervention de Nicodème (v. 50 et suiv.) peut seule en tout ceci avoir une valeur historique. Le v. 52 a prêté à des objections. Ce verset, dit-on, renferme une erreur que ni Jean ni même un juif n'auraient commise. L'auteur pouvait-il ignorer que Jonas et Nahum étaient nés en Galilée ? Oui certes, il pouvait l'ignorer ; ou du moins il pouvait n'y pas songer. Les évangélistes et en général les écrivains du Nouveau Testament, saint Paul excepté, ont des connaissances historiques et exégétiques fort incomplètes. En tout cas, ils écrivaient de mémoire et ne se souciaient pas d'être exacts.

§ 19. Le récit de la femme adultère laisse place à de grands doutes critiques. Ce passage manque dans les meilleurs manuscrits ; je crois cependant qu'il faisait partie du texte primitif. Les données topographiques des versets 1 et 2 ont de la justesse. Rien dans le morceau ne fait disparate avec le style du quatrième Évangile. Je pense que c'est par un scrupule déplacé, venu à l'esprit de quelques faux rigoristes, sur la morale en apparence relâchée de l'épisode, qu'on aura coupé ces lignes qui pourtant, vu leur beauté, se seront sauvées, en s'attachant à d'autres parties des textes évangéliques. En tout cas, si le trait de la femme adultère ne faisait pas partie d'abord du quatrième Évangile, il est sûre-

ment de tradition évangélique. Luc le connaît, quoique
dans un autre agencement[26]. Papias[27] semble avoir
lu une histoire analogue dans l'Évangile selon les Hébreux. Le mot : « Que celui d'entre vous qui est sans
péché... » est si parfaitement dans le tour d'esprit de
Jésus, il répond si bien à d'autres traits des synoptiques,
qu'on est tout à fait autorisé à le considérer comme étant
authentique dans la même mesure que les mots des
synoptiques. On comprend, en tout cas, beaucoup mieux
qu'un tel passage ait été retranché qu'ajouté.

§ 20. Les disputes théologiques qui remplissent le
reste du ch. VIII sont sans valeur pour l'histoire de
Jésus. Évidemment, l'auteur prête à Jésus ses propres
idées, sans s'appuyer sur aucune source ni sur aucun
souvenir direct. Comment, dira-t-on, un disciple immédiat ou un traditioniste se rattachant directement à un
apôtre ont-ils pu altérer ainsi la parole du maître? Mais
Platon était bien disciple immédiat de Socrate, et
cependant il ne se fait aucun scrupule de lui attribuer
des discours fictifs. Le « Phédon » contient des renseignements historiques de la plus haute vérité et des
discours qui n'ont aucune authenticité. La tradition des
faits se conserve bien mieux que celle des discours. Une
école chrétienne active, parcourant rapidement le cercle
des idées, devait, en cinquante ou soixante ans, modifier
totalement l'image qu'on se faisait de Jésus, tandis
qu'elle pouvait se souvenir, beaucoup mieux que toutes
les autres, de certaines particularités et de la contexture

---

26. VII, 37 et suiv.

27. Dans Eusèbe, *Hist. eccl.*, III, 39. Un savant arméniste, M. Pru-
dhomme, à qui je demandai s'il avait rencontré des citations de Papias
dans les auteurs arméniens, me communique un curieux passage,
extrait des « Explications sur divers passages de l'Écriture sainte »,
par Vartan Vartabed, ms. arm. de la Bibl. Impériale, ancien fonds,
n° 12, fol. 40 v. « Le passage de la femme adultère, que les autres chrétiens ont dans leur Évangile, est l'œuvre d'un certain Papias, disciple
de Jean, lequel a écrit des hérésies, et a été rejeté. C'est Eusèbe qui le
dit. On l'a écrit postérieurement. » Les Arméniens, en effet, rejettent
ledit passage ou le mettent à la fin de l'Évangile de Jean.

générale de la biographie du réformateur. Au contraire,
les simples et douces familles chrétiennes de la Batanée
chez lesquelles s'est formée la collection des Λόγια,
— petits comités, très purs, très honnêtes, d'*ébionim*
(pauvres de Dieu), restés bien fidèles aux enseignements
de Jésus, ayant gardé pieusement le dépôt de sa parole,
formant un petit monde dans lequel il y avait peu de
mouvement d'idées, — pouvaient à la fois avoir très
bien conservé le timbre de la voix du maître, et être fort
mal renseignées sur des circonstances biographiques
auxquelles elles tenaient peu. La distinction que nous
indiquons ici se reproduit, du reste, en ce qui concerne
le premier Évangile. Cet Évangile est sûrement celui
qui nous rend le mieux les discours de Jésus, et cependant, pour les faits, il est plus inexact que le second.
C'est en vain qu'on allègue l'unité de rédaction du
quatrième Évangile. Cette unité, je la reconnais ; mais
une composition rédigée par une seule main peut renfermer des données de valeur fort inégale. Le Vie de
Mahomet par Ibn-Hischâm [a] est parfaitement une,
et pourtant il y a dans cette Vie des choses que nous
admettons, d'autres que nous n'admettons pas.

§ 21. Les chapitres ix et x, jusqu'au v. 21 de ce dernier,
forment un paragraphe commençant par un nouveau
miracle hiérosolymite, celui de l'aveugle-né, où l'intention de relever la force démonstrative du prodige se fait
sentir d'une manière plus fatigante que partout ailleurs.
On sent néanmoins une connaissance assez précise de la
topographie de Jérusalem (v. 7) ; l'explication de Σιλωάμ
est assez bonne. Impossible de prétendre que ce miracle
soit sorti de l'imagination symbolique de notre auteur ;
car il se retrouve en Marc (viii, 22 et suiv.), avec une
coïncidence portant sur un trait minutieux et bizarre
(comp. Jean, ix, 6 ; et Marc, viii, 23). Dans les discussions et les discours qui suivent, je reconnais qu'il serait
dangereux de chercher un écho de la pensée de Jésus.
Un trait essentiel de notre auteur, qui sort dès à présent

avec évidence, c'est sa façon de prendre un miracle pour
point de départ de longues démonstrations. Ses miracles
sont des miracles raisonnés, commentés. Cela n'a pas
lieu dans les synoptiques. La théurgie de ces derniers est
d'une parfaite naïveté ; ils ne reviennent jamais sur leurs
pas pour tirer parti des merveilles qu'ils ont racontées.
La théurgie du quatrième Évangile, au contraire, est
réfléchie, présentée avec des artifices d'exposition visant
à convaincre, et exploitée en faveur de certaines prédications dont l'auteur fait suivre le récit de ses prodiges. Si
notre Évangile se bornait à de tels morceaux, l'opinion
qui y voit une simple thèse de théologie serait parfaitement fondée.

§ 22. Mais il s'en faut qu'il se borne à cela. A partir du
v. 22 du chap. x, nous rentrons dans des détails de topographie d'une rigoureuse précision, qu'on ne s'explique
guère si l'on soutient qu'à aucun degré notre Évangile
ne renferme de tradition palestinienne. Je sacrifie toute
la dispute des versets 24-39. Le voyage de Pérée, indiqué
v. 40, paraît au contraire historique. Les synoptiques
connaissent ce voyage, auquel ils rattachent les divers
incidents de Jéricho.

§ 23. Voici maintenant un passage très important
(xi, 1-45). Il s'agit d'un miracle, mais d'un miracle qui
tranche sur les autres et se produit dans des circonstances
à part. Tous les autres miracles présentés comme ayant
eu de l'éclat se passent à propos d'individus obscurs et
qui ne figurent plus ensuite dans l'histoire évangélique.
Ici le miracle se passe au sein d'une famille connue [28], et
que l'auteur de notre Évangile en particulier, s'il est
sincère, paraît avoir pratiquée. Les autres miracles sont
de petits rouages à part, destinés à prouver par leur
nombre la mission divine du maître, mais sans conséquence pris isolément, puisqu'il n'en est pas un seul
qu'on rappelle une fois qu'il est passé ; nul d'entre eux ne

28. Luc, x, 38 et suiv.

fait partie intégrante de la vie de Jésus. On peut les traiter tous en bloc comme je l'ai fait dans mon ouvrage, sans ébranler l'édifice ni rompre la suite des événements. Le miracle dont il s'agit ici, au contraire, est engagé profondément dans le récit des dernières semaines de Jésus, tel que le donne notre Évangile. Or nous verrons que c'est justement pour le récit de ces dernières semaines que notre texte brille d'une supériorité tout à fait incontestable. Ce miracle fait donc à lui seul une classe à part ; il semble au premier coup d'œil qu'il doive compter parmi les événements de la Vie de Jésus. Ce n'est pas le menu détail du récit qui me frappe. Les deux autres miracles hiérosolymites de Jésus dont parle l'auteur du quatrième Évangile sont racontés de même. Toutes les circonstances de la résurrection de Lazare pourraient être le fruit de l'imagination du narrateur, il serait prouvé que toutes ces circonstances ont été combinées en vue de l'effet, selon la constante habitude que nous avons remarquée chez notre écrivain, que le fait principal n'en resterait pas moins exceptionnel dans l'histoire évangélique. Le miracle de Béthanie est aux miracles galiléens ce que les stigmates de François d'Assise sont aux autres miracles du même saint. M. Karl Hase [a] a composé une vie exquise du christ ombrien sans insister en particulier sur aucun de ces derniers ; mais il a bien vu qu'il n'eût pas été biographe sincère s'il ne se fût appesanti sur les stigmates ; il y consacre un long chapitre, laissant place à toute sorte de conjectures et de suppositions.

Parmi les miracles dont les quatre rédactions de la vie de Jésus sont semées, une distinction se fait d'elle-même. Les uns sont purement et simplement des créations de la légende. Rien dans la vie réelle de Jésus n'y a donné lieu. Ils sont le fruit de ce travail d'imagination qui se produit autour de toutes les renommées populaires. D'autres ont eu pour cause des faits réels. Ce n'est pas arbitrairement que la légende a prêté à Jésus des guérisons de possédés. Sans nul doute, plus d'une fois, Jésus crut opérer de telles cures. La multiplication des pains, plusieurs guérisons de maladies, peut-être certaines apparitions, doivent être mises dans la même catégorie. Ce ne sont pas là des miracles éclos de la pure imagination ; ce sont des miracles conçus à propos d'incidents réels grossis ou transfigurés. Écartons absolument une idée fort répandue, d'après laquelle un témoin oculaire ne rapporte pas de miracles. L'auteur des derniers chapitres des Actes est sûrement un témoin oculaire de la vie de saint Paul ; or, cet auteur raconte des miracles qui ont dû se passer devant lui [29]. Mais que dis-je ! Saint Paul lui-même nous parle de ses miracles et fonde là-dessus la vérité de sa prédication [30]. Certains miracles étaient permanents dans l'Église et en quelque sorte de droit commun [31]. « Comment, dit-on, se prétendre témoin oculaire quand on raconte des choses qui n'ont pu être entendues ni vues ? » Mais alors les *tres socii* n'ont pas connu saint François d'Assise, car ils racontent une foule de choses qui n'ont pu être vues ni entendues.

Dans quelle catégorie faut-il placer le miracle que nous discutons en ce moment ? Quelque fait réel, exagéré, embelli, y a-t-il donné occasion ? Ou bien n'a-t-il aucune réalité d'aucune sorte ? Est-ce une pure légende, une invention du narrateur ? Ce qui complique la difficulté, c'est que le troisième Évangile, celui de Luc, nous offre ici les consonnances les plus étranges. Luc, en effet, connaît Marthe et Marie [32] ; il sait même qu'elles ne sont pas de Galilée ; en somme, il les connaît sous un jour fort

---

29. *Act.*, xx, 7-12 ; xxvii, 11, 21 et suiv. ; xxviii, 3 et suiv., 8 et suiv.

30. II Cor., xii, 12 ; Rom., xv, 19. Il appelle les miracles σημεῖα τοῦ ἀποστόλου, « les signes auxquels on reconnaît un apôtre ». Cf. Gal., iii, 5.

31. I Cor., i, 22 ; xii, 9 et suiv., 28 et suiv. Comp. II Thess., ii, 9. La tradition juive présente Jésus et ses disciples comme des thaumaturges et des médecins exorcistes (Midrasch *Kohéleth*, i, 8 ; vii, 26 ; Talm. de Bab., *Aboda zara*, 27 *b* ; *Schabbath*, 104 *b* ; Talm. de Jér., *Schabbath*, xiv, 4).

32. x, 38-42.

analogue à celui sous lequel ces deux personnes figurent
dans le quatrième Évangile. Marthe, dans ce dernier
texte, joue le rôle de servante (διηκόνει); Marie, le rôle
de personne ardente, empressée. On sait l'admirable
petit épisode que Luc a tiré de là. Que si nous
comparons les passages de Luc et du quatrième Évangile, c'est évidemment le quatrième Évangile qui joue ici
le rôle d'original, non que Luc, ou l'auteur quel qu'il soit
du troisième Évangile, ait lu le quatrième, mais en ce sens
que nous trouvons dans le quatrième Évangile les données qui expliquent l'anecdote légendaire du troisième.
Le troisième Évangile connaît-il aussi Lazare? Après
avoir longtemps refusé de l'admettre, je suis arrivé à
croire que cela est très probable. Oui, je pense maintenant que le Lazare de la parabole du riche n'est qu'une
transformation de notre ressuscité [33]. Qu'on ne dise pas
que, pour se métamorphoser ainsi, il a bien changé sur la
route. Tout est possible en ce genre, puisque le repas de
Marthe, Marie et Lazare, qui joue un si grand rôle dans
le quatrième Évangile, et que les synoptiques placent
chez un certain Simon le Lépreux, devient dans le troisième Évangile un repas chez Simon le Pharisien, où
figure une pécheresse, laquelle, comme Marie dans notre
Évangile, oint les pieds de Jésus et les essuie de ses cheveux. Quel fil tenir au milieu de ce labyrinthe inextri-
cable de légendes brisées et remaniées? Pour moi, j'admets la famille de Béthanie comme ayant réellement
existé et comme ayant donné lieu dans certaines branches de la tradition chrétienne à un cycle de légendes.
Une de ces données légendaires était que Jésus rappela
à la vie le chef même de la famille. Certes, un tel « on dit »
put prendre naissance après la mort de Jésus. Je ne
regarde pas cependant comme impossible qu'un fait
réel de la vie de Jésus y ait donné origine. Le silence des
synoptiques à l'égard de l'épisode de Béthanie ne me

---

33. Voir « Vie de Jésus », p. 346, 358-359 de la présente édition.

frappe pas beaucoup. Les synoptiques savaient très mal
tout ce qui précéda immédiatement la dernière semaine
de Jésus. Ce n'est pas seulement l'incident de Béthanie
qui manque chez eux, c'est toute la période de la vie de
Jésus à laquelle cet incident se rattache. On en revient
toujours à ce point fondamental. Il s'agit de savoir
lequel des deux systèmes est le vrai, de celui qui fait de la
Galilée le théâtre de toute l'activité de Jésus, ou de celui
qui fait passer à Jésus une partie de sa vie à Jérusalem.

Je n'ignore pas les efforts que fait ici l'explication
symbolique [a]. Le miracle de Béthanie signifie, d'après
les doctes et profonds défenseurs de ce système, que
Jésus est pour les croyants la résurrection et la vie au
sens spirituel. Lazare est le pauvre, l'*ébion* ressuscité
par le Christ de son état de mort spirituelle. C'est pour
cela, c'est à la vue d'un réveil populaire qui devient
inquiétant pour elles, que les classes officielles se décident à faire périr Jésus. Voilà le système dans lequel se
reposent les meilleurs théologiens que l'Église chrétienne possède en notre siècle. Il est selon moi erroné.
Notre Évangile est dogmatique, je le reconnais, mais il
n'est nullement allégorique. Les écrits vraiment allégoriques des premiers siècles, l'Apocalypse, le *Pasteur*
d'Hermas, la *Pisté Sophia*, ont une bien autre allure. Au
fond, tout ce symbolisme est le pendant du mythisme de
M. Strauss : expédients de théologiens aux abois, se
sauvant par l'allégorie, le mythe, le symbole. Pour nous,
qui ne cherchons que la pure vérité historique sans une
ombre d'arrière-pensée théologique ou politique, nous
devons être plus libres. Pour nous, tout cela n'est pas
mythique, tout cela n'est pas symbolique ; tout cela est
de l'histoire sectaire et populaire. Il y faut porter de
grandes défiances, mais non un parti pris de commodes
explications.

On allègue divers exemples. L'école alexandrine, telle
que nous la connaissons par les écrits de Philon, exerça
sans contredit une forte influence sur la théologie du

siècle apostolique. Or, ne voyons-nous pas cette école
pousser le goût du symbolisme jusqu'à la folie ? Tout
l'Ancien Testament n'est-il pas devenu entre ses mains
un prétexte à de subtiles allégories. Le Talmud et les
*Midraschim* ne sont-ils pas remplis de prétendus renseignements historiques dénués de toute vérité et qu'on ne
peut expliquer que par des vues religieuses ou par le
désir de créer des arguments à une thèse ? Mais le cas
n'est point le même pour le quatrième Évangile. Les
principes de critique qu'il convient d'appliquer au Talmud et aux *Midraschim* ne peuvent être transportés à
une composition tout à fait éloignée du goût des Juifs
palestiniens. Philon voit des allégories dans les anciens
textes ; il ne crée pas des textes allégoriques. Un vieux
livre sacré existe ; l'interprétation plane de ce texte em-
barrasse ou ne suffit pas ; on y cherche des sens cachés,
mystérieux, voilà ce dont les exemples abondent. Mais
qu'on écrive un récit historique étendu avec l'arrière-
pensée d'y cacher des finesses symboliques, qui n'ont pu
être découvertes que dix-sept cents ans plus tard, voilà
ce qui ne s'est guère vu. Ce sont les partisans de l'explication allégorique qui, dans ce cas, jouent le rôle des
Alexandrins. Ce sont eux qui, embarrassés du quatrième
Évangile, le traitent comme Philon traitait la Genèse,
comme toute la tradition juive et chrétienne a traité le
Cantique des cantiques. Pour nous, simples historiens,
qui admettons tout d'abord : 1º qu'il ne s'agit ici que de
légendes, en partie vraies, en partie fausses, comme toutes
les légendes ; 2º que la réalité qui servit de fond à ces
légendes fut belle, splendide, touchante, délicieuse, mais,
comme toutes les choses humaines, fortement maculée
de faiblesses qui nous révolteraient, si nous les voyions,
pour nous, dis-je, il n'y a pas là de difficulté. Il y a des
textes dont il s'agit de tirer le plus de vérité historique
qu'il est possible ; voilà tout.

Ici se présente une autre question fort délicate. Dans
les miracles de la seconde classe, dans ceux qui ont pour

origine un fait réel de la vie de Jésus, ne se mêla-t-il pas
quelquefois un peu de complaisance ? Je le crois, ou du
moins je déclare que, s'il n'en fut pas ainsi, le christianisme naissant a été un événement absolument sans
analogue. Cet événement a été le plus grand et le plus
beau des faits du même genre ; mais il n'a pas échappé
aux lois communes qui régissent les faits de l'histoire
religieuse. Pas une seule grande création religieuse qui
n'ait impliqué un peu de ce qu'on appellerait maintenant
fraude. Les religions anciennes en étaient pleines [34]. Peu
d'institutions dans le passé ont droit à plus de reconnaissance de notre part que l'oracle de Delphes, puisque cet
oracle a éminemment contribué à sauver la Grèce, mère
de toute science et de tout art. Le patriotisme éclairé de
la Pythie ne fut pris qu'une ou deux fois en faute. Toujours
elle fut l'organe des sages doués du sentiment le plus juste
de l'intérêt grec. Ces sages, qui ont fondé la civilisation,
ne se firent jamais scrupule de conseiller cette vierge
censée inspirée des dieux. Moïse, si les traditions que
nous avons sur son compte ont quelque chose d'historique, fit servir des événements naturels, tels que des
orages, des fléaux fortuits, à ses desseins et à sa politique [35]. Tous les anciens législateurs donnèrent leurs
lois comme inspirées par un dieu. Tous les prophètes,
sans aucun scrupule, se firent dicter par l'Éternel leurs
sublimes invectives. Le bouddhisme, plein d'un si haut
sentiment religieux, vit de miracles permanents, qui ne
peuvent se produire d'eux-mêmes. Le pays le plus naïf
de l'Europe, le Tyrol, est le pays des stigmatisées, dont
la vogue n'est possible qu'avec un peu de compérage.
L'histoire de l'Église, si respectable à sa manière, est

---

34. On en a la preuve matérielle au temple d'Isis à Pompéi, à l'Erech-
théum d'Athènes, etc.

35. La reprise et en quelque sorte la seconde fondation du wahha-
bisme dans l'Arabie centrale eut pour cause le choléra de 1855, habile-
ment exploité par les zélateurs. Palgrave, *Narrative of a journey throught
Arabia*, t. I, p. 407 et suiv.

pleine de fausses reliques, de faux miracles. Y a-t-il eu
un mouvement religieux plus naïf que celui de saint
François d'Assise ? Et cependant toute l'histoire des
stigmates est inexplicable sans quelque connivence de la
part des compagnons intimes du saint [36].

« On ne prépare pas, me dit-on, de miracles frelatés,
quand on croit en voir partout de vrais [a]. » Erreur! c'est
quand on croit aux miracles, qu'on est entraîné sans
s'en douter à en augmenter le nombre. Nous pouvons
difficilement nous figurer, avec nos consciences nettes
et précises, les bizarres illusions par lesquelles ces consciences obscures, mais puissantes, jouant avec le surnaturel, si j'ose le dire, glissaient sans cesse de la crédulité
à la complaisance et de la complaisance à la crédulité.
Quoi de plus frappant que la manie répandue à certaines
époques d'attribuer aux anciens sages des livres apocryphes ? Les apocryphes de l'Ancien Testament, les
écrits du cycle hermétique, les innombrables productions
pseudépigraphes de l'Inde répondent à une grande élévation de sentiments religieux. On croyait faire honneur
aux vieux sages en leur attribuant ces productions ; on
se faisait leur collaborateur, sans songer qu'un jour
viendrait où cela s'appellerait une fraude. Les auteurs
de légendes du moyen âge, grossissant à froid sur leurs
pupitres les miracles de leur saint, seraient aussi fort
surpris de s'entendre appeler imposteurs.

Le xviiie siècle expliquait toute l'histoire religieuse
par l'imposture. La critique de notre temps a totalement
écarté cette explication. Le mot est impropre assurément ; mais dans quelle mesure les plus belles âmes du
passé ont-elles aidé à leurs propres illusions ou à celles
qu'on se faisait à leur sujet, c'est ce que notre âge
réfléchi ne peut plus comprendre. Pour bien saisir cela,
il faut avoir été en Orient. En Orient, la passion est

36. K. Hase, *Franz von Assisi*, ch. xiii et l'appendice (trad. de
M. Charles Berthoud, p. 125 et suiv., 149 et suiv.).

l'âme de toute chose, et la crédulité n'a pas de bornes. On ne voit jamais le fond de la pensée d'un Oriental ; car souvent ce fond n'existe pas pour lui-même. La passion, d'une part, la crédulité, de l'autre, font l'imposture. Aussi aucun grand mouvement ne se produit-il en ce pays sans quelque supercherie. Nous ne savons plus désirer ni haïr ; la ruse n'a plus de place dans notre société, car elle n'a plus d'objet. Mais l'exaltation, la passion ne s'accommodent pas de cette froideur, de cette indifférence au résultat, qui est le principe de notre sincérité. Quand les natures absolues à la façon orientale embrassent une thèse, elles ne reculent plus, et, le jour où l'illusion devient nécessaire, rien ne leur coûte. Est-ce faute de sincérité ? Au contraire ; c'est parce que la conviction est très intense chez de tels esprits, c'est parce qu'ils sont incapables de retour sur eux-mêmes, qu'ils ont moins de scrupules. Appeler cela fourberie est inexact ; c'est justement la force avec laquelle ils embrassent leur idée qui éteint chez eux toute autre pensée ; car le but leur paraît si absolument bon que tout ce qui peut y servir leur semble légitime. Le fanatisme est toujours sincère dans sa thèse et imposteur dans le choix des moyens de démonstration. Si le public ne cède pas tout d'abord aux raisons qu'il croit bonnes, c'est-à-dire à ses affirmations, il a recours à des raisons qu'il sait mauvaises. Pour lui, croire est tout ; les motifs pour lesquels on croit n'importent guère. Voudrions-nous prendre la responsabilité de tous les arguments par lesquels s'opéra la conversion des barbares ? De nos jours, on n'emploie des moyens frauduleux qu'en sachant la fausseté de ce qu'on soutient. Autrefois, l'emploi de ces moyens supposait une profonde conviction et s'alliait à la plus haute élévation morale. Nous autres critiques, dont la profession est de débrouiller ces mensonges et de trouver le vrai à travers le réseau de déceptions et d'illusions de toute sorte qui enveloppe l'histoire, nous éprouvons devant de tels faits un sentiment de répugnance.

Mais n'imposons pas nos délicatesses à ceux dont le devoir a été de conduire la pauvre humanité. Entre la
vérité générale d'un principe et la vérité d'un petit fait,
l'homme de foi n'hésite jamais. On avait, lors du sacre
de Charles X, les preuves les plus authentiques de la
destruction de la sainte ampoule. La sainte ampoule fut
retrouvée ; car elle était nécessaire. D'une part, il y avait
le salut de la royauté (on le croyait du moins) ; de l'autre,
la question de l'authenticité de quelques gouttes d'huile ;
aucun bon royaliste n'hésita.

En résumé, parmi les miracles que les Évangiles prêtent à Jésus, il en est de purement légendaires. Mais il y
en eut probablement quelques-uns où il consentit à
jouer un rôle. Laissons de côté le quatrième Évangile ;
l'Évangile de Marc, le plus original des synoptiques,
est la vie d'un exorciste et d'un thaumaturge. Des traits
comme *Luc*, VIII, 45-46, n'ont rien de moins fâcheux
que ceux qui, dans l'épisode de Lazare, portent les théologiens à réclamer à grands cris le mythe et le symbole.
Je ne tiens pas à la réalité historique du miracle dont il
s'agit. L'hypothèse que je propose dans la présente
édition réduit tout à un malentendu. J'ai voulu montrer
seulement que ce bizarre épisode du quatrième Évangile n'est pas une objection décisive contre la valeur
historique dudit Évangile. Dans toute la partie de la vie
de Jésus où nous allons entrer maintenant, le quatrième
Évangile contient des renseignements particuliers, infiniment supérieurs à ceux des synoptiques. Or, chose singulière ! le récit de la résurrection de Lazare est lié avec
ces dernières pages par des liens tellement étroits que,
si on le rejette comme imaginaire, tout l'édifice des dernières semaines de la vie de Jésus, si solide dans notre
Évangile, croule du même coup.

§ 24. Les v. 46-54 du chap. XI nous présentent un
premier conseil pour perdre Jésus, tenu par les Juifs,
comme une conséquence directe du miracle de Béthanie.
On peut dire que ce lien est artificiel. Combien cependant

notre narrateur n'est-il pas plus dans le vraisemblable que les synoptiques, qui ne font commencer le complot des Juifs contre Jésus que deux ou trois jours avant sa mort ! Tout le récit que nous examinons en ce moment est d'ailleurs très naturel ; il se termine par une circonstance qui n'a sûrement pas été inventée, la fuite de Jésus à Ephraïm ou Ephron. Quel sens allégorique trouver à tout cela ? N'est-il pas évident que notre auteur possède des données totalement inconnues aux synoptiques, qui, peu soucieux de composer une biographie régulière, resserrent en quelques jours les six derniers mois de la vie de Jésus ? Les v. 55-56 offrent un agencement chronologique fort satisfaisant.

§ 25. Suit (xii, 1 et suiv.) un épisode commun à tous les récits, excepté à Luc, qui a ici taillé sa matière d'une tout autre façon ; c'est le festin de Béthanie. On a vu dans les « six jours » du verset xii, 1, une raison symbolique, je veux dire l'intention de faire coïncider le jour de l'onction avec le 10 de nisan, où l'on choisissait les agneaux de la Pâque (Exode, xii, 3, 6). Cela serait bien peu indiqué. Au chapitre xix, v. 36, où perce l'intention d'assimiler Jésus à l'agneau pascal, le rédacteur est beaucoup plus explicite. Quant aux circonstances du festin, est-ce par fantaisie pure que notre narrateur entre ici dans des détails inconnus à Matthieu et à Marc ? Je ne le crois pas. C'est qu'il en sait plus long. La femme innomée chez les synoptiques, c'est Marie de Béthanie. Le disciple qui fait l'observation, c'est Judas, et le nom de ce disciple entraîne tout de suite le narrateur à une personnalité vive ((v. 6). Ce v. 6 respire bien la haine de deux condisciples qui ont vécu longtemps ensemble, se sont profondément froissés l'un l'autre, et ont suivi des voies opposées. Et ce Μάρθα διηκόνει [a], qui explique si bien tout un épisode de Luc [37] ! Et ces cheveux servant à essuyer les pieds de Jésus, qui se retrouvent dans Luc [38] !

37. x, 40 et suiv.
38. vii, 38.

Tout porte à croire que nous tenons ici une source originale, servant de clef à d'autres récits plus déformés. Je ne nie pas l'étrangeté de ces versets 1-2, 9-11, 17-18, revenant à trois reprises sur la résurrection de Lazare, et enchérissant sur xi, 45 et suiv. Je ne vois rien d'invraisemblable, au contraire, dans l'intention prêtée à la famille de Béthanie de frapper l'indifférence des Hiérosolymites par des démonstrations extérieures telles que la simple Galilée n'en connut pas. Il ne faut pas dire : de telles suppositions sont fausses, parce qu'elles sont choquantes ou mesquines. Si l'on voyait le revers des plus grandes choses qui se sont passées en ce monde, de celles qui nous enchantent, de celles dont nous vivons, rien ne tiendrait. Remarquez, d'ailleurs, que les acteurs ici sont des femmes ayant conçu cet amour sans égal que Jésus sut inspirer autour de lui, des femmes croyant vivre au sein des merveilles, convaincues que Jésus avait fait d'innombrables prodiges, placées en face d'incrédules qui raillaient celui qu'elles aimaient. Si un scrupule avait pu s'élever en leur âme, le souvenir des autres miracles de Jésus l'eût fait taire. Supposez une dame légitimiste réduite à aider le ciel à sauver Joas. Hésiterat-elle ? La passion prête toujours à Dieu ses colères et ses intérêts ; elle entre dans les conseils de Dieu, le fait parler, le fait agir. On est sûr d'avoir raison ; on sert Dieu en soutenant sa cause, en suppléant au zèle qu'il ne montre pas.

§ 26. Le récit de l'entrée triomphale de Jésus dans Jérusalem (xii, 12 et suiv.) est conforme aux synoptiques. Ce qui étonne encore ici, c'est l'imperturbable appel au miracle de Béthanie (v. 17-18). C'est à cause de ce miracle que les pharisiens décident la mort de Jésus ; c'est ce miracle qui fait croire les Hiérosolymites ; c'est ce miracle qui est cause du triomphe de Bethphagé. Je voudrais bien mettre tout cela sur le compte d'un rédacteur de l'an 150, ignorant le caractère réel et l'innocence naïve du mouvement galiléen. Mais, d'abord, gardons-

nous de croire que l'innocence et l'illusion consciente
d'elle-même s'excluent. C'est aux sensations fuyantes
de l'âme d'une femme d'Orient qu'il faut demander ici
des analogies. La passion, la naïveté, l'abandon, la tendresse, la perfidie, l'idylle et le crime, la frivolité et la
profondeur, la sincérité et le mensonge, alternent en ces
sortes de natures et déjouent les appréciations absolues.
La critique doit se défendre en pareil cas de tout système exclusif. L'explication mythique est souvent vraie ;
l'explication historique ne doit pas pour cela être bannie.
Or, voici des versets (xii, 20 et suiv.) qui ont un cachet
historique indubitable. C'est d'abord l'épisode obscur et
isolé des Hellènes qui s'adressent à Philippe. Remarquez
le rôle de cet apôtre ; notre Évangile est le seul qui en
sache quelque chose. Remarquez surtout combien tout
ce passage est exempt d'intention dogmatique ou symbolique. Dire que ces Grecs sont des êtres de raison
comme Nicodème et la Samaritaine, est bien gratuit. Le
discours qu'ils amènent (v. 23 et suiv.) n'a aucun rapport
avec eux.

L'aphorisme du v. 25 se retrouve dans les synoptiques ;
il est évidemment authentique. Notre auteur ne le copie
pas dans les synoptiques. Donc, même quand il fait
parler Jésus, l'auteur du quatrième Évangile suit parfois
une tradition.

§ 27. Les versets 27 et suiv. ont beaucoup d'importance. Jésus est troublé. Il prie son Père « de le délivrer
de cette heure ». Puis il se résigne. Une voix se fait
entendre du ciel, ou bien, selon d'autres, un ange parle
à Jésus. Qu'est-ce que cet épisode ? N'en doutons pas,
c'est le parallèle de l'agonie de Gethsémani, qui, en
effet, est omise par notre auteur à la place où elle aurait
dû se trouver, après la dernière cène. Remarquez la
circonstance de l'apparition de l'ange, que Luc seul
connaît ; trait de plus à ajouter à la série de ces concordances entre le troisième Évangile et le quatrième qui
sont un fait si important de la critique évangélique.

Mais l'existence de deux versions si différentes d'une circonstance des derniers jours de Jésus, qui certainement est historique, sont un fait bien plus décisif encore. Qui mérite ici la préférence ? Le quatrième Évangile, selon moi. D'abord, le récit de cet Évangile est moins dramatique, moins disposé, moins agencé (moins beau, je l'avoue). En second lieu, le moment où le quatrième évangéliste place l'épisode en question est bien plus convenable. Les synoptiques ont rapporté la scène de Gethsémani, comme d'autres circonstances solennelles, à la dernière soirée de Jésus, par suite de la tendance qui nous fait accumuler nos souvenirs sur les dernières heures d'une personne aimée. Ces circonstances ainsi placées ont, d'ailleurs, plus d'effet. Mais, pour admettre l'ordre des synoptiques, il faudrait supposer que Jésus savait avec certitude le jour où il mourrait. Nous voyons, en général, les synoptiques céder ainsi maintes fois au désir de l'arrangement, procéder avec un certain art. Art divin, d'où est sorti le plus beau poème populaire qui ait jamais été écrit, la Passion ! Mais sans contredit, en pareil cas, la critique historique sera toujours pour la version la moins dramatique. C'est ce principe qui nous fait mettre Matthieu après Marc, et Luc après Matthieu, quand il s'agit de déterminer la valeur historique d'un récit des synoptiques.

§ 28. Nous voici arrivés à la dernière soirée (chap. xii). Le repas des adieux est raconté, comme dans les synoptiques, avec de grands développements. Mais, chose surprenante ! la circonstance capitale de ce repas selon les synoptiques est omise ; pas un mot de l'établissement de l'eucharistie, qui tient une si grande place dans les préoccupations de notre auteur (chap. vi). Et cependant comme la narration a ici un tour réfléchi (v. 1) ! comme l'auteur insiste sur la signification tendre et mystique du dernier festin ! Que veut dire ce silence ? Ici, comme pour l'épisode de Gethsémani, je vois dans une telle omission un trait de supériorité du quatrième Évangile.

Prétendre que Jésus réserva pour le jeudi soir une si importante institution rituelle, c'est accepter une sorte de miracle, c'est supposer qu'il était sûr de mourir le lendemain. Quoique Jésus (il est permis de le croire) eût des pressentiments, on ne peut, à moins de surnaturel, admettre une telle netteté dans ses prévisions. Je pense donc que c'est par l'effet d'un déplacement, très facile à expliquer, que les disciples groupèrent tous leurs souvenirs eucharistiques sur la dernière cène. Jésus y pratiqua, ainsi qu'il l'avait déjà fait bien des fois, le rit habituel des tables juives, en y attachant le sens mystique où il se complaisait, et, comme on se rappela le dernier repas bien mieux que tous les autres, on tomba d'accord pour y rapporter cet usage fondamental. L'autorité de saint Paul, qui est ici d'accord avec les synoptiques, n'a rien de péremptoire, puisqu'il n'avait pas été présent au repas ; elle prouve seulement, ce dont on ne peut pas douter, qu'une grande partie de la tradition fixait l'établissement du mémorial sacré à la veille de la mort. Cette tradition répondait à l'idée, généralement acceptée, que ce soir-là Jésus substitua une Pâque nouvelle à la Pâque juive ; elle tenait à une autre opinion des synoptiques, contredite par le quatrième Évangile à savoir que Jésus fit avec ses disciples le festin pascal et mourut, par conséquent, le lendemain du jour où l'on mangeait l'agneau.

Ce qu'il y a de bien remarquable, c'est que le quatrième Évangile, en place de l'eucharistie, donne un autre rit, le lavement des pieds, comme ayant été l'institution propre de la dernière cène. Sans doute, notre évangéliste a aussi cédé cette fois à la tendance naturelle de rapporter au dernier soir les actes solennels de la vie de Jésus. La haine de notre auteur contre Judas se démasque de plus en plus par une forte préoccupation qui lui fait parler de ce malheureux, même quand il n'est pas directement en cause (versets 2, 10-11, 18). Dans le récit de l'annonce que Jésus fait de la trahison, la grande supé-

riorité de notre texte se révèle encore. La même anecdote
se trouve dans les synoptiques, mais présentée d'une
façon invraisemblable et contradictoire. Jésus, chez les
synoptiques, est censé désigner le traître à mots couverts,
et cependant les expressions dont il se sert devaient le
faire reconnaître de tous. Notre quatrième évangéliste
explique bien ce petit malentendu. Jésus, selon lui,
fait tout bas la confidence de son pressentiment à un
disciple qui reposait sur son sein, lequel communique
à Pierre ce que Jésus lui a dit. A l'égard du reste des
assistants, Jésus reste dans le mystère, et personne ne se
doute de ce qui s'est passé entre lui et Judas. Les petites
circonstances du récit, le pain trempé, le coup d'œil
que le v. 29 nous fait jeter dans l'intérieur de la secte,
ont aussi une grande justesse, et quand on voit l'auteur
dire assez clairement : « J'étais là », on est tenté de croire
qu'il dit vrai. L'allégorie est essentiellement froide et
raide. Les personnages y sont d'airain, et se meuvent
tout d'une pièce. Il n'en est pas de même chez notre
auteur. Ce qui frappe dans son écrit, c'est la vie, c'est
la réalité. On sent un homme passionné, jaloux parce
qu'il aime beaucoup, susceptible, un homme fort
ressemblant aux Orientaux de nos jours. Les compositions artificielles n'ont jamais ce tour personnel ; quelque
chose de vague et de gauche les décèle toujours.

§ 29. Suivent de longs discours, qui ont leur beauté,
mais qui sans contredit n'ont rien de traditionnel. Ce
sont des pièces de théologie et de rhétorique, sans aucune
analogie avec les discours de Jésus dans les Évangiles
synoptiques, et auxquels il ne faut pas plus attribuer de
réalité historique qu'aux discours que Platon met dans
la bouche de son maître au moment de mourir. Il ne faut
rien conclure de là sur la valeur du contexte. Les discours insérés par Salluste et Tite-Live dans leurs histoires sont sûrement des fictions ; en conclura-t-on
que le fond de ces histoires est également fictif ? Il est
probable, d'ailleurs, que, dans ces longues homélies

prêtées à Jésus, il y a plus d'un trait qui a sa valeur
historique. Ainsi la promesse du Saint-Esprit (xiv, 16
et suiv., 26 ; xv, 26 ; xvi, 7, 13), que Marc et Matthieu
ne donnent pas sous forme directe, se retrouve en
Luc (xxiv, 49) et répond à un fait des *Actes* (ii) [39], qui
a dû avoir quelque réalité. En tout cas, cette idée d'un
esprit que Jésus enverra du sein de son Père, quand il
aura quitté la terre, est un trait de consonnance de plus
avec Luc (*Actes*, i et ii). L'idée de l'Esprit-Saint conçu
comme avocat (*Paraclet*) se retrouve aussi, surtout en
Luc (xii, 11-12 ; comp. Matth., x, 20 ; Marc, xiii, 11).
Le système de l'ascension, développé par Luc, a son
germe obscur en notre auteur (xvi, 7).

§ 30. Après la Cène, notre évangéliste, comme les
synoptiques, conduit Jésus au jardin de Gethsémani
(chap. xviii). La topographie du v. 1 est exacte. Τῶν
κέδρων [a] peut être une inadvertance des copistes, ou,
si j'ose le dire, de l'éditeur, de celui qui a préparé l'écrit
pour le public. La même faute se retrouve dans les
Septante (II Sam., xv, 23). Le *Codex Sinaïticus* porte
τοῦ κέδρου [b]. La vraie leçon τοῦ Κεδρών [c] devait paraître
singulière à des gens qui ne savaient que le grec. Je me
suis déjà expliqué ailleurs sur l'omission de l'agonie
à ce moment, omission où je vois un argument en faveur
du récit du quatrième Évangile. L'arrestation de Jésus
est aussi bien mieux racontée. La circonstance du baiser
de Judas, si touchante, si belle, mais qui sent la légende,
est passée sous silence. Jésus se nomme et se livre lui-
même. Il y a bien un miracle fort inutile (v. 6) ; mais la
circonstance de Jésus demandant qu'on laisse aller les
disciples qui l'accompagnaient (v. 8) est vraisemblable.
Il est très possible que ceux-ci aient été d'abord arrêtés
avec leur maître. Fidèle à ses habitudes de précision
réelle ou apparente, notre auteur sait le nom des deux

39. Comp. Jean, vii, 39.

personnes qui engagèrent une lutte d'un moment, d'où résulta une légère effusion de sang.

§ 31. Mais voici la preuve la plus sensible que notre auteur a sur la Passion des documents bien plus originaux que les autres évangélistes. Seul, il fait conduire Jésus chez Annas ou Hanan, beau-père de Caïphe. Josèphe confirme la justesse de ce récit, et Luc semble ici encore recueillir une sorte d'écho de notre Évangile [40]. Hanan avait été depuis longtemps déposé du pontificat ; mais, pendant le reste de sa longue vie, il conserva en réalité le pouvoir, qu'il exerçait sous le nom de ses fils et beaux-fils, successivement élevés au souverain sacerdoce [41]. Cette circonstance, dont les deux premiers synoptiques, très peu au courant des choses de Jérusalem, ne se doutent pas, est un trait de lumière. Comment un sectaire du IIᵉ siècle, écrivant en Égypte ou en Asie Mineure, eût-il su cela ? L'opinion, trop souvent répétée, que notre auteur ne connaît ni Jérusalem, ni les choses juives, me paraît tout à fait dénuée de fondement.

§ 32. Même supériorité dans le récit des reniements de Pierre. Tout cet épisode, chez notre auteur, est plus circonstancié, mieux expliqué. Les détails du v. 16 sont d'une étonnante vérité. Loin d'y voir une invraisemblance, j'y vois une marque de naïveté, comme celle d'un provincial qui se vante d'avoir du crédit dans un ministère parce qu'il y connaît un concierge ou un domestique. Soutiendra-t-on aussi qu'il y a là quelque allégorie mystique ? Un rhéteur venant longtemps après les événements, et composant son ouvrage sur des textes reçus, n'aurait pas écrit de la sorte. Voyez les synoptiques : tout chez eux est combiné naïvement pour l'effet. Certes une foule de traits du quatrième Évangile sentent aussi l'arrangement artificiel ; mais d'autres semblent bien n'être là que parce qu'ils sont vrais, tant ils sont accidentés et à vive arête.

---

40. III, 2. Comp. *Act.*, IV, 6.
41. Jos., *Ant.*, XV, III, 1 ; XX, IX, 1, 3 ; *B. J.*, IV, V, 6, 7.

§ 33. Nous arrivons chez Pilate. La circonstance du v. 28 a toute l'apparence de la vérité. Notre auteur est en contradiction avec les synoptiques sur le jour où Jésus mourut. Selon lui, ce fut le jour où l'on mangeait l'agneau, le 14 de nisan ; selon les synoptiques, ce serait le lendemain. Notre auteur peut bien avoir raison. L'erreur des synoptiques s'expliquerait tout naturellement par le désir que l'on eut de faire de la dernière cène le festin pascal, afin de lui donner plus de solennité, et afin de conserver un motif pour la célébration de la Pâque juive. Il est très vrai qu'on peut dire aussi que le quatrième Évangile a placé la mort au jour où l'on mangeait l'agneau, afin d'inculquer l'idée que Jésus fut le véritable agneau pascal, idée qu'il avoue à un endroit (xix, 36), et qui peut-être n'est pas étrangère à d'autres passages : xii, 1 ; xix, 29. Ce qui prouve bien toutefois que les synoptiques font ici violence à la réalité historique, c'est qu'ils ajoutent une circonstance tirée du cérémonial ordinaire de la Pâque, et non certes d'une tradition positive, je veux dire le chant de psaumes [42]. Certaines circonstances rapportées par les synoptiques, par exemple le trait de Simon de Cyrène revenant de ses travaux des champs, supposent ainsi que le crucifiement eut lieu avant le commencement de la période sacrée. Enfin on ne concevrait pas que les Juifs eussent provoqué une exécution, ni même que les Romains l'eussent faite, en un jour si solennel [43].

§ 34. J'abandonne les entretiens de Pilate et de Jésus, composés évidemment par conjecture, mais avec un sentiment assez exact de la situation des deux personnes. La question du v. 9 a encore son écho dans Luc, et comme d'ordinaire ce trait insignifiant devient chez le troisième évangéliste toute une légende [44]. La topographie et l'hébreu du v. 13 sont de bon aloi. Toute cette

42. Matth., xxvi, 30 ; Marc, xiv, 26.
43. Mischna, *Sanhédrin*, iv, 1. Comp. Philon, *In Flacc.*, § 10.
44. Luc, xxiii, 6 et suiv.

scène est d'une grande justesse historique, bien que les
paroles prêtées aux personnages soient de la façon du
narrateur. Ce qui concerne Barabbas, au contraire, est
plus satisfaisant dans les synoptiques. Notre auteur
se trompe sans doute en faisant de cet homme un voleur.
Les synoptiques sont bien plus dans la vraisemblance,
en le présentant comme un personnage aimé du peuple
et arrêté pour cause d'émeute. En ce qui concerne la
flagellation, Marc et Matthieu ont aussi une petite
nuance de plus. On voit mieux dans leur récit que la
flagellation fut un simple préliminaire du crucifiement,
selon le droit commun. L'auteur du quatrième Évangile ne semble pas se douter que la flagellation supposait
déjà une condamnation irrévocable. Cette fois encore,
il marche tout à fait d'accord avec Luc (xxiii, 16) ;
comme ce dernier, il cherche, en tout ce qui concerne
Pilate, à excuser l'autorité romaine et à charger les
Juifs.

§ 35. Le trait minutieux de la tunique sans couture
fournit aussi un argument contre notre auteur. On dirait
qu'il l'a conçu faute d'avoir bien saisi le parallélisme du
passage du psaume xxii, qu'il cite. On a un exemple
du même genre d'erreur dans Matthieu, xxi, 2-5.
Peut-être aussi la tunique sans couture du grand prêtre
(Josèphe, *Ant.*, III, vii, 4) est-elle pour quelque chose en
tout ceci.

§ 36. Nous touchons à la plus grave objection contre
la véracité de notre auteur. Matthieu et Marc ne font
assister au crucifiement que les femmes galiléennes,
compagnes inséparables de Jésus. Luc ajoute à ces
femmes « tous les gens de la connaissance de Jésus »
(πάντες οἱ γνωστοὶ αὐτῷ [a]), addition qui est en contradiction avec les deux premiers Évangiles [45] et avec

---

45. Matth., xxvi, 56 ; Marc, xiv, 50. Le verset parallèle Luc, xxii,
54 est modifié en conséquence de Luc, xxiii, 49. Comp. ci-dessus, p. 400,
note 34.

ce que Justin [46] nous apprend de la défection des
disciples (οἱ γνώριμοι αὐτοῦ πάντες[a]) après le crucifiement. En tout cas, dans les trois premiers Évangiles, ce groupe de personnes fidèles se tient « loin » de
la croix, et ne s'entretient pas avec Jésus. Notre Évangile ajoute trois détails essentiels : 1º Marie, mère de
Jésus, assiste au crucifiement ; 2º Jean y assiste aussi ;
3º tous sont debout au pied de la croix; Jésus s'entretient
avec eux, et confie sa mère à son disciple favori. Chose
singulière! « La mère des fils de Zébédée » ou Salomé,
que Marc et Matthieu placent parmi les femmes fidèles,
est privée de ces honneurs dans le récit qu'on suppose
avoir été écrit par son fils. Le nom de Marie attribué à la
sœur de Marie, mère de Jésus, est aussi quelque chose
de singulier. Ici, je suis nettement pour les synoptiques.
« Que la connaissance de la présence touchante de Marie
auprès de la croix et des fonctions filiales que Jésus
remit à Jean, dit M. Strauss, se soit perdue, c'est ce
qu'il est bien moins facile de comprendre qu'il ne l'est
de comprendre comment tout cela a pu naître dans le
cercle où se forma le quatrième Évangile. Songeons
que c'était un cercle où l'apôtre Jean jouissait d'une
vénération particulière, dont nous voyons la preuve
dans le soin avec lequel notre Évangile le choisit parmi
les trois plus intimes confidents de Jésus, pour en faire
le seul apôtre bien-aimé ; dès lors, pouvait-on trouver
rien qui mît le sceau à cette prédilection d'une manière
plus frappante, qu'une déclaration solennelle de Jésus,
qui, par un dernier acte de sa volonté, laissait à Jean sa
mère comme le legs le plus précieux, le substituait ainsi
à sa place, et le faisait « vicaire du Christ », sans compter
qu'il était naturel de se demander, au sujet de Marie,
comme au sujet de l'apôtre bien-aimé, s'il était possible
qu'ils se fussent éloignés des côtés de Jésus à ce moment
suprême ? »

46. *Apol. I*, 50.

Cela est très bien raisonné. Cela prouve parfaitement qu'il y eut chez notre rédacteur plus d'une arrière-pensée, qu'il n'a pas la sincérité, la naïveté absolue de Matthieu et de Marc. Mais c'est ici du moins la marque d'origine la plus lisible de l'ouvrage que nous discutons. En rapprochant ce passage des autres endroits où sont relevés les privilèges « du disciple que Jésus aimait », il ne peut rester aucun doute sur la famille chrétienne d'où ce livre est sorti. Cela ne prouve pas qu'un disciple immédiat de Jésus l'ait écrit ; mais cela prouve que celui qui tient la plume croit ou veut faire croire qu'il raconte les souvenirs d'un disciple immédiat de Jésus, et que son but est d'exalter la prérogative de ce disciple, de montrer qu'il a été, ce que ne furent ni Jacques ni Pierre, un vrai frère, un frère spirituel de Jésus.

En tout cas, le nouvel accord que nous avons trouvé entre notre texte et l'Évangile de Luc est bien remarquable. Les expressions de Luc, en effet (xxiii, 49), n'excluent pas précisément Marie du pied de la croix et l'auteur des *Actes*, qui est bien le même que celui du troisième Évangile, place Marie parmi les disciples à Jérusalem, peu de jours après la mort de Jésus. Cela a peu de valeur historique, car l'auteur du troisième Évangile et des *Actes* (au moins pour les premiers chapitres de ce dernier ouvrage) est le traditioniste le moins autorisé de tout le Nouveau Testament. Mais cela établit de plus en plus ce fait, à mes yeux très grave, que la tradition johannique ne fut pas dans l'Église primitive un accident isolé, que beaucoup de traditions propres à l'école de Jean avaient transpiré ou étaient communes à d'autres Églises chrétiennes, même avant la rédaction du quatrième Évangile, ou du moins indépendamment de lui. Car de supposer que l'auteur du quatrième Évangile eût l'Évangile de Luc sous les yeux en composant son ouvrage, c'est ce qui me paraît très improbable.

§ 37. Notre texte retrouve sa supériorité pour ce qui

concerne le breuvage sur la croix. Cette circonstance, à propos de laquelle Matthieu et Marc s'expriment avec obscurité, qui chez Luc est tout à fait transformée (XXIII, 36), trouve ici sa véritable explication. C'est Jésus lui-même qui, brûlant de soif, demande à boire. Un soldat lui présente un peu de son eau acidulée, au moyen d'une éponge. Cela est très naturel, et d'une très bonne archéologie. Ce n'est là ni une dérision, ni une aggravation de supplice, comme le croient les synoptiques. C'est un trait d'humanité du soldat.

§ 38. Notre Évangile omet le tremblement de terre et les phénomènes dont la légende la plus répandue voulait que le dernier soupir de Jésus eût été accompagné.

§ 39. L'épisode du *crurifragium* et du coup de lance, propre à notre Évangile, n'a rien que de possible. L'archéologie juive et l'archéologie romaine du v. 31 sont exactes. Le *crurifragium* est bien un supplice romain. Quant à la médecine du v. 34, elle peut prêter à beaucoup d'observations. Mais, quand même notre auteur ferait preuve ici d'une physiologie imparfaite, cela ne tirerait pas à conséquence. Je sais que le coup de lance peut avoir été inventé pour répondre à Zacharie, XII, 10 ; cf. *Apoc.*, I, 7. Je reconnais que l'explication symbolique *a priori* s'adapte très bien à la circonstance que Jésus ne subit pas le *crurifragium*. L'auteur veut assimiler Jésus à l'agneau pascal [47], et il est bien aise pour sa thèse que les os de Jésus n'aient pas été brisés [48]. Peut-être même n'est-il pas fâché de mêler à l'affaire un peu d'hysope [49]. Quant à l'eau et au sang qui coulent du côté, il est également facile de leur trouver une valeur dogmatique [50]. Est-ce à dire que l'auteur du quatrième

47. Comp. Jean, I, 29.
48. Exode, XII, 46 ; Nombres, IX, 12.
49. Jean, XIX, 29. Comp. Exode, XII, 22 ; Lévit., XIV, 4, 6, 49, 51, 52 ; Nombres, XIX, 6 ; Hébr., IX, 19.
50. Comp. Jean, III, 5 ; I Joh., V, 6.

Évangile ait inventé ces détails ? Je comprends très bien qu'on raisonne ainsi : Jésus, comme Messie, devait naître à Bethléhem ; donc, les récits, fort invraisemblables d'ailleurs, qui font aller ses parents à Bethléhem au moment de sa naissance sont des fictions. Mais peut-on dire aussi qu'il était écrit d'avance que Jésus n'aurait pas les os rompus, que l'eau et le sang couleraient de son côté ? N'est-il pas admissible que ce sont là des circonstances réellement arrivées, circonstances que l'esprit subtil des disciples put remarquer après coup et où il vit de profondes combinaisons providentielles ? Je ne connais rien de plus instructif à cet égard que la comparaison de ce qui concerne le breuvage offert à Jésus avant le crucifiement dans Marc (xv, 23) et dans Matthieu (xxvIII, 34). Marc ici, comme presque toujours, est le plus original. D'après son récit, on offre à Jésus, selon l'usage, un vin aromatisé pour l'étourdir. Cela n'a rien de messianique. Chez Matthieu, le vin aromatisé devient du fiel et du vinaigre ; on obtient ainsi un prétendu accomplissement du verset 22 du Ps. LXIX. Voilà donc un cas où nous prenons sur le fait le procédé de transformation. Si nous n'avions que le récit de Matthieu, nous serions autorisés à croire que cette circonstance est de pure invention, qu'elle a été créée pour obtenir la réalisation d'un passage supposé relatif au Messie. Mais le récit de Marc prouve bien qu'il y eut dans ce cas un fait réel, qu'on plia aux besoins de l'interprétation messianique.

§ 40. A l'ensevelissement, Nicodème, personnage propre à notre Évangile, reparaît. On fait observer que ce personnage n'a aucun rôle dans la première histoire apostolique. Mais, sur les douze apôtres, sept ou huit disparaissent complètement après la mort de Jésus. Il semble qu'il y eut auprès de Jésus des groupes qui l'acceptèrent à des degrés fort divers, et dont quelques-uns ne figurèrent pas dans l'histoire de l'Église. L'auteur des renseignements qui forment la base de notre Évan-

gile a pu connaître des amis de Jésus restés inconnus
aux synoptiques, lesquels vécurent dans un monde moins
large. Le personnel évangélique fut très différent dans
les différentes familles chrétiennes. Jacques, frère du
Seigneur, homme de première importance pour saint
Paul, n'a qu'un rôle tout à fait secondaire aux yeux
des synoptiques et de notre auteur. Marie de Magdala,
qui, selon les quatre textes, joua un rôle capital à la
résurrection, n'est pas mise par saint Paul au nombre
des personnes auxquelles Jésus se montra, et, après
cette heure solennelle, on ne la voit plus. Il en fut de
même pour le bâbisme [a]. Dans les récits, concordants
au fond, que nous possédons des origines de cette
religion, le personnel diffère assez sensiblement. Chaque
témoin a vu le fait par un de ses côtés et a prêté une
importance particulière à ceux des fondateurs qu'il a
connus.

Observez une nouvelle coïncidence textuelle entre Luc
(xxiii, 53) et Jean (xix, 41).

§ 41. Un fait capital sort de la discussion que nous
venons d'établir. Notre Évangile, en désaccord très
considérable avec les synoptiques jusqu'à la dernière
semaine de Jésus, est pour tout le récit de la Passion en
accord général avec eux. On ne saurait dire cependant
qu'il leur fasse des emprunts ; car, d'un autre côté, il
s'écarte notablement d'eux ; il ne copie pas du tout
leurs expressions. Si l'auteur du quatrième Évangile
a lu quelque écrit de la tradition synoptique, ce qui est
très possible, il faut dire au moins qu'il ne l'avait pas
sous les yeux quand il écrivait. Que conclure de là ?
Qu'il avait sa tradition à lui, une tradition parallèle à
celle des synoptiques, si bien qu'entre les deux on ne
peut se décider que par des raisons intrinsèques. Un
écrit artificiel, une sorte d'Évangile *a priori* écrit au
iie siècle, n'aurait pas eu ce caractère. L'auteur eût
calqué les synoptiques, comme font les apocryphes, sauf
à les amplifier selon son esprit propre. La position de

l'écrivain johannique est celle d'un auteur qui n'ignore pas qu'on a déjà écrit sur le sujet qu'il traite, qui approuve bien des choses dans ce que l'on a dit, mais qui croit avoir des renseignements supérieurs, et les donne sans s'inquiéter des autres. Que l'on compare à cela ce que nous savons de l'Évangile de Marcion. Marcion se fit un Évangile dans des idées analogues à celles que l'on attribue à l'auteur du quatrième Évangile. Mais voyez la différence : Marcion s'en tint à une espèce de concordance ou d'extrait fait selon certaines vues. Une composition dans le genre de celle qu'on prête à l'auteur de notre Évangile, si cet auteur vécut au II<sup>e</sup> siècle et écrivit dans les intentions qu'on suppose, est absolument sans exemple. Ce n'est ni la méthode éclectique et conciliatrice de Tatien et de Marcion, ni l'amplification et le pastiche des Évangiles apocryphes, ni la pleine rêverie arbitraire, sans rien d'historique, de la *Pisté Sophia*. Pour se débarrasser de certaines difficultés dogmatiques, on tombe dans des difficultés d'histoire littéraire tout à fait sans issue.

§ 42. La concordance de notre Évangile avec les synoptiques, qui frappe dans le récit de la Passion, ne se retrouve guère, au moins avec Matthieu, pour la résurrection et ce qui suit. Mais, ici encore, je crois notre auteur bien plus dans le vrai. Selon lui, Marie de Magdala seule va d'abord au tombeau ; seule elle est le premier messager de la résurrection, ce qui est en accord avec la finale de l'Évangile de Marc (xvi, 9 et suiv.). Sur la nouvelle portée par Marie de Magdala, Pierre et Jean vont au tombeau ; nouvelle consonnance et des plus remarquables, même dans l'expression et les petits détails, avec Luc (xxiv, 1, 2, 12, 24) et avec la finale de Marc conservée dans le manuscrit L et à la marge de la version philoxénienne [51]. Les deux premiers

---

51. Édit. Griesbach-Schultz, I, p. 291, note. Cette conclusion, pour n'être pas la primitive, n'en a pas moins de la valeur, comme résumant une vieille tradition.

évangélistes ne parlent pas d'une visite des apôtres au tombeau. Une autorité décisive donne ici l'avantage à la tradition de Luc et de l'écrivain johannique : c'est celle de saint Paul. Selon la première épître aux Corinthiens [52], écrite vers l'an 57, et sûrement bien avant les Évangiles de Luc et de Jean, la première apparition de Jésus ressuscité fut pour Céphas. Il est vrai que cette assertion de Paul coïncide mieux avec le récit de Luc, qui ne nomme que Pierre, qu'avec le récit du quatrième Évangile, d'après lequel l'apôtre bien-aimé aurait accompagné Pierre. Mais les premiers chapitres des *Actes* nous montrent toujours Pierre et Jean comme des compagnons inséparables. Il est probable qu'à ce moment décisif ils étaient ensemble, qu'ils furent prévenus ensemble et qu'ils coururent ensemble. La finale de Marc dans le manuscrit L se sert de la formule plus vague : οἱ περὶ τὸν Πέτρον [53 a].

Les traits de personnalité naïve qu'offre ici le récit de notre auteur sont presque des signatures. Les adversaires tranchés de l'authenticité du quatrième Évangile s'imposent une tâche difficile en s'obligeant à voir dans ces traits des artifices de faussaire. L'attention de l'auteur à se mettre avec ou avant Pierre dans des circonstances importantes (ɪ, 35 et suiv.; xɪɪɪ, 23 et suiv.; xvɪɪɪ, 15 et suiv.) est tout à fait remarquable. Qu'on l'explique par le sentiment qu'on voudra, la rédaction de ces passages ne peut guère être postérieure à la mort de Jean. Le récit des premières allées et venues du dimanche matin, assez confus dans les synoptiques, est chez notre auteur d'une netteté parfaite. Oui, c'est ici la tradition originale, dont les membres brisés ont été arrangés par les trois synoptiques de trois manières différentes, toutes inférieures pour la vraisemblance au système du quatrième Évangile. Remarquez qu'au

52. xv, 5 et suiv.
53. Cette formule peut à la rigueur désigner Pierre seul. Cf. Jean, xɪ, 19, et les dictionnaires grecs, à la locution οἱ περί.

moment décisif, au dimanche matin, le disciple qui est
censé l'auteur ne s'attribue aucune vision particulière.
Un faussaire, écrivant sans souci de la tradition pour
relever un chef d'école, ne se serait pas fait faute, au
milieu de ce feu roulant d'apparitions que toute la
tradition rapportait à ces premiers jours [54], d'en attribuer une au disciple favori, ainsi qu'on le fit pour
Jacques.

Notez encore une coïncidence entre Luc (xxiv, 4)
et Jean (xx, 12-13). Matthieu et Marc n'ont qu'un ange
à ce moment-là. Le v. 9 est un trait de lumière. Les
synoptiques sont en dehors de toute crédibilité, quand
ils prétendent que Jésus avait prédit sa résurrection.

§ 43. L'apparition qui suit, chez notre auteur,
c'est-à-dire celle qui a lieu devant les apôtres réunis le
dimanche soir, coïncide bien avec l'énumération de
Paul [55]. Mais c'est avec Luc que les concordances
deviennent ici frappantes et décisives. Non seulement
l'apparition a lieu à la même date, devant le même public,
mais les paroles prononcées par Jésus sont les mêmes ;
la circonstance de Jésus montrant ses pieds et ses mains
est légèrement transposée, mais elle se reconnaît de
part et d'autre, tandis qu'elle manque dans les deux
premiers synoptiques [56]. L'Évangile des Hébreux marche ici d'accord avec le troisième et le quatrième
Évangile [57]. « Mais comment, direz-vous, tenir pour le
récit d'un témoin oculaire un récit qui renferme de
manifestes impossibilités? Celui qui, n'admettant pas
le miracle, admet l'authenticité du quatrième Évangile,
n'est-il pas forcé de regarder comme une imposture
l'assurance si formelle des v. 30-31? » Non certes. Saint
Paul aussi affirme avoir vu Jésus, et cependant nous ne

54. I Cor., xv, 5-8.
55. *Loc. cit.*
56. Comp. Luc, xxiv, 36 et suiv., à Jean, xx, 19 et suiv.
57. Fragment dans l'épître de saint Ignace aux Smyrniens, 3, et
dans saint Jérôme, *De viris illustr.*, 16.

repoussons ni l'authenticité de la première épître aux Corinthiens, ni la véracité de saint Paul.

§ 44. Une singularité de notre Évangile, c'est que l'insufflation du Saint-Esprit se fait le soir même de la résurrection (xx, 22) [58]. Luc (*Act.*, II et suiv.) place cet événement après l'ascension. Mais il est remarquable néanmoins que le verset Jean, xx, 22, a son parallèle en Luc, xxiv, 49. Seulement, le contour du passage de Luc est rendu indécis, pour ne pas faire contradiction avec le récit des *Actes* (II, 1 et suiv.). Ici encore, le troisième et le quatrième Évangile communiquent l'un avec l'autre par une espèce de canal secret.

§ 45. Avec tous les critiques, je finis la rédaction première du quatrième Évangile à la fin du chapitre xx. Le chap. xxi est une addition, mais une addition presque contemporaine, ou de l'auteur lui-même, ou de ses disciples. Ce chapitre renferme le récit d'une nouvelle apparition de Jésus ressuscité. Ici encore se remarquent des coïncidences importantes avec le troisième Évangile (comp. Jean, xxi, 12-13, à Luc, xxiv, 41-43), sans parler de certaines ressemblances avec l'Évangile des Hébreux [59].

§ 46. Suivent des détails assez obscurs (15 et suiv.), mais où l'on sent plus vivement que partout ailleurs l'empreinte de l'école de Jean. La perpétuelle préoccupation des rapports de Jean et de Pierre se retrouve. Toute cette fin ressemble à une suite de notes intimes, qui n'ont de sens que pour celui qui les a écrites ou pour les initiés. L'allusion à la mort de Pierre, le sentiment de rivalité amicale et fraternelle des deux apôtres, la croyance, émise avec réserve, que Jean ne mourrait pas avant d'avoir vu la réapparition de Jésus, tout cela paraît sincère. L'hyperbole de mauvais style du v. 25 ne fait pas disparate en un écrit si inférieur, sous le rapport littéraire, aux synoptiques. Ce verset manque, du

58. Comp. Jean, vii, 39.
59. Saint Jérôme, *De viris illustr.*, 2.

reste, dans le *Codex Sinaïticus*. Le v. 24, enfin, semble une signature. Les mots « Et nous savons que son témoignage est vrai » sont une addition des disciples, ou plutôt portent à croire que les derniers rédacteurs utilisèrent des notes ou des souvenirs de l'apôtre. Ces protestations de véracité se retrouvent presque dans les mêmes termes en deux écrits qui sont de la même main que notre Évangile [60].

§ 47. Ainsi, dans le récit de la vie d'outre-tombe de Jésus, le quatrième Évangile garde sa supériorité. Cette supériorité se reconnaît surtout au parti pris général. Dans l'Évangile de Luc et dans Marc, xvi, 9-20, la vie de Jésus ressuscité a l'air de ne durer qu'un jour. Dans Matthieu, elle semble avoir été courte. Dans les *Actes* (chap. i), elle dure quarante jours. Dans les trois synoptiques et dans les *Actes*, elle finit par un adieu ou par une ascension au ciel. Les choses sont arrangées, dans le quatrième Évangile, d'une manière moins convenue. La vie d'outre-tombe n'y a pas de limites fixes ; elle se prolonge en quelque sorte indéfiniment. J'ai montré ailleurs [61] la supériorité de ce système. Il suffit pour le moment de rappeler qu'il répond bien mieux au passage capital de saint Paul, *I Cor.*, xv, 5-8.

Que résulte-t-il de cette longue analyse? 1º Que, considéré en lui-même, le récit des circonstances matérielles de la vie de Jésus, comme le fournit le quatrième Évangile, est supérieur pour la vraisemblance au récit des synoptiques ; 2º qu'au contraire les discours que le quatrième évangéliste prête à Jésus n'ont, en général, aucun caractère d'authenticité ; 3º que l'auteur a sur la vie de Jésus une tradition à lui, très différente de celle des synoptiques, sauf en ce qui concerne les derniers jours ; 4º que cette tradition cependant fut assez répandue, car Luc, qui n'est pas de l'école d'où sort notre

60. I Joh., i, 1-4 ; III Joh., 12.
61. *Les Apôtres*, ch. i-iii.

Évangile, a une idée plus ou moins vague de plusieurs des faits que notre auteur connaît et que Matthieu et Marc ignorent ; 5° que l'ouvrage est moins beau que les Évangiles synoptiques, Matthieu et Marc étant des chefs-d'œuvre d'art spontané, Luc offrant une combinaison admirable d'art naïf et de réflexion, tandis que le quatrième Évangile n'offre qu'une série de notes très mal agencées, où la légende et la tradition, la réflexion et la naïveté se fondent mal ; 6° que l'auteur du quatrième Évangile, quel qu'il soit, a écrit pour relever l'autorité d'un des apôtres, pour montrer que cet apôtre avait joué un rôle dans des circonstances où les autres récits ne parlaient pas de lui, pour prouver qu'il savait des choses que les autres disciples ne savaient pas ; 7° que l'auteur du quatrième Évangile a écrit dans un état du christianisme plus avancé que les synoptiques, et avec une idée plus exaltée du rôle divin de Jésus, la figure de Jésus étant chez lui plus roide, plus hiératique, comme celle d'un éon ou d'une hypostase divine, qui opère par sa seule volonté ; 8° que, si ses renseignements matériels sont plus exacts que ceux des synoptiques, sa couleur historique l'est beaucoup moins, en sorte que, pour saisir la physionomie générale de Jésus, les Évangiles synoptiques, malgré leurs lacunes et leurs erreurs, sont encore les véritables guides.

Naturellement, ces raisons favorables au quatrième Évangile seraient singulièrement confirmées, si l'on pouvait établir que l'auteur de cet Évangile est l'apôtre Jean, fils de Zébédée. Mais c'est ici une recherche d'un autre ordre. Notre but a été d'examiner le quatrième Évangile en lui-même, indépendamment de son auteur. Cette question de l'auteur du quatrième Évangile est sûrement la plus singulière qu'il y ait en histoire littéraire. Je ne connais aucune question de critique où les apparences contraires se balancent de la sorte et tiennent l'esprit plus complètement en suspens.

Il est clair d'abord que l'auteur veut se faire passer
pour un témoin oculaire des faits évangéliques (i, 14 ;
xix, 35) et pour l'ami préféré de Jésus (xiii, 22 et suiv. ;
xix, 26 et suiv., comparés à xxi, 24). Il ne sert de rien
de dire que le chapitre xxi est une addition, puisque
cette addition est de l'auteur lui-même ou de son école.
Dans deux autres endroits, d'ailleurs (i, 35 et suiv. ;
xviii, 15 et suiv.), on voit clairement que l'auteur aime
à parler de lui-même à mots couverts. De deux choses
l'une : ou l'auteur du quatrième Évangile est un disciple
de Jésus, un disciple intime et de la plus ancienne époque ;
ou bien l'auteur a employé, pour se donner de l'autorité,
un artifice suivi depuis le commencement du livre jusqu'à la fin, et tendant à faire croire qu'il a été un témoin
aussi bien placé que possible pour rendre la vérité des
faits.

Quel est le disciple de l'autorité duquel l'auteur entend
ainsi se prévaloir? Le titre nous l'indique : c'est « Jean ».
Il n'y a pas la moindre raison de supposer que ce titre
ait été ajouté contrairement aux intentions de l'auteur
réel. Il était sûrement écrit en tête de notre Évangile
à la fin du iie siècle. D'un autre côté, l'histoire évangélique ne présente en dehors de Jean le Baptiste, qu'un
seul personnage du nom de Jean. Il faut donc choisir
entre deux hypothèses : ou reconnaître Jean, fils de
Zébédée, pour l'auteur du quatrième Évangile ; ou
regarder cet Évangile comme un écrit apocryphe composé par un individu qui a voulu le faire passer pour une
œuvre de Jean, fils de Zébédée. Il ne s'agit pas ici, en
effet, de légendes, œuvres de la foule, dont personne
ne porte la responsabilité. Un homme qui, pour donner
créance à ce qu'il raconte, trompe le public non seulement sur son nom, mais encore sur la valeur de son
témoignage, n'est pas un légendaire ; c'est un faussaire.
Tel biographe de François d'Assise, postérieur de cent
ou deux cents ans à cet homme extraordinaire, peut
raconter les flots de miracles créés par la tradition, sans

cesser pour cela d'être l'homme du monde le plus candide
et le plus innocent. Mais si ce biographe vient dire :
« J'étais son intime ; c'est moi qu'il préférait ; tout ce
que je vais vous dire est vrai, car je l'ai vu », sans
contredit la qualification qui lui convient est tout autre.

Ce faux ne serait pas, du reste, le seul que l'auteur
aurait dû commettre. Nous avons trois épîtres qui
portent également le nom de l'apôtre Jean. S'il y a
quelque chose de probable en fait de critique, c'est que
la première au moins de ces épîtres est du même auteur
que le quatrième Évangile. On en dirait presque un
chapitre détaché. Le dictionnaire des deux écrits est
identique ; or, la langue des ouvrages du Nouveau
Testament est si pauvre en expressions, si peu variée,
que de telles inductions peuvent être tirées avec une
certitude presque absolue. L'auteur de cette épître,
comme l'auteur de l'Évangile, se donne pour témoin
oculaire (I Joh., i, 1 et suiv. ; iv, 14) de l'histoire évangélique. Il se présente comme un homme connu, jouissant dans l'Église d'une haute considération. Au premier
coup d'œil, il semble que l'hypothèse la plus naturelle est d'admettre que tous ces écrits sont vraiment
l'ouvrage de Jean, fils de Zébédée.

Hâtons-nous de le dire, cependant : ce n'est pas sans
de graves raisons que des critiques de premier ordre ont
repoussé l'authenticité du quatrième Évangile. L'ouvrage est trop peu cité dans la plus ancienne littérature
chrétienne ; son autorité ne commence à percer que
bien tard [62]. Rien ne ressemble moins que cet Évangile
à ce qu'on attendrait de Jean, l'ancien pêcheur du lac
de Génésareth. Le grec dans lequel il est écrit n'est pas
du tout le grec palestinien que nous connaissons par les
autres livres du Nouveau Testament. Les idées surtout
sont d'un ordre entièrement différent. Nous sommes ici
en pleine métaphysique philonienne, et presque gnos-

---

62. Voir *Vie de Jésus*, introd., p. 77 et suiv. de la présente édition.

tique. Les discours de Jésus tels que les rapporte ce
prétendu témoin, ce disciple intime, sont faux, souvent
fades, impossibles. Enfin l'Apocalypse se donne aussi
comme l'œuvre d'un Jean, qui ne se qualifie pas, il est
vrai, d'apôtre, mais qui s'arroge dans les Églises d'Asie
une telle primauté, qu'on ne peut guère manquer de
l'identifier avec Jean l'apôtre. Or, quand nous comparons
le style et les pensées de l'auteur de l'Apocalypse au
style et aux pensées de l'auteur du quatrième Évangile
et de la première épître johannique, nous trouvons la
dissonance la plus frappante. Comment sortir de ce
labyrinthe de contradictions bizarres et d'inextri-
cables difficultés?

Pour moi, je n'y vois qu'une issue. C'est de tenir que
le quatrième Évangile est bien en un sens κατὰ Ἰωάννην [a],
qu'il n'a pas été écrit par Jean lui-même, qu'il fut
longtemps ésotérique et secret dans l'une des écoles qui
se rattachaient à Jean. Percer le mystère de cette école,
savoir comment l'écrit dont il s'agit en sortit, est chose
impossible. Des notes ou des dictées laissées par l'apôtre
servirent-elles de base au texte que nous lisons [63]? Un
secrétaire nourri de la lecture de Philon, et ayant son
style à lui, a-t-il donné aux récits et aux lettres de son
maître un tour que sans cela ils n'eussent pas eu?
N'avons-nous pas ici quelque chose d'analogue aux
lettres de sainte Catherine de Sienne, rédigées par son
secrétaire, ou à ces révélations de Catherine Emmerich
dont on peut dire également qu'elles sont de Catherine et
qu'elles sont de Brentano, les imaginations de Catherine
ayant traversé le style de Brentano? Des sectaires à demi
gnostiques ne purent-ils pas, sur la fin de la vie de
l'apôtre, s'emparer de sa plume, et, sous prétexte de
l'aider à écrire ses souvenirs et de le servir dans sa
correspondance, lui prêter leurs idées, leurs expressions

63. Jean, xix, 35 ; xxi, 24.

favorites, et se couvrir de son autorité [64]? Qu'est-ce
que ce *Presbyteros Johannes*, sorte de dédoublement de
l'apôtre, dont on montrait le tombeau à côté du sien [65]?
Est-ce un personnage différent de l'apôtre? est-ce l'apôtre lui-même, dont la longue vie fut durant plusieurs
années la base des espérances des croyants [66]? J'ai
touché ailleurs ces questions [67]. J'y reviendrai souvent
encore. Je n'ai eu qu'un but cette fois-ci : montrer qu'en
recourant si souvent, dans la « Vie de Jésus », au quatrième Évangile pour établir la trame de mon récit,
j'ai eu de fortes raisons, même dans le cas où ledit
Évangile ne serait pas de la main de l'apôtre Jean.

64. En cette hypothèse, on s'explique le silence de Papias, qui est
un argument si grave contre l'authenticité absolue du quatrième
Évangile. On pourrait même supposer que c'est au quatrième Évangile
que Papias ferait allusion d'une manière malveillante dans ces mots :
Οὐ γὰρ τοῖς τὰ πολλὰ λέγουσιν ἔχαιρον, ὥσπερ οἱ πολλοί...
οὐδὲ τοῖς τὰς ἀλλοτρίας ἐντολὰς μνημονεύουσιν [a]. Cela répondrait
bien aux longs discours, fort étrangers à Jésus, qui remplissent l'Évangile attribué à Jean.

65. Eusèbe, *H. E.*, III, 39.

66. Jean, xxi, 22 et suiv.

67. *Vie de Jésus*, introd., p. 86 et suiv. de la présente édition.

*Dossier*

# CHRONOLOGIE

**1823.** *28 février.* Naissance à Tréguier de Joseph-Ernest
Renan. Il est le troisième enfant de Philibert Renan,
capitaine de barque au cabotage, et de Magdelaine Féger
Lasbleiz, originaire de Lannion. Ses aînés sont Alain, né
en 1809, et Henriette, née en 1811.

**1828.** *1er juillet.* On découvre le cadavre de Philibert Renan
sur une grève déserte à une trentaine de kilomètres de
Saint-Malo. Il avait disparu de son navire depuis le 11 juin.
Sa mort laisse sa famille dans un état proche de la misère.
Mme Renan se réfugie à Lannion dans sa famille, avec
Henriette et Ernest.

**1832.** *Septembre.* Ernest Renan entre à l'École ecclésiastique
de Tréguier, en huitième. Il s'y montre un excellent élève.

**1837-1838.** Dernière année scolaire de Renan à l'École
ecclésiastique de Tréguier. Il y obtient les premiers prix
dans toutes les matières.

**1838.** *Septembre.* Renan, par l'entremise de sa sœur Henriette,
obtient une bourse au petit séminaire de Saint-Nicolas-
du-Chardonnet, dirigé à Paris par l'abbé Dupanloup.

**1841.** *Janvier.* Henriette Renan accepte de devenir institu-
trice en Pologne chez le comte André Zamoyski.

    *19 octobre.* Renan entre au séminaire d'Issy-les-
Moulineaux pour y faire deux années d'études de philosophie.

**1843.** *Fin mai.* Son professeur de philosophie, M. Gottofrey, reproche à Renan de n'être pas chrétien.

*12 octobre.* Renan passe d'Issy-les-Moulineaux au Séminaire de Saint-Sulpice à Paris, bien qu'il hésite sur sa vocation religieuse.

**1845.** *Avril-juin.* Renan traverse une douloureuse crise de conscience.

*Mai.* Renan écrit l'*Essai psychologique sur Jésus-Christ.*

*9 octobre.* Renan rentre de Bretagne à Paris et quitte le séminaire, en bons termes avec ses maîtres.

**1846.** *23 octobre.* Renan est reçu licencié ès lettres.

**1847.** *2 mai.* Renan obtient le prix Volney de l'Institut, pour son mémoire *Essai historique et théorique sur les langues sémitiques.*

*13 août.* Présenté par Reinaud et Mohl, Renan devient membre de la Société asiatique.

**1848.** *Février-avril.* Renan suit avec attention les événements politiques et sociaux, tout en fréquentant la jeunesse libérale qui se réunit autour de *La Liberté de penser,* revue philosophique et littéraire fondée par Jules Simon et Jacques.

*Septembre.* Renan est reçu premier à l'agrégation de philosophie.

**1849.** *15 mars et 15 avril.* Renan publie dans *La Liberté de penser* un long article sur *Les Historiens critiques de la vie de Jésus* qui lui vaut l'attention de Quinet et de Michelet.

*20 août-19 septembre.* Renan à Saint-Malo travaille à *L'Avenir de la Science.*

*Septembre.* Renan obtient du ministre Falloux une mission en Italie, destinée à explorer les bibliothèques romaines.

*28 octobre.* Renan arrive à Rome, venant de Civita-vecchia où l'a déposé le navire de l'État le *Veloce.*

*Fin décembre.* Renan séjourne à Naples où il reste jusqu'à la mi-janvier 1850.

**1850.** *Janvier-février.* Renan, quittant Naples, visite le mont Cassin puis Florence, Pise, Livourne et revient à Rome.

*Avril-juin.* **Renan** reste à Rome jusqu'au 22 avril, puis, en quête de documents sur l'histoire de l'averroïsme, visite Bologne et Venise en mai, Padoue, Milan et Turin en juin.

1851. *27 avril.* Renan est nommé surnuméraire à la Bibliothèque Nationale au département des manuscrits.

*15 décembre.* Renan donne à *La Revue des Deux Mondes* un article sur *Mahomet et les origines de l'islamisme :* début d'une longue collaboration à cette revue

1852. *11 août.* Renan est reçu docteur ès lettres avec sa thèse sur *Averroès et l'averroïsme* et sa thèse latine *De philosophia peripatetica apud Syros.*

1853. *22 avril.* Renan commence à collaborer au *Journal des Débats.*

1856. *11 septembre.* Renan épouse Cornélie Scheffer, fille d'Henri et nièce d'Ary Scheffer.

*Décembre.* Renan est élu à l'Académie des Inscriptions au fauteuil d'Augustin Thierry.

1857. *23 mars.* Publication des *Études d'histoire religieuse* où Renan esquisse, en préface, son désir d'étudier les origines du Christianisme.

*28 octobre.* Naissance de Ary Renan.

1860. *Mai.* Renan obtient du gouvernement une mission archéologique en Phénicie.

*21 octobre.* Renan et sa sœur Henriette quittent Marseille pour Beyrouth où ils arrivent huit jours plus tard.

1861. *12 février.* Renan part pour Saïda et Tyr où il s'installe pour ses fouilles le 1er mars.

*20 avril.* Renan aperçoit de Kasyoun, au-delà du lac de Huleh, la région du Haut Jourdain, « berceau du christianisme ».

*26 avril.* Renan part pour son voyage en Palestine : par Saint-Jean d'Acre, Haïffa et le Carmel, il gagne Naplouse puis Jérusalem ; de là, il descend à Jaffa, puis visite la Galilée et rentre à Beyrouth.

*Août-septembre.* Première rédaction de la *Vie de Jésus* à Ghazir. Vers la mi-septembre, cette première rédaction est presque finie.

*18 septembre.* Renan et sa sœur sont à Amschit; Henriette, dont la santé n'a cessé de se détériorer, tombe malade. Le 19, Renan à son tour est frappé d'un fort accès de fièvre.

*23 septembre.* Henriette Renan meurt dans la nuit du 23 au 24 septembre. Renan est transporté à Beyrouth où on parviendra à le sauver.

*10 octobre.* Renan, renonçant à poursuivre la mission archéologique qu'il avait projetée à Chypre, s'embarque à Beyrouth pour rentrer en France.

1862. *11 janvier.* Par décret, Renan est nommé professeur au Collège de France.

*22 février.* Leçon d'ouverture de Renan au Collège de France. Il y traite *De la part des peuples sémitiques dans l'histoire de la civilisation.* L'auditoire libéral accueille en triomphe sa phrase sur Jésus « homme incomparable, si grand que je ne voudrais point contredire ceux qui l'appellent Dieu ».

*26 février.* Par arrêté du ministre de l'Instruction publique, le cours de Renan est suspendu sous prétexte qu'il a exposé des doctrines injurieuses à la foi chrétienne et de nature à produire de dangereuses agitations.

*1er mars.* Naissance de Noémi Renan. Elle épousera le 20 novembre 1882 Jean Psichari. De ce mariage naîtront plusieurs enfants, Ernest (1883-1914), Henriette, attentive exégète de son grand-père (1884-1972), Michel (1887-1917), Cornélie (1894).

*15 juillet.* Renan publie une brochure explicative de son attitude qui se termine par un défi au gouvernement qui ne réussira pas à lui imposer silence.

1863. *24 juin.* Parution en librairie de la *Vie de Jésus.*

1864-1865. Second voyage de Renan en Orient. Il visite l'Égypte (novembre-décembre 1864), Damas et Antioche (janvier-février 1865), la Grèce (février-mars), l'Asie Mineure (mai) et rentre à Paris à la fin de juin 1865.

1866. *12 avril.* Parution des *Apôtres*, tome II des *Origines du Christianisme.*

1867. *25 janvier.* Renan propose à l'Académie des Inscrip-

tions la composition d'un *Corpus inscriptionum semiti-
carum*.

> *1er septembre*. Publication de la treizième édition de la
> *Vie de Jésus*.

**1868.** *10 mars*. Publication des *Questions contemporaines*.

**1869.** *23 mai-6 juin*. Renan, candidat aux élections législa-
tives en Seine-et-Marne, n'est pas élu.

**1870.** *Juillet*. Renan accompagne le prince Jérôme Napoléon
dans un voyage en mer du Nord. Il apprend en Norvège
le 15 juillet la déclaration de guerre de la France à la
Prusse.

> *21 juillet*. Renan rentre à Paris.

> *17 novembre*. Renan est réintégré au Collège de France
> par Jules Simon.

**1871.** *1er mai*. Renan s'installe à Versailles où il reste jusqu'au 28 mai. Il écrit la majeure partie des *Dialogues
philosophiques*.

> *6 décembre*. Publication de *La Réforme intellectuelle et
> morale*.

**1875.** *Septembre-octobre*. A Ischia, Renan commence à écrire
les *Souvenirs d'enfance* dont le début paraît dans *La Revue
des Deux Mondes* du 15 mars 1876.

**1878.** *13 juin*. Renan est élu à l'Académie française au
fauteuil de Claude Bernard. Il y sera reçu par Alfred
Mézières le 3 avril 1879, avec Victor Hugo et Jules Simon
comme parrains.

**1879.** *Août-septembre*. Renan à Ischia écrit *L'Eau de Jou-
vence*.

**1881.** *14 novembre*. Parution de *Marc Aurèle*, dernier volume
des *Origines du Christianisme*.

**1882.** *11 mars*. Renan fait à la Sorbonne une conférence :
*Qu'est-ce qu'une nation ?*

**1883.** *Mai*. Renan est élu administrateur du Collège de
France.

**1884.** *14 novembre*. Renan est élu Président de la Société
asiatique.

**1885.** *Début juillet.* Renan s'installe pour l'été à Rosmapamon où il passera désormais ses vacances.

   *18 novembre.* Parution du *Prêtre de Nemi.*

**1886.** *25 octobre.* Parution du premier volume de l'*Histoire du Peuple d'Israël.*

**1888.** *30 octobre. Examen de conscience philosophique* qui paraîtra dans *La Revue des Deux Mondes* le 15 août 1890.

**1890.** *9 avril.* Publication de *L'Avenir de la Science* écrit en 1848-1849.

**1892.** *17 septembre.* Renan, malade, quitte Rosmapamon pour rentrer à Paris.

   *2 octobre.* Mort de Renan. Ses obsèques par les soins de l'État ont lieu le 7 octobre.

# NOTES

Page 31.

*a.* Cette dédicace dont le brouillon figure en tête de la
première version (ms. B. N. NAF 11448) a été écrite par
Renan à Paris en novembre 1861. Dès le 21 octobre, son
ami Réville lui avait écrit : « Il sera juste que le jour où vous
élèverez le monument définitif dont vous rassemblez encore
les matériaux, le nom de votre sœur soit gravé en tête, sur
le portique du temple, et qu'il passe ainsi à la postérité. »

Sur Henriette, voir l'émouvante brochure de Renan,
*Henriette Renan, souvenir pour ceux qui l'ont connue*, de
septembre 1862, réimprimée dans *O. C.* t. IX, 445 et suiv.

Page 33.

*a.* Voir ci-après *Histoire du texte*, p. 518.

*b.* « Sources de première main » : c'est ce qui explique que
Renan ait supprimé les références au *Biblisches Realwör-
terbuch* du théologien allemand Winer, comme l'a remarqué P 7.

Page 34.

*a.* Par ce terme, Renan désigne notamment les théologiens dont J. Pommier a étudié les relations avec lui
dans P 3.

Page 36.

*a.* Pour les théologiens musulmans, les *hadith* sont des
traditions recueillies pendant la vie du Prophète et trans-
mises par une chaîne ininterrompue de témoignages depuis

le premier témoin jusqu'au jour où elles ont été enregistrées par écrit. Il est évident que les *hadith* doivent être l'objet d'une sérieuse critique.

### Page 37.

*a.* Boissonade (1774-1857) un des plus grands hellénistes du xixᵉ siècle.

*b.* Ibn-Hisham est l'auteur d'une *Vie de Mahomet* (*Sîrât ar-Rasûl*) dont Renan a pu lire l'édition procurée par Wüstenfeld à Göttingen, 1859-1860, *Das Leben Muhammad's nach Muhammad Ibn Ishâk bearbeitet von Abd al-Malik Ibn Hischam*, et dont il parle dans *Mahomet et les origines de l'islamisme*, cf. *Études d'histoire religieuse, O. C.* t. VII, 174-176.

### Page 40.

*a.* Sur la question, capitale pour Renan, de l'Évangile de Jean, voir *infra* l'*Appendice. Ewald* (1803-1875) orientaliste allemand dont Renan a recensé les ouvrages. Cf. *Études d'histoire religieuse, O. C.* VII, 79-115. *Lücke* (Gottfried) théologien allemand (1791-1855), *Weisse* (Christian) (1801-1856), *Reuss*, professeur d'exégèse à Strasbourg (1804-1891). Cf. Alfaric, *op. cit.*, xl.

*b.* *Weizsaecker* (Karl-Heinrich) théologien allemand (1822-1899). Michel *Nicolas*, théologien protestant de la Faculté de Montauban (1810-1886) dont Renan a présenté les travaux dans *Les Débats* du 6 octobre 1860. Cf. Alfaric, xli.

*c.* Sur ces théologiens, voir l'excellente *Realencyclopädie für protestantische Theologie*, Leipzig, 1904. *Baur* (Ferdinand) théologien et philosophe hégélien à Tübingen (1792-1860). *Schwegler* (Albert) disciple de Baur (1819-1857). *Strauss* (D.F.) (1808-1874), théologien de Tübingen dont la *Vie de Jésus* a développé une explication mythique des évangiles. *Zeller* (Edouard) théologien wurtembergeois, élève de Baur (1814-1908). *Hilgenfeld* (1823-1907) ; *Schenkel* (Daniel), théologien suisse (1813-1885). *Scholten* (J.H.), exégète hollandais (1811-1885). *Réville* (Albert), théologien protestant, très lié avec Renan (1826-1906).

### Page 41.

*a.* Voir *Évangile selon Marc*, III, 17 : « Boanergès, ce qui signifie Fils de tonnerre. » Et ci-dessous, p. 215.

*Page 42.*

*a.* Cf. la note 117 de l'introduction de Renan, *infra* p. 94.

*b. Mommsen* (Théodore), historien allemand qui fut lié avec Renan (1817-1903). La collection de Madame Siohan conserve plusieurs lettres de lui à Renan, dont une sur la *Vie de Jésus.*

*c. Ceriani* (A. M.), orientaliste italien (1828-1907).

*d. Hoffmann* (Christophe) (1815-1885) ; *Dillmann* (1823-1894) ; *Koestlin* (Julius) (1826-1902) sont des théologiens et orientalistes réputés.

*Page 43.*

*a.* En fait Renan a tenu compte dans une très faible mesure des observations sur ce point que lui avait faites Réville dans sa lettre du 29 juin 1863. Cf. ci-dessous, p. 323, n. *a.*

*Page 44.*

*a.* C'est une des « combinaisons » les plus discutables de Renan.

*b.* Cf. *infra*, p. 205.

*Page 46.*

*a.* Papias, évêque de Hiéropolis qui vécut au début du IIe siècle et aurait été un disciple de saint Jean, a écrit en grec une *Exposition des discours du Seigneur* dont on n'a conservé que quelques fragments.

*b.* Les millénaristes, prenant à la lettre le verset de l'Apocalypse XX, 1-3, attendaient le retour du Christ vainqueur après une durée de mille ans.

*c.* Opinion communément admise par l'exégèse actuelle. Cf. Alfaric, *La plus ancienne vie de Jésus*, Paris, Rieder 1929 et *Pour comprendre la Vie de Jésus*, Paris, Rieder 1930, ainsi que la critique de Gilbert Brunet, dans *Cahiers du Cercle Ernest Renan*, n° 47, 1965, 54-72.

*Page 47.*

*a.* Sur Marcion, cf. *infra*, Appendice, p. 477.

*b.* L'Éon, dans le système des gnostiques (cf. note *a*, p. 81) désigne l'être directement émané de Dieu et de plus en plus imparfait à mesure qu'il s'éloigne de sa source ineffable.

*Page 49.*

*a. Paulus* (1761-1850), théologien à Iéna et Heidelberg, fut le plus illustre défenseur de l'exégèse rationaliste.

*Page 51.*

*a.* On trouve la même idée chez Sainte-Beuve (*Le Cahier vert*, éd. R. Molho, Gallimard, 1973, 220) : « Le Saint-simonisme que j'ai vu de près et par les coulisses, m'a beaucoup servi à comprendre l'origine des religions avec leurs diverses crises et même (j'en demande bien pardon) Port-Royal et le christianisme. »

*b.* Il s'agit du miracle — sujet à maintes controverses — qui aurait eu lieu le 19 septembre 1846 dans un hameau de l'Isère : de Léon Bloy à Louis Massignon, de nombreux mystiques lui ont accordé une foi passionnée.

*c.* Les Druzes, population partagée entre le Liban, la Syrie et la Palestine, pratiquent une religion initiatique née sous le règne du calife fatimite d'Égypte al-Hakim, au début du XIe siècle ap. J.-C. Renan a dû lire sur eux le livre de Silvestre de Sacy, *Exposé de la religion des Druzes*, Paris, 1838.

*d.* Le prophète Mohammed. Cf. Renan, *Études d'Histoire religieuse, O. C.,* t. VII.

*e.* Sur François d'Assise, objet de vif intérêt pour Renan, qui se réfère souvent à lui dans son livre, voir son étude de 1866 (*Journal des Débats,* 20 et 21 août) recueillie dans *Nouvelles Études d'Histoire religieuse, O. C.,* t. VII.

*Page 55.*

*a.* Renan a été renseigné sur ce mouvement religieux de la Perse au XIXe siècle par l'ouvrage de son ami Gobineau, *Religions et Philosophies dans l'Asie centrale,* Paris, Didier, 1865.

*b.* « Il avoua avoir fait cela par amour de Paul. »

*Page 56.*

*a.* Allusion à l'ouvrage sur Auguste Comte de Littré, où il ne retient que le positiviste scientifique, rejetant le fondateur de la religion de l'Humanité.

*Page 61.*

*a.* Pour cette *Introduction* de la treizième édition, voir le ms. B.N. NAF 25108, f⁰ 239-251.

*b.* Renan a traité plus longuement de l'historicité des Évangiles dans son volume des *Évangiles,* t. V des *Origines du Christianisme, O. C.,* t. V, 11-375.

*Page 62.*

*a.* En fait ce travail occupera Renan jusqu'au 14 novembre 1881, date de publication de *Marc Aurèle,* t. VII des *Origines du Christianisme, O. C.,* t. V, 737-1155.

*b.* La Batanée est la région située à l'est du Jourdain.

*Page 63.*

*a.* Vue fort discutable de Renan.

*Page 64.*

*a.* Jean Pommier a étudié particulièrement les rapports de Renan avec cette revue dans P 3.

*Page 65.*

*a.* Renan adressait déjà ce reproche à Strauss dans ses *Historiens critiques de Jésus, Études d'histoire religieuse, O. C.* t. VII, 133-136.

*b.* Philon (20 av. J.-C. — mort après 54) est le grand philosophe grec d'origine juive d'Alexandrie. Cf. Renan, *Histoire du peuple d'Israël, O. C.,* t. VI, 1471 et suiv.

*c.* Flavius Josèphe, historien juif du 1ᵉʳ siècle ap. J.-C.

*Page 66.*

*a.* Révolutionnaire juif contre la domination romaine. Cf. *Histoire du peuple d'Israël, O.C.,* t. VI, 1445.

*b.* Jugement discutable.

*c.* Au lieu de : « *C'était le Christ même,* » il y avait probablement : « *On le disait le Christ.* »

*Page 67.*

*a.* Renan s'est intéressé dès 1844 aux vers sibyllins, cf. J. Pommier, *Cahiers renaniens* n⁰ 5, Paris, Nizet, 1972.

*b.* « *Comme dit Hénoch.* »

*Page 69.*

*a.* Neubauer a collaboré avec Renan après 1861. Mais Renan s'intéressait au *Talmud* depuis 1844, comme l'a montré J. Pommier dans *Cahiers renaniens* n° 5, Paris, Nizet, 1972. Renan note dès cette date que « c'est du même tronc que naissent l'Évangile et le Talmud. Les deux livres les plus antipodes seraient deux branches nourries de la même sève ». Cf. *infra*, p. 166.

*b.* Époque où les Macchabées gouvernèrent la Judée au IIe siècle av. J.C., cf. Renan, *Histoire du peuple d'Israël*, *O. C.*, t. VI, 1224-1354.

*Page 71.*

*a.* Assertions des plus discutables.

*Page 73.*

*a.* « En langue hébraïque. »

*Page 75.*

*a.* « Comme il est écrit. »

*Page 76.*

*a.* « Les souvenirs des apôtres qu'on appelle évangiles. »
*b.* Pour l'explication de ce terme, cf. *infra*, 232.

*Page 77.*

*a.* Renan revient sur ce problème dans l'*Appendice*, *infra*, 428 et suiv.

*Page 81.*

*a.* Système philosophique — où les nuances sont innombrables — dérivé de la pensée platonicienne, selon lequel le monde est issu d'un dieu ineffable par émanation, puis déchu par l'invasion de la matière, et retrouvera à la fin des temps sa splendeur initiale.

*b.* Doctrine prêchée au IIe siècle par le Phrygien Montanus, selon laquelle le Saint-Esprit intervient en permanence dans le monde où il doit présider aux modifications de l'église chrétienne.

*c.* Hérétiques qui n'admettaient pas l'authenticité de l'évangile de Jean et contestaient la doctrine du verbe divin (Logos).

### Page 84.

*a.* Le mot est pris par Renan dans le sens premier de « membre d'une secte ».

### Page 86.

*a.* Cf. n. *b.* p. 47.

### Page 87.

*a.* « Ou ce que Jean (avait dit). »
*b.* Secte gnostique.

### Page 90.

*a.* Position de Renan d'un impressionnisme total.

### Page 92.

*a.* « Elle servait. »

### Page 93.

*a.* Une référence comme celle-ci atteste le soin qu'a mis Renan à se tenir au courant des progrès de l'érudition entre la première et la treizième édition.

### Page 96.

*a.* « Sentences. »
*b.* « Dits et notes. »

### Page 100.

*a.* Sprenger, *Das Leben und die Lehre des Mohammad,* Berlin, 1861-1865, 3 vol.

### Page 101.

*a.* Dès 1845, Renan a étudié les discussions de ces rabbins, cf. Pommier, *Cahier renanien* n° 5, 35.

*Page 102.*

*a.* Renan ici se souvient de Littré dans la Préface à la seconde édition de sa traduction de Strauss (1853) : « Quelque recherche qu'on ait faite, jamais un miracle ne s'est produit là où il pouvait être observé. »

*Page 106.*

*a.* Formule bizarre sous la plume d'un historien!

*b.* On sait que le texte du Coran, rassemblé par ordre du Calife Othman, entre 544 et 655, a groupé les sourates par ordre de longueur décroissante, en dehors de tout souci de logique ou de chronologie, cf. Blachère, *Introduction au Coran*, Paris, Maisonneuve, 1959.

*Page 109.*

*a.* Ce chapitre ne figure pas dans le ms. de Ghazir. Il a été rédigé par Renan après son retour à Paris et son premier état se trouve dans le ms. B.N., NAF 11450.

*Page 111.*

*a.* Pierres gravées considérées comme talismans.

*Page 112.*

*a.* Voir l'*Histoire des langues sémitiques* de Renan, *O. C.*, t. VIII, où figure (p. 147) la phrase fameuse : « Le désert est monothéiste. » Et l'*Histoire du peuple d'Israël*, *O. C.*, t. VI, dont Renan donne ici une première esquisse.

*Page 120.*

*a.* Cf. *Cahier renanien* n° 5.

*Page 121.*

*a.* Cette phrase rappelle celle de la leçon d'ouverture du cours de Renan au Collège de France qui fit scandale. Elle figure sous les formes suivantes :
— dans le *Carnet* de voyage dès mai 1861 (ms. B.N., NAF 11484, f° 157) :
« Commencer ainsi :
Ces espérances trouvèrent leur interprète dans l'homme incomparable que la conscience de l'humanité a proclamé

*accordé titre de Dieu et Fils de Dieu, le 1ᵉʳ avec exagé-
ration fâcheuse, le second avec justice, puisque et à bon droit
puisqu'il a fait faire un pas sans égal. »*

— et dans la rédaction primitive de Ghazir (ms. B.N.,
NAF 11448, fᵒ 3) :

« Ce mélange confus [d'espérances] de claires vues et de
rêves, [de] cette alternative de déceptions et d'espérances,
ces aspirations sans cesse refoulées par une odieuse réalité trouvèrent enfin leur interprète dans l'homme incomparable [que] auquel la conscience [de] universelle a [accordé]
décerné le titre de Dieu et *de* Fils de Dieu, le premier par
une exagération fâcheuse, le second [par] avec justice puisqu'il a fait faire à la religion un pas auquel nul autre [n'a et]
ne peut et probablement ne pourra jamais être [comparé]
égalé. »

## Page 124.

*a.* Un des traits les plus étranges de Renan est son injuste
sévérité contre l'Islam. Elle s'explique, sans s'excuser, par
l'état d'esprit de l'Europe de 1860 en face des événements
sanglants de Syrie.

## Page 128.

*a.* Apparition du thème majeur de tout le livre : le
contraste entre la Judée aride et la souriante Galilée.

## Page 129.

*a.* Attitude romantique qui rappelle celle du voyageur
Volney à Palmyre, cf. Volney, *Les Ruines*, ch. I et II.

## Page 142.

*a.* Cf. Renan, *Histoire du peuple d'Israël*, O. C., t. VI,
1099-1101.

*b.* Ici, perce le ressentiment de Renan contre le second
Empire.

## Page 143.

*a.* Renan reste attaché aux thèses qu'il a soutenues dans
l'*Histoire des langues sémitiques*, O. C., t. VIII.

*Page 144.*

a. Sur ce personnage, cf. Renan, *Histoire du peuple d'Israël*, O. C., t. VI, 1176 et suiv.

*Page 145.*

a. Sur les Sadducéens, cf. *infra*, 258.

*Page 154.*

a. Réville a reproché à Renan (lettre du 20 juillet 1863) la triple répétition de *délicieux* : Renan a corrigé : « Le vin était *excellent*. »

*Page 155.*

a. Voir dans le *Dossier* les variantes de ce passage, p. 520-524.

*Page 158.*

a. Phrase caractéristique d'un historien « divinateur ».

*Page 160.*

a. Pour Moïse, cf. *Exode* III, 2-7 ; pour Job, cf. *Job* XXXVIII.

b. *Soufi* en arabe désigne le mystique que l'orthodoxe musulman considère avec méfiance.

*Page 162.*

a. Sur le *Livre de Daniel*, cf. *Histoire du peuple d'Israël*, O. C., t. VI, 1213 et suiv.

*Page 166.*

a. Renan n'a cessé de juger sévèrement le Talmud. Cf. par exemple, *Avenir de la Science*, O. C., t. III, 874 : « C'est un étrange monument de dépression morale et d'extravagance que le Talmud : eh! bien! j'affirme qu'on ne saurait avoir une idée de ce que peut l'esprit humain déraillé des voies du bon sens si l'on n'a pratiqué ce livre unique. »

*Page 175.*

a. Voir sur ce fait, plus ou moins légendaire, Volney, *Voyage en Syrie et en Égypte*, *État politique de l'Égypte*, ch. IV.

*b.* Cf. *Jérémie*, XXXV.

*c.* Sur les esséniens, cf. Renan, *Histoire du peuple d'Israël*, O. C., t. VI, 1292.

**Page 176.**

*a.* Article non recueilli dans les O. C. de Renan.

**Page 181.**

*a.* Sur Renan et Lamennais, voir mon article dans *Cahiers mennaisiens*, n° 2, 1973.

**Page 184.**

*a.* *ouadis* est le pluriel de l'arabe *wādi*, vallée, lit de torrent.

**Page 190.**

*a.* « Je fais les dernières choses comme les premières. »
*b.* « La remise en ordre de tout. »

**Page 191.**

*a.* Cf. *Histoire du peuple d'Israël*, O. C., t. VI, 1364.
*b.* Noter l'ambiguïté de la formule renanienne.

**Page 200.**

*a.* « *Et ils arrivent* » et non « ils arrivent donc ».

**Page 204.**

*a.* Cf. n. *a*, p. 124.

**Page 205.**

*a.* Renan note dans le ms. B.N., N.A.F. 14190, f° 379 : « Magdala a péri à cause des prostituées (puis 2 références au Talmud) tirer de là un développement tête d'alinéa en 1ʳᵉ ligne : Magdala, ville des courtisanes — une s'attache à lui. »

**Page 209.**

*a.* Allusion à la théorie d'Évhémère qui vers 300 av. J.-C.

voyait dans les dieux païens des hommes divinisés par la croyance populaire.

*Page 210.*

    *a.* Trace de la discutable philosophie des races telle que Renan l'a exprimée dans l'*Histoire des langues sémitiques* et qu'il partage avec son ami Gobineau.

*Page 213.*

    *a.* Cf. *Les Apôtres*, O. C., t. IV, 474 et suiv.
    *b.* De l'arabe *qalam*, roseau taillé pour écrire.

*Page 223.*

    *a.* « Les discours du seigneur. »

*Page 235.*

    *a.* Sur l' « Évangile éternel » et Joachim de Flore, cf. *Renan, Nouvelles études d'histoire religieuse*, O. C., t. VII, 853 et suiv.

*Page 239.*

    *a.* Souvenir de l'expérience de Renan pendant la mission de Phénicie. Sa mule s'appelait Sada. Cf. Lettre de Renan à Berthelot du 30 novembre 1860.

*Page 241.*

    *a.* Cf. *Histoire du peuple d'Israël*, O. C., t. VI, 1099.

*Page 251.*

    *a.* De l'arabe *faqih*, savant en droit religieux.

*Page 253.*

    *a.* Cf. *Histoire du peuple d'Israël*, O. C., t. VI, 1277 et 1420.

*Page 261.*

    *a.* Sur ces rabbins, cf. *Histoire du peuple d'Israël*, O. C. t. VI, 1450.
    *b.* Expression bizarre, qui, dans le vocabulaire de Renan, s'oppose à « spécialiste ».

*Page 263.*

*a.* Sur cette sédition, cf. *Histoire du peuple d'Israël, O. C.*, t. VI, 1511.

*Page 268.*

*a.* Cf. *Ibid.*, 1093 et suiv.

*Page 283.*

*a.* Ici la treizième édition supprime une phrase : « Moïse et Mahomet ont menti de la meilleure foi du monde. »

*Page 289.*

*a.* La rédaction de la *Vie de Jésus* est contemporaine de la vogue du spiritisme qui, né en Amérique, s'est répandu en France grâce aux ouvrages d'Allan Kardec (1803-1869).

*Page 295.*

*a.* Encore une formule fort ambiguë.

*Page 298.*

*a.* Renan a consacré à Channing une étude importante, cf. *Études d'histoire religieuse, O. C.*, t. III, 256-285.

*Page 304.*

*a.* Sur cette institution juive, cf. *Deutéronome*, XXV, 5-10.

*b.* Renan incline pour sa part à cette théorie, cf. préface de 1890 de *L'Avenir de la Science* (*O. C.*, t. III, 727) : « Ceux-là seuls ressusciteront qui ont servi au travail divin... La punition des méchants et des frivoles sera le néant. »

*Page 308.*

*a.* Cf. p. 253, n. *a.*

*Page 309.*

*a.* Noter que Renan a été exactement contemporain de Karl Marx...

*Page 310.*

*a.* « En un clin d'œil. »

*Page 313.*

*a.* Par exemple dans l'arabe *funduq.*

*Page 317.*

*a.* Tout ce passage diffère notablement de celui de la première édition, qu'avait critiqué sévèrement Colani (cf. P 3, 91) et que voici : « Jésus… annonça à ses disciples un baptême par le feu et l'esprit… L'Esprit Saint ainsi envoyé par le Père leur enseignera toute vérité, et rendra témoignage à celles que Jésus lui-même a promulguées. Jésus, pour désigner cet Esprit, se servait du mot Peraklit… qui paraît avoir eu dans son esprit la nuance d'" avocat, conseiller ", et parfois celle d'" interprète des vérités célestes "… Lui-même s'envisage pour ses disciples comme un *peraklit*, et l'Esprit qui reviendra après sa mort ne fera que le remplacer ».

*Page 323.*

*a.* La première édition, plus catégorique, donnait : « La propriété était interdite. »

*Page 333.*

*a.* Cette expression de Sénèque signifie : « insulte au siècle ».

*Page 338.*

*a.* Cf. *Histoire du peuple d'Israël*, O. C., t. VI, 1450 et suiv.

*Page 339.*

*a.* Les Karaïtes sont des théologiens juifs qui rejettent le Talmud et n'acceptent que l'autorité de la Bible (en hébreu QAR').

*Page 344.*

*a.* De l'arabe *harima*, être défendu. *Haram* signifie *chose interdite* et par extension *sanctuaire.*

*Page 346.*

*a.* Renan se réfère à Josèphe. Mais il suit de près le texte du *Biblisches Realwoerterbuch* de Winer comme l'a montré Jean Pommier (P 7, 51).

*Page 349.*

*a.* Renan songe sans doute à l'alliance du trône et de l'autel dont il a eu à souffrir en 1862.

*Page 359.*

*a.* « Un certain malade Lazare. »

*b.* Cette inadvertance de français figure dans toutes les éditions.

*Page 368.*

*a.* Les éditions antérieures écrivent : « Bethpbagé [sans doute à cause des figuiers dont elle était plantée »]. — Renan est devenu plus prudent en matière d'étymologie.

*Page 371.*

*a.* Noter l'ambiguïté de la formule renanienne.

*Page 376.*

*a.* Les deux phrases qui précèdent ne figurent ni dans le ms. de Ghazir, ni dans la copie corrigée. Ne faut-il pas y voir une allusion émue de Renan à la mort d'Henriette?

*Page 388.*

*a.* Allusion de Renan à ses propres adversaires.

*Page 393.*

*a.* Autre marque de l'amertume personnelle de Renan.

*Page 399.*

*a.* « Hysope. »

*Page 400.*

*a.* « Les connaissances » et « les parents. »

*Page 420.*

*a.* Renan retrouve ici l'argument traditionnel qui veut prouver la divinité du christianisme par le miracle qu'a été sa diffusion.

*b.* Cf. *Histoire du peuple d'Israël*, *O. C.*, t. VI, 489.

*Page 424.*

*a.* Théologiens.

*Page 426.*

  *a.* Formule fort ambiguë.

*Page 428.*

  *a.* Dans cet appendice, Renan prétend répondre aux critiques qui, comme Réville ou Scholten, refusent tout valeur historique à l'Évangile de Jean. Il ne fait qu'y reprendre les affirmations de son Introduction, mais son argumentation têtue est loin d'être convaincante.

  *b.* Cf. *supra*, p. 36, n. *a.*

*Page 432.*

  *a.* Raisonnement particulièrement fragile.

*Page 448.*

  *a.* Expression aussi curieuse que discutable.

  *b.* « On écrit pour démontrer. »

  *c.* « On écrit pour raconter. »

*Page 451.*

  *a.* Cf. p. 37, n. *b.*

*Page 453.*

  *a.* Karl Hase (1800-1890), auteur d'un ouvrage longtemps réputé sur le saint que vénérait particulièrement Renan, *Franz von Assisi*, cf. *infra*, p. 459, nᵒ 36 de Renan.

*Page 456.*

  *a.* Cette explication symbolique est celle qu'ont opposée à Renan, Réville (lettre du 29 juin 1863) et Scholten (lettre du 10 juillet 1863). Cf. P 3, 181-182 et 197-198.

*Page 459.*

  *a.* C'est Réville qui a opposé cette remarque à Renan.

*Page 462.*

  *a.* « Marthe servait. »

*Page 468.*

  *a.* « Des cèdres. »

  *b.* « Du cèdre. »

  *c.* « Du Cédron. »

*Page 471.*

a. « Tous ceux de sa connaissance. »

*Page 472.*

a. « Tous ses disciples. »

*Page 476.*

a. Cf. p. 55, n. *a.*

*Page 478.*

a. « L'entourage de Pierre. »

*Page 485.*

a. « D'après Jean. »

*Page 486.*

b. « Car je n'aimais pas comme la plupart, écouter ceux qui parlent beaucoup... ni ceux qui invoquent des préceptes extérieurs à la doctrine chrétienne. »

# GENÈSE DE L'OUVRAGE

## I

Dès que sa foi d'enfance fut ébranlée par le développement de l'esprit critique, Renan projeta d'éclairer le problème des origines du christianisme, tâche qui devait l'occuper pendant toute son existence, puisque la fin de son dernier livre, l'*Histoire du peuple d'Israël*, publié posthume, se relie expressément à la *Vie de Jésus* : la *Vie de Jésus* elle-même, jusqu'aux dernières épreuves corrigées de mars 1863, était intitulée simplement *Histoire critique des Origines du Christianisme*. Près de vingt ans plus tôt, en 1844, le séminariste en pleine crise morale, écrivait :

« La solution la plus simple serait de faire dans les Évangiles la part du narrateur et la part du héros. Tout ce qui est du héros serait divin et ce qui est juif serait du narrateur... Il ne s'agit plus alors d'expliquer l'Évangile mais Jésus-Christ... Christ fut infiniment peu compris. C'est comme si M. Cousin allait prêcher ses théories aux Papous... Qu'est-ce donc que cet être ? (Je l'appelle ainsi pour ne préjudicier aucune solution... De l'homme à Dieu, le champ est ouvert aux hypothèses... S'il est homme, il est à une distance incommensurable des autres hommes [1]. »)

1. *Cahiers renaniens* n° 5, 1972, p. 18.

Et l'année suivante, cette note :

« Comment tous les hommes réfléchis ne voient-ils pas que l'étude psychologique des religions est la plus extraordinaire et la plus belle ? »

De là dérive un curieux programme de recherches que se fixe Renan, l'*Essai psychologique sur Jésus-Christ*, publié en 1921 par Jean Pommier :

« Je pose le problème comme je le conçois. La critique que j'entreprends de Jésus-Christ n'est pas une critique historique, mais psychologique... Je ne prends pas Jésus-Christ comme un personnage ayant eu une existence réelle... Jésus-Christ pour moi c'est le caractère moral et philosophique qui résulte de l'Évangile. Supposez si vous voulez que c'est un héros fabuleux auquel les auteurs de ces écrits ont attaché leurs conceptions, peu importe ; il resterait toujours à expliquer comment ces conceptions ont pu surgir. »

Ce personnage extraordinaire s'est manifesté « au milieu des doctrines juives et orientales ». Il faudrait donc montrer la supériorité des Évangiles sur le Talmud, encore que les Évangélistes, gens simples, aient prêté leurs faiblesses, leur goût du miracle par exemple, à un héros qu'ils ne comprenaient pas. Et l'opuscule se termine par ces lignes pathétiques :

« Si pourtant, ô Jésus, l'hypothèse théologique était vraie, oh! fais-le moi connaître... O Jésus, éclaire-moi, toi vérité, toi vie. Je souffre, ô Jésus, d'avoir soulevé ton problème. Il est trop lourd pour moi, car je ne suis qu'un homme et toi, tu étais quelque chose de plus. Oh! dis-moi donc ce que tu es... Ici, j'ai été à la chapelle prier Jésus, et il ne m'a rien dit. »

Sorti du séminaire, Renan poursuit ses réflexions sur Jésus dans deux articles qu'il donne à *La Liberté de penser* (15 mars et 15 avril 1849) où il analyse les positions diverses des exégètes allemands devant Jésus, les rationalistes qui admettent la substance des récits évangéliques mais expliquent leur merveilleux par des raisons naturelles, puis les mythologues pour qui le Nouveau Testament n'est qu'une suite de symboles et dont le plus célèbre est D. F. Strauss : à ce dernier, Renan reproche d'avoir manqué du sens de l'histoire et méconnu l'importance du rôle personnel de Jésus dans la création du christianisme, et il conclut que, selon lui, les Évangiles « produits purs du christianisme palestinien » donnent « un écho vraiment immédiat des bruits de la première génération chrétienne » et présentent des faits historiques plus ou moins mêlés de légendes.

Il tenait si fort à ces articles qu'il les a recueillis, non sans y atténuer la hardiesse d'expression [1] en 1857 dans les *Études d'histoire religieuse*. La préface de cet ouvrage est une déclaration de principes que Renan suivra dans sa *Vie de Jésus :* les religions sont sacrées dans leur esprit, représentent pour le croyant un idéal hors de toute atteinte, mais le savant doit les considérer en critique et non en théologien, sans arrière-pensée de polémique, en se proposant un seul devoir, la « recherche inflexible de la vérité », recherche qui ne peut qu'exclure le merveilleux comme contraire à toutes les données de l'expérience.

## II

Distrait un moment de son projet d'étudier les origines du christianisme par d'autres travaux, Renan y fut ramené par la mission archéologique en Phénicie qu'il accomplit en 1860-1861. Logiquement, à l'exemple d'Ewald qui avait écrit son *Christus* après avoir raconté l'histoire d'Israël, Renan aurait dû commencer par une évocation de l'ancien Judaïsme dont la religion chrétienne est inséparable : mais sa prise de contact avec les réalités du Proche-Orient concentra toute son attention sur la personne de Jésus. Avant sa tournée en Palestine du 27 avril au 21 mai 1861 [2], les paysages du Liban Sud le font rêver ; dès le 12 mars, il écrit à Taine :

1. Cf. R. M. Chadbourne, Renan's revision of his *Liberté de penser*, articles, P. M. L. A. décembre 1951, et p. 3, 66 et suiv.
2. Le 27 avril, d'après son *Carnet de voyage*, il est à Haïffa, venant de Saint-Jean d'Acre par bateau ; le 30, il visite la Samarie, est le 1er mai à Naplouse, à Jérusalem du 3 au 13 mai et les 16 et 17 mai à Nazareth.

« Je saisis de plus en plus la personnalité éminente de Jésus. Je le vois très bien traverser la Galilée, au milieu d'une fête perpétuelle... Il est peu de scènes évangéliques dont je n'aie déjà vu la vérité. » Son voyage à travers la Galilée et la Judée unit devant ses yeux comme il le dit lui-même « un cinquième évangile lacéré, mais lisible encore, une admirable figure humaine ». A la fin de juillet, à Ghazir au Liban, il se mit à rédiger dans l'enthousiasme la première version de la *Vie de Jésus*, comme il le raconte dans *Ma sœur Henriette* (*O. C.*, t. X, 470-471) : « Heures délicieuses et trop vite évanouies, oh! puisse l'éternité vous ressembler! Du matin au soir, j'étais comme ivre de la pensée qui se déroulait devant moi. Je m'endormais avec elle, le premier rayon du soleil paraissant derrière la montagne me la rendait plus claire et plus vive que la veille. Henriette fut confidente jour par jour des progrès de mon ouvrage... » Ses lettres confirment la rapidité de sa rédaction : le 30 juillet à sa femme : « J'ai énormément travaillé depuis mon séjour ici (à Ghazir). Il ne me faudrait plus que trois semaines pour achever mon gros chapitre des *Origines*. Je suis ravi d'avoir pris le parti de faire cela, j'y avais la main et je ne sais si j'aurais retrouvé plus tard la disposition où j'étais. Ce sera une grosse pièce en réserve et que je donnerai absolument quand je voudrai » ; le 14 août, à la même : « La rédaction définitive de ma vie de Jésus en est à la moitié. Il ne s'agit plus, en effet, à la façon dont j'ai composé cela, d'un chapitre isolé de mes *Origines du Christianisme ;* il s'agit d'une grande moitié de l'ouvrage auquel j'ai donné de la sorte une coupe plus ample et plus saisissante. Je rentrerai près de vous tranquille, et vous ne verrez plus en moi ces inquiétudes qui me faisaient craindre de manquer mon œuvre principale. » Le 27 août à la même : « Ma vie de Jésus avance à merveille, encore quinze jours et ce sera fini... Je vous arriverai avec l'ouvrage complet. Songez comme ce sera beau. » Le 12 septembre, à Berthelot : « J'ai employé mes longues journées de Ghazir à rédiger ma *Vie de Jésus*, telle que je l'ai conçue en Galilée et dans le pays de Sour. Dans huit jours, ce sera fini... »

Il a raconté lui-même dans *Ma sœur Henriette* (*O. C.*, X, 474-477) comment son travail fut tragiquement interrompu par la maladie qui faillit l'enlever et par la mort d'Henriette le 24 septembre, et le manuscrit confirme l'événement : au chapitre XIX (qui deviendra le chapitre XXIV des éditions), son récit de l'agonie de Jésus s'interrompt brusquement, et une note de Renan ajoute : « A cet endroit, je fus frappé de l'accès de fièvre pernicieuse qui me mit à deux doigts de la mort pendant que ma pauvre Henriette expirait à deux pas de moi sans que je le susse. Mes papiers étaient par terre dans la chambre d'Henriette. O amie bien aimée, en compagnie de qui j'ai écrit si doucement les pages qui précèdent, repose, en m'attendant, dans le sein de Dieu. Je t'y rejoindrai.

« Si je meurs avant d'avoir terminé ce travail, je veux qu'on le publie dans l'état où on le trouvera. Je charge de l'exécution de cette volonté d'abord ma chère Cornélie, puis mes amis MM. Berthelot, Maury, Egger... Aucun motif, de quelque nature que ce soit, ne doit empêcher ma femme et mes amis de publier ce travail. Qu'on le publie à l'étranger si on ne le peut en France. Je ne permets aucune suppression » (ms. B.N. NAF 11 448, p. 72).

### III

Rentré en France, Renan fut accaparé par sa candidature au Collège de France. Après la suspension de son cours et surtout pendant l'été de 1862, il se remit à la correction de la *Vie de Jésus* sur la copie que sa femme avait faite du ms. de Ghazir. Mais il semble avoir hésité à la publier, au moins tant qu'il put espérer la réouverture de son cours. Son ami Réville ne lui écrivait-il pas le 11 mars 1862 : « Ne feriez-vous pas bien d'ajourner de quelque temps la publication de votre *Vie de Jésus?* » D'ailleurs la révision de son texte lui demandait plus de soin qu'il n'aurait cru. Réville venait de publier ses *Études critiques sur l'Évangile selon saint Matthieu* que Renan lut de près et dont il fit un compte rendu élogieux (*Journal des Débats*, 8 août 1862). Le 17 novembre, Réville informa Renan que Strauss préparait une réédition de sa célèbre *Vie de Jésus*, ce qui dut, en même temps que s'estompait l'espoir de remonter dans sa chaire du Collège de France, décider Renan qui, le 15 novembre encore, écrivait à Charles Dollfus que la publication de la *Vie de Jésus* pouvait « beaucoup tarder encore ». Il donna le livre à l'imprimerie à la fin de novembre, rédigea l'introduction pendant l'hiver. Une lettre du 3 mars 1863 à Michel Amari montre que Renan s'apprête à la lutte : « Je n'ai rien de nouveau pour mon cours, je désespère de la réouverture... Je prépare en effet ma *Vie de Jésus* qui paraîtra, je pense, dans deux mois. Je n'ai pas besoin de vous dire dans quel sens elle est écrite. Les partisans des miracles ne seront pas satisfaits. Je ne sais trop ce qui adviendra. Je vous dirai entre nous que, si j'étais destitué, il est très probable que je serais porté aux élections à Paris... » Le 14 mai, au même correspondant, il confie qu'il est « absorbé par l'achèvement de *sa Vie de Jésus* » et qu'il a perdu l'espoir de voir rouvrir son cours.

La *Vie de Jésus* finalement parut chez Michel Lévy le mercredi 24 juin 1863.

# HISTOIRE DU TEXTE
## MANUSCRITS ET VARIANTES

Grâce à la piété que M<sup>me</sup> Renan puis sa fille Noémi ont apportée à conserver les papiers de Renan, il est possible de suivre l'élaboration de ses ouvrages depuis les premières notes jusqu'aux épreuves corrigées.

En ce qui concerne la *Vie de Jésus*, on dispose des documents suivants dont les quatre premiers ont été décrits en détail par P. Alfaric :

1) Quatre *Carnets* (B.N. NAF 11 485, 11 484, 11 483, 11 488) datant du premier séjour de Renan en Orient, octobre 1860 - octobre 1861. Ils comprennent des renseignements archéologiques sur sa mission et sur ses déplacements, ainsi que des notes de lecture sur les Évangiles et sur plusieurs ouvrages d'exégèse qu'il avait emportés avec lui :

Carnet I : Notes sur l'Évangile selon saint Matthieu (ch. ɪ à xxɪ).

Carnet II : Notes sur l'Évangile selon saint Matthieu (fin), selon saint Marc, selon saint Luc (ch. ɪ à xvɪ) et itinéraire en Palestine.

Carnet III : Fin des notes sur saint Luc. Notes sur l'Évangile selon saint Jean, sur la *Vie de Jésus* de Strauss, sur le *Christus* d'Ewald.

Carnet IV : Notes archéologiques. Quelques souvenirs sur sa sœur Henriette.

2) « *Répertoire* » (B.N. NAF 11 448). Sous ce titre, Renan a esquissé en douze chapitres le plan de sa *Vie de Jésus*,

renvoyant aux *Carnets* dont il a classé, au cours d'une re-
lecture, les notes successives par des lettres capitales à l'intérieur de chaque page, se contentant le plus souvent de
renvoyer au carnet, à la page et à la lettre capitale. Par ex.
I 85 A renvoie au Carnet I, page 85, alinéa A.

3) *Première rédaction*. Dans ce même volume de la B. N.
(NAF 11 448) ont été reliés trois cahiers écrits au crayon à
Ghazir contenant la première version avec de nombreuses
corrections de la *Vie de Jésus*.

4) Renan, de retour à Paris, a fait exécuter par sa femme
une copie de cette première version, à laquelle il a apporté
encore maintes retouches (B. N. NAF 11 449).

5) D'autre part, les archives de M^me Siohan conservent
35 pages d'une copie faite par Henriette Renan, vraisemblablement à Beyrouth entre le 5 et le 15 septembre 1861.
Cette copie, qui comporte quelques corrections de Renan,
va du ch. I de la première rédaction (*Enfance de Jésus*) au
ch. VII (*Jésus se croit appelé à réaliser le royaume de Dieu*).

6) B. N. NAF 25 108 comprend les placards corrigés en
décembre 1862.

7) B. N. NAF 14 206 comprend les épreuves revues et
corrigées de la première édition de la *Vie de Jésus*. Ces
épreuves sont datées du 14 mars au 10 juin 1863.

Après la première édition, des critiques se firent entendre.
La publication du t. II des *Origines du Christianisme, Les
Apôtres*, en 1866, en provoqua d'autres. Renan revit donc
son texte avec soin et c'est la treizième édition (1867) qui
constitue la définitive que nous avons donnée ci-dessus.

Il ne pouvait être question de reproduire l'énorme quantité
de variantes successives que le texte a subies. Pour donner
au moins une idée du travail de Renan, nous avons retenu
deux exemples, l'évocation de la Galilée et la résurrection
de Lazare : ce second exemple, racontant le miracle majeur
des Évangiles, devait gêner particulièrement l'exégèse
renanienne et la modification du texte entre la première
et la treizième édition montre comment Renan a tenu compte
des critiques [1].

1. Je mets entre crochets les mots raturés par Renan et en italiques
les additions.

A. LA GALILÉE. Voir ci-dessus p. 152-155 le texte définitif.

I. *Esquisse du Répertoire* (au ch. II) :

Une nature charmante II 164 A′ donnait à ces espérances un tour idyllique. A l'inverse de l'austère et triste Judée, ici tout souriait verdure, fleurs, animaux charmants, vrai joyau, vie de festins. Cantique des Cantiques, Sulem II 172 A ; II 166 B ; II 162 D. — Le messie aux festins de noces. Laissons l'austère Jean. Pourquoi les fils de l'époux jeûneraient-ils pendant que l'époux est avec eux ? — Toute l'épopée du Christ, ainsi, délicieuse pastorale, un cortège de paranymphes. Messie aux festins de noces. La vierge sage et ses lampes. La Grèce a tracé de la vie humaine par la sculpture et la poésie des tableaux charmants, mais toujours plats et sans fonds fuyants. Ici l'humanité toujours derrière. C'est l'origine étrange du drame qui se joue entre Dieu et l'homme II 171 D.

II. *Fragments premiers auxquels renvoie Renan* :

II 164 A′ : Nature comme la vit Poussin.

II 172 A : Galilée pays charmant. Nul pays au monde où montagnes se déploient mieux. Ne s'étouffent pas. Vue d'Oum el Fahm délicieuse. Merveilleux panorama. Carmel à gauche, en face montagne de Nazareth, Thabor, le petit Hermon. Sentiment des montagnes. Il fut mené sur une montagne, lui montra les royaumes du monde et toute leur gloire. Sermon sur la montagne. Transfiguration que tradition par raison non historique mais bien mythologique a placée sur Thabor. Cela résulte merveilleusement de l'aspect du pays.

II 166 B : Galilée pays charmant très boisé, beaux arbres, verdure sombre en sortant de la plaine de Saint Jean d'Acre, délicieuse. Remarquez que ces collines aussi rocheuses que les autres. Donc les autres ont été dénudées, étaient boisées autrefois. Plaine semée de massifs. Fleurs 2 mois mars et avril. Oiseaux ; oiseaux bleus,

tourterelles charmantes, petites tortues petit œil noir
d'une douceur incomparable. Les animaux y sont charmants et d'une douceur remarquable.

II 162 D : Intervalle entre Thabor et chute des montagnes
du lac, triste, volcanique, chute des montagnes admirable.

II 171 D : Judaïsme toujours divisé en 2, Nord et Jérusalem. Jérusalem en apparence bien plus brillant, c'est
souche de ce qui est resté juif. Air pédant, immoral.
Le Talmud avec sa folie ignoble sorti de là. Esprit
étroit. Docteurs solennels. Le Nord vraiment fécond,
prophètes, bien plus naturaliste, plus vivant. Le judaïsme du Nord sauvera du judaïsme.

### III. *Manuscrit primitif.*

Une nature [charmante] ravissante [donnait à ces rêves
galiléens contribuait à donner] imprimait à *l'esprit de* la
Galilée [ce tour] *ces tendances* beaucoup [plus naturaliste]
moins austères, moins âprement monothéistes, *si j'ose le dire*,
qui donnaient à tous ses rêves un tour idyllique et charmant.
Le plus triste pays du monde est [certainement] peut-être
la région voisine de Jérusalem. La Galilée, au contraire, est
un pays très [boisé] vert, très ombragé, très souriant, le *vrai*
pays du Cantique des Cantiques et des chansons du bien-
aimé. Pendant les deux mois de mars et d'avril, la campagne
est un épais massif de fleurs, d'une vivacité *et* d'une franchise [d'un] de couleurs incomparables. Les animaux y sont
[charmants et] petits, mais d'une douceur [remarquable]
extrême. [De petites] Des tourterelles sauvages, sveltes et
[légères] vives, des [oiseaux] merles bleus [qui se laissent
approcher de très près par l'homme] si légers qu' [un chardon]
une herbe les soutient, des alouettes huppées qui viennent
presque se mettre sous les pieds du voyageur, de [peti] très
petites tortues *de ruisseaux* à l'œil noir [d'une douceur
remarquable] et doux, *des cigognes à l'air pudique et grave,
dépouillant toute* timidité se laissent approcher de très près
par l'homme et semblent l'appeler. En aucun pays du monde
les montagnes ne se déploient avec plus d'harmonie ni
n'inspirent plus de hautes pensées. Jésus semble [particu-
lièrement] les avoir *particulièrement* aimées. Les autes les

plus importants de sa carrière divine se passent sur les montagnes ; et la légende demande à l'histoire évangélique la consécration des vieux souvenirs mythologiques du Thabor.

[Dans ce] Ce joli pays où tout respire l'abandon, la douceur, la joie, la vie, devenu aujourd'hui par la faute de l'islamisme si morne, si desséché, était à l'époque de Jésus plein de bien-être et de gaieté. La campagne abondait en eaux fraîches et en fruits ; les grosses fermes étaient ombragées de [treilles de] *vignes et* de figuiers ; les jardins étaient des massifs de citronniers, de grenadiers, d'orangers. [Le vin On buvait beaucoup de vin] Le vin était délicieux, s'il en faut juger par celui que les Juifs recueillent encore à Safed, et on en buvait beaucoup. Cette vie contente et plantureuse n'aboutissait pas à la *grosse* joie matérialiste de notre paysan, à une Normandie épicurienne [et pesante en se], à la pesante bombance des Flamands. Elle se spiritualisait en rêves éthérés, en une sorte de mysticisme [nullement métaphysique] poétique [derrière la terre et] confondant le ciel et la terre. Laissez l'austère Jean-Baptiste dans son désert de Judée, prêcher la pénitence, gronder sans cesse, vivre de sauterelles, en compagnie des chacals. Pourquoi les compagnons de l'époux jeûneraient-ils pendant que l'époux est avec eux ? La joie [fait] fera partie du royaume de Dieu [et pourquoi les simples, hommes de bonne volonté, les simples de cœur se troubleraient-ils de voir le Messie au festin des noces] N'est-elle pas la fille des humbles de cœur, des hommes de bonne volonté ?

Toute l'épopée du christianisme naissant [a été] est devenue de la sorte une délicieuse pastorale. Un Messie aux [festins] repas de noces, [menant ses], les fondateurs du royaume du ciel comme un cortège de paranymphes, la courtisane [appelée] et le bon Zachée appelés à ses festins, voilà ce que la Galilée a osé, ce qu'elle a fait accepter. La Grèce a tracé de la vie humaine par la sculpture et la poésie des tableaux charmants, mais toujours sans fonds fuyants ou horizons lointains. Ici manquent le marbre, les ouvriers excellents, la langue exquise et raffinée. Mais la Galilée a créé à l'état d'idée populaire le plus sublime idéal ; car derrière son idylle [s'agite, se traite] s'agite le sort de l'humanité et [le soleil] la lumière qui éclaire son tableau est le soleil du royaume de Dieu.

## IV. *Copie corrigée.*

— La Galilée au contraire était

— si légers qu'ils posent sur une herbe sans la faire plier,
des alouettes

— de petites tortues de ruisseaux dont l'œil noir et doux

— avec plus d'harmonie et n'inspirent

— sur les montagnes ; c'est là qu'il était le mieux inspiré ;
c'est là qu'il avait avec les anciens prophètes de secrets
entretiens et qu'il se montrait aux yeux de ses disciples
déjà transfiguré

— et de gaieté. Si l'on excepte Tibériade bâtie par Antipas
en l'honneur de Tibère (vers l'an 15) dans le style romain,
il n'avait pas de grandes villes. Or une ville juive de
second ordre devait peu différer de ces grosses bourgades
de paysans, entremêlées, sans nul aspect citadin qu'on
voit dans le Liban. Les ruines qui couvrent la Galilée
n'ont pas de style ; on sent un peuple agricole, nullement artiste, peu soucieux du confortable, ne cherchant
dans ses constructions que l'utile sous la forme la plus
grossière, exclusivement voué à l'idée. La campagne
devait être délicieuse ; elle abondait en eaux

— on en buvait beaucoup. [La moisson se faisait]

— la pénitence, tonner sans cesse

— un Messie au repas de noces, la courtisane et le bon
Zachée appelés à ses festins, les fondateurs du royaume
du ciel comme un cortège de paranymphes, voilà

## V. *Épreuves corrigées de décembre 1860.*

— idyllique et charmant [Le plus triste pays du monde
est peut-être la région voisine de Jérusalem] La Galilée
[au contraire]

— dont l'œil est [noir] vif

— franchise de couleurs incomparable [s]

— n'inspirent de plus hautes pensées

— la douceur, la joie, [la vie]

— par [la faute de] *suite de l'énorme appauvrissement que*
*l'islamisme a opéré dans la vie humaine*

— de bien-être et de gaieté. *Il était fort peuplé* [et] couvert *de petites villes et de gros villages* [et] *cultivé avec art dans toutes ses parties. Les Galiléens passaient pour énergiques, braves et laborieux. Si l'on excepte Tibériade bâtie par Antipas en l'honneur de Tibère (vers l'an 15) dans le style romain, la Galilée n'avait pas de grandes villes.* [Les ruines qui apparaissent manquent de style]. *Aux ruines qui la couvrent, on sent un peuple agricole, nullement artiste, peu soucieux de confortable* [ne cherchant dans ses constructions que l'idée sous la forme la plus grossière] *indifférent aux beautés plastiques parce qu'il est voué exclusivement à l'idée.*

— Toute l'[épopée] histoire du christianisme
— toujours sans [faux fuyants et] fonds fuyants ni...

*Épreuves corrigées 23 mai 1863 :*
— des cigognes
— les Juifs recueillent à Safed

## VI. *Treizième édition.*

Une seule correction sur épreuve du 11 décembre 1866 :
— de petites tortues de ruisseau

## B. LA RÉSURRECTION DE LAZARE. Voir ci-dessus p. 358-360 le texte définitif.

### I. *Esquisse du* Répertoire ch. XI.

Béthanie II 145 C. Marthe. Cf. Luc X, 38, 42. Cf. Winer art, Martha...
Miracle de Lazare pure jonglerie III 158 C.

### II. *Premiers fragments et notes de lecture.*

— II 145 C : Voyage en Judée Marc X, 1, 46... Résidait à Béthanie, sur mont Oliviers, près Jérusalem. N'aimait pas la ville. Jésus n'y réside jamais, n'y vint que pour y mourir... Sortait chaque soir pour aller à Béthanie (Marc) XI, 19.
— III 158 C : Béthanie, castellum, grosse ferme. 2 sœurs.

Martha et Marie et leur frère Eléazar, Jean XI, 1 et suiv.
Ce sont bien les trois personnages de l'anecdote. Marie a
choisi la meilleure part. (Jean) V, 5. C'était sa maison.
Rapporter l'anecdote : Martha, Martha. Faire un tableau
de tout cela

D. Rénovation du dernier jour, dogme reçu (Jean) XI, 24

E. Ch. XI, charlatanisme, v. 38, frisant jonglerie.

*Auxquels on peut ajouter ceux-ci, qu'il n'a pas cru nécessaire*
*de rappeler mais qu'il avait sûrement présents à l'esprit :*

— II 174 B. Jésus serait-il thaumaturge ? Certes, selon
nos idées, cela difficile à concilier avec le caractère élevé
et charmant de Jésus. Comment un homme si fin, si
délicat

— I 2 C. Tête de chapitre. Le moyen le plus puissant de
Jésus fut miracle

E. Ce qui fit fortune de Jésus, ce furent ses miracles.
Par hasard étrange c'est là ce qui nous blesse. Peine à
nous figurer un thaumaturge qui ne soit pas ridicule.


### III. *Manuscrit primitif.*

Jésus, *après avoir accompli cette espèce de pèlerinage aux*
*lieux de sa première activité prophétique* revint à Béthanie
où se passa un fait singulier qui eut [sur pour] sur son sort
des conséquences décisives. Le besoin se faisait sentir d'un
grand miracle qui frappât vivement l'incrédulité hiérosolymite. La résurrection d'un mort connu *à Jérusalem* parut
ce qu'il y avait de plus convaincant. Il faut se rappeler que
dans cette ville impure et pesante, Jésus [était désespéré
poussé à bout] *n'était plus lui-même.* Il avait perdu beaucoup
de sa limpidité primordiale. Désespéré, poussé à bout, il ne
s'appartenait plus. Son rôle s'imposait à lui et il obéissait
au torrent. La famille de Béthanie était merveilleusement
propre à l'acte important qu'on voulait [jouer] exécuter.
[Les disciples] Jésus y était adoré. Lazare, *qui peut-être*
*en effet venait d'être malade*, se fit entourer de bandelettes
comme un mort et enfermer dans son tombeau de famille. Ces
tombeaux étaient de grandes chambres [souterraines où
l'on descendait comme en un puits par un orifice fermé d'une
grosse pierre] taillées dans le roc, où l'on entrait par une
porte fermée par une pierre énorme qu'on enlevait avec une

machine. *Marthe et Marie vinrent au-devant de Jésus et sans
le laisser entrer dans Béthanie le conduisirent à la grotte
sépulcrale.* Jésus [feignit] *fut pris* d'un trouble, *d'un frémissement, pour se conformer à l'opinion qui voulait que la vertu
divine fût dans l'homme comme* [par] *un principe épileptique
et convulsif.* Sur [l'] son ordre [de Jésus], on ôta la pierre ;
*alors* il appela Lazare qui sortit avec ses bandelettes et la
tête entourée d'un suaire. [Ce miracle fut d'un très grand
effet. On en parla beaucoup. Ses témoins se répandirent dans
Jérusalem]. Cette apparition fut d'un très grand effet.
La foi ne connaît d'autre loi que l'intérêt de ce qu'elle croit
le vrai. Quant à Jésus, la mort dans quelques jours allait
lui rendre sa liberté divine, et *en expiant ses inévitables fautes*
l'arracher aux fatales nécessités d'un rôle qui chaque jour
devenait plus exigeant et plus impossible à soutenir.

IV. *Copie corrigée* ch. XVII.

— revint à son séjour chéri de Béthanie.

— un fait singulier qui semble avoir eu sur son sort des
conséquences décisives. Fatigué du mauvais vouloir
qu'il trouvait à Jérusalem, l'entourage de Jésus désirait
un grand miracle

— La résurrection d'un homme connu

— convainquant. Il faut se rappeler [surtout] que [le
principe essentiel] la condition essentielle de la vraie
critique est [que ce qui est choquant pour nous] de
comprendre la diversité des temps et de se dépouiller
des répugnances instinctives qui résultent pour nous [de
certaines habitudes d'esprit froides et précises] d'une
moralité froide et rigoureuse. Il faut se rappeler aussi
que

— impure et pesante de Jérusalem, Jésus

— il ne s'appartenait plus. Sa mission s'imposait à lui

— il obéissait au torrent. Impossible, à la distance où
nous sommes, et en présence d'un seul texte, où il y a
des traces évidentes d'artifices et de composition, de
décider si tout ici est fiction, ou si un fait réel arrivé
à Béthanie servit de base aux bruits répandus. [Ce
qu'il y a de] On ne peut nier que le tour [et la mise en scène
ont] de la narration de Jean a quelque chose de profondé-

ment différent des récits *de miracles* éclos de l'imagination populaire qui remplissent les synoptiques. Ajoutons que Jean est le seul évangéliste qui a eu une connaissance précise des relations de Jésus avec la famille de Béthanie et qu'on ne comprendrait pas qu'une création [toute idéale] populaire fût venue [se fondre dans] prendre sa place dans [cet ordre de] un cadre de souvenirs aussi exclusivement personnels. Il semble donc plus probable qu'il se passa à Béthanie quelque chose qui fut regardé comme une résurrection. La renommée populaire attribuait déjà à Jésus un ou deux faits de ce genre. La famille
— qu'on [voulait exécuter pourrait] désirait. Jésus y était adoré. On peut supposer que Lazare [était tomba] était malade et que ce fut même sur un message des sœurs alarmées que Jésus quitta la Pérée. Son arrivée [le] ramena Lazare à la vie. Peut-être aussi l'ardent désir de fermer la bouche [aux] à ceux qui niaient outrageusement [son] leur ami entraîna-t-il toute la famille *ardente et passionnée* au-delà de toutes les bornes. Peut-être Lazare pâle encore de sa maladie se fit-il entourer de bandelettes comme un mort
— par une porte que fermait une pierre énorme. Marthe et Marie
— sépulcrale. L'émotion qu'éprouva Jésus sur le tombeau de son ami qu'il croyait mort fut prise par les assistants pour ce trouble, ce frémissement qui accompagnaient les miracles, conformément à l'opinion qui
— et convulsif. Jésus voulait voir encore une fois [son ami] celui qu'il avait aimé, et la pierre ayant été écartée,
Lazare sortit
— Cette apparition dut être d'un fort grand effet

## V. *Épreuve du 9 décembre 1862.*

— Fatigué du mauvais [vouloir] accueil qu'[il] que le royaume de Dieu trouvait
— ce qu'il y avait de plus convaincant
— Jésus n'était plus lui-même. [Il] *Sa conscience* avait perdu
— Il ne s'appartenait plus. [Il était plus encore propre *ill*]

— différent des récits de[s] miracles
— le seul évangéliste qui [a] ait eu
— Il semble donc plus probable *que ce n'est pas ici un de ces miracles* [purement] *complètement légendaires et dont personne n'est responsable. En d'autres termes, nous pensons* qu'il se passa
— La Pérée. *La joie de* son arrivée [ramena] put ramener Lazare à la vie...
— outrageusement *la mission divine de* leur ami entraîna-t-elle [cette famille] ces personnes
— qu'il croyait mort [fut prise] put être prise
— accompagnaient les miracles [conformément à] l'opinion [qui] *populaire en effet* voulait que
— Jésus [voulut] désira voir encore
— ce qu'elle croit le vrai. *Le but qu'elle poursuit étant pour elle absolument bon, elle ne se fait aucun scrupule d'invoquer de mauvais* [es raisons pour sa *ill*] *arguments pour sa thèse quand les bons ne réussissent pas. Intimement persuadés que Jésus était thaumaturge, Lazare et ses deux sœurs* [ne se firent pas plus une faute] *purent aider un de ses miracles à s'exécuter* [que] *comme tant d'hommes pieux qui, convaincus de la vérité de la religion, ont cherché à vaincre l'obstination des hommes par des moyens dont ils voyaient bien la faiblesse. L'état de leur conscience était celui de tant de stigmatisées, de convulsionnaires, de possédées de couvent, entraînées par l'influence du milieu où elles vivent et par leur propre* [foi] *croyance à des actes feints.*
— *Quant à Jésus il n'était pas plus maître qu'un St. Bernard, qu'un St. François d'Assise de modérer l'avidité de la foule et de son propre entourage pour le merveilleux et la mort d'ailleurs* allait dans quelques jours lui rendre.

*Épreuve 4 juin 1863* NAF 14206

Bon à tirer
6 juin

— et la pierre ayant été écartée,
et, la pierre

**VI.** *Treizième édition*, épreuve du 11 décembre 1866.

(*p. 372*)

— son séjour chéri de Béthanie. [Il était temps vraiment que] la mort [vînt] [se hâtât de] *allait dans quelques jours* lui rendre sa liberté divine et l'arracher aux fatales nécessités d'un rôle qui *à* chaque [jour] heure devenait plus exigeant, plus difficile à soutenir [1].

(*p. 373*)

— Marthe et Marie s'en ouvrirent [peut-être] *ce semble*
— Les « ulcères » [dont on supposa qu'il était couvert]

(*p. 374*)

— [que quelque trait] qu'un bruit de ce genre... et ait eu [sur la fin de sa vie] *pour lui* des conséquences [décisives] *funestes*
— [quelques] [Plusieurs] *D'assez* [*graves*] *notables* indices semblent faire croire
— contribuèrent [sensiblement] à [avance] hâter la mort de Jésus.

(*p. 375*)

— il obéissait au torrent (en marge : Ici A, p. 372)
— l'indifférence des Juifs augmentait [chaque jour] [d'une manière effroyable] [rapidement] *d'une manière* [terrible] *redoutable*

---

1. de *la mort* à *soutenir*, le passage est encadré et porte en marge l'indication *A*, *à la page 375*.

# L'ACCUEIL DU PUBLIC

La *Vie de Jésus* obtint un succès extraordinaire. Dans l'atmosphère du second Empire, où l'Église jouait un rôle officiel, où les cardinaux étaient de droit sénateurs, où les évêques contrôlaient l'Instruction publique, où la coterie de l'impératrice Eugénie obéissait à une étroite religiosité, le livre ne pouvait pas éviter de provoquer scandale, pour des raisons aussi politiques que religieuses. Le scandale fut tel que Renan redouta quelque temps la saisie et la condamnation de son ouvrage par une justice qui ne s'était pas montrée tendre à l'égard de *Madame Bovary* et des *Fleurs du Mal* [1]. Entre le 21 juin et le 21 août 1863, cinq tirages, de 5 000 exemplaires chacun, furent vendus [2]. « Chaque édition de 5 000 s'écoule en huit ou dix jours, écrit Renan à Bersot le 28 août, et une lettre de Lévy que je reçois m'apprend qu'en ces derniers temps la vente, loin de se ralentir, s'accélère [3]. » Succès confirmé par les *Carnets* de Ludovic Halévy :

« 25 juin 1863 — L'événement du jour, c'est la mise en vente de l'ouvrage de Renan, la *Vie de Jésus*. »

« 17 août — Le succès de vente de la *Vie de Jésus* est quelque chose d'extraordinaire. L'ouvrage coûte fort cher, un gros volume de 7 fr 50, et depuis moins de deux mois près de 40 000 exemplaires ont été vendus. Tout le monde achète le livre. Je suis allé hier chez une jolie fille qui lit de temps en temps les crimes et les chiens écrasés dans les journaux. La *Vie de Jésus* était sur une table dans son salon : « Que diable, lui ai-je dit, comptez-vous faire de

cela ? Vous ne le lirez pas. — Certainement non, mais on
m'a dit qu'il fallait avoir ça. » Il faut avouer que la réclame
a été splendide : toutes les chaires ont retenti du nom de
Renan et d'injures à son adresse. Ajoutez à ces attaques
verbales des mandements imprimés de NN. SS. les Évêques.
Renan est le grand impie, le Voltaire de ce siècle, mais un
Voltaire calme, austère, de mœurs rigides, d'une grande
pureté de vie et qui donne difficilement, comme homme,
prise à la critique. Bref, une sorte d'impie religieux [4]. »

En même temps qu'il atteignait un très large public et
qu'il était vite traduit en anglais, allemand, italien, espagnol,
néerlandais, tchèque, russe, portugais, suédois, jusqu'en
espéranto, le livre retenait l'attention des meilleurs critiques.
Sainte-Beuve, qui avait déjà consacré aux premiers ouvrages
de Renan deux articles élogieux, les 2 et 29 juin 1862, où il le
présentait comme un idéaliste et même un mystique dont la
critique « s'épanouit et se couronne en artiste [5] », dès le
24 juin 1863 avait signalé aux lecteurs du *Constitutionnel* la
parution de la *Vie de Jésus* : « La manière de M. Renan est
aussi une adoration, mais à l'image des esprits libres et philosophiques. » Le 7 septembre, il publia une étude pénétrante
où il louait l'art de Renan et montrait que celui-ci, loin de
vouloir détacher de leur foi les croyants, s'adressait à « la
masse flottante, considérable, indécise » qui se situe entre les
croyants et les incrédules et qui « a besoin pourtant d'être
édifiée et éclairée [6] ».

Un disciple de Sainte-Beuve, Jules Levallois, donna en
août 1863 à *L'Opinion Nationale* plusieurs articles sur la
*Vie de Jésus*, où Renan trouva « un ensemble excellent, une
étude approfondie de la question, avec des connaissances
tout à fait solides et étendues », reprochant toutefois au critique une erreur d'appréciation :

« La religion de Jésus que j'envisage, comme définitive
n'est pas le culte hiératique de Jésus, c'est la religion
comme Jésus, à certains moments du moins, l'a conçue, la
religion pure, la religion en esprit et en vérité, le culte du
Père céleste sans prêtres ni cérémonies... Cela est indubi-
tablement dans l'Évangile et cela y est à l'état de pensée
dominante [7]... »

On ne s'étonnera pas que Renan ait trouvé un juge compré-
hensif dans *Les Débats* dont il était déjà un des plus actifs

collaborateurs : l'austère directeur du journal, M. de Sacy,
dont Renan a rappelé de façon charmante qu'il avait aimé la
*Vie de Jésus* [8], avait chargé du compte rendu Ernest Bersot,
qui était un ami de l'auteur, et l'article (*Débats*, 23 août 1863)
fut « sans molle complaisance », avec quelques réserves sur la
solidité de la documentation de Renan, mais plein d'enthousiasme pour le charme littéraire du livre [9]. Bersot avait été
précédé par Edmond Schérer, dans *Le Temps* du 7 juillet.
Schérer avait notamment souligné que l'intention de Renan
était non pas de démolir le catholicisme, mais de faire œuvre
d'historien et concluait : « M. Renan est le plus accompli de
nos écrivains modernes... Son esprit tombait quelquefois
dans un lyrisme un peu factice. Il y avait par places de la
rhétorique dans ses écrits. Aujourd'hui plus rien de pareil. La
*Vie de Jésus* est le fruit exquis d'un talent que le travail n'a
cessé de mûrir [10]. »

De même, Ernest Havet, dans *La Revue des Deux Mondes*
(1er août 1863), montra « le fond solide sur lequel le livre
est bâti » et souligna le sérieux de la pensée philosophique de
Renan.

D'un tout autre ton, on s'en doute, l'étude du catholique
Armand de Pontmartin datée du 28 juin 1863 : l'ouvrage de
M. Renan « n'est pas sérieux », résulte « d'une demi-science
combinée avec un talent d'artiste et un prodigieux orgueil »,
ne fait d'ailleurs que reprendre les billevesées de Strauss et
de Schleiermacher, est « un *extrait* d'Évangile, clarifié et mis
en flacon pour le plaisir des curieux et des lorettes lettrées [11] ».

La réaction des meilleurs écrivains de l'époque ne fut pas,
en général, très favorable. Les Goncourt faisaient des réserves [12], Théophile Gautier reprochait à Renan « l'entortil-
lage de ce Dieu qui n'est pas Dieu et qui est plus que Dieu [13] »,
Flaubert qui plus tard allait admirer la *Prière sur l'Acropole*,
déclare que la *Vie de Jésus* ne l'enthousiasme pas et attribue
son succès près des femmes et des lecteurs légers à une forme
trop facile [14]. Montalembert, heurté dans sa foi, écrit à Bersot : « Songez à ce que vous éprouveriez vous-même si on
traitait publiquement votre père d'*imposteur charmant*. Or
songez que Jésus-Christ est pour nous bien plus qu'un père,
qu'il est notre Dieu... » Au contraire, George Sand tout en
regrettant le manque de netteté dans les formules de Renan
sur la divinité de Jésus, approuva hautement l'orientation

du livre [15]. C'est d'ailleurs en 1863 qu'elle publie *Mademoi-selle La Quintinie*, roman à grand succès, où elle professe un rationalisme analogue à celui de Renan. Mérimée écrit le 30 août à Jenny Dacquin sa confidente : « Avez-vous lu la *Vie de Jésus* de Renan ?... C'est peu de chose et beaucoup. Cela est comme un grand coup de hache dans l'édifice du catholicisme. L'auteur est si épouvanté de son audace à nier la Divinité, qu'il se perd dans des hymnes d'admiration et d'adoration, et qu'il ne lui reste plus de sens philosophique pour juger la doctrine. Cependant cela est intéressant et, si vous ne l'avez pas lu, vous le lirez avec plaisir [16]. » Le vieux Guizot portait sur le livre ce jugement nuancé : « En coupant tout le volume, rien ne m'a frappé qu'un air de timidité et de câlinerie dans le travail de démolition. Il voudrait bien qu'on ne le crût pas l'auteur des ruines qu'il fait [17]. » Mme d'Agoult, bien qu'elle se montre assez sévère pour la *Vie de Jésus* dans son *Journal*, envoie à Renan une lettre de compliment : « Il était impossible de répandre plus de charme sur un sujet plus grave et de mieux faire comprendre l'union de votre héros avec la nature du pays et le génie du peuple au sein duquel il nous apparaît [18]... » Michelet enfin dans la *Bible de l'Humanité* en 1864, exprime avec chaleur son admiration : « Ce livre charmant, il a beau discuter, ce livre, il croit, fait croire. Il a beau dire qu'il doute, on s'attendrit... Le désert refleurit des fleurs qu'il n'eut jamais, le figuier reverdit, l'eau murmure et gazouillent les oiseaux de la parabole [19]. »

Taine notera dans *Les Débats* du 13 avril 1866 qu' « aucun livre religieux n'a eu cette popularité depuis le temps de Luther » : cependant les théologiens montrèrent à l'égard de la *Vie de Jésus* une vive sévérité. Renan le reconnaît franche-ment : « L'orthodoxie protestante a été partout au moins aussi malveillante pour mon livre que l'orthodoxie catho-lique [20]. » Selon Jean Pommier [21], la Bibliothèque de Stras-bourg conserve une série de 21 volumes intitulée *Anti-Renan*, où le théologien Reuss a recueilli les innombrables brochures provoquées par la *Vie de Jésus*. Impossible de les citer toutes : signalons, parmi les plus sérieuses, du côté catholique, Ernest Hello, dans la *Revue du monde catholique* du 10 novembre 1863 ; Gratry, *Jésus-Christ. Réponse à M. Renan* (Gratry avait connu Renan en 1845) ; Mgr Freppel, *Examen critique de la* Vie de Jésus *de M. Renan* ; Lacordaire, *Aux lecteurs de M. Renan* ;

abbé Loyson, *Une prétendue* Vie de Jésus *par M. E. Renan* [22].
Parmi les protestants, les articles d'A. Coquerel dans *Le Lien*
des 1er, 15, 22 et 29 août 1863 ; T. Colani, *Examen de la Vie de
Jésus de M. Renan* [23] ; A. Réville, *La Vie de Jésus de M. Renan
devant les orthodoxies et devant les critiques* [24]. Enfin, si la
*Vie de Jésus* scandalisa par sa hardiesse les penseurs orthodoxes, le respect évident de Renan pour la personne de Jésus,
la hauteur de ses vues furent critiqués par les rationalistes
les plus radicaux. C'est ainsi que P. Larroque, connu depuis
1859 par son *Examen critique des doctrines de la religion chrétienne*, reprocha à Renan, dans une brochure agressive
(*Opinion des déistes rationalistes sur la Vie de Jésus selon
M. Renan*, Paris, 1863), une sympathie, qu'il jugeait exces-
sive, pour les « légendes évangéliques ».

A propos des plus sérieuses de ces controverses, Renan
s'expliqua avec sérénité dans l'introduction des *Apôtres*,
tome second des *Origines du Christianisme* [25].

Au contraire, pratiquant le dédain qui, selon lui, était la
marque du vrai philosophe, il s'abstint de riposter au débor-
dement d'insultes qui, de toutes parts, s'abattirent sur lui.
« Je fais le mort devant ce flot d'injures du parti clérical »,
écrit-il à Berthelot le 23 août 1863. Il se contenta de conserver les lettres d'invectives, signées ou anonymes, qui plurent
sur lui et dont Mme Psichari a donné de pittoresques extraits [26].
Il a lui-même plus tard raconté qu'entre autres absurdes
calomnies, on l'accusa d'avoir reçu « un million de M. de Roth-
schild pour écrire la *Vie de Jésus* » et qu'il ne s'était pas donné
la peine de démentir, ayant adopté la règle de ne jamais
répondre aux attaques, même aux plus ridicules [27].

En dépit et peut-être à cause de la polémique soulevée par
ce livre, il n'a cessé d'être l'un des plus populaires de Renan
ni d'éveiller des passions. C'est à la *Vie de Jésus* que songeait
Léon Bloy lorsque au lendemain de la mort de Renan, il le
traitait de « Dieu des lâches » et de « vieille vache pourrie [28] »
ou Claudel attribuant le succès de Renan à « la fluidité d'un
discours qui caresse l'oreille sans fatiguer l'esprit, fait pour
ces vieillards sans dents qui préfèrent à tout la purée de na-
vets. C'est mou et vaguement sucré [29] » ou Proust, pourtant
admirateur de Renan, se demandant si la *Vie de Jésus* n'est
pas « comme une espèce de *Belle Hélène* du christianisme [30] ».

Les admirateurs persistants de la *Vie de Jésus* sont nombreux. Voici Zola qui y trouve « le romantique dans tout son charme et sa puissance... un style qui a la volupté d'une caresse et l'onction d'une prière [31] » ; voici Jules Lemaitre : « Qu'on cède ou qu'on résiste à sa séduction, nul ne s'est mieux emparé de la pensée, ni de façon plus enlaçante » ; voici Barrès pour qui Renan est « un de ces hommes de la grande espèce [32] » et qui pour le cinquantenaire de la *Vie de Jésus* écrit : « Il nous a appris à traiter le problème religieux avec gravité et avec amour... Si vous trouvez aujourd'hui chez les incroyants un sentiment favorable à l'Église, je sais que M. Renan est pour quelque chose dans cette évolution qui aurait paru bien extraordinaire à nos pères [33] » ; voici Anatole France qui, lors du centenaire de Renan, proclame que « *La Vie de Jésus vivra* [34] » ; depuis que Faguet a vu en Renan « l'homme le plus intelligent du XIXe siècle », voici que son génie compliqué, plus actuel que jamais, alimente autour de 1925 les discussions de Massis, de Pierre Lasserre, de Maritain ; voici les travaux fondamentaux de Jean Pommier ; voici enfin Jean Guéhenno pour qui Renan est l'« homme authentique », le modèle du courage intellectuel [35].

L'orthodoxie elle-même a abandonné les préventions polémiques de 1863 : dès 1881, l'abbé Mugnier ne voulait voir en Renan qu'« un admirable chrétien qui s'ignore » et appelait de ses vœux la réconciliation « entre tous les esprits et tous les cœurs [36] » ; puis Mgr d'Hulst dans *Le Correspondant* du 25 octobre 1892, le P. Lagrange, directeur de l'École biblique de Jérusalem, Mgr Duchesne, ont reconnu la bonne foi, le savoir, l'art de Renan [37] : Renan a sans aucun doute bénéficié du mouvement qui a peu à peu libéralisé les recherches dans le domaine sémitique ancien, même à l'intérieur de l'Église, comme l'a noté M. André Caquot :

> « L'encyclique *Divino afflante Spiritu* de 1943 a achevé de dissiper les méfiances catholiques à l'égard des méthodes critiques reçues dans l'exégèse depuis le XIXe siècle [...] de sorte qu'on lit maintenant sous l'imprimatur des thèses aussi critiques que celles de l'école allemande honnie il y a cent ans. » (*Journal asiatique*, 1973, 57-68.)

**NOTES**

1. Dans une lettre à Bersot (28 août 1863), *Correspondance, O. C.* t. X, 384, Renan fait allusion à ses craintes de poursuites judiciaires. Voir aussi la lettre rassurante sur les intentions de l'Impératrice que lui adresse Berthelot, *Corr. entre Renan et Berthelot*, 301. Néanmoins le livre fut soumis à l'examen du Procureur Impérial qui déclara n'y trouver rien à reprendre, cf. H. Psichari, *Renan d'après lui-même*, 243-244.

2. Cf. Une lettre de l'éditeur Michel Lévy à Renan, p.p. H. Psichari, *Ibid*, 242. D'après le calcul de Jean Pommier (Cours au Collège de France 1963-1964) le livre rapporta à Renan la somme considérable de 195 000 francs.

3. *Corr. O. C.*, t. X, 386.

4. L. Halévy, *Carnets, La Revue des Deux Mondes*, 15 décembre 1933, 778 et suiv.

5. Sainte-Beuve, *Nouveaux Lundis*, t. II, 382-421.

6. *Nouveaux Lundis*, t. VI, 1-23. Voir la réponse de Renan, où il se flatte d'appliquer à de plus anciennes histoires la méthode même de Sainte-Beuve, le 10 septembre 1863, dans *Corr. O. C.* t. X, 390-391.

7. Cette lettre très importante ne figure pas dans la Correspondance, p. p. M^me Psichari. Je remercie M. Amar de me l'avoir signalée. Cf. J. Levallois, *Mémoires d'un critique du demi-siècle*, Paris 1895.

8. Cf. Renan, *Feuilles détachées*, *O. C.*, t. II, 1029.

9. Voir la lettre de Renan à Bersot, du 28 août 1863, *Corr.* t. X, 384-386.

10. L'article de Schérer a été recueilli dans ses *Mélanges d'histoire religieuse*, Paris 1865. Schérer avait déjà consacré à Renan un article très élogieux sur ses qualités d'historien « équilibre, mesure, impartialité » dans ses *Mélanges de critique religieuse*, Paris-Genève, 1860.

11. Cf. Pontmartin, *Dernières semaines littéraires*, Paris, 1864, 251-265. Il est piquant de noter que cet article sévère a paru chez l'éditeur même de la *Vie de Jésus*, Michel Lévy.

12. Voir le *Journal* des Goncourt, année 1863, 132 et 134.

13. Cité par J. Pommier, *Renan*, Paris, 1923, 164.

14. Flaubert, *Corresp.*, éd. Conard, t. V, 110.

15. La lettre de Renan à George Sand, d'août 1863, *Corr. O. C.*, t. X, 380-382, contient un jugement curieux de Renan sur le *Spiridion* de celle-ci, où, le lisant au séminaire, il avait, dit-il, trouvé « une image essentielle de *ses* rêves religieux ».

16. Mérimée, *Lettres à une inconnue*, Paris, Lévy, 1874, t. II, 230-231.

17. Guizot à M^m. Lenormant, 6 juillet 1863.

18. M^me d'Agoult à Renan, 29 juin 1863. Autogr. *Collection Scheffer-Renan* de M^me Siohan que je remercie de cette communication.

19. *Bible de l'Humanité*, Paris, Chamerot, 1864, 434.

20. Renan à H. Harrisse, 24 décembre 1863, *Corr., O. C.*, t. X, 401.
Par exemple citons ce passage d'une conférence de E. de Pressensé
(*Revue des Cours littéraires*, 16 avril 1864) : « Si je me demande à quelle
école l'auteur appartient, je suis un peu embarrassé. Je retrouve chez
lui les principales données de l'hégélianisme, mais je suis tout d'un coup
dérouté par une prière au Père céleste. Quand je veux rattacher ce livre
à telle école critique, je ne retrouve ni Strauss, ni Baur ; il y a là quelque
chose de fuyant qui m'échappe ; je ne sais à quelle branche de la théologie rattacher cet écrit et je pense involontairement à l'esthétique, à la
littérature romanesque [...] C'est quelque chose de flottant, de vague,
c'est l'arbitraire le plus effréné au point de vue scientifique... »

21. J. Pommier, *Renan et Strasbourg*, 125. D'autre part, Maurice
Goguel, *La Vie de Jésus*, Paris 1932, donne la liste des principales réfutations opposées à Renan.

22. On sait qu'après 1871, Hyacinthe Loyson devint l'ami de Renan,
*Corr., O. C.*, t. X, 602, 923.

23. Cette brochure de 1864 réunit deux articles parus dans la *Revue
de Théologie* de Strasbourg 1863, I, 369 et 1864, II, 17. Cet exégète
libéral s'exprime au nom de « la plus grande partie de ce qu'on appelle
la nouvelle théologie protestante » et, en substance, reproche à Renan
d'avoir dépeint non le Jésus de l'histoire, mais celui du quatrième
Évangile privé de son auréole métaphysique.

24. *Revue germanique*, 1ᵉʳ décembre 1863, tiré à part chez Cherbuliez,
1864. Réville lui aussi discute l'historicité du quatrième Évangile et
conteste l'interprétation renanienne de la résurrection de Lazare. Il
est d'ailleurs curieux de noter que Réville préfère à l'édition savante
de la *Vie de Jésus*, l'édition populaire dont il fait un vif éloge dans une
lettre à Renan du 5 avril 1864, cf. Pommier, *Renan et Strasbourg*, 190.

25. Cf. *O. C.*, t. X, 462 et suiv.

26. Cf. Henriette Psichari, *Renan d'après lui-même*, 231-236. Un
grand nombre de ces documents où l'exaltation se mêle à la grossièreté
sont conservés par Mᵐᵉ Siohan dans la précieuse *Collection Scheffer-
Renan*.

27. Cf. *Feuilles détachées*, *O. C.*, t. II, 947, 1027.

28. Léon Bloy à Alfred Vallette, 8 octobre 1892, cf. *Le Mendiant
ingrat*, Paris, Bernouard, 1948, 90.

29. Claudel à Henri Massis, 10 juillet 1923. Cf. *La Table ronde*,
avril 1955.

30. Cf. Proust, *Pour un ami*, Revue de Paris, 15 novembre 1920. On
connaît d'autre part l'excellente parodie de Renan qu'il a faite dans
*Pastiches et mélanges*.

31. Zola, *Lettre à la jeunesse* (1879). Recueillie dans *Le Roman expé-
rimental*, Paris, 1881, 72-76.

32. Barrès, *Cahiers* III, 180.

33. Barrès, *La Revue des Deux Mondes*, 1ᵉʳ mars 1913.

34. Discours au Trocadéro, le 11 mars 1923, p. p. Claude Aveline et

Lucien Psichari, dans *Anatole France, trente ans de vie sociale*, Paris, Cercle du Bibliophile, 1971, IV, 193-200.

35. J. Guéhenno, *Le Monde*, 26 septembre 1970.

36. Lettre citée par H. Psichari, *Renan d'après lui-même*, 263.

37. Cf. Albalat, op. cit., 99-104. M^me Siohan conserve un grand nombre de lettres de prêtres adressées à Renan et qu'il serait fort intéressant d'étudier.

# ESQUISSE BIBLIOGRAPHIQUE

Sous le sigle *O. C.* nos références renvoient à l'édition des *Œuvres Complètes* de Renan p. p. Henriette Psichari, 10 vol., Calmann-Lévy 1947-1961. Pour éclairer la *Vie de Jésus*, il est essentiel de se reporter à d'autres écrits de Renan, notamment :

*Essai psychologique sur Jésus-Christ* (1845), p. p. Jean Pommier, Paris, *La Connaissance*, 1921.

— *Les historiens critiques de Jésus*, dans *Études d'Histoire religieuse*, *O. C.* t. VII, 116-117.

— *Les Apôtres*, *O. C.*, t. IV, 433-486 (problème de la résurrection de Jésus).

— *Les Évangiles*, *O. C.*, t. V, 11-376 (problème de la valeur historique des Évangiles).

— *Histoire du peuple d'Israël*, *O. C.*, t. VI.

On trouvera une bibliographie de Renan jusqu'en 1923 dans : Girard et Moncel, *Bibliographie des œuvres de Ernest Renan*, Paris, P. U. F. 1923.

De première importance sont les travaux de Jean Pommier, notamment :

— *Renan d'après des documents inédits*, Paris, Perrin, 1923 (P 1).

— *La pensée religieuse de Renan*, Paris, Rieder, 1925 (P 2).

— *Renan et Strasbourg*, Paris, Alcan, 1936 (P 3).

— *La jeunesse cléricale d'Ernest Renan*, Paris, Belles Lettres, 1933 (P 4).

— *La genèse de la Vie de Jésus*, *Revue d'Histoire litté-raire*, 1964, 249-260 (P 5).

— *Un itinéraire spirituel*, *Cahiers renaniens*, n° 4, Paris, Nizet, 1972 (P 6).

— *La Vie de Jésus et ses mystères*, *Cahiers renaniens*, n° 6, Paris, Nizet, 1973 (P 7).

— *Regards sur la littérature évangélique*, *Cahiers renaniens*, n° 7, Paris, Nizet, 1973 (P 8).

— *Aux sources de la pensée esthétique de Renan*, *Mélanges Julien Cain*, Paris, 1968.

Voir en outre :

A. Albalat, *La vie de Jésus d'Ernest Renan*, Paris, Malfère, 1933.

P. Alfaric, *Les manuscrits de la Vie de Jésus*, Paris, Belles-Lettres, 1939.

J. Boulanger, *Renan et ses critiques*, Paris, Kra, 1925.

R. Dussaud, *L'œuvre scientifique d'Ernest Renan*, Paris, Geuthner, 1951.

G. Guisan, *E. Renan et l'art d'écrire*, Genève, Droz, 1962.

Albert Schweitzer, *Von Reimarus zu Wrede, eine Geschichte der Leben-Jesu-Forschung*, Tübingen, 1906.

H. Psichari, *Renan d'après lui-même*, Paris, Plon, 1937.

R. P. Lagrange, *La vie de Jésus d'après Renan*, Lecoffre, 1923. (Point de vue catholique précis et nuancé.)

H. Tronchon, *Ernest Renan et l'étranger*, Paris, Belles-Lettres, 1938.

Enfin le Cercle Ernest Renan, fondé en 1949 (3, rue Réca-mier, Paris VIIe) a, depuis cette date, publié un certain nombre de *Cahiers* trimestriels et de *Bulletins* mensuels, de valeur scientifique fort inégale, ayant pour objet d'étudier, dans un esprit d'entière liberté, les croyances, pratiques, institutions et manifestations diverses du Christianisme. Voir notamment le n° spécial du *Bulletin du Cercle Ernest Renan*, septembre 1963, qui donne les actes d'un colloque sur le Centenaire de la *Vie de Jésus*.

## DOSSIER

*Cet ouvrage
a été achevé d'imprimer
sur les presses de l'Imprimerie Bussière
à Saint-Amand (Cher), le 25 août 1974.
Dépôt légal : 3e trimestre 1974.
No d'édition : 19167.
Imprimé en France.
(962)*